U0675225

清风驿的变迁

滕非——著

作家出版社

目　录

第一章　河畔

01

阳光明亮的午后，天空飘着几朵白云。在北方平原大地上，一条带子般的沥青公路蜿蜒伸向远方，有辆黑色轿车疾驰其上，如船在水面滑行。

一路不见行人，唯有两排高大的白杨树影子般迅速向车后闪去。

有风吹过。一树树嫩绿的叶子，像一只只不断翻动着的手掌，活泼、轻盈而又明快。绿荫虽还未能将整个路面罩严，但光线却也只能透过枝丫和绿叶的罅隙照下。在动静之间，荫翳与明亮交错替换，给人一种眼花缭乱式的错觉。

抬眼远处，大片大片刚浇过水的麦田正在拔节生长。在一望无垠的麦田中间，片片绿树掩映着一个个红瓦灰墙的朴素村庄。

前方出现一道岔口，深蓝色路牌上印着三个白色大字：清风驿。黑色轿车突然缓了缓，但它只是犹豫了一下。它没有停下，也没有顺着岔路拐进村子，而是沿着公路继续向东驶去。

东行不远，公路连接着一道高大的河堤。路面在缓缓上升，路边也多出了几户人家。黑色轿车轻松地爬坡上堤，丝毫未见减速的意思。

在堤顶最高处，又是一块醒目的路牌，白色大字提示着前方已是省界。黑色轿车这才慢了下来，它闪着左转灯，毫不犹豫地在出省之前驶离了公路。

它继续沿着堤顶一路向北驶去，看那副急匆匆的样子，车上的人一定是急着要去办什么事情。

堤顶是一条窄小的红泥路，坑洼不平，表面还略带一层浮土。路况变了，车速虽然慢了下来，但后方依旧扬起了不小的尘土。它一直向北开出好远，直到红色的尾灯倏然亮起，才终于稳当当地停了下来。

卷起的尘土慢慢落下，如起风时漫天飞扬的沙尘。车上的人很有经验，他们并没有立即下车。等尘埃落定，一个司机模样的年轻人才打开车门，然后小跑着绕到了车子另一侧。不等他走近，一位戴着墨镜的中年男人已经下车。

“小高，你帮我开下后备厢。”中年人淡定地说了一句。

年轻人忙打开后备厢，吃力地从里面提出两只大大的黑色塑料袋子。中年男人伸手去接，年轻人忙说：“我给您送过去吧。”

“不用。”中年人拒绝得很干脆。

年轻人还想谦让，中年人手一直伸着，年轻人只好不情愿地将袋子递到他的手上。

“一口气跑了这么远，累了吧？你先歇歇，我马上回来。”说着，中年人手提黑色袋子，斜着身子沿小路小心地一步步下堤。

“这么陡的坡，您可慢着点儿！”

年轻人目光中满是被关怀的温暖，他一脸不放心地在中年男人背后大声提醒道。

堤下是一片广袤的河滩。

因是午后，又非农忙，整个河滩上远近都不见有人影活动。中年男人看样子对这里已经很熟悉了，他沿着小路走出没多远，就径直拐进了一块麦地。脚下没路了，因手上提着两只袋子，他深一脚浅一脚地慢慢走着，并小心躲避着刚高及膝的青苗。又走了一阵儿，直到看见一座光秃秃的小土丘，他才终于停了下来。

土丘前是一块不起眼的水泥墓碑，碑上字迹已斑驳不清。他将袋子放到地上，揉了揉已经发酸的手，警惕地四下望了望，才将一直戴着的墨镜摘了下来。

中年人名叫杨青云，这天是清明节，他风尘仆仆地一路从省城赶来，其实也没有什么太紧要的事情。他是来给去世多年的父母上坟的，之所以如此行色匆匆，而且把时间选择到了午后，是因为他不想跟这里的任何人遇见。

明亮的日头当空照着，在清明当日为先人上坟烧纸，是大运河两岸上千年的风俗。他慢慢地弯腰蹲下，一一取出黑色袋子里的点心、糖块、桃酥和烧饼，低头将它们在坟前摆作一排。紧接着，他又陆续摆上了苹果、葡萄、橘子和香蕉四样水果，同样也整齐认真地将它们码成一排。

码好供品，他跪下双膝，拿出另一只黑色袋子里的黄表纸和冥币。点燃以后，片片纸灰在火光中腾起，灰蝴蝶般在上空飘舞萦绕。纸火越烧越旺，不知不觉间他眼泪流了下来。

又过了好半天，纸灰终于燃尽。他擦擦眼睛，郑重地在地上叩了四个响头，然后戴上墨镜深一脚浅一脚地原路返回。

小高就站在堤顶上，他远远望见了杨青云归来的身影。年轻人动作快，不等杨青云走近就已经小跑着抢到了堤下。他伸出胳膊，示意杨青云搭着自己上堤。堤坡确实太陡了，杨青云没有拒绝。他跺跺脚搭着小高胳膊上堤，口中却自嘲般笑道："小时候，我都是一口气跑着上堤的。"

回到车旁，小高拧开一瓶矿泉水递过来，接着又递上一块白毛巾。杨青云摘下墨镜，简单地洗洗手脸，又脱掉已被汗水湿透的衬衫，脖子里顺带也擦了一下，整个人立即清爽了许多。换上一件新衬衫，他又重新戴上了墨镜。

见他没有上车的意思，小高忙递上一根烟，主动为他点上。一望无际的河滩上，清一色全是碧绿的麦地。在麦地中间，几近干涸的大运河已瘦成一条细线，如一条佝偻脱相的病蛇。他失望地叹了口气，转身向西面望去。

河堤西面连着平原，堤下便是村庄。堤顶高出村庄很多，因此整个村庄全在眼下。清一色的瓦房屋脊栉比鳞次，如阳光下翻晒的鱼背。看着看着他抬手指着远处说："看到那棵开花的梨树没有，那就是我家的房子。"

小高顺着他的指向望去，只见一树白色的梨花明亮正艳。树下几间低矮的红砖房子，门窗破旧缺损，如盲人黑洞洞的眼眶。院子里杂草荒芜，一看就是已经久无人居的样子。

“这院子多少年没人住了？”小高好奇地问道。

杨青云神色突然黯了下来，他无奈地叹了口气：“有二十多年了吧。”

二人正向村里望着，红泥路上突然出现两个人影，似乎正远远地向他们走来。杨青云神色一变，立即低低唤了一声：“走了。”

不等小高说话，他已经闪身上车，自吸门缓缓地合上。小高忙小跑着上车调头，嘴上却小声问道：“咱要不要回村里看看？”

杨青云摇摇头：“不去了。”

“您放心，咱看一眼就走，保证跟谁也不见。”小高再次劝道，他故意将车开得很慢。

“走吧，不去了。”杨青云态度坚决。

“每次回来您都不进村，咱又没对不起他们。您别总躲着了，不愿见人咱不见，可总得去看一眼咱家的老房子吧。”小高小声埋怨道。

见小高这么说，杨青云脸色唰地变了。他不耐烦地打断小高说：“单位还有事，咱赶紧走。”

小高没敢再多说什么，脚下暗暗加大了油门，黑色轿车沿着来时的路快速向南开去。方才两个人影越来越近了，见轿车驶来他们向路边靠了靠，好像还招了招手。

“不要管他们，赶紧走！”杨青云催道。

轿车卷着尘烟一掠而过，等在路边的两个人惊愕地望着他们。行至界牌，小高踩了踩刹车，一个右转便稳稳地拐上了公路。

02

时令正是清明，大地早已一片春光。阳春三月，百花盛开，一早一晚虽仍有料峭的寒意，万物却争相焕发着蓬勃的生长气象。旺盛的生命力是大自然给人间最好的馈赠，它将沉寂了一冬的人们激活唤醒，同时还在不断地提醒着你：春天来了，只要你热爱生活，到处都是满满的希望和力量。

沿公路前行不远，便是高速入口。一上高速，车速立即快了起来，视野中也有了更广阔的纵深与开合。杨青云摘掉墨镜望着窗外，田野里怒放的油菜花鲜艳生动，微风下碧绿的麦田如不断涌动的波浪。间或有开花的树，在眼前一闪而过，恰好地点缀着北方姗姗来迟的初春。

最美人间三月天，空气清新、草木生长，所有一切都是醉人的美好。他喜欢在春天的大地上穿行，近距离地感受平原上这段最美好的时光。就这样看着看着，不知不觉间，他埋在宽大的后排座椅里睡着了。

小高瞟了一眼后视镜，小心地驶离了最左侧车道，并渐渐放慢了车速。

杨青云很快就做了一个梦，他梦见自己回到了小时候的河滩上。那时候天蓝水清，春风温暖而湿润，大运河宽阔的水面就像一块明亮的玻璃，静静地映着天空白色的云朵。那时候，连空气都是甜的，他和一群孩子不知疲倦地在田野里疯跑，一会儿拿着玻璃瓶子在土里翻找喇叭虫，一会儿又三三两两地在水边拔茅草尖儿。黄昏降临，村庄里传来大人唤他们回家的声音。爬过河堤，他们气喘吁吁地回到村子。日落晚霞，家家炊烟升起。归圈的羊群，扛着锄头从地里回家的人们，潮潮的水汽将整个村子罩进一团浓浓的雾里。

突然，一阵手机铃声响起，他下意识地选择了拒接。实在不愿在如此美好的梦境里醒来，他又闭着眼睛遐想了大半天，才将电话拨了回去。

“你在哪儿？”电话刚一接通，一个女人便急切地问起了他的去向，听她那副着急的样子，像是突然间出了什么大事儿。

杨青云皱皱眉头，答非所问地“嗯”了一声：“有事儿？”

女人是个急性人，不等杨青云多言便说：“急死我了，到处找不见你。那个雨污分流项目报名条件改了！”

杨青云心中一惊，他正了正身子问道：“什么时候改的？怎么改的？什么时候挂网？”

他一连串问了三个问题，女人火急火燎地告诉说：“已经挂网了，要不我能这么着急找你？”

“怎么挂的？”

“只允许全民或国资公司报名，下午三点刚刚上的公告。”

“怎么搞的？”杨青云反问了一句。话刚一出口，他立即又改口说：“算了，你先别急。既然已经挂网就挂了吧，再说啥都没用了。我这就回去，这事儿等我回去说。”

“这到底是怎么回事？你倒是想想办法呀！”女人埋怨他说。

“你问我怎么回事儿……”杨青云笑了，“事儿都是你联系的，问这话的人应该是我。”

“可我真不知道怎么回事儿呀！招标代理、甲方、招标办、交易中心我都打了电话，他们都给我打官腔，说以公开发布的招标公告为准，没一个人解释原因。”

“已经到这一步了，还能有什么办法？”杨青云说。他刚想解释两句，女人打断他说：“那我得想办法让他们叫停，这报名条件属于排斥潜在投标人，这不明摆着冲咱们来的吗？”

“这是咱说叫停就叫停的？”杨青云一脸苦笑地劝慰她说，“顺其自然吧，你也知道报名条件不是随便可以改的。既然他们已经改了，而且没提前告诉你，说明咱们已经输了。果断放弃吧，强扭的瓜不甜。”

“那可不行！”女人愤愤地说道，“他们说改就改？我前期付出了多少辛苦？我就不信没人管得了他们！”

看样子女人并不甘心，其实杨青云又何尝不急，只是他对这类事情早已见怪不怪了。为避免女人有什么不冷静的行为，他有意放缓了语气问道：“事儿是你联系的，怎么会搞成这样呢？你仔细想想，这么大的事儿真没人提前跟你说？”

电话那头，女人沉默着没有答话，杨青云又安慰她说：“你在单位等我吧，我回了趟清风驿，一个多小时就到。”

挂掉电话，杨青云告诉小高把车开快一点。小高加大了油门，从后排车窗望去，平原三月的春天如一帧帧镜头般迅速闪过。杨青云早已无心观看风景，他反复琢磨着方才和赵志杰通话的内容。

高开区雨污分流工程是他和赵志杰跟踪了很久的一个项目，这个项目不但体量大，而且建设资金早已全部到位，是近年来市场上少见的优质项目。早在项目立项时，赵志杰就开始着手运作，政府主管领导、业主、发改、财政、招标办、公共资源交易中心等所有关节她都已经打通。如今招标在即，投标前的各项准备工作都已安排就绪，只等着招标公告一挂网发布就报名投标。不想项目不打招呼突然挂网，而且还修改了报名条件，这一突如其来的消息如釜底抽薪，立即将二人打了个措手不及。

项目的突然挂网已经反常，最让人绝望的是修改后的报名条件。如果该项目只允许全民或国资施工企业报名，这意味着他的华瑞公司连报名参与的资格都不具备了。

怎么突然会变成这样呢？到底是哪个环节出了问题？杨青云眉头紧锁。

只要项目挂网，一切皆成定局。显而易见，此前自己和赵志杰所有的准备和努力都已经打了水漂，他暗暗后悔当初过于大意，同时又过于依赖赵志杰。直觉告诉杨青云，这一定是遭人暗算了，一定有一股更强大的力量在幕后操控运作。但问题到底出在哪里呢？这股力量又是谁呢？

他又一时找不到任何头绪。

这几年在省城的基建市场上，杨青云和他的华瑞公司大杀四方，只要华瑞参与的项目，别人几乎都没有任何机会。这次到底被谁抄了后路，而且还做得这么绝？他百思不得其解。他是一个拿得起放得下的人，尽管不愿意面对失败，但在电话中他并没有轻易去责备埋怨赵志杰。赵志杰是这个项目的联系发起人，最清楚事情的来龙去脉。眼见一切都已于事无补，他索性不再纠结。杨青云很清楚，当下最该做的就是深刻反思，并找到这个导致自己功亏一篑的幕后对手。

杨青云是一个敏感的人。这几年事业虽一直顺风顺水，但最近这段时间，他发现身边很多事情悄然间都在发生着一些变化。基建行业就像一张大而无形的晴雨表，又像一个敏感的风向标，每一个变化都精准反映着国家经济政策的风吹草动。比如近期被人们炒得沸沸扬扬的“混改”和“营改增”，这两件事都在第一时间引起了他的警觉。

混改虽然一直喊了很多年，但他一直感觉离自己很远。公司一直经营得很顺利，他从没想过跟国有企业合作，也没想对让对方参股或参股对方。然而一夜之间，省城好几家效益不错的公司竟摇身一变，突然成了央企的子公司。他感觉这里面一定大有文章，于是忙差人去打听来龙去脉。细问之后才知道，这几家公司都是为了承揽业务方便，同时也是为了包装自己，通过中间人运作，一次性给几家空壳的央企四级子公司缴纳了一笔不菲的挂靠费，从而才有了“央企子公司”这一身份。杨青云听了淡然一笑，不在提高自身竞争力上下功夫，却去搞这些毫无意义的表面文章，这些人简直是疯了。

尽管也感觉这几家公司这么做定有其因，但他对搞混改没有任何兴趣。然而一想起营改增，杨青云的态度却马上不一样了。

他发现跟自己一样，只要提起营改增，圈里人也存在两种截然不同的态度。有人谈虎色变，说它会彻底斩杀整个行业的利润空间，以后基建工程没法做了；也有人不以为然，说这不过是形式主义、喊喊口号罢了，这么大刀阔斧的税改根本不可能真正落地。

因自己所在地区是非试点省份，虽暂时不必担心，为慎重起见，他还是打电话向试点省份的几位同行了解了一下。不了解不知道，一了解杨青云竟吓出一身冷汗。他发现这次全面税改绝不像有些人说的那么老生常谈。他当机立断，立即联系了浙江一家企业专程去考察了一番。

来到浙江实地一看，他立即又吓出了一身冷汗。新税改实施以后，一个项目从投标报名到质保期结束，不管直接用于生产的人工、材料、机械、措施等直接费用，还是向政府缴纳的各项规费、企业管理费等间接费用，计税方式都将发生颠覆性的改变。这一发现刷新了此前他对工程项目管理运营的全部认知。他这才意识到，这次税改貌似简单，实质上绝非营业税改增值税这么轻松。

以杨青云判断，这次新计税办法的实施，对整个建筑行业将会是一场全新的革命。考察结束以后，他立即回公司召开了一次高层会。会后他又专门交代宋光峰，凡事“预则立不预则废”，公司上下一定要提高认识、提前布局，以应对全面营改增的迅速到来。

宋光峰是华瑞公司总经理，正以职业经理人的身份管理着公司所有的日常事务。宋光峰对营改增的理解与杨青云不同，见杨青云如此重视，他小心地问他说：“哥，您是不是太过小心了？一是它好像没这么恐怖，二是国家只是搞试点，最终会不会在咱们这里实施也不一定吧。”

杨青云一脸严肃地告诉宋光峰说，最早全国只有上海一个试点，后来又增加了八个省份，看样子已经势在必行。

“国家这么大张旗鼓地搞试点，绝不可能是做样子。”杨青云肯定地说。

见杨青云这么说，宋光峰没再坚持自己的看法。他立即按照杨青云的安排，联系了北京一家营改增政策培训班，组织财务部人员去学习了一段时间。

理解的执行，不理解的也要坚决执行，对宋光峰这一表现杨青云基本还是满意的。考核一名职业经理人，最重要的是看他的执行力。这次营改增到底什么时候落地实施，杨青云虽心中没数，但近段时间不断出现的一些变化，却让他敏感地察觉到了一丝巨变即将来临的端倪。从去年年底到今年开春，好几个志在必得的项目他都拿得非常艰难。虽然各有各的原因，但工作越来越被动，而且不再像以前那么轻松，这一定是哪个环节出了什么问题。

公司竞争力怎么突然间降低了呢？杨青云费尽心思，却一直没能找到答案。不想突然间又出现了这一意外，这次不比以往，可以说自己还没上战场就已经死了。死就死吧，十次投标九次失败，失败并不丢人，可自己居然连怎么死的都不知道。他暗下决心，盐咸醋酸，他一定要找到那个暗算自己的人。

回到公司，赵志杰还在办公室等他。一切皆事出有因，新报名条件到底是给谁量身定做的呢？二人关起门来从头到尾又仔细梳理了一遍，结果却还是没能找到答案。赵志杰心有不甘，她认为限定潜在投标人有国资背景属于不正当竞争，执意要向招标人质疑，或直接向监管部门实名举报。

杨青云拦住她说：“算了吧，这类事情不要做。败了就是败了，咱愿赌服输，还是看看最终谁会中标吧。”

03

清明节那天，在大运河堤顶上想拦住杨青云去路的两个人，分别是清风驿的支书保平和会计长巨。

因是清明节，这天一大早保平就吃过了早饭，然后去河滩的坟地里烧了纸。上完坟他没有回家，而是直接来到了村支部。

一进支部大院，他立即掏出手机给长巨打电话，告诉长巨马上到支部来一趟。

清风驿人多姓杂，多年来一直论乡间辈分。杨家人辈分高，虽年龄不差几岁，长巨却比保平长着一辈。不知保平一大早就叫自己有什么事儿，长巨说我这就要去上坟呀，上完坟马上过去。保平说上坟你让我婶子去吧，县上的帮扶队一会儿要来。

听说是帮扶队要来，长巨忙跟女人撂了句话，披上衣服急匆匆出门了。

长巨住东南角，院子紧挨着河堤。支部在西头儿，到支部需要穿过整个村子。他刚出胡同拐到房后，就看见不知谁家的狗正在撵鸡。鸡咯咯叫着，扑棱棱飞了一地鸡毛。长巨捡起半截砖头冲着狗扔了过去，狗夹着尾巴跑了，不想砖头滚到了正路过的保荣脚下。

保荣弯腰将砖头扔开，嘴上对长巨说："你小心孩子！"

四五个十一二岁的半大小子叫嚷着正在街上跑过。长巨忙堆了笑脸："上坟日也不耽误你发财。"

"我不发财，这一村村的半大小子还不都得打光棍儿？"保荣说。他红背心外罩着汗褂子，自行车把上挂着一只鼓囊囊的人造革皮包。

"那是那是。"长巨跟上来，好奇地向保荣皮包里瞅着。

"我先去上个坟。"保荣说。

"今儿又安排了几家？"长巨问话明显是在讨好而非好奇。他儿子清超去年高中毕业，想去当兵因胳膊外翻体检没通过，长巨便寻思着这一两年就把家给成了。村子里男孩儿多女孩少，想找到合适的女家并不容易，这几天正准备要托保荣说个媒。

保荣伸出三根手指，得意地在长巨眼前晃晃："三对儿。"

"说一对儿成一对儿。咱清风驿一街人都比不上你。"

"保媒拉纤，连蒙带骗！可比不上你这大队会计，吃着公家喝着公家，算盘珠子一拨就是钱！"保荣嘴上夸着长巨，却难掩一脸的知足。

"二哥你这话就不对了，你说说笑笑就把钱挣了，我一个破会计，就那两块钱工资，哪比得上你？再说了，不管到谁家你不是好酒好菜高接远送？"长巨继续奉承道。

"这辈子杀戮太重，我这不是说媒，是行好！"保荣挺挺腰板强调了一句。他七十多岁光景，秃顶红脸，五短身材。人一上岁数就抬不起脚，他手推自行车双脚交替在水泥路上摩擦着。

“挣那么多钱一分都舍不得花，看你这破车子，回头我跟老三说一声，让他给你买个电三轮儿。又快又稳，多方便！”

听长巨这么一说，保荣忙拉住长巨停下：“可不敢啊！这话千万不敢说。一骑上电车就懒了，这车子我也不骑，就当拐棍儿使。”

说着保荣拍拍车把，长巨哈哈笑了：“我的二哥呀，几百块都舍不得花，咱挣这么多钱干啥？”

“都给我孙子攒着！”

“唉！家家有本难念的经！”长巨叹了一声。他说的老三是保荣的小儿子庆河，庆河前年冬天离婚再娶，聘下了北王庄的闺女王春玲。王春玲是头婚，喊明了过门前先分家，而且不要老人孩子。想着二婚是个短处，保荣便把街上的肉铺分给了老三，自己则带上孙子小强回了老院住下，此后居然放下屠刀改行当起了红娘。

说话间二人已来到支部门外。

清风驿支部是一座邻街的瓦房大院，门口挂满了彩旗，正对门是一堵高大的红色影壁，墙上用黄漆刷着“为人民服务”五个大字。院内红砖铺地，房前花池里种着一蓬蓬月季。几朵红艳艳的花刚刚绽开，大多数仍只冒着骨朵儿。花池旁另辟了一块菜地，种了不少茄子辣椒，几行豇豆苗刚刚冒出黄黄嫩嫩的芽尖儿。

不到九点光景，一辆白色轿车裹着烟尘驶进院子。车还没停稳，一个黑胖的中年人落下玻璃高喊：“张书记……”

等了半天的保平和长巨忙迎出来。

“田局长来啦，欢迎欢迎！”保平远远地伸出手紧跑了几步。

二人亲切地握手。两个年轻人跟着从车上下来，保平长巨也一一同他们握手欢迎。带队的是清风驿的老熟人、县住建局村镇科科长田宝忠，如今正兼着村帮扶小组的组长。头天下午田宝忠给保平打来电话，说第二天上午要来村里送一批帮扶物资。

保平拉上田宝忠，一口一个田局长叫着，热情地引一行人先进屋喝茶。田宝忠没有进屋，他抬头向院外望了望："怎么还不到？"

保平递上一根烟，又掏出火儿帮他点上。一根烟还没抽完，一辆红色单排小货车冒着蓝烟开进院里。田宝忠指一车货物说："张书记，这车货全是给你们的！五十袋白面，五十桶油，你清点一下。"

保平冲长巨使了个眼色，长巨忙拿来纸笔一一清点，随行的年轻人不时拿着相机拍照。清点好数目后众人进屋简单坐了坐，田宝忠提出要去几家帮扶户看看。

保平笑道："让他们自己来领就行了，不敢辛苦领导大驾。"

"那可不行！"田宝忠板起脸弹弹烟灰，"县里说了，必须亲自发放到帮扶户手里。"

保平让长巨通知王多余来一趟。长巨跑到院里给王多余打电话，不一会儿王多余就到了，一进院他就两眼放光地盯着一车物资问："一叫我就知道有好事儿，哪个是我的？"

长巨在他背上拍了一掌，冲保平努努嘴："问你平舅。"

王多余嬉笑着来到保平面前，低头哈腰地叫了声："平舅。"

"先把活儿干了，少不了你的份儿！"保平皱皱眉说，"田局长给咱送物资来了。你先把车卸了，一会儿跟着领导去慰问。"

王多余身高体壮，没一袋烟工夫就把一车物资全卸到了地上。他弯腰拎起一袋面粉，双手一扬放在肩头，又提起一桶油问长巨："先去谁家？"

长巨手里捏着名单却问保平："先去李校长家？"

保平看了看田宝忠，见田宝忠没有反对便命王多余在头前带路。一行人拉开长队，大摇大摆地离开支部向村里走去。

04

清风驿的街巷仍保持着老年间的格局。众人七拐八拐，才在胡同深处一座青砖院门前停下。王多余将身子让开，保平引着田宝忠来到院内。院子不大，一棵老枣树罩着阴凉。知道李校长已瘫在炕上有些日子了，保平一进院就高喊了一声："清华哥。"

半天不见动静，众人鱼贯进了北屋。扑面一股刺鼻的怪怪味道，昏暗杂乱的屋子里，一个男人正跪在炕上给躺着的老人翻身。见有人进来，他忙把老人放平，手忙脚乱地从炕上下来。保平引着田宝忠来到炕前，他弯腰扶着炕上的老人大声说："李校长，县上的领导看你来了！"

老人挣扎着从被子里伸出苍白的手，他气息微弱，激动地拉着田宝忠的手却说不上话来。田宝忠一只黑胖的手拉住老人，另一只手在上面拍了拍说："老人家身体可好？我代表县委县政府看你来了！"

一边说着，他指指王多余刚放下的面粉和食用油："这是党和政府发给你的，什么时候吃完了就告诉张书记一声，我再给你安排！"

老人泪眼蒙眬，众人不忍再看。从屋子里出来，外面光线明亮，众人已睁不开眼睛。田宝忠问保平说："这老爷子多大岁数？"

"八十多了吧？清华哥，李老师今年八十几了？"保平反问送他们出门的清华。

清华说："明年八十五。"

"明年八十五？"田宝忠一脸疑惑。

保平小声解释道："七十三八十四，这两个岁数都犯忌讳。李校长今年八十四，我们这里不说八十四，说明年八十五。"

田宝忠笑了："真想不到你们还有这么多讲究。"

出了大门，保平让清华留步。清华反复道谢后抹了抹眼睛，一行人都走远了还站在原地挥手。

穿过胡同站在街口，长巨让王多余回支部去扛运粮油。见田宝忠一脸嫌弃地抬手闻着，保平就有些不高兴。后来又转了两家帮扶户，田宝忠一一亲手递上油面，随行人员认真拍照合影后众人又回到街上。这时，有人建议街道和旧房子也拍几张合影，田宝忠点点头。回到支部门口，保平指着墙上的木牌问："要不要也拍几张？"

说话间众人已排成一行，随行的年轻人又给他们拍了一张合影。王多余没话找话，怪腔怪调地问：“大领导还稀罕咱这破房烂屋？”

保平训斥道：“你怎么这么多话？这照片要拿给上边汇报的，有图有真相嘛！”

王多余红着脸低下头，田宝忠似乎没有听出保平话里的讽刺：“张书记觉悟就是高。定点帮扶是政治任务，不是送几桶油送几袋面。不但本身工作要做好，而且还要做好宣传。有粉搽在脸上嘛！”

保平忙说：“是田局长站位高。”

田宝忠耷着眼皮不紧不慢地说道：“不宣传，谁知道咱都做了啥？这既是做给领导看，也是做给群众看。”

拍好照片回到屋里，田宝忠累了一身汗。保平递过来的茶水不喝，却去院里洗了半天手，又从车上拿下毛巾擦汗，回屋时手里还多了一瓶矿泉水。保平更不高兴，他反手将田宝忠那杯茶递给了王多余，长巨见状忙隔在二人中间将烟递了上去。

“帮扶户太多，我就不一一去了。”田宝忠喝了口矿泉水说，“张书记，县里对这次帮扶很重视，你们一定要按名单分发到户，并逐户签字做好台账。”

“请田局长放心，我们保证把事情干好！”见保平脸上还挂着情绪，长巨接话说道。

天近晌午田宝忠起身要走，保平作势留饭，不想田宝忠沉着脸打起了官腔：“张书记你这就不对了，我们是来帮扶的，不是来吃饭的！”

保平笑着赔罪，田宝忠上车前长巨作势又留了一次，保平暗暗扯了他一下。望着白色轿车远去，保平不满地说：“叫他个田局长，还真成局长了？”

长巨不解地问：“我怎么看他们向东走了？”

保平撇撇嘴：“信不信，一会儿电话就来。”

长巨没有多问。二人回屋里坐下，保平告诉长巨下午就带着王多余把剩下的物资发下去，并嘱咐说领到物资的人一定要先在表上签字。结果事情还没交代完，保平的手机就响了。保平低头一看，接电话时故意开启了免提。

“张书记啊，听说我们来了清风驿，曹所长非堵着不让走。我们这就去河东吃饭呀，你要不要过来见个面？”电话那头传来田宝忠的声音。

保平冲长巨撇了撇嘴，怪腔怪调地说：“田局长您看这事儿闹的！早知道一开始我就跟着你们走了！给咱清风驿做了这么大的好事儿，今天村里做东！”

“那可不行！”田宝忠说，“工作有纪律，不拿群众一针一线！”

保平忙说：“好好好，咱不违反工作纪律，这次算我个人请客好不好？”

保平挂掉电话，长巨说还真让你猜准了，保平小声骂道：“早就知道会有这一出儿，真不值钱！”

“走吧，还愣着干什么？掏钱去吧！”保平见长巨还愣着不动，没好气儿地说道。

清风驿地处省界，向东跨过大运河便出了本省。近段日子听说县城有人专门在饭店门口偷拍干部，县里的干部纷纷改去镇上吃请，镇上的干部就改去别的镇上。自己地盘上熟人太多，不在自己地盘上放心。清风驿离县城远，镇上的干部们同样也小心谨慎，遇有吃请喝酒就定在河东。一条河隔着两个省，谁也管不着谁，方便得很。

05

保平和长巨各骑着电动车来到河东。

进包间一看，一大桌菜早已经点好了，田宝忠旁边还坐着老曹。老曹是镇司法所的所长，又是清风驿的包村干部。二人拘束地坐在下首，先代表村里给众人敬了一圈酒。

老曹与田宝忠相熟，举杯就是大口，没几杯就见了酒意，田宝忠脸上也泛起了红晕。黑脸人脸一泛红就成了紫色，见田宝忠喝得爽快，保平突然想起一件事情。他藏在桌下用手机发了条信息，然后伸手管田宝忠要车钥匙。

田宝忠一愣：“啥意思？”

保平嘿嘿笑道：“没啥能拿出手的，咱清风驿的烧鸡我准备了几只，一会儿给您放到车上。”

田宝忠笑了：“张书记你这个人不简单啊！”

一边说着，田宝忠一边从裤带上摘下钥匙，不递给保平却放在自己酒杯旁边："你还别说，你们清风驿的烧鸡就是不错。走南闯北这么多地方，就你们的烧鸡最入味！"

保平笑了："李三儿他爷爷的爷爷就在码头上卖烧鸡，祖传好几代了，上百年的手艺嘛。老汤一直都没换过，而且全炖的笨鸡。"

"没给曹所长拿上两只？"田宝忠问。

"自然都有，哪能没曹所长的！"保平挤了挤眼睛说。

见田宝忠高兴了，保平端起一杯酒："领导，今年的危房改造指标，看能不能多给咱分几个？"

"这小子原来在这里等着我！"田宝忠手指保平，哈哈笑着对老曹说。

老曹端起酒杯帮腔道："保平是明白人，全镇三十几个支书，就他会来事儿！再说了田局长，不是我说你，都是上级的钱，给谁不是给？帮扶就帮到底嘛。来来来，咱干一杯！多改造几间危房，不也是你的功劳？"

老曹和田宝忠碰杯说话间，已将车钥匙抄起塞给了保平，保平又递给了长巨。长巨拿着钥匙出门一看，王多余正抱着一只白色泡沫箱子等在门外。二人将箱子放到田宝忠车上，王多余好奇地问："小姥爷，他们是连吃带拿呀？"

"不该问的少打听！"长巨正色道。

王多余一吐舌头。酒足饭饱，田宝忠用牙签剔着牙，一再嘱咐老曹："纪委这段日子查岗严，喝了酒你就回家睡觉，千万别去单位。"

"你放心，单位我已经填了外出。"老曹摇晃着身子回头对保平说，"我直接回家睡觉了啊保平。要是有人问起来，你就说我给你们分物资呢。"

保平点点头，老曹骑上电动车摇晃着走了。见他走远了，田宝忠才肯上车。望着白色小轿车远去，长巨狠狠啐了一口："这是来帮扶的吗？"

"给的总比拿的多。你去把账算了，再把他送来那些东西分了。"保平说。

头吃饭保平就憋着一泡尿，方才连跟田宝忠喝了几大杯，顶得他有些头昏眼花。摇摇晃晃地骑着电动车从河东回来，刚过桥他就实在憋不住了。保平告诉长巨我要撒泡尿呀，说着捂着肚子向北走了两步，解开腰带对着一棵树滋了半天。

突然，保平发现远处堤顶上停着一辆黑色轿车，他醉眼蒙眬地问长巨：“那车谁的？是不是青云回来上坟了？”

长巨摇摇头说：“不知道，太远了看不清。”

“咱清风驿谁有大轿子？那就是青云嘛！”

“真看不清。”长巨拉着保平往回走。

“走，咱过去看看是不是青云！”保平一边说着，一边扎上腰带，他拉着长巨要往北走。长巨用力向后缩着：“喝了这么多酒，你赶紧回家睡会儿吧。人家混好了，一直躲着不见，见了也没意思。”

“见个面有什么嘛？他青云就是成了亿万富翁，不还是咱清风驿的人？”

保平没理会长巨的劝告，他摇晃着身子向北走去，长巨只好在后面随着。二人刚走了几步，就见黑色轿车已经起步驶来。

“看，开过来了吧？那就是青云！他一定是看咱俩过来了！”保平兴奋地说，他一边说着一边挥手向远处打着招呼。

长巨撇撇嘴，无奈只好低头扶着保平向前迎去。距离越来越近了，不料黑色轿车突然加快了速度。二人刚愣了愣，它竟停也没停，唰的一下径直开走了。

保平和长巨错愕地站在路边，扬起的尘土落了他们一头一脸。

“操，有钱就了不起呀！真忘了喝哪条河里的水长大的！”保平这才发现自己热脸贴上了冷屁股，他气呼呼地骂道。

长巨劝道：“别生气了，也许人家没看清是咱。”

“跑得比兔子都急，急着抢孝帽子？”

黑色轿车早已拐弯消失不见，保平仍瞪眼发泄着心中的不满。

06

保平感觉自己的脸全丢光了。

从河堤上下来他回家睡了一觉，醒来已是黄昏，他越想越气。他不恨别人只恨自己，人一喝多怎么就这么不值钱呢？

杨青云比他小，那时候只记得村里人都说他学习好、有志气，除了这些再没有什么其他印象了。后来保平当兵去了部队，再听说就是杨青云考上大学去了省城。等保平退伍回来，才知道杨青云父母全死了，他跟村里也断了联系。虽说每逢过年清明都回来上坟，但上坟归上坟，他一直躲着不跟村里人见面。有人说他混好了，发了大财瞧不起大家了；也有人说他不见面是因为没混好，没脸见面，总之这些事情在清风驿早就不是什么秘密了。

人家不愿见面就不见面吧，自己怎么就那么不知分寸，脑子一热竟主动去找人家说话呢？保平越想越后悔，他掏出手机拨通了长巨的电话："今天青云见咱没停车的事儿，你跟谁都不要说。"

电话那头长巨笑了："一个忘恩负义的人，你在乎他干啥！"

长巨话里有话，青云是杨家的人，长巨也是杨家的人，而且还是杨青云五服头儿上的叔叔。保平没想到长巨说话这么狠，便问青云为什么一直躲着不见。任凭保平怎么问，长巨却一个字都不肯回答。

没过几天，保平接通知去镇上开会，被党委书记罗建华狠批了一通。事情的起因是二季度综合考评镇上拿了全县倒数第一，清风驿又是全镇倒数第一。保平脸上挂不住，便闷着头不说话。不想大会开完开小会，会后他又被罗建华单独叫到办公室谈话。

保平小心地敲门进屋，罗建华沉脸指指办公桌对面的椅子，仍低头在记事本上写着什么，屁股都没抬一下。保平不敢说话，时间一分一秒地过着，他心慌缭乱地不时搓手看自己的脚尖。又过了好大一会儿，罗建华才咳嗽一声将记事本合上。他怪腔怪调地挖苦说："挺光荣啊保平，你们村又是倒数。"

保平最反感别人居高临下大名大号地叫自己名字，尤其是那些年龄比自己小的领导干部，他笑了一笑没有答话。罗建华又说："咱废话少说，穷则思变，这些年清风驿一直穷，根本原因就是你们这些村干部不思进取。如果想接着干，我不管用什么办法，你赶紧把倒数第一的帽子给我摘了。再这么下去，你这个支书就别当了。"

虽说官大一级压死人，保平的火儿腾的一下全顶到了脑门儿。支书虽不算什么官，但他前后也见识过不少领导。他从没见过像罗建华这样的人，年纪不大架子不小，动不动就打官腔，而且一开口就拿免职说事儿。保平心里不服嘴上便说：“没办法，没门路。该想的办法我们都想了。”

罗建华没想到保平敢顶撞他，他摔了一下记事本同样也一点面子都没留：“你这思想本身就有问题！什么叫该想的办法都想了？没干好就是没想到，干不了就别干！能干的人有的是，不换思想就换人！”

镇上和支部本是鱼水关系，这些年不管谁在清风驿当书记，对支书们都客客气气，有什么事儿都是商量着来。罗建华是从省里空降下来的副县长，在镇上当书记是兼职，平时轻易都不来镇上一趟。俗话说强龙不压地头蛇，碍于这种情况保平原以为自己硬话一说，对方马上就会改说软话，哪知罗建华根本就不吃他这一套。

保平心眼儿活，毕竟支部工作没做好，他忙改了笑脸说：“求求你了罗县长，您别再逼我了好不好？清风驿穷了这些年，能想的办法真全想了。村里的情况你也不是不知道，从长明当支书到现在，你说啥办法没想过？老年间还有个码头，咱穷就穷在没产业上，可咱除了地真啥都没有。我虽然当过几年兵，可也是一个农民。要发展经济，你说一个农民能想出什么办法？实在不行，你帮我想想办法。你让我怎么做我就怎么做，保证指哪儿打到哪儿，一点儿都不含糊。”

保平态度一软，罗建华也见好就收，他认真盯了保平一会儿，打开桌上的记事本翻了翻：“你不是当过兵？你那些战友没有当老板的？就不能让他们来投点儿资？”

“战友我早联系过了，咱地方偏，又没有好政策，人家都不来嘛。不信你问问曹所长，这几年他一直包村。”

罗建华拄着下巴想了一会儿说：“那我给你出个主意，不知道能不能成。”

保平一脸疑惑地望着罗建华，罗建华说：“搞经济还得以人为本，回去后你统计一下，看你们村里有哪些人在外面做事儿。”

保平不明白罗建华这话的意思，罗建华说：“你以村里的名义联系联系，看看这些人有没有兴趣为村里做点事。这些人对老家都有感情，是有效生产力。你去好好动员动员他们，没准儿这是个好办法。”

罗建华这一提醒，保平马上想到了不久前回来上坟的杨青云。虽然对杨青云的视而不见有意见，回到村里，保平还是兴奋地问长巨说："青云这些年都发什么财？"

"青云？"长巨一愣，"不是说好不提他了？"

保平说："不能不提，有好事儿！"

见保平不是开玩笑，长巨摇摇头说不知道，这些年跟他没什么联系，好像原来在什么建工集团上班。

"这都是哪年的老黄历了？听说青云现在是大老板了！你再好好打听打听，看他到底在哪行发财。"

长巨问保平打听这个干什么，保平便将罗建华的意思跟长巨说了。长巨一听头立即摇得像拨浪鼓："不行不行，这肯定不行，不可能的事儿。"

"为啥？"保平不解地问。

"你真不知道？"

见保平好像真不清楚杨青云为什么绕着村子走，长巨说你不知道就算了，总之别打他的主意，咱连想都不用想。找他还不如找金田他三叔呢。听说金田他三叔在福建部队上是个师长，虽然已经退休了，也认识不少人。

"一个退休干部能干什么？你们不出五服的爷们儿，他从小也是喝运河水长大的，你就不能去找找他？"

长巨摇摇头："谁爱去谁去，我没这个脸。"

"这话怎么说的？"保平反问道，"我也听有人说青云忘恩负义，这到底怎么回事儿？"

任凭保平怎么问，长巨依旧一个字也不肯说。这时门外来了王多余，他光脚穿着拖鞋，左手一只茄子，右手一只青辣椒边走边啃。

茄子生涩，青辣椒辣嘴。王多余一边嚼着，一边还故意咧着嘴吸凉气。长巨骂道："还没长熟就给我摘了，咋不馋死你！"

"外甥是狗，吃饱了就走。嘿嘿，不光吃我还得拿，一会儿走的时候再摘几个。"王多余嘿嘿笑着。

"没脸没皮！"长巨怒道，其实他也并不是真恼，王多余在谁面前都这样。

保平顿时眼前一亮，问王多余说："青云你熟不熟？"

王多余蹁腿坐到桌子上：“要问青云，平舅你可真问对人了。我俩光屁股长大，不信你去打听打听，全清风驿就数我俩最好。你说是不是小姥爷？”

王多余说着转头看着长巨，长巨生气地将脸扭过去不看他们。

“那就你了！”保平打开铁皮柜，从里面拿出一包烟。拆开递给王多余一支，又主动拿打火机给他点上。

王多余乍受此待遇，忙要从桌子上跳下来。保平按住他说：“你别动，听我说。这不镇上让咱挖掘资源嘛，村里派给你个任务，你去找一趟青云，看他愿不愿意给村里做点儿贡献。”

一听这话王多余人立即蔫下来，他不但烟没敢再抽，连啃了一半的茄子也不吃了。

“这事儿我可办不了。”说着，王多余转身要溜。

保平堵在他面前：“熟不能白熟，你要是真把这个事办成了，我去县上好好给你摆一桌。”

“不行不行。”王多余挣扎着还是要走。

“那你刚才都是吹牛？”保平见好言劝说不成，立即改变了套路。

一听保平这么说，王多余立刻急了：“平舅你怎么这么说话？咱清风驿谁不知道，就我跟青云关系最好？”

“你就吹吧。”保平说。

王多余不服气，保平说：“那你去省城找找他，不管要不要来钱，村里都出路费。”

“不去。”

“食宿全包，一天再补贴你一百块。”

保平三言两语一撺掇，王多余脑袋一热竟真领受了这个任务。关起门来，两个人开始商量见到杨青云怎么说。按保平的意思，是让王多余动员杨青云来村里投资办厂，或者安排一些人去省城打工。长巨在一旁泼冷水说：“你们说的这些都不可能。”

保平忙问：“为什么？”

长巨说：“他这个人从小就犟，他是不想再跟村里打交道，怎么可能回来办厂呢，更别说派人去他那里了。”

“那你说怎么办？”

长巨想了半天才说：“不如让他出钱给村里修条路，这或许还有可能。”

保平看看王多余，王多余挠挠头也认为长巨说得有道理。保平想想也好，他虽然不知道杨青云为什么这么记恨清风驿，但一见面就说让人家回来投资这确实有些难度。他拍拍王多余肩膀：“这事儿能不能办成，就看你的本事了！”

第二章　新时代

01

夏天来了。

无论多么炎热的天气，都抵不过一个人对梦想炽热的追求。自春末至夏初，杨青云一直都忙得不可开交，他是一个热爱生活的人，只有热爱生活的人才会有如此热烈的梦想，也才会对梦想有着如此执着与勤奋的追求。对一个从小喝着运河水长大的孩子来说，在他的世界里只有不知疲倦的奔跑，和那些已经完成或者尚未完成的目标。

梦想就像黄昏时分从远方飘来的一缕轻风，清爽、惬意而且让人沉醉。最近这两年，杨青云发现自己越来越有斗志，完全不像一个即将步入成熟中年的男人。

工程圈林林总总，五花八门，但在工程圈，每个人都有自己的专属领地。杨青云的领地就很特殊，他的华瑞公司自成立起，只承接各类政府基础设施建设项目。

按照政府项目采购规律，每年六七月份将是一个相对集中的招采期。在他部署下，华瑞公司接下来将陆续参加几个大型基建项目的投标活动。

所有熟悉招投标工作的人都知道，招投标过程其实是一场漫长的角逐，而非召开一场开标会这么简单。而对于众多角逐者来说，递交投标文件并等待评标结果也只是一个结束，而非开始。因为在递交投标文件之前，很多该做的工作都已经早早完成了。

这一切对杨青云来说都是轻车熟路。在业界摸爬滚打多年的他心里很清楚，决定投标成败的关键不在表面，因此很多布局准备工作他很早就已经开始了。知己知彼方能百战不殆，在招标公告发布前，与这些项目关联的一切他都已经烂熟于心，他不但早早就派人完成了踏勘调研，对潜在的竞争对手进行了一一摸排分析，而且还和业主单位建立了良好的工作关系。

为保证成功率，在正式投标之前，他一再叮嘱经营部部长何海平：投标文件不但要无可挑剔，而且一定要高端大气，争取让评委拿到手里就有一种眼前一亮的感觉。

一切都按部就班地进行着，唯一让他稍感意外的是，其中一个项目发布招标公告时更换了业主。

本来，这几个项目的业主单位都是政府职能部门。见招标公告一发出来竟改成了城投公司，而且没有事先通知，杨青云慌了。

杨青云天生敏感，每一个风吹草动都能立即引起他的重视。是不是项目资金来源没保障了，或者是出了什么其他变故？他立即四处找人打听，一问这才知道，原来并没有发生什么意外，只是政府支付渠道需要调整，跟项目本身没有多大关系。

虽然只是虚惊一场，但一连好多天他都心有余悸。

类似意外已经发生过一次了，他不允许这类情况再次出现。此前，那个让他功亏一篑的雨污分流项目早已经尘埃落定，中标人是一家从未在本地出现过的央企。央企不可能贸然来参与地方上的建设项目，背后一定有牵头人。他和赵志杰经多方打听，竟始终没摸清对方的来路。

明明知道自己败了，也知道败给了谁，却不知道自己输在哪里，杨青云和赵志杰都感觉有些窝囊。无奈之下，他们只好把失败的原因归咎于偶然因素。

不管什么事情都拿得起放得下，想不清楚的事情不过于纠结，这是杨青云的过人之处。纵是如此，那次失败的阴影仍长时间笼罩在他的心头。拿眼下来说，项目业主的突然更换虽不足为虑，但直觉隐约告诉他，量变往往导致质变，这很可能将预示着一种新秩序和新变化。

自从有了这一考量，他每天都如临大敌，一刻都不敢放松。最终经他亲自操刀，华瑞公司参与的五个项目成功拿下三个，总中标金额接近五个亿。

坐在宽大的办公室里，望着电脑屏幕上刚刚发布的中标公示，他点上一根烟长出了一口气。

烟雾缭绕间，他抬眼望了望对面墙上“华瑞的对手只有自己”几个大字，杨青云暗笑自己是不是过于敏感了。

一切照旧如常。只要胆大心细，世间一切自有因有果，没成功不是因果不到就是努力不够。按照他的部署，如无意外中标公示期很快就会结束。公示期结束以后，按招标文件要求，在规定时间内和业主签订施工总承包合同，然后组建项目班子，由项目班子组织备案进场。自高薪聘请宋光峰出任总经理后，他们二人一直分工明确。杨青云负责招投标跑马圈地，宋光峰负责公司日常事务性工作。这一轮紧锣密鼓的招标过后，接下来需要他做的，就是去布局运作下一个项目。

日子一天天平淡地过着，在迎来送往中，杨青云有条不紊地重复着他的日常。这年夏天特别热，吹过城市的风裹着扑面的热浪，将人皮肤烤得生疼。秋分过后，一场秋风又唰的一下将整个城市吹透了。站在办公室高大的落地窗前，他双手抱肩，若有所思地望着辽远的天空。

其实赵志杰并非杨青云华瑞公司的员工。

赵志杰的公开身份是赵记茶楼的女老板，不为人知的是，她另外还经营着一家项目咨询管理公司。因在省城有着神秘广泛的人脉，近几年她在工程圈长袖善舞、呼风唤雨，同样也是一个大名鼎鼎的风云人物。与杨青云不同的是，赵志杰在工程圈只做公关，不做施工，因此反倒在众人眼中更有了几分神秘色彩。

只要手头有项目，赵志杰总是第一个告诉杨青云。如果项目合适，杨青云便会跟她合作，这几年成功的案例也不在少数。

圈里人没一个知道赵志杰到底是什么来路，更不知道她为什么如此青睐杨青云。因此，对大多数人来说，他们之间到底是什么关系始终是一个谜。

杨青云和赵志杰相互信任，他们之间也一直顺风顺水。人人自觉，社会和谐，只要大家都按规矩来，所有的合作都能长久地保持下去。想到这里杨青云不禁笑了。他突然想起那个雨污分流项目虽然没有做成，但赵志杰前期一定也投入不少，他考虑着自己是不是适当给她一些经济补偿。

就在这时，办公桌上的内线电话响了。

内线一响肯定是有工作请示，杨青云立即接听了电话。不想接听后才知道，原来是公司楼下来了一个陌生人，一进门就乱冲乱撞，四处打听他在哪里办公，而且自称是自己的外甥。杨青云一头雾水，心中突然又是一惊，皱着眉头调出了一楼的监控画面。

一个农民工打扮的人正在跟值班保安撕扯争吵，他碎花上衣，黑色牛仔裤，脚下两只大大的蛇皮袋子，肩上还斜背着一只挎包，眉眼间那副神态看上去有些眼熟。

他忙将画面拉近一看，竟不禁笑了："原来是这傻小子。"

杨青云告诉助理去把高主任叫过来。不一会儿小高推门进屋，杨青云指着监控画面说："这人是从清风驿来的，你去看看怎么回事儿。"

"清风驿来的？"小高一脸惊讶。

"就说我不在。能打发走赶紧打发走，别让他在大厅里大吵大叫。"杨青云不耐烦地说。

小高转身下楼，临出门时杨青云又叫住他说："你再问问，他怎么找这里来的，有什么事儿。"

不一会儿小高回来了，告诉杨青云："这个人说他叫王多余，是你的小学同学。清明节你回去上坟，他偷偷记下了车号，然后一路打听着找过来了。问他别的一概不说，只说想见你一面，见不到就不走了。"

杨青云听了不高兴："你没告诉他我不在？"

小高一脸委屈："我告诉他了，可他就是不走。"

杨青云突然笑了："这傻小子从小就一根筋，你对付不了他。"

见杨青云没有怪罪自己，小高又说："他让我问问你还记不记得，有一年你在河里洗澡被水草缠住，是他爹把你捞上来的。"

听到这里，杨青云脸上的表情突然黯了下去。他鼻翼抽动了两下，眼圈竟有些红了。他沉默着。过了一会儿，他扯过一张纸巾擦擦眼睛，在办公桌下的保险柜里拿出了两沓钞票。

“你去把这个给他，告诉他以后不要再来了。”

小高愣住了。方才他一直没敢说话，他接过杨青云递过来的两万现金，犹豫着提醒他说：“钱都给了，您不去见见他？”

杨青云闭上眼睛摇摇头说：“不见，清风驿的人我一个都不见。”

02

然而，王多余并没有想象中的那么好打发。

小高拿钱下楼以后，他不但不肯接钱，而且好像知道杨青云害怕什么似的，故意在大厅里大吵大嚷，引来了众人纷纷围观。小高扯着他一再好言相劝，可他不但不肯消停，嘴里还不时高喊杨青云的名字。

又有几名穿制服的保安围上来，举着警棍吓唬他说要打报警电话。王多余眼皮一翻：“打，现在就打！我就不信了，外甥上门来看舅舅，他能让公安把我抓走！”

不了解情况的人还以为发生了什么大事儿。小高一会儿唱黑脸一会儿唱白脸，最终却还是劝说不下。他暗中给保安使了个眼色，凑上去小声地跟王多余说着话。趁他分神的工夫，众保安一起将王多余按住，捂着嘴抬进了值班室。

没想到的是，被关进值班室以后，王多余却不吵不闹了。他笑嘻嘻地给小高递上一根烟，小高堵在门口不理他。他一点都不觉得尴尬，得意洋洋地将烟点上，既像自言自语又像故意说给小高听：“小舅你知道，我王多余就是块滚刀肉。你愿意打就打愿意骂就骂，反正今天见不到你我不走了。”

小高生怕他再跑出去胡闹，紧绷着表情一直堵在门口。王多余拉过一张椅子坐下笑了：“兄弟你别那么紧张嘛，你看我就在这里坐着，老实得很。你去跟小舅说，问问他见不见我？”

小高哪敢信他的话，王多余笑着贴上来，嘴上却动员起了小高：“看兄弟你也是个明白人，我也是个明白人。你赶紧去问问小舅，他要是见我咱哥俩啥都不说了，他要是不见……”

“不见怎样？”

“你告诉他，今天我就在他这儿跳楼！”

说着，王多余作势又向外冲，小高忙拦住他的去路。不想王多余停下哈哈笑了：“我吓唬你的，要跳楼你能拦住？”

见这么僵持下去不是办法，小高只好叫来保安守门，自己上楼来找杨青云汇报。杨青云又气又笑，他想了半天告诉小高说：“你先答应他，把他稳住。”

小高一脸担心问杨青云他如果真跳楼怎么办，杨青云笑了：“你以为他真会跳楼？”

“他真这么闹……”

“老家人真是惹不起啊！”杨青云叹了一声。他让小高去告诉王多余自己现在很忙，根本没时间见面。如果真想见面，就老老实实地先住下等着。小高不相信杨青云一句话就能稳住王多余，杨青云笑了：“你去吧，就按我说的说，他一定听你的。”

说着，他又跟小高耳语了一番。

事情不出杨青云所料，当小高把杨青云的话传给王多余，王多余果然不再闹了。他扛起自己的行李包裹，跟着小高便上了楼。

华瑞大厦内部有自己的宾馆酒店，每个显眼的地方都张贴着醒目的公司标志，以及“华瑞的对手只有自己”这几个字，它无时无刻不激励并提醒着人们的斗志与信心，同时又将公司经营理念的霸气暴露无遗。

当天晚上，小高按照杨青云吩咐，叫了几名公司高层一起宴请了王多余。

几人轮番敬酒，王多余哪见过这场面，不胜酒力的他不一会儿就醉了。第二天一上班，小高就形影不离地在宾馆房间陪他。午饭有专门的人员送到房间，一到晚饭时间，又有几个人过来拉着他们去喝酒，第三天也是如此。结果耗了没几天，王多余就没耐心了。

王多余试探性问小高说：“小舅到底什么时候有空？”

小高说老板很忙，不但天天有很多事情需要处理，而且还要去拜访领导，平时吃饭睡觉几乎都没时间。他既然已经答应你了，你就耐心等着吧。

见小高说得一本正经，王多余没敢多话。他在清风驿散漫惯了，哪习惯这样天天关禁闭似的在房间里闷着。见小高也不理会，他坐如针毡地不停在房间里走来走去。

这天，王多余实在忍不住了。他一脸客气地对小高说："你去问问小舅，看他是不是把我忘了？"

"哪有？"小高正色说，"老板一直想着你呢，他实在太忙了。有人管你吃管你住，这样的好事儿哪里去找？你先安心住着，再耐心等几天。"

伸手不打笑脸人，小高终于把王多余磨得没脾气了。他不再张口闭口说见不到杨青云就不走，也不再威胁说杨青云不见他就跳楼，反倒求着小高去给杨青云捎个话看什么时候能见面。一开始小高装腔作势地不肯答应，王多余一连说了好几次，他才好不容易说："你来找老板到底有什么事，跟我说也一样。"

王多余这才把自己的来意跟小高说了。小高听了简直是哭笑不得，难怪老板对老家的人没什么好感，这个人来公司大吵大叫，原来竟是想逼着老板给老家捐钱。

听说王多余找上门来是想让自己出钱给村里修条路，杨青云几乎想都没想就答应了。小高一脸诧异："见个面你都不想见，咱为啥出这么多钱？"

杨青云没有回答，他通知财务准备了五十万现金，让小高去转交给王多余。

"这就白给五十万？"杨青云的大方虽人所共知，但小高觉得这笔钱这么轻易扔出去太可惜了。

杨青云没理会小高的一脸惊讶："你告诉他，早年的事我都记着呢。我就不见他了，这个地方以后让他不要再来了。"

小高见杨青云已经做出决定，提着沉甸甸的五十万现金就要出门。

"等等。"杨青云又叫住他说，"你先去让办公室下个通知，以后凡有自称老乡的人，一个都不许接待！"

将王多余打发走以后，杨青云心头就像卸下一块沉重的石头。

又两个多月过去了，随着北方大地新一轮寒流的到来，招投标市场迎来了年前最后一轮政府集中采购。尽管事先做好了充足的准备，一条致命的消息却让杨青云感觉如同雷击。他计划参与的几个项目全部修改了报名条件，清一色要求投标人必须有国资背景。栽倒在类似问题上已经不止一次了，杨青云这才真正意识到，这一突如其来的变化绝非一次偶然事件。

为什么会出现这种情况，到底是哪里出了问题？他一连给好多人打了电话，不是电话打不通，就是对方闪烁其词，没有一个人能给他一个合理的解释。

接下来怎么办呢？眼见志在必得的项目全部化为泡影，杨青云急得如同热锅上的蚂蚁。宋光峰小心地建议他说："要不咱也找一家公司挂靠？"

杨青云没好气儿地说："哪有卖掉自家孩子去给别人养孩子的道理！"

可能觉得自己话说得过于强硬，杨青云话一说出来又感觉后悔。他换了副语气对宋光峰说："来日方长，一切从长计议吧。"

自打从建工集团辞职，杨青云辛辛苦苦一手打造出了华瑞公司如今的规模。华瑞就是他一个孩子，他怎么可能舍下华瑞去用别人公司中标呢？

没有把握的事情杨青云从来不做，为了安定人心，他不得不临时决定去参与几个此前他看不上眼的小项目。世间没有侥幸，没过几天现实又重重打了他一记耳光。因事先没做任何准备，在这一轮招投标活动中，华瑞公司不但一路惨败，而且颗粒无收。

在投标总结会上，看着经营部人员垂头丧气的样子，杨青云没有发火儿，他反倒鼓励宽慰大家说："都别泄气嘛！这只是一次意外。不就是投标没中吗，大家一起好好找找原因，吸取经验，争取下次大功告成。记着，咱们华瑞的竞争对手只有自己。"

虽嘴上说得轻松，杨青云知道这次颗粒无收并非意外。回到自己办公室，他开始一根接一根地抽烟。所幸年后还有几个未履行完的合同，公司产值应该不会受到什么太大的影响。可手头这些项目做完以后呢？

他实在不敢再想下去了。

03

这年冬天冷得出奇，跌跌撞撞到了年底，破局无方的杨青云每天都一脸愁容。虽知道所有一切都绝非偶然，但如今他唯一能做的，也只有在提高公司自身竞争力上下功夫。不知不觉间他脾气暴躁起来，常说不了几句话，就鼻子不是鼻子脸不是脸地打断别人，弄得宋光峰和好几位副总都轻易不敢直接跟他照面。

小高看在眼里，虽嘴上不说，早接晚送时却加了万分的小心。杨青云似乎也发现了自己的暴躁，有一天他突然问小高说："是不是这段时间我脾气太坏了？"

小高不敢说是，也不敢说不是："您是太累了，里里外外都您一个人操心。"

杨青云说："我也不想着急，可几百口人等着吃饭，我能不急吗？"

小高虽没有明说，杨青云却已知道自己的负面情绪已经感染到了大家。作为公司掌舵人，他不应该轻易把情绪挂在脸上。想到这里他叹了口气，开始努力克制自己的焦虑，时刻装出一副云淡风轻的样子。

年关难过，一到年底每家企业的处境都一样。刚进腊月，华瑞公司会议室里就挤满了人。农民工工资对每家建筑企业来说都是卡脖子的问题，不管有钱没钱，让农民工高高兴兴地回家过年，这是一年到头对建筑企业最严峻，同时也是最无情的一次考验。

杨青云凡事都能分出轻重缓急，他一再告诉宋光峰说，公司项目多、队伍杂，不但工作量大，而且什么事情都有可能发生。你一定要耐心处理，而且不要教条主义。即便工人们提出什么过分要求，也一定要想办法变通或者让步，公司不但不能出现欠薪的情况，而且不能因此出现任何纠纷。

其实这类事务早已不需要杨青云亲自过问，但劳务队大都是与他合作多年的嫡系队伍，一旦结算时出现什么分歧，这些人根本不和任何人商量，直接绕过项目部、财务部，甚至绕过宋光峰来找杨青云评理。对此他既苦恼不堪，又不得不高高兴兴地耐心接待。

每个圈子都有每个圈子的生态，规矩归规矩，规矩之上还有人情。规矩可以随时制定调整，人情没了却没办法找回。圈里人都说杨青云厚道，人人也都愿意跟华瑞合作，不跟底层争利一直是杨青云的原则。

大家辛辛苦苦一年到头，为的就是这次年终结算。如果此时刻薄不让，明年大家谁还愿意继续跟你？

因此，一到年底杨青云办公室每天都开着门，笑呵呵地接待着人们的进进出出。与此同时，他表情的转变也很快收到了成效，公司气氛开始不再那么压抑，众人脸上也终于出现了久违的笑容。

而眼下的财务状况却不容乐观。从账面和报表来看，公司这一年经营搞得不错。但所有项目回款都遇到了不同的困难，不是支付周期不到，就是财政资金困难，盘算下来竟还有近一千万的缺口。宋光峰一脸愁容地来向他汇报，杨青云笑了笑说：“一千万够不够？”

宋光峰忙说一千万足够了，杨青云说不就一千万的事嘛，你不用担心，钱能解决的问题都不是大问题，这几天我就落实。

虽嘴上说得轻松，宋光峰走后，杨青云却坐困愁城般一筹莫展。去哪里解决这一千万资金呢？他思来想去，一时都想不到任何解决问题的办法。眼见支付期限越来越近，他急得就像热锅上的蚂蚁，焦躁地在办公室里转来转去。

公司上上下下人人欢天喜地，只有他一个人心头笼罩着一层难以抹去的阴影。年关越来越近了，他心里也越来越不踏实。

每当心情烦躁时，他都会去茶楼找赵志杰坐坐。突然想起那份早就想给她的补偿，杨青云拿起手机准备约赵志杰见面，哪知赵志杰的电话正好打了过来。

“你知不知道，出大事儿了！”电话刚一接通，赵志杰便急切地说。

杨青云心头一紧，忙问出什么事了。赵志杰说你还不知道吧，刘五经把公司卖了。

杨青云听罢“哦”了一声，过了大半天才懒洋洋地说：“是吗？”

见杨青云没有她意料中的惊讶，赵志杰明显有一丝失落。杨青云也意识到自己不该如此冷漠，便问赵志杰你是说五经把公司卖了？这不可能。赵志杰说怎么不可能？我还能编假新闻骗你？杨青云见她不像编故事，心头又沉了一下。他问赵志杰这事你听谁说的，我怎么不知道。赵志杰说，没根据的事儿我能跟你乱说？

杨青云沉默了。

赵志杰告诉杨青云说，她听省发改委的孙主任说，刘五经已经把中平药业的股份卖给了一家外地投资公司，此事千真万确，目前还没几个人知道。据说他是要移民，而且已经订好了机票。

尽管说得有鼻子有眼，但杨青云不相信刘五经会卖掉公司。刘五经是他的大学同学，而且是最好的朋友。以他的了解，这件事在理论上都不可能发生。他笑着批评赵志杰说："你这人哪儿都好，就有一点不好，那就是听风就是雨，大惊小怪。"

"等你知道人家早就在国外了。你把人家当朋友，人家拿你当路人。"赵志杰揶揄道。

"这绝不可能。"杨青云肯定地说。

"你爱信不信，反正我告诉你了。"见杨青云还是不相信自己，赵志杰心中更加不满。

"咱别总这么八卦好不好？随便一个捕风捉影你就来找我求证。"听了赵志杰的话杨青云也有些不高兴。

"一片好心告诉你，你这是什么态度？你不是在他那里有股份吗，人家要跑了，我只是提醒你一下。"这时赵志杰才说出自己给杨青云打电话的目的。

想起自己在中平药业还有六百万的投资款，杨青云说："好了好了，咱别为别人的事儿吵了。正好要过年了，有件事我过去跟你见个面。"

和赵志杰见面时，杨青云特意带上了三十万现金。煮了一壶生普坐下，两个人都没再提刘五经的事儿。当杨青云说要把他带来的三十万现金留给赵志杰，她不但没有收下，还跟他翻脸了："是不是在你眼里我只认钱？"

"为我的事不能让你吃亏嘛。"杨青云红着脸把钱收起来。临出门时，赵志杰拉住他怪腔怪调地说："要过年了，你不去看看你师父？"

杨青云一听笑了："去，当然得去呀。师父师母一直待我恩重如山，做人哪能一点儿感恩心都没有？"

一般场合下杨青云不会跟人油嘴滑舌，他之所以这么说，是因为赵志杰是他师傅赵志安同父异母的妹妹，不过兄妹二人已经多年不相来往，这层关系圈子里几乎没人知道。

刚和赵志杰分手，杨青云的电话就被人打爆了。

来电话的清一色全是他们的同学，几乎所有来电询问的也都是同一件事情：刘五经到底是不是已经把资产全部卖了，以及他是不是在准备出国跑路。听着这些焦急的询问，杨青云哭笑不得，他如条件反射般手机一响就头疼。大家都是同学，出于礼貌电话不能不接，接了就得耐心地应付。客客气气地听对方把话讲完，杨青云的回答却千篇一律：这事儿我不清楚。

你就别替他瞒着了！见他这么说，来电话的同学就有些不高兴。不只对方不高兴，杨青云自己也很不高兴。一是他确实不知此事真假，更不用说内幕了；二是即便知道内幕，他也没有责任和义务去跟任何人解释。如今人人都有自己的冷暖，他不明白为什么总有人对别人的事情那么上心。最让他无法忍受的是，人人都笃定他知道内情，自己这么不冷不热地一说，反倒让人觉得他是在故意替刘五经隐瞒，这躺着中枪的冤枉让他叫苦不迭。

随着传闻越炒越热，事态不可避免地被挟裹着开始朝最坏的方向发展。没过几天，几乎人人都知道刘五经要出国跑路了。特别是当找杨青云打听的人越来越多，好几个平时不怎么联系的老同学，甚至还有几位在体制内当领导的人也纷纷打电话向他询问，此事的严重性已不言而喻。杨青云突然意识到，难怪人们这么关心刘五经，是不是他们跟自己一样在中平药业都有投资？

直到这时，杨青云才恍然大悟。原来牵动这些人的并非刘五经的冷暖，而是他们的钱。这些年刘五经公司发展很快，早就听说他吸收了不少人的民间投资。想到这里，杨青云内心生起一股无奈与悲凉。虽不相信道听途说，但毕竟好朋友出了这么大的事儿，他硬着头皮给刘五经打了一个电话。

平时大家都忙，轻易不打扰对方。见马上又要过年了，刘五经问杨青云是不是有什么事儿。杨青云迟疑着考虑要不要把话挑明，就在这时刘五经说，这几天喝一杯吧，正好有件事要跟你说说。

挂掉电话，杨青云隐隐有些失落，他已经明显感觉到这次谣言并非空穴来风。刘五经为什么突然卖掉公司呢，而且居然还瞒着众人？这么想着想着，一连好几天他心里都堵得难受。自己那笔投资款的事杨青云没提，尽管他自己也面临着无米下锅。他相信刘五经不会做出卷款潜逃的事，此时自己绝不能再像众人一样凉薄无情。

最让杨青云难受的不是别的，他认为出了这么大的事情，刘五经不该瞒着自己。

04

在清风驿，不管好消息还是坏消息总是传得很快。

王多余拿回五十万块钱的事不胫而走，不到天黑全村人都知道了这一消息，街头巷尾纷纷议论，谁也没想到他竟然有这么大的本事。镇政府在村西不远，连镇上看大门的崔玉信都逢人就夸，说王多余有本事。人们都说，如果换个人去，别说捐五十万了，恐怕连杨青云的面都见不到。

王多余自己也逢人就吹，一是吹自己本事大，二是吹杨青云有钱而且有情有义，再有就是这次自己如何在省城大开眼界。看他那股绘声绘色的神气，仿佛是在宣告他已经是杨青云的代言人。而杨青云根本就没有跟他见面，王多余却只字不提。

人们都信了王多余的话，有人就说："看来青云没那么绝情嘛，虽然这些年赌气不回来，但他还是有良心的。"也有人撇撇嘴说："什么绝情不绝情，五十万就给自己买个好儿，把老少爷们儿的嘴堵上，这生意划算！"

话被路过的保荣听见，他推着自行车，鼓着一双金鱼眼木然地拖脚走着。保荣用力咳嗽了一声，也不看众人一眼。连保平都信了王多余的话，只有长巨冷笑了两声。这天黄昏，长巨在大街上堵住王多余，压低声音问他："他真见你了？"

王多余躲着长巨的目光："小姥爷，问这个干啥？"

"别跟我嬉皮笑脸，牛皮吹大了，我怕你收不了场！"

长巨说得严肃，王多余立即慌乱起来："你咋知道他没见我？"

"我没你了解他？"说着，长巨在王多余屁股上踢了一脚。

王多余一缩脖子扯住长巨胳膊："嘻嘻，小姥爷，啥事儿都瞒不过你。这话我只跟你一个人说，你可不敢告诉旁人啊。"

长巨答应跟谁都不说，王多余这才一五一十地把自己逼杨青云捐钱的经过说出来。长巨又仔细询问了王多余几个细节才说："我答应不跟别人说，可你自己千万别说出去，也别再到处吹牛。"

王多余点点头，长巨又不放心地嘱咐他说："就是保平问，也不要说。"

王多余不知长巨这话的意思："小姥爷，他要问我咋说呢？"

"咋说？啥都不说！你是咱杨家的外甥，青云也是咱杨家的人。别一天天跟着保平瞎跑，有粉就往他们张家脸上搽。"

几乎所有人都对王多余刮目相看，唯一不开心的是他的老婆小惠。

"你个憨熊，五十万都给村里了？"天完全黑下来以后，王多余在街上逛够了，嘴里哼着歌回到家里。他刚一进门，小惠就扯着嗓子骂了起来。

王多余低下头，吓得不敢说话，小惠抄起梳妆台上的化妆盒砸了过来："你咋就那么傻？"

王多余不知所措，在街面上的得意一扫而光。小惠恨恨地说："你自己不往外说，谁知道你要来几个破钱？好歹留下十万，我娘俩也不用跟你过这穷日子了！"

"小舅那钱给大伙儿修路的。"王多余一脸无辜地解释说。

"修修修，修你娘个 × ！有本事让保平去要呀，就你现眼！咱要不要脸要来的钱，凭什么都便宜他们！"

化妆盒掉在地上碎了，王多余蹲下身子，小心捡拾着碎玻璃。小惠红着眼睛，逼王多余找保平去要回扣。王多余低头一声不吭，小惠越想越气，一直拉着脸连晚饭都没做。

天色已经很晚了，王多余还像个做错事的孩子，困得直打哈欠都不敢上床。小惠气呼呼地躺了半天，呼的一下坐起，扒光自己衣服喘着粗气冲王多余扑过来。王多余躲不敢躲动不敢动，任小惠扯去衣服将他压到床上。

二人口喘粗气躺着。小惠说："这五十万咱不能白便宜他们。天亮了你就去找保平，我要在村里开个超市。"

第二天一早，王多余来到支部，把小惠要开超市的想法告诉了保平。

保平很为难。王多余当着电工，现在又要开超市，好事儿不能让他一个人全占了。清风驿本来就有三家超市了，张、杨、李三大姓各有一家，都分别占着不同的方位，也都有自己的地盘。开超市按说不是支部该管的事，但清风驿人多，三家大姓就占了一大半，从老年间起各家门里都有着自己的规矩。这些年无论大事小情，都是先经族里老人同意，然后去跟支部商量。

谁都知道开超市是门赚钱的营生，小惠的想法却明显坏了规矩，保平觉得这件事很难办。不答应不好，王多余刚刚给村里要来五十万。虽然这钱不是他出的，但没他这事一定办不成。如今三家超市开得好好的，突然又要多出一家。事情虽小，万一再有人做出坏规矩的事情怎么办呢？

保平考虑了半天，告诉王多余说："开超市可以，你不能在村里开。"

王多余一听就恼了："平舅，咱刚过河就拆桥是不是？超市我不开了，钱你给我，我这就给青云退回去！"

保平一拍桌子大声喝道："你小子怎么这么不知好歹？"

王多余不知所措，长巨走过来慢吞吞地解释说："你平舅给你选好了，村西你不是有块地？超市就开那儿。进村出村谁不在你门口路过？再说那儿离公社也近，光公社里天天就有多少人买东西？"

王多余这才不说话了。他回家和小惠商量了一下，却又给保平提出了一个要求：盖超市村里必须帮他协调土管所，让土管所出正式手续。

保平觉得这不是什么大事儿，便点头同意了。事情定下来以后，王多余这才不再吵着威胁要去给杨青云退钱。

05

听说村里突然有了一大笔钱，包村的老曹不请自到，天天都来支部泡着。以往到处找他都找不见，现在下班了都不走，保平心有预感却又不敢把话说明。他既不敢慢待，又不敢照面，便有意躲着不去支部。

一开始，老曹没发现保平是在故意躲他，见保平不在，他就在支部会议室里跟长巨一起扯闲话。扯来扯去始终不见保平，便问长巨保平到哪里去了。长巨既不敢撒谎也不敢实话实说，就告诉老曹说我不知道。

“你一个会计，支书干什么去了不知道？”老曹责问着长巨。长巨不敢得罪他，就说前几天听他说过要去部队探亲，不知是不是到部队去了。村支书外出需要给镇上请假，老曹一听长巨就是在搪塞他。他一脸冷笑对长巨说：“人一富就变脸，这话果然没错。”

后来，老曹就让长巨给保平打电话，说是到支部来开会。长巨滑头，电话拨通了却把手机塞到老曹手里。老曹打着官腔问保平：“好几天都不见你，干什么去了？”

保平一听接电话的是老曹，支支吾吾说不上来。老曹说你马上到支部来开会，保平问开什么会，老曹说你来了就知道了。保平想继续问，老曹人立即恼了：“保平啊保平，我看你这个支书是当大了。好赖我还包着你们村，镇上有指示你敢不来是不是？”

说着他气呼呼地把电话挂了。长巨笑嘻嘻地凑上来打圆场：“别生气别生气，有什么事儿跟我说也一样。保平是当过兵的人，架子大，平时没什么事儿不来支部。”

老曹没好气儿地说：“再大的水也没不了船！”

长巨想听听老曹找保平到底有什么事儿，老曹说，就没见过你们这样的，你们村危房改造指标还要不要了？前段时间还一个劲儿托我给田局长说好话，如今躲着不见。你去告诉他，要指标明天去镇上找我，不要就算了。

老曹气呼呼地骑着电动车走了，长巨关起门来给保平打电话。二人商量了半天，却也没商量出什么好办法来。

结果第二天老曹空等了一天，连保平的人影都没见着，他这才知道保平是在故意躲他。没脸再打电话问长巨保平为什么不来，天刚擦黑他去街上切了一盘猪头肉，又让李三撕了一只烧鸡，提上一瓶老酒直接找到了保平家里。

刚一进门，老曹发现保平正蒙头在炕上躺着。将吃食放下，老曹问保平怎么了。保平捂着半边脸，含混不清地说这几天喝水少，火牙犯了。老曹说真不知道他病了，病了不早说一声。吃几片甲硝唑，那药管事儿。

保平装作不知老曹葫芦里卖的什么药，说药吃过了，已经疼得没那么厉害了。说着他从炕上翻身下来，捂着半边脸单手开冰箱门给老曹拿烟。老曹说："本来找你是想喝两盅呢，我拿了瓶十多年的老酒。这酒今天也别喝了。你先收起来，等哪天好了再喝。"

保平谦让说，哪见过公家人给庄户百姓送礼的，曹所长你这是骂我不知天高地厚呢。老曹没心情跟保平闲扯，便说起了那笔钱的事儿。他嘴里叼着烟，装作很随意地问保平说："那个钱想好怎么花了吗？"

保平依旧捂着半边脸："人家青云说让修路，那就修条路吧。"

"修路就修路，路怎么修、钱怎么花你想好没有？"

保平摇摇头："要说修都得修，村里就那几条水泥路，一下雨都没法出门。修谁家门前不修谁家门前容易闹意见，过几天我想开个会商量商量。"

"修个路哪有这么麻烦？"老曹说，"这事儿商量不成，支部定哪儿就修哪儿。"

"都大眼瞪小眼看着呢。"保平说，"钱是青云出的，我想先跟四叔商量商量，看他们老杨家怎么说。"

老曹看了一眼保平，说话间加重了语气："这钱要交到财政所，你知不知道？"

"我们自己的钱，为啥交财政所？"保平一听立刻急了。

老曹笑了："我的傻兄弟呀，看来我担心得没错。今天来找你，就是怕你在这件事上犯错误。"

保平一头雾水，老曹说："幸亏今天我来，现在只要涉及公家的事情都审计，你又不是不知道。比如修路吧，钱是怎么来的，怎么花的，你一定得说清楚吧。我说这话你别多想啊，哥哥只是给你个提醒。别到时候路修好了，再惹一身臊！”

保平想想，迟疑着问老曹：“真得交财政？”

老曹话锋一转：“按说是得交财政，不过不交也不是不行。”

好不容易要来的钱，保平当然不愿意上交。他忙问老曹：“有啥办法？”

老曹嘿嘿笑了：“办法有是有，不过这事儿你不能出面，得我来出面，而且得听我安排。”

保平一脸疑惑，老曹说：“现在我就给你出个主意，不是看咱哥俩这些年的交情，这主意可不能随便出。”

保平越是心急，老曹反倒不急。见已经拿捏到了火候，老曹才说：“这事得我亲自去找罗县长，想办法让他点头。只要罗县长同意让村里自己干，这事儿你才能放心大胆地干。”

“罗县长能同意？”保平不放心地问。

“有我呢，你放心！我包着咱们村，县上一大堆工作都忙不过来，镇上的事儿他问不了那么细。”

“修路是不是得招标？”保平没说同意老曹的建议，也没说不同意，但他还是感觉不放心。

“招什么标？”老曹笑了，“我的傻兄弟，县里规定超过三十万才公开招标。你这个项目先拆成两个，都不超过三十万，这样就不用公开招标了。我认识县上搞设计的，也认识搞预算的，还有修路的工程队，咱周围这几个村的路全是他们修的。这事儿你交代给我，准保给你干好！”

见狐狸终于露出了尾巴，保平立即又警惕起来：“就修个路，又不是没钱，哪有这么麻烦？再说了，咱自己的钱自己还做不了主？”

“兄弟你又傻了吧？”老曹拍拍保平肩膀说，“捐来的钱也不能乱花，这事儿你还真做不了主。再说了，这钱交到镇上你就得走程序。勘察、设计、招标、预算、监理、审计，哪个不是钱？落到咱村里就没几个钱了。还有，最终活儿让谁干你说了也不算。你听我的，这些环节全免，不但能省下不少钱，而且咱自己也能说了算。包村这些年了，你哥哥还能坑你？”

老曹连哄带吓，保平还是将信将疑。见保平还在犹豫，老曹拍拍他的肩膀说：“我不是吓唬你保平，这钱我一句话就能让镇上收走，一句话也能把它留下来。你好好掂量掂量吧。钱怎么花是小事儿，路修不修也是小事儿，咱可别因为它犯错误。”

保平是个细致人，也不是没见过世面，但他真没想过这笔钱怎么花还有这么多讲究。一时间，他手上这五十万修路款竟成了一块烫手的山芋。

06

直到过了半个多月，杨青云才终于等来刘五经的电话。

一见面刘五经就不停地道歉，说这段时间需要处理的事情太多，实在太忙所以才没有主动联系。杨青云笑道，那么多同学找我打听你，我还真以为你跑到国外打高尔夫去了。刘五经说又取笑我，现在说什么的都有，你就别再火上浇油了。

玩笑归玩笑，见刘五经卖掉公司并不是要出国跑路，杨青云这才多少有些心安。刘五经做医药，杨青云做工程，二人常戏称彼此是绑在一根绳上的蚂蚱。因为这两个行业都来钱快，而且很多环节都不公开透明，共同的行业特点让他们彼此冷暖与共。又加上最初二人都是从体制内辞职创业，与其他同学相比，他们之间有着更多的共同语言。

见好朋友没出什么事儿，而且也没有故意躲着自己，虽有心问问自己那笔钱怎么安排，碍于面子杨青云没说出口，他向刘五经抱怨起了近期遇到的种种不顺。

出人意料，这次刘五经并没有陪他一起发牢骚：“能感觉不顺，说明你已经在用心观察并考虑问题了。你有没有总结出什么规律？”

刘五经的话给人一种置身事外的感觉，杨青云发现他语气怪怪的。他问刘五经你这话是什么意思，刘五经叹了口气：“山雨欲来风满楼，不知你发现没有，一场大变革很快就要来了。”

杨青云一头雾水。

当年大学毕业以后，刘五经并没有直接参加工作，而是又读了三年的哲学研究生。在辞职创业前，他一直在省委政策研究室工作，杨青云一直认为，刘五经对社会发展规律和未来形势的判断有着洞若观火的认知。因此不管有什么事情，他都愿意找刘五经说说。

杨青云请刘五经把话说明白些，刘五经并没有直说，而是给杨青云讲起了故事：“公元 471 年，北魏孝文帝即位。在即位的第二年他开始整顿吏治，先变革官制、税制和俸禄制度，进而禁胡语、改汉姓，均田改制，自上而下推行了一系列改革，这你不会不知道吧？”

杨青云点点头：“孝文帝改革？这我知道，它是我国历史上非常有名的一次变法。”

“没错，看来你当年读的书还没忘，我说的就是孝文帝改革。”刘五经叹道，“你知道孝文帝改革，不知你想过没有，当时有谁知道这在历史上会是一次伟大的变革呢？”

刘五经此话一出口，杨青云立即沉默了。

刘五经见他已有所思，也沉默了一会儿。又过了一会儿，刘五经自言自语般说道：“其实这些年咱们身边很多人的价值观一直有误区，不知你注意过没有，不管有什么事情，如今大家都喜欢用金钱去衡量。”

“哦？”杨青云望着刘五经，又是一脸疑惑。

刘五经说：“比如你获得一份荣誉，人们第一个关心的绝对是你得了多少奖金。你做成了一单生意，大家最先问的一定是你挣了多少钱，而不是中间你付出了多少艰难曲折和辛苦努力。你知道这是为什么吗？”

杨青云摇摇头。刘五经说：“这是因为至今我们还生活在一个物质不丰富的时代，人人都在因贫困而感到恐惧，所以人们最感兴趣的还是财富。”

杨青云不知道这句话跟改革有什么因果关系，他一知半解地点头称是，刘五经说：“其实所有的社会矛盾归根结底都是贫富差距。如果人人渴望财富，贫富差距却越来越大，它的社会矛盾也一定越来越尖锐。一旦这些矛盾不可调和，国家就必须启动改革。”

杨青云点点头，刘五经言之有理，简单一句话就打开了很多思路。刘五经继续说道，“据我判断，当今社会已经高速发展了这么多年，如今又到了一个新阶段。也许很快会出现一种新局面，到那时，很多秩序会跟以前完全不一样，这是历史规律。”

杨青云没有插话，刘五经这番话太重要了，他生怕自己一插话会打断他的讲述。他拉着刘五经，要他具体讲讲接下来都会发生哪些事情。

刘五经说：“未来发生什么很难判断，所有一切都取决于你想扮演什么角色。尤其咱们这些做民企的，如果想不掉队就一定要及时做出反应。虽然这暂时要付出一些代价，但只有这么做才能保证不被淘汰。”

杨青云问为什么，刘五经说，以前我们的政策是允许一部分人先富起来，如今确实有一部分人富起来了。但很多先富起来的人并没有想过，一个人不但有他的个人价值，还应该有他的社会价值。他们只盲目去追求个人价值，强调个人感受，其实这种认识是错误的。

说到这里，杨青云联想到了混改和营改增，他瞬间好像明白了些什么，同时也理解了刘五经为什么会突然卖掉医药公司。他问刘五经说：“下一步你想去干什么呢？”

刘五经没有回答。杨青云感慨道，我们不像你，你已经实现了财务自由，可以想做什么就做什么。我们这些人，眼下只能把生存放在第一位。

刘五经说，我们这个时代就像一艘在大海上航行的巨轮，正在慢慢地调整航向，只是咱们这些船上的人还没感受到。如今国家在下一盘很大的棋，你也赶紧考虑转型吧。适者生存，跟不上时代早晚会被淘汰。

杨青云虽认为刘五经说得有道理，可他不能按他说的去做。刘五经说放弃就放弃，自己可舍不得这些年辛辛苦苦一手打下的“江山”。

后来，杨青云才知道卖掉医药公司以后刘五经改行去做农业了。他投资的地方名叫南沟村，在一个距离省城很远的山沟里，那地方是他的老家。刘五经是一个标准的城二代，从小就生活在省城，按说跟老家不会有太深的感情。听说他这一选择，杨青云很长时间心里都酸酸的。

临告别前，刘五经告诉杨青云，卖掉公司以后，所有同学的投资款他都已经退清了，他感谢同学们这些年对自己的帮助。刘五经问杨青云要钱还是要股份，如果要钱那六百万投资款如数退回，另外还有丰厚的红利。如果不想要钱，可以继续投资他的农场。杨青云想了想说：“这段日子比较紧，好多项目回款都不顺利，你还是给我钱吧。”

公司上上下下正等米下锅，最让人焦虑的钱的问题突然解决了，杨青云顿感一身轻松。年前年后是各公司公关活动的黄金期，为找到新项目，他开始了一轮轮紧锣密鼓的公关。一场场应接不暇的酒局让他苦不堪言，纵归谈笑风生、轻松自如地迎来送往，只有他自己知道，这段时间身体已经严重透支，但责任在肩，公司几百人等着吃饭，他无法不苦苦咬牙硬支撑着。

小高担心地说，您别总这么拼了，还是身体重要。杨青云眼神迷离，自言自语道：“多喝场酒死不了人，再拿不到新项目咱们就全死了！”

杨青云睡眠质量不好，每次应酬结束睡上一会儿就会醒来。醒来后他后背发紧，心跳加速，而且头疼欲裂，这生不如死的煎熬与孤军奋战的无助，迅速在内心上升为一种无法言说的委屈。每到这时，他就迫切地想找人说说话。能随时陪他说话的人只有赵志杰。半夜接到杨青云电话，赵志杰知道他又喝醉了，便主动提出要过来陪他。杨青云心里不耐烦，嘴上又不忍发作，便沉默着不说话。赵志杰不高兴地说：“最近一趟都不到我这里来，你到底有多不愿意见我？”

赵志杰话里明显带着责备，杨青云最烦的就是被人抱怨。不解释理亏，解释就要争执。为避免争执，他索性连解释都懒得解释：“对不起，这段时间太忙了。”

“口是心非。”赵志杰说，“你这都是借口，不愿见我就不愿见我，不用绕圈子。我又没赖着你，该怎么帮你我还怎么帮你。”

“这怎么会？”杨青云强作欢颜道，“我是真忙，去年下半年一个标都没中，这么多人都还不知道吃什么呢。你不知道这段时间我压力多大。”

“你问问自己你说的是真话吗？你都没勇气面对自己。”赵志杰说，“跟我说句实话真就那么难？”

“对不起，这段时间我确实压力大。”不管赵志杰怎么说，杨青云已经拿定了主意。虽然他和赵志杰早就互生好感，但二人仅限于临时性的项目合作。合作完成一拍即散，那道好不容易建立起来的壁垒绝不能轻易突破。

第三章　转型

01

刘五经那番话让杨青云想了很久。

开春后第一天上班，宋光峰就忧心忡忡地走进他办公室："杨总，关于公司今年的发展，我有几个小想法，不知道适不适合跟您说。"

杨青云指指面前的座位，示意宋光峰坐下："什么想法？说说看。"

宋光峰似乎下了很大的决心，才试探性地说道："我是想跟您商量一下，看咱们是不是调整一下经营思路。"

"怎么调整，有具体想法没有？"杨青云不动声色地问。

宋光峰说："政府项目现在越来越不好拿，一是各级地方政府财政不宽松，二是为了政绩他们还在千方百计地上大项目，可项目已是形同虚设。鉴于这种情况，咱是不是考虑换一下阵地，看看国企或高校有什么好项目可做。"

杨青云沉吟片刻说："你这想法挺好，不过国企项目大都是工建，专业化程度高，咱们不擅长。学校项目也基本都是土建，周期长而且资金回笼慢，对咱们来说也不太合适。"

宋光峰点点头，杨青云说："这段时间我也一直想着做调整，可惜还没找到好方向。你多用用心，回头咱们再好好研究研究。"

宋光峰说："咱们是不是也考虑一下搞混改？最近有人一直找我谈。"

杨青云笑了："光峰，你觉得这是有效生产力吗？"

他这么一反问，宋光峰立即不说话了。

虽然没同意宋光峰的建议，但杨青云也没有全部否定。见杨青云这么说，宋光峰客气地起身要走。杨青云又叫住他说："年底咱们没拿到新合同，今年压力肯定会比较大。接下来最主要的任务是先拿几个大标。先保证有饭吃，再保证吃得好。投标的事你不用管，其他事你都多操操心，一定把内部管理做好。"

宋光峰点点头，杨青云又说，"你安排人去审批局新注册一家劳务公司，资质也办下来。"

宋光峰一蒙，他是来给杨青云提合理化建议的，不想却接到了这一指示。他心中纳闷，便问杨青云说："咱不是有劳务资质吗，还要再办一个？"

杨青云没有接话，宋光峰说："好，我马上安排去办。"

之所以没解释新注册劳务公司的原因，是杨青云内心已经有了一个暗暗的打算。经过这段时间的深思熟虑，他发现自己虽不能像刘五经那样与过去一刀两断，但可以结合行业走向尝试着做一些内部转型。穿旧鞋走老路明显已经跟不上时代的发展，只是这些想法他暂时还不能轻易跟人说出来。

进入工作状态以后，时间突然好像过得快了起来，不知不觉间又一个多月过去了。谁也没有想到，在这年的春季招标市场上，一向大杀四方的华瑞公司竟再次颗粒无收。

一次失败是意外，接连失败绝对是出了大问题。颗粒无收的尴尬还在其次，最重要的是接连失败给人们信心带来的打击。杨青云比谁都清楚，这已经不是一次简单的失败。如果再不吸取教训自己恐怕真要掉队了。刘五经明明早就提醒过他，他开始后悔自己没立即听从刘五经的劝告。

杨青云下定决心，开始对公司进行了一次大幅度调整。

所有一切都是悄悄进行的。

这天，他把宋光峰叫到了自己办公室，说如今项目越来越难拿，目前也没有什么好的办法。咱们不如从成本控制入手，先压缩一下设备计划。宋光峰不同意杨青云这一决定，说增收和节支是两回事儿，控制成本不是解决问题的根本办法。怎么拿项目，多拿好项目才是最有效的战斗力。

“这不是两回事，”杨青云说，“量变导致质变，对成本完成方向性的控制，是调整经营战略的前提，先照我说的做吧。”

“方向性控制？”宋光峰不解地问，“您说咱得奔着哪个方向控制？”

杨青云张张嘴想说，却又忍住了。重大战略决定生死，他感觉自己不能毫无保留地把底牌全部亮出来。

杨青云正考虑着怎么跟宋光峰才能交代清楚，宋光峰说：“您不能只告诉我战术，不告诉我战略。这不但会影响我做事的效率，而且还会形成内耗。”

“这话怎么说？”见宋光峰提出的问题有些多，杨青云问道。

“就像您让我去注册劳务公司，您一直不告诉我为什么，我就走了很多弯路。到现在为止，我都不知道咱注册这个劳务公司要干什么。直言不讳地说，您这是不相信我。”

“哪有？”杨青云笑了，“古人有句话，事以密成，语以泄败。光峰，我这么做不是为了防你，这一点希望你能理解。”

见宋光峰明显有了情绪，当晚杨青云约了他一起共进晚餐。借用餐的机会，他告诉宋光峰说：“不相信你我能把公司交给你？你是管理方面的专家，我们这些人都是大老粗，江湖套路，你别见怪。”

“您是掌舵人，深谋远虑。”宋光峰说，“最佩服您的就是谋局。您放心，我能摆正自己的位置，按您的指示把工作做好。”

“这就对了嘛！”杨青云又敬了宋光峰一杯酒。

“日子越来越不好过，公司先减负运行，目标是轻资产轻负债。以后咱们所有的机械都只租不买，另外再淘汰一些使用率较低的重型机械。除了这些，公司那几个基地也要整合一下，腾出来的地块有合适的买主就卖掉，没合适的也可以考虑出租。现在环保越来越严，那几个搅拌站已经成了包袱。如果有合适的买主也把它们卖了。”

尽管一直在点头称是，面对如此大刀阔斧的决定，宋光峰还是感觉不能理解：“杨总，不就几个标没中嘛，您这是不准备干了？”

“干是得干，再像以前那么干恐怕不行了。”杨青云晃晃手中的酒杯若有所思却又态度坚决地说。

鉴于此前刘五经所遭受的非议，杨青云也预料到了自己做出这一决定可能带来的后果。事情果然不出他所料，当华瑞公司开始陆续处理资产，工程圈很快就传出一个爆炸性的新闻：因盲目扩张，华瑞公司已经严重资不抵债，不得不靠变卖资产偿还债务。

听到这些传言，杨青云既不反驳也不解释。公司上下游客户、合作银行纷纷把电话打给了宋光峰，杨青云眼不见心不烦，索性把手机一关在办公室里抽烟喝茶，丝毫不去理会这些风言风语。

不想谣言越传越离谱，公司资金链断裂的事情很快就甚嚣尘上，而且愈演愈烈。

第一个给杨青云打来关心电话的是赵志杰。见她言语急切，杨青云张了张嘴，终于还是忍着什么都没说。没过两天，师父赵志安也给他打来了电话。在电话里，赵志安没说别的，只是问杨青云是不是遇到了什么困难。杨青云说没有，赵志安说没有就好，如果真遇上什么困难，千万不要闷着不说。师父虽片言只语，放下电话后杨青云却感动得稀里哗啦。这么多年了，师父永远还是那个师父。

像刘五经当初卖掉公司一样，也有很多同学给杨青云打来了电话，对此他一概不作解释。顶着各种流言蜚语的压力，华瑞公司终于开始了一场漫长而艰难的转型。

02

早在计划启动之前，杨青云就特别交代宋光峰，所有一切都要在暗中进行，而且对内对外都要保密。

“你千万不要明着喊出来，更不要大张旗鼓。”杨青云说。之所以如此交代，一是他害怕被同行盯上，二是担心此举会引起员工的恐慌。

世上没有不透风的墙，事情刚开始没几天，不但业界传遍了华瑞公司变卖处置资产的消息，就连公司内部也出现了许多不同的声音。见身为职业经理人的宋光峰竟敢随意处置公司资产，那些当初跟杨青云一起创业的骨干不干了。他们越过宋光峰，纷纷来到杨青云办公室告状。

“这不是败家子儿吗？咱好不容易打下的江山，就这么贱卖处理了？”

“卖卖卖，把设备都卖了，以后拿什么去接项目？再去买新的吗？”

“你怎么这么信任他？他们这些学管理的就是耍嘴皮子，都是纸上谈兵。再这么下去公司就完蛋了！”

……

都是一起打天下的兄弟，杨青云既没作任何解释，也没有故意隐瞒。他含蓄地告诉大家说，这些都是我同意的，公司下一步将有一个大动作，所有一切他自有安排，请大家拭目以待。见他这么说，众人虽半信半疑，却也不再旗帜鲜明地和宋光峰针锋相对。

更大的影响还在外部。铺天盖地的负面新闻杨青云不闻不问，宋光峰却受不住了。有好几次他都想来见见杨青云，跟他说说自己面临的非议和压力。杨青云故意躲着不见，一时间各类谣言更是传得满天飞。

船小好掉头。对于几百名员工、同时经营着十几个在建项目、一年近十个亿产值的华瑞公司来说，想迅速转身并不容易。杨青云给宋光峰交代的转型期是一年，也就是说在一年内，华瑞公司需要顶住巨大的压力，在全力保证生产的同时，完成他预先设定的转型任务。

在大事方面，只要拿定主意，杨青云从不拖泥带水。哪知柳暗花明，就在他刚刚打定主意转型，赵志杰却给他带来一个巨大的商机。

这天，赵志杰将杨青云约到茶馆，神秘兮兮地告诉他说，我最近认识了一个来自北京的林总，他专门为重大工程项目提供居间服务，据说跟主管交通的赵副省长关系不一般。

赵志杰问杨青云要不要一起见见。一开始，对这类来路不明的人杨青云轻易不敢相信，但经不住赵志杰再三劝说，他决定先会会这个神秘人物再说。

很快，赵志杰就安排他们正式见了一面。林总一身西装，行踪诡秘，三人关起门来在茶楼聊了将近两个小时。经过一番观察杨青云发现，此人比自己想象的要爽快得多，一看就是工程界的行家里手，第一次见面，他就推荐了一个十二个亿的高速公路项目。

杨青云半信半疑，不相信世上有这么容易到手的事儿。林总说，该项目就在自己手里，而且全部是上级资金，全过程不需要垫资。见他不相信，林总又说如果你愿意接，事成之前不让你出一分钱。想想即便事情不成自己也不会有多大损失，杨青云这才答应可以试试。

不过，林总也给杨青云提出了两个条件，一是必须用央企中标，二是预中标单位代理人必须由他安排，而且不经同意不得更换。

杨青云佩服他的豁达和老谋深算，想想这么安排倒也两不藏奸，于是才正式答应。心里想着如果用央企中标，自己不但不能再做总包商，而且还要分一半工程出去，他又不禁感觉有所遗憾。

虽仍抱着试试看的态度，杨青云还是对这次投标活动非常重视。为防万一，他暗中交代宋光峰，又找了两家央企参与了这个项目的投标。关于事情的来龙去脉，他始终没向宋光峰透露。

一切都按计划进行着。

高速公路项目的评标办法比较特殊，需要事先给各投标人编号，现场摇球确定初步入围的人选，然后再进一步确定中标候选人。因随机性强，这一办法相对公平公正。更公平公正的是，不管哪家公司中标，都是同一个中标价格，这样一来就避免了恶意竞争产生的可能。

林总做事果然利索，当杨青云把自己的意向单位告诉他以后，林总说不管项目有没有竞争，为让杨青云省心，二十家陪标单位他已经提前安排好了。

杨青云更加佩服他的缜密和敬业，同时也开始坐如针毡地等着评标现场的好消息。

开标当天下午，好消息第一时间传来，十二个亿的高速公路项目顺利中标。杨青云终于长出了一口气，这大半年总算没有白忙，也算在生死关头解救了一下公司的燃眉之急。

事后问起宋光峰他才知道，暗中报名的那两家公司连第一轮都没能入围。宋光峰一开始对这次投标没有任何信心，当看到中标结果，他既兴奋又佩服地问杨青云：“您到底怎么运作的？只找了三家单位，这标咱就中了？”

杨青云笑而不答。

林总慷慨，杨青云也大方，算下来二十家公司陪标成本需要二三百万，喝酒庆功的时候，杨青云主动提出这些费用全部由他承担，这一做法再次得到了林总的赞赏。

那天晚上喝罢庆功酒，杨青云又在茶楼坐了一会儿。赵志杰意味深长地看着杨青云笑，杨青云挤了挤眼睛也笑。中标以后，杨青云告诉宋光峰，用新成立的劳务公司和中标公司签订了一半工程量的分包合同。直到这时，宋光峰才明白杨青云当初让他新办理劳务资质的用意。宋光峰佩服得五体投地："哥，我们都是谋事，您是谋局。这个局敢情您早就谋好了。"

"一个项目而已，这次不过是撞了个大运。"面对宋光峰的奉承，杨青云只是淡然一笑，其中的盐咸醋酸只有他自己清楚。

公司新接了大单，自然上下欢喜。中标企业出面和筹建处签订合同以后，杨青云没等收到预付款，就一次性付清了向林总事先承诺的所有居间费。为谨慎起见，他让小高提前准备了几只大号的拉杆箱，戴上帽子墨镜，用一辆新买还没上牌照的面包车把箱子送到了指定的地点。

除了林总，杨青云还额外给了赵志杰一份重重的答谢礼。赵志杰说什么都不肯要，并高调地说我帮你可不是图钱。杨青云笑了："一码归一码，这是你该得的。大家都要遵守游戏规则，如果你不收以后事情没法做了。"

"能用钱处理的事儿，你从来不欠人情。"赵志杰撇撇嘴说。

杨青云逢场作戏地开玩笑说："这钱如果用不着你就先放着，说不定哪天急用，我就来找你借呢。"

几天以后，在一个只有他们三个人参加的私人宴会上，林总爽快地称赞杨青云是个做大事的人，并答应说以后不管什么项目，杨青云会是他首选的合作伙伴。席间，他还有意无意地提了一下参加投标的两家不知来路的公司。这两个名字杨青云当然熟悉，他脸上有些发烧，张张口却还是没有坦白。事后，他毫无隐瞒地将这件事告诉了赵志杰。

赵志杰一笑："人家早跟我说了，还嘱咐我不要告诉你。"

杨青云一头冷汗，自己暗中安排的事情对方竟了如指掌，他真搞不清这个林总到底有多大能量了。项目不到十二个亿，杨青云分到手六个亿，央企不收杨青云的管理费，也不承担公关费用，只是他需要用分包的形式完成自己那部分项目的实施。宋光峰悄悄问杨青云："哥，这会不会是以后咱们的发展方向？"

杨青云望着办公桌对面那幅山水画，仍讳莫如深地没有回答。

没过几天，又一个意外的惊喜传来。中标央企负责施工的那部分工程还没有找到分包商。杨青云派宋光峰出面，没几个回合就以华瑞公司的名义谈成了合作。虽然这部分工程利润稍低，央企按中标价下浮了12%才签订合同，但总算也是差强人意。

如此一来，整个项目等于又全部回到了他的手里。杨青云尝到了甜头，他突然发现，既然重大项目都得由央企来做，哪怕自己不当名义上的中标人，直接找一家央企合作拿项目也是一个不错的选择。

03

来来往往之间，时间如流水般飞快。几个老项目陆续完工，高速公路项目也顺利征地开工，在完成新老项目衔接的同时，华瑞公司的转型也慢慢完成了。及时的转型让杨青云成功地把握住了市场方向，坊间那些满天飞的传言也不攻自破。直到这时人们才发现，别看这个大学生出身的包工头儿行事低调，实际上他根本就不像大家想的那么简单。

大家虽然都是做事，如今命运已然各不相同。

让众人谈虎色变的营改增已经落地实施有一段时间了，随着营改增的落地实施，大部分民营建筑企业都没有准确预见这次税改可能带来的冲击，它们既要面对市场秩序的变革，又要面临着营业税改增值税的改变，一夜之间许多人都付出了沉重的代价。

就在这年五月，当营改增真正到来时，平日那些手眼通天、呼风唤雨无所不能的包工头儿全傻眼了。更让他们傻眼的是，伴随着营改增的到来，不但税务部门开始给各公司清算过渡期的旧账，纪检监察部门也纷纷盯上了这个让人人眼红的圈子。

营改增对传统建筑业的影响是颠覆性的，很多小建筑公司一时适应不了新颁布的税法，纷纷受到了严厉的处罚。更可怕的是，纪检监察部门对招投标市场的检查监督简直让人无法接受。许多人为了拿项目不计后果，再加上有些领导干部贪得无厌，其中存在利益输送在所难免。人人贪心不足，不规范操作太多，来来往往间留下了许多违纪违法的证据。

杨青云庆幸自己跑到了市场前面，如今经过提前培训，公司对成本构成、进项票据、票款一致等各方面有了规范性的了解。因此，当营业税改增值税落地实施时，事先准备充足的华瑞公司几乎没有受到什么影响。

而随着华瑞公司慢慢从主体市场淡出，宋光峰把人员和业务慢慢转移到了新成立的劳务公司。为了显示自己的决心，杨青云还特意让宋光峰安排办公室人员撕掉了“华瑞的对手只有自己”那句随处可见的标语。最初，华瑞不惜一切代价地剥离人员和业务，人人都以为是杨青云经营不善，事后人们才发现，这一金蝉脱壳式的操作让他成功避开了许多潜在的风险。

枪打出头鸟，最近又不断有建筑商出事的消息传来，也不断有干部落马，提前完成转身的杨青云却没在这场风暴中受到多大的影响，他新成立的公司也没有受到太多人的关注。最近他太忙了，只有在百忙之中停下来喝口茶时，他才会想起老朋友刘五经。不知刘五经最近情况怎么样，这么想着想着，杨青云给刘五经打通了电话。

电话那头刘五经笑得爽朗，说农业项目投资大，收益慢，他大豆种子培育工作目前还在试种改良，不过已经取得阶段性进展。杨青云羡慕他拿得起放得下、不管什么事想做就做得自由，他感觉自己像一条在缸里游泳的鱼，只能坐井观天地坚持着有限的游动。

在繁忙的工作中，他很快就把自己给捐钱修路的事情忘到脑后去了。人越是怕什么，什么事情往往就会主动找上门来。

这天，杨青云正一个人在办公室喝茶，一个自称是清川县政府办工作人员的人给他打来电话，说鉴于他给老家捐了五十万的修路款，县政府决定给他颁发“新乡贤”的荣誉称号，并邀请他参加年底在省城举办的乡贤表彰大会。

杨青云叫苦不迭，当初捐款他可不是为了得到什么荣誉。然而盛情难却，对方很快就给他寄来了县长亲手签发的请柬。到底去还是不去呢，杨青云犹豫纠结了很长时间。如果要去，这显然违背了自己的本意，因为他早就决定不再跟老家发生任何关系；有心不去吧，如今县政府都主动抛来了橄榄枝，他又不敢把老家人全部得罪光。

出于谨慎，他让助理询问了一下届时表彰会都有哪些人参加。助理询问后告诉他说，清川方面书记县长亲自带队，参会人员只有县委常委和部分县领导，听到这里杨青云才感觉稍稍放心。

这么犹豫着，表彰大会的时间很快就到了。实在没有合适的理由推脱，他只好硬着头皮来到会场，他决定不用餐，领奖时简单露个面立即就走。

名义上称表彰会，这次大会却是一次名副其实的清川县驻省城同乡联谊会。会议场面热烈隆重，宴会开始前，按照惯例先由县长宣读家乡人民的慰问和祝福，然后是在省城工作的联谊会代表发言，然后是表彰“新乡贤”并颁发荣誉证书。

代表们发言千篇一律，先是感谢家乡人民一如既往的栽培和支持，并回忆一下自己当年跟故乡的深厚情谊。站在主席台上，杨青云从县委书记王海涛手中接过沉甸甸的证书那一刻，他心中竟然感觉有一股波涛在涌动。

繁文缛节过后，众人举杯开宴。杨青云找到自己的桌牌坐下，同桌的都是生面孔，他点上一根烟，偶尔四下看看，一句话也没说。很快书记县长带队挨桌敬酒，气氛达到了高潮。宴会厅人声鼎沸，杨青云起身要走，却发现一个三十岁出头西装革履的年轻人正端着酒杯笑着冲他走来。

杨青云忙站起来。

“杨总您好，我叫罗建华。”来人不等杨青云说话，便报上了姓名。

杨青云诧异地打量着眼前这个年轻人。他一身藏色西装，配着雪白的衬衫，谦虚的脸上略有初次跟陌生人见面的羞涩。中等身材的他头发稍卷偏分，人虽有点儿胖却不臃肿。嘴和鼻子虽有些大，却五官和谐，只有下巴稍显棱角，一看就是一个外柔内刚的人。

尽管并不知道对方是谁，杨青云还是友好地握了握手。年轻人似乎看出了他的尴尬，忙自我介绍说：“我是咱清川的副县长，叫罗建华，在咱镇上兼党委书记，感谢您对老家做出的贡献。”

杨青云才知道，眼前这个年轻人竟是自己货真价实的父母官。罗建华明显是冲着他来的，杨青云不好撤场，只好逢场作戏地坐了下来。

罗建华很健谈，虽是初次见面，两个人很快就聊得非常投机。他们轻松从一些官场上的笑话讲到国际形势，又从国际形势讲到了当下全面推行的税改和乡村振兴。罗建华主动询问了杨青云一些关于民企经营方面的事情，对此杨青云只是简单地一言带过，他对任何人随时随地都保持着警惕。

午宴一直持续到下午三点才结束，分手前，罗建华告诉杨青云自己家就在省城，下次回省城时一定专程拜访，杨青云客气地说随时恭候大驾，二人随即互留了对方的手机号码。罗建华一直将杨青云送上车，他突然又想起什么似的说："国税局我有几个同学，如果在税务上遇到什么困难，您随时可以给我打电话。"

方才聊天时，杨青云无心间只是对营改增发表了几句感慨，没想到罗建华竟全听到了心里，他感觉罗建华真是个有心人。

杨青云只当这次相遇又是一次逢场作戏，事后他很快就把罗建华忘了。

04

世上很多因果仿佛早已注定，就像某年某月的某一天，你在某个地方遇到了某人，从此以后你们成了关系亲密的一对朋友。在此之前，你们可能也有过无数次的擦肩而过，却谁都没看过对方一眼。但从这天起你们的关系不一样了，你会惊讶地发现，这些年自己所经历的一切，似乎都是为这次宝贵的相遇所做的准备。

罗建华果然言而有信，他说下次回省城时来拜访杨青云，结果就真的来了。

这天上午，杨青云正忙得不可开交。他头戴一顶红色安全帽，正陪着业主、勘察、设计、质监、监理等部门做疾控中心综合楼的主体验收。自把公司交给宋光峰管理以后，杨青云不再参与生产一线的管理。这次之所以又戴上安全帽，是因为他正担任着这个项目的项目经理。

省疾病预防控制中心综合楼投标时，招标文件要求项目负责人必须是一级建造师。原计划安排的人选因在建项目没完成验收，其他人员也都有生产任务，经营部部长何海平找到杨青云，问可否由他来担任项目负责人。工作上的安排杨青云从不含糊，他几乎想都没想就痛快地答应了。

大家都在忙前忙后地给你打工，需要身先士卒的时候，他这个当老板的自然得第一个站出来。然而，自从当上项目负责人以后，杨青云才发现自己竟被捆绑得无法脱身。本来何海平也不敢轻易惊动杨青云，因为他工作太忙了。按何海平的计划只是临时用一下杨青云的证件投标，如果顺利中标，签订施工总承包合同前就更换掉。然而，疾控中心项目是省重点建设项目，建设行政主管部门是省行政审批中心。他一连找了多次，审批中心都以项目班子成员不许更换为由，拒绝了何海平这一申请。

事后，何海平不敢自己解释，便托宋光峰来给杨青云汇报。杨青云笑了笑说换不了就不换吧，好几年没盯过项目了，正好我再熟悉熟悉。

杨青云的豁达感染着公司的每一个人。按照相关规定，施工过程中每个关键节点杨青云都要亲自出场。自开工以后，他需要三天两头到这个项目上履职，特别是这次主体验收，担任项目经理的他必须现场参加。

正紧张忙碌着，电话突然响了。见来电话的是罗建华，杨青云有些诧异，他忙略带歉意地冲众人笑笑，小心地躲到远处接通了电话。

已经好几个月不见了，罗建华还是那股礼貌客气的语气："杨总好，请问忙不忙？接电话方不方便？"

"我正在工地验收一个项目。"杨青云说。

项目副经理李振中是个胖子，怀抱着一大箱矿泉水从楼下爬上来，气喘吁吁。技术员和施工员正会同监理向质监人员解释着什么，质监人员似乎并不满意，正声色俱厉地进行问话。举凡验收，质监部门都会提出一些不大不小的意见，施工单位会按照验收意见进行整改，然后将整改方案上报。经质监部门签字同意，验收工作才可以完成，这是工程验收一贯的工作流程。

"验收一定很忙了，恭喜啊，又到收钱的时候了。"罗建华说，"真羡慕你们这些当老板的，今天耕种明天收获，多有成就感。"

验收人员都等在现场，杨青云没太多时间跟罗建华说笑，便问罗建华是不是有什么事情。罗建华说："不是说好的来拜访您吗，这几天我都不走，等您方便大家可否见个面？"

杨青云这才想起此前的约定，忙不好意思地说："好啊，一定得见个面。"

“这几天我不走，看您时间方便。”

“好，我先不跟你多说了，忙完了我跟你联系。”杨青云说着便把电话挂了。

杨青云故意小跑着回到验收现场，他一边装模作样地批评李振中没早早地把饮料准备好，一边满脸堆笑地将矿泉水挨个送到质监、甲方和监理手上。

杨青云一来，众人都不说话了。他斜着头问施工员：“还有什么没跟领导们汇报清楚？”

施工员有些紧张：“杨总，我们都是严格按照标准做的，不过……”

“不过什么不过！”杨青云大声说道，“你们到底有没有严格按标准做，有还是没有？”说着他指着李振中：“来，李经理你跟领导们说说。”

杨青云冲李振中使个眼色，施工员躲到了一边。李振中擦擦汗笑着解释道：“领导们好，所有工序我们都是严格按照规范做的。当时是冬季施工，所有柱子浇注都加了抗冻剂和早强剂，强度绝对没什么问题。其他非承重结构，早强剂少用了一些，养护期也短了几天，所以这几处混凝土的颜色才不一样。当时的施工方案是业主、监理、施工单位三方开会订下来的，确实是为了赶工期。这是我们的错，我们的错。”

李振中一上来就诚恳地认错，众人正七嘴八舌地讨论着，谁也没料到杨青云突然发火儿了：“什么赶工期不赶工期！领导问的是这么做符合不符合规范！强度达不达标！”

见杨青云突然发火儿，业主代表陆处长面无表情地说：“杨总别发火儿嘛。你让李经理把话说完。”

“完全符合规范，强度能够达标！”李振中大声说。二人一唱一和间，虽表演成分有些重，但见杨青云当众发火儿，别人都不好意思再说什么。

“你把当时的施工资料全拿过来，让各位领导看看！”杨青云说。

很快，资料员抱来一大堆施工日志和相关文件，李振中手忙脚乱地在地上翻找相关资料，杨青云背着手在一旁看着。大家都知道杨青云是公司老板，这个验收团队所有人都跟他熟得不能再熟。杨青云接过李振中递来的资料，一边交给质监人员，一边训斥李振中说：“能达标就好！我们总说百年大计，质量第一，我跟你们强调过多少次了，质量就是高悬在你们头上的一把剑，时刻都要警惕！你们就是不听！”

见众人都站着不动，杨青云话头一转，又追问李振中道：“李经理你告诉我，混凝土正常养护需要多长时间？”

李振中汗如雨下，结结巴巴地回答：“按规定是 28 天。”

“你养护了多少天？”

“21 天。”

“有你这么做的吗？谁给的你这个权力！”杨青云的语气越来越严厉。

本来是多方人员主持的主体验收，杨青云反倒唱起了主角。他不断发火、不容人说话的做法，成功地将现场气氛带向了他想要的节奏。

05

现场气氛突然尴尬起来。

质监站站长皱皱眉头：“老杨，你先别发火儿了，这不是你发火儿的时候。你总这么发火儿，让我们怎么开展工作？”

质监站总算开口了，总监闫工忙上前解释说：“当时确实是为了赶工期，也是我们开会定下来的方案，同时也有相关处置措施，我是签了字的。”

见监理帮腔，杨青云见好就收。别看他张牙舞爪，实际上这一切他都是故意做给人看的。

“当时是不是这样陆处，三方都签字了？”杨青云语气一软，转过头去问甲方代表陆处长。他脸上又恢复了那副一如既往的笑容，自己带出来的兵可以随便训斥，别人就不一样了。

陆处忙笑道：“是这样，是这样。质量第一，质量第一嘛。当时不是赶工期吗，提前拆模是大家开会讨论通过的，每道工序闫工他们都是一步步验收着过来的，应该不会出现什么问题。”

甲方一开口，事情就好办多了。工地上的事情往往都是这样，生产施工时业主和监理都防贼似的处处紧盯着施工单位，到了验收阶段，作为甲乙双方和负责管理工程的第三方，业主、承包商和监理又站在一起共同对付质监部门。此时大家有一个共同的目的，那就是让项目尽快通过验收。

“工程质量无小事，掺防冻剂和早强剂也不是不允许，关键是你们的养护时间太短。这么短的时间就去做上层施工，模板又拆得太早，这强度能有保证？”质监人员仍板着脸，似乎还是不认可他们这一方案。如果被否定，麻烦可就大了。

“能，肯定有保证！我们都做了自检！”李振中拍拍胸脯说。

“你给我站一边儿去！”杨青云不耐烦地说着，将李振中拉到一边。

“这些都是我们签了字的，每道工序当时都做了自检。万一有什么责任，谁签了字谁负责，可是一查到底的。”监理也在向质监人员解释。

眼见验收无法往下进行，这时质监站有人说，强度能不能达标，做做回弹不就知道了。这句话像是救了大家的命，闫站长看看甲方代表又看看杨青云：“那就做做回弹吧。”

总监忙跑过来，取过质监站带来的用于检测混凝土强度的回弹仪。杨青云忙冲李振中使了个眼色，肉球似的李振中抢先一步：“我来我来，这么高的楼层太危险了，领导们可得小心点儿，我来我来！”

杨青云走近质监站长，递过一根烟说：“请领导您放心，在这一行干了这么多年了，质量就是我们的生命。您就是给我一百个胆子，我也不敢在质量上有马虎。不但我不敢，我手下这帮人也都绝对不敢，这一点我能向您保证。混凝土颜色不一致，那是因为凝固时间和凝固条件不同，强度绝对没问题。李经理，你赶紧配合闫工标点取样。楼层没完全封好，太危险，你们一定要小心。”

说着杨青云又忙着给大家分烟，现场安静下来。

工程验收一般都是六方参加，除了主管监督工程质量的质监部门和业主单位，勘察、设计、施工和监理单位也要参加。因勘察设计属于前期工作，工程验收时一般都不说话。

总监老闫迟疑着，将手里的回弹仪递给李振中，一边跟在他后面监督，一边像是提醒他、又像是提醒众人般大声说道：“你也给我小心点儿，我给你看着！”

这次验收的省疾控中心综合楼项目，是省里的重点建设项目。近几年，疾病预防控制工作越来越重要。因为时间紧、任务重，三十层大楼主体封顶只给了半年工期。因此，在项目施工过程中，自然会采取一些加快施工进度的办法。这些年来，宁可多付出一些成本，杨青云从来不敢在工程质量上有半点儿马虎。质量和安全是生产的两条红线，哪怕出一点小事儿，都有可能葬送一个公司的全部。科班出身的杨青云对这两件事有着比别人更高的敬畏，他一直对质量和安全有着非常严格的要求。

验收小组说养护时间短，不过是吹毛求疵罢了，质监验收哪有不挑毛病的？摆平这类事情对杨青云来说早已是轻车熟路。

果然，选点回弹做下来以后，整个楼层的强度完全合格。众人放下心来，又开始一层层地继续验收。主体验收报告一签字，就可以一边做二次结构，一边进行装修施工了。杨青云暗暗一笑，主体验收虽多是例行公事，但必不可少。质监部门挑毛病正常不过，想挑毛病哪个工程挑不出来？只要验收表上签了字，验收就算顺利通过了。

验收能不能顺利通过，关键的是验收过后众人签字的验收报告。现场验收以后，接下来的打点工作他会安排小高去做，跟着自己跑了几年，做这种事小高已经很在行了。

见现场已经没有什么大问题，杨青云满脸堆笑拉着质监站长的手："实在抱歉领导，中午我不能陪你们了。刚接了个电话突然有点儿急事儿，刚才还一直电话催。李经理，你好好安排安排各位领导！"

说着，杨青云板着脸对李振中说："我后备厢里有一箱五粮液，一会儿跟我下去搬到你车上，验收结束后大家一起吃个工作餐。你一定把领导们招待好，这是今天最重要的任务！"

说着，杨青云带着李振中下楼走了。

其实今天即使罗建华不来拜访，验收过后的应酬杨青云也不会参加。一是他厌倦了这类逢场作戏，二是有他在场大家更不自在。趁下楼的工夫，杨青云跟罗建华约好了午饭。杨青云走路快，李振中小跑着跟在他屁股后面。杨青云让小高从车上搬下一箱酒，两条烟。杨青云问李振中说："没别的事儿了吧？"

李振中会心一笑："您放心，他们都是故意挑毛病。"尽管方才杨青云训他就像训孩子，李振中知道这都是工作需要，也是老板处理事情的独特技巧。

“那就好，别怕花钱，把事儿办了才是咱们的目的。”杨青云嘱咐说。

李振中点点头：“明白。”

杨青云递给李振中一支烟：“质监这帮人就这样，不管他们说什么你都得顺着说，千万别拧着来。回头儿你去找宋总签个字，到财务上支两万块钱，就说我说的，算这个项目封顶给你的个人奖金！”

说着，他拍拍李振中肩膀上车走了。

06

离开工地，杨青云来到罗建华下榻的酒店。

位于城市中心的世纪大酒店曾是这座城市的标志性建筑，随着这些年经济发展，一些国际大牌酒店陆续开业，它逐渐被取代了曾经的王者地位。尽管这样，独特的地理位置和老牌五星级酒店的招牌，决定了它仍是各级政府商务活动的首选之地。

杨青云敲门的时候，罗建华正躺在床上看电视。开门见是杨青云，罗建华忙热情地握手并关切地问：“验收怎么样，还顺利吧？”

杨青云摊摊手笑道：“无非是吃吃喝喝拿拿，吃了喝喝了拿，吃了喝了拿了最后还得刁难你一下，这是我们这行的惯例。”

“有这么夸张？”

“都认为做政府项目油水大，哪个部门都无所不用其极。”杨青云叹道，“算了，不说了，说多了都是眼泪。对了，你怎么来了？”

他一边云淡风轻地问着，一边到沙发前点根烟坐下。罗建华一笑说：“咱清川这几年经济增速一直不达标，三干会上每个副县级干部都派了具体任务。今天跑您这儿我是招商来了。”

杨青云没有正面接话：“怎么样？有什么具体目标没有？”

“倒是也联系了几家公司，不过好像都热情不高。”

“是啊，招商工作没那么容易，要招商就得先给政策，否则别人确实不好来。”杨青云随话就话地感慨了一句。

“你也知道，除了土地，咱县里没什么资源。现在国家政策一直在向农业倾斜，年年都是一号文件。做农业相信一定大有可为，可谁也不知道具体从哪儿做起。”

听罗建华这么说，杨青云突然想起了刘五经，他想告诉罗建华我有个朋友现在正在做农业，想了想还是没说。

罗建华说：“如今各行业都在洗牌，县里定了新的征地政策，退税办法也不错，咱县里就剩下这点儿竞争力了。”

“有什么需要我帮忙的吗？”杨青云问。

本来一句敷衍的话，杨青云说出来就后悔了。不想罗建华却兴奋地说：“好呀，你要是能帮忙那简直是太好了。对，您认识的企业家多，看有没有愿意去县里投资的？如果有一定介绍给我。”

本来杨青云以为罗建华是来邀请自己的，结果罗建华没说，这让杨青云多少有些意外。“好啊，我记着这事儿。不过，去县里投资的大部分都是生产制造型企业，这方面的人我认识得不多。我们这些包工头，不管走到哪里都是要拿钱走的。走吧，父母官大老远来了，我给你接个风。”

这次见面以后，罗建华隔三岔五就给杨青云打个电话，热情地问候一下，也没什么具体的事情。如杨青云有时间，他们就一起喝喝茶或者简单吃个饭。如果杨青云没时间，他们也互不在意，各自去忙自己的事情。

接触过几次后，杨青云慢慢对罗建华有了一些更深刻的印象。他干练、大方、谦虚，从不多言多语，年纪轻轻就已经是副处级干部。如果一直这么走下去，他一定会前途无量。这么想着想着杨青云暗笑了：人家前途怎么样跟自己有什么关系？

于是在紧张而忙碌的工作中，像很多有过一面之缘最终却匆匆而散的人一样，杨青云只是把罗建华当成了一个普通朋友。人生在世，大家都在为自己的生存和理想奔忙，谁也没心思把太多的时间和精力浪费到别人身上。

在不知不觉间，他已经成功地在分包市场上拥有了属于自己的一席之地。华瑞公司早已不在招投标市场上攻城略地，看似渐渐退出了一线市场。随着陆续和各大央企开展分包合作，杨青云成了第一批顺利转身并成功上岸的人。

这年冬天还是没下一场雪，整个冬天寒冷疲惫，浮躁而且短促。与往年不同的是，浓重的雾霾始终阴魂不散地笼罩着整个平原。一到年底，杨青云依旧有着讨不完的债和还不完的人情。将相关事情安排就绪以后，抬头看看马上又要过年了。

这一年，因有高速公路项目和几个没完工的老项目支撑，跟往年相比，公司的产值不降反升。只是在成本核算方面，税改以后各类进项票据完成得不够理想，公司利润率因此打了明显的折扣。

做年终结算之前，杨青云专门交代宋光峰，如果成本控制实在不能达到预期目标，年后就去北京物色一家专业的税筹公司，看看他们在这方面有没有更好的办法。

他早就听说，自营改增实施以来，很多大企业都在千方百计地合法避税。

在重型资产处置方面，按照他的指示，宋光峰不动声色地处置了一大批重大型机械设备，自建的那几家搅拌站也脱手转让给了别人，杨青云对宋光峰的执行力非常满意。也是因此，这年年底他手头多出了不少闲置资金。关于这些资金如何使用，他一直还没有什么好的想法。

自高速公路项目中标，林总又陆续通过赵志杰向杨青云提起过几个项目，看能不能继续合作，杨青云均毫不犹豫地拒绝了。杨青云有一股天生的敏感，林总背景神秘且来路不明，他不想对他依赖太多，一见如此赵志杰生气了：“你是不相信我，还是不相信他？人家的能力在那儿摆着，高速公路不是说成就成了？”

杨青云没有顺着赵志杰说：“那个事你以后不要再提了，把它彻底忘掉，咱们任何人都跟它没任何关系。”

“你不能刚过河就拆桥吧？是不是吃醋了？”赵志杰问。

“你如果这么理解，那我也没什么好说的。我这话是什么意思，你自己还是好好想想吧。”说着杨青云起身走了。自林总出现以后，赵志杰天天和他泡在一起，而且张口闭口就是“林总林总”，杨青云听了心里很不舒服。

再后来，每当赵志杰说有项目要介绍给杨青云时，杨青云的回答很礼貌也很含蓄，只说自己没那么大的能力，不敢参与太多的事情。赵志杰多少也猜出了杨青云的心思，她耐心劝他说："机会不是常有，所有事都不用你操心，也不用你去运作，而且绝不会有任何风险。趁这么好的机会，你还是多挣点儿钱再说吧。"

赵志杰一片好心，杨青云想拒绝又于心不忍，他委婉地说："实话跟你说吧，我不是不相信他，也不是不相信你。你们操盘的那些事情都太大了，我一点儿安全感都没有。"

话已经说到这个份儿上，赵志杰还是不死心。她嘲笑杨青云说你这是见好就收，胸无大志，典型的农民思维。见他仍不为所动，赵志杰转而骂他不知好歹，不懂得把握机会。任凭赵志杰怎么劝说，杨青云死活就是不肯再跟林总合作。

然而，赵志杰却乐此不疲，隔三岔五就给杨青云推送一条项目信息，她不相信面对这么多好项目杨青云能不动心。不想赵志杰越劝杨青云越抵触，一来二去，他见到赵志杰的电话竟然都不想接了。

07

有天晚上，赵志杰喝了酒给杨青云打电话，大声质问他为什么总躲着自己："是不是我就是你一件旧衣服，想扔就扔？如果真讨厌我了，你明确告诉我，我绝不会赖着你。"

赵志杰的谴责让杨青云窘迫尴尬，他耐心听她发完脾气，才心平气和地解释说："咱们一直是好朋友，好兄妹。我一直拿你当亲妹妹看的。不知你这话从何说起，咱们之间没什么权利义务，也不是权利义务关系。"

杨青云这一回答干脆绝情，赵志杰哭了。她哭得伤心欲绝，杨青云同样心里也不好受，但他还是硬着心肠又补充了一句："以后如果遇到什么难处，你随时可以找我。"

"不要说了不要说了，请你不要再说了。"

赵志杰哭声越来越大："我承认我喜欢你，我也承认我跟他在一起是跟你赌气，也是为了钱。我错了，你不要不理我好不好？我对你才是真心的。如果我跟他分手，你还会不会像以前一样对我？”

赵志杰哭得撕心裂肺，杨青云沉默着。知道她酒喝多了，他强忍着内疚安慰她说：“又喝酒了吧？以后少喝酒，总喝酒对身体不好。你早点休息吧。”

电话那头，不知赵志杰又说了些什么，杨青云乱糟糟地没听清楚。

自此赵志杰隔三岔五就会大半夜给杨青云打电话，赵志杰的黏人杨青云早有领教，因为林总的出现，虽然两个人距离越来越远，但他知道自己和赵志杰绝不可能这么简单就形同路人。果然没过几天，赵志杰就主动打电话把他约到了茶馆。

二人刚一见面，赵志杰就面无表情地说：“我要去北京开茶楼了，而且已经看好了场地。”

杨青云一愣，他不知如何回答便敷衍道：“如果你是在跟我商量，我就劝你一句。他总是跟高官打交道，而且你不清楚他的底细。天天跟官员称兄道弟，事儿虽然来得容易，但随时都是在高空走钢丝，他主宰不了自己的命运，也不一定能给得了你幸福。”

赵志杰漫不经心地用手指绕着上衣下摆，脸上一副无所谓的态度：“这我都知道，可我也总得实现财务自由吧。这边的茶楼继续开着，到北京以后，我可以跟着他多跑几个项目，再挣几笔钱就收。你不珍惜我，我只好去选择珍惜我的人。”

赵志杰还想继续说下去，杨青云早已心烦意乱。他平复了一下情绪打断她说：“看来你今天不是跟我商量，只是通知我一下对不对？”

杨青云话说得直，赵志杰眼圈倏地红了，方才一脸硬气的女王范儿早已荡然无存，她吧嗒吧嗒掉起了眼泪。杨青云虽不忍心却开口说道：“如果你真想去北京，我不拦你。不过，我劝你先考虑上半年再说。这毕竟不是件小事。你年龄不小了，不能脑子一热想干啥就干啥。眼见他起高楼，眼见他楼塌了，这样的人你不是没见过。即便托付终身，你也应该找个可靠的人。”

这番发自肺腑的话似乎打动了赵志杰，她擦擦眼睛点头答应，娇嗔着挽上杨青云的胳膊：“我不就是想挣点儿快钱吗，在哪里挣不是挣？你想多了，心眼儿真小。”

没想她变脸竟会如此之快，杨青云只好说：“我没想多，是你想多了。跟他在一起你可能挣了点儿钱，但一两件事儿看不出一个人到底怎么样。我再提醒你一句，别总想结交高官，这些事不是你能玩儿转的。”

杨青云这番话赵志杰似乎很受用，也让他们本来已经僵硬的关系暂时缓和下来。后来，赵志杰很长时间都没再提去北京开茶楼的事儿。

不管城市还是乡村，最近这段日子始终笼罩在浓浓的雾霾里，人们的心情也因此变得很差。新成立的大气办几乎每天都发布着不同级别的预警，雾霾严重影响了人们的出行，同时也影响着各种生产活动。环保部门隔三岔五就会下停工令，这让杨青云很不适应。停工令不但影响了项目的施工进度，就连生产一线的农民工也纷纷抱怨说，频繁的停工影响了他们的正常收入。

恶劣的天气致使劳动力流动异常频繁，自改做劳务分包以后，华瑞公司已经变身为劳动密集型企业，足够的出勤时间成了公司效益和工人收入的保证。见总因天气原因频繁停工，宋光峰找过杨青云多次，说如果再这么无休止地频繁停工，工人收入得不到保证，人员流动会给公司生产带来巨大的隐患。

杨青云考虑再三，他决定在停工待产期间给工人照发工资。宋光峰一听就急了：“大家都是受害者，这不等于自掏腰包为恶劣天气买单吗？”

宋光峰劝杨青云说：“杨总，您要清楚咱们跟以前不一样了。现在咱做的是劳务分包，本身利润就低，是刀擦头皮的生意。总包给我们的价格是一次性包死，而且不再追加。”

“现在不是都有环保预算？”杨青云问。

宋光峰笑了：“您是不了解情况，虽然国家出台了相关法规，环保经费列入工程预算。但这都是总包的红利，根本就没我们什么事儿。”

听到这里，杨青云只有苦笑。总包和分包的区别他当然清楚，分包商在施工中处于被支配地位，很多正常的权益都无法拿到。想到这里杨青云说：“你衡量核算一下这两者的利弊，我还是觉得，停工待产期间工资应该照发。”

“您这么做公司怎么赚钱？”

杨青云说：“越是这样我们越应该坚持。天气不会总这么差，咱们不容易，跟咱们比工人更不容易。困难只是暂时的，只有这样才能养住人，从长远看吧。”

不管杨青云怎么说，宋光峰就是不同意停工期间给工人照发工资。最终经再三动员，宋光峰才勉强同意给满勤人员发放一半的停工补贴。杨青云知道宋光峰的难处，这个当总经理的需要为老板和公司负责。

果然，自这一办法出台后，工人们怨言少了，情绪也稳定多了。等冬歇期结束开工，去年的农民工们不但如数返回，还有人带来了几支新的劳务队伍。这一办法虽然有效，只有杨青云和宋光峰知道自己付出了什么样的代价。

第四章　思变

01

有人捐钱修路本来是件大好事，不想最终却事与愿违，杨青云这笔捐款给清风驿带来一场不小的风波。

一开始，保平没有按老曹说的去做，他一连召集了好几次村民代表大会。保平认为，修哪条路应该尊重一下群众意见。哪知道众人各执一词，每次开会都吵成了一锅粥，甚至有人还指着鼻子骂了起来。这时，保平才后悔当初没听老曹的话。

有了这一教训，保平开始对老曹言听计从。在老曹点拨下，修路的事情一直搁置到第二年开春才正式启动。这次他没再跟任何人商量，直接派长巨买来一大张红纸，用毛笔写了一个公告贴到了支部外面。

人们虽又一次议论纷纷，见支部已经把事情定好，大多数人只是嘴上发了发牢骚，便都也不再说话了。老曹得意地拍拍胸脯对保平说："听我的对了吧？群众工作既得有经验，也得讲究工作方法，不是脑子一热就想啥是啥。"

保平对老曹佩服得五体投地，哪知道好不容易定下要修哪条路了，工程队刚一进村干活，又跟多户村民发生了冲突。

街道硬化本来是件好事儿，可离谁家房基近了、离谁家房基远了，坡怎么修、水怎么排大家都有自己的想法。一碗水端起来没有绝对的公平，结果路基还没处理好，村里人就和工程队干了好几次架。

保平天天孙子似的跑前跑后，好话说尽，不但人忙得焦头烂额不说，还两头儿受气。不想这头儿修路的事情还没解决清楚，在村西头盖超市的王多余又跟人打起来了。

王多余跟人打架，是村里另外三家超市一起上门找碴儿。本来这三家超市开得好好的，见王多余又要开超市，他们都不干了。领头来兴师问罪的是李家的媳妇红霞，她带着三家人一起出面，阻挠着不让小超市施工。小惠仗着有支部的同意，不但理直气壮，而且话没说两句就骂了起来。小惠泼辣，先下手为强，不等红霞防备就狠狠将红霞脸上挠出几道血印。

见小惠动手，红霞男人推了她一把，小惠立即杀猪似的躺到地上打着滚儿哭骂。王多余一直在后面干活，见女人受了气，红着眼从工地上抄起板砖冲上来，结果被三个男人围起来打。

保平一连调停了好几天，又把各家的主事人叫到一起，这件事最终才算撂下了。最终王多余给每家超市一千块钱补偿，对方才答应不再闹事。商量调解的时候，保平没让王多余出面，自己便做了主张。哪知事情定下来一说，王多余竟死活不肯出钱。为息事宁人，保平只好先从自己家里拿了三千块钱垫上。

众人在支部立完字据，王多余的小超市才得以开工。

王多余的事情刚处理完，修路那边又出了岔子。有村民发现工程队偷工减料，故意在做路基时起坡，本来讲好十二公分厚的路面，路心厚度只有不到八公分。不但村民和施工队起了争执，还有人拍照片给县纪委写去了举报信，实名举报保平吃了工程队的回扣。

保平一听就傻眼了。

很快，县纪委立案调查，并派人叫停了这次施工。经过一番调查，当着全体村民的面又把保平和老曹都带走了。

保平做梦也没有想到，本来皆大欢喜的一桩大好事儿，最终居然在他手里搞砸了。留滞期结束以后，他灰溜溜地从纪委留滞室出来。保平没敢直接回家，他一直磨蹭着在县城转到天黑，才叫了一辆出租车返回了村里。

人活一张脸，清风驿街面上最讲究的就是面子。保平肠子都悔青了，他后悔自己不该轻信老曹的一面之词，以至在老少爷们儿面前把脸全丢光了。回到家里，他一连在炕上躺了好几天都没敢出门。虽说躲下去不是办法，可出了这么丢人的事儿，他实在不知道自己这张脸该往哪儿搁。

毕竟纸包不住火，保平放回来的消息很快就有人知道了。

最先登门来看他的人是长巨，后来是保荣、金田，然后陆续有人提着牛奶礼物前来嘘寒问暖。一开始保平羞得抬不起头，来人一多他也就慢慢适应了。见他能放回来，众人心里虽知道大概，但谁也不敢问具体原因。保平既垂头丧气，又一脸冤枉地解释说："我真一分钱都没贪没占，都是受了老曹的蒙骗。"

有人开口大骂道："这条黑心狗！知法犯法，咱不能白受这天上掉下来的冤枉，镇上得给咱个说法儿！"

"人已经抓起来了，开除了公职，听说还要给他判刑。"保平说。

"活该！知人知面不知心，别看他人五人六，真是缺德啊！"

也有人不信保平的话，嘴上不直说却绕圈子问："这下你没啥事儿了吧？"

"有事儿我能回来？"保平被问得心烦，装作一脸强硬地说。说完这话，又觉得方才自己说老曹的话太狠，又一脸无辜地自言自语道，"平时看着挺好一个人，没想到黑了咱这么多钱。"

听了保平的话，有人夸他肚量大，被坑害成这样也不说老曹一句坏话。来来往往间，保平纳闷一直没看见王多余。平时村里不管有什么事儿，这小子一直跑得最快，这次怎么不见他过来？

这天早晨，他早早洗漱完准备去支部一趟，这是他被纪委带走后第一次在村里露面。哪知人还没走到，就远远看见支部大门外正站着王多余。

"你咋回来的？"王多余怪腔怪调地堵住了保平的去路。

保平退了一步，扯扯王多余小声说："有话屋里说。"

"不，今天咱就在这儿说。我咋听你跟人说你是冤枉的？你亏不亏心？"

王多余的话火药味儿越来越重。听到他大声叫嚷，有好热闹的人围了上来。

人一多，王多余的声音更大了："人家青云捐给咱的钱你就这么糟蹋？你给大家说说，你到底贪污了多少？花了多少钱才放回来的？”

修路款是王多余要来的，因此他说得理直气壮。保平不敢直视，又扯了扯王多余。王多余嫌弃地将他的手挡开。保平小声说：“你这浑小子，怎么光在这儿说傻话？走走走，咱去里边说。”

王多余铁了心要保平在众人面前出丑：“不，咱就在这儿说。我问问你，路没修好那五十万怎么就没了？你这个当支书的到底吃了多少好处？你要是要脸，就当着老少爷们儿的面儿说清楚。我都替你丢人哩！”

人越聚越多，保平感觉全身的血都涌到了脸上。他扬起手，想狠狠抽上王多余一个耳光。刹那间又冷静下来，他扬在半空的手硬生生停住了。

见保平要动手打人，王多余上前一步将脸伸过来：“没理了就打人？你打，你打！”

不知何时，长巨已站在二人中间，他张着手把二人挡开。保平黑着脸低头转身回家走了，众人也自觉地散开。王多余冲着保平的背影大喊：“要是我，早没脸当这个支书了！”

经王多余这么一闹，村里人又都纷纷说保平捞了好处。保平心里窝火儿却又没法解释，苦着脸憋在家里生闷气。女人气不过，要去超市找王多余算账，保平拍着桌子骂道：“你还嫌丢人不够吗！”

这天掌灯时分，老支书长明拄着棍子上门来看保平。保平忙从炕上爬起来，看他垂头丧气的样子，长明没说别的，直接问他到底有没有吃老曹的黑钱。

保平一脸无辜：“四叔，纪委都查清了嘛，吃了黑钱人家能放我回来？”

“四叔信你。”长明安慰他说，“你把事儿做到明处就好了。现在这浑小子一闹，说什么都晚了，这个脸咱得想办法找回来。”

保平一脸愁苦地唉声叹气，长明问他是不是什么地方得罪了王多余，保平说我不记得哪里得罪过他，长明想了想断言道：“这小子一根筋，一定不知又听了谁的主意。”

说着，长明拄起棍子要走。保平低着头一直搀着他从屋里送到街上。来到门外，长明告诉保平不要送了，以后吸取教训好好干，村里不能没主事儿的人。

保平不知道长明为什么这么说，长明又说："今后大家都指望着你呢。只要你好好干，这个脸四叔想办法给你找回来。"

02

保平虽羞于见人，长明却说到做到。没过几天，镇长李锋就带着县纪委的红头文件来到村里，组织召开了一次村民代表大会。

长明差人来叫保平，保平却说不去。他已经做好了最坏的打算，大不了支书不干了，也不在村里混了，卷上铺盖卷带着女人一起去城里打工当保安。

见保平不肯来开会，长明只好自己来请。见长明来叫，保平调转身子，用被子蒙着头不说话，气得长明一边用棍子捅他一边骂道："受点儿委屈就这样，当初我真是看走眼了，没出息！"

保平这才爬起来，垂头丧气地跟着长明来到支部。

李锋代表镇上宣读了县纪委的处分决定，并强调说经纪委调查，张保平同志没从中捞取一分钱好处，是一名经得起考验的干部。只是他把关不严监管不力，县上这才决定给他一个诫勉谈话的处分。

李锋最后强调总结说："这一处分是合情合理的，说明保平是咱们清风驿的好支书！"

村民代表们交头接耳，却仍半信半疑。长明扶着桌子站起来："保平是我看着长大的，他是当过兵的人，素质硬，修路的事儿是受了蒙骗。选他当支书没选错，这个事儿从今天起谁也别再提了。"

长明威信高，见他这么说没人再说什么。众人不知什么是诫勉谈话，李锋又解释了半天，大家这才知道是警告批评的意思。众人都说这不等于根本就没处分嘛，看来保平真没贪一分钱。

长巨脸一会儿红一会儿白，王多余一听却不干了。本来村民代表没他的份儿，而且他也不是党员，众人开会他就趴在窗台外面听。一见保平要被洗白，他闯进会议室大吵大闹，说李锋官官相护，这么做是带头儿包庇坏人。

众人又议论纷纷，长明呼地站起来，扬扬手里的棍子，吓得王多余抱着脑袋一溜烟跑了。

保平的信任危机终于解除了，但王多余依旧没完没了地到处说他的坏话。没过几天，长明黑着脸在街上拦住了王多余。王多余心虚，叫了一声四姥爷转身想溜，长明堵住他的去路：“去，你去给人家保平认个错，他不怪你。以后别人的事儿少掺和，给人当枪使，不知深浅！”

王多余不甘心，他刚想辩解，长明手中的棍子在他腿上敲了一下。王多余红着脸吐吐舌头跑了。

自纪委立案调查起，这条修了半截儿的路已搁置了将近一年。堆在村口的水泥早已结成硬块，沙子石子上也都长满了草。人们进进出出更不方便了，大家商量着这条路还得接着修。为了挽回颜面，保平自掏腰包带着长巨往县里跑了好几趟，终于追回了工程队已经支走的钱款。

吸取了上次的教训，他先请田宝忠出面，让住建局的设计室帮忙重新做了设计方案，又请镇上主持，通过邀请招标的方式选定了一家有资质的建筑公司承包施工。为了节省成本，村里成立了一个监督小组，所有建筑材料都由村委会自行采购，中标的建筑公司只负责清包施工，他还带头捐了五千块钱。

路终于修好了，保平也终于得到了众人的谅解。

这段日子王多余一直躲着不敢见保平，但同在一个村子住着，两个人总有见面的时候。这天，王多余刚从家里出来就和保平迎头遇上了。王多余作势想躲，可已经来不及了。他嘴里哼着歌，装作一副旁若无人的样子。

保平笑着堵住王多余的去路，王多余故意不去看他。沉默了一会儿，保平用肩膀碰了碰王多余，王多余挠挠头，保平伸手轻轻在他头上扇了一下：“你个浑小子故意躲着我，是不是怕平舅记恨你？”

王多余梗着脖子不说话，保平摸出一盒烟塞到他手上：“平舅不怪你。要是让我遇上这事儿，不把他狗日的告到抓起来，我就不姓张！”

保平很少骂粗话，听到这话王多余心里舒服了许多。此前王多余故意耍赖，盖超市那三千块钱一直不承认，如今字据仍在保平手里。保平掏出字据，王多余脸马上红了：“你这是干啥？”

“字据你先拿着，放我这里也没啥用。钱什么时候有了再给我，没有就先欠着。”

王多余犹豫着接过字据看看，小心地揣进口袋。

因为县领导分工调整，此时罗建华已不再兼任镇党委书记。罗建华在清风驿任职时间不长，人们一直传着接下来他会改任县委副书记，也有人说调到外县去当常务县长。尽管说法不一，众人也只是说说罢了，没人真正关心一个像他这样的外地干部。

又过了一个多月，罗建华的任命文件才正式下达，他的新职务是分管县政府常务工作的副县长。听说罗建华升任常务副县长，李锋打电话让保平到镇上来一趟。

保平来到镇上，才知道李锋同时也叫了其他几个村的支书，准备一起去县城请罗建华吃个饭，一是恭喜他的升职，二是感谢他为清风驿做出的贡献。

人情来往，大家都看的是以后，保平一听就明白了李锋的意思。他从口袋里掏出一千块钱，说我就不去了，本来就不熟。李锋接过保平递过来的钱："怎么就不熟了？我都是为你好，保平。罗县长是你的恩人，你那档子事儿如果不是他，纪委能放你回来？现在人家升官了，多走动走动没坏处。"

保平没脸去见罗建华，见他执意不去，李锋数出五百块钱退给他说："去的每人一千，不去的五百，这都是人情。罗县长当常务了，又在咱这里工作过，你们都不去我也得去。咱镇上这几个有头有脸的支书，就缺你。"

保平苦笑了一下，李锋话虽然在理，但他实在不愿意再去这样的场合抛头露面。后来，听说检察院对老曹提起了公诉，最终判了六年的有期徒刑。保平有心去监狱看看老曹，一打听才知道非直系亲属不允许探视。

03

罗建华调走以后，镇上很快就来了新书记。

新书记名叫韩立新，是土生土长的清川本地干部。来清风驿任职前，他在县民政局担任局长。带着此前的工作惯性，韩立新思路与罗建华不同，他改变清风驿落后局面的做法是大力争取帮扶，一时间释放了保平身上许多压力。

一直以来，关于清风驿如何脱贫，清川县委县政府有着两种截然不同的看法。有人认为清风驿地处偏远，思想观念落后，工业基础差，没有多少提升的空间，因此应该以帮扶为主。持反对意见的人认为，清风驿在古代就是大运河码头，有着良好的人文和商业基础，这里的人们思想不但不保守，而且还相当活跃。近些年清风驿一直没能发展起来，主要还是受制于大运河的缺水断流。只要进一步转变思想、强力规划，并大力向工业化、产业化的方向靠拢，其落后的局面就一定能得到迅速的改观。

两派人观点截然不同，清风驿穷，在县里当干部的人少，不赞成清风驿大力发展经济的意见占了多数。韩立新上任以后，表面上波澜不惊，有着在民政局工作的经验，他陆续争取来许多帮扶资金和帮扶物资。不但清风驿村支部里堆满了各类帮扶物资，镇上其他村子里也都得到了许多实惠。

如今，通过村村通工程，各村主要街道已全部硬化，通过美丽乡村工程，镇上不但在各村建立了不少垃圾存放点，还将临街的房屋全部粉刷一新，各村脏乱差的面貌得到了初步整治。同时各村的危房也都陆续得到了改造，建档立卡的贫困户们也都享受到了不同程度的救助。人们都夸韩书记本事大能力强，而且面子也大，换个人还真不一定能做到这样。

不知不觉间，又是两年多过去了。

这天，一年一度的县乡村三级干部工作会议正在清川宾馆召开。三级干部工作会议又叫三干会，在这次三干会上，刚刚升任代理县长的罗建华总结了全县过去一年的工作成绩，然后又提名表彰了全县先进集体和先进个人。最后，他激情洋溢地部署了全县新一年经济社会发展任务。

这次讲话，罗建华重点提到了清风驿的经济发展。他激情洋溢地说：“清风驿需要做的，不是适不适合发展，要不要发展，而是怎么发展，怎么才能迅速发展。过去，我们有一些干部群众观念保守，思想僵化，信心不足。改革开放都这么多年了，清风驿还一直没有真正开放。想一想这是为什么？据我所知，在历史上清风驿一直是全县经济最发达的地区，连县城都跟不上。现在为什么这么穷？我不知大家想过没有。我在清风驿工作过，全镇每个村子都去过不止一次，到现在为止，每个村都还有几十个建档立卡的贫困户。我听有人说过，哪天大运河通水了，哪天清风驿才能富起来。大运河能不能通航不是县里决定的，但我们不能坐、等、靠。如今十九大已经胜利召开，咱们已经全面迈入新时代。国家已经喊出了乡村振兴，喊出了绿水青山就是金山银山，相信大运河总有一天会通水，码头也总有一天会红火起来。但咱们不能坐等，下一步的乡村振兴，清风驿将是全县的工作重点。东部落后地区经济发展不起来，全县经济就发展不起来。全县上下都要增强责任意识、主观意识，同时还要定政策定任务、全面部署，利用现有资源，争取在最短的时间把落后乡镇的经济搞上来！”

罗建华一番话讲完，台下掌声雷动。

坐在人群里的保平听得激情澎湃。散会以后，他快步跟上了走在前面的韩立新：“韩书记。”

韩立新正跟乡镇书记们一起撤场，回头见是保平叫，韩立新笑了：“是保平啊，罗县长已经下令了，接下来你们村就看你了。”

“我听韩书记领导，您指到哪儿我保证打到哪儿！”

“现在政策变了，”韩立新凑在保平耳边小声说，“以后日子恐怕没那么舒服了。你们村儿是大难题，你还是好好想想具体怎么发展吧。”

“一切听书记安排。”保平说。

“再干几个月我就退了，你可别什么都指着我。干工作不是喊口号，还是好好想想怎么先把村里的贫困户解决了吧！”韩立新意味深长地说。

保平回到村里，天色已经黑透。见支部会议室还亮着灯光，他知道长巨还在等他。

“怎么这么大烟味儿？”一进门保平就皱着眉头问。

长巨忙说保荣二哥前脚刚走。保平问清超的婚事是不是定下了，长巨发牢骚说好不容易都觉得合适，不想前脚刚见完面，女家就问能不能在县城买房买车，还不同意按揭。保平说现在都是这条件，长巨抱怨说：“还有十六万彩礼呢，咱出得起？真是比卖闺女都狠！”

保平将窗户全部打开，冷风呼的一下涌进了屋子。

“现在就这行情，还是赶紧准备钱吧。”保平说，“不信你看看，光咱村里就多少半大小子？掰着指头数数，还打着光棍儿的有二十几个吧？能定赶紧定下来，没准儿以后更难。”

“不管上学还是打工，女孩儿们一进城就不想回来，小男孩儿没房没车在城里混不下去，光棍儿小子们越来越多，娶媳妇确实越来越难。”一边感慨说着，长巨一边从柜子里拿出一瓶酒，拉着保平要去河东吃饭。

保平说天太晚了我回家呀，推辞了两句见推辞不掉，他只好说：“那就别过河了，看看李三那儿还有没有烧鸡，再要个凉菜，咱就在这儿喝吧。”

长巨开门走了，冷风吹得保平打了个哆嗦。他将方才打开的窗户一一关上，关窗户的时候，他无意望了一眼远处。夜色已经黑透，天边一弯新月，旁边一亮一亮闪着星星。因为雾霾，人们已经很长时间没看到星星了，他愣愣地看了一会儿，今晚夜色真好，连空气都是一股清新的味道。

长巨带着一身冷气回来了。

长巨是清风驿的老好人，心眼活泛，镇上的人都称他小诸葛，一直谁都不得罪。当年长明从支书上退下来，村里人都以为长巨能接支书。没想到长明没有推荐长巨，而是向镇上推荐了外姓的保平。保平既感激长明，又佩服他的胸怀。可是自从当上支书以后，他就发现长巨心里一直藏着自己的小九九。尤其是修路那段时间，他总是时不时就往王多余的小超市跑。保平没有声张，后来却叫王多余喝了顿酒。王多余酒量不好，没两杯下肚就承认了纪委的举报信是自己写的。

保平没怪罪王多余，又拐弯抹角地问长巨知不知道这回事儿，王多余嘴上虽然没说，但表情上已经看出了大概。从那以后，保平对长巨开始有了戒心。

很快长巨就摆好了酒菜，二人先喝了两杯，明知长巨是想了解三干会传达了哪些指示，他却故意不提。保平告诉长巨说，明天你去学校找一下保祥。长巨问找保祥干啥，保平说县上给咱派了一个支教老师，看看有啥需要村里做的。

“是个女老师，从一中派过来的，听说还是个网红。”保平说。

“上边又要支教了？”长巨听了一脸兴奋，“这可太好了！你还记得那批知青不？自从他们走了，咱们村里多少年没人支教了。”

保平说："县上每年都有指标，咱这里太远，一是轮不上，二是都不愿意来。"

"罗县长这一上任，跟以前不一样了嘛。"长巨一边答话，一边故意把话题向三干会引。

"这倒是，罗县长在咱这里待过，有啥好事儿肯定会先照顾咱们。"保平说。

长巨问支教的事是不是罗县长安排的，保平没有答话，长巨又问保平："我看人们现在都在说新时代，这新时代到底是啥？"

见长巨又在套话，他想了想说："新时代就是新时代，总之跟以前是不一样的。"

见保平不说，长巨说明天一早就去找保祥。保平喝了一杯酒没说话，长巨感慨道："多亏了那几个支教知青。如果没有他们，咱村那几年准出不了一个大学生。"

长巨提起大学生，保平想起一件闷了很久的事。他跟长巨碰一杯酒说："青云跟村里到底是啥情况？那几年我在当兵，一回来发现他爹娘全死了，房子也归了保荣。今天没外人，你好好跟我说说。"

04

杨青云没有想到，罗建华不动声色间竟给他帮了一个大忙。

这天，宋光峰一脸焦急地走进杨青云办公室，说公司接到国税局通知，说公司营改增过渡期间存在严重的偷税漏税行为，而且数额特别巨大。

一开始杨青云不信，税务问题他一向特别重视，而且专门提前作了交代，他不相信还会出现这么严重的问题。哪知叫来财务人员一问他才知道，原来公司有几个施工合同签订时间是在营改增落地之前。按有关政策，这几个项目都属于老项目，只缴纳 5.33% 的营业税，不需要按新政策征税。因此，财务人员当时并没有规范这几个项目的进项票据。结果税务稽查找上门来，说华瑞公司涉嫌虚开发票，不但冻结了公司的银行账户，还开出了上千万的罚单，据说要追究相关人员的法律责任。

一开始宋光峰没太重视，认为国税局只是做做样子。哪能用今天的法律去判决昨天审结的案件，宋光峰立即带人去找国税局交涉。他一连去了好几次，每次都是无功而返。对方坚称华瑞公司违法严重，证据确凿，而且还拿出了华瑞公司的账目作为证据。

没过几天，公司就接到了国税局的处罚通知，他才火急火燎地来找杨青云汇报。

杨青云突然间有种被人暗算的感觉。

此前，他也曾担心营改增过渡期间的衔接会出现问题，结果问题偏偏就出在了这里。明明是国家制定的政策，税务部门怎么能为所欲为呢？后来他一打听才知道，原来全市所有的建筑企业都受到了处罚。杨青云心中不平，一连托了几个关系却都解决不了。他突然想起罗建华跟自己说过和国税局熟悉，便试着给罗建华打了一个电话。

此时，杨青云并不知道罗建华已经在清川代理县长，有枣没枣打三竿，他也没指望罗建华能帮上什么忙。不想第二天罗建华就给他打来了电话，说事情已经沟通好了。杨青云不相信事情如此顺利，忙问罗建华最终是怎么沟通的。罗建华说："刑事责任不追究，不过得交点罚款。如果能认罚，你认罚多少？"

杨青云当然不会具体说出自己期望的数字，他脑子转了转，一边感谢一边说："当然是越少越好，不过也得让帮忙的弟兄们能够交代。这事儿您不要为难，罚多少你定，或让他们说。"

最终，华瑞公司一次性向国税局补缴了一百二十万税款，杨青云这才如释重负。尽管他认为这一百二十万也花得冤枉，但在事后的答谢宴上，他一入座就先主动干了三大杯白酒。喝完酒杨青云擦擦嘴，开玩笑般对罗建华说："如果执法不以罚款为目的，那就好了。"

罗建华一笑："税务部门有税务部门的职责，你以后多加小心。"

杨青云听了只有苦笑。他知道，如果不是罗建华帮忙，这次自己一定在劫难逃。那场答谢宴杨青云喝醉了，不想临告别时，罗建华突然问了他一个很奇怪的问题。

罗建华说:“有件事我一直没明白，谁都知道做地产来钱快，这些年大家都抢着做地产，你为什么不做？”

一股酒从胃里翻上来，火烧火燎地直蹿喉咙。杨青云闭着嘴压了压:“我现在不是挺好吗？一直没做地产是因为它太复杂了，我也想做，可惜做不了。”

罗建华笑了:“这不是真正原因，老兄。我想听听你的心里话。”

杨青云人醉心不醉，见罗建华问得认真，杨青云才说:“人各有志，说出来不怕你笑话。多少年了，我一直不认为地产投机是我想做的事儿。”

罗建华问这句话时，杨青云并没有多想，他不知道罗建华为什么突然会问他这个问题。直到一年多以后，他和罗建华站在大运河河堤上，一起望着微风吹过河面上的三千亩荷塘，罗建华才告诉他自己当时问这句话的目的。

自代理清川县长起，大力发展东部沿河一带落后地区经济的想法罗建华已下定决心。三干会开完以后，一连几天他都顶着重重压力召集发改、国土、商务、交通等部门开会。发展经济不能只抓先进地区，对落后地区不能只是简单地做做帮扶，而是要想方设法为其赋能，主动引导激发出蓬勃旺盛的生命力。

具体部署罗建华也早已经想好了，鉴于撬动经济发展必须有个杠杆，下一届全市旅发大会将在清川举办，他认为这次旅发大会就是一个不错的杠杆。在他上任之前，县里已经开过县长办公会，将旅发大会的主会场定在了县城。罗建华当即拍板决定，将主会场改到清风驿。

罗建华这一决定明显打乱了许多人的计划，一时间反对他的声音不在少数。县委书记王海涛也说:“经济发展规划早已定好，旅发大会主会场也已经确定，而且都通过了人大批准，你是不是要再考虑考虑？”

罗建华想想，这确实是一个绕不过去的问题。为避免出现朝令夕改的局面，在县人大会上他许下了豪言壮语:不追加预算、不动用县本级财政资金，他要在不给县财政增添一分钱负担的前提下办好这次盛会。

有人笑罗建华年轻气盛，一意孤行而且好大喜功，也有人说他急着出政绩却没选对方向，罗建华毫不在意。他十分清楚当地干部盘根错节，很多人背后都牵连着不同的利益集团，自己这一决定不知影响了多少人背后的利益。

这些人不但会坐看他的笑话，而且一定会对这件事全力阻挠。

至于如何不花县财政一分钱去办好这次大会，罗建华心中早就有了思路。他的初步想法是需要找一家有远见、肯担当的企业来完成这一任务。清川本地不缺企业，也不缺乏前来投资的外地企业，但他发现不管央企、国企还是民企，这些人眼里只有利润，而且吃饱就走，甚至全然不顾吃相，这些人均不符合他对这一角色的基本要求。

思来想去，他想起了杨青云。尽管此前二人已有过接触，但他并不真正了解杨青云到底是一个什么样的人。借着这次帮他的机会，罗建华用一个看似漫不经心的问题，成功试探出了杨青云做人做事的底线。

在有些方面，民企比国企更加灵活，积极动员民营资本投资参与全县基础设施建设，是罗建华担任县长以后要烧的第一把火。几经观察他已将杨青云列为候选人之一，特别是询问了杨青云对房地产行业的看法以后，他更加坚信，杨青云正是能够帮他实现这一计划的最佳人选。

只是此时罗建华还没把话挑明，杨青云也一直蒙在鼓里。

05

在赵志杰出事之前，杨青云竟没觉察到任何征兆。

这天，小高神色慌张地闯进他办公室，说赵总被纪委带走了。当时杨青云没有多想，他漫不经心地问哪个赵总，小高说开茶楼的赵总，他面无血色地瘫倒在椅子上，瞬间感觉如五雷轰顶般崩溃了。

他呆愣了好大一会儿，起身不停地在屋子里走来走去。端过杯子猛喝了两口水，他问小高说：“知道谁带走的吗，都牵涉哪些事儿？”

小高犹豫着说：“听说好像是赵副省长那个案子，我也不敢确定。”

杨青云如梦方醒。

最近这段时间，有热衷时政的人发现，主管交通的赵副省长已经有一段时间没在公开场合露面了。坊间流传着两种说法，一是说赵副省长已经被国家纪委带走了，另一种说法却说他没有出事，而是到中央党校学习去了。近几年各级官员被查的消息满天飞，且消息未经证实之前多是不实之词，因此杨青云并没有在意。哪知赵志杰竟突然被人带走，看来赵副省长被查已是事实，那她到底是不是受此案牵连呢？

冷静下来以后，杨青云很快就理出了头绪。

赵志杰是通过林总认识的赵副省长，这两年她才跟林总合作。据杨青云所知，在认识林总之前，赵志杰根本就跟赵副省长没有任何接触。既然如此，如果赵志杰牵涉此案，一定是与林总有关。赵志杰是林总的下线，这几年围在赵副省长身边的绝对不止林总一个人，而且林总通过赵副省长也绝对不止只做了一件事。案子最终会不会牵涉到自己头上呢？

杨青云越想越怕。

事态已经明显超出了自己所能预料的范围。此前虽然没有主动打听，但他隐约也听赵志杰说过，那条高速公路项目林总就是通过赵副省长拿下来的。

想到这里，杨青云反倒又没那么担心了。

他与林总曾签订过一份居间协议，而且所有的公关活动都不是自己一手操办的。此后，自己与林总再也没进行过什么合作。如果案件追究起来，自己只有这一次合作，而且也算不上行贿人，即便追究起来责任也不会太大。

可是，眼见赵志杰已经被带走了，谁能保证她会交代哪些事情呢？

想到这里，他又担心起来。这些年他们之间的交集太多了，他强迫自己冷静下来，认真把有关的事情全梳理了一遍。好在他和赵志杰之间一直有口头协议，尽管她也拿走不少钱，但自己好像并不存在直接的利益输送行为。事已至此，不确定的因素太多，也只好顺其自然安之若命了。

最让杨青云担心的还是高速公路项目。如今这个项目就是一颗定时炸弹，不定什么时候就会炸响。高速公路项目按工期要求眼下已经完工，但还没有完成审计结算。杨青云思来想去，硬着头皮找到了总包商。不想对方一听就笑了：“杨总呀，你也太大惊小怪了吧？这类事情我们见多了，你不必担心。”

杨青云还是不放心，对方提醒他说：“项目走的是正常招投标手续，你只要牢牢记着一点，你只是个劳务分包商，其他一概都不清楚。你放心，他们不会找到你头上，有公司在前面挡着。”

杨青云感激地点点头，这才暂时安下心来。

可怎么去跟师父赵志安交代呢，一连好几天他都陷于深深的苦闷之中。

虽同父异母，师父一直像看女儿一样疼爱着这个小他十几岁的妹妹。如果不是赵志杰当年过于任性，非闹着辞职开茶馆，他们兄妹二人一定不会反目。这些年杨青云目睹并见证着赵志杰的任性和师父的倔强，兄妹相互赌气，赵志杰不肯嫁人，而杨青云是个有家室的人，师父一直反对他和赵志杰来往。如今赵志杰犯事被抓，自己如何去跟师父交代呢？

杨青云一时还没有想好。

真是怕什么事来什么事，赵志杰被带走没几天，专案组就带人查封了赵记茶楼，并带走了茶楼近几年的往来流水。杨青云大惊失色，事情一步步正在向着最坏的方向发展，眼见实在瞒不住了，他才硬着头皮给师父打通了电话。

“你马上到家里来一趟。”赵志安一听，语气立即严肃得吓人。

杨青云不敢违抗，提心吊胆地一个人开车来到师父家里。

“这几年你们背着我到底干了多少事！”杨青云刚一进门，师父赵志安生气地指着他的鼻子喝道。杨青云不敢答话，师父气呼呼地用力拍着沙发：“不让你们接触，不让你们接触，你就是不听。到现在落了个什么下场？我看你纯粹是道德有问题！”

当年在建工集团工作，杨青云是赵志安一手带出来的徒弟。师父雷厉风行，脾气火暴，说话做事从不给人留面子，这一点杨青云已早有领教。师母严秀见丈夫说话过于严厉，忙责备他说：“冲青云发这么大火儿有什么用？谁也不想出事儿。小杰从小就任性，你又不是不知道。她这么大人了，有自己的行为能力，这事儿你不能怪青云。”

赵志安火气这才消了一些，严秀转过头又埋怨杨青云说：“也是的，别怪你师父说你。小杰当年不辞职多好，这么多年也不嫁个人。如果不是你，她哪会走上这条路？你师父是心疼。”

师父是心疼着急，师母则是给自己解围，面对他们的轮番责备，杨青云一句话都没有解释。

“你要对这件事情负责！”赵志安虽然已不像方才那般生气，却仍难掩心头的怒火。杨青云这才小声说道：“我已经在想办法了。”

“你想办法？你能想到什么办法？省省吧，把你再捎进去我看谁去救你们！”只要跟自己说话，师父一向都没有好脸色，而严厉背后却是发自内心的关怀，对此杨青云早已见怪不怪了。他知道，师父从来都是刀子嘴豆腐心。

杨青云不敢说话，赵志安想了一会儿说：“你去投案自首吧。”

杨青云不知道师父说这话是什么意思，难道这次是真生气了？他看看师父，又看看师母。严秀说：“还没弄清什么事儿呢，你就让青云投案自首，这不是自投罗网吗？小杰到底都犯了啥事儿？这些事儿跟你有关系没有？”

杨青云一脸无辜地说：“阿姨您知道，我一直记着师父的话，这些年没直接给业主送过一分钱。”

“你是没直接送，都是让她去送的！”赵志安冷笑着。

杨青云不知如何解释，这些年自己确实通过赵志杰做过几个项目，但这些事情都是她自己找上门来的。严秀见杨青云尴尬，忙又拉了拉赵志安：“你先消消气儿，让青云说说她到底是怎么牵连进去的。”

杨青云按师母吩咐，把赵志杰跟林总来往的来龙去脉说了一遍，说话间他还有意强调了一下自己曾多次规劝，而且只跟他们合作过一次。见杨青云牵涉不多，而且也不真正了解情况，赵志安的脸色才慢慢缓和下来。

严秀看看赵志安，赵志安说：“你先去躲一躲吧，这段时间别抛头露面了。我去打听打听，等事情落实清楚再说。如果真涉案，你就大大方方去投案自首。如果涉及不到你，赶紧给我想办法把她捞出来。”

06

杨青云觉得师父说得有道理，如果轻举妄动，甚至再把自己捎进去，恐怕真的要天下大乱了。从师父家里出来，他没敢再开自己的车，他告诉小高过来把车开走。小高赶到以后，他告诉他去新开一张电话卡，再去车行租一辆车，然后直接给自己送到家里。他还特意嘱咐小高，中间二人不要再电话联系。

在一切尘埃落定之前，他决定先人间蒸发一段时间再说。

人一落难，不但他的心情大不一样，他周围的人和事也全都不一样了。

小高送来汽车和电话卡以后，杨青云悄悄搬到了那套自己好多年都没住过的房子里。他用新手机号码四处托人打听案件进展，不想那些平日称兄道弟的朋友一听是他，不是装模作样逢场作戏，就是表示无能为力，就连平日最信得过的几个同学也都态度冷淡，生怕自己再沾上什么麻烦。

杨青云不是一个喜欢给人添麻烦的人，他知道到处找人打听等于把事情全抖出去了，但除了这么做他也没任何办法。一连几天，他都没打听到任何有用的消息。他心情越来越糟糕，师父的话言犹在耳，他突然感觉此时已经不能在省城久留了。他简单向宋光峰交代了一下公司事务，如惊弓之鸟般逃到了刘五经的农场。

一路上他都在考虑，这件事要不要告诉在北京的妻子君梅。思来想去他还是决定暂时不说了。结果未知的事情，贸然说出来一是徒增担心，二是即便给她说了也解决不了任何问题。

见杨青云突然到来，刘五经很兴奋。他没有询问杨青云的来意，只是兴致勃勃地带着他在农场参观。当天晚上，杨青云如实向刘五经说出了自己的境况，刘五经安慰他道：“吉人自有天相，先放心在我这儿住着。一切顺其自然，不必大惊小怪，车到山前必有路。”

杨青云苦笑着，问刘五经能不能帮自己打听打听案件的进展。刘五经点点头安慰他说，你放心，我一定尽快帮你打听。你不是直接行贿人，应该不会受到牵连。

转过天来，刘五经给杨青云带来一个好消息。

据刘五经了解，林总被带走以后，不等人问话就主动招了。他不但将赵副省长哪天通过他做过哪些事，经手了多少钱都交代得一清二楚，而且还给专案组提供了不少其他案件的线索。专案组顺藤摸瓜，又一连查获了多起此前不掌握的线索。

听到这里，杨青云心惊肉跳。不想刘五经又说，别看林总坦白从宽一股脑全招了，赵志杰嘴却很硬，不但一件事情都不承认，而且一进去就绝食，拒绝回答办案人员的任何问题。

杨青云听了更加不安。刘五经的话不可不信，又不可全信。接下来该怎么办呢？他只好先将这条消息告诉了师父。不想赵志安没好气儿地说，这我都知道，你就别瞎打听了。杨青云问接下来怎么办，赵志安没问他人在哪里，只是问他你那个总包公司能不能把事情全担下来？杨青云说我跟他们见过一面，好像问题不大。

“你马上跟他们联系，确认一下。”赵志安说。

杨青云硬着头皮又给总包公司负责人打了一次电话，对方告诉他说，前几天确实有人来过一趟，只是询问了一下项目的招投标过程，并没提其他任何事情。当听说杨青云逃到了大山里躲着，对方笑了：“杨总你也太没胆量了吧？这类事情我们见多了。纪委查案都是公事公办，你又没直接给人送钱，他们根本就不会找到你头上，你不用如此担心。”

杨青云问有什么事情公司会不会出面处理，对方笑了：“我们不出面谁出面？让你杨总出面？”

杨青云一听，忙给赵志安打电话回复。赵志安告诉杨青云不要大意：“你暂时先不要动，一切等我落实清楚再说。”

这时，刘五经也劝他静观其变，既不要盲目悲观也不要盲目乐观。杨青云只好深居简出，忐忑不安地等待师父的消息。

赵志杰出事的消息杨青云一直没有告诉罗建华。

他没告诉罗建华的原因很简单，自己和罗建华根本就算不上随时随地想说什么就说什么的交情。中间罗建华也给他打过几次电话，杨青云谈笑风生，丝毫没露出一副马上就大难临头的样子。罗建华在电话里也没说自己有什么事，二人只是简单地互致问候就挂断了电话。

不想这天，罗建华突然打电话说见个面。杨青云说，有什么事在电话里说吧，我出差了。罗建华便问杨青云什么时候能回来，看样子这次非要见面不可。杨青云见瞒不过去了，这才换了一部手机，一五一十地将自己的境况跟罗建华说出来。

罗建华埋怨他说：“为什么不早说？”

杨青云说：“又不是什么光彩的事。”

罗建华当时没说什么，但他很快就给杨青云打来了电话：“你赶紧回来吧，这个案子涉及不到你。”

杨青云半信半疑，罗建华说：“我还会骗你？你赶紧回来，我有重要的事情要跟你说。”

杨青云迟疑着不敢答应，他去征求刘五经的意见。刘五经也认为不会涉及他，他太小心了。杨青云感觉还是不放心，又给赵志安打去询问。不想师父也说：“你回来吧，我刚刚打听清楚，正好也有事情要你去办。”

杨青云并不知道，此时赵副省长贪腐案已经有了决定性的进展。

在临行前，刘五经特意为他安排了一场送行酒。刘五经意味深长地对杨青云说：“这对你来说不是一件坏事，资本的原始积累必定有一个罪恶的过程，每个人的第一桶金都来之不易。这些年钱也挣够了，别再干这些让人提心吊胆的事了。”

杨青云心中如五味杂陈，他敬了刘五经一杯酒默默地说：“早听你的就好了。”

回到省城，罗建华已等在宾馆为他接风洗尘。杨青云没直接去见罗建华，他先去跟师父师母打了个照面。赵志安说：“事情已经确定不会牵涉你，你该干什么去干什么吧。”

杨青云仍心有余悸，师母说：“你不知道你师父这段时间托了多少人，小杰是保不住了，那个林总通过她卖出去几十个亿的项目，这些事情都要算在她头上。”

“这怎么行？”杨青云惊讶道。

赵志安没好气儿地说：“你说了算？”

杨青云不敢再说话，师母说：“如果有办法，小杰的事你去跑跑，看看能不能从轻。你师父一是不方便出面，二是太犟。”

杨青云点点头。

从师父家里出来，杨青云来到罗建华为他接风的酒店。坐下以后，罗建华先敬了他三杯压惊酒，笑着问杨青云此刻是什么心情。人情冷暖，杨青云感慨万千，他感觉虽有一肚子话却又不知从何说起。罗建华笑道：“以后别在这个圈子里搅了，也别再这么做事了。你们这个圈子水太深，所以你才没有安全感。”

杨青云逢场作戏地说好呀，那简直是太好了。说话间杨青云心想，刘五经曾劝自己，如今罗建华也在劝自己，如果真选择退出来，这对自己来说不但是一次重生，而且将是一次从灵魂到事业的救赎，也许自己真应该认真考虑考虑了。

罗建华说：“换个环境吧，到清川来，继续做你的老本行。”

“你让我去青川做项目？”杨青云心中不解，“怎么还是做项目？干一行恨一行，我是真不想再蹚这个浑水了。”

罗建华笑了：“入一行伤一行，出一行想一行。你不能离开自己熟悉的领域。跟我回清川吧，咱们要做的事跟现在不一样。”

“怎么个不一样？”

“我不但能让你衣锦还乡，而且还要让你给清川经济发展做贡献。”说着，罗建华这才正式说出让杨青云去投资清风驿旅发大会的想法。

杨青云没有答应罗建华。

罗建华一番好意他当然理解，在经历了这场风波以后，他心中已逐渐萌生退意。对杨青云来说，此时退出圈子确实是个不错的机会。但是，他听说罗建华让他去的地方是清风驿，而且居然还是做工程项目，他想都没想就拒绝了。

树挪死，人挪活，虽然已筋疲力尽无力招架，他甚至也可以答应继续再做自己的老本行，但如果要回的地方是清风驿，他无论如何都是不能答应的。

07

这次出事以后，杨青云没跟任何人商量，果断命宋光峰注销了华瑞公司所有的资质手续。此举不但代表着他要跟过去一笔勾销，同时也表明了他立足细化分工市场的决心。毕竟劳务分包技术含量太低，而且处于食物链底端，他不甘心久居人下。在拒绝罗建华以后，杨青云一直谋划着能不能像刘五经一样，尝试着改行去做一些其他产业。

后来，罗建华又专程来找过杨青云几次，杨青云的态度始终都没有松动。

罗建华看在眼里，甚至都有些着急了，他直言杨青云不是一个有担当有抱负的人。

杨青云一脸抱歉地说：“青云感谢你的恩情，虽暂时无以为报，但相信日后一定有机会报答。这件事您就别再为难我了，我此生不会再跟清风驿发生任何关系。投资商你可以去找别人，我也可以给你推荐。”

罗建华这才想起，原来杨青云一直是不回清风驿的。见他并非反对自己的主张，罗建华没有死心，他问杨青云说：“为什么对老家这么大意见？”

“都是些陈年旧事，不提也罢。”说着，杨青云岔开了话题。

罗建华说：“你和老家的事儿我大概也听说了，有个事儿我一直瞒着你，不知你想不想听？”

杨青云张口想问到底是什么事情，想想还是忍住了。罗建华看在眼里，又故意卖关子说：“这件事本来早就想跟你说，又怕影响你的心情。”

“说吧，到底什么事儿？”罗建华一直在吊胃口，他终于被吊得不耐烦了。

罗建华说，咱俩认识这么长时间了，从没见你跟我提过清风驿。可是咱们最初能够认识，却是因为清风驿。知道你不想提，这几年我也一句都没跟你提过。杨青云摊摊手说，既然说起来了，那就直说吧。罗建华说你记不记得曾经给清风驿捐过一笔钱？杨青云说记得，我是给他们捐过一次钱，五十万。

“你知不知道后来这五十万出事儿了。”罗建华说。

杨青云脸色突然一变，罗建华叹了口气说：“你好心好意捐钱修路，村里却把这件事情搞砸了。”

杨青云冷笑了两声：“我并不意外。”

罗建华有些错愕地看了一眼杨青云说：“你先听我把话说完。”说着他给杨青云讲起了事情的经过。

“那时我还在镇上兼着书记。一开始，村里不知道这钱怎么花。镇上有个包村干部，带着他们支书来找我汇报。我想这是村里自己的事儿，就让他们自己做主了。没想到这个包村干部上欺下瞒，自己把工程承包了，还没施工就支走了全部工程款。后来工程队偷工减料，十二公分厚的路面连八公分都没修到。村里人不干，闹来闹去，干了一半的工程停工了。”

“后来呢？”杨青云问。

“后来有人实名举报到了县里，纪委介入调查了半年多，最终才有了结论。那个支书倒是没贪什么钱，钱都被包村干部拿走了。事情搞成这样，谁也不敢跟你说。后来我也调走了，不过那条路最终还是修好了。”

“早知道他们会这样。”杨青云说。

“捐这笔钱你后悔不后悔？”

“我不后悔。”

“为什么不后悔？”

杨青云想想说：“我把心都尽到了，至于什么结果，随他们去吧。最坏的结果就是我白扔了五十万。我心安理得，是他们对不起我，我早已经不欠他们什么了。”

“今天我代表县委县政府正式给你道个歉，无论于公于私，这件事我都有愧于你。我知道，你心里一定特别失望。另外，你也别一提清风驿就一脸嫌弃，这件事其实不怪村里。基层干部良莠不齐，是我们监管不力，没把事情处理好。不知你想过没有，清风驿为什么人穷志短？”

“不还是因为穷吗？”

“是啊，如果不穷他们也不会这样。你不该嫌弃他们，应该帮助他们。”

杨青云苦笑了一下：“不是我嫌弃他们，是我嫌弃我自己。看来清风驿的人都什么样你已经有所领教，你想过没有，你只在那里工作了两年，我从小就生在那里。我为什么不回去，就是上个坟也要绕着走，我应该不用解释了吧？”

听到这里，罗建华没再说话。

一个人的心灵如果不是受到过无法原谅的伤害，他绝不可能对故乡说出如此绝情的话。杨青云之所以如此耿耿于怀，一定在他生命中有什么事情纠缠着无法释怀。这些事情到底是什么呢？罗建华决定回清风驿打听明白。

杨青云不再东躲西藏，赵志杰一案也很快有了最新进展。

官方媒体已经发出通报，副省长赵国军涉嫌严重违纪违法，正在接受相关调查。随着这一通报正式布发，赵志杰一案也已经水落石出。这天，师母打电话让杨青云到家里去一趟，见面后师母告诉杨青云说，鉴于赵志杰没有直接输送行为，属于从犯，目前已移交公安机关羁押。按照相关规定，羁押期间可以办理取保候审。

杨青云忙问什么时候可以去办，严秀叹了口气说：“眼下我们也拿不出多少钱，赵甫马上要结婚买房，钱的事儿能不能辛苦你？”

杨青云没有犹豫，严秀说：“谢谢你了青云，这事还给你添麻烦。你师父最近也很不顺，下面好几个副总都出事儿了。年龄明明已经到了，书记市长就是不让他退。”杨青云问师母什么时候用钱，用多少，他一定把这笔钱提前备好。师母说：“二百万，这几天你先准备好吧。”

从师父家里出来，他抬头望了望城市上方的天空。夜风凉得刺骨，天空黑得看不到边际，在黧黑的尽头是一个接一个的空洞。

赵志杰取保的事情在反复变化。一开始师母明明说可以取保了，哪知道行至半途，公安和法院之间的沟通出了点儿问题，说好的取保又办不成了。

师母退休前是省纪委委员，此案属异地管辖，杨青云本想着以师母的身份过问一下，赵志杰马上办取保应该不是太难的事儿。不想师母一脸严肃地告诉他，这个事情太敏感，她不能找当地纪委。如果纪委介入，事情的性质不再是“打听”，而是“过问”，这样事情会更麻烦。杨青云无计可施，只好耐心等待对方的消息。

再次见到赵志杰时，杨青云已经认不出她的模样。

一行人赶到看守所已是傍晚，值班人员说已经下班了，有事明天再来。杨青云有些生气，明明已经说好的事情，他不想让赵志杰在里面多待一分钟。无奈之下，只好又给师母打电话。师母又协调了半天，直等到半夜时分看守所才同意放人。

从雪亮探照灯下的高墙内出来，赵志杰面色苍白，两眼空洞，木然间神态恍惚游离。杨青云忙冲过去想扶她一下，却被她冷冷地甩开。

看守所黑色的铁门被重重关上，在强烈灯光的照射下，她径直上车，随即双手抱头在后座蜷缩成一团。杨青云呆呆地看着，一连主动打了好几次招呼，赵志杰就那么蜷缩着不见任何反应。

第五章　回乡

01

让罗建华没有想到的是，他亲自去了一趟清风驿，竟没能打听出杨青云与老家恩怨的始末。

从省城回清川的路上，罗建华就迫不及待地想知道到底是哪些事情让杨青云至今不能释怀。这天趁着周末，他一个人开车来到了镇政府。

见县长突然不请自到，不知出了什么大事，值班人员忙跑前跑后地端茶倒水，又要电话通知刘长顺和李锋。罗建华摆摆手说：“不要惊动他们，我是来找张保平的。”

镇上的人更加糊涂。怕对方没领会自己的意思，罗建华又补充说：“我找保平是私事，不要说我要见他，只把他叫来就行了。”

从纪委放回来以后，保平一直都不敢见罗建华。一进镇政府会议室，见罗建华在里面坐着，保平脸立即涨红得像只皮球。他提心吊胆地走上去，小声叫了句：“县长。”

罗建华笑着示意保平把会议室的门关上，这才问起杨青云的事。哪知道事情过去太久了，保平也只知道大概，并不清楚来龙去脉。保平说：“我只知道他不跟村里来往，每次上坟都不进村，好像是跟一门亲事有关。”

“什么亲事？”罗建华问。

保平笑道：“这我还真不清楚，好像考上大学那年他订了一门亲事，后来又反悔了，村里人都骂他是忘恩负义的陈世美，自己就不愿意回来了。”罗建华说：“那也不至于这么大仇呀，他父母是怎么死的你知道吗？”保平挠挠头说：“听说一个是脑出血，一个是喝农药。到底为什么我还真说不上来。”

“一定有知情人，你回去打听打听，我等着你。”

保平不知道罗建华为什么对这些事情感兴趣。回到清风驿他一连问了好几个老人，哪知道一见保平问的是这件事，这些人不是说不上来，说是也知道得不多。他不愿再去问长巨，有心去问长明听说好像他就是当事人。这可怎么办呀？

保平不敢让罗建华等久了，回到镇政府在院子里磨蹭着不敢进屋汇报，罗建华招手让他进来。保平一脸愁容地摊摊手说：“县长，真不是我不打听。这个事太复杂，怎么说的都有，我打听了半天都没打听明白。你能不能给我几天时间，我一定落实清楚。”

罗建华想了想说：“我等你的消息，什么时候打听清楚了，立即到办公室找我。”说着罗建华起身要走。

保平追着送到屋外，嘴上仍不放心地跟在后面问了一句：“县长，您怎么想起问这些事情？听说青云现在财大势大，他不是要算旧账吧？”

罗建华笑了：“这都什么年代了还算旧账？不该打听的你少打听，赶紧去把我说的事儿落实清楚。”

说话间刘长顺和李锋都赶到了，二人拉着罗建华非要留下吃饭，罗建华说：“今天这个饭还真不能吃，等保平把我的事办了，我请你们吃饭。”

罗建华一句话让保平在书记镇长跟前挣足了面子，一连好多天他心里都美滋滋的。

又过了几天，保平终于给罗建华带来了杨青云和清风驿决裂的真相。

原来，杨青云考上大学那年，因拿不起学费把他父亲杨长生愁坏了。村里人都不愿意借钱，杨长生只好厚着脸皮去找支书长明借。不想长明家里也没有什么积蓄，总不能眼睁睁地看孩子上不了大学吧，思来想去长明这才告诉杨长生说，眼下倒有一个好办法，只是不知道能不能行。

杨长生忙问长明有什么办法，长明说：“保荣找过我几次，问我能不能给咱青云说说媒。他家闺女秀敏跟青云是同学，保荣又是万元户。如果你同意订婚，这钱一定能借出来。”

杨长生一听喜出望外。保荣和他家是邻居，不但条件好，闺女秀敏也眉清目秀，还跟青云是同学。秀敏中专虽然还没有毕业，以后也是吃商品粮的公家人。这样的好事儿哪里去找？

回家跟杨青云母亲商量了一下，见儿子不但能上大学了，而且还能结下亲事，这真是喜上加喜，老两口一高兴便满口答应了这门亲事。

众人都知道杨青云心高气傲，而且两个孩子都在上学，便决定这件事暂时不说。三家约定，等秀敏中专毕业再给他们正式订婚。

约定以后，保荣借给了杨长生一千五百块钱。又怕日后反悔，长明拍着胸脯当了保人，杨长生还用自己家的祖宅做了抵押。

秀敏中专毕业，保荣来找长明安排订婚，年轻气盛的杨青云立即恼了。都什么年代了还包办婚姻？他不但死活不肯同意，而且赌气跑回了学校不回家。

见是这样，长明劝保荣说：“青云还上着学，可能一时想不开，订婚的事等他毕业再说吧。你放心，这件事包在我身上。杨长生要归还借下的那一千五百块钱，保荣说都是一家人，这钱你先用着。”

后来杨青云大学毕业了，保荣又来找长明催婚，并答应可以在县里给杨青云安排工作。父亲陪着长明来到省城，哪知杨青云不但不领情，还把二人赶了回来。

清风驿人最要面子，眼看这门亲事难成，回家以后杨长生家门都不敢出，杨青云也慢慢被村里人骂成了忘恩负义的陈世美。见杨青云死活不肯同意，一怒之下的杨长生竟跟他断绝了父子关系。

然而这件事情并没有结束，见杨青云不肯回心转意，气急败坏的保荣拉着长明一起去杨青云的工作单位告状。杨青云当时刚分配到建委工作，受此牵连又被下派到了建筑公司。

杨青云从小倔强，越是这样越不肯低头。最终两家人脸皮彻底撕破了。仗着有亲戚在法院，保荣拿着借条跟杨家打起了官司。后来不知他怎么操作的，法院把杨青云家祖宅判给了保荣，而且还申请了强制执行。

因咽不下这口气，强制执行那天，又羞又气的杨长生突然脑出血死了。

杨青云回清风驿奔丧，长明带着全体杨家人堵在村口不让进村。杨青云在村外跪了整整一夜，才被允许进了家门。他父亲出殡那天，全清风驿没一个人过来帮忙，杨青云挨家挨户磕头哀求，依旧没人肯出来帮手。最后靠着高中同学的帮助，杨青云才勉强将父亲的棺椁葬到地里，此事在清风驿传成了笑柄。

杨长生下葬当天，杨青云母亲趁人不注意也喝农药自杀死了。杨青云咬着牙又埋葬了母亲，从此便再也没回过清风驿。

“村里人都说青云气死了他爹，逼死了他娘，其实根本就不是这么回事儿。这里面有很大的误会。一是当初大家都没把话说清楚，二是不该包办婚姻。自从出了这事，长明和保荣也不来往了，两家人都感觉脸上没光。”

“杨青云一定认为他爹娘都是长明和保荣逼死的，所以他才这么生气，对不对？”罗建华问保平。

保平挠挠头：“县长，这我可真说不清。不过借钱归借钱，亲事不成就不成，后来秀敏不也嫁得挺好？后来二哥真不该去青云单位告状，还通过法院夺了人家宅子。这都是结下的死仇，如果没这些事，最多就是青云在村里落个骂名。”

直到这时，罗建华这真正才了解杨青云与清风驿一刀两断的原因。他没想到当年的事情竟如此荒唐，更没想到看似人生得意的杨青云，内心竟掩藏着这么多让人不堪回首的往事。

不知人苦，莫劝人善。了解事情的来龙去脉以后，罗建华暗中打定了主意，他一定要想办法先帮杨青云解开这些心结。

02

重获自由以后，赵志杰的表现更加让人担心。

刚一回到家，她就将自己反锁在房间，一连几顿都不吃不喝，敲门呼叫也不见任何反应。杨青云知道，自己不可能全天候在身边陪她，又不敢惊动师父，无奈之下他只好向师母求援。严秀接到电话火急火燎地赶过来，喊破了嗓子赵志杰却依旧不肯打开房门，而且也不见一句回话。杨青云拉师母坐在一边，小声问要不要请师父过来。严秀叹了口气指指楼下："他跟着来了，说什么都不肯上楼。"

杨青云忙下楼去请师父。

经杨青云再三劝说，赵志安终于铁青着脸上楼了。师父不像师母这么有耐心，没敲两下门不见动静就生气了。他重重在门上捶了两下，愤愤地说了一句"看把你惯的"，然后拉上师母转身走了。

杨青云一直没敢离开。师父和师母走后，他又耐心在赵志杰门外劝了大半天，见屋内还是不见任何动静，他只好再次打电话请来师母，并叫来开锁公司的人开门破锁。屋门打开以后，只见赵志杰披头散发光着脚蜷缩在角落里，双眼死鱼一样空洞。

赵志杰心高气傲，知道她是承受不起这突如其来的打击，杨青云便向师母建议说是不是先找个保姆陪着。严秀叹了口气说："大家都有自己的工作，也只好如此了，只是委屈你勤过来看看。"杨青云说："只要时间允许我一定过来。"说着他便托家政公司寻了一个保姆上门。

哪知保姆前后换了好几个，赵志杰身边一个人都容不下，她每天不是骂人砸物就是一动不动地站在窗前发呆。杨青云不知如何是好却又无从发作，只好再次请来了师父师母。

一开始赵志安说什么都不来，等他好不容易来了，一见赵志杰的样子又急又气，转头却把心中的怒火全都撒到了杨青云头上。杨青云感觉自己里外不是人，便赌着气不跟师父说话。后来也许听了师母的劝告，师父不再一味地责备他，转而又一遍遍地埋怨起赵志杰的荒唐。他隔着门愤愤地说："之所以落到今天，这一切都是咎由自取！"

杨青云不知道师父这些话是出于心疼，是为了发泄心中的怒火，还是为了刺激这个从小就不听话的妹妹。赵志杰闻言头发蓬乱地红着眼睛从屋里冲出来，恶狠狠扑到赵志安面前，吓得三人谁也不再说话了。

杨青云小声建议师母是不是得去看看心理医生？赵志安不相信赵志杰有心理疾病，经严秀再三劝说，他终于同意杨青云和严秀将赵志杰带去医院。

一番检查下来，赵志杰果然是患上了抑郁症。

杨青云只好安排赵志杰住进了医院。

自取保以后，赵志杰一句话都没跟杨青云说过。知道赵志杰心中的失落痛苦，也能想象出人财两空对她的打击和她所受到的煎熬折磨。原本那么骄傲一个人，转眼间不但成了犯罪嫌疑人，而且她所拥有的一切转瞬间都成了泡影，这些事情不是哪个人都能随便接受。杨青云试了好几次，他想告诉赵志杰一切都可以东山再起。但是只要他一开口，赵志杰就疯了似的又喊又叫，一句话都不让他说。

杨青云不得不每天都在医院和公司之间来回穿梭。又经过一段时间的住院治疗，赵志杰的情绪已经有了明显好转。按照计划，再观察一周就可以顺利出院了，杨青云把这一消息告诉了师母。师母说："这段时间多亏你了，否则我们真不知道该怎么办。你师父就那个臭脾气，你千万不要跟他一般见识。你知道，他发火儿不是冲的你。"杨青云说："我知道师父着急，只要小杰能平安无事，出院以后我好好劝劝她。"

不想就在要出院的前一天，师母突然又给杨青云打来电话，说医院刚刚给她打了电话说病人情绪很不好，希望家属能马上过去一趟。因为单位有一个重要会议，师母拜托杨青云先过去看看。

杨青云火速赶到医院，发现赵志杰已经在药物的作用下睡着了，护士们正在收拾散落一地的物品。看着镇静药一点点输入赵志杰的体内，她骨瘦嶙峋的胳膊突出一道道青筋，杨青云不知不觉间眼泪流了下来。

明明马上要出院了，赵志杰为什么又突然闹起了情绪？杨青云坐在床前，用力握着她苍白的手，任凭时间在充满消毒液味道的病房里一点点流逝。

第二天上午，因公司有事情处理，杨青云没有准时去医院陪护。

下午，他急匆匆在医院门口的花店买了一大束鲜花，然后准备按原计划去接赵志杰出院。他早已想好了，如果赵志杰情绪还好，他就正式跟她聊一聊人生，聊一聊未来，再聊一聊梦想。如果赵志杰需要，他甚至可以答应她，不管今后她有什么想法，自己都可以帮着她一点点东山再起。

刚从花店出来，杨青云发现行人们纷纷抬头看着什么。顺着众人目光望去，他突然大惊失色，手里的鲜花滑落在地上。

病房楼高处的窗户上站着一个人，他一眼认出那个人就是赵志杰。来不及多想，他立即疯了一般向病房楼冲去。

杨青云并不知道，就在他刚刚冲进病房楼，穿着病号服的赵志杰像纸片一样高高地飞了下来。

当他上气不接下气地冲到病房，病房的门仍反锁着，几名护士正在焦急地想办法破门。他一脚将门踹开，狭小的窗户玻璃已被打碎，病床上也早已空无一人。

他身子剧烈地抖动着，木然地呆立在当场。

三天以后，赵志安夫妇和杨青云一起安排了一场简单的葬礼。他们没通知任何社会层面的亲属朋友，遗体送入火化炉，赵志安也没有多等，他立即头也不回地上车走了。师母含着泪对杨青云说："你师父有事，你不要怪他。小杰生前最依靠的人是你，不管你师父怎么做，他都没有怪你，他只是心疼。"

杨青云点点头："阿姨，这我知道。"

"如果不是你，小杰的人生也许不会这样。"严秀说。杨青云默默地点点头，师母继续说道："我说这些也不是要批评你，你和小杰都是我们一步步看着走到今天的。从最一开始你师父就反对你们来往，事情发展到今天，你应该从中吸取教训。"

说着，她拿出一份遗书递到杨青云手上。

"小杰生前把什么都想明白了，也想透彻了。她说她最大的错误就是太爱钱，再有就是人生不该处处赌气。她后悔没听从你的劝告，结果明知走错了路却不能回头。她住的那套别墅，还有另外几套房子都留给你了，她生前都已经做了公证。回头你去给她选块好墓地，也不枉你们相识一场。"说着，师母又将一包遗物塞给杨青云。

杨青云心碎欲裂，早在医院收拾遗物的时候，他发现病房床铺下面，赵志杰用马克笔写满了他的名字。

处理完赵志杰的后事，心力交瘁的杨青云回北京住了几天。

赵志杰去世的消息他没跟君梅说，尽管妻子也一直知道她的存在，但她并没有介意他们之间的来往。在回北京前，他专程去城北的万安园公墓挑选了一块上风上水的墓地，并将墓穴的具体位置告诉了师母。

赵志杰骨灰入土那天，师父和师母都有事没来，他一个人开车来到墓地为赵志杰下葬。天空飘着细雨，他特意穿了一套黑色西装，这套西装是当初赵志杰为他量身定做的。赵志杰不喜欢他打领带，因此他也没有打领带。戴着白手套亲手捧着赵志杰的骨灰放入坑穴，支开墓地的工作人员，他默默地将暗紫色的盒子放好，又将自己亲手挑选的一大束鲜花盖在上面。

一个人和一个人的告别竟如此简单，且如此仓促。杨青云感觉自己平静得就像一个与生死毫不相关的人，他亲手将墓穴一点点用土填上。埋葬一个人就是埋葬一段往事，他爱过赵志杰，赵志杰也爱过他。此前他想过一万种可能，唯独没想到的是他们最终会以这样的结局收场。

杨青云特意挑选了一张赵志杰生前最喜欢的照片，嘱咐工作人员刻到墓碑上面。临告别时，他再三叮嘱墓地一定要细心照看，并跟墓地管理方签订了一份委托祭拜协议书。他知道，自己不能保证每个清明节都来看她，但她生日那天只要能来，无论身在何方，自己都会过来陪她一会儿。

直到开车离开墓园，天空依旧阴沉得让人窒息。漫天飞舞的雨丝无声地飞落着，杨青云的泪水才无声地流了下来。

03

杨青云的失魂落魄引起了君梅的警觉。

君梅没有多问，是因为她以为杨青云生意上又遇到了挫折。这些年只要杨青云不主动说，她一直不打扰干预丈夫的工作。

明年夏天，儿子杨名和女儿杨阳就要大学毕业了，她的陪读生涯也将结束。杨阳已在本校保研，儿子却不想再继续读书，此前杨青云已托人给他联系了一家国有银行总部的工作。受托之人一开始答应得挺好，谁知后来又说四大国行名额紧缺，问杨青云可不可以安排到非国有银行，单位随便挑。如果杨青云同意，他们立即就安排落实。

杨青云本来就有些心不在焉，哪知跟儿子一说，杨名却一副事不关己的态度，既不说行也不说不行。看着儿子那副不思进取的样子，他以为儿子对自己不满意，强压着怒火没有发作。杨青云说："如果非要去四大行，你就再等等。趁这段时间，你自己先去找份工作。"

君梅说："不是说好去四大行了吗，怎么来来回回变卦？"

杨青云没好气儿地说："谁给你说好的？"

君梅见他情绪不对，拉起儿子转身走了。

在北京住了没几天，杨青云就烦了。妻子君梅也不怎么理他，她一天到晚待在书房里对着笔记本电脑，不知是在追剧还是在刷视频。看着妻子儿子都一副胸无大志的样子，他感觉有些沮丧。儿子不争气，家庭没有温暖，自己这么多年的奋斗和努力终将毫无意义。

慢慢地，他在家里坐不住了。暂时又不愿意回省城，每天起床以后，他就漫无目的地去附近的公园散步。中间罗建华给他打过几次电话，问他在北京是不是有事。杨青云借口说孩子大学毕业了，自己正在忙着给孩子落实工作。罗建华问要不要回省里，如果回省里他可以帮忙想办法。杨青云礼貌地表示了感谢，告诉罗建华自己两个孩子从小户口就迁到了北京。

罗建华称赞杨青云有远见，话聊了没几句，杨青云还是把赵志杰跳楼自杀的事情说了出来。罗建华听了好像并不意外，他说："我一直没好意思问你们的关系，这个赵总可不简单，也许这才是她最好的结局。"杨青云感觉罗建华话里有话，后经再三追问，罗建华才告诉他，这几年赵志杰一直以赵副省长的妹妹自称，她不但牵涉赵副省长一案，而且还四处打着赵副省长的旗号，据说和省内很多高官都有瓜葛。杨青云听了后背感觉一阵阵发冷。

不该关心的事情无须关心，赵志杰去世以前，他从没问过她都经手过哪些事情，也没打听过她的社会关系。听了罗建华的话，他内心反倒感觉轻松了许多。一个已经去世的人，与她有关的所有一切都已是往事。不管她说过什么做过什么，杨青云决定都不再难过纠结了。

杨青云心里清楚，在电话中虽没有明说，罗建华给自己打电话还是因为清风驿。人生是什么，一个人到底为什么活着，赵志杰的离世突然间给了他很多启示与感触。

哪怕拥有再绚丽的灯火，这里却不是属于他的城市。又经过几天的深思熟虑，杨青云已经想好要答应罗建华了。自从做出这一决定，他耳边不经意间总会听到一股大河流过的声音，小时候生活过的场景也一再在他眼前浮现。这声音是那么熟悉，是那么亲切与沧桑。当初义无反顾逃离那方水土，他一路走出了很远很远都不肯回头。直到有一天，当他停住脚步回头看看，却发现过去那些事情早已隐入尘烟。

不管遇见过多少人、经历过多少事，一个人的灵魂最终都将回归那片生他的土地。一个人不管走到哪里，他内心所有的一切的归属仍是他日夜思念的故乡。

杨青云决定回省城去了。

临行前君梅告诉他说："孩子们马上要大学毕业了，我在这里陪读已经没有什么意义。"杨青云知道妻子是想跟自己生活在一起，想到自己马上要回清风驿了，他没有拒绝也没有解释，只是一脸平静告诉妻子说："想回去就回吧。即便回去，我也不可能总在身边陪着你。"

听了杨青云的话君梅很不高兴，她认为杨青云对她没有热情，甚至对整个家庭都没有热情。杨青云承认自己一个人生活惯了，也承认自己的敷衍，但除此之外他无法给妻子提供更好的回答。

回到省城，杨青云给罗建华打去电话问什么时候方便一起见面聊聊。罗建华喜出望外地答应道："好啊，你等着我，我马上过来找你。"

杨青云说不用，我去找你吧。听到这话罗建华一愣，他没想到杨青云主动要回清川。罗建华说你真要回来？杨青云说是的，这几天我就计划回去一趟。罗建华说本来我想去跟你见个面说说过去那些事呢，杨青云问罗建华说你是不是都知道了。罗建华说我听说了一些，但未必了解全貌。杨青云说："赵志杰这一死，我突然想通了很多事情。你不用再做动员，我会按你说的去做。"

罗建华听了就笑，说："这样也好，你看看这次回来有没有需要县里配合的事情。"杨青云笑了："我是土生土长的清川人，回清风驿还需要你派人领路？"

"再告诉你一个好消息。"见杨青云已经想通了，罗建华又兴奋地告诉他说，“我请你回来，可不只是投资一个旅发大会。借旅发大会之势，县里正在规划在清风驿设立一个开发区，就叫大运河开发区。”

“大运河开发区？”此前杨青云从没听罗建华说过。

“是啊，你赶快回来吧。只要你肯回来，咱一定大有可为！”

“靠谱不靠谱？”杨青云笑道。

“我什么时候跟你开过玩笑？这件事省里原则上已经同意了，现在只等过会审批，目前还没有对外公布。”

杨青云没有想到，对于清风驿的未来，身为外地人的罗建华竟有着这么长远的规划，他感觉心中最柔软的地方突然欢快地跳跃起来。与此同时，在他心中压抑多年的愤懑如一条大河开闸而下，一泻千里。罗建华一颗金子般的苦心，自己还犹豫什么呢？

杨青云没再犹豫，他立即动身回了一趟清风驿。

从省城到清川一路全是平原。车下高速路，走上十几公里的国道就到了清风驿。此前归来均是过客，前几年国道改线，路边那些村子杨青云早已认不清了。这次回来，想到以后又要回这里做事了，他像温习功课一样对着地图一一辨认着它们的名字和位置。

车子行驶在绿荫路上，杨青云落下一点玻璃，望着车窗外久违的故乡。道路两旁是刚刚收割过的麦地，熟悉的麦草味道扑面而来。虽然刚刚是上午九点光景，但明亮的阳光已经在大地上整整铺了一层。远远望去，夏麦刚刚收割完成，田地里清一色全是金黄的麦茬。他记得，小时候麦收是人们最忙的时候。那时候，每到麦收人们就黑白不停地割麦、运麦、打场、晾晒，最后抢在大雨之前把收下来的新麦运回家。那些年都是手工劳作，家家户户相互帮助。打麦场上，人人都累得直不起腰。累得实在受不了的时候，就在太阳底下灌一口凉开水。

一场大雨随时可能给一年的收获蒙上阴影，因此，每到过麦人们都争分夺秒地抢收。想到当年温馨而紧张的劳动场面，他心中一热。如今打麦场已经不见了，过去的好多场景只能在记忆里搜寻。他让小高靠边停车，一个人下车到收割后的麦地里看了看。

双脚刚一踏上这片土地，杨青云又感觉心里某个很深很远的地方强烈地动了一下。收割整齐的麦茬下面，嫩嫩的玉米芽刚刚从土里冒出来。刚浇过的地还有些发软，却湿漉漉地透出一股强烈的泥土气息。

回到公路上，他跺了跺脚，汽车继续沿着公路缓缓向东滑去。他已经远远看到了那块熟悉的路牌，也看到了前方熟悉的岔口。这一次他没有前往省界，而是拐进另一条水泥路直接向村子里驶去。

04

这是一条回家的路。

此前每次回老家上坟，杨青云从来都不走这条路。离村子越近，他发现自己心跳得越是厉害。他闭上眼睛，努力在记忆中搜寻着当年那些熟悉的场景。他离开清风驿那年，村里家家户户还都是土坯房，人们住着矮小破败的四合院，每逢下雨，一村的烂泥街都没法儿出门。如今二十多年过去了，一狠心离开了那么久，它们现在到底变成了什么样子呢？

一条回家的路，杨青云走了近三十年。村子越来越近了，镇政府就在村子西面有一箭之地，那是去清风驿的必经之地。杨青云告诉小高在镇政府门前把车停下，他坐在车里，远远望着久别的故乡。尽管早就做足了思想准备，当清风驿像一幅破烂的画卷一样展现在他面前，当那股熟悉得不能再熟悉的味道扑面而来，他的眼眶还是不由自主地湿润了。

进村街道上几乎没有什么行人，远处几个老人坐在墙根下一根破木头上闭目养神。村口有一家小超市，超市门前的树荫下，几个奇装异服的年轻人正围着桌子热火朝天地打牌。他们旁边聚集着几个围观的年轻人，不时传出一两句争吵笑骂。这些年轻人杨青云已经都不认识了，只有墙根下那几个老人还能模糊地叫得上名字。正费力想着，只见一个人摇摇晃晃推着一辆自行车从村里走来。等他慢慢走近，杨青云才看清他的相貌。

他心中咯噔一下：怎么是他！

真是越怕见谁越会遇上谁，他全身上下立即紧绷起来。

这个从村子里走出来的人，是杨青云最不想见到、同时也最怕见到的保荣。

保荣推着那辆破旧的自行车，车把上依旧挂着那只浸满油渍的人造革皮包。他上身穿一件看不出底色的半袖衬衫，半敞着怀，领口露出红得发黑的胸脯。他一边推着自行车，一边木然傻笑着向这边走着。这位当年在村里无所不能的杀猪匠、万元户如今背已经驼了，在那张皱纹遍布的脸上，记忆中的暴戾之气已荡然无存。

从杨青云汽车旁边经过时，保荣没做任何停留，他视而不见般拖着双腿一步步向远处挪着。杨青云长出了一口气。不知为什么，尽管已事隔多年，一看到张保荣他全身的毛孔仍瞬间紧张起来。当年就是这个人害得他家破人亡、无家可归。杨青云深吸了几口烟，好不容易才让自己镇定下来，他示意小高在车上等一会儿，然后戴上墨镜从车上走下来。

他快步走向了不远处的小超市。铁皮屋的柜台后面是一个三十多岁的女人。料想她一定不认识自己，杨青云便买了两瓶纯净水，顺便跟她搭起话来。

"跟您打听个人。你们村有个在省里干建筑的，听说过这个人没有？"

"你是说杨青云吧？"女人嗑着瓜子儿，看样子挺喜欢跟人搭话，"那是俺小舅，你认识他？"女人漫不经心地问道，"人家可是大老板，省城有名的包工头儿。电视里都经常见呢，听说钱多得数都数不过来。"

一句"俺小舅"让杨青云心头一热。"是吗？"他不动声色地笑了笑，"你认识他？"

"小舅跟俺孩子他爸是同学呢，能不认识？"女店主笑道，"可惜人家一趟也不回来！别的村大老板都捐钱捐物，看我们村儿破的，他要是回来啊，我们指定比哪个村儿都强！"

"听说他不是捐了一条路？"

"九牛一毛。听说村里人把他坑了，人家走了以后一趟也不回来。县长书记去找人家都得提前预约，得排队等着才能见面。"

女店主神气中透着骄傲，这是村里人一贯的说话习惯。清风驿的人总喜欢对他们不了解的事情捕风捉影地展开想象，而且描绘得惟妙惟肖。杨青云笑了一下继续问道："既然有这么大的老板，你们怎么不再去找他？"

"谁敢去？"女人表情夸张地说，"对人家做过亏心事儿，人家是记恨着哩。谁去找都行，一听是清风驿的人他一个都不见。寒食过节什么的，人家来上个坟就走，村儿也不进。前两年俺们家那口子去了一趟，要了五十万给村里修街。钱要回来了，路还没修好，就被当官的贪污了，抓起来好几个。”

尽管这件事罗建华已经跟他说过了，但杨青云听到这里仍感觉心里不是滋味儿。清风驿管清明节叫寒食，再次听到这个熟悉说法儿，杨青云无声地笑了。他又问女人说：“刚推车子过去那个人我看着面熟，是不是保荣？”

“那不就是保荣叔吗，说媒去了。”

“说媒？他不是杀猪吗？”

“你不知道，保荣婶子那几年得了精神病，不知怎么跑到高速上，让车给撞了。呀呀，那人给撞得呀，都碎成了好几半儿，是一块块收起来的。保荣叔请河东的小神仙给看了看，小神仙儿说他这个人太煞，得消业，从那以后不杀猪改说媒了。”

“世道变化真大，屠夫也立地成佛了。”杨青云叹了一声。

女店主认真盯着杨青云看了半天，她抿嘴笑着问道：“你是省里来的吧？”

杨青云一愣：“你怎么知道？”

她指了指不远处的汽车，杨青云只好点点头。女店主一脸羡慕地说：“坐这车的可都是大人物，您这是微服私访？”

杨青云没再说话，放下钱回到车上，他让小高直接把车子开到了村子最东头。

清风驿一千多户人家，五千多人口，大运河通水时交通便利，断水后却成了封闭边远的偏僻之地。因交通不便，这些年村子里一直以农耕为主，是清川有名的落后村。他家当年就住在村子东头，将车子停好以后，见街上没什么人，他犹豫了一下才开门下来。

下车以后，他心情复杂地到自家老宅子前去看了看。

房子还是原来的样子，只是更加破败。门前的老槐树还在，门口那对石礅也还在，只是两扇木门松垮变形，早就合不严了。透过门缝，院里长满了杂草，他眼睛湿润了。他不敢走近，低头回撤了两步。院子背面是一座同样低矮的红砖小院，他知道那是张保荣家。他清楚地记着，保荣家的红砖房是自己上大学那年盖的，当年的新房如今也已经老旧过时。看到张保荣的房子，他又想起了当年那桩让自己身败名裂的亲事，杨青云的心又剧烈地抖动起来。

如果不是那门亲事，爹不至于不让自己上门。如果不是那门亲事，自家的房子也不至于被张保荣夺走，爹也不会那么早气死，娘也不至于自杀，自己也不至于落得在清风驿身无立锥之地。想到这里，他身体绷成了一条直线。这些事都是长明和保荣联手干的，他们这些人，为什么非要控制别人，为什么非要安排别人的命运呢?

杨青云越想心里越是难受。生怕小高看到自己难过的样子，他忙掩了嘴将泪水擦擦。方才之所以没跟小卖部女人继续说下去，杨青云是害怕再说下去自己会露馅。不管这里的人们曾怎么伤害过他，也不管他受过的伤害有多深，小卖部女人那一句“俺小舅”，已经让杨青云瞬间破防了。

站在那棵熟悉的老槐树下，杨青云发现树上还有当年他刻下的印记。他小心地抚摸着它们，心里又是一阵阵感慨。一阵凉风吹来，他感觉自己全身上下既像是突然间通透了，又像突然间被抽得空空如也。他悄然闭上眼睛，静静享受着这多年未曾体验的感觉。

这样想着想着，他想到了自己今天到这里来的目的。杨青云想，如果真像罗建华所说，有一天自己能改变这里的面貌，将这些破房烂瓦变成明亮整齐的二层小楼，烂泥土路变成宽阔的马路，那将会是一种多么壮观的景象！老人们都穿上整齐的新衣服，再也不必坐在墙根下的破木头上，而是坐在敬老院里打牌下棋。孩子们都不再泥猴似的满地乱滚，而是在明亮的幼儿园里由年轻漂亮的女阿姨带着玩游戏，开心地从漂亮的滑梯上一个个滑下来。那时的清风驿将变成什么样子，那时自己又会是什么样的心情?

想着想着，他不禁有些醉了……恍惚间，他看到一个身材高挑的女人正从远处走来。她上身罩一件粉红色防晒衣，里面是纯白色的短袖，一件洗得有点儿发白的牛仔裤，脚下是一双白得不沾一点儿土气的帆布鞋。眉目如画的她披着长长的头发，正抱着几本书在斑驳阳光下向河堤走去。

杨青云不禁呆了，他感觉自己似乎是在做梦，揉揉眼睛却发现眼前一切都是真的。

他不由自主地向后退了一步，仍不相信清风驿竟有这么知性的女人。再抬头看时，仙女般的女人已是一个背影，她正沿着绿树浓荫下的坡道一步步上堤。

05

虽然事先有过约定，但这次回清风驿，杨青云并没有惊动罗建华。

本来按照他的计划，杨青云是想先来村里转上一圈，然后去村东的河滩上去看看大运河就立即返回省城。不料他和小高刚刚爬上河堤，杨青云就接到了罗建华的电话。

“青云兄，忙什么呢？”电话刚一接通，罗建华便问得很直接。

“哦，没什么事儿，随便转转。有事儿？”杨青云问，他不想告诉罗建华此时自己已在清风驿。

“没什么事儿，计划好没有，什么时候来清川？县里关于旅发大会的初步合作方案已经做好了，我想请你来看看，看有什么需要调整和补充的。”罗建华说。

“我就在清风驿。”杨青云笑道。虽不想告诉罗建华自己的行程，但他又怕罗建华已经知道自己在清风驿了，于是杨青云便主动说了出来。

“是吗？什么时候来的？怎么没提前打个招呼？”罗建华惊讶着一连问了三个问题，“你就在原地等我啊，我十五分钟到！”

“不用了，我去县里找你吧。”杨青云说。因为回清风驿投资的事情只是个意向，如今八字还没有一撇，他可不愿意在这个时候惊动太多人。

哪知罗建华却不容商量，当杨青云还在河堤上极目东望时，罗建华的车就裹着一股尘烟到了。

远远看到正在等他的杨青云，罗建华没让司机将车靠近，他在很远的地方就下车一步步走了过来。二人热情地握手，然后望着大运河广袤宽阔的河滩，像老朋友一般进行了一番深入的交谈。

他们一起回顾着大运河辉煌的历史，聊着聊着便聊到了清风驿当下的落后。罗建华锁着眉头说：“这些年大运河沿岸经济发展的滞后，主要是交通方式的变迁。有人说是因为运河一直没能利用起来，一是河里没水，二是不能走大船。当年河里也不能走大船，清风驿不也一样辉煌过？我想，主要的原因还是因为水运竞争力不够。大河缺水是客观的，如果水运的竞争力优势明显，大运河也不至于一直缺水。另外，清风驿的落后也有历史原因，这里一直不是清川的政治中心，有些问题我们是能够改变的，有些问题却是不能改变的。我派人多次做过调研，唯有文旅，现在是打开这个魔盒的钥匙。”

杨青云点点头：“想不到你对大运河的历史也这么了解。我们这里有一句话，运河没水，清风驿不富。等什么时候大运河里有水了，清风驿也就富了。”

罗建华说：“这话说得有道理，早晚有一天大运河会通航的。如果你认可我的说法，就从支持旅发大会开始吧。”

“哦？这话怎么说？”杨青云问。

罗建华说：“旅发大会的具体方案已经定了，下一步县里计划开始遴选投资人。咱们县里的财政状况有压力，为了解决项目资金问题，旅发大会将打包交给一家公司来运作。这是一个一举两得的事，企业投资赢利了，财政资金不足的问题也解决了。如今来找的企业不少，如果你感兴趣，咱们现在就可以谈合作，我派相关部门跟你对接。”

“我试试吧。”杨青云说，“县里有县里的条件，企业也有企业的条件。事情听起来不错，做起来却未必合适。”

“不，你不要有这么多顾虑，我认为你是做这个项目最合适的人。”罗建华说。说着他给杨青云描绘了一幅自己心中理想的蓝图。

罗建华告诉杨青云，这次旅发大会只是他计划的第一步，如果杨青云答应回来，在清风驿不止旅发大会一件事情。罗建华说：“听说下一步省里要整合全省各县市区的省级开发区，这件事一定也有许多文章可做。”

“你这是在吊我的胃口，”杨青云笑道，“没发生的事先不去想它，咱一步步走着看，先把眼下的事做好再说。”

“这可不是吊胃口！”罗建华一本正经地解释道，“我一点都没跟你开玩笑，只要旅发大会你肯投资，以后县里的建设项目你都可以参与，今后你的身份不再是一个简单的建筑商，而是投资人。你应该知道的，如今各地方政府的建设项目都在探索新模式。”

“这想法不错。”杨青云肯定地说。罗建华这番话和他描绘的蓝图引起了他极大的兴趣。

“我们现在最缺的还是您这样有远见、有胆识、有情怀的企业家。”罗建华笑道。

罗建华说到这里，杨青云并没有接话，一是还没有发生的事情他不喜欢发表看法，二是让他真正感兴趣的其实并不是罗建华所说的这些。

其实，杨青云已经有了自己的想法。

如果回清风驿，他不再去当一个唯利是图的商人。他计划和刘五经一样，也用自己的力量为老家改变一些事情。自己虽然不准备像刘五经一样去经营农场，但也可以通过一些其他方式为这里的农业和农民找到长久的出路。

经过一段时间的观察，他发现清风驿一带的土地非常适合种植棉花。小时候各乡镇都有国营棉站，国营棉站倒闭以后，这里的棉花全部流向了河对岸的山东，只是近些年棉纺业不景气，种棉花也太消耗人力物力，人们慢慢都不种了。棉纺业属于基础产业，杨青云想，如果利用好这一传统的资源优势，在清风驿建成一个棉纺产业链，它不但可以解决人们的就业问题，提高人们的收入水平，而且还能利用好这里的土地资源，这绝对是一个一举多得的事情。

他感觉自己跟罗建华有些貌合神离，于是便向罗建华说出了自己的想法。罗建华听完，喜出望外地拉着他的手：“这太好了！你这想法太好了！咱们想到一处去了！”

杨青云不明所以，罗建华告诉他说：“我一直在想着规划清风驿以后的产业发展，只是目前还没找到好的办法。你这想法太好了，要想让一个地方迅速富起来，工业化是最快的办法。你这办法把工业和农业结合起来了，我怎么就没想到呢？旅发大会建好以后，咱们马上就流转土地种棉花、建工厂！对，以后清风驿就搞棉纺产业链，从种植到加工，我支持你！”

罗建华一句话将杨青云心头的顾虑全打消了。

回县城的路上，罗建华上了杨青云的汽车。他问杨青云要不要通知一下县委书记王海涛，杨青云委婉地拒绝了。他告诉罗建华说：“我这次回来只是做一个简单的调查，谁也不想惊动。”尽管这样，罗建华还是请杨青云到自己办公室坐了坐，并给了他一份旅发大会的项目规划书。

这天晚上杨青云就住在了清川。

入睡以后他做了一个梦，他梦见自己上了一条大船，在一条宽阔无边的大河上航行。仔细一看，这条大河就是那条一直让他魂牵梦绕的大运河。

06

城市窗外的蓝天上飘着几朵白云，天空比前几年蓝了许多。经历着史上最严厉的环保政策，记忆中的绿水青山正在人们的身边慢慢恢复。那次清川之行杨青云没有多待，回到省城以后，他没有跟任何人提回清风驿的事情。而罗建华却跟进得很及时，杨青云回到省城的第一个周末，他又急匆匆地专程前来拜访了。

往往越大的事情，决策的过程越是简单。这一次杨青云直言不讳地告诉罗建华说："你们的项目规划书我看了，暂时还没想好具体怎么合作。请你多给我一点儿时间，让我把它们想明白。"

罗建华感觉杨青云仍心有顾虑，他告诉杨青云县里已经开过县长办公会，旅发大会投资商目前已正式公开遴选。"事不宜迟，如果想做这件事，你该马上行动了。"罗建华说。

杨青云没想到日程如此紧迫，第二天一上班，在单位处理了几件事情，他和小高就立即动身去了清川。哪知刚下高速，罗建华早已经带着一群人等在高速路口了。

一阵寒暄过后，天色已近中午。罗建华将一行人摒去，只带杨青云一个人到政府小食堂吃饭。饭菜全是清淡的农家小菜，一切都很合杨青云的胃口。杨青云奇怪，明明两个人吃饭，罗建华却安排人上了三副碗筷。正要问时，一个五十多岁左右的中年人进来，他花白头发，五短身材。见来人进屋，罗建华忙站起来叫了一声："王书记。"

"怎么让老杨吃这个？大老板千里迢迢地回来了，这不像话啊建华！"来人笑呵呵地冲杨青云伸出手。

杨青云忙站起来握手，心想此人一定是县委书记王海涛。

罗建华笑着解释道：“王书记，我是想杨老板什么好吃的没吃过，难得回老家一趟，尝尝在城里吃不到的东西，这也是咱清川的特色。”

“那好，不过下不为例啊，这也太简单了。”王海涛装模作样地批评了罗建华两句，才客气着入席。

接下来已经不由分说，清川党政一把手同时陪他吃过午饭，杨青云稀里糊涂地被请进了县委会议室。

一幅“欢迎杨总一行考察指导”的条幅已经挂在墙上，会议由罗建华主持，负责旅发大会的主管副县长李玉祥做报告，报告详细阐述了旅发大会的详细思路和具体规划。李县长一边讲着，台下几个记者模样的人一边录像，还不时地记着什么。

报告一直讲了一个多小时，众人关注的目光全都落到了杨青云身上。发言结束以后，王海涛站起来带头鼓掌，然后亲切地握着杨青云的手说：“欢迎您回故乡投资，杨总！前面的事儿罗县长都跟我说了，我们非常感谢您的拳拳之心。我代表清川四十万乡亲感谢你！代表六万运河百姓们谢谢你！以后这里就是你的家，不对不对，这里本来就是你老家嘛。”

杨青云笑笑，王书记对着镜头说道：“富不忘本，像杨总这样有情怀的商人太少了！我再次代表县委县政府，再次欢迎杨总回家！”

接着又是一阵热烈的掌声。

杨青云有些恼，他没想到自己会这么被动，他尴尬地笑着跟王海涛以及县里的干部们一一握手。会议结束后，杨青云正要跟罗建华回办公室，却被一名记者拦下。记者递上一份采访提纲，意思是让杨青云谈谈他回乡创业的初衷和想法。

杨青云实在有点压不住了。罗建华忙冲记者使了个眼色，将杨青云拉进自己办公室。

杨青云沉着脸坐下：“罗县长，我的兄弟，你到底跟他们怎么说的！咱们不是说好的回来考察，我这次只是回来考察！你这倒好，又是开会又是记者采访。万一我感觉项目不合适，你怎么收场？”

罗建华哑口无言，自知理亏的他只是赔笑：“对不起，青云兄，我也没想到王书记对你这么重视……”

这时，一直跟在旁边的秘书笑嘻嘻地打圆场：“对前来考察的客商，我们都是按这种规格招待，请杨总不要见怪。”

杨青云仍板着脸不说话，罗建华示意秘书出去，这才一肚子委屈地说：“都怪我事先没跟你沟通好，我真不知道他们是这么安排的。我也就事先跟王书记说了一下，那两个记者也是县委安排的，今天的事儿被动了。我给你赔罪，这真不是有意安排的。”

秘书走后，杨青云不依不饶地望着罗建华：“你别瞒我，这就是你事先安排好的，故意要把我架到这儿，对不对？”

说着，杨青云冷笑着指着对面墙上挂着的那幅大字问：“积羽沉舟，群轻折轴。这就是你的做事策略？”

不知杨青云是真生气了要兴师问罪，还是在故意挖苦，罗建华只是满脸赔笑：“这是《战国策·魏策》里的话，我觉得挺好就挂在这儿了，天道酬勤嘛。好了好了，别再生气了。”说着，罗建华拿出一份事先准备好的《清川县旅发大会投资建设框架协议书》交到杨青云手上。

“清川人一贯狡黠，爱要小聪明，我看你是在这里学坏了。”杨青云看着罗建华那张圆胖略带稚气的脸。知道今天的事情已经木已成舟，他自言自语地叹道：“你罗县长今天算是把我给架到这儿了！不过，以后如果还是这个套路，你可别怪我翻脸，我不喜欢被人牵着鼻子走。”

“你一定要理解，这是清川人民的热情。”罗建华嘿嘿笑着说。

被动归被动，这都是意外的插曲，不会影响事情的最终走向。趁这次回清风驿的机会，杨青云和清川县政府签署了一份旅发大会合作框架协议书。协议约定，由杨青云的工程公司和县城发投公司联合新成立一家项目公司，该项目公司负责旅发大会的全部投资和建设工作。建设资金先由杨青云的工程公司垫付，杨青云占百分之九十五的股份，县城发投占股百分之五。联合公司成立以后，项目公司作为业主负责组织主持旅发大会的全部建设工作，所有建设工作由工程公司负责实施。项目完工后，政府以投资奖补的形式，逐年返还工程公司先期投入的本金和利息。

按照约定，旅发大会的投资回报按年化率百分之六计算。

07

自上次离开清风驿以后，那个高挑粉红身影一直在杨青云眼前挥之不去。他并不知道，当时他遇到的这个人就是在清风驿支教的许燕来。

那一天许燕来也看到了杨青云，她急匆匆地赶往河边是在找人。

来清风驿支教已近一年了，这天上午头两堂是她的语文课，许燕来正带着同学们朗读课文，却发现最后一排一个叫张小强的男生正在课桌下玩手机。许燕来没有说话，她一边带读，一边慢慢走过去，不动声色地取走了张小强藏在桌下的手机。

课仍正常上着，下课以后，张小强一步步跟着她来到办公室。许燕来没有发火儿，问张小强手机是从哪里来的。张小强低着头，小声说手机是他爷爷的。许燕来说你先回去上课吧，放学以后咱们再说这事儿。

张小强站着没动，许燕来问他为什么不走，张小强什么都不肯说，还是低头赖着不走。

许燕来问："老师问你，你知道错了吗？"

张小强还是不说话，眼见上课铃已经响起，许燕来缓声说道："老师不会难为你，你先回去上课。手机先放到我这儿，放学后你来找我。"

说着，许燕来把收缴的手机放进书桌抽屉。

张小强这才转身离开，却仍不放心地回头望了好几次。许燕来摇摇头轻叹了一下，清风驿的孩子野，张小强的胆子更大，他不但经常旷课，而且还敢跟老师吵架。但在课堂上玩手机还是第一次，许燕来觉得这件事有必要好好说说。

她认识张小强的家长，村里人都叫他老三。老三是离过婚的人，在街上杀猪，一家人吃住都在店里。张小强的爷爷张保荣许燕来也认识，她经常会在上下班的路上遇到，这个红脸膛的老汉每天都一副喝醉的表情，推着一辆破旧自行车十里八乡地给人说媒。每次遇见，他都会笑着冲她点点头。听说当年他是清风驿第一个万元户，原来也是靠杀猪为生。

正想着这件事到底该找老三还是找张保荣的时候，哗啦一下，办公室后窗一块玻璃碎了。许燕来吓了一跳，她听到房后一阵急促脚步声。许燕来忙出屋绕到房后，却发现一个人影都没有。

再次回到屋里，她总感觉哪里不对。打开抽屉一看，手机果然不见了。

调皮的孩子！许燕来笑了。她没有生气，不放心地来到教室后门一看，张小强的位置果然空着。

许燕来知道张小强已经逃学跑了，她暗暗有些埋怨正上数学课的张老师，课堂上少了一个孩子竟不管不问。许燕来没有打扰正在上课的孩子们，自己一个人出门找张小强去了。

从街上路过的时候，许燕来远远地看见了老三。他光着膀子，系着一条看不出底色的围裙，正在门前的肉架前给人割肉，嘴里还斜叼着一支烟。许燕来想问问他张小强有没有回家，想了想还是没问，而是顺着街道一直向大运河走去。

清风驿的孩子们都喜欢在河边玩，来到村子东头，见张保荣的老院子锁着门，许燕来猜张小强一定去了河边。当她焦急地爬上河堤，果然发现远处河边放着一堆衣服，窄窄的河道里，一个小脑袋正一上一下地浮着。许燕来小心地来到河边，抱起地上的衣服和书包，然后才开口喊道："张小强。"

张小强见有人叫她，回头一看才发现是许燕来。他一个猛子扎进河里，不一会儿又抹了一把脸浮了上来。

"你上来。"许燕来喊。

张小强慢慢游近，却不敢上岸。

"你再不上来我可都拿走了。"说着，许燕来提起张小强的书包和衣服要走，张小强忙喊："别走别走，我马上上来。"

说着，他红着脸捂着身子从水里出来。

许燕来看着他窘迫的样子笑道："捂什么捂，给我站好，老师什么没见过？"

张小强脸更红了，只是嬉皮笑脸地笑，双手却仍不肯放开。许燕来命他洗干净身子，才将衣服一件件扔过来。张小强捂着身子低头不肯穿，直到许燕来背过身去，他才三下五除二地穿好衣服。为防止他再次跑掉，许燕来手里一直提着他的鞋子没有松手。

见张小强穿好了衣服，许燕来一言不发地转身向西走去。二人穿过河滩，一前一后来到河堤上。许燕来找了个树荫坐下，张小强没敢坐，口中不断地低头央求："老师老师好老师，我求求你了，你把鞋给我吧。"

许燕来没有理他，张小强仍在哀求，许燕来还是不说话，张小强大叫一声突然倒在地上，许燕来忙问怎么了，张小强痛苦地大声叫道："脚扎了。"

"哪里哪里，我看看。"许燕来刚刚蹲下，张小强劈手夺过她手里的鞋子。再去抢书包时，却发现书包早已被许燕来背在身上。

许燕来生气地喊了一声："张小强你干什么！"

说话间张小强又跑远了。

虽然人已跑远，张小强仍盯着许燕来手里的书包不肯走。

许燕来笑了："书包还要吗？"

张小强点点头。

许燕来说："你答应不跑，书包我就给你。"

张小强说："书包给我我就不跑。"

"不跑我就给你。"

"给我我就不跑。"

许燕来把书包放到地上，说你过来拿吧，张小强半信半疑地靠近，试探了一下又慌忙跑开。又靠近，又跑开。许燕来又笑了："老师不会骗你。"

"你捂上眼睛。"张小强嘻嘻笑着，许燕来只好捂上眼睛。张小强快步跑过来，当他抢过地上的书包，一只耳朵却已被许燕来揪在手中。

挣扎了两下，许燕来已经累得上气不接下气，张小强还要跑，许燕来死死抓住他的胳膊："张小强你别跑了！我答应你不找你爹，也不找你爷爷，你能跟老师好好谈谈吗？"

张小强吸吸鼻子，见实在跑不掉这才不再挣扎。

那天中午，许燕来和张小强并排坐在河堤上聊了好长时间。临分手时，许燕来从口袋里掏出五块钱，告诉张小强拿这五块钱交给保祥校长赔偿学校的玻璃。张小强挠挠头，看样子并不想去，许燕来刮了一下他的鼻子："你砸我玻璃的事儿全学校都知道了，男孩子要敢作敢当，你必须自己去承认错误，要不老师会看不起你的。”

张小强不放心地看着许燕来，许燕来又宽容地笑了一下。

“这事儿你别可告诉我爹。”张小强说。

“为什么？”

“他一定会打我。”

“你爹总打你？”

张小强点点头，他从书包里翻出几张沾满油腻的纸钱嘿嘿笑道：“老师，我有钱，我爹给的，他常偷给我钱。”

许燕来听着心里更不是滋味儿，问：“你怕你爹吗？”

张小强说：“怕又不怕，爷爷最疼我，他一打我爷爷就骂他。”

河堤上两排白杨树正绿，不时有蝉声传来。一阵风吹过，天蓝得像一方纯洁的镜子。她把书包还给张小强，看着他低着头从堤顶跑回村子。这个从小就没娘的孩子一直跟着爷爷，张保荣一天到晚只顾说媒挣钱却顾不上管他，想想这些许燕来就有些心疼。她大声喊道：“你慢点儿，别摔着。”

沿着陡立的坡道一步步往下走，许燕来突然想起了方才遇到的男人。她低头往村下一看，奔驰车和男人都已经不见了。

这个男人是干什么的呢？许燕来想，他到清风驿来干什么？看样子应该是城里人，穿着那么干净的衣服，还坐着豪车，自己走过的时候竟像傻子一样死盯着。也许是个走错路要问路的人？

本来，她想着如果那辆车和那个男人还停在那儿，她就换一条路回村，她不喜欢和陌生人说话打交道。清风驿紧靠河堤，村里人去河滩有多条小路，这些小路许燕来早已经熟悉得不能再熟悉了。

和张小强聊了半天，学校早已放学，因此许燕来没有再回学校，下堤以后她穿过村子直接回到了镇上。

第六章　新角色

01

旅发大会项目正式签约之前，按照县里的部署安排，杨青云配合清川县政府完成了投资遴选。遴选过后，以项目公司为业主又组织了一次招投活动。在投标之前，他找到一家设计院组成联合体，顺利中标并通过了中标公示。

中标以后，他派得力干将李振中担任了项目公司总经理，同时出任该项目的施工负责人。所有公开流程他都没有出面，需要公司高层出席的事务性会议，杨青云均安排了总经理宋光峰代他出面。

正式签约以后，李振中一面带人进驻清川，和县政府组建成立了旅发大会建设指挥部，一面带着施工团队来到清风驿。旅发大会日程紧迫，只有不到一年工期。因属于设计加施工的EPC项目，杨青云和罗建华决定边设计边施工。随着一阵阵机器轰鸣，沉睡多年古老的大运河码头终于破土动工了。

自从接下旅发大会的设计任务以后，设计院也日夜加班，终于拿出了一套结合大运河特色的初步设计方案。知道项目的来龙去脉，方案报给县政府以前，设计院院长高立辉专门邀请杨青云去做审核。高立辉特意在电话里交代说："您主要看一看有什么不合适的地方，如果哪儿不合适，我立即安排人员进行调整。"

杨青云当然知道高立辉所说的"合适"指的是什么，大家都是在工程圈打拼多年的人，都明白只有相互成全才能相互成就这个道理。为此去设计院之前，他不但通知了宋光峰，还叫上了项目负责人李振中。出发之前，他还特意让小高给高立辉准备了十份茶礼。

一见面，高立辉就开门见山地说：“杨总，项目是您拿下来的，这次设计我们全部采用了施工难度小、利润高的设计方案。中间没少给县里做工作！”

说着，高立辉递过一份“清风驿旅发大会设计指南”。杨青云接过，漫不经心地翻了几页。见杨青云表现冷淡，高立辉以为他对自己工作不满意。高立辉说：“杨总，我们虽然尽力了，毕竟能力有限。麻烦您带大家看看具体方案，看看还有什么不满意的地方。如有什么不满意我马上安排人修改，一定改到您满意为止。”

高立辉的客气明显是在挑理，杨青云忙说：“对不起高院长，我刚想起点儿别的事儿，一时分神，实在抱歉。方案让宋总他们看吧，他比我有经验，我这几天身体不是太好。”

“看出来了，您的脸色很差，百忙之中多注意休息。”高立辉说着拉杨青云坐下，亲自给他倒上茶水。杨青云客气地接过，转身放下。

杨青云告诉宋光峰，让他带李振中跟设计院的人一起去会议室评估方案。众人走后，杨青云才略带歉意地跟高立辉说：“谢谢高院长照顾，我这两天状态确实不是太好。首先感谢你的照顾，不过，刚才我简单翻了翻，有部分景观设计到了河道里，是县里这么要求的吗？有没有隐患？”

“杨总眼光独到，一眼就看出了这个方案的亮点！”高立辉兴奋地说，“说实话，隐患不能说没有，但只有这样才更能突出运河文化的背景特色。清风驿是个古镇，有码头、有商铺、有船、有货场幌子和招牌，但这些东西都千篇一律，没有什么特色。为此我们前后讨论了好几次，才有了这个创意。十里栈道和万亩荷塘是这次旅发大会最大的亮点，也是最独特的创意。它既能让人眼前一亮，又能满足乡情文化和特色旅游的要求。杨总您想想，万亩荷花一开，游客们穿行在水面的栈道上，那才是真正的接天莲叶无穷碧，映日荷花别样红啊！”

听着高立辉的讲解，杨青云低头想着什么。高立辉是杨青云的老熟人了，他是同济大学的高才生，省内数一数二的设计专家。看着他满头白发和一脸沧桑的皱纹，杨青云说：“这想法是不错高院长，不过我只是怕这方案不安全。”

“杨总您是内行，您说的不安全是指？”

“一是在水上修这么长的木栈道游客不安全，二是栈道本身也不安全。”杨青云指着图纸说。

“这个方案施工难度小，造价大，在施工方的角度来讲是最合适的。”高立辉说。

“您有没有考虑过发大水？”杨青云直言不讳地问道。

“杨总您多虑了，作为设计人员，这个问题我们早考虑过了。”高立辉向杨青云解释说，“根据统计数据，近三十年来大运河只发过一次大水，那是1996年。除了1996年，上一次洪水要追溯到1963年。按常规经验，两年内大运河不会有什么大水，这一点我们已经反复论证过。县里一开始也不同意这个方案，是我们花了好大力气才说服他们。”

“万一呢？”杨青云问。

高立辉有些茫然。他不知道杨青云为什么横挑鼻子竖挑眼，所有一切可都是本着施工单位的角度量身定做的。

杨青云说：“高院长，咱们设计的思路应该本着百年大计、千年大计，而不是一场大水就泡汤的面子工程。搞这么大的面子工程，人家县里不干，老百姓也不会干。这一点是我的个人意见。我建议不要把这么多景观都放到河道上，如果预算用不完，您可以适当为村里设计点景观，搞一些既美观又实用的东西，这样既美化了环境又方便了百姓。当然，说这话是班门弄斧，但我总觉得整体方案偏实际一点更好。”

高立辉一脸不高兴，杨青云既是建筑商又是投资人，建筑商都喜欢造价高难度小的设计方案，他不清楚杨青云为什么会这么说。

最终，设计院采纳了杨青云的意见，将万亩荷塘的面积缩小到了原来的十分之一，十公里的水上栈道也只保留了三公里。随着这一方案的调整，节余资金用于重建清代的老戏台，同时还为村里新规划了两条柏油马路。

即便这样，原方案的预算费用仍绰绰有余。

02

一回到紧张忙碌的工作中，杨青云立即恢复了往日的风采与自信。

旅发大会落地开工后不久，又经过几轮谈判，他趁热打铁又和清川县政府签署了一份大运河开发区的开发合作意向书。

在正式签约前，杨青云安排宋光峰组建了一套新项目班子。听说公司又要在清川投资建开发区，宋光峰虽有疑惑，但杨青云决定的事情不容置疑，他只好按部就班地照杨青云的指示办理。

这次签约虽然只是一个意向书，但有了这份意向书，等省里关于成立大运河开发区的正式批文一到，大家马上就能正式开展工作了。

签约仪式完成以后，杨青云一行人满载而归地赶回省城。

“咱们还真带着钱去做项目？”车上高速以后，见杨青云没有瞌睡的意思，坐在前排的宋光峰回过头小声问道。

作为一名职业经理人，在宋光峰眼里，身为老板的杨青云身上不但始终罩着一层浓重的神秘色彩，而且他做事习惯也比较独特。他经常会下达一些让人一头雾水的指令，凡是他交代的事情，也几乎都从不解释原因，但他会告诉你需要达到的具体目标。每当接到杨青云的指示，宋光峰都会严格按他的意思去做。作为具体执行人，不管理解与不理解，为什么这么做不是他需要考虑的问题。

需要跟你说的事情老板自然会告诉你，不需要跟你说的事情问也没用。见杨青云正高兴，宋光峰还是忍不住多问了一句。当然，他能把握好自己问话的分寸，所有一切都是点到为止，他绝不会碰触那些让人敏感警惕的部分。

说实话，在宋光峰眼里，杨青云突然让他到清川来出席这个签约仪式，而且事先没有任何告知太过草率了。本来，杨青云来清川投资旅发大会他就有看法，如今又要大张旗鼓地投资做什么开发区，这一切简直太不可思议了。

“说说你的顾虑。”杨青云一脸轻松地说。

“这几年各级地方政府的财政状况都不怎么好，为了政绩他们还盲目地上项目，听说多地出现了资不抵债的情况。本来我以为您回来只是做项目，挣了钱就走。没想到您是要做投资，而且还不止一笔，这是不是太冒险了？其实，您投资一个旅发大会就已经够意思了。”宋光峰小心地说。之所以这么说，他已经知道清川是杨青云的老家。

“这是个大事，你不了解情况。”杨青云开心，便多解释了两句，“旅发大会说是全部垫资，项目启动以后资金压力没那么大。政府这边会先有百分之三十的市级资金到位，垫资也只是个口号，并不用咱们出多少钱。再说了，不这么包装能落到咱们头上？”

“是，是，剩下的资金呢？政府领导可是一茬茬地换。咱们跟他们绑在一起，是不是有点儿被动？”尽管杨青云已解释得很清楚，宋光峰还是难掩自己的担心。

“这个你不用担心，我都已经考察清楚了，咱们绝不会陷到这里。”杨青云说。说着，他又饶有兴致地告诉宋光峰说：“市场越来越难做，下沉做事会是咱们以后的发展方向，这两个项目也只是一个开始。接下来咱们不但要在这里继续做项目，而且还要继续投资。”

“相信您安排好的事儿一定没问题。”宋光峰知道自己说服不了杨青云，只好顺着他说道。

“大胆往下做吧。”杨青云说。

宋光峰若有所思地想着，又提醒说：“不知道我这想法对不对，虽然事儿已经定了，但我还是觉得重大决策您一定要慎重。”

“哦？这话怎么说？”

“公司现在做得好好的，您图什么呢？”宋光峰没有直接回答杨青云，而是不深不浅地反问道。

听到宋光峰这番话，杨青云的心也慢慢地冷了下来。宋光峰这句看似无意，却直接指出了他面临的风险。这些风险杨青云不是没有考虑过。在旅发大会签约以前，他用了多大的勇气才说服自己没人知道。签约以后，他发现自己也没有想象中的开心。他太了解清川了，也太了解这里的人和这里的事儿了。

“在哪里做事都不容易！”杨青云叹道。

汽车飞快地在高速公路上奔驰，杨青云双手插入发际，陷入深深的思索之中。是啊，宋光峰说得很对，省城事业做得好好的，好不容易有了现在的局面，好不容易刚刚完成转型，突然又跑到县里去投资，自己到底图什么呢？如果告诉他这个世界上很多事情的意义不只是为钱，他信吗？

清川到省城不到两个小时车程，进入市区见天色还早，在一个离家不远的地方，杨青云告诉司机将车靠边停下。

杨青云对宋光峰说："你们先回去吧，我一个人走走。"

宋光峰点点头和司机开车走了，杨青云站在路边，望着远处鳞栉次比的高楼大厦，一时又莫名地百感交集起来。

漫步在城市便道上，那些匆匆而过的身影让他感觉丝丝不安。每个人都在为自己的生存和理想忙碌奔波，不管活得如意不如意，人人都有自己的烦恼。他想起了自己刚创业的时候，举目无亲，孤立无援，好不容易才在这个城市打拼出一片属于自己的领地。三十年前，他决绝地告别了清风驿，告别了大运河。那时候，所有事情他都不考虑给自己留退路。但如今情况不一样了，因为他的心没有那么硬了。

随着年龄越来越大，自己开始患得患失，同时也有了许多无奈而昂贵的纠结与烦恼。是宋光峰一番话让自己后悔了吗？他轻轻叹了口气。杨青云很清楚，自己已经上了这条船，如果后悔，此时他已经无法向罗建华交代，同样也没办法给自己交代。

想到这里，他又重新权衡了一下利弊，并展望了一下未来。对他来说，最好的结果应该是陆续在清风驿投上几笔钱，一是办好这次旅发大会，二是争取完成大运河开发区的投资开发。如果时机成熟，再建上几家工厂，流转一部分土地。这么发展几年，或许会挣很多钱，或许真能像罗建华说的那样，改变清风驿甚至大运河的落后面貌。

但最坏的结果呢？投资失败？血本无归？人财两失？赔钱他倒不怕，他最怕的是失败。如果投资失败，清风驿会怎么看自己？到那时自己还会有退路吗？

想得越多心里越犹疑不定。走着走着他停下来，独自在路边的长椅上坐了一会儿。他从口袋里摸出一根烟点上，直到一股醇厚的烟草味道从喉间吸入体内，他的大脑才渐渐冷静下来。

03

保利城市花园的最深处，有一栋绿树掩映下的四层独栋别墅，杨青云就住在这里。家人不在身边的时候，他轻易不回来住。为了工作方便，他选择了在离公司较近的另一套房子休息。不久前君梅带着儿子从北京搬了回来，杨青云回家进门的时候，君梅正忙着打扫卫生。尽管又开始同在一座城市生活，她却好几天都没看到丈夫的影子了。

跟妻子简单地打了个招呼，杨青云正考虑着要不要把自己回清川做项目的事情告诉君梅。儿子杨名风风火火地推门进来。见杨青云在家，他低头想躲已经来不及了。

杨青云叫住正要上楼的儿子："别着急上楼，我问你几句话。"

儿子低眉顺眼地过来，垂手站在杨青云面前。

"你现在一天天都在干什么？"杨青云沉着脸问。

"要毕业了，学校里已经放假了。"杨名小声说。

"我不知道你要毕业了？"见儿子这么回答，杨青云先生了一肚子气，"你给我好好站着，都大学毕业了，还站相没站相坐相没坐相！"

杨青云语气越来越严厉。别看他对外人一向谦虚和蔼，回到家里却总是端着架子，粗暴得像一个封建式家长。

杨名极不情愿地站直，却仍垂着头小声说："还没找到工作。"

"没找着工作你去找呀！"杨青云一听火气便冲上来了，"你不找工作工作会找你？这么一天天晃来晃去，你能找着工作吗？"

杨阳歪着脑袋，像是轻轻嗯了一声。君梅见杨青云发火儿忙解围说："轻易不见个面，见了面就发脾气。现在找工作也不容易，他一个孩子……"

"孩子孩子，就是你惯着他。我要是死了他就不找工作了是吧？像他这么大的时候，我早就在外面带工了！你就惯着他吧！"杨青云又冲妻子发起了火儿。

君梅不着急："谁让你非要儿子进国有银行的？"

被妻子这么一说，杨青云反倒没话了。君梅继续说道："这些年他学的什么专业你知道吗？不是我当着儿子的面说你，杨阳的事儿你处处安排得挺好，咱儿子的事儿你就是不上心。我就不信，你再努努力这事儿就办不成？"

"杨阳是读研，他是他！"见妻子当儿子的面埋怨自己，杨青云又火儿了。尽管嘴上这么说，他对儿子多少是有些惭愧的。不知为什么他一看到女儿杨阳就满心欢喜，一看到儿子就气不打一处来。看他那副弱不禁风的样子，面无血色，头发胡子老长，说话细声细气，貌似低眉顺眼却不服气地歪着脑袋，杨青云简直是越看越气。

他掐掉手中的烟头，蹬掉鞋子将腿屈在沙发上。他没有注意，自己的袜子破了一个小洞，他沉着脸对站在面前的儿子说："已经毕业了，你也不小了。工作的事情暂时解决不了，该做点儿正事儿就去做点儿正经事儿，别一天天跟那些同学在外面瞎晃！你别指望我像管你妹妹那样管你！她是女孩子，你是个男人，有本事就得靠自己！"

杨名不敢答话，只是偷眼看着母亲。君梅想了想说："有件事正想跟你商量，儿子不敢跟你说。他不想留北京了，准备考选调生，你看看这事儿行吗？"

"什么？"不知杨青云没听清还是生气了，他大声反问道。

杨名忙插话说："我打听了还有名额。"

"什么选调生！"杨青云从沙发上跳下来，甚至连鞋都没顾上穿，他一边狠狠瞪着儿子，一边焦躁地光着脚在地板上转来转去。转了两圈又回沙发上坐下，他脸色沉得可怕："你就不能让我省点儿心？从上小学起，我就把你们的户口迁到了北京。你想过没有，北京户口有多难？这些年陪读，你妈做出了多大牺牲？"

"爸，非留北京吗？"儿子反抗的声音虽然很低，但话语有力。

儿子从没跟他顶过嘴，这句话突然间把杨青云说愣了。杨青云迟疑了一下，认真地看着已经比自己高半头的儿子。杨名和杨阳是双胞胎，都是今年大学毕业。也许是受了穷养儿富养女的影响，他从小就娇惯女儿，对儿子却没一个笑脸，儿子每次见了面都跟见了仇人一样躲着他。小时候杨名和杨阳一起要零花钱，杨名经常挨一顿臭骂，杨阳却能笑嘻嘻地拿到崭新的票子，带着哭鼻子的哥哥去买零食。

之所以这样，杨青云是有着自己的良苦用心。富不过三代，自己辛辛苦苦创下的事业，他不容许下一代贪图享受。后来随着事业越做越大，杨青云回家的机会越来越少，他跟儿子见面更少了。在杨青云眼里，儿子被他训斥得多少有些懦弱，是一个不管什么事都低眉顺眼忍气吞声的孩子。尽管他也听君梅说儿子在大学里谈了一个女朋友，他并没有过多过问。如今大学毕业，他一直想找个机会好好跟儿子谈谈，让他先在北京工作上几年再说结婚的事儿，没想到刚一见面就吵了起来。

杨青云气呼呼地像一只斗累的野兽，杨名仍歪头站着，一副既害怕又委屈又愤愤不平的神态。他对父亲的暴跳如雷早已习以为常，今天贸然顶了他一句，还不知道接下来要面临什么惩罚。

杨青云又抽出一根烟，刚要点上君梅却说："你别抽了。好不容易见个面，有什么事儿杨名好好跟你爸说。不是你爸不理解你，你先把事情跟你爸说清楚。"

杨青云还是把烟点上了，他猛吸了两口："去把烟灰缸给我拿过来！"他没好气儿地冲儿子吼道。

04

过了半天杨名才意识到父亲是在叫他。他忙去书房取来一只水晶烟灰缸。他小心地放在茶几上，轻轻推到杨青云面前。

杨青云磕磕烟灰，看着儿子因半弯着腰而紧张有些泛红的脸，换了语气问："你到底是怎么想的？"

不知是因为紧张，还是因为父亲突然改变了语气，杨名竟支支吾吾答不上话。他拽着上衣下摆，低着头没有说话。

见儿子不说话，杨青云得意地一笑，虽然顶撞了自己一句，看来儿子还是害怕自己的。杨青云语重心长地说："你也不小了，自己也该考虑点儿事儿了。我年轻的时候从老家出来，走到今天，不算有钱吧，总比一般人要强一些。这些都是我白手起家干出来的，我和你妈付出了多少，这是你想象不到的。我们都不年轻了，再过两年就五十了。别一天天总琢磨那些不切实际的事儿，搞个北京户口不容易。你先在这边找个工作，一切等北京的工作落实下来再说。”说着，他又从盒里抽出一支烟，两根烟直对着接上了火儿。

见儿子张张嘴要说话，杨青云摆摆手打断他说：“你先别说了，听我把话说完！我也知道，从小我对你严，你放不开。严是为了你好，你记恨我也好，不记恨我也罢，早晚有一天你会明白我为什么这么做。不是要毕业了吗，你不要跟杨阳比，她要读研。一个女孩子家以后能靠什么？就得指望有个好工作。你不一样，家里这些事情早晚都是你的，我和你妈也都是这么想的。我看你也别去找什么工作了，回头你跟你妈说，先去买个车，找不到工作就到工地上去锻炼一段时间。”

杨名张口想说什么，君梅过来推了他一把：“你先上楼吧。”

杨名回头看了母亲一眼，一脸不情愿地上楼了。君梅坐在杨青云对面：“别抽了，你天天抽烟的钱都够一个人工资了。”

杨青云笑了：“今天我没着急吧？儿子大了，得改改了。”

君梅也笑了，却小声问他说：“你知道他为什么去当选调生吗？”

一听君梅这么说杨青云又火儿了：“别再给我提这事儿！他的事儿不是安排好了吗？孩子不懂事儿你也不懂事儿？他对选调生了解多少？你又了解多少？”

杨青云一着起急来不容许别人插话：“对他来说，不能离开北京是底线，咱们这些年努力是为了什么？听我的安排，什么去锻炼锻炼，这些年我让他锻炼得还少吗？哪一次他真正锻炼过？暑假我让他去打工，你跟他一起蒙我，给他钱让他告诉我这是他打工挣的，其实他一天天躲在家里玩游戏，别以为我不知道！你就惯着他吧，我看他长成什么样子！将来我这一摊儿他是要接班的！”

“你……你总得听我把话说完吧。”君梅有些委屈。

一口气把心里的话全倒出来，杨青云才不那么激动了，他说：“好了好了，你说。”

君梅一边看着他的脸色一边说：“儿子在大学处了个女朋友，女孩儿说是要去扶贫，这不儿子才说要去当选调生的。”

“墙头草，没主意！这事儿在我这儿通不过！”杨青云转过脸去。

“不就是三年吗，这也是个锻炼的机会，从小你就没顺着过他，一提儿子你就没好气儿，你就顺着他一次吧，什么北京户口不北京户口的，当初我就劝你，北京户口有那么重要吗？”君梅似乎还是想说服他去尊重儿子的想法。

“事儿我不都已经说了吗，我说不行就不行！”杨青云狠狠敲着玻璃茶几说道，“你告诉他，让他赶紧打消了这个想法儿。谁说也没用，你给他买个车，让他好好去工地上待着，哪里都不能去！”

“我就要去！”杨青云和君梅说话的时候，杨名一直站在二楼楼梯口偷听。见父亲不同意他去当选调生，他赌气般向楼下吼了一句。

“我管不了你了是吧……”儿子第一句顶撞他心里就起了火儿，他从沙发上跳起来，一把抄起茶几上的大烟灰缸，对着儿子要砸。君梅伸手死死地抱住他，杨青云气急败坏地将烟灰缸重重掼在地上。大号的水晶烟灰缸摔在大理石地面上，哗哗啦啦地碎了一地玻璃。

君梅脸色煞白，刚才还说得好好的，她没想到杨青云突然之间变脸，她不知道该劝杨青云，还是上楼去劝儿子。

杨青云气呼呼地指着儿子说：“今天把话摆明了，去当选调生你就去，以后别给我进这个家，我也管不了你！”

杨名仍不说话，只是站在楼梯口一动不动。杨青云趿上鞋，抓起手包向门外走去。行至门口又停下来，抬头看看楼上心还是软了下来：“如果你是我杨青云的儿子，三天内去安居园项目上找孟经理报到，去给他做助理。”

杨名毕竟还是个孩子，杨青云这一松一紧终于让他忍不住了。他知道父亲此时说出来的话已经无法更改，但还是带有一线希望地大叫了一声：“爸……”

杨名大叫一声哭了出来。

杨青云铁青着脸一甩手走了。

君梅跟出门来，拉住他的胳膊，小声说：“要不你再想想？也考虑考虑孩子的感受？”

杨青云一把拨开君梅：“我说不行就是不行！选调生选调生，你先弄清选调生是怎么回事儿再说，选调生是给咱们普通人家的孩子当的吗？”说着，头也不回地上车走了。

05

上车后杨青云一脸黑线地告诉小高送他去公司。见他心情不好，小高一句话也没敢问。

自赵志杰去世以后，每逢心情不好的时候，杨青云就一个人在办公室待着。只有沉入繁忙而具体的事务，他才能慢慢消解自己内心的焦灼。哪知道刚行至公司楼下，杨青云就看见有四五个戴黄色安全帽的人正蹲在办公楼入口吸烟。

保安一见杨青云的车来了，忙从警卫室跑出来，大声呵斥那几个蹲在门口的民工。

民工们见杨青云下车，呼啦一下围在车前将去路堵死。

杨青云正在气头上，多年的修养让他仍耐着性子和蔼地问道：“你们几个是干什么的？”

这是杨青云多年养成的习惯，不管有多大火气，他从不向底层工人发火儿。门卫刚想说话，一个五短身材的人凑上来，张嘴一口河南话：“俺是要账的。”

杨青云再次将火儿压了压，不怒反笑：“我欠你们钱？”

“老板，华子是跟恁干活不？恁不欠俺钱，华子欠。俺们到处找遍了，都找不到这个龟孙。”

农民工的满口粗话杨青云没有在意，他没有直接跟五短身材的人对话，而是咳嗽了一下对众人说：“华子欠你们钱去找华子，项目部欠你们钱去找项目部，到这里来算怎么回事儿？”

杨青云皱皱眉转身要走，明显可以看出他已经很不耐烦了。保安忙将带头的人拉开，他小声对杨青云说：“杨总，他们来这儿半天了，撵都撵不走……去去去，都给我远远的！谁欠你们钱你们找谁去！”

“恁是大老板，不缺这几个钱。俺几个干了三个多月，华子一分钱都不给。”民工们见到了大老板哪肯放过，竟全围上了杨青云，而且越围越近。

杨青云加重了声音：“该怎么办不是跟你们说了吗？”

小高见杨青云要发火，忙开门下车一把推开领头的农民工：“滚！也不看看这是什么地方！滚！老板已经告诉你们了，谁欠钱你找谁去！”

领头人还想往前凑，小高用力一推，对方已经摔倒在地上。

“你咋打人？”见自己人被打，几名民工哗的一下全围上来。

保安赶忙拦住，民工们将保安推开。眼见要吃亏，小高忙向后退了两步，却大喊道：“要打架吗？谁欠钱你们找谁去！敢到这里闹，还不信没人管你们了！保安你报警，赶紧报警！”

杨青云咳嗽一声，小高不敢再嚷。杨青云走到几个民工面前，沉着脸盯着他们看了半天。他不紧不慢地问道：“告诉我，谁让你们来的？”

民工见杨青云过来也不再向前冲，却仍有人和小高吵着。

领头人涨红的脸慢慢恢复了平静：“老板，俺知道恁是大老板，俺们几个拖家带口地跟华子干了三个多月，家里出了点儿事，华子这个龟孙一分钱也不给。”

“哦，是这样，”杨青云不紧不慢地说着，点点头，“我问的是谁让你们到这儿来的？你们先别着急，一个个慢慢说。不是说没给钱吗？你们是哪个工地的？华子又是谁？我先让人问问是怎么回事儿。”

见杨青云态度和蔼，几个民工的气儿消了消，七嘴八舌地将自己的情况向杨青云说了出来。原来，这几个民工并不是工程公司的嫡系劳务队，他们是通过老乡介绍过来打工的，领头的是一个叫华子的人。这些人在工地上干了三个多月，除了日用零花钱，一分钱工资都没有拿到。

“原来是这样。”杨青云笑了，他十分清楚农民工们讨要工资的小伎俩，便说，“什么时候该发工资，你们到工地来的时候已经说清了吧？要是家里真有急事儿，也不能都有急事儿吧？要是真有急事儿，你们去找项目上好好说，找项目部处理，他们不会不给你们钱。要是家里没事儿，就在他那儿好好干。现在项目上都正用人呢，你们这时候走不合适。”

“俺们家里真有事儿，老板。”

“哦，真有事儿？那好，真有事儿就走吧，不过……”杨青云话锋一转，“你们到我这儿来要钱不合适吧？公司工资都是按合同走的，你们现在就回去，问问项目部，再去问问那个华子，公司一分钱都不欠他！”

“华子说恁没给钱！”一个民工发现被杨青云绕了进去，大声喊道。

杨青云早就不耐烦了，刚跟儿子生了一场气，他开口就想骂人却又怕失了身份。他抬眼望望远处，压住怒火笑呵呵地说：“你们叫华子到我这里来一趟，你们告诉他是我让他来的，我好好问问这事儿再说。你们放心，你们的工资一定有着落。”

正说着，两辆110警车闪着警灯开了过来。

“谁报的警？”四名全副武装的工警从车上下来。见民警过来农民工慌了，忙向后退了退。

“我报的警，就是这几个！他们寻衅滋事！”小高指着几名民工大声说。

民警们看到站在人群里的杨青云，忙向他敬了个礼，杨青云指着几个农民工笑道：“就是他们几个。”

“你们几个站好，站好！都不准乱动！你！蹲下，蹲下！”带头的民警大声喝道。

民工们傻了，他们哪想到对方突然会来这一手？原来，刚才跟他们好声好气儿地说话，只是杨青云的缓兵之计。被民警围住之后，他们才发现自己被暗算了。

“讨债讨债，上门讨债，我杨青云做工程从来不欠人一分钱！哭了半天不知道谁死了，问不清谁欠钱就跑我这儿来，我是开银行的？放着好好的活儿不干，敢到我这里来闹事儿……”杨青云本来就没好气儿，说着他又转头对出警人员说，“这是治安事件，告诉你们陆所长，回头我就过去看看，好好调查调查他们几个有没有案底！”

杨青云不再斯文，骂了两句粗话，又对警察交代了两句，他背着手看着民警们将民工一个个塞进车里，这才转身进了公司。

民警前脚刚把人带走，坐到办公室一杯茶还没喝下去，民工头儿华子就慌里慌张地跑进杨青云办公室：“这帮龟孙说去告状，我没想到他们真敢告，还告到您这儿来了。要说这事儿也不怪我，说不怪我也怪我，我要控制着他们就行了。这是几个刺头，他们几个是亲戚，干了半截儿不干了，想给我在工地上乍刺儿，老板你……”

杨青云看到他已经气儿不打一处来，又听他胡言乱语地啰唆了这么多，拍桌子破口大骂了几句：“现在是什么时候？你给我出这事儿？你知不知道安居园那是政府的重点工程？今天能告到我这儿来，明天他们就能告到清欠办，告到市政府！”

虽然对农民工客气，对下面的民工头儿杨青云却一向毫不客气，华子是个见风使舵的老手，见状只是点头哈腰地赔笑认错。骂了一会儿，杨青云的气儿才消下去，他面无表情地说：“我不听你解释！你不欠人家钱人家不会来找我。现在早就不兴欠工资了，我问了问，项目部一分钱不少你的，你自己说说，该给钱的时候我哪次没给你？合同里写得清清楚楚，干不了你就别干，工地上出了事儿别怪我翻脸。一分钱不给马上给我滚蛋！”

华子只是赔笑：“老板，这都是一帮刁民，都怪我没把事儿处理好。”

“我不管刁民不刁民，赶紧把自己的屁股擦干净！”

“是是是，”华子忙点头称是，却磨蹭着不肯走。他偷偷看着杨青云的脸色，才说，“老板，帮帮忙呗，我现在手里真没钱了。”

“给你的钱呢？”

“你看工地上吃吃喝喝哪个不是钱？一天多大的开销老板你不是不知道，派出所的三天两头还过去找事儿。这次也是有个情况，我老婆四妮儿在网上玩儿六合彩，刑警队罚了二十万。钱都交罚款了，老板。跟了你这么多年，我华子可不是昧良心的人。我这是真遇到了难处，再说谁没个难处？他们这帮龟孙，来的时候说好的工资一年一开，谁知道这几个龟孙说走就走？”

杨青云斜着眼看他，冷冰冰地哼了一声：“你小子就编吧。”

华子摊摊手：“真的老板，要骗你我是你的龟孙！都是这个败家娘们儿，我差点儿没把她打死。再告诉你个好消息，四妮儿刚给俺生了个小子。这小子长大了不还给你打工？”

听到这里杨青云想笑，华子是他的老部下，在建工集团就跟着自己做劳务，一张嘴还是那么会说。刚才当着农民工的面说不认识华子，杨青云是故意的。

杨青云想了想，皱着眉头将纸笔扔在华子面前：“你给我打二十万的欠条，下次拨款的时候扣下。那几个人，你去派出所把他们领出来，把工资给他们算清了，让他们马上滚蛋。工地上最怕这路货色，一犬吠影百犬吠声，看一个闹都闹，把你手底下的人给我看好喽！”

说着，扔一根中华过去，他的脸色也没方才那么难看了。

华子忙将借条写好，“抽根好烟？”华子嘻嘻笑着给自己打圆场。他捡起杨青云扔给他的烟，正摸摸索索地在口袋里找火，杨青云已经起身来到他面前，啪的一声点着了火儿：“你这个王八蛋，哪儿都不行，就是一张嘴好！”说着，杨青云在他肩上重重拍了一掌，“赶紧滚蛋！别总干这些让我给你擦屁股的事儿！”

以前公司从没出现过这类情况。他阴着脸将宋光峰叫到了办公室。

06

市城投集团董事长赵志安的办公室并不大，屋内陈设简单大方，墙上却挂着几幅仿名人字画，跟杨青云简洁宽敞的办公室相比，赵志安的董事长办公室反倒多出了几分书卷之气。

这是赵志杰去世以后二人第一次见面。赵志杰去世如今已经好几个月了，知道师父心中仍对自己有所误会，杨青云认为有些话必须当面交代清楚，同时他还决定，把自己决定要回清风驿投资的事情也跟师父说说。

坐下以后，二人却是久久无语。

师父也没有冲他发火，喝了半天茶，杨青云问起了矿机厂的征迁情况。近段时间房地产虽然不景气，但寸土寸金的矿机厂地块还是成了省城最炙手可热的土地资源。征迁方案一出台，这块地立即被炒到了风口浪尖。坊间传闻，城投公司旗下的城市更新集团即将完成这块土地的开发。但在拆迁过程中，矿机厂的职工对征迁方案不满，几次到市政府上访。见是这样，城投公司索性放弃了征迁工作，结果职工们又到政府请愿，在舆论的强大压力下，城投公司被倒逼着又将这块土地的开发工作提上了日程。

赵志安说："厂子那边基本已经谈好了，给他们建三栋高层，按经济适用房的标准，一平置换三平，不足部分补差价。原来的职工全部回迁，回迁房价格差不多也都定好了，回迁户计划单独给房产证。"

"这些工人们最难摆治了。现在就剩下国资委那头儿，他们一批就可以启动了。"赵志安说。

"国资委那边好解决吗？"杨青云关心地问。

"差不多吧，都是政府的事儿。"赵志安说，"重要的不是会遇到多少困难，而是我们有多少解决困难的办法。"

杨青云无声地笑了，这些年做工程他也深有同感。两个人又沉默了半天，杨青云才向赵志安讲出了自己要说的话。他把自己从认识罗建华，以及后来发生的事情都一一向赵志安说了一遍。

赵志安没有插话，他只是静静地听着。等杨青云讲完了才说："那个罗县长我见过一面，人倒是不错，有能力也有想法。"

"可我总觉得这件事有点荒唐。"杨青云说，"想想自己当年怎么离开的那儿，如今又要回去了，想来想去心里还是不情愿。"

"鱼帮水水帮鱼，这个事儿倒是不错。做事不能只看眼前利益，你成全别人，别人才会成全你。那里是你老家，投点儿钱可以，别陷太深。不管投多少钱，不管做什么事儿，你一定记得跟所有人都保持适当的距离。"赵志安说。

"那里的人我太了解了，我总怕最终搞砸了。"杨青云担心地说。

"钱挣多了，就得有理想。"赵志安回答依旧面无表情，"你们这些做民企的，大部分都只追求利益。你一定要摆正自己的位置，咱们的社会制度最终要消灭剥削，你千万别认为自己挣了几个钱，做人做事就没有底线。多考虑点社会责任，这样才能长久地发展下去。"

听了赵志安的话，杨青云又是久久无语。师父的话虽与刘五经不同，却在某些方面高度一致。那天下午，两个人又默默地品了半天茶，最后赵志安叮嘱他说："有一点你记着，不管到什么时候都要想着给自己留条退路。清楚这一点，有些事情你就知道怎么做了。"

"我倒没想那么多，只是我觉得……"杨青云插了一句。

赵志安打断他说："农业和农村这两年国家肯定会有大政策，关键是找到一个好方向。前途是光明的，道路是曲折的，祝你成功！"

师父的话字字珠玑，杨青云不再犹豫。从赵志安办公室出来之前，他想将此前严秀交给他的几个房产证还给师父。赵志杰生前虽留有遗嘱，但于情于理这些东西都不能落到自己名下。哪知赵志安摆摆手又将它们退了回来，杨青云不解地望着师父，赵志安说："我知道她借了你不少钱，保她的钱也是你出的。抽时间去把户过了，就算她还债了吧。"

和师父见面以后，杨青云开始考虑下一步如何安排接下来的工作。

清风驿项目跟省城项目之间的关系，这是他首先要考虑的问题。除了这些，他同时还面临许多困难。清风驿项目自己到底要不要去亲自操盘，如今已迫在眉睫，还有就是省城几个工地好像多少都存在一些棘手的问题。如果自己真去清风驿，公司这边的事情怎么安排？宋光峰能不能应付得来？那些旧债谁去催要？招投标工作谁来拍板？最近家里又这么乱，儿子还不知道想通没有……

摆在眼前的事儿哪件不办也不行，他无奈地笑了笑。为能清清静静地做点儿事，去清川投资的事情他决定暂时先不跟君梅说了。

破天荒这天杨青云是在家里吃的晚饭。儿子杨名从楼上下来，却只是低着头不看他也不吃饭。吃完饭杨青云才说："你也别闹情绪了，选调生就选调生吧，如果能选上，就去好好锻炼。"

儿子抬起头来，似乎有些不敢相信杨青云的话。君梅还要唠叨什么，杨青云不耐烦地放下筷子去卫生间洗澡了。洗好澡回到卧室，见君梅呆呆坐在床边一言不发。杨青云在她身边坐下来，抓住妻子的手。君梅脸顿时红了，扑上来一把紧紧抱住杨青云。杨青云本来没想什么，君梅这一抱却让他心头一漾，顺手搂住了妻子。这时，君梅一只手已经勾住他的脖子。两句话没说下来，杨青云便已经忍耐不住，抱着妻子压倒在床上。

趁着来之不易的激情，二人轻车熟路地飞快地动作着。

还没动了几下，他却发现君梅皱着眉头紧咬嘴唇，一副极其难受却又强忍着的样子。杨青云正动得起劲，忙停下来问："你不舒服？"

君梅先是不说话，后来耸着肩膀竟抽抽搭搭哭了。杨青云顿时软了下来，泄了气的皮球一般扶着君梅问：“怎么了，哭什么？”

“我不知道……不在一起时想在，在一起了又觉得恶心。对不起，我错了，对不起。”说着抽泣声竟越来越大。杨青云苦笑一下，起身想走君梅却死死抱住他，一副追悔莫及的表情。杨青云推开她说：“我去洗洗。”

说着，杨青云起身去了卫生间。等洗完澡出来，却见君梅还在卧室里抽泣。杨青云寻了个理由说单位有事，然后就从家里出来了。

这几年，妻子跟他的共同语言越来越少。他发现君梅越来越世俗，君梅则发现他越来越世故，两个人无形间的距离越来越远。在他们之间，家庭生活早已平淡得像一碗白开水，不喝不行，喝了却没有味道。两个人不见面时，感觉似乎有很多话要说要问，一见面却一句话都没有了，他不知道自己的婚姻是不是遇到了危机。

07

接到杨青云电话的时候，陈小西正在做头发。

陈小西三十多岁，身材高挑，因为消瘦看上去显得有些柔弱。本来她是华瑞公司经营部的副主管，华瑞转型以后，她改做了杨青云的行政助理，同时还协助宋光峰做一些投标和公关方面的工作。陈小西虽然年龄不大，却已是杨青云比较倚重的公司骨干之一。

这几天陈小西心情一直非常不好。就在前几天，总经理宋光峰给她安排了一个任务，让她去和中建一家公司对接沟通分包合同的具体签订流程。对方姓谢的项目经理故意让她在办公室等到中午，然后被安排一起吃的午饭。在中建公司的小食堂里，谢经理竟当着她的面肆无忌惮地讲着一个个黄段子，还时不时地在桌子下面用腿蹭她，吓得她吃完饭连个招呼都没打，就拎着包逃回了公司。

这件事让她一直恶心了一下午。回到公司她越想越委屈，索性趴在办公桌上大哭了一场，然后便没完没了地找杨青云告宋光峰的状。陈小西大学刚一毕业就被杨青云招到了公司，属于当年跟杨青云一起打天下的人，因此她比宋光峰资历老，她认为宋光峰安排她去找对方谈合同是在故意给她挖坑。一连找了好几次都没见到杨青云，陈小西就给杨青云打电话。杨青云在电话中简单问了问情况，答应好好处理一下这件事，哪知道一连好几天都不见动静。

这天上午，陈小西又当着同事们的面跟宋光峰大吵了一架，再去杨青云办公室时，发现还是没人。她实在等不下去了，便又给杨青云打通了电话。电话中杨青云说自己正在外面忙，晚上可以一起吃个晚饭。陈小西生气地将电话一挂，便离开单位做美容去了。

心情不好的时候，陈小西就喜欢做美容。每个人都有让自己放松下来的办法，只要泡在美容会所，她总能很快将心头的不快忘得一干二净。陈小西是个口快心直的人，烦恼归烦恼，工作归工作，船到桥头自然直，她才不去管那些。很早之前她就想做个新发型了，无论如何今天都要把发型改一下。哗哗啦啦地拿着一大堆海报翻了半天，终于才将想要的发型定下来。哪知刚做到一半，杨青云的电话就来了。

听说陈小西在做头发，杨青云就知道她的心情不是很好就是很糟。

“多长时间能做完？我已经忙完了。”杨青云说。

“老板，我还得一个多小时。嘻嘻，好不容易您能请我吃个饭，麻烦多等会儿吧？”陈小西一边问美发师还需要多长时间一边说。

“你在哪儿我去找你，找个离你近点儿的地方。对了，你那儿附近有个茶餐厅。”说着，杨青云招手叫过一辆出租车。

茶餐厅里，杨青云点了一壶上好的白茶，直到这壶白牡丹泡得一点儿颜色都没有了，陈小西才左肩挎着一只明黄色手袋，穿着一双没有后跟的花凉鞋小跑着向他的位置跑来。

“女人要是把用在修饰自己的时间和精力都用在做事上，她们一定比男人优秀得多。”杨青云调侃道。

陈小西不好意思地吐吐舌头笑了，老板不喜欢开玩笑，她知道杨青云这是等得不耐烦了。她的新发型清新时尚，给人一种扑面而来的耳目一新。杨青云看着她，突然感觉她像极了哪部电影里的主人公，但想不起是谁来了。

陈小西好像第一次被杨青云这么瞪着看，多少有些脸红地在对面坐下，笑笑说：“如果这个世界上只有男人，那这个世界就没什么希望了。”

说着，她将明黄色小包解下，嘻嘻笑道：“让您久等啦，老大！”

陈小西一笑杨青云不好意思再说什么，唤过服务生给陈小西点了一杯咖啡。

“这个发型挺适合你，我想你心情一定不错。”杨青云点上一根烟微微笑道。

“女人嘛，是一种最简单的动物，换一个发型就能换一种心情。虽然很傻，但很容易得到满足。”陈小西嘻嘻一笑。

“真不敢想象，我刚认识你的时候……”说到这里，杨青云故意顿了顿。虽然在工作中他是个拼命三郎式的老板，但在工作之外，他和公司各员工相处非常融洽。

“那时候我在老大眼里什么样儿？”陈小西忙不迭地好奇问道。

“土！”杨青云大声夸张地说，“简直是土得掉渣儿！那时候，你就一个又土又丑的柴火妞儿！比柴火妞还柴火妞！你说咱公司多好，我真没想到能把你养成这样儿！”说着，杨青云指指菜单示意让陈小西点餐。杨青云的话陈小西很受用，她喜滋滋地一连点了一大桌菜。容易快乐的人也容易悲伤，刚吃了没儿口陈小西竟抹起泪来。杨青云当然知道陈小西为什么要哭，便安慰她说：“你这人心眼儿怎么跟针鼻儿似的？事儿已经过去了，不要再提了。宋总也不是故意这么安排的，咱有点儿担当好不好？就别小心眼儿啦。”

“不行，”陈小西故意娇嗔道，“老板，我是你的人，可不是他宋光峰的人。他凭什么指挥我？这个事儿以后你得安排安排，反正在咱公司我不能受他的气！”

说着，她毫不介意地拿过杨青云的烟抽出一根点上，猛吸了一口，呛得咳嗽了好大一阵儿。看到简单纯粹的陈小西眼角稍稍泛起的鱼尾纹，杨青云心里一阵难过。陈小西已经在他公司工作了十几年，当年的小丫头也已经不再年轻。

“你赶紧找个人嫁了吧。”杨青云突然说道。

陈小西白了他一眼，酸酸地说：“我这样儿的谁要呀？”

杨青云垂下眼皮：“再过几年就更没人要了。”

陈小西轻叹了一下，神色有些黯然：“我有自知之明，我这样儿的现在是高不成低不就。一般人看不上，我看得上的早都成家了。到我这岁数还单身的男人，不是最优秀的就是最无能的，再就是离了婚的。唉，本小姐也不差，怎么找个般配的人就这么难呢？”

陈小西是一个情绪化的女孩子，说着说着眼泪竟又哗哗地流下来。杨青云见状，忙又开始劝她：“你也别着急，这也不是着急的事儿。慢慢找吧。我认为是你眼光太高，所以才把自己耽误了。降降心气儿，这世界上好男人有的是。”

劝了半天，杨青云才想起自己心头的烦恼，便把自己已经决定去清川投资做项目的事全说了出来。陈小西突然不哭了，她抹抹眼泪嘴巴张得老大：“老大，你不是有病吧？”

杨青云笑了，说：“可能是有点儿病，而且还病得不轻。我就是想做点儿别人想不到的事儿。”

“你一定有病，一定是有病。”陈小西说着，像看陌生人似的夸张地看着杨青云。

“我要是真这么做，你说大家会怎么看？你从一上班就跟着我，先说说这事儿你怎么看？”杨青云一本正经地问。

陈小西沉吟了一会儿：“可以理解，但不能接受。你想想吧，这事儿是不是有点儿荒唐？你在这里做得好好的，再说了做事儿在哪里不一样，你不能越做越退步，更没必要非得跑农村去。那天我和宋光峰跟着你去清川，为的就是这事儿呀？”

“唉，你心真大，跟着去签了个合同，竟连签的什么都不知道！公司的人都像你这样，咱怎么发展？”杨青云故意说。

“你不是有宋光峰吗？”陈小西没好气地说，“有他在，还要别人操什么心？”

“我找你说正事儿呢，你别光死盯着他好不好？”杨青云佯怒道。

陈小西吐了吐舌头：“我就是饶不了他。”

杨青云一本正经地说：“你从小在城里长大，没在农村生活过，也没有老家，没有那种感情！”

他点上一根烟一脸深情地说：“这段时间我回去了几趟，尽管二十多年没回去了，我发现那里的人们还没忘了我，想着想着我就想掉泪，我发现我对那里竟还是那么熟悉！从车上下来一脚踩到地上，你可别笑我，虽然沾了两脚泥，但心里感觉是那么踏实，那么轻松，感觉浑身都有劲儿了。”

“行了行了，”陈小西一边吃着，一边大大咧咧地挥了挥手，“你要是征求我的意见呢，我就直说。你要是不听我的呢，我就不说了。”

“你说。”

陈小西用纸巾擦擦嘴角：“老大，我说了你可别不开心，我的意见就是我不支持你。你要实在想做，我也不打击你。对，光说你的事儿了，我说的事儿怎么办？你还没答应我呢。”

“什么事儿？”杨青云故意装傻。

“你就别让宋光峰再指挥我了好不好？”话题一说到自己身上，她眼圈又红了。

“为什么？光峰是总经理，现在是他管事儿，又不是我管事儿。”杨青云说。

“烦不烦啊你，”说着，陈小西主动抽出一根烟，点上并递给杨青云，嘴里却换了一副央求的语气，“跟你这么多年了，不看功劳看苦劳好不好，我的老大？”

说着说着，她竟又捂着脸哭了起来。

08

杨青云知道，像陈小西这样的员工，既得哄又得打。一旦闹起情绪，她会不停地给你找各种麻烦，而且正话正说是绝对解决不了问题的。如果能够哄好，她会死心塌地地给你卖命。你对她语气不可过软，也不可过硬，态度既得推心置腹，话又不能说得太客气或太正式。在哄与打之间拿捏好尺度，这才是对付他们最有效的办法。杨青云还想再跟陈小西扯几句闲话，电话突然响了。

听到来电铃声，杨青云以为是家里来的电话，拿过手机一看却是罗建华。他忙示意陈小西止住哭声，先咳嗽了一下清清嗓子才将电话接通：“您好，领导！”

一旁的陈小西见杨青云如此正式，撇了撇嘴。罗建华语气一如往常，他却给杨青云带来一个大好消息：大运河开发区省里已经正式批复了。

听到这一消息，杨青云当然知道罗建华从中做出了多少的努力。很多人并不知道，这是一个几乎不可能完成的任务。不久以前，省里已经正式下文，要全力整合各县市区省级经济技术开发区的数量。本来，当初各地设开发区的目的是为了发展经济，如今开发区却成了各级地方官员占用耕地、官商勾结的跳板。针对这一乱象，省里新出台的新政策明确规定，各地原则上只保留一家省级经济技术开发区，多余的编制、土地和人员必须全部合并清退。

政策一出台，各地政府立即慌了手脚。一般的县市区都有不止一个开发区，经济发达地区甚至有四五个，背后巨大的利益蛋糕既让人眼红，又感觉烫手。地方政府虽然不舍，却又不得不执行上级的政策，在整合过程中无所不用其极地想办法保住已经到手的利益。

罗建华远比别人高明得多。为了利用好这一政策，经他一番操作，清川县原有的三个省级开发区的建制统一撤销，全改成了社区和居委会，清川却因此多出了一个大运河经济技术开发区。

新政策明明是削减数量，一到清川却成了名正言顺的增员增编。虽佩服罗建华的能力与高明，杨青云心中却想，这不还是上有政策下有对策的另一种变身？尽管这一做法与省里制定政策的初衷南辕北辙，但它并不违背政策的规定和要求。你可以怀疑世上所有事情，但你无法不接受这类事情的真实存在。

别人没有的想法罗建华有，别人做不到的事儿罗建华做到了。在佩服罗建华的同时，杨青云也领略了罗建华的头脑和手段。罗建华还告诉他说：“批文一下，不但开发区可以征地动工，你梦想的事业也可以开始了，咱大干一场的机会终于到了。”

杨青云恨不得马上回清川为罗建华请功。他知道，接完罗建华这个电话，自己马上即将开启下一段人生旅程。回头看了看仍不开心的陈小西，杨青云说：“好了好了，我答应你，回头我给宋总说一下，以后外联的事情少给你安排。”

陈小西不信杨青云的话，她认为杨青云轻描淡写的态度纯粹是在敷衍她。陈小西不依不饶地要杨青云当面给宋光峰打个电话才肯罢休，杨青云立即板起脸说：“我说话有过不算的时候？”

从茶餐厅出来，见杨青云的车没在，陈小西执意要送杨青云回家，杨青云笑着说：“还是算了吧，有工夫你还是多钓几个男生去吧，正好我一个人走走。”

顺着穿城而过的民心河，两岸整齐的垂柳长长地拂在水面。虽然已是九月天气，北方城市还是一如既往的燥热。青翠的荷叶长势旺盛，密密罩严了河道。两侧广场上，有三三两两出来散步的老人，跟车水马龙的街景相比，夜幕下的城市背面一片安然。

杨青云喜欢独处．他已经做好了充足的准备。他知道，罗建华给自己来这个电话等于按下了启动键。此前的旅发大会虽设在清风驿，但它只是一个小小的项目，眼下这件事却是一个事业。不管对于人生还是事业，很快他将去面对一个崭新的挑战。接下来，自己不但需要说服自己去主动与往事和解，而且，他还需要去面临许多自己根本就不愿意面对的人。所有一切他都没想到来得会这么快，他也没想到罗建华会办得这么顺利。当这一切真实来到自己面前时，自己做好充足的准备了吗？

杨青云顺着河岸走着，走着，不知不觉间夜已经深了。

很快，清川县人民政府决定开始组建大运河开发区筹建指挥部，由指挥部负责整个开发区的规划拆迁、土地征用以及招商引资等各项事宜。按县里的意思，大运河开发区借鉴产业新城的开发模式，由杨青云独立投资开发，指挥部前期只配合完成土地征迁。杨青云对此持反对意见。他认为，产业新城的合作开发模式并不成熟，他不想把一个好好的开发区搞成地产项目。为此，杨青云从深圳聘请来几位专家，前前后后和县政府进行了多轮磋商。

身为县长的罗建华精力不能全用在一件事上，见双方虽已签订了框架协议，杨青云却一次次反复安排人来做踏勘调研，而且迟迟做不出具体决定，他担心杨青云是不是改变了主意，或是热情有所松动。

这天，罗建华给杨青云主动打了一个电话，问杨青云是不是感觉县里对你的支持力度不够，还是你对咱开发区的前景不看好？

杨青云没有掩饰自己的想法："在商言商，我投资的是项目，做的是事业。我想在不违背国家政策的前提下，把这个开发区打造成全国一流的开发区。磨刀不误砍柴工，我想咱们的目的是一致的，一个这么大的投资项目，您觉得是不是应该多尊重投资人和专家们的意见？"

罗建华笑了："没改主意就好。这一点你完全可以放心，咱们的目的是完全一致的。新区是我主抓的项目，县里这头的工作我来负责。能解决的问题咱们解决，解决不了的问题咱们想办法解决。大运河开发区选在清风驿，是为了充分考虑清川东部大运河一带的经济发展。投资这个开发区，你不但要出资，而且还要带头儿。我说这话没别的意思，地方上有地方上的复杂，我主要是怕你心里有所顾虑。"

杨青云不知道罗建华这句话是在给他打气，还是他心里确实是这么想的。他感觉气氛过于严肃，嘴上笑着却一本正经地告诉罗建华说："兄弟，开弓没有回头箭，我杨青云从不做后悔的事儿。别的我不管，如今我可是把全部身家都交给你了。"

第七章　开工

01

蔚蓝天空下，两排整齐的小杨树在风中哗哗地翻动叶子，像是在合唱着一首简单欢快的歌曲。天空若有若无地飘过几朵白云，映衬着平原大地无边的广阔。又一阵微风吹过，几只麻雀从远处飞起，抖着翅膀落在收割过后的田野里。一拃多高的麦茬中间，嫩嫩的玉米青苗刚从地里钻出来不久，远远望去也已经成列成行。

一条窄窄的沥青路，油黑色带子一样在两排小杨树中间伸向远方。路两边是不久前整葺一新的排涝渠，渠里生着些杂草，间或有一些不知名的小花点缀，乳白、明黄、大红……这些小花星星点点地夹在绿草中间，鲜亮、夺目而且生动饱满，瞬间让这个夏季有了五颜六色的逼真。

前几天刚下过一场透雨。大雨过后，大地上到处都洋溢着蓬勃的生命气息。顺着这条小路一直向前，在清风驿村外的空地上，一大早就聚满了各式各样的汽车人群。红旗招展，彩带飞扬，高高飘着的气球下悬吊着一面面祝贺条幅。大运河开发区奠基仪式正在这里隆重举行。

一大群头戴红色安全帽、身穿白衬衫的人正从镇政府出来。这些人胸戴红花，排着整齐的队列向主会场走去。在队伍最前面的人是杨青云和县长罗建华，在罗建华身后，紧跟着镇党委书记刘长顺、镇长李锋和新成立的开发区建设筹备指挥部工作人员。

清风驿已经几十年没迎接过这样的盛事了。这次新区的设立，不只是清风驿的一件大事，对整个清川县来说同样也是一件值得纪念的大事。在奠基仪式开始之前，县政府已经下发红头文件，县长罗建华亲自担任指挥长，镇党委副书记、镇长李锋担任副指挥长，全县各相关职能部门一把手全部担任指挥部成员。将这么多职能部门一把手全囊括进同一个建设筹备指挥部，这在清川县历史上亦尚属首次。

在人群中间，杨青云看上去多少有些与众不同。他上身一件月白色衬衫，并没有像其他人一样将下摆束在腰间。虽西裤笔挺，他脚上却穿了一双看上去很随便的礼服呢布鞋。这副打扮既像是一名政府官员，又像是一位高级知识分子。

一行人来到早就预备好的奠基现场。见时间还早，罗建华指着远处的大片土地说："杨总你看到了吧，紧邻公路这方地大概有六十亩。你既是咱开发区的投资商，又是咱开发区入驻的第一家企业，位置最好的这块地就划给你。看到旁边那条路没有，前年镇上刚刚修的，如果不够用你可以拓宽……对，是不是前年修的李镇长？"

罗建华问着李锋，李锋忙说是的是的，这条路就是前年才修好的。

"哦，是前年修的。"罗建华点了点头，继续跟杨青云说道，"你看啊，顺着这条路一直往东走，过了河堤就进了山东。从这儿往北，虽然路还没修，但也可以直接出县。这块地可真是块风水宝地，四通八达。"

说着说着，罗建华又一拍脑袋不好意思地笑了："我忘了杨总您就是咱清风驿人，对这里应该比我更熟悉。我建议以后你的厂子正门就修在这儿，靠着这条路。你看，从这儿拐过去，对着村里那边留个后门。一个门进一个门出，这样多方便。"

一个秘书模样的人手里拿着纸笔，不时在记录着什么。杨青云没有插话，他顺着罗建华的指向看了看，小杨树包围着的确实是一个四通八达的好地块。他想了想说："六十亩地少了点儿，罗县长。"

"六十亩还少？"罗建华笑道，"这可是不到二百米见方呢，足够盖一个规模不小的厂子了。"

罗建华话说出来，似乎又觉得不妥当，忙又补充说："六十亩建个公司差不多够用了吧？"

"六十亩不多。"杨青云双手环在胸前，低声告诉罗建华说，"罗县长你算算，六十亩地虽然不少了，即使都建成库房才能建几个车间？还得有办公、住宿和生产车间，恐怕不够用。"

"不够用？"罗建华眼睛转了转，余光瞟了瞟李锋和其他随行的人，"你放心，地是小事儿！土地指标咱有的是，地不够咱批地，人不够咱找人。以后咱们的开发区建设就走这个模式，有什么问题立即解决什么问题。今天就是个奠基仪式，以后有什么事儿你尽管提出来，县里给你做主！这块地你先用着，什么时候不够用了，咱们随时可以征。"

"这不行。"杨青云没有逢场作戏地答应罗建华，"罗县长，能现在解决的问题必须现在解决，不留后顾之忧。今天正好大家都在，不如现在就说说征地的事儿。您看看北边这一块地，我看着就不错。"

说着，杨青云指着路北给罗建华看。他小声对罗建华说："你算算吧，六十亩肯定不够，再批有再批的麻烦，不如一起都办下来。在这边再给我一百亩，你看怎么样？"

杨青云故意把自己的话当着众人说出来，是有着自己的打算。他告诉罗建华说："我想用这六十亩初步建办公区和加工车间，北边征一百亩建仓库。"

说着，他又指指不远处的"小惠超市"说："咱们征地得征到那儿，那个小超市应该是违建吧，该处理的一定得先处理好。"

见罗建华没有说话，杨青云笑着问道："这不会让你为难吧，罗县长？"

罗建华摆摆手说："不难不难，杨总你放心就是。今天咱们就是搞个奠基仪式，具体的用地计划再一一申报。不就是再征一百亩地吗，以后清风驿这些地全都是咱开发区的！"

说着他转头对身边的秘书说："你把杨总的话也记下来！"

二人离开人群，还专门到田地里走了走。杨青云指指脚下出土不久的青苗，笑着小声对罗建华说："可惜了这一地的青苗！"

"这都不是问题！"罗建华笑了，"今天就是走个过场，回头让李镇长找你商量一下补偿款的事儿，争取压到最低。开发区建设第一个项目从你开始，你既然是来投资，大家都得做出点儿牺牲。”

“我这一来，把大家好好的庄稼全毁了，想想就觉得可惜。”杨青云一边说着，一边小心地躲开脚下的青苗。

走着走着，杨青云蹲下来，拨开麦茬看看玉米苗的长势。罗建华也蹲下来说：“你就放一百个心吧，这边需要解决的事儿你看县里的力度。我做事讲究两个字，效率。半个月以内征地的问题解决不了，你去县政府堵着门口骂我。”

罗建华说着呵呵笑了。

杨青云拍拍手站起来，他相信罗建华的话。有罗建华的全力支持，他相信一切都会水到渠成。

两个人又漫无目的地走了几步，罗建华问杨青云：“等奠基仪式结束，要不要去支部打个照面？”

杨青云心头一沉。尽管知道自己早晚有一天都会去和村里人见面，但一听罗建华现在就要他去，杨青云还是慌了：“算了，今天就不去了。咱们今天就是来奠个基看看地，这不已经看过了吗？地的事儿我就不管了，县里征下来落实好就通知我，奠基完我就回去了。”

“什么？”罗建华惊讶道，“回去？刚来了就走？王书记还在县里等着呢。”

“革命不是请客吃饭。”杨青云笑道，“我省城还有事儿，该说的咱们不是都说了？”

“总得吃了饭再走，给王书记个面子。”

杨青云一笑：“算了吧罗县长，咱还是抓紧奠基吧，以后吃饭的日子多着呢。再说了，我回清风驿可不是为吃饭来的。”

02

奠基仪式结束后，杨青云没有回县城参加政府举办的午宴。他只是简单跟罗建华打了个招呼，便直接从清风驿上高速返回了省城。

根据双方签订的合作协议，工程公司和清川县人民政府继续沿用旅发大会的合作模式，即双方共同出资成立一家开发公司，作为新区建设开发的投资方，该公司负责投资建设新区所有的基础设施。

按照建设规划，开发区一期建设项目包括一个高科技技术孵化区和一栋商服办公楼。结合县里最新出台的返税政策，开发公司和管委会一起负责整个新区的招商落地工作。企业入驻、征地建设须由新区建设开发指挥部批准，新区所有厂房建设采用代建模式。与此同时，作为第一家入驻企业，杨青云带头在新区征地，投资落地第一家工厂。

杨青云走后，镇长李锋来到罗建华面前，一副有话要说的样子。

罗建华问李锋有什么事，李锋凑近一步担心地说："他既建开发区，又要征地建厂，而且一个人就要这么多地，手续怎么办？用地指标能不能解决？"

罗建华拿过记录看了一下，皱着眉头想了想。他没回答李锋的问话，而是从秘书手中取过一支铅笔，将杨青云所说的一百六十亩地改成了二百亩，然后拧着眉头看着一脸不解的李锋说："只要人家肯投资，咱一定提供最大的便利。土地指标县里解决，你不用操心。"

李锋见罗建华又多给杨青云列了四十亩地计划，虽心中不解，却弯腰点头笑道："好的县长，一切听您吩咐。"

当天下午，罗建华一行又回到清风驿，在镇党委会议室召开了一个招商引资协调会。新区建设开发指挥部已设在镇政府，这次会议的主要内容就是协调并落实征地问题。在会上，罗建华跟镇党委书记刘长顺沟通了初步的征地规划。当罗建华说到杨青云嫌土地太少要求扩大征地规模时，刘长顺摘下眼镜打断了他的话。

"罗县长，六十亩还嫌少？一个皮棉加工厂就批这么多地，这个杨总到底是投资商，还是想圈地当地主？"

刘长顺说话很不客气，罗建华笑了："一下子要二百亩是多了点儿，我也觉得就建个加工厂，根本就用不了这么多地。"

谁也不知道罗建华这话是什么意思，坐在他身边的李锋更是一头雾水。罗建华话锋一转说："如果我记得没错，咱一开始给杨总规划的用地是六十亩。不过刘书记，就在前几天我们去山东考察了一趟，看了看人家那边的工厂。

那边每个厂子占地大都有一二百亩，这样干起来才像个规模嘛。依我看杨总这个要求也不算太过分。这样吧，咱们先配合投资商要求征地，到底批给他多少再商量。”

“二百亩太多了，招商引资虽说是头等工作，但用地的事儿得老百姓同意，这不是小事儿。李镇长、王主席，你们几个什么意见？”刘长顺不看罗建华，却故意问起了自己的手下。

李锋一直躲闪着罗建华，也不敢看刘长顺。见刘长顺催他发言，李锋才说：“一征就是二百亩虽然多了点儿，但这是投资商的要求。我觉得咱不能一开始就浇灭人家的投资热情。今年镇上工作的重中之重就是大力招商引资，咱们手头现有的资源，除了地什么都拿不出来。只有先栽下梧桐树，才能引来金凤凰。用老百姓的话说，咱就是想让人家来下个蛋，怎么也得先搭个窝吧？刘书记，我认为咱得按投资商的要求去征地，不但在征地上要大力配合，还必须全方位地加大力度。”

李锋这一比喻引得大家都笑了，罗建华会意地冲他点点头。没等人大王主席说话，刘长顺面无表情地说：“那一切都按罗县长的意见办吧。李镇长，你是副指挥长，新区建设是重中之重。大家千万不要误会，我不是反对招商引资，我是反对假大空，以投资之名到处圈地，留下一项项烂尾工程，这样的教训以前不少。”

听到刘长顺这番话，罗建华脸上明显有些挂不住。

几名副镇长副书记也相继表示了自己的看法。会议最终形成决议，虽然六十亩不够，但报二百亩地也确实太多，会议决定为杨青云的棉花加工厂追加一百亩地的用地规划。会议还决定，征地一事具体由李锋负责申报协调。当务之急是把开发区建设用地先规划出来，紧接着，大家又讨论了一下有关的申报程序和申报方法，确定了以租代征的用地形式。

刘长顺最后表态说：“全镇干部职工一定要支持全县的招商引资工作。同时也要注意，不能一口吃个胖子，得慢慢来。土地问题是大问题，必须一步步走扎实。以后招商及协调工作大家要全力以赴，一定要配合好县里的部署，圆满地完成上级交代的任务。”

回到县里，罗建华还反复想着刘长顺会上说过的话。秘书小声告诉他说：

“刘书记是出了名的老干部，思想僵化，怕犯错误，一说批地办厂的事儿就急。也只有您，只有您拍板，他才同意搞这么多地未批先建。”

“做事得讲究方法嘛，对这些老同志，我们既得尊重，又得讲究方法。”罗建华不露声色地说，“不管跟他说征多少地，他都会打折。现在知道我为什么把一百六十亩改成二百亩了吧？”

秘书忙佩服地点点头，罗建华说：“他们这些人，考虑的不是企业的真正需求，而是对所有的事情都得发表一下意见，这才显得他们重要，这是地方干部的一贯套路。”

秘书不好意思地笑了，罗建华告诉他准备一下相关资料，下一步，他要去跟县委书记王海涛详细沟通一下新区未批先建的部署。

和县委书记王海涛沟通好以后，罗建华在第一时间将这一消息通知了杨青云。罗建华对杨青云说：“你马上回来吧，征地的事情已经定下来了。”

“这么快？”杨青云有些不太相信。

“这是新时代的招商速度，暂时以租代征，边征边建，让你先用上地再说。在下面办事不像省城，没那么多关节。”罗建华说。

“村里都同意了？手续都没什么问题吧？”杨青云还是不信事情会这么顺利。

罗建华没有回答杨青云的问题，只是催道：“你赶紧回来吧，你回来一看就什么都知道了。”

挂掉电话，杨青云马不停蹄地赶到了清川。罗建华带他一起来到镇上，先陪着他去看了指挥部给他安排的住处。

这是位于镇政府后院的一套房子，里外套间。外间办公，里间一张单人床，虽然简陋，倒也干净。罗建华笑道：“怎么样，还不错吧？工厂建起来以前，你就先住这儿。条件虽然差了点，不过这可是镇长待遇！”

二人正说着话，镇党委书记刘长顺也赶过来了。

刘长顺跟罗建华打过照面以后，热情拉着杨青云的手说：“老杨啊，欢迎你来回报家乡，你们的事儿我举双手支持。来到清风驿镇请你放心，罗县长是干大事儿的人，全镇干部都会保着你把开发区做大做好。以后有什么难处你不用跟罗县长说，直接找我就行了。能解决的我去解决，我解决不了的咱们一起想办法解决。我县里还有个会，跟你见个面就先走了。”

杨青云忙点头感谢，刘长顺走后，罗建华详细向杨青云介绍起了指挥部近期工作的进展，杨青云这时才知道，罗建华所说的“事儿已经定下来了”指的只是征地问题县里和指挥部都已经过会，并有了初步方案，但所涉及的农户还没有具体沟通。听到这里，他有些不高兴：“我的大县长啊，您办事儿是不是有点儿问题？这算是定下来了吗？”

罗建华一笑：“老兄你就放心吧。下面做事儿跟上面不一样，如今初步方案已经定下来了，具体方案需要你们指挥部定。征地不是件小事儿，咱得一步步走。它既是指挥部的事儿，也是你个人的事儿。”

“怎么变成我个人的事了？”

“开发区你来投资，第一家工厂也是你的，这第一炮当然得由你来开了。”

杨青云心中暗暗叫苦，当着刘长顺的面也不好再说什么。罗建华看出了他的不快：“关键时候你出个面嘛，你是咱村里人，去跟大家见个面，这可谁都替不了。因此我这才叫你回来的。”

“我出面？”杨青云摆摆手，“这可不行罗县长。征地是县里的事儿，我出不了这个面，你可别把我绑到这儿。”

罗建华摸出一包烟塞到杨青云手里：“不需要你多少工夫，也不用你直接和村民对话，李镇长会带着你单独见见保平，正式把这件事沟通一下。你也是咱们副指挥长么。你放心，只让你出个面，剩下的工作李锋去做。”

杨青云打开罗建华递过来的烟，锁着眉头点上一支。他用力吸了一口，烟雾吐出来，在二人之间萦绕。

见杨青云仍面带顾虑，罗建华又说：“事情一步步来嘛，老兄你放心，你出面只是走个过场，清风驿的人总得知道把地卖给谁了吧？我也是为你考虑，丑媳妇早晚要见公婆的。”

“地到底怎么征，厂子到底怎么建我都还没考虑成熟。”杨青云还是感觉罗建华这么安排有些操之过急了。

尽管将信将疑，杨青云还是听从罗建华安排在镇上住了一晚。想着明天就要去和村里人见面了，他既紧张又兴奋，直到后半夜才沉沉睡去。

第二天上午，在李锋带领下杨青云硬着头皮回了一趟清风驿。

03

杨青云和李锋一起来到村支部的时候，保平和长巨早已经在院里等他们半天了。

保平胡子刮得明光，正背身向外，蹲在地上端详房前地里的两畦茄子。长巨习惯性地披着上衣，一双大眼不时骨碌骨碌四下睃着。他拇指和中指倒捏着一根香烟，不时抽上一口。而在会议室门口台阶上坐着的，则是头发花白的老支书长明。

本来这次见面李锋没让通知长明，征地事关重大，保平便将长明也一起叫来了。见李锋和杨青云走进院子，长巨愣了愣，叫了保平一声便迎了上去，长明却依旧坐着一动没动。大家早已听说了，这次要在村里征地的人是杨青云。

李锋拍拍保平肩膀，指着杨青云笑嘻嘻地说："张书记，这就是我给你们请来的财神爷，你还愣着干什么？你们不认识？来来杨老板，我给你介绍一下，这位是保平支书。"

李锋热情地介绍着，保平走上来跟杨青云握手。杨青云礼貌地叫了声"保平哥"。小时候杨青云家住东头，保平住西头，彼此间并不熟悉。跟保平握手以后，杨青云犹豫了一下，他没有跟长巨说话，而是低着头冲长明走过去，弯腰小声叫了一句："四叔。"

保平打圆场忙拉起长明，一行人进屋坐下。接下来，又陆续来了几位村民代表，杨青云看了一眼李锋，李锋小声责问保平："就是见个面，你怎么叫了这么多人？"

保平尴尬地笑了笑没有解释。众人坐定以后，李锋和保平先分别代表镇上和村里说了一些场面话，并讲了县上建开发区征地的安排。李锋说："杨总回来投资是好事儿，一是可以带动经济，二是可以安排就业。这件事县里已经研究过了，以后咱清风驿就是开发区了，被征用的土地该怎么补偿怎么补偿。全面脱贫是硬道理，大家一定要积极配合，一切工作都要围绕招商引资……”

话到最后，他又特地强调说：“希望村两委班子带好头儿，支持县里和镇上交代的工作，尽快把地给划出来。”

保平听了说：“李镇长，具体怎么办你和刘书记定。只要你们定下来，村里都无条件支持。”

李锋点点头，又问到会的村民代表：“大家都什么意见，你们也都说说。”

不等众人说话，长明就没好气儿地说：“你们都定好了，我们还有什么话说？”

说罢他一甩手，拄着棍子竟头也不回地走了。众人愣在当场，李锋有些尴尬，保平见状忙说：“镇长你别生气，长明四叔就这个脾气。在村里干了这么多年，还是改不了那一个字，倔。青云你也别见怪啊，你四叔就这样，动不动就发脾气。”

李锋不高兴地说：“有想法说出来嘛，这么一走了之算怎么回事？保平啊，招商引资是大事儿，我把财神爷给你们请来了，下面的戏就得看村里怎么唱了，做好做不好关键看支部。地的事儿先这么定，今天我们过来就是通知你们一下。具体的补偿和细节，回头你叫上两委到指挥部找我谈。事儿别搞这么复杂，长明老了，该安排的你抓紧安排。”

保平张张嘴想说什么，李锋摆摆手制止他说：“村里先拿出个意见来，再广播一下。征地不是小事儿，别弄得怨声载道。意见拿出来以后你报到指挥部，定意见的时候别牵涉人太多，人多商量不成事儿。我今天带着杨总来就是先给大家见个面，我们还有事儿先走了。”

说着，李锋不等保平说话，竟拉着杨青云头也不回地回镇上去了。

话刚说了一半儿，怎么说走就走？杨青云感觉很是意外。

回到指挥部，李锋告诉杨青云说：“保平这小子是在耍滑头，我明明跟他说了，只见他一个人，他却叫了这么多村民代表，闹哄哄的根本就说不成事儿。”

杨青云想想也对，入乡随俗，李锋有李锋的工作方法。这时李锋又说：“地的事儿没什么问题，半个月左右肯定能清出来，咱们好好商量商量下一步的事儿吧。罗县长跟我说了，你那个厂子想给村里一部分股份，不知你想好没有？现在有两套方案，一是以村办企业的名义，按集体用地走手续，这样你可以先不用出钱，每年直接给村里交租金。村里算是用这块地入股，你和村里各占股份；二是你花钱买地，厂子算你个人投资，但是得交土地出让金。等土地指标下来，再完善用地手续。”

杨青云本来也有一肚子话要问，却被李锋一席话打乱了。他没想到在李锋眼中征地的事情竟如此简单，他问李锋说：“你觉得哪个方案合适？”

“有罗县长的话，我必须尊重你的意见，这事儿我可不敢给你做主。你最好跟罗县长商量好，我会不折不扣地按县里的指示办。”

“征地的事儿就这么往下走？”杨青云还是不放心地问了一句。

见杨青云仍有疑虑，李锋摊摊手一脸轻松地说：“就这么往下走。”

“这么简单？是不是有点儿轻率？手续的事儿怎么说？补偿的事儿怎么说？”杨青云一头雾水地问。

“这你就不懂了，省里办事儿有省里的章程，下边办事有下面的章程，这叫各行其道。手续的事儿慢慢来，地先用上再说，补偿的事儿咱先看看村里怎么说，咱们得边征地边谈。如果等一切都谈好了再征，这块地到明年你也征不成。”李锋一脸自信地说。

杨青云没有说话。在省城做工程，涉及用地或拆迁的事情他遇到过很多次，每遇到征地都是头等大事，他没想到在清风驿事情会这么简单。作为一镇之长，李锋既然敢这么说一定有他的办法和他的道理，自己也许真是太多虑了。

想到这里杨青云才说：“我有一个想法儿，不知道成熟不成熟。原来有码头的时候，村里有一个搬运工会，咱们征地建厂是不是可以把这个工会用上？土地算我自己的，成立公司后村里、我和工会各占一股，土地出让金等厂子见了效益再补交。”

“你跟罗县长商量了吗？”李锋问。

杨青云摇摇头。李锋说：“那先去跟罗县长商量吧，指挥部这边我主持常务工作，一切都听罗县长的。只要罗县长同意，什么事儿都好说。”

杨青云看了看李锋，关于征地款的事情，他已经想了很久。自己跑这么远来做投资，必须花最少的钱，办最多的事儿。再说了，自己投资也是为了振兴地方经济，土地出让金县里必须给予照顾，只有这样才能算两全其美。他只是不知道这条路能不能走通，这个想法他早就打算去跟罗建华说了。

04

杨青云决定马上就去找罗建华，哪知刚抬脚要走，李锋拉住他问："你说的搬运工会是怎么回事儿，我怎么不知道？如果不忙你先跟我说说。"

没想到镇长李锋竟不知道码头的搬运工会，本来已经要走的杨青云又坐下来。杨青云说，听老人们讲，刚解放那几年，码头上南来北往的都是货船，清风驿有很多人都在码头当装卸工。为了统一管理，县里下文件成立了一个搬运工会。加入工会给城镇户口，发工资，吃劳保，享受工人待遇。码头最红火那几年，先后有上百人加入了工会。工会福利高、待遇好，那几年越发展越大，当年在码头上建立了办事处、食堂，浴池，后来还建了电影院，给村里带来不少好处。

"那几年，村里人都以加入工会为荣。我小时候村里还有不少人在工会上班，爹死了儿子还能接班，为此兄弟们还常争得头破血流，当年我爹就是工会的人。后来码头没了，这些人也都没事儿干了，又去到棉站当搬运工。再后来棉站也关门了，听说他们被划到了交通局，只是不知道这几年是什么情况。应该有不少老人还活着，长明就当过工会主任，他手里有工会的资料，听说它一直没有解散。"

"真不知道你们村还有这么个组织！"听了杨青云的介绍，李锋叹道。

杨青云说："可惜大运河这一断水，这些人都没活儿干了。"

李锋说："我抽空去了解一下。现在是新时代了，讲的是共同富裕。工会是一级组织，也是集体经济，把它利用起来，再结合上乡村振兴，让它成为实现共同富裕的发动机，你回来投资建厂的意义就不一样了！"

见李锋对工会如此有兴趣，杨青云感觉自己一颗心终于没有白费，他告诉李锋说，我的初步想法是看能不能再启动一下，小时候我爹天天吃过饭就去上班，我对这个工会很有感情。必要的时候，我也可以加入工会，这样很多事就好处理多了。工会是一个组织，不是一个人。我这次回来做事，别让人以为是为了占村里的便宜。

李锋紧握着杨青云的手："这可是个大事儿，咱们一定把它办成。不过我不敢先答应你。你先去跟罗县长汇报汇报，我也摸摸工会的情况。老人们都有情怀，我协调一下，这个文章咱一定得好好做做。"

杨青云告诉李锋这目前只是一个简单的想法，李锋说你能有这个想法就成功一大半了。杨青云笑了笑，又说起了征地的事。他告诉李锋说："青苗费我随时可以出，事情你们要尽快定下来。如果没有正式征地手续，我只能付租赁费，出让金也不会交。"

之所以这么跟李锋说，杨青云知道万事开头难，当下最需要的是花最少的钱办最多的事儿。他相信只要自己先拿出一部分钱，让一部分村民先得到实惠，就可以打消很多人的疑虑。因此自己绝不可在青苗费上过多纠缠，以免因小失大。

"先出一部分不行？"李锋问。

"不行。"杨青云说。

"那好吧，你赶紧去跟罗县长商量，只要罗县长答应我就照办。不过，你们村的人不好斗，我可不敢先答应你啊。"李锋说着又强调了一句。

"我知道，那就先这样吧，下次回来，我可不希望一切都没什么实际进展。"杨青云临出门之前又点了李锋一句。见李锋什么事情都不做主，而且三句话不离罗县长，杨青云感觉他这个人根本就没什么担当。他苦笑了一下，官员唯上是一把双刃剑，但愿今后工作上他不会这样。

来到县政府，杨青云向罗建华说出了自己下一步的具体打算。因为还有会，罗建华并没有容杨青云多说。他告诉杨青云说："你是投资商，只要不违反原则我都同意。以后不管什么事儿，你先跟李镇长商量，定不了的事儿再来找我。"杨青云说这个事儿就定不了。罗建华笑了："这些小事儿你们商量着办就行了，我理解你的意思，你们走着看，哪条路通走哪条路。你说的那个搬运工会，咱真可以好好做做文章。"

"那我怎么去跟李镇长说？"见罗建华说话不冷不热，杨青云有些不高兴。

罗建华觉察到了杨青云的不快，他站起来走到杨青云面前笑道："对不起，我这几天太忙了。只要你觉得对的事儿就告诉李镇长，说已经跟我说过了就行。”

说着罗建华笑嘻嘻地站起来送他出门：“行了行了，还生气啊？你也知道，很多事儿得需要你出面，要不我敢劳你大驾回来？虽然是招商，我不过是牵个线，最终征地是你们指挥部跟村里的事儿。下边的事儿说好办也好办，说不好办也不好办。有些事县里可以出面，有些事儿我们没法直接出面。就像协调征地，这就得你们自己商量着解决。县里不能轻易说话，说句话下来就是命令，就没什么回旋余地了。不到万不得已我不能那么做。再说了，上面还有王书记呢不是？你也要理解我的难处。”

杨青云一边走一边听着，见罗建华要往楼下送他，杨青云忙说：“别送我了，你不是要开会吗？”

“再忙我也得送送你啊，这是咱清川的待客之道。”

一边说着，罗建华坚持把杨青云送到了楼下。

“你是客还是我是客？”杨青云突然站住问了一句，两个人你看看我，我看看你，都不约而同地笑了。

杨青云知道，罗建华这番话不是没有道理，想想自己的话说得也太直了，便想宽慰他两句。来到停车场，杨青云叹了口气说：“以后不管什么事，我轻易都不会求你表态，但我还是觉得征地不是小事儿，你还是应该去跟李镇长说一声。我也不为难你了，接下来我可真打你的旗号了。”

罗建华默认地点点头，突然又想起什么似的说：“差点儿忘了！你先别着急走，晚上已经约了陈副县长、联社的杜主任、招商局的楚局长、电力公司的梁局长，还有土管局的王局长，今天晚上大家一起坐坐，这些人以后都用得着。”

杨青云一听又是应酬，忙说：“算了吧，在清川我就认你一个人，能不跟这些人打交道就不打交道，改天我让光峰好好请请他们。”

见杨青云执意不肯留下应酬，罗建华便没再劝他。上车以后，杨青云又落下玻璃，不放心地问道：“地的事儿真那么好办吗？”

罗建华挥挥手肯定地说：“你就放心吧，好歹我也干过几年基层工作。这点事儿要是办不成，咱清川以后什么都别干了。”

05

自从在省城“空降”到清川以后，罗建华每言必中、举事必成，处理各类事情顺风顺水，也是因此，他对清风驿征地建开发区的事很有自信。在罗建华看来，清风驿征地不过只是一件小事儿，只要县里红头文件一下，尽管中间可能会有些波折，最终一切都会水到渠成。

哪知道当听说县里要收走土地建开发区，杨青云也要在村里征地建厂的消息传开以后，沉寂多年的清风驿立即乱套了。

李锋将开发区征地的通知拿给了保平，保平命长巨将它贴到了支部门外的墙上。公告刚贴出来，一群人就围上来看热闹，长巨将支部两扇大门反锁，围观的群众七嘴八舌，吵着要进支部问个明白，却发现支部大门早已锁上了。众人正不知所措，王多余搀着长明远远走过来了。人群自动分开，长明黑着脸，只往墙上看了两眼，便重重呸了一口。

王多余穿过人群冲上来，抬脚在大门上踹了两下：“开门！开门！”

人群在他身后围上来，众人同样高喊着，不知谁捡了半截砖头，对着支部的大铁门一通猛砸。保平和长巨躲在院里一声不敢吭，众人骂了一阵见没什么动静便自发散了，长明黑着脸一瘸一拐地回到家里。

一座五间红砖小屋的四合院，院子不大，中间一棵高大的老枣树，门台两侧种着几棵冬青。房子是长明的儿子青江结婚那年盖下的，如今孙子都十八九岁了，这座房子还是当年的老样子。刚一进院，长明看到清江正鼓捣着打气筒给自行车打气儿，他气不打一处来，咣地一脚将盛了半盆水的洗脸盆踢到一边。

青江诧异地看着父亲没敢说话。过了一会儿，长明又气冲冲地从屋里出来：“你熬的药呢？”

青江一拍脑袋：“忘了。”

长明老伴瘫痪到床上已经五六年了，一天两顿都得熬中药喝。长明气得白眼直翻：“都快五十的人了，啥事儿都不懂！”

说着，他回屋打开小煤球炉子，掏掏炉灰，从桌子上取出一个大纸包，将草药倒进砂锅，到院里的水管接了凉水炖到炉子上。

老伴听到长明着急，歪着身子想说什么，却挣扎着说不出来。长明坐下卷上一支烟，猛吸了两口。过了一会儿，他从椅子上站起来，拿过一根筷子在冒着热气的砂锅里搅了搅。

青江擦手进屋，凑上来问："爹，征地的事儿咋样？"

长明白了他一眼没有说话。青江摸过父亲的烟，也照样卷了一支。他凑近一步说："我听说征地的是青云？他一分钱不出，就想把村西的地都征走？"

长明还是不说话，脸色却越来越难看了。青江没注意到父亲表情的变化，大大咧咧地坐在另一张椅子上，又猛吸了两口烟："爹，不是我说你，人家青云是大老板了，回来办厂是好事儿……"

说着他伸手又去摸长明的烟笸，长明劈手夺过，将烟笸放到身后的条儿上。

"这是资本家又回来了！征地不掏钱，他这个事儿办不成！"长明没好气地说。

青江劝道："爹，你凭什么管人家？人家征地是人家的本事。你看看保平、长巨还有金田他们，哪个是好人？当了二十多年大队长，你连个电工都给我安排不了！家里穷成这样，我娘又有病，我还指望着青云哥回来给我弄点儿事儿干呢……"

"你……"青江还想说什么，长明一脚将桌前的煤球炉子蹬翻，砂锅哗地摔在地上，还没熬好的药汤已经淌了一地。

青江不知所措地看着暴怒的父亲，不想保平却带着长巨笑呵呵地进屋来了。

"怎么了这是？四哥又跟青江发脾气呢？青江你也老大不小了，还是老惹你爹生气？你看看看看……这是怎么话儿说的？"说着长巨将倒在地上的炉子扶起来，"这是给你娘熬的药吧，好端端的都洒了一地，锅子也坏了……"

长明歪着头吸烟，保平坐下笑呵呵地问道："四叔，青云征地的事儿你怎么看？"

"这事儿别跟我商量！"保平话还没讲完，长明就把他的话堵了回去。

“你这是什么话啊四叔？你是老支书了，一句话村里谁敢不听？我们这些人都没主见，又不知道好坏。就连刘书记李镇长他们也不得看着你脸色说话？这事儿成与不成，都在你一句话。我可记着在工会那会儿，你一直都是说一不二，咱清风驿的老少爷们儿谁敢不服？”

长明还是黑着脸不说话，保平又说：“四叔啊，依我看县上建开发区是个好事儿，青云来给村里投资也是个好事儿。可谁想到他征地不想出钱？这么一来事儿就复杂了。你说青云他真就不记恨以前的事儿？还有啊，无利不起早，谁敢说他青云这次回来到底安的什么心？”

长明猛吸几口烟说：“别的我不管，征地我不同意，工会更不可能交给他。”

“县里和镇上已经同意了，而且有文件。”保平摊摊手故意一脸难色地说，“四叔，你也知道青云的来头，这事儿不办怕是不行。”

“那你们干吧，别跟我商量。”

“青云怎么说也是你杨家的人，不管过去有什么仇，那都是过去的事儿了。人家肯回来，说明没忘了咱们清风驿。再说人家回来是投资，背后还有罗县长，咱们无论如何都得把地给他办下来。我觉得地可以征，钱不能不出。你是杨家的大辈儿，又在着工会，具体的事儿咱们得拿出个章程。要是都不同意，我怎么给上边交代？”

“什么章程不章程？不同意就是不同意，这没什么好说的。”长明说。

保平忙说：“四叔啊，不管怎么说，你带头跟他们打擂台不好。顺情说好话，耿直万人嫌。这么多年了，我佩服的就是你直，敢给咱清风驿的老少爷们儿说话。换了我们谁都做不到。不过四叔，县上定下来的事儿你能挡住？”

“咱们穷得就剩下这点儿地了，我看谁敢卖！”长明吼道。

说着他一拍桌子，一瘸一拐地将保平和长巨晾在一边，自己蹲到院里抽烟去了。

06

中午快下班的时候，保平不时抬头看着墙上的挂钟。感觉时间差不多了，他先在家里喝了一碗凉开水，然后骑上电动车去了一趟镇政府。

一出门日头白花花地刺眼。他下意识地眯了眯眼睛，保平已经想好了，这次征地的群众意见，尤其是长明的意见一定要如实反映给镇上。选择临下班才出门，他是想着看中午能不能跟刘长顺一起吃个饭。

前几天镇上开会让申报危房改造，村里一共给了三个名额，为这事儿老丈人已经找过他好几次了。住建局他已经打点好，岳父一家不够条件，田宝忠说只要镇上同意他就没意见。保平分得清大王小王，他想给刘长顺说说这次危房改造也给老丈人一个名额。自己轻易不给书记说事儿，他怎么也得看自己一个面子。

刚一出村，保平就遇到了下班回镇上的许燕来。

保平紧赶几步："许老师，这么热的天，我捎你一段儿？"

许燕来回头见是保平，脸先红了："是保平支书啊，你这是要去哪里呀？"

保平说我去镇上呀，咱清风驿要建开发区了，群众意见挺大，我去给刘书记汇报汇报。说着，他指指后座示意要带许燕来一程。许燕来脸更红了，忙客气地说保平哥你先走吧，路没多远，我自己走走。

保平没自己先走，他蹁腿下车，推着电动车陪着许燕来一起走。保平边走边问许燕来："许老师你见过大世面，你说咱清风驿建开发区，这到底是好事儿还是坏事儿？"

许燕来说："这事儿可不好说，我一个教书的，不懂这些。"

保平笑："哪有你许老师不懂的事儿？你们城里人见识多，得给我好好讲讲。哪天咱这里真成开发区了，是不是咱清风驿就富了？"

许燕来未置可否，两个人又聊了几句村里人到小学操场上晒麦子的事情。许燕来对保平说，操场虽然平整，但不是晒麦子的地方，这已经影响了孩子们上体育课。保平答应等他回村以后，就在喇叭上广播广播。

镇政府不远，说话间就已经到了。走进大门，保平坚持把许燕来送到了宿舍门口，然后才推着电动车放进车棚，再搓搓手去刘长顺办公室敲门。敲了两下才发现屋里没人，正准备找人打问打问，却见镇长李锋正从土管所办公室出来。

“保平你找谁啊？来来来，你到我屋里坐。”李锋将保平拉到自己屋里。

保平心中暗暗叫苦，本来他想找的人是刘长顺，千躲万躲还是没躲开李锋。刚一进门，李锋就问起了村民们对征地的反应，保平只好先跟李锋谈起了征地的情况。危房改造名额的事情他不想给李锋说。

保平一脸愁容地向李锋诉苦说，卖地的事儿社员们都不理解，以后吃粮怎么办？没地种了这么多人都去干什么？当农民的连地都没有了，怕是越来越没活路了。抱怨了半天，保平小声对李锋说：“人们都说，开厂子办企业的没一个好人，可别指着他们给清风驿发善心。人们都怕上当，没一个人同意征地。”

“你的意思是杨青云也不是好人？”李锋反问他说。

见李锋这么问，保平笑了：“镇长你可别提青云了，听人说他是要跟村里合作做开发，让村里入股，工会也入股，绕来绕去，谁知道他安的什么心。”

“人家带着钱来清风驿投资，是求着你了？”李锋不客气地说。

李锋这话让保平摸不到虚实，他不知道李锋到底是什么意思。保平试探道：“镇长你也知道，咱清风驿虽然穷，可人们啥都见过。天下乌鸦一般黑，那些有钱人都是为富不仁，想办法剥削咱穷老百姓。”

李锋敲敲桌子板起脸说：“保平你怎么这么说话？人家的钱也不是大风刮来的。在商言商是商人的本色。把杨青云换成你，你肯义务来清风驿学雷锋？人家能看上咱清风驿，一是因为这里是他老家，二是罗县长的大力邀请。”

“是，是。”保平忙改口称是。

“怎么说这里也是他的老家，人家肯回来已经很不错了。你得往好处看，这事儿换成是你，你能做到？”

李锋这么一说，保平立即没话了。为避免尴尬，他不经商量拉开了李锋办公桌的抽屉。李锋冷冷地看着他，保平问:“他们给你的好烟呢，给我两盒，你又不抽。”

李锋看了看他，一边从门后的柜子里找烟，一边说:“你不也不抽吗？我的烟都让你小子顺走了。”

保平将烟装在兜里，他不再抱怨，却又说镇上压给他的这个任务太重了。李锋意味深长地说:“领导交代任务是对你的信任，别人家一来就给出难题。保平我问你，要是真想办，在村里能有你办不成的事儿？”

保平看了看李锋，既不敢肯定也没有否定，只是嘿嘿地笑了。

07

李锋虽然年龄不大，却已经在清风驿工作了十几年，前两年罗建华升任常务副县长，不再兼任清风驿党委书记，已是清风驿镇长的李锋接任的呼声最高。谁也没想到，县里先是派来了民政局局长韩立新，韩立新走后又派来了组织部常务副部长刘长顺，为此他一直有情绪。李锋认为自己没当上书记是罗建华没推荐自己。此次罗建华提名让他兼任新区常务副指挥长，他这才对罗建华没有那么大意见了。

眼看已经过了下班时间，保平便拉上李锋一起出去喝酒。李锋说喝酒可以，但得去县城，喝了酒我就不回来了。保平心中叫苦，嘴上却不敢说。他跑到车棚把电动车锁上，然后到门外上了李锋的车。

来到县城，二人随意找下一家饭店要了一个小包间。坐下以后，说来说去又扯到了征地上。李锋说:“保平啊，你是我一手提拔上来的人。说聪明你也聪明，说不聪明你也真不聪明。”

保平忙改了称呼说:“哥啊，你这话是从何说起？”

“上来就给我摆困难，征地的事儿你就不能不给我使绊子？”李锋说，“你要清楚，罗县长要是在清风驿玩儿不转，你我都没有好果子吃。人家来这儿是要政绩的，干不了两三年就走了。你多动动心眼儿想想，干成这事儿不管对谁都没什么坏处。还有那个杨青云，他原来不是你们村里的人？你怕什么？你应该支持他，不管他做好做不好，有这一摊子在这儿摆着，你还怕他带走？事情刚开始，你先别想着什么困难，以后日子长着呢。”

“那是我错了？”保平不好意思地挠头笑了，“这可不是我的意思……”

李锋也笑了：“你小子有几个心眼儿我不清楚？别在我这儿绕你那些弯弯绕。要想别人成全你，你得先成全别人。别跟我说村里人难斗，处理这些事你有的是办法。这能难得住你当支书的？我这话你回去好好想想。村里有股，工会有股，早晚厂子是村里的，事儿还是你这个支书说了算。做事得动脑子，走棋不能只看一步。要想这个事儿你说了算，你让他们知道谁在村里做主。我再告诉你一点，罗县长总说大家都要换思想，不换思想就换人。”

保平一脸赔笑：“哥，你这么一说我就明白了。从今天起，我一切都听你的。”

喝完酒李锋意犹未尽，保平知道他又要去泡澡按摩。虽然心里不大情愿，他还是咬着牙装作愉快地请李锋做了一个全套。做按摩的时候，保平觉得今天的钱不能白花，便跟李锋说起了岳父申请危房补贴的事。李锋想了半天说：“这个事儿你单独报吧，把表交给我，住建局那边的陈局是我同学。”

保平暗喜，李锋让他单独上报就是怕村里人和镇上的人有意见。他既然肯这么说，这件事便八九不离十了。好赖请客的钱没有白花，晚上回到家里，保平躺到床上一直睡不着，明明是媳妇娘家的事，自己却搭进去两千多块钱，他越想越亏。直到天亮，他还翻来覆去地琢磨李锋白天跟他说过的话。

第二天天刚亮，保平披上衣服来到支部，叫来了长巨和副主任金田。保平沉着脸说：“一会儿，你们抓紧把征地的具体办法再拟一个稿子，在喇叭里广播一下。”

二人你看我我看你，都不明白保平是什么意思，金田一连问了他三个问题：“地怎么征？钱怎么赔？长明同意了？”

听金田这么问保平有些不耐烦，他没好气儿地说：“你怎么这么多问题？先按我说的办！县上定下来的事儿村里算个啥，他长明又算个啥！”

金田讨了个没趣，便匆匆和长巨一起商量方案去了。金田走后，保平回到家里蒙头想睡，想想又给长巨发信息让他四处听听村里都有什么反应。

没到中午，长巨就拎着一瓶酒和一袋切好的猪头肉叫醒了正在大睡的保平。长巨笑嘻嘻地坐下说："村里炸锅了，说什么的都有。特别是老张家……听说青云要征地，你二哥慌了。听说长明也站在院子里挺着腰骂人呢……这地咱真给他征？"

"征，当然得征，这是政策，能不征吗？"保平一掀被子从床上下来，"青云现在有的是钱，自己送上门来的财神爷，你能把他关到外边？"

"可我还是不明白……"长巨一边说着一边将菜摆上，他转身去碗橱找了两只酒杯，将酒瓶打开倒上。

"明白不明白的没事儿，按我说的办就行了。"保平洗把脸说，"保荣二哥说什么没有？"

"保荣倒是什么都没说……青云现在财大气粗，他就是有屁也不敢放。"长巨说。

保平笑了，长巨又担心地说："征地补偿的事儿不是先不让扩散吗？现在只是个初步方案。李锋说了县里会出文件。咱现在就广播……"

保平拿筷子敲了敲桌子说："这你就不懂了吧，你还怕人闹？他们要是不闹，要咱这个支部还有啥用？"

长巨一知半解地点点头，保平说："事儿闹得越大越好。你过晌带两个人，买几袋石灰先，去地里撒灰线。记着一定把西头靠马路那两块地都圈住，小惠那个超市也圈上，在她门前多撒点儿白灰。咱先拉拉架子，先看都怎么反应再说。"

经保平这么一布置，开发区的征地方案还没正式出台，清风驿就已经乱套了。先是有人三三两两地到支部问，后来人越来越多，很快就挤满了院子。

这次发布通知，保平没有把大家拒之门外。面对疑问，他却故意含糊着什么都不说。他端了个大玻璃茶杯面无表情地坐着，只是一遍遍地跟众人说着场面话："这事儿是县上定的，村里也不清楚。老少爷们儿要是有什么意见和想法，我可以去反映。我保证会一字不漏地把大伙儿的意见反映上去……你们也知道，这事儿是县里定的，我一个当支书的什么都说了不算。"

保平既说不清，又发牢骚，全村人的火气瞬间就被点燃了。

"村里说了不算凭什么用我们的地？"

"一亩地给多少钱？怎么个给法儿？"

“不让种地吃什么？”

……

“村里说了不算还有镇上嘛，镇上说用你的地，就得用你的地！”保平坐在村委会议室里，故意提高了嗓门。

一边说着，他一边给站在最前面的几个人发烟。他无奈地摊摊手发着牢骚：“大伙儿也知道，我保平一直都是给咱老少爷们儿办事儿跑腿儿，我自己也得吃饭种地。县上有这个命令，我有什么办法？都怪这个青云，第一枪就打到咱清风驿来了。你说你投资就投资吧，去哪儿投资不行偏要来清风驿？来清风驿就来清风驿吧，有钱你给村里修修学校，修修路，为啥非得征地建厂子呢？唉，咱们这地可是征走一分就少一分啊！老少爷们儿，我今天在这里撂一句话，我是当着这个破支书没办法，要不我早跟你们一起闹了。”

保平这句话明着是发牢骚，实际上却是给人们指出了一条路。他这话一出口，人群立即躁动起来。

“咱穷老百姓就靠这点儿地活着了，这是不给人留活路啊！”

“咱清风驿的地打死都不卖！”人群中不知谁又喊了一声。

“找镇上，镇上不行找县里！还没个说理儿的地方？”

“走，走！大伙儿都去镇上……”

……

第八章　矛盾

01

开发区建设指挥部已经在镇上挂牌成立的消息，许燕来一开始并不知道。但最近几天，县里要在清风驿征地建开发区的事情，却已在村里传得沸沸扬扬。

除了每天的正常教学之外，许燕来唯一所做的事情，就是翻阅各种资料，为自己的直播课做准备。她已经很久没到码头上来了，自从村东河滩上出现了好多施工队，她也再没有到河滩上去过。施工队在村子通往河滩的路上多处搭设了围挡，围挡上写满了“办好旅发大会”“振兴大运河经济”等标语。她不知道这些人都是干什么的，看样子他们好像是要在码头上修建什么工程。

夏天一到，天越来越长。北方四季明显，清风驿的夏天是凉爽的，虽然大运河多处断水，即便有水的地方，也都瘦成了细细的一线，但每天早晨仍会有浓浓的水汽扑面而来。太阳刚刚升起来的时候，整个村子笼罩在一片总也散不开的浓雾里。鸡鸣犬吠，人来人往，绿树、庄稼和村里的孩子们在阳光底下疯长。等到红日西沉，家家炊烟，热闹了一天的村子慢慢安静下来。夜晚的村庄是宁静的，月光如水，将村里的老街照得明晃晃的。有时做完直播以后，她会去镇政府附近的田间小路上走走。乘着清爽的晚风，甚至都能感受到从大运河上飘过来的那丝凉意。

好像就在突然之间，清风驿忙了起来。虽不知道河滩上修建的是什么工程，但清风驿要建开发区的消息却越炒越热。说实话，许燕来不愿意让人破坏这如画般的风景，但她并不抵触每一个能让这里迅速富起来的计划。发展经济不一定非以牺牲环境为代价，只是不知道这些人会给清风驿带来什么样的变化，她暗暗想。

所以，当她偶尔在镇政府大院里看到陌生的杨青云时，许燕来只是感觉这个男人似乎在哪里见过。她并没有多想，同样也不知道，给清风驿带来这一系列变化的关键人物就是这个陌生男人。

许燕来不喜欢在人多的场合抛头露面，如今杨青云和指挥部人员已经在镇政府大院办了好多天公，他们之间却从未说过一句话。来清风驿支教以后，许燕来有了更多的课余时间，套间宿舍的外间也被她改造成了直播室。“许老师的历史课”风雨无阻，粉丝也越来越多。在粉丝们的强烈建议下，两个月前，许燕来改变了主意，她开始试着在直播间带货卖书。

本来，她是不准备在直播间带货的。许燕来从骨子里反感文化和金钱搅在一起。清风驿的历史她已经熟悉得不能再熟悉，正是因为这种熟悉，前段时间她有了一个新的愿望，筹资恢复当年在大运河上名噪一时的清风书院。她详细查过资料，当年位于清风驿码头的清风书院，是明代北方地区大运河上赫赫有名的一座书院。经过多年的风雨飘摇，如今这座书院只剩下了埋在小学操场上的一道光秃秃的石碑。早就听说清风驿要办旅发大会，不知为什么，重建书院的事情并没有提上日程。如今，文化只是茶余饭后的谈资，它不能给人们的生活带来什么直接的改变，这一点许燕来能够理解。

开始带货以后，她精挑细选的书籍销量一直很好。有了收益以后，她先是出资给学校里买了一些课外读物，并向保祥校长申请了一间空闲教室。在她的主张下，清风驿小学成立了一个小小的图书室。见张小强每天放学后总跑来跑去没人管，许燕来把图书馆的钥匙交给了张小强。许燕来答应张小强说，这份工作不会白做，她每个月会给张小强开一百块钱工资。每天放学后，张小强就背着书包去阅览室写作业，等爷爷做好饭后，他才背上书包锁好门回家吃饭。

一开始，这间图书室里全是儿童书籍。后来，许燕来见清风驿有很多人都喜欢读书，虽然支部里也有统一建设的农家书屋，阅览室的门却每天锁着，人们都不愿意去那里看书。许燕来便购买了一些农业技术方面的书籍，又在学校门口贴出公告，每周六下午阅览室免费向全体村民开放。

自从当上图书管理员以后，调皮的张小强规矩了很多，也懂事了很多。如果他能一直这么下去，许燕来相信，张小强一定能成为清风驿最优秀的学生。

这天中午，下课后批改了一会儿作业，许燕来刚从学校出来，就发现大街上一群人正乱哄哄地吵着什么。见他们大吵大嚷，每个人都气势汹汹，许燕来心中一惊。她不知道发生了什么大事，忙又退回了校内。

人群叫嚷着从学校门口走过，许燕来发现走在队伍最前面的人是杀猪卖肉的张老三，张小强也凑热闹般跟在人群后面。

见许燕来正站在校门口，张小强装作没看见一样，身影一晃混到人群里去了。许燕来高叫了两声张小强，张小强见躲不过去，极不情愿地从人群中挤出来。许燕来扯住他问，这么多人慌着去干什么，张小强挠挠头说，到镇上闹事儿去呀。

许燕来脸色一变，忙问闹什么事儿，张小强说他也不知道，看着人多热闹，他就跟过来了。

许燕来敲敲张小强的脑壳："哪里热闹哪里少不了你，赶紧给我回家去！"

说着，她拉着张小强向东走去。怕他要滑头，她从背后一直盯着张小强走进家门，这才放下心来。

自那次放学路上遇到保平，许燕来才知道，那个最近总是在镇上出现的男人是要收走清风驿村西所有的土地。听说这件事后，许燕来开始对杨青云没有一丝好感。清风驿虽穷，但已经平平静静过了这么多年。这个人到底是什么来路，凭什么他一到来，就要破坏这里的节奏？

许燕来还听说，村东河滩上旅发大会的景点也全是这个男人修的，许燕来更对杨青云没什么好感了。好端端的一条大运河，修什么人文景观？这简直是对生态的破坏和对历史的亵渎。再说了，修景观就修景观吧，哪里有把景观修到河道上去的？因此，尽管同住在一个大院，只要发现杨青云，许燕来就远远地躲着。

不知这么多人一起集合到镇上去干什么，许燕来忙给镇长李锋打了个电话。

清风驿虽穷，人却出奇地抱团。众人浩浩荡荡地向镇政府奔去。见众人要一起去镇上闹事，保平装模作样地在支部里追出来大喊："你们要冷静，这是非法上访！不管有什么事儿，村里还有支部！"

说着，他又低头自言自语道："人家青云回来投资明明是好事儿嘛……"

目送一行人气势汹汹地奔镇政府冲去后，保平四平八稳地回到支部坐下喝茶。愤怒的人群刚出了村口，却见长明半披着汗衫，手里拄着那根油亮亮的枣木棍子黑着脸堵住了去路。在他身后，站着哪里热闹总在哪里出现的王多余。

不知二人来意，众人正愣着，长明大声喝道："都给我回去！"

"四叔，你这是干吗？"有人问。

"你们干什么去？"说着，长明扬扬手里的棍子。

"他们凭什么占我们的地！我们找镇上说说去。"

"占地说占地，打盆说盆打碗说碗，有什么事儿说什么事儿，你们这是造反！支部的人还没死绝呢！"长明手里的棍子拄在地上，气呼呼地一边戳着一边说。

"支部？支部还不是谁有钱听谁的？把地拿走，我们这些人吃什么？我们找镇上去……"说着几个人往前闯。

长明大吼道："我看谁敢动！"

说着，他扬了扬手里的棍子，闭上眼睛抡起来向众人扫去。

当下便有几个精明的人躲开。人们忙向后退着，有人喊骂："凭什么打人？老长明，他们给了你多少好处？"

长明两眼血红，双手叉腰大声喘粗气。这时，副主任金田从村里跑出来，拦在众人面前大声说："四叔这是好意，枪打出头鸟你们知道不知道？人家盼着咱闹呢。到镇上这一闹，先关上你几天再说。谁还敢再闹？地是大家的，四叔比你们谁都急。他当了这么多年支书，什么时候办过坑害咱社员的事儿？你们谁心里不清楚？"

听金田这么一说，众人好像明白了什么，便都不再说话了。这时长明说：

“要闹我这把老骨头去跟他们闹，这是县里定的事儿，跟镇上闹有什么用？这是谁给你们出的主意？我给老少爷们儿保证，你们的地谁都占不了。你们先跟我回大队，这事儿好好商量商量再说！”

说着，长明竟不再理会大家，一瘸一拐地回村而去。王多余跟在他身后，挤眉弄眼地冲众人做着奇怪的表情。

听长巨说长明拦住了闹事的众人，保平也已经从支部赶到了村口。他迎头撞见了刚刚发过火儿的长明。保平狠狠瞪了王多余一眼，却上前扶住长明的胳膊，嘴上埋怨道：“四叔四叔你看看，一开始我就说他们，他们就是不听，拦都拦不下！”

说着他又冲着人群扯着嗓子高喊道：“非得让四叔发火儿！就知道闹闹闹，靠闹能闹出名堂？”

02

长明冷冷看了保平一眼，没有说话。

众人自发地跟在长明后面，保平呆呆地看着一行人返回村里。转眼间，长明又成了清风驿的精神领袖，他突然发现事情超出了自己的可控范围，这一发现让他瞬间感觉自己就像被一股扑面而来的威胁包围。

回到支部会议室，见长明跟人商量着要去县里上访，保平不敢怠慢，悄悄从会议室退出来，打电话把这一消息告诉了李锋。

其实在保平打电话之前，李锋就已经知道了清风驿村民要来镇上闹事儿的消息。

身为大运河开发区常务副指挥长，李锋比谁都清楚，只要征地工作一开始，一定会在清风驿遇上麻烦。如果遇不上什么麻烦，不管村支部还是镇政府，在整个事件中都显得无足轻重了。为此他还暗中点拨过张保平，一定要让杨青云和县里知道镇村两级支部的重要性。但是，具体该怎么做他还没来得及给保平交代。

尽管提前已经有所准备，李锋却没有想到，征地的事情县里刚刚放出个风头，甚至连具体的章程还没拿出来，保平竟不打招呼就自作主张安排人在村里圈地，这不明摆着是在捅马蜂窝吗？

李锋暗骂保平做事心急鲁莽，还要小聪明。所以，当听说清风驿一伙人吵着要来镇政府讨说法的时候，李锋也慌了。如今开发区指挥部只是一个临时机构，镇上所有事情还是刘长顺说了算。李锋一直与刘长顺面和心不和，他不想在这个时候让刘长顺抓住自己的把柄。后来，当他又听说长明已经在村口拦住了众人，李锋才安下心来。当他又听说长明拦下众人是酝酿去县里上访时，李锋又冒出了一头冷汗。他敏感地意识到，此事一旦失控，下一步的工作会立即陷入被动，到时就不是他这个镇长兼副指挥长能左右的了。

想到这里，李锋在电话里大骂保平胡闹，知道这件事情非同小可，他不敢隐瞒，忙又向刘长顺和罗建华分别做了汇报。

信访无小事，罗建华在电话里一再叮嘱李锋，要把群众工作做好，最先需要做的是先把人们的情绪稳定下来。李锋经刘长顺同意，火速打电话将保平和长明都请到了镇上。

镇政府会议室里，刘长顺一口一口地喝茶，李锋铁青着脸不说话，保平只是尴尬地赔着笑看着众人。沉默了半天，李锋才咳嗽一声拍桌子骂起了保平："你是给镇上立下马威是不是？保平，你今天把话说清楚，这个支书你还能不能当？能当说句话，不能当也给我放个屁！"

"领导你先别发火儿嘛，发火儿也解决不了问题不是？"保平站起来，一脸冤枉地说，"现在事情已经这样了，对镇上的决定，从一开始我就举双手支持。我不也是想快点儿把工作干好吗？现在闹成这样，你可别冤枉我！"

保平明摆着这是不说正事儿，李锋当然知道他为什么这么说。见刘长顺不说话，李锋改口问长明说："长明，你是老支书了，你说这事儿接下来到底该怎么办？"

长明一开始也沉着脸不说话，后来只是说地不能征，也不说什么理由。见是这样，刘长顺才开口问道："事儿先这样吧，心急吃不了热豆腐，欲速则不达。你们两个先回去，地缓一缓再征，千万别形成信访事件。你们回去后，先给大家把政策解释清楚，为什么不提前把政策给群众解释清楚呢？"

一听这话，保平紧张得抬不起头来，刘长顺又说："不管什么事情一定要提前考虑仔细，先把群众工作做好再说。征地这种事儿，大家有情绪是正常的。如何将大事化小，小事化了，这才是解决问题的策略。上边说办的事儿，我们不但要办，而且一定要办好。上访的事绝不能出现，长明你是老党员了，在这个时候不能不讲政治。好了，今天就这样吧。”说着，刘长顺起身走了。

保平和长明站起来也要走，李锋忙跟上，单独将保平留下说有事要谈。保平说我先把四叔送回去呀，李锋说那好，我等你回来。

过了半天，保平回到李锋办公室。李锋关上房门冷冷看着保平，指着鼻子骂道:“你别以为我什么事儿都不知道，到底是怎么回事儿？长明怎么又跳出来了？”

保平摊摊手，一脸冤枉地说这真不是我安排的，我也不知道他怎么跳出来了。李锋又冷笑两声:“这件事你要压事儿，别给我挑事儿。先开了头以后才好说，你别心急。事儿办成了对谁都没有坏处，办不成谁也没好果子吃！”

听到这话张保平吓出了一身冷汗，忙说:“领导你说的这是哪里话？这事儿办好还来不及呢？我保平是那样的人？你这不是冤枉我吗？这话谁说的你告诉我！”

李锋不说话，却问保平长明到底是什么想法。保平说他真不知道，看样子好像是不同意征地。

“谁让你去撒的灰线？”李锋严肃地敲着桌子问。

保平紧张得出了一头汗，小声说:“我不是想着快点儿吗？”

“你这是故意的！别人不清楚怎么回事儿，我还看不出来？现在罗县长着急了，刘书记在等着看咱们的热闹。”李锋说着，从口袋里摸出一包烟扔给保平，“行了行了，当着真人不说假话。县里已经下了死命令。我再问你一句，这事儿能不能办成？”

保平想了想:“要是支部能通过，就能成。”

李锋板起脸怪腔怪调地说:“我还真是不敢小看了你啊！保平啊保平，到现在你还给我唱这一出。什么话我也不说了，不管想什么办法，先把人心稳住，把地的事情先解决了，想法把地征下来，先开工再说，以后的事儿再慢慢来！”

“这话可是你说的，领导，你怎么说的我就怎么做。”保平说。

说着，他想了想又说：“有人闹事儿是有人闹事儿，支部想解决也不是没办法。可我总得给下面办事儿的人一个说法儿吧，你得体谅我们下边儿的难处。社员们并不反对征地，反对征地都是为了补偿。”

“按你的意思，这么一闹倒成好事儿了？”李锋问。

保平摆摆手说：“不不不领导，我可真不是这意思。但这么一闹，人们确实都知道政府重要了。”

“以后少要这种小心思，一旦失控，吃不了你得给我兜着走。”李锋想了想说，“办法已经定了，你要耐心跟群众们宣讲。先说第一步，再说第二步。地都征不成，啥事儿都没法儿搞。”

“我回去马上开个会，问题一个一个地解决。我有一个想法，征地的事儿得分头击破。老张家我包了，支部这几个人也可以各家管各家的事儿，长巨管杨家，金田管李家，相信工作做下来不难。不过……”

保平说着，一脸担心地迟疑了一下：“领导，长明得麻烦你再琢磨琢磨，我们几个可真管不了。还有，青云真想建厂地得出钱。不先拿到钱，谁的地也不会白白让征。”

“先处理好你老张家的事儿吧！”说着，李锋不耐烦地摆摆手将保平赶了出去。

03

回到村里，保平也开始后悔自己安排人画线圈地的做法有欠考虑。本来，他只是想通过这件事树立一下支部和他这个支书的威信，结果事情却搞砸了。尽管不知道长明把大家拦下的真正用意，但他心里很清楚，长明和杨青云之间毕竟还是有仇的。

镇上交代的事不能不办，保平打电话叫来长巨和金田，三个人又一起进行了一番布置。以往有类似的事情，他都会叫上王多余。因上次修路举报，再加上王多余最近总跟在长明背后跑，保平便没通知王多余。他们一致商定，为防止村民们上访，当务之急是先把长明稳住，然后三人分头去找各家人一起开会。与此同时，保平心里也打起了小算盘。长明已经十多年不当支书了，他绝不允许在这个时候让长明把清风驿的话语权夺走。

村支部里，烟雾缭绕，保平脸色极其难看地望着众人。

他面前坐着的全是清风驿老张家的男人们。从老年间起，清风驿就有三家大姓，张家、杨家和李家。张家人最多，杨家人少却最团结，李家在旧社会是地主，经济条件虽好但事事不肯出头。这些年，清风驿的女孩儿一般都不外嫁，因此村里的三姓人错综复杂，恩恩怨怨一直纠缠不清。虽近年来彼此间没有什么大的争执，但骨子里依旧难以融洽。如今各家早已没有了真正意义上的族长，但村里不管什么大事小情，只要涉及两族之间的事情，每个家族都会团结起来一致对外。

几年前长明把位置让给了保平，杨家人对此一直不服气。村里凡有大事，一直都是他和长巨、金田一起商量才能定夺。保平虽然不满，但这样的格局他无法改变。望着族里的众人，保平说："县里要建开发区的事儿你们都知道了，事儿是老杨家的青云干的。马上要征地了，你们都说说自己的看法儿吧。"

保平此话一出，很长时间都没人说话。保平问离自己最近的保良说："保良你说说。"

保良胡子拉碴，张嘴露出一口黄牙："征就征吧，天塌砸众人，人家怎么着我怎么着。"

保平没好气地白了他一眼："把烟给我掐了。"

肉铺杀猪的老三也坐在人群里，脖子上还系着沾满血污的围裙。见众人都不说话，老三问保平说："二叔，这事儿你得好好给我们说说。地怎么占，钱怎么赔，我们以后到底怎么着。农民没地了还叫农民吗？"

"去去去，你一个杀猪的凑什么热闹？"保平道，"你爹呢，你爹怎么没来？"

见保平这么问，老三脸色一变，不敢再说话了。

自离婚再娶以后，老三一直和父亲闹着别扭。这些年保荣杀猪说媒有不少积蓄，本来说好的都归老三，由他负责给保荣养老。哪知二婚媳妇春玲过门以后，总瞄着保荣的口袋，一次次逼着老三去管保荣要钱。实在闹不过了，保荣就三百五百地打发。这事儿保荣已经找过保平多次，说春玲是后娘，自己攒钱要留给孙子。越是这样父子闹得越厉害，二人大街上见了谁也不跟谁说话。

按族里的规矩，每家都有一个主事人，商量事情由主事人出面，只有保荣一家是父子齐上阵，因此在清风驿成了笑话。

保平知道，保荣没来开会是有原因的。见回清风驿投资的是杨青云，保荣这是躲了。见众人都不再说话，保平先摆事实讲道理，说靠种地一年收不了几个钱，倒不如坐等着收个租金，趁机还能做点儿别的事情。一番话下来，人们基本都不再有什么意见。保平还告诉大家说，我虽当着支书，但亏不了咱们自家人。你们放心，村里还有两千亩公地。谁要是愿意种地，秋后在公地补，青苗费该怎么出怎么出，到时候比你种一季庄稼都强。地先让出来，这个事儿你们听我的就行了。

人们将信将疑，却也不怎么再吵着反对。清风驿有两千亩公地，生产队的时候是村里打麦的场院。自从用上联合收割机以后，这些地就恢复成了耕地，见保平承诺秋后会从公地中补地，这一季的损失还能补偿青苗费，事情就算解决得差不多了。

这时，有人问他征地补偿什么时候能拿到，保平说："很多事儿还没定下来，地总是要征的。不管涉及谁家的地，肯定得有个说法。如果没说法，不但你们不答应，我第一个就不答应。我给大伙争取最好的条件，等条件争取下来，谁不满意再告诉我，我给咱自己家里做主。地里的青苗都要铲掉，你们也想想赔多少钱合适。下一步镇上就要圈地，你们别怕，听我的，先让他们地先圈起来再说。圈地只是个形式，如果条件不满意，不会动你们的庄稼，你们放心。我不敢保证咱老张家的赔偿是最好的，但我能保证咱们的条件不会比他们差，你们等我的消息吧。"

说着，保平起身散会。又有人问道："如果不让征地，会怎么样？"

保平笑了："这个支书是你们让我当的，征地是县里派下来的任务。如果你们带头反对我，我怎么干？我这个支书要是干不成，对咱张家有什么好处？"

保平这么一说，大家都不再说话了。散会以后，保平对族人们的表现多少有些失望。多少年了，张家人在清风驿就是这个样子，不出头、不抱团，不管遇到什么事情都没人关心也没人说话，怪不得自己腰杆不硬气呢。他无奈地摇摇头从支部出来，披上汗衫直接去了村东头的保荣家。

保荣在他们保字辈里年龄最大，水大不淹船，保荣今天开会没来，保平找他是要把征地的事情当面说清。

04

保平处理工作有章有法，轮到长巨去做本家的工作，不想却不似保平处理起来一切顺利。

杨家虽比张家人少，长巨遇到的困难却比保平大得多。之所以如此被动，并不仅仅因为长巨的身份不是支书，还因为在杨家真正说了算的人还是长明。

在清风驿，长巨做事爱动脑子。去做群众工作之前，他躺在自家炕上琢磨了半天。都知道长明反对征地，还和杨青云有着旧仇，因此他没敢先去找长明，而是挨家挨户先去做了其他人的工作。一开始，长巨的工作很顺利，面对新区征地，杨家大部分人都不反对。长巨知道，这是因为青云是自家人。大家都不傻，如果青云厂子干好了，第一个得到实惠的就是整个家族。但他们无一例外都向长巨传递了一条重要信息：大家都听长明的，只要长明同意征地，大家就都跟着同意。

转来转去，长巨转到了长明家门口。远远地，他看到两条狗正在大街上吐着舌头交配。长巨认得，那条身材高大的黄色牙狗是金田家的。他压着嗓子低吼了一声，牙狗拖着母狗嗷嗷叫着落荒而逃。刚跑了没几步，两条狗又停下来远远看着他。长巨紧撵两步，对着它们重重地踢了一脚：“狗东西！”

硬着头皮刚走进长明家小院，喊了一声“四哥”却不见有人应声。长明来到里屋，见长明正吃力地伺候瘫在炕上的青江娘翻身解手。长巨赶紧上前搭手帮忙。等青江娘翻过身子，长巨才放下手来叫了声四嫂，她居然还能木然地点头感谢。

长明还在里屋忙着，长巨来到外屋，见煤球炉子上还熬着药，长巨揭去蒙在药锅子上的黄表纸。热气扑上来，看水已经下去了大半，他忙找了一块破布将药锅子端下，然后用炉渣把火炉封上。

又过了半天，长明拖着病腿从里屋出来，他一边在脸盆里洗手一边问长巨："有事儿？"

长巨说明了来意，长明一边拿过筷子滤药汤，一边听着。一开始他沉着脸不说话，听着听着明显就有些不耐烦了。长巨忙说："四哥，别犟了。青云是咱杨家的人，听说老张家的工作保平已经做通了，别让他老张家看咱老杨家的笑话。"

长明还不说话，长巨又说："四哥啊，我知道你想的是村里的老少爷们儿。不管这个事儿是好是坏，你想青云能坑到咱头上？"

说话间长明已经将药锅滤好，将瓷碗凉到桌子上，长明扶着腿坐下来。他面无表情地说："想不想是一回事儿，坑不坑又是一回事儿，做生意的能有一个好人？一回来就征地，你知道他到底是干什么来的？"

长巨讪笑了一下："四哥啊，别总想着那些过去的事儿。现在是新时代了，咱们都得发展。听说河滩上那些工程也都是青云投的资，人家为什么花那么多钱给咱搞旅发大会？你不能总揪着那些过去的事儿不放。青云肯回来做事，不容易。"

"你看的是表现，我看的是根本！"长明鼻子里重重地哼了一声，"当着这么大的老板，能看上咱们这破地儿？你说他是图啥？"

"青云是咱清风驿人，所以才回来嘛。人家在哪里投资不都一样，四哥？他这么多年都不回来了，这次能回来，代表他不在乎过去的事了，你说是不是？"长巨劝道。

"他说不计较就不计较了？"长明反问道，"就是他不计较，那些事儿都在清风驿的老少爷们儿心里装着呢！这个仇解不开！"

长明越说越激动，竟又放出了狠话。

"四哥，时代不同了，你别六亲不认，那时候他不是年轻吗？"长巨说，"你就是为咱杨家考虑考虑，也得支持他一下，征地的事儿咱挡不住。你总咳嗽，别自己卷烟抽了。"

说着，他从口袋里掏出那盒李锋给他的烟递给长明。长明冷冷地推开，自己拉过那只不知用了多少年的烟管箩卷了一袋。劣质的烟草点上一吸，屋里立即弥漫了呛人的味道。

“说是杨家的人，他不认我们，我们也不认他。他爹活着的时候，早就跟他断绝关系了，杨家人不会认他。听说他早就在河上折腾，河上是县里的事儿，咱管不着。在清风驿，他一件事儿都干不成！”

长明重重地拍着桌子。桌上的瓷碗跳了两下，洒了一桌子药汤。

长巨没想到长明会突然翻脸，他一脸为难地看着长明，既想说什么又不知道怎么说。长明又说：“清风驿的地是祖宗留下的，是村里老少爷们儿的，不是哪个人的，谁也拿不走！”

见长明这么说，长巨只能苦笑。

“张家、李家都比咱杨家人多，从老辈儿起，他们哪个敢欺负咱？解放前李家当了那么大的地主，也没敢拿走咱杨家的一分地！在过去，夺地是要出人命的！”

见长明越说越激动，长巨垂头丧气地走了。从长明家里出来，却发现金田家的大黄狗还在交配，气得他捡起一块砖头重重地抛了过去。

天黑下来以后，长巨简单吃了口饭，准备去找保平诉诉苦。刚拐上大街，就听金田娘在街上骂谁打瘸了她家的狗腿。清风驿已经多少年没人骂街了，金田娘的骂声让长巨脸红到了脖子根儿。好在四下无人，他缩了缩身子，躲在房角的阴影里快步穿过了大街。

长巨在长明这里碰了钉子，没想到李家的工作却顺得出奇。第二天上午，金田一脸春风地来支部找保平汇报工作。

“你们李家怎么样？有问题没有？”保平见金田进门，不慌不忙地问。

金田说：“关键还是补偿的事儿。社员们明明都不愿意种地，大部分人都是见别人反对就跟着反对，无非是想多要个钱。他们都答应了不去上访，同意等支部给他们说法。”

保平笑了：“那问题都不大，走，你去叫上长巨，咱们再去长明那儿看看。”

“他杨家的事儿长明不同意？”金田问。

“根儿没在这儿。”保平说。

保平手提着两箱牛奶，带着金田和长巨来到长明家里。一进门，保平就开门见山地说："四叔，事儿已经这样了，地不让征恐怕是不行了。占了谁的地，秋后在那两千亩公地里补，你看怎么样？青苗补偿和占地费镇上正在商量，我和金田长巨来给你汇报一下。"

见三名村委都来了，长明知道保平的来意，他仍生着气，便怪腔怪调地说："你怎么不把春玉也叫来？他过来就算开支委会了！"

"四叔看你这话说的，这不是来跟你商量商量吗？这事儿得先征求你的意见，要不一步也走不下去。老张家老李家都没什么事儿了，你也代表老杨家表个态！"保平坐下客气地说。

"我谁也代表不了！"杨长明说，"如果你们非要我说，那我就说两句，就两句。一是我不同意，二我还是不同意。"

保平耐心劝道："四叔啊，这地又不是都征走。青云也不是不给钱，这不还没商量好吗？再说镇上也不会不给人留活路。四叔你要认清形势，县里要建开发区，现在招商引资是首要的工作，是重心。"

"清风驿祖宗给留下的这点儿地都让你们败光了！咱是农民，是农民就不能没地！"长明仍不肯让步。

长巨插话说："人家本户要是没什么意见，你就别挡着了。多少地补多少钱，补偿方案拿出来，肯定比自己种地合适。"

见长巨这么说，长明腾地火儿了："你还姓不姓杨？老杨家谁要是敢卖一分地，他就不是老杨家的祖宗八辈养的！"

说着，长明抡起手中的枣木棍子，挥舞着将他们三个人赶了出来。连保平拿来的两箱牛奶也被扔到了门外。

回支部的路上，保平自言自语道："杨家人杨家人，人家青云不也姓杨吗？"

05

三十年前，长明就是大运河两岸有名的硬人，而且威望很高。要想在清风驿征地建开发区，如果他不答应这件事还真是不太好办。

不知长明在村口将大家拦住到底是什么用意，又见他态度鲜明地反对征地，保平决定去镇上走一趟。见到李锋，保平摊摊手说：“领导，这事儿可真没法儿办了。本来工作都已经做通了，李家、张家这边基本没什么问题了，只是长明死活不同意，都骂了老祖宗。老杨家的人都听他的，听他的意思还真是要去上访。”

“不像话！”李锋说，“长明也是老党员了，怎么这么不讲政治？到底还有没有党性？”

见李锋要着急，保平忙又说：“领导你可能不知道，他们有个人恩怨，长明跟青云有仇。”

“有仇？再有仇青云不还是他杨家的人？对上面的政策，理解的要执行，不理解的也要执行，个人恩怨必须放到一边！”李锋态度明确地说。

保平小声说：“您可能不知道，他们的仇可是大仇，是解不开的。我看这意思开发区谁建都行，就是青云不行，长明是故意的。”

李锋并不清楚杨青云和长明之间的恩怨，简单问清原因以后，李锋想了想说：“难怪会是这样。长明的事你先不用管了，我商量商量看怎么办再说，具体补偿方案你们拿出来没有？”

保平笑嘻嘻地反问道：“方案倒是好出，地钱怎么办？苗钱什么时候给？不是我催，村民们也都等着我回信儿呢。只要这个事儿定了，其他什么都好说。”

“征你的地还怕给不了钱？这事儿我请示请示县里再说！”李镇长不容置疑地说。说着他又小声道：“正好趁着刚过麦的节口，你去先把地征下来。青苗刚长出来，毁苗也是为公家的事儿。考虑下面的工作不好做，我会给你先争取一部分补偿。先说青苗费吧。一亩地一千块。这个数儿我只跟你一个人说。回去你商量商量，两委一起讨论讨论，看看给下边补多少。没什么事就先定下来。地县里马上就要用，出让金的事儿我去给罗县长汇报。半个月以后正式动工，书记和县长都要来。村西头那个小超市也在征地范围，你好好看看是不是属于非法占地。如果是非法占地马上拆掉，如果不是非法占地，该赔偿的马上赔偿。在这半个月里，这些事儿都得给我办好！”

“你放心领导，只要钱落实了，什么事儿都好办。”听说一亩地能给一千块钱青苗补偿，保平心中一喜，他当然明白李锋给他说这些话的意思。

“你还怕县里黄了你的钱？保平我对你真是太失望了！”见保平还在提钱，李锋拍了一下桌子，佯怒望着他。随即李锋又换了一副语气：“保平啊，你是个聪明人，多余的话我不再说，你有什么难处什么想法儿别不跟我说。我也不管这么多那么多，到时候这个事儿要是砸了锅，大家可都不好看。别再出幺蛾子了，算你帮哥一个忙，成不成？”

“哪里哪里，领导，我就是您的一杆枪，你指到哪儿我打到哪儿。你得知道，现在关键是长明，不是我！”保平推辞说。

“行了行了，你也别在我这儿倒苦水了，该办的事儿赶紧去办，我等你的好信儿！”说着，不等保平再说什么，李锋就将他从屋里推了出来。

离县里定的奠基仪式还有短短的半个月时间，张家和李家总算已经平息，人们不再吵着去县里上访，可杨家因为有长明作梗，征地的事情一直同意不下来。这个又老又硬的长明好像还真不好对付，送走保平，李锋陷入了沉思。

正当李锋一筹莫展的时候，长明却主动找到镇上来了。

手里拄着那根油亮亮的枣木棍子，长明一瘸一拐地走着进了镇政府大院。抬手推开镇长办公室的门，他耿直而沧桑的脸上带着一副兴师问罪的架势。李锋见推门进来的是长明，颇感意外地愣了一下，忙起身扶他坐下，并主动倒上一杯茶，口中却说：“我正要去找你呢，不想你却来了。”

杨长明一脸怒容：“李镇长，我今天是为了地的事儿来的。地的事儿不是小事儿，我希望能引起你们的重视。前几天你也知道，他们要上访，是我给拦住了。你们得为清风驿的老少爷们儿好好想想啊……”

“拦下了？我听他们可不是这么说的。”李锋见长明的说法跟保平的话不一致，忙问道。

“我不那么做，这帮人能拦下？”长明说。

“哦？”李锋一开始不知长明葫芦里卖的什么药，他愣愣地看着长明，突然间明白了他的意思。他激动地走上来拍拍长明肩头：“老同志还是讲原则的，关键时候保平他们真不行。他威望不够，镇不住事儿！不过，老大叔我劝你要冷静。招商引资这是个好事儿，村里得支持啊。可我怎么听说你还是不同意征地？”

见事有蹊跷，李锋对长明的称呼立马改成了“大叔”。

“李镇长，我今天过来是想跟你说几句知心话。我不是不同意建开发区，也不是不同意办厂子，但事儿不能这么办。即使征地，也征不了这么多吧？村里的老少爷们儿得吃饭。还有，哪有征地不出钱的事儿？他们这是犯罪！”

李锋一脸疑惑：“咱可不敢这么说呀老大叔。现在是新时代，党的政策是共同富裕，咱们不能把眼睛只盯在土地上，死守着那一亩三分地不放，咱得想办法让老百姓都富起来。这怎么是犯罪呢？人家杨老板来投资建厂，这只是一件小事，是开发区的一部分。咱们划成了开发区，以后所有的地都是开发区的，村民们都会成为工人。我知道你跟杨老板有隔阂，人家可是冲着咱清风驿来的，而且早就把当年的事儿忘了。”

一提杨青云，长明不说话了。他想了老半天告诉李锋说：“别的我不知道，我就是知道当农民不能没地。占地给村里多少钱你能说清楚吗？最后家家户户能拿到多少钱你知道吗？村民能不能拿到钱你知道吗？是，花点儿钱可以让他们不闹事儿，可你不能只看一时啊，李镇长。”

一席话说得李锋心里也感觉有点不是滋味儿。长明不愧是当了三十多年的老支书，他有原则，有观点，一眼就能看穿问题的根本，而且他的话也不是没有道理。但是李锋又想，他的想法跟县里要做的事情是背道而驰的。想到这里他心头一横，不露声色地问：“那征地的事儿你到底是同意，还是不同意呢？”

长明说：“镇长你这么问本身就不对。我倒没什么，我一切听镇上的安排。如果按他们这么做，即使我的地我同意社员们也不会同意。对你这个镇长的工作，我是百分之一百二支持，社员们支持不支持，我就说不清了。”

盐咸醋酸，李锋知道长明仍心里有梗。早在长明来找他之前，这件事怎么解决李锋已经有了主意。于是他没跟长明商量，当面打开免提给杨青云打起了电话。

“杨总，给您汇报一下，保平他们那边的事儿已经基本解决了，老张家老李家都已经同意征地，现在是你们老杨家的人不同意，这恐怕还得由你亲自出面。该做的工作镇上都已经做了，看看你能不能回来一趟？”

说着，不等杨青云回话，李锋又提高嗓门说：“您跟村里老少爷们儿到底有什么仇啊，他们怎么这么记恨你？”

当然，他这句话更多是为了说给长明听的。

只听杨青云在电话那头笑道："仇？什么仇？没仇啊？谁说的有仇？"

"好了好了，杨总你抓紧回来一下吧，我看这事儿得你出面解决，你来一趟什么都解决了。"

说着李锋就把电话挂掉了。

话已至此，长明什么都没再说，他黑着脸看了李锋一眼，拄起棍子深一脚浅一脚地走了。

06

接到罗建华电话的时候，人在省城的杨青云被搞得一头雾水。

长明走后，李锋第一时间将征地的进展向罗建华作了汇报。问清来龙去脉以后，罗建华只好又打电话向杨青云解释，说这件事你只要给长明低个头，什么问题都解决了。罗建华劝杨青云说："不管别人怎么说，征地的事情的关键还在长明身上，只要长明同意，清风驿的地随时可以征用。解铃还须系铃人，你们家族的矛盾外人解决不了。长明似乎就是为了赌一口气，这事儿恐怕真得辛苦你出面解决。"

"不是他们记恨我，是我记恨他们。"杨青云苦笑着说。

罗建华劝道："算了算了，就那点儿仇还解不开呀？别让我笑话你。还有，村里出地入股的事儿，你跟保平他们好好商量商量，一定要处理稳妥，愿意要地的村里给他们在公地补，不愿意要地的你就先出点儿钱吧，早早晚晚都是你的钱。赶紧先把厂子建起来，一挣到钱什么问题都不是问题了。"

"那我就回去见见他吧。"见事已至此，杨青云考虑了半天方才说道。

当天下午，杨青云就从省城匆匆赶到了清风驿。天刚擦黑，杨青云没让人带路，自己提了两大袋礼品一个人来到长明家的小院。

这座小院太熟悉了，小时候他经常来这里玩儿，如今三十年过去了，它还是原来的样子。杨青云进门的时候，长明正蹲在椅子上抽烟，见进来的是杨青云，他呆住了。这位在清风驿挺一了辈子腰杆的硬汉，竟紧张得有些手足无措。他站起来，用袖子抹抹桌子，局促地请杨青云坐下说话。

看看屋里，竟连个下脚的地方都没有，杨青云心里堵得难受。

长明拽过一条看不出颜色的毛巾，将一只粗瓷大碗擦了又擦，才倒上一碗白开水，用他粗糙的大手捧到杨青云面前。杨青云喉头一紧，小时候眼里那个顶天立地说一不二的汉子，那个张口骂娘抬手打人让人又敬又怕的大队长，如今的生活竟如此艰难。

杨青云尴尬地笑了一下："四婶儿还好吧？"

"睡了。"杨长明指了指里屋。

"这是给四婶子的，早知道她有病，一直没能来看看……"说到这里，杨青云脸上一阵阵发烧，这类逢场作戏的客套话自己说出来都感觉虚伪。

杨青云正内疚着，就听长明说："青云啊，我知道你今天干什么来的。咱是五服头儿上的爷们儿，在根儿上是一个老爷爷。当初那桩事儿怨四叔，按说今天我不该给你下绊子。可你知道，我这不是专门要跟你对着干。我穷了一辈子，清风驿也穷了一辈子，现在穷得只剩下地了，老少爷们儿不能再把地也搞没了，换成是谁来征地，四叔都会反对。"

"穷则思变嘛，四叔，我是干正经事儿来的。"杨青云解释道。

"做正经事儿就得用点儿正经心思，你有钱了，还有上面撑腰，我知道我挡也挡不住你们，但我还得挡挡你。在村里干了三十多年，大伙儿都知道，我这人就是骨头硬。这事儿随你怎么想，四叔我劝你一句，在省城混得好好的，你不该回来，在这儿你什么都干不成！"

"四叔，事已经定了，开弓没有回头箭，地不管怎么说都得征，事不管怎么说都得干。我得指着你能帮帮我出出主意呢。"杨青云笑着说。

长明很长时间没说话，他蹲在椅子上一明一灭地只顾埋头吸烟。

过了半天，长明说："你知道村里都怎么说你？说你是个骗子，做的是无本生意，说是投资，根本就不出一分钱。人家都说这话，肯定有原因。"

"这话谁说的？"杨青云感觉自己的血突然全涌到了脸上。

"谁说的重要吗？青云，今天你能登门叫一声四叔，咱二十多年的仇就算解了。过去四叔也有许多不对的地方，你从小就有个犟脾气，四叔我知道。听我一句话，你还是走吧，别在这里瞎搅和，你得不了好。"

“四叔，钱已经投了，协议已经签了，我已经没有回头路了。”杨青云说。

“那好吧，话说到这儿，四叔就违心帮你一次，这也算是还欠你的情。你要的地咱老杨家给你，但我再提醒你一句，我知道县里是要办开发区。一直以来，所有的好事儿都是那些当官儿人的，轮不到咱头上。你别看他们跟着你跑前跑后，他们跟你不一心。他们看的都是钱，关键时候谁都指望不上。你家大业大，不会长期待在咱这儿，你玩不过那些人。你虽然不说，咱清风驿的老少爷们儿都知道，东边河里搞那个旅发大会，也是你干的吧？”

见长明对自己的事了解得一清二楚，杨青云只好点点头：“四叔，咱家门口的事儿，我一定得干，而且得干好，征地的事儿我已经没有退路了。”

长明说：“你要是真想在这儿好好干，什么事儿都瞒不住人，也得有自己的人保底。你有三十年没来村里了，谁家跟谁家什么关系你不知道，村里人你也认不清，不管用谁，你最好先把这些事情摸清了。”

长明慢慢地说着，说罢看着眼前的杨青云。杨青云感觉两眼一阵模糊，他没想到长明为自己的事竟考虑了这么多。

杨青云心里一阵激动：“四叔，我没想你能给我讲这么多话，以前我错怪你了，我给你认个错。”

“你回去吧，你要是执意不听我的，明天就让镇上的人来量地。我还是劝你一句，事情到底该怎么办，你一定要想好。别钱没挣到，给自己惹一身麻烦。”说着说着，长明眼泪流了下来。

杨青云起身告辞，长明一直将他送到大门外面。从长明家里出来，杨青云感觉自己败了，败得不但那么彻底，而且败得是那么心服口服。此前，他一直对长明有着深深的成见，他一直以为自己恨着他的时候，他也一定在恨着自己。直到今天，他才发现自己错了。本来，他感觉总有一天自己会跟这些人正面遭遇，但是直到现在他才发现，还没有交手自己就已经溃不成军。

刚出门走了没几步，杨青云听见身后有人紧追几步低声叫了句：“哥……”

杨青云回身站住，来人自报身份说他叫青江。

“哥，你别怪俺爹，他就是这个犟脾气，认死理儿。他想通了就好了。”说着又不好意思地问，“你那儿缺人不？”

夜色下，看不太清对方的眉眼，但对面的轮廓看上去明显带着长明年轻时倔强的影子。杨青云拍拍他肩头笑道:“你这话说的！行啊！不管缺不缺人，明天你就去公司里上班。”

07

见过长明以后，杨青云终于打开了一扇门。不是清风驿排斥开发区，也不是父老乡亲们不肯接受，而是自己没有放下身段不肯跟大家打成一片。自己先把自己当成了外人，即便是在老家，这些人可不看你有多高的身份、是多大的老板或者拥有多少财富，拍拍肩膀，他们全是你的兄弟。

找到症结以后，杨青云又有了一个新想法。想到下一步村口的小超市也要拆掉，再加上超市老板王多余跟自己是小学同学，他便主动上门去见了王多余一趟。

见杨青云登门造访，小惠热情地倒茶倒水，埋怨杨青云第一次到村里来时不说明自己的身份。杨青云笑而不语，只是问王多余在不在家。

“正好他今天歇班，在后面屋里呢，我把他叫过来。”小惠快人快语地说道。

杨青云摆摆手:“不用，我自己去找他。是在这儿过吗？”

说着杨青云指指铁皮屋后门，小惠忙给杨青云带路，并冲着院子里大喊道:“王多余，王多余，你看谁来了？”

杨青云低头跟着小惠穿过小超市的收银台，后院里长满了杂草，一条狗见有生人进来汪汪叫个不停。小惠捡起一块砖头扔过去:“叫叫叫，你也不看看是谁来了！”

狭长的院子北头同样也是一间简易房子，屋门一开，一个穿花衬衫的人一边走出来一边高喊:“谁？你说谁来了？”

“快睁开你那狗眼看看！”小惠骂道。

说话间二人已经来到王多余面前。杨青云认真打量着眼前这个人，不想当年那个一身邋遢，连话都说不完整，而且总是被同学们取笑，甚至被女生们欺负的王多余竟成了现在的样子。天气虽热，他上身一件劣质的小碎花衬衫，整齐地系严了扣子，整齐中透着一股滑稽。杨青云心中纳闷，他一脸诧异回头看了看小惠。记得王多余比自己大一岁，眼前的小惠看上去要年轻很多。

见小惠领一着个陌生男人进来，王多余认真看了两眼，才大叫一声："小舅，你是小舅！"

说着冲上来，夸张地给杨青云敬了个礼。

杨青云笑了，不说话时王多余看起来是个正常人，一开口说话依稀可见当年的样子。王多余小时候跟着村里的戏班子学过梆子戏，爱跷兰花指，举手投足间带着一股女气。杨青云笑呵呵地坐下，小惠坐在他对面，王多余则自动坐到了下首。问起这些年的情况，王多余嘿嘿直笑，小惠快人快语，指着墙给杨青云看。杨青云发现衣架上挂着一套保安制服，旁边还挂着锦旗和奖状，心里纳闷，杨青云便问："这是什么情况？"

王多余不好意思地挠挠头，小惠说："自从开了这个小超市，他不在村里当电工了。现在去人家厂子里当保安，又喜欢见义勇为，奖状和锦旗都是县里奖给他的。"

杨青云走过去看，回身冲王多余伸了伸大拇指。见小惠和王多余年龄相差太多，正要问时，小惠主动说："他前妻跟网友跑了，我男人死了，带着孩子跟他一起过日子。"

王多余脸红了。小惠倒是一点儿都不避讳，她告诉杨青云说："小舅是你老同学，有啥不能讲的？小舅，我们家老王还是原来的脾气，人人都管他叫傻子，一根筋，做事认死理儿。这不我开着个小超市，他当保安，三天回来一趟。"

杨青云笑着点点头，小惠又说："我们俩也是在网上搞的，老王虽然傻，心眼儿不坏。他有个儿子，去南方打工了。"

"就这一个孩子？"杨青云问。

"我也有一个，上大学呢。"小惠说。

杨青云直夸小惠能干，说着说着，就说起了小超市要拆迁的事。

在说正事之前，杨青云提出邀请，想让王多余到自己公司上班。结果王多余还没说话，小惠立即答应下来。杨青云笑了，看来这个家里还是女人做主。当谈起要拆小超市的时候，小惠的脸色突然变了。她起身要赶走王多余，王多余不肯走，她硬拽着衣服将他撵了出去。杨青云暗笑小惠不是个善茬，想看看接下来她到底要跟自己说什么。

小惠一脸愁苦地说："我求求你了小舅，我和傻子是这么个情况，一家人全靠这个超市养着，你可别把它拆了。"

"这是规划，"杨青云说，"早晚都要拆。"

"你让我们一家人怎么活？傻子什么都干不了，一个月就那三千块钱工资，你也知道咱当农民的，一年收不了几个钱。他儿子大了，这两年就得买楼结婚，我还有一个大学生要供。小舅你就当可怜可怜我们，没这个超市，我们一家日子就没法过了，真是家破人亡了。"

小惠说话干脆利索，同时也说出了小超市不能拆掉的理由。见小惠这么说，杨青云本来想说小超市没有手续，属于违建，想想还是算了。

杨青云不知该说什么好，见他不说话小惠开始大倒苦水，说她这几年跟王多余过日子多不容易，自己没名没分不说，还得管王多余和前妻生的儿子。说着说着，她抹起泪来，然后哭声越来越大。

杨青云心软，小惠一哭更不知说什么好了。听到小惠在哭，王多余推门进屋。小惠大声吼叫着让王多余出去，王多余一脸难色地看看杨青云，又看看小惠，不知如何是好。

杨青云唤了一声王多余的名字："多余，不是我故意难为你们，我今天是为拆迁的事儿来的。建开发区你这个超市得拆。我刚给小惠说了，这不一说她就哭起来了。"

"你怎么敢在小舅面前这样？"王多余上来拉拉小惠，小惠一把将他甩开，反倒哭得更响了。

见是这样，杨青云只好说："你这个地方拆与不拆，也不是我说了算。这块地是县里做的规划。我今天是来看你们的，顺便跟你说一声，好让你们有个准备。国土局不听你的，也不听我的，他们依法办事。"

"地不是你征？"小惠止住哭声问。

杨青云苦笑着说："地是我征。"

"你征地就是你说了算，别说县里，县里都是给你干活儿。征哪儿不征哪儿，都是你一句话的事儿。”小惠抹着泪说。

“这我还真说了不算。”杨青云看着王多余说，“开发区是我投资不假，整个规划都是县里定的。”

“我不管，谁征地谁就得赔我！”小惠说翻脸就翻脸。

见没法再谈下去了，杨青云起身从王多余家里出来。王多余忙跟着送出门来，却一句话都不敢多说。

08

回到指挥部，杨青云感觉自己既自作多情，又自找麻烦。拆迁本就是县里的任务，他后悔自己不该提前去跟王多余和小惠沟通。

第二天，小超市整整一天都没有开门。杨青云心里正在纳闷，小惠却不请自到，主动找到指挥部来了。见是小惠，杨青云忙请她坐下，小惠既不坐，也不喝水，冷冰冰地问杨青云，看他能不能给征地的人说说，征地时不要拆她的小超市。

杨青云感觉有些好笑，明明是非法占地，却被她说得理直气壮。

不等杨青云说话，小惠又说：“我已经找县里的亲戚问过了，你们占的都是耕地，而且还没拿到用地指标。占耕地违法不违法你比我清楚，小舅你看着办。”

说着，小惠竟头也不回地起身走了。

按照部署，镇长李锋和支书保平正带着人确定土地边界。一群人在小超市的铁皮屋上用白色自喷漆喷上了大大的“拆”字。小惠从镇政府大院出来，远远地望见了众人，忙冲上去挥着胳膊挡在前面：“谁让你们这么干的？”

大家都认识小惠是铁皮屋的女主人，李锋黑着脸不说话，保平躲到了一边，工作人员伸手拦住她，说这是县里的决定。

“你们凭什么这么干？”一边说着，小惠一边疯了一般用手推搡眼前的工作人员，还将那罐白喷漆夺了过来，重重地掼到墙上。

“凭法律！”李锋使了使眼色，有工作人员站出来说，“建开发区是县里的决定，也征求了群众意见。”

“你们征求我的意见了吗？”小惠寸步不让地问。

“你的意见？你这属于违建，非法占地。你这个超市不但要马上拆掉，而且还得自己拆，所有的费用都是你自己承担。”

“谁给你们的权力？你们还让人活不活？”说话间，小惠冲到了李锋和保平面前，众人拦也不是，不拦也不是。

“土管所会给你下通知，请你让开，你这是妨碍执法！”

“下通知？好啊，让他们来下吧，我在这里等着！”说着，小惠想一步步推开挡在他面前的工作人员。工作人员并不让步，小惠急了，一把扯乱自己的头发哭叫着扑了上去。工作人员想要还手，李锋赶忙制止，就听小惠疯了一样瞪着他们高喊：“谁敢动我一下试试？我不把你们告到北京去，我田小惠的名字倒过来写！”

村口挤满了看热闹的人群。李锋见状冲工作人员使了个眼色，挥挥手带头走了。

“狗，一群仗势欺人的狗！”小惠指着背影高声骂道，“就知道欺负我们老百姓，有本事你们去欺负那些有钱人啊！你们敢吗？”

人群一阵大笑。

拆迁工作陷入了僵局，谁也不知道对方的虚实。按李锋的意思，先下通知，限三天内清空屋内所有物品，否则后果自负。哪知通知刚贴上，立即就被小惠撕了。李锋派了两个办事员，将拆迁通知录下来，开着镇上的面包车停在小超市对面，一天到晚不停地广播。

第三天一到，李锋再也等不下去了。这天，他决定组织人员强拆。不正面交锋谁也不知道接下来会发生什么情况，众人来到超市门前，只见早得到消息的王多余身穿戏服，身上披着一挂鞭炮，拎着汽油桶站在铁皮屋顶，正将一桶汽油从头浇下。

小惠站在一旁用手机对着众人直播。

一群人竟拿他们毫无办法。

李锋对杨青云说：“实在没办法，就走法院。”

“法院？”

“县里给的任务紧，就是怕来不及。走法院需要耽误点工夫，先判决，然后强制执行。她再这么闹，就是妨碍执行，可以定罪了。”

“何至于此？”杨青云自言自语道，一提法院他心里有阴影。如非万不得已，他不愿意跟法院扯上关系。

思来想去，杨青云决定自己再去找小惠谈谈。

“你一个资本家，凭什么你一来就断了我们的活路？”杨青云一进门小惠连哭带闹，王多余则木头般在一旁不言不语。杨青云见是这样，也灰溜溜地败下阵来。

晚上，杨青云正要睡下，却见小惠拉着王多余在外面敲门。杨青云心中诧异，忙将二人让进屋内。

“小舅，我们闹不是冲你，是冲镇上。你千万别怪罪啊。”一进门王多余说。

杨青云不知他们唱的是哪一出，感觉王多余这话像小惠提前教好的，只是自己还没与他们正面冲突。杨青云冷冷地说：“这事儿不要再谈了，我也不是没找过你们。要找你们找镇上吧，咱们之间说不着话。”

小惠打断杨青云说：“小舅，我这么说你别不爱听，你不来投资，他们会拆我的房子？”

杨青云说：“别人来也一样，我跟你们说过，这是县里的规划。”

“我不管什么规划不规划，拆我的房子就得赔我。你们不是怕上访吗？我在家里守着，明天我就把你们这些事都发到网上。你们占的都是基本农田，老王这个人认死理儿，小舅你不是不知道。你们再这么干，他就去北京告你们。看看你们的开发区能不能建成。”

王多余面露难色，不知如何是好，嘴里只是嗫嚅地给杨青云道歉。

这两口子一个黑脸，一个白脸，只说不让拆迁，却不说自己的目的。越是这样的人越难对付，见这么纠缠下去早晚也得提补偿的事儿，杨青云只好说：“今天既然你们都来了，大家也别绕来绕去了。说吧，到底想要多少钱？”

杨青云这么一问，小惠的态度软了下来，她嘴上却不肯服软：“小舅，这话可是你说的，不是我们管你要的。”

王多余脸涨得通红，低着头暗中一个劲儿地翻白眼。杨青云知道王多余没有这么多心眼儿，便对小惠说："你就别说这个了，直接说说你的想法吧。"

最终，杨青云跟小惠谈了半天，小惠才提出了她想要的条件。她告诉杨青云说，厂子建好以后，工厂门口给她留一间房子开超市。建厂期间，允许她的铁皮屋在工地上卖百货。如果这个条件不答应，那就一次性赔偿她四十万。

无理取闹，简直是想钱想疯了，杨青云一听这条件就恼了。开发区建设还没正式开始，自己就面对如此无理的要求。钱在其次，如果低头让步，接下来的事情该如何处理？杨青云越想感觉越窝囊。早在回清风驿之前，杨青云早担心的就是遇到这类事情。尤其让他不能接受的，是自己的事情竟让一个女人牵着鼻子走，想想他就感觉咽不下这口气。

杨青云脸色难看得吓人。他从骨子里不是一个受人摆布的人，但为防止矛盾激化，杨青云还是放下身段，在口头上没表示反对。他告诉王多余两口子说，你们说的事情我会反映给指挥部，至于事情怎么解决自己也说了不算。

杨青云来问李锋有没有好办法，李锋说他也没有好的解决办法，说走法院也是下策，对镇上和县里来说，不管事情如何解决，前提是保证小惠不去上访，否则一切无从谈起。

为避免因小失大，最终杨青云答应私下赔偿小超市十五万，王多余和小惠答应保密，村委会也答应帮小惠在村里找地方重新开一家超市，小惠才勉强答应把自己的超市拆掉。为避免走漏风声，杨青云出了十五万块钱的事，除了王多余和小惠，只有李锋和杨青云知道。

小超市拆掉以后，杨青云处事更加谨慎。好在清风驿的人都不像小惠这样难缠，再说人和人总有见面之缘，既然大部分人都答应了，又见杨青云提着礼物挨个登门拜访，除了少有几家不是很痛快以外，征地的事情竟顺利得有些出人意料。

杨青云不禁感叹：人们都要个面子，早知道事情这样早就该这么办了，为什么事先没想到这一层呢？

最后村里只剩下两三个钉子户，有户人家里只剩下一个老太太和三个孩子，年轻人都到外地打工去了。老太太说年轻人没在家，等他们回来再说吧，她既不同意征地，也不肯要钱。见是这样，杨青云多跑了两趟，又叫上保平金田，终于才把事情解决了。

清表的时候，不想却又遇上了麻烦。因为青苗费还没拿到手，有户人家蹲在地头就是不让动工。长明拄着明光光的枣木棍子在地头大骂，也无济于事。后来李锋想了个办法，经请示罗建华，派这家人在县审计局上班的儿子回家动员，如果问题解决不了，就不要回来上班。

经过一轮轮不懈的努力，征地工作终于取得了决定性进展。正式清场这天，罗建华又命令县里的公安、检察、法院、住建、城管、国土资源六个部门现场办公，推土机才终于将新区首期建设用地平整出来。

在众人的共同努力下，大运河开发区终于艰难地迈出了第一步。

第九章　新模式

01

征地问题初步解决以后，又经过几轮艰难的谈判，在李锋主持下，杨青云终于和村委会、搬运工会达成了一个三方协议。

按协议约定，由杨青云持股百分之四十，工会持股百分之三十五，村民委员会持股百分之二十五，三方共同组建一家混合所有制有限公司——清风棉业有限公司。棉业公司由杨青云投入五千万资本金，村委会以土地入股，公司成立后接管搬运工会原有资产、职工。很快，以清风棉业奠基开工为标志，大运河开发区的投资建设工作轰轰烈烈拉开了序幕。

这天，罗建华告诉杨青云，作为开发区第一个建设项目，清风棉业奠基开工时必须要办一个像样的仪式。杨青云心有不解，说奠基仪式不是搞过一次了，现在就是新建个工厂，有什么好庆祝的？罗建华说这可不一样，这二者性质不一样。上次奠基是开发区成立，这次是第一家企业入驻开工。这两件事不但性质不一样，而且规格也不一样。尤其是你们这种混合所有制形式，这是一个非常了不起的突破，它可能为我们以后做很多事提供思路。

杨青云点点头说那好吧，一切听从县里安排，不过说句心里话，我做事还是不喜欢张扬。

因需要再举办一次奠基仪式，前期筹备工作突然间又增加了不少。而与此同时，在新区建设指挥部，由罗建华任指挥长，李锋和杨青云分别担任副指挥长的领导班子也在开始扩充人马。指挥部最先成立的是征迁小组，由镇长李锋兼任组长，支书保平任副组长，副支书兼会计长巨和副主任金田担任小组成员。根据李锋安排，长巨负责和指挥部对接，金田负责协调村民关系，征地小组的办公地点就设在清风驿村委会。

因为是带动新区投资建设的第一个项目，建厂所用地块定下来后，杨青云也在村子里为自己物色了几名帮手：王多余、清江和本家侄子春生，这三个人平时在工地上跑前跑后，同时也负责处理一些与村民有关的工作。

本来，杨青云也想在工地上给保平安排个职务，仔细一想却又感觉不合适。让一名村支书到工地上打工，被人支来派去，杨青云感觉这不符合保平的身份。哪知事情定下没几天，保平直接找到了杨青云，委婉表达了自己也想在工地上谋份差事的打算。杨青云不明其因，暗中问了问春生，这才知道是自己工地上那份工资让保平眼红了。

虽有些看不起保平，杨青云觉得这类小事儿不必计较，再说了拿人钱财与人消灾，自己虽多付出了一个人的工资，保平这份工资也不能白领，他每天都来工地转上一圈，肯定会减少很多不必要的麻烦。于是，他愉快地答应了保平的要求。不过，杨青云并没有给保平安排具体工作，只是要求他每天到工地上转一转，有事随叫随到，每天上下班签到即可。保平一边笑嘻嘻地答应着，一边却说，这事儿一定不能让长巨和金田知道。听了保平的话，杨青云并没有多想。

自保平每天到工地打卡签到，内内外外各项工作果然顺利了很多。不想，保平也在工地领工资的事很快金田和长巨就知道了，二人一起来找杨青云，要求也来工地打工，如果杨青云不同意，他们就辞掉指挥部的工作。一时间杨青云很被动，指挥部没有工资，大家都要吃饭，他只好安排二人也在工地上领了一份工资。清楚三人间的攀比心理，定工资时，杨青云特意将长巨和金田的工资比保平的工资低了三百。

看金田和长巨也开始到工地打卡，保平又不干了。偷吃的才是好饭，保平认为长巨和金田不能跟他这个支书一样享受待遇，他几次三番地来找杨青云抱怨，还故意让村里三天两头给工地上停水停电。

这天下午，杨青云叫住了前来打卡的保平。

“保平哥，好歹你也在咱工地上领着一份工资，总这么停水停电的恐怕不好吧？”杨青云说话没有绕圈子。

保平人体面，忙笑着给杨青云赔罪：“对不起对不起，线路老化，水管也修了这么多年了，不是这儿坏就那儿坏。这几天我一直盯着，抓紧修，抓紧修。”

杨青云说：“给你们都开一份工资，保平哥，我看的可都是你的面子，你不能让我这份钱白花吧？”

“看你这话说的，线路不好嘛。”保平红着脸依旧在解释。杨青云沉着脸说，不管想什么办法，你必须给我保证生产。保平这时才说出心里话：“兄弟，每天都这么辛苦地跑来跑去，我这个支书不能跟他们一样对待吧？”

杨青云哭笑不得，趴在保平耳边咬着牙说道：“你每月比他们多三百，你知不知道？”

“是吗？”保平这才知道自己的工资比别人多。杨青云拍拍保平肩膀：“保平哥，在咱村里做事，我指望的可全是你。”

保平不好意思地笑了。他虽明着没说，却又暗示杨青云说，既然公司村里有股份，他这个村支书不应该没有职务。杨青云听了又是哭笑不得：“这是早晚的事儿，咱现在还在建设阶段嘛！”

保平执意请杨青云先给他安排个职务，无奈之下，杨青云只好答应保平说等忙过这段时间立即安排。见保平如此表现，杨青云感觉有些烦倦。几天过后，他将保平、长巨和金田一起叫到办公室，板着脸说公司有公司的制度，你们也不能总白领一份工资。虽然工地上安着监控，据值班人员反映，每天晚上都有人来偷钢筋。从今天起，每个月我再给村里出五千，你们可以自己干，也可以安排两个人给工地巡夜。

三人一听高兴地答应下来。看着他们远去的背影，杨青云心里堵得难受。

六月初六是个大晴天，一大早六只大喇叭就一起响起了音乐。清风驿村西提前清好的空地上已经搭好了彩棚，在彩棚到公路之间，还铺上了大红的地毯。在主席台前方，一个两米见方的土坑早已挖好，坑里立着一块绑着大红绸花的黑底金字石碑。主席台上空，彩旗招展，气球飞扬，这场空前隆重的奠基仪式吸引了四里八乡的人们，同时还吸引了众多的小商小贩。这人山人海熙熙攘攘的场面，竟比一年一度的清风驿庙会还要热闹。

上午十点，随着音乐响起，一溜黑色轿车鱼贯停在路边。一戴着眼镜的秃顶中年人走在前面，身后紧随打着遮阳伞的秘书。杨青云认出，这是省里主管招商引资工作的李副省长。在李副省长后方，众星捧月般跟着一群穿着白衬衫黑裤子，大腹便便的领导模样的人。在会务人员的带领下，来宾们依次在签到墙签到，并在胸前别上了带有“嘉宾”字样的大红花。

众人落座以后，台下的空地上已是人山人海。来看热闹的村民来自三乡五里，都是镇上提前联系安排好的。每个到剪彩仪式捧场当观众的人，剪彩仪式结束以后都可以去清风驿村委会领一张小票，持票可以到村里的超市领取一袋大米和十斤鸡蛋，这是保平给李锋出的主意。

剪彩仪式由县长罗建华主持。先是县委书记王海涛致辞，然后是省长市长讲话。省长讲话比较简单，副市长讲话却很认真。他首先代表市委市政府对清川县的招商引资工作表示祝贺，然后寄托了殷切的希望和嘱托，最后又祝愿大运河新区宏图大展，鹏程万里。

副市长讲话以后，依次是市商务局局长和县委书记王海涛讲话，然后是保平代表清风驿村委会发言。等保平发言结束以后，才轮到真正的主角杨青云登台发言。

02

为了这个奠基仪式，杨青云昨晚几乎一夜没睡。比这个仪式更重要的会议此前他不知参加过多少次，但他从没有这么紧张和兴奋过。他知道，明天的大会只有他才是真正的主角，不管来多少人，不管仪式有多隆重，所有人都是来给他捧场祝贺的。明天上台怎么说呢？他前前后后考虑了很多。他感谢罗建华，感谢王海涛，感谢李锋，感谢保平，感谢长明、保荣以及清风驿所有的曾与他作对和没与他作对的人。当然，他也感谢赵志安，感谢刘五经，感谢妻子君梅和儿子女儿。最后他也感谢自己，如果当初没有那个决定，自己绝不会拥有如此独特而神圣的人生经历。就这样又想了许久，直到黎明时分他才不知不觉地睡去。

如今站在人群里，杨青云再次体会到了那种神圣。夏日的凉风轻轻拂在他的脸上，一股从未有过的心潮澎湃强烈地涌上心头。当着各路领导和记者，面对成百上千的乡亲，他清清嗓子，声音沙哑着开始了简短的发言：

“今天能够站在这里，首先感谢与会的各位领导、各位嘉宾和各位乡亲！”说到这里，他突然感觉有些哽咽。

主持会议的罗建华忙递过一张纸巾，杨青云擦了擦眼睛，继续说道：“作为一个从清风驿走出去的孩子，今天能够站在这里，首先我要隆重感谢清川县委、县政府。是他们的诚挚邀请，我才能有幸站在这里。其次，我要隆重感谢清风驿的乡亲们，一方水土养育一方人，如果没有乡亲们的支持，青云不会取得今天的成就。既然大家信任我，我有决心，同样也有信心……”

他再次用纸巾擦了擦眼睛。

杨青云没有继续讲自己的雄心壮志，也没讲自己的宏伟蓝图，他只是铿锵有力地说，在新时代精神的指引下，在县委县政府的正确领导下，自己不但找到了正确的人生方向，而且一定能把大运河开发区建设好，同时也一定能给清风驿、给清川带来全面的振兴。

本来，李锋提前为杨青云准备了一份发言稿。按罗建华的意思，希望杨青云这次讲话能高屋建瓴地提出“回乡创业、报效故乡”和“乡村振兴、共同富裕”这两个主题，但看完那份发言稿，杨青云实在接受不了这么严肃的语气。杨青云自己动手将发言稿改了一遍，既然罗建华有意，“报效故乡”和“乡村振兴”这两件事他也不能只字不提。

按照大会议程，接下来由罗建华当场向杨青云颁发土地手续。虽然用地方式暂时是以租代征，但会前罗建华坚决要求现场给投资人发证，以显示县政府对开发区的支持力度和办事效率。为此，他还亲自带着杨青云来到国土资源局局长办公室，拍着桌子发了一通火儿，才硬硬把用地审批手续办完。尽管杨青云在大会上接过的土地证只是一个空白证件，但它的意义却远远大于一个证件本身。

杨青云从罗建华手中接过那本红色的土地证，先是给与会领导鞠了一个躬，然后冲台下深鞠一躬，台下有早已安排好的人带头鼓掌。

大会最后一项，是到会领导为开工仪式奠基剪彩。罗建华悄悄扯了扯杨青云，告诉他说剪彩仪式结束以后，县里要宴请省长市长一行，省长点名要你陪同。

就在这时，杨青云不经意间看到了站在人群外面的许燕来。

杨青云一眼就已经认出，许燕来就是不久前他在河堤下遇到的那个女人。不知许燕来什么来路，杨青云点头冲她笑笑，许燕来也微笑着冲她点头示意。杨青云小声地指指她问保平这人是谁，保平见他指的是许燕来，忙说这是县里来支教的许老师，人家可是个大网红呢。

杨青云点头笑笑，从这一刻起，许燕来的名字深深印入了他的脑海里。

剪彩结束以后，杨青云叫过保平、金田和长巨，将剩下的事情安排妥当，便和李锋一起随着领导们的车队去了县城。

省长一行下榻在清川宾馆，众人先是在会议室里召开了一个简短的会议。李副省长一脸欣赏地看着杨青云，表达了对他的好感，然后重点强调并分析了这次招商引资的重大意义。李省长特别强调说，它的意义不仅仅是一次简单的招商活动，而是一个重要的社会现象。富不忘乡，杨总不但是个有情怀的人，而且是新时代富不忘乡的典型代表，我们一定要做好报道，做好宣传。同时，我们要鼓励更多像杨总这样有担当的企业家们回乡创业，只有这样，我们的乡村振兴工作和共同富裕事业才能搞好。

省长一席话说得杨青云热血沸腾，最后他意味深长地说："小杨啊，你给清川籍的企业家们做出了一个好榜样。要想实现共同富裕，不能只靠党和政府，还得需要你们这些有情怀的企业家。如果今后遇到什么困难，你可以直接打电话找我。"

说着，李省长从记事本撕下一页，将自己的电话号码写上去递了过来。

会场响起经久不息的掌声。

省长讲话结束后，又特地叮嘱市报社要密切关注，积极宣传。接着是县委书记王海涛拍胸脯表态，县里对新区的项目特事特办，一路绿灯。特别是杨总这样的企业家，清川县委县政府的大门随时为你敞开。

最后，副市长也总结了一下说："王书记，罗县长，你们一定要把这项工作做好，省长已经表态了，我也代表市政府表个态。这是一项政治任务，我们一定要全力支持好清川的乡村振兴事业。你们能支持的支持，你们不能支持的请示，只要不违背政策，就让企业放手大胆地去干。借着今天的机会，我看到了清风驿和大运河美好的未来。祝你们早日成功，同时我们也一定要把这个典型树起来！"

在讲话中，副市长一直强调政治意义，看来这又是罗建华事先安排好的，杨青云又是一番感叹。选对一件事情，永远比如何去做好它重要得多。

在答谢会上，罗建华带着杨青云轮番给领导们敬酒。不经意间，杨青云发现王海涛脸色好像一直不太好看。酒席结束，众人送别省长，上车前省长特意拉着杨青云的手说："建华、小杨，你们还有什么困难和要求没有？"

杨青云刚想如何回答，罗建华却抢先一步说："省长，困难肯定是有，但我们绝不敢轻易给领导添什么麻烦。您既然说了，那我就斗胆说一句，我们还有一个请求，那就是等我们第一家工厂建好开业时，我们再请您过来批评指导！"

03

送走省长市长，杨青云小声提醒罗建华，我怎么看着海涛书记有点儿不开心？罗建华哈哈一笑，说老兄你多心了。罗建华看上去似乎并不以为意，但杨青云总感觉罗建华似乎抢了王海涛的风头。

罗建华的兴趣似乎并没在这些事情上，他告诉杨青云："领导们来捧场都是逢场作戏，成功的关键要看咱们怎么做。不知你发现没有，今天他们没一个人看到咱们今天这次活动的真正意义。"

杨青云一头雾水，罗建华说，最重要的是咱们给社会资本参与乡村振兴提供了一种新型模式。这是一次私营经济和集体经济的结合，如果实践成功，这件事的意义要远远大于这件事本身。

杨青云笑了一下，即便同一件事情，不同人的关注点在不同的层面，这一点他已有体会。

那天下午，经罗建华牵头，县直各主要部门和新区建设指挥部又在清川宾馆小会议室召开了一个专题办公会，会议对下一步新区各项手续的办理进行了专门研究部署。这次到会的主要有市场监督、税务、环保、银行、商务、国土、供电等相关部门的一把手。罗建华敲着桌子说："新区是全县重中之重的招商引资项目，天字号任务，刘书记李镇长，你们在政策上一定要把握好。我们不能让老百姓们今天把地给了我们，明天就骂娘。谁要进来、谁能进来，你们一定要把好关。还有你们几个，"说着，他又指着其他各局局长说，"一定最大力度地扶植各家入驻企业，给企业做好服务。县里的政策马上就要出台，现在咱们最重要的任务是建设和招商。不管他们遇到什么困难，不管找到谁，都就地解决，解决不了的再向我汇报。我强调一点，当有问题需要向我汇报时，不管是什么问题，第一个挨批的就是你们。"

罗建华代表县里表明了态度，杨青云感激地看了看他。他没想到，一向温文尔雅的罗建华开起会来气场竟这么强大。杨青云看他时，罗建华悄悄向他挤了挤眼睛。

会议结束后，杨青云又到罗建华办公室单独汇报了自己下一步的工作规划。考虑每年新棉上市在八月份，他告诉罗建华自己争取在明年新棉上市之前把厂房建好，并让工厂具备生产条件。

"当下最重要的任务就是将地里青苗全部推掉，然后把围墙圈起来，这样就可以施工了。"杨青云告诉罗建华说。杨青云早就盘算好了，接下来他准备两条腿同时走路，一边开展基建工作，一边全力做好人员培训和业务联络。按照他的初步计划，投资第二年工厂必须开工经营，而且必须见到效益。

罗建华点点头说："这是不是有点急了？时间够用吗？"

杨青云说："建厂肯定没问题，生产工艺流程也简单，只有脱籽和打包两个流水线，应该问题不大。只是土地流转我还没考虑成熟，我想先摸摸具体情况，县里可以帮着造造势，这件事入冬以后再说。"

"那就好。"罗建华兴奋地说，"需要县里做的事你尽管说。你是领头雁，而且是第一炮，这一炮必须打响。它不仅对清风驿意义重大，对园区的带动作用更加重要。我提醒你一下，在建厂的同时开发区建设一定要做好，旅发大会也不能马虎，具体工作你多操操心。”

“这一点您放心，李镇长人不错，新区商服中心预计半个月内动工。”杨青云说。

“对了，你对物流怎么看？县里现在有二十几家物流公司，成规模的有六七家，基本都是长途配货。抽机会你安排人去考察考察。有家公司找过我多次，要牵头建一家公路物流中心。这些人都是城西的，如果你觉得可以，县里可以考虑出台个文件，把物流公司都整合都你们那儿去。”

“这当然是个大好事儿！”杨青云立即答道，“不过这些人都在城西，一是他们会不会去，二是听说干物流的人都背景复杂。”

“这不是你考虑的事儿，”罗建华想了想说，“你好好考虑考虑吧，如果感觉这件事可做，县里就先送你一个大红包。”

杨青云走后，罗建华来到王海涛办公室，就新区建设工作跟王海涛书记交换了一下意见。罗建华信心满满地告诉王海涛，新区第一家入驻企业争取第二年盈利，当年安排不低于一百名劳动力就业，商服中心工程也计划第二年元旦前封顶完工。

王海涛的关注点似乎不在这些事情上面，等罗建华说完，他端起茶杯喝了口水说：“新区的事你看着安排，发展经济要掌握平衡。除了组织和党建，其他事情你做主吧。”

罗建华起身要走，王海涛突然又叫住他说：“捷运物流的潘六找过你吧？”

罗建华一愣，王海涛又说：“他托人找了我好几次，说你一直不见他。昨天又找了市纪委的孙书记给我打电话，让我给你说说。”

“您的意思是？”罗建华走近问道。

“物流行业比较乱，做企业的都不容易。如果不违反政策，小潘这个人做事还是比较讲究的。”

王海涛虽然没有明说，却肯定着自己对潘六的评价。刚来清川工作时，罗建华就听说本地有一个庞大的圈子，圈里人非富即贵，垄断着清川所有的优质资源，这位潘六就是其中一个重要人物。他既做房地产，又做建筑工程，还开着好几家小额贷款公司，听说还垄断着全县所有的物流。听坊间说，这个人不但跟公安局副局长是亲戚，和国土局长是表兄弟，人大主任是儿女亲家，还有很多局长都是称兄道弟的同学。除了这些，罗建华也听说他跟王海涛关系不一般。前段时间有人说潘六给省委秘书长送去了五百万，想帮王海涛升职。

刚当上县长时，罗建华就收到好几封举报信，他把这些信件全部转给了纪委。最近，这位潘六一直在通过各种关系找他，想建设一个物流市场，通过政府干预整合资源。罗建华心里早已经很清楚，潘六整合的目的就是搞垄断。

海涛书记突然在这个时候说这个话，他是什么意思呢？从书记办公室出来，罗建华还没回到自己办公室，手机上就接到了一条短信：县长您好，方便拜访您一下吗？潘六。

罗建华一脸厌恶地想把这条信息删掉，他认真想了想，又截图将其内容保存了下来。

04

奠基仪式结束以后，从头到尾杨青云感觉跟做梦似的。回清风驿的路上，同乘一辆车的李锋看出了他内心的感慨，李锋问杨青云："怎么样杨总？有罗县长支持，咱做事的速度不一样吧？"

"确实不一样。"杨青云点点头说。

"这只是个开始！"李锋凑近一点悄悄告诉杨青云，"只要肯做，就没有咱领导办不成的事儿。你知道这是为什么吗？"

"为什么？"

李锋说："关键是有好领导支持啊，你看上至省长市长，下到县里各个部门。只要咱领导一出面，哪个不积极配合？罗县长上任以来，咱清川的干部面貌真是焕然一新。对，你跟咱领导早就认识了吧？"

见李锋话里有话，杨青云立即心生警惕，他哈哈笑着没有正面回答："我是通过招商招来的。"

回到清风驿，二人先去工地上转了一圈。主席台已经拆除，奠基现场彩旗七零八落，布置会场的鲜花也已不见踪影。指着路南路北这两片土地，李锋说："你是咱开发区第一个项目，以后这些地全都是你的了。以前你是这儿的主人，以后你更是这儿的主人，不管是谁，这都是变不了的。"

杨青云不知李锋这话是什么意思："李镇长，您这话怎么说？"

李锋说："开发区招商，陆续会有不少项目进来。那些老板大部分都是外地来的，而且都在本地有代理人。很多人投资都是圈个地，项目能不能做起来可不一定。你跟他们不一样。"

"怎么个不一样？"杨青云越听越感觉李锋话里有话。

"你是本地人，"李锋转着眼睛说，"你的根在这里，你的东西谁都拿不走。"

杨青云心中一惊，他平复了一下说："我们这些人虽能做点儿事，但哪一步离得了政府的支持？还是得感谢各级政府和各级领导。如果没有这么好的政策，这些事恐怕我连参与都参与不了。兄弟你长期在乡镇工作，关于咱们开发区你有什么个人想法没有？你不好意思说的，我跟罗县长说。"

杨青云问到这里，李锋竟讳莫如深地笑了。他看了杨青云好大一会儿才说："我没有什么别的想法，只想保着咱领导全力把开发区建好。不过……"说到这里，李锋顿了顿，又看了看杨青云，"千里做官，只为吃穿。旅发大会那边如果合适，我手头倒是有两个施工队。你用谁也是用，转来转去最终还得用当地人干。如果你能匀给我一部分工程，兄弟将感激不尽。"

杨青云愣了片刻随即笑道："这是个好事儿呀，我一定考虑安排。"

李锋说："可不敢让人知道。"

杨青云哈哈一笑："你放心。"

李锋说："好，你是罗县长的朋友，我是罗县长的兵，归根结底咱们都是罗县长的人。只要咱们团结起来，所有的问题都不是问题，我保证你在这里能发大财。"

面对李锋如此直白的表述，杨青云一直点头称是。这时李锋又提醒他说："新区的事儿县里有不少人找过我了，海涛书记你也一定要当心，他跟咱领导面和心不和，没事少跟他接触。能处理的事我会帮你处理，如果我处理不了，你再去找县长。”

杨青云嘴上没说什么，心中又感觉一阵倦烦。临分手时李锋又神秘地说：“别的事情都是工作，咱们项目开得大，如果需要周转资金，我倒认识几个做小额贷款的老板，你随时可以找我。”

晚上，杨青云一个人静静躺在办公室床上，这几天发生的一系列事情再次验证了他此前所有的担心。他越是不愿意搅进各种盘根错节的人际关系，越是不愿意在错综复杂的是非之间纠缠，而今随着项目的落地，这些事情却一股脑全来了。

他感觉有些心乱，本来他准备第二天一早就回省城一趟。如今三个项目同时进行，他已经分身乏术了。他决定再从工程公司抽调人员组成一个团队，专门来负责开发区项目，自己解放出来以后一心盯着工厂建设。哪知道还没有动身，催他回去的电话已经先到了：“杨青云你能不能马上回来一趟？”

电话刚一接通，君梅就不容商量地问道。

妻子从没大名大号地叫过他的名字，杨青云不知道出什么事儿，忙问道：“怎么了，出什么事儿了？”

“你要是还要这个家，就马上回来一趟！”说着，不等他答复君梅便把电话挂了。

杨青云心头一紧，暗想一定是出了什么大事儿。清风驿的事情才刚刚起步，他现在最害怕的就是后院起火。

05

许燕来这段时间依旧忙得不亦乐乎。

清风驿的夏天来了，一开始人们都拿她当成了外人，见来她到清风驿不只是为了镀金，人们才慢慢接纳并消除了对她的成见。除了每天正常的教学活动，每到周末她都会抽出一大部分时间整理有关大运河和清风驿的历史资料。如今，这些资料已经有了整整三大本。直播课依旧每天一期，她已经讲到了仁宗年间的“景祐党争”。

景祐党争是仁宗初年两大政治集团复杂的政治斗争，同时也是两种不同政治路线的斗争。这场斗争所涉及到的王曾、吕夷简、范仲淹、蔡齐等无一不是史上的大名人，她从客观上分析了当时的政治局势，以及他们这场斗争中的立场。虽然从表面上看，这场斗争以宰相吕夷简胜利、范仲淹被贬出京城告终，但它所涉及的历史背景、人物关系以及对后来的庆历新政都有着不可忽视的重要作用。

讲这段历史许燕来很谨慎。粉丝们有不少宋史专家，范仲淹是一个高大光辉的历史人物，但他当时他的职位很低，只是一个七品的谏官，如何客观地将他上《百官图》弹劾吕夷简的动机和当时复杂的斗争形势讲出来，许燕来不敢马虎。

这天晚上直播结束，见外面天色不晚，她想一个人出门走走。结果刚一出门，许燕来就看到杨青云的奔驰车正开进镇政府大院，她想了想又回屋将门关上。

许燕来不想跟杨青云照面。尽管从内心来讲，她并不怎么讨厌这个从城里回来投资的生意人。前几天的奠基仪式她也参加了，清风驿确实太落后了，可一听说要建开发区搞工业化许燕来又有些担心。她是学历史的人，世间万物千变万化，最终却难逃历史规律。这件事到底是一件好事还是一件坏事，她一时还不敢断言。见镇政府外面竖起了大大的宣传牌，大门口还挂上了大运河开发区建设指挥部的牌子，许燕来在心中默念并祈祷，但愿真正属于清风驿的新时代能早一天到来。

前几天拆迁小超市的闹剧许燕来也亲眼见到了。小超市女主人曾专门在放学的时候拦住她，求她在网上曝光一下镇上的强拆行为。许燕来委婉地告诉她说，我的直播是讲课的，如果找人曝光，你应该去找那些时政类或新闻性的主播。女主人不依不饶，拉着她不让走，说现在都是流量为王，你就帮帮我吧，你说话一定管事。说着，她还从口袋里掏出一千块钱塞给了许燕来。

许燕来瞬间感觉有些悲哀，不管是非对错，她拒绝只是因为不想被人利用。她不知该怎么跟小超市的女人解释，便退后一步，仓皇地向远处逃走了。

狼狈地回到宿舍，她的心还一直怦怦跳个不停。她不知该怎么面对这类事情，这就像她对清风驿建开发区没有看法一样。而对于杨青云，她也实在不知该如何去看。因此，自指挥部设立以来，许燕来一直刻意躲避着杨青云。

大家同住一个院子，低头不见抬头也见，面面相遇的机会还是很多的。许燕来也不知自己为什么会对这个男人好奇。她听说这个男人不但要在清风驿建开发区，而且自己还要投资建厂。他给学校捐了十台电脑，还给村里七十岁以上的老人都发了二百元红包，这让她感觉杨青云似乎有些不简单。后来，听说大运河上的工程也是他的项目，许燕来突然眼前一亮。她好想找他说说，去问问旅发大会为什么只顾着建设现代景观，没有去重建当年在大运河上名噪一时的清风书院，可一时又感觉难以开口。

许燕来暗笑自己自作多情，自己是什么人，人家为什么要听自己的？她摸不清这个男人，不过他肯回老家来做投资，看样子应该不是一个穷得只剩下钱的人。想到这里，她从抽屉里找出一些此前整理好的清风书院资料，又从头开始翻看起来。

这天，许燕来下定决心，决定将重建清风驿书院的想法跟镇上说说。来到党委书记办公室，刘长顺见是许燕来忙请进屋。当她说明来意，刘长顺客气地告诉她说，旅发大会的设计方案都已经定了，是县里统一布置的。项目都建哪些内容，听说是镇政府和文旅局一起定的方案。你这个想法不错，可以去找李镇长反映反映。

许燕来连忙道谢，准备马上就去找李锋。刘长顺说不用你去，我这就叫李镇长过来。

刘长顺抄起电话，才知道李锋没在镇上。他只好告诉许燕来说："李镇长去县里开会了，我已经跟他说好了。他开完会就回来，你什么时间没课，直接去办公室找他就行。"

来到学校，许燕来发现学校正门口堵着一辆豪华越野车。正准备绕过去时，车门一开，一个圆圆胖胖戴着墨镜一身名牌的男人从车上跳下来。正诧异着，来人摘下墨镜笑着叫了一声："姐！"

这时许燕来才看清来人："你怎么来了？"

"这不来看看你吗？"来人大笑道，"你来这个破地方支教也不跟我说一声，前两天去屏姐那里我才知道，这不赶紧来看看。"

许燕来白了他一眼，抬手指指堵着半个大门的越野车："先把你的破车挪开，你见过有这么堵人大门的没有？”

来人不好意思地笑笑，拍拍车门示意司机将车停到一旁。见他要跟着自己进学校，许燕来忙拦住说：“有什么事儿就在这里说吧，这里是学校，不是你进来的地方。”

来人吐吐舌头：“这么多年了说话还这么不留情，在咱清川，可没几个人敢跟我这么说话。”

许燕来冷冷看了他一眼：“我又没让你来！说吧，到底干什么来了？”

来人名叫潘六，和她是高中同学。当年一起上学就不肯好好学习，在学校里拉帮结派。高中毕业后一直在社会上混，是清川有名的社会人。大学毕业回清川工作以后，许燕来一直和他来往不多，无意间却发现他和姐姐燕屏来往密切。不知道姐姐怎么会跟他打交道，问起时才知道这些年潘六一直打的是跟自己同学的旗号。许燕来诧异，提醒姐姐说你最好小心点儿，上学的时候他就是个黑社会。燕屏笑而不语，说这样的人有这样人的用处。见是这样，许燕来便没有再劝。

“听说这里要建开发区了，咱姐让我过来看看，顺道也看看你。这破地方你以为我愿意来呀？还不是咱姐下了圣旨？”潘六一开口就一副目中无人的神态。

“别说咱，那是我姐。”许燕来冷冷地说。她听说过潘六在清川黑白两道的名声，不知为什么会在姐姐面前却温顺得像个小跟班儿。

“马上要上课了，我没时间跟你说话，没别的事你赶紧走吧，以后别到这里来了。”说着，许燕来扔下潘六转身向校内走去。

06

下课后回到镇上，许燕来发现那辆黑色越野车停在了镇政府院里。正犹豫间，潘六和李锋正一前一后从镇长办公室出来。许燕来想躲，潘六远远地叫了一声：“姐！”

见躲不掉了，许燕来只好硬着头皮走上前去。

“下班啦？听说你住这里，我是在等你呢！”潘六说着又给许燕来介绍李锋，“李镇长是熟人，好兄弟，顺便在他办公室坐了坐。”

李锋尴尬地笑笑，潘六对李锋说：“许老师可是我姐，高中同学。我姐住你们这儿，你可得给我照顾好喽！”

许燕来客气地冲李锋点点头，潘六告诉李锋说自己要去许燕来屋里坐坐，李锋知趣地挥手再见。许燕来见状，只好引着潘六来到自己宿舍。

“你怎么谁都认识？”她有些不屑地问。看一镇之长李锋在潘六面前点头哈腰，许燕来有些看不过眼。

“那会儿咱上高一，他是高三，不是我一直罩着他，他这熊样儿早被人打坏了！”潘六嘿嘿笑着小声说。

“不以为耻，反以为荣！”许燕来说话仍不留一丝情面。潘六有些尴尬，许燕来指指椅子让对方坐下：“干吗来镇上等我？”

“这里不是要建开发区吗，咱姐让我来看看地。如果合适，我也在这里买块地。”

许燕来撇撇嘴：“买地？你还是少做点坏事儿吧。”

潘六红着脸忍了半天才说：“姐，我吹个牛，咱清川就你敢这么跟我说话。”

“因为我不怕你，也不求你。”许燕来说。

潘六嘿嘿笑了：“姐啊，这话你说到哪里去了？我虽是个粗人，可一见你们当老师的就头大。我肚子里有多少墨水儿你都比我清楚，当年那些事儿别再提了。还有我的姐，当着外人的面，你多少给我留点儿脸好不好？”

“说吧，到底什么事儿？”许燕来追问道。

“听说那个投资商就是清风驿的，也住在这儿？你认不认识？”

许燕来警惕地看了看他：“认识怎么样，不认识又怎么样？人家都是正经商人，你做点正经事儿不行吗？”

“我做的就是正事儿啊，我有个小厂子，生产外墙保温材料，现在要扩大生产，正愁没地方呢。听咱姐说这里征地好征，而且有政策，她让我来看看这里的政策。如果合适，我真把厂子搬过来。”

许燕来将信将疑地看着潘六，她根本就不相信他的话。潘六看出了许燕来的怀疑，一本正经地解释说："你别总把我看成坏人好不好？我早就不打架了，咱姐一直骂我，让我做个正经商人。想想这些年做的那些混蛋事儿我就后悔，兄弟我早学好了，也过了打打杀杀的岁数。"

想到自己对老同学态度确实有些苛刻，许燕来嘴上却没表现出来："谁知道你！"

"姐，等你不忙的时候，帮我了解了解这里的政策呗？刚听李锋说，开发区都是那个杨老板投资的，你真认识他不？"潘六见许燕来说话不再那么火药味儿，问道。

许燕来摇摇头，说我不认识他们。你要是真学好了，就给我们学校捐点儿书吧。知道你不缺钱，我在学校办了一个小图书角，书还不多。

"那你可得给我好好打听打听征地的事儿。"潘六看着许燕来，一边说着一边掏出手机不知在给谁打电话。只听他在电话中让人立即到新华书店，买两万块钱的书送到清风驿小学。许燕来听得惊讶，正要拦他时，潘六得意地摊摊手说："事儿已经办好了，两万块钱的书明天就送到。"

许燕来不知如何是好，潘六走后，她只好鼓起勇气去找杨青云问征地政策。哪知道一连敲了几次门都没人应答，见杨青云不在镇上，她只好耐心等着。

终于这天下午，许燕来下班回宿舍时看到了杨青云的汽车。她先回房间照了照镜子，才忐忑不安地敲开了杨青云的房门。

还没说话许燕来脸已经红了："对不起杨总，有件事情想麻烦您。我有一个朋友，是开工厂的，看能不能在你们这里征一块地？"

许燕来一进门就紧张地说道，她不敢对杨青云明说潘六的身份。

"好啊，欢迎！"杨青云笑着请许燕来坐下，"不过，入驻园区的厂子都有统一规划，而且厂房都由指挥部统一建设。"

"哦，对不起，不知道你们是这个模式。"许燕来感觉自己紧张得心跳到了嗓子眼儿，她不知道自己为什么在这个男人面前这么紧张。

"我负责投资建设，招商工作归指挥部，是李镇长主管。我可以跟李镇长打个招呼，安排他们直接面谈。"杨青云说。见许燕来突然来找自己，而且聊的是征地建厂的事儿，他也一时有些反应不过来。

“不，不，你先别问了。”许燕来忙打断他说，“政策您已经跟我说了，我先问问他们到底要不要来再说吧，谢谢您的解答。”

说着，许燕来手忙脚乱地起身告辞。

从杨青云屋里出来，她第一次感觉自己竟这么紧张。说话的时候，杨青云就坐在她对面，他身上那股淡淡的儒雅和成熟的男人味道让人沉醉。她不知道自己的心为什么会怦怦直跳，她努力让自己内心平静下来，快步回到自己房间，中间甚至都不敢停下回头。进屋以后好长一段时间，许燕来都站也不是坐也不是，这种莫名其妙的心乱她已经很久都没有遇到过了。

这天晚上许燕来失眠了。

从那以后，每当遇到杨青云，许燕来就会一阵慌乱，她会努力装作一脸平静地主动冲他点头笑笑，然后低下头匆匆远去。杨青云也会礼貌地点头示意，除此之外二人没多说过一句话。只是从那天起，许燕来总不由自主地想遇见杨青云，她无法控制自己的脚步，总是盼着自己上下班的路上他能出现。为此，每次上下班她都有意放慢脚步，甚至会故意在院子里耽误上好大一会儿。遗憾的是，这不期而遇的机会总是很少。

许燕来的造访让杨青云也很意外。他对这位主动来清风驿支教的女老师充满了好感，同时还认为她是一个不食人间烟火的人。许燕来身上没有一丝世俗，她清澈的眼睛里却带着别人轻易不能觉察的忧郁，杨青云发现每当自己去看她时，她的目光总要转到别处，心里更有了一种沟通的渴望。听说她是一个很知名的女主播，他再次对许燕来刮目相看。尤其是认真听了几堂她的直播课，杨青云更是加深了对她的好感。为此，他还特意让小高帮他买了一套《宋史》。许燕来讲的每一个事件他都会用笔记下来，一一去史书上查找依据。

这是一种乐趣，同时还可以打发无聊的时间，杨青云做得津津有味儿。每天晚上，他都会鬼迷心窍般准时守在手机旁边，听许燕来讲课，看许燕来的表情，认真地一点点做着记录。近些年来，不管做什么事情他都不曾这么用心。

许燕来第一时间将她从杨青云口中打听到的招商政策告诉了潘六。既然姐姐没有直接找她，她便没告诉燕屏。许燕来告诉潘六说，人家的招商政策不是你们想的那样，这边的地不卖，指挥部会根据投资人的要求把厂房建设好，全部租给入驻的厂家。第一年免租金，第二年和第三年租金减半，三年以后正式收取租金。

潘六问："他们真这么搞？"

许燕来说是的，潘六说："你问问他们，能不能自己买块地建厂？"

"我已经告诉你了，人家说了不卖。"许燕来有些不耐烦了。

"我就不信了，有钱还买不到地？"潘六说。也许他觉得这么说话有些冒犯，忙又补充说："那个杨老板听说就是当地人，我的姐，你就不能问问他，看能不能卖给我一块地？"

"这事儿我办不到！"见潘六还在坚持，许燕来冷冷地说道。

不想潘六此时换了一副语气："你不知道，咱姐因为这事儿骂我了。她说我不该给你说这事儿，还骂我手里拿着钱都买不到地。姐你一定心里要有数，就是这个姓杨的说了算。我不管他到底是谁，也不管他有多大的后台，清风驿的地我一定买到。"

"我不掺和你们的事儿！"许燕来说着就把电话挂了。

事后，许燕来仍奇怪潘六为什么张口闭口就提姐姐燕屏，不过当时她并没有多想。潘六是什么样的人许燕来心里很清楚，但这些话她不敢直接告诉杨青云。因此此后每次见到杨青云，她都会感觉心里阵阵发虚。

07

许燕来本来想再去找找杨青云，问一下潘六在开发区招商征地到底有没有可能，不想一连几天都看不到杨青云的影子。心急火燎的她还不知道，此时杨青云早已回到了省城。

回到省城以后，杨青云才发现他需要处理的麻烦事不止一件。

这些年他一直和赵志杰来往密切，君梅学哲学出身，是个很豁达的人，尽管她也忌妒杨青云和赵志杰过从甚密，但一个做事业的男人怎么可能不跟女人打交道呢？再说也从未见过杨青云拈花惹草，因此君梅对杨青云基本还是放心的。

有责任心的男人不用管，没责任心的男人管不住，所以这些年不管杨青云在外面怎么折腾，只要他回家不说，君梅对杨青云的事就不闻不问。她所有的精力一直都用在两个孩子身上。

一边从地库上楼，杨青云一边考虑家里到底出了什么事。进家以前，他已经做好了最坏的打算。一进家门，他发现在家里等他的不只是妻子一个人，儿子杨名、女儿杨阳也都正襟危坐地在客厅沙发上看着他。见这阵势有点儿严肃，杨青云有些心虚，他没有直接跟妻子说话，女儿杨阳小心地跑过来帮他脱去外套，他一边有一搭没一搭地问着女儿的学习情况，一边装作没事儿人一样在沙发上坐下。

君梅沉着脸让杨名杨阳上楼，客厅里只剩下他们两个人以后，她的眼泪才哗哗流了下来。

君梅从抽屉里拿出几本房产证，怒气冲冲地摔到杨青云面前。直到此时，杨青云才终于明白出了什么事儿，与此同时心也定了下来。他笑了："这么风风火火地叫我回来，就为的这事儿？"

说着，他起身将证件一一从地上捡起，故作漫不经心地翻了翻。偷眼去看君梅时，她正瞪着发红的眼睛看着他。

君梅话像一字一句从牙缝里挤出来般低声问道："你怎么给我解释？"

"你需要什么样的解释？"杨青云摊摊手笑了，"你看你这个态度，我怎么解释？我感觉你拿我就像个罪犯，不问青红皂白就疑神疑鬼。你如果是这个态度，我什么都不解释。"

"告诉我这些年你们背着我们都做了什么？"君梅冲上来，夺过杨青云手中的证件，撕成了两半，紧接着又双拳在他肩上捶打。杨青云顺势把妻子搂进怀里，君梅用力挣扎着，却不敢出声，两个人激烈地抗争着。

见无法挣脱杨青云的怀抱，君梅终于放弃了努力。这时，杨青云也松开双手，扶妻子在沙发上坐下。

"我劝你先冷静冷静。"杨青云说，"你要是能好好听呢，我就跟你详细说说，如果你还是刚才的态度，我就什么都不说了。"

说着，他坐下点上了一根烟。

见君梅不说话，杨青云坐到她身边。君梅生气地甩开他的手，远远地坐到了对面。杨青云将自己这几年和赵志杰来往的过程跟妻子原原本本说了出来，他告诉君梅，当初赵志杰认识了一个北京人，并通过这个北京人给自己介绍了一笔业务。后来赵志杰跟这个北京人好上了，两个人已经到了谈婚论嫁的地步。不料就在这个时候，北京人出事了。出事前他从赵志杰那里拿了不少钱，赵志杰还花了好多钱去赎他。后来才知道那个北京人是赵省长的人，办案人员最终也把赵志杰给抓走了。

“后来，师父师母一起找我想办法，考虑到她曾帮过我，我这才决定救她。”杨青云说，“再后来，我出了不少钱帮她打点，并办了取保。取保以后她已经人财两空，茶楼也被查封了，她还得了抑郁症，没过多久她就在医院跳楼死了。”

“如今她已经死了两个多月了。”说到这里，杨青云又补充道。

君梅半信半疑：“她的房产证为什么在你这里？”

“我不是跟你说过吗，她生前借过我一些钱，办取保我也给她出了点儿钱。她给师父留下了遗书，说拿这几套房子还债。如果不信，你随便调查，师父师母你又不是不认识，你现在就可以打电话。”

见杨青云不像撒谎，君梅也慢慢地冷静了下来。

杨青云这些话逻辑虽有些不太对，但也是基本事实。他注意到，当自己说到赵志杰跳楼的时候，君梅的身子强烈抖动着。

杨青云突然感觉胸口有些憋闷，他点上一支烟，猛吸了两口才镇定下来：“事情就这么回事儿，我不知道你到底是想知道什么？”

说着他一脸阴沉地来到妻子身边，用力牵住她的手。君梅拒绝了一下，便任由杨青云将她的一只手握住了。虽脸上还是那副冷冷的表情，另一只手却重重捶了杨青云一拳：“你又骗我。”

杨青云知道，能说出这句话，君梅心中的误会已经消了。

君梅红着眼睛，看了半天杨青云。她叹了口气说：“既然她已经死了，你能不能跟我说句实话，这些年你们到底发生过什么没有？”

杨青云眼神空洞地说：“这么多年了，你不是不了解我。我从小是在大运河边长大的，我接受的是什么样的家教，我是什么样的人你最清楚。我承认我对她是有好感，但我们绝没发生过什么事儿。如果真发生过什么事儿，一切会是今天的样子？”

杨青云一边说着，一股难以形状的心痛让他眉头紧锁。明世理的人不需解释，但女人在这类事情上似乎都不理智。他黯然神伤地告诉妻子说：“我知道我的责任，到什么时候都不能降低对自己的要求。孩子们都这么大了，他们都在看着我，无论什么时候我都不会背叛家庭。我和她并不像你想得那么八卦，我确定从没背叛过你。”

“那你评价一下她，她在你心中到底是什么位置？”

杨青云叹息着说：“她已经死了，我不想去评价一个已经去世的人。不管她做得对或不对，很多事情我和师父师母都已经原谅她了。如果相信我，这件事不要再提了。”

“如果不相信呢？”

“如果你不相信，你可以去问师母，所有这些事情师母最清楚。但我希望，你不要把我搞得里外都不是人。”

见杨青云态度诚恳，而且还敢这么说，君梅的态度终于缓和下来。她不是不相信丈夫，但男女之间界限太容易突破，这类事情换作是谁恐怕也难以接受。

“你难过吗？”君梅又问他说。

杨青云想了想：“要我说实话？”

君梅点点头，杨青云黯然道：“我难过，我心里特别难过。人非草木，都认识这么多年了，小杰这孩子其实挺好的，你说我难过不难过？她从楼上掉下来的时候，我也正在场。你不知道，那天我去医院看她，眼睁睁地看着她站在二十多层的楼上……”

说着说着，他双手插进发间，脸上痛苦的表情仿佛又回到了那个让人心碎的下午。

第十章　磨合

01

自开发区奠基开工以后，杨青云不但面临着繁重的建设任务，同时还在投资办厂，另外还要兼顾省城工程公司的事情，一时间他忙得有些焦头烂额。知道自己不能长期纠缠于这些具体事务，他早就计划着在清川设立一支独立的项目管理团队，只是一直没能找到合适的人带队。几经考察，正与宋光峰闹矛盾的陈小西慢慢进入了他的视线。趁这次回省城的机会，他也正式向妻子君梅说出了自己在清风驿投资的决定。

“放着省城好好的项目不做，非跑那里去干什么？投点儿钱就投点儿钱，如今连人都搭上了，你看看你现在这副样子。嗓子哑成这样，一脸的胡子拉碴，你的心还没伤透？”君梅一边说着，一边心疼地轻抚他的脸庞说。

“很多事情都已经开始了。”杨青云靠在床头，摸过一支烟，君梅抢过他手里的打火机帮他点上。

“真不知道你到底怎么想的，你伤得还不够？”君梅对杨青云和清风驿的恩怨一清二楚。

“有些事你不懂。”杨青云平静地告诉妻子说，“如今国家从上到下正在改革，咱们也必须考虑转型，尤其是私企，再像以前一样做事肯定不行了。你还不知道吧，五经早就把药厂卖了。”

“真的？”君梅和刘五经也很熟悉，听到这一消息惊讶地问。

“当然是真的，”杨青云说，“所有人都以为他要出国跑路呢！那时候我就发现咱们也得转型。当时你在北京，这件事就没跟你商量。”

君梅趴在杨青云胸口，捏捏他的耳朵，又摸摸他的胡子：“做这么多事，你不嫌累？”

杨青云抚着妻子的脸：“这么多人等着吃饭，男人能说累吗？”

关灯以后，他发现自己竟来了少有的兴致，君梅的状态竟也好得出奇。二人你来我往，一连出现好几次高潮。这些年不在一起生活，他们已经很久没这么兴奋了。看着妻子枕着小臂沉沉睡去，他又吸了两根烟方才闭眼睡着。

第二天一觉醒来，君梅已经做好了早饭。吃饭时不见儿子，一问才知道赶回北京去了。杨青云生气儿子不打照面就走，君梅说：“自你答应他考选调生以后，杨名像变了一个人。”

听妻子这么说，杨青云笑道：“都这么大了还不懂点儿事儿，我得操心到什么时候！”

两根油条，一小碟酱菜，一碗豆浆，杨青云没两分钟就吃完了。吃过早饭他又吸了一根烟，见君梅还在厨房忙碌，他叫了妻子一声说：“你给我点儿钱。”

“要钱干啥？”君梅问。

“我那个奔驰先给你用，我让公司给你配个司机。那边天天在工地转，路况也不好，我去买个越野。”

“公司账上没钱？”

“现在人人都用公户买车，虽然抵税方便，但我还是觉得挂个人名下合适。”

“随你吧，用多少？”君梅问道。

“你先给我三百吧。”

“我手里就不能有钱。”见杨青云开口就要三百万，君梅又发起了牢骚。

见妻子不高兴，杨青云耐心地解释道：“买个车得一百多，在那边零用也不少，我手里怎么也得有点儿钱吧？在地方上不比省城，处处都得花钱。现在那边很多事情都还不规范，这次回来就把公司架构建起来。等财务理顺了，旅发大会一回款这个钱我就还你。”

正说着，楼下喇叭声一长一短，小高接他的车已经到了。君梅拿出一张银行卡递给杨青云，他笑了笑起身下楼。刚一上车，杨青云就给陈小西打通了电话。

“老大，你回来啦？”接到杨青云的电话，陈小西兴奋地问道。

“不回来就不能给你打电话？”杨青云反问道。

“说有什么事儿？没事儿你才不给我打电话。”陈小西有口无心地说。

“你要是不忙，去给宋总请个假，就说已经跟我说了，上午你陪我去提个车，正好有件事我给你说说。”

“为什么给他请假？”见杨青云要自己去给宋光峰请假，陈小西又一嘴牢骚。她还想说什么时，杨青云已经把电话挂了。

因为要和陈小西单独谈事，杨青云安排小高留在公司报销这段时间的费用。趁选车的工夫，杨青云说起了要陈小西去清川分公司当负责人的想法。陈小西看上去有些不情愿，杨青云知道她是不愿意长期去县里工作。见杨青云语气不容商量，她又噘着嘴说：“老大，你让我去县里也不是不行，省得天天受宋光峰这个坏人折磨了。不过你得给我涨工资，要不我可不去。”

杨青云笑道：“真是把你们都惯坏了！按公司规定，享受项目经理驻外补贴。”

“我就知道老大够意思。”陈小西哧哧笑着，没心没肺地挽起了杨青云的胳膊。杨青云躲了一下，却没能躲开。

本来杨青云想买辆越野车，在工地上泥泥水水开起来方便一些。哪知一路看下来发现好车太贵，便宜的又怎么都看不上。见他犹犹豫豫陈小西说：“你是不是缺钱啊？缺钱我这儿有。”

“太好的车也是糟蹋。天天在下面混，路况不好。”杨青云自言自语道。

“那可不行，县里那些人都狗眼看人低，我们老大就得有个老大范儿！亮死他们！就得买最好的！”说着，她非要拉着杨青云去看宾利。

宾利不是杨青云的目标，看来看去最后他选了一辆雷克萨斯。陈小西有些失望地说：“再不济咱也得买奔驰买路虎呀，开出去是个面子。”

杨青云也自嘲道：“还真是越混越倒退了。不过这车在县里开已经很不错了。”

“人家都不知道这牌子！”陈小西噘着嘴小声说。

杨青云在贵宾室坐着吸烟，陈小西打了几个电话便把提车的事情全搞定了。本来需要加价，不知她找了什么人竟一分钱都没加。陈小西精打细算，杨青云感觉自己选陈小西去清风驿选对了，只是近二百万的花费多少有些超出他的预算。

提车以后，二人又忙着去车管所办手续。手续办下来又是大半天，选好车牌以后，他意犹未尽地拉着陈小西帮自己去商场选了几身衣服。

02

杨青云很多年没逛过商场了，平时穿衣都是君梅给他买好放在家里。陈小西虽然已经很累，听说去逛商场又是兴致大发，她挽着杨青云的胳膊进了商场，热心地帮着他又挑又试。后来，她借机也为自己选了两套衣服，杨青云没有拒绝，拿出银行卡让陈小西去结账。陈小西挤着眼睛笑道：“谢谢老大，那我就不客气了。”

买完衣服，二人又去一家茶馆坐了一会儿。陈小西问：“快跟我说说，你这个衣锦还乡的土财主当得怎么样？”

“一言难尽啊！”杨青云叹了一声说，“不过，总体来说事情还算顺利。”

“开心吗？”陈小西傻乎乎地问道。

“谈不上开心不开心，总之跟在省城做事是两种不同的感觉。”

陈小西颇有些感慨地说：“人们都关心你飞得高不高，很少有人问你飞得累不累。”

杨青云瞄了她一眼，他感觉今天的陈小西怪怪的。

晚上回到家里，将新车放进停车场，杨青云想了想又将新买的衣服全放进后备厢。刚一进门，他发现家里的气氛有些不对。屋里静悄悄的，君梅一个人坐在客厅里，也没有开灯。他忙问君梅怎么不开灯，妻子笑了笑说没啥，突然间灯光大亮，女儿杨阳已经飞一样从楼上跑下来，孩子般一头扑进他的怀里。

杨青云心里慌慌的："你啥时候回来的？"

"爸，你瘦了！"杨阳和他抱了一下，"刘君梅同志告诉我你回来了，我马上就买了张高铁票。我妈说你现在像个土老帽，我给你买了两身衣服！"

说着，杨阳拿过沙发上的手提袋给杨青云看。

"好，试一下，试一下。看宝贝女儿给爸买的衣服。这可是头一次哟！"杨青云一脸幸福地说道。

女儿帮着他将身上的衣服脱掉，又将新衣服穿上，样式大小都非常合适。杨青云刮了一下女儿的鼻子满意地笑了。在女儿为他整理衣服的一刹那，他心里突然抖了一下。

忙了半天才将衣服一件件试完，他惊讶地发现女儿给他买的一件T恤竟然跟陈小西买的那件一模一样。君梅一脸疲惫地对女儿说："别总缠着你爸，都这么大了……我今天有些累，先洗洗睡了。"

说着，君梅转身走了。客厅里只剩下父女二人，杨青云坐下，杨阳也不再像方才那般缠着他。杨阳突然间变脸了，坐在对面的沙发上死盯着他看。杨青云点上一根烟："怎么这么看着爸爸？"

"爸，下午玩得开心吗？"

杨青云有些不知所措地看了一眼女儿，嘴上搪塞道："还行吧，怎么了？"

杨阳看了看卧室，又是一脸神秘。

女儿这一笑杨青云更加心虚，却不知如何去掩饰。正考虑着如何答对，杨阳压低了声音一字一句说道："下午我也在商场。"

杨青云脑袋嗡的一下大了，他黑着脸看了看女儿又低头不语，手里的烟燃到尽头也忘了掐。过了好半天，他才抬起头来一笑："你看到爸爸了怎么不叫我一声？"

杨阳没说话，只是面无表情地盯着他。他尴尬地一笑解释道："爸爸下午也去商场了，陈姐姐你认识的……"

杨阳将声音压低："爸，我不想听你解释。我就问一你句话，你能回答我吗？"

"说吧。"

“你还爱我们吗？”

“小孩子家家的，不琢磨着好好读你的书，怎么突然问这个？你陈姐姐是爸爸的员工。”杨青云慌乱地说着。面对女儿咄咄逼人的问话，他头上的汗已经冒出来了。

“爸你觉得有意思吗？”杨阳压低声音，又不依不饶地追问了一句，眼泪却流了下来。见杨青云不说话，她擦了擦泪小声说：“爸，我知道你每天都一心忙工作，我妈和你的差距越来越大。不管你爱不爱她，你一直非常爱咱们这个家。这件事我会替你保密，不管是真是假，请你答应我一件事。”

“什么事？”

“不管什么时候，你都不要伤害我妈。”

见女儿哭了杨青云也鼻头一酸：“谢谢你相信爸，爸向你保证，陈姐姐只是帮我买几件衣服。你也不是孩子了，不要整天胡思乱想。快去睡吧。”

好不容易才将女儿哄去睡了，杨青云却一晚上都心烦意乱。

第二天，他在公司开了整整一天的会。杨青云详细听取了宋光峰关于工程公司近段时间经营状况的汇报，又通过行政、财务、经营等各主要部门的报表进一步了解了一下相关数据。除此之外，他还和宋光峰以及行政人事部门协调，以陈小西为负责人组建了一支新的管理团队。

他本想等众人将工作交接完毕一起赶回清风驿，不料李锋突然打来电话，说工地上出大事了，要他马上回去看看。

03

杨青云回省城虽然只有短短的几天，清风驿工地上却遇上了大麻烦。

本来划定土地边界的事情已经告一段落，而且张、李、杨三家人的工作都已基本做通。只要围墙一圈起来，大运河开发区的第一个项目就可以顺利开工建设了。按照开发区指挥部制定的征收政策，田地里的青苗也公布了赔偿标准，土地补偿款也打到了指挥部账上，这关头又出了什么事儿呢？

麻烦的起因是田地里那些旧坟。

清风驿一直有着土葬的传统，最初老人去世都要埋到各族里的专用坟地。后来坟头越来越多，坟地不够用了，改成了埋在各家各户自己的承包地。在杨青云征用的这一百多亩田地里，就有着十几个旧坟。这些坟头张、杨、李三家哪家都有，本来迁坟的事也早就安排好了，指挥部参考县里的统一规定，每个坟头补偿三千块钱，由相关利益人自行把坟迁走，然后到支部领钱。

土地边界划定以后，杨家、李家的旧坟都已经自觉迁走了，老张家却迟迟不见动静。眼见事情要耽误下去，负责清表的项目经理几次找到新区指挥部。李锋见状就催长巨，李锋一催长巨长巨就来催金田，长巨一催金田金田就催保平，一来二去保平就有些不耐烦。

保平对金田说："你负责联系征迁，这事儿不该找我。"

金田说："这不都是你们老张家的坟吗？"保平听金田这么一说更加不耐烦："你没看到这些都是老坟？要给几百年的老祖宗挪窝，那可不是我说了算的。"

金田见保平是这态度，愁得蹲在支部院子里开始抽闷烟。

人死为大，动人祖坟的事儿金田不敢轻易去给张家的人说。见保平一副事不关己的样子，金田只好硬着头皮挨家挨户去做工作。哪知张家人好像全商量好了，几乎所有人都统一了口径，先是说迁坟的事儿我们没意见，但这件事儿得大辈出面，我们做不了主。

见人们都这么说，金田又愁住了。

张家的大辈人是保荣。知道保荣此前和杨青云的恩怨，金田虽不愿蹚这个浑水，却也硬着头皮来到了保荣家。保荣一天到晚忙着给人说媒，好不容易才等到他，话没说上两句就被保荣顶了回来。

"迁坟？这哪里是迁坟，人家这是报仇来了。老祖宗在地下埋了这么多年，迁哪里去？在地里好好埋着碍谁的事儿了？再说了，谁征地谁来找，征地的人不来找，你算怎么回事儿？"

金田反复告诉保荣说："开发区是县里的规划，根本不是杨青云的意思。"可不管金田怎么解释，保荣就是不肯松口。临出门时，他还一脸善意地提醒金田说："有些事你不清楚，这不是你李家能管的事儿，你少掺和。"

清风驿人际关系错综复杂，虽然张杨两家不通婚，李家却跟两家都结着姻亲。按乡间的辈分金田得管保荣叫一声姑父。见保荣这么说，金田一时不知该如何是好。

就这样一连几天过去了，上上下下催起来没完，老张家没一个人前来迁坟。后来金田被长巨催急了，他请长巨喝了顿酒，说此事已经牵涉到张杨两家的恩怨，问长巨能不能帮着去做做杨青云的工作，让杨青云自己去找保荣谈。

自杨青云回到清风驿，长巨腰杆硬了很多。两杯酒下肚他大脑有些膨胀：“不就迁个坟吗，县里已经定好的事儿，哪有那么麻烦？这事儿包在我身上。”

金田忙问长巨怎么去办，长巨说这事儿关键还在保平，不在别人。

金田一听就蔫了，这些年他和保平一直不融洽。金田管着村里的公章，就在前几天，县里让填报危房改造补贴，保平的小舅子李金宝明明不符合要求，保平拿着表让金田盖章，为这事儿两人还吵了一架。

长巨说事情有分工，这个事儿按说不归我管。可青云是我们杨家的人，现在你又来找我。我可以帮你去办。不过，如果事办成了你得答应我一件事。金田忙问什么事，长巨说现在我不说，但这件事你一定办得了。金田说你不说什么事我怎么答应你，长巨端起酒杯一仰脖喝了：“你一定办得了，而且还不为难。”

金田见状，也只好先答应下来再说。

答应金田以后，长巨果然说到做到。第二天下午，他来到保平家里坐着不走，也不说有什么事。眼看天色已晚，保平实在不耐烦了便问长巨到底有什么事。长巨只字不说，却给开超市的小惠打电话送来一桌酒菜。两杯酒下肚以后，长巨才终于说起了张家迁坟的事。

保平没好气儿地说：“你该干什么干什么去，这又不是你管的事儿！”

长巨说：“金田不敢跟你说，我这才来找你的。你不发话这个事儿还真办不成。你是支书，谁敢不听你的？”

见长巨这么说保平心中高兴，却一脸冤枉地摊摊手说：“你就别给我出难题了，这又不是我一个人的事。坟是老坟，祖宗也不是我一个人的。虽然当着支书，我可没法带头说这个话。要找你去找保荣。”

长巨要的就是这个效果。见保平自己把事推掉了，他又装着劝了两句。如今杨青云财大气粗，老杨家终于要在清风驿出人头地了，他要趁着这个机会树立起自己的威信。从保平家里喝完酒，长巨第二天便带清表人员登门来找保荣。

04

见长巨带着生人进门，而且手里还提着礼物，保荣本来满脸赔笑，但一听说是要说迁坟的事，他马上黑着脸扭过头去半天都不说话。

“爷们儿，我知道你们今天为什么来的，这个事儿当着外人的面咱就不提了吧。”按乡间辈分说长巨比保荣大着一辈，他急着要去给人说媒，没坐了一会儿就急着要出门了。

见保荣心急了，长巨故意装作不紧不慢。他咳嗽了一下说：“大水冲不了龙王庙，人家青云这次是来投资，可不是冲着你们老张家来的。都在一个村子里住着，不看这个看那个，邻家背舍这么多年了，你千万别把这件事搞复杂。”

任凭长巨怎么劝说，只要事关拆坟保荣一句话都不接。长巨拖着保荣不让出门，二人又闲扯了半天，保荣却问长巨：“咱俩没什么过节儿，你能不能帮我个忙？”

长巨忙问保荣有什么事儿。保荣说：“听说东边河堤上在修牌坊，你帮我问问，看捐多少钱能在上面刻个名字。”

“刻名字干啥？”

“这几天晚上总是做梦，一做梦就梦见老三他娘。杀了那么多生，我这辈子有罪呢。”

长巨一听笑了：“河里的工程也是青云干，这你不知道？”

保荣一脸失望地摇了摇头：“不知道，人家钱多势大，要是这样就算了。”

长巨说：“这件事儿我可以去问问，但迁坟的事儿你得表个态。”

保荣犹豫了一下，却还是不肯接话。长巨又说："这事儿咱俩关起门来说，你可不敢给别人知道。只要你答应把坟迁走，我想办法多给你要点儿赔偿。"

保荣低下头来沉默着。

长巨感觉保荣马上就要答应了，偏偏就在这时，听说长巨带人来找，保荣的儿子老三风风火火地赶了过来。人还没进屋老三就说："老祖宗的坟不能动，动一动就坏了风水。"

长巨心中生气，便没好气儿地说："你们家你当家？"

不想这话触到了老三的痛处，老三说："我当家。"

心中正恨老三突然插了一杠子，长巨说："你爹还活着呢，能轮到你做主？"

老三脸红脖子粗地半天不说话，然后气呼呼地说："谁当家这个坟都不能迁！"

长巨说："事儿是县里定下来的，当初定方案的时候你们怎么不说不迁？"

"定方案的时候老张家是没说不迁，可也没说要迁！迁谁家的祖坟就给这两个钱？你们老杨家的祖宗就值这两个钱？"

见老三胡搅蛮缠，长巨心一横说："如果不迁，你们等着往人家厂子里上坟去吧！"

老三眼皮一翻："你敢！"

长巨火儿也被激上来了："老三你别这么跟我说话，我今天是来劝劝你爹。如果想多要钱，我可以想办法多给你们要。一是青云不差这点儿钱，二是你也不用跟我在这儿犯浑。如果硬来，施工队明天就全给你铲平，你信不信？"

保荣面无表情地只顾端着低头抽烟，老三瞪着眼睛大吼："我看哪个狗日的敢！"

眼看马上要谈成的事儿，因为老三的突然出现又搞砸了，长巨气呼呼地带人走了。回到工地，想到保荣方才的话，长巨没跟任何人商量，指挥着推土机作势就要铲掉张家祖坟前的石碑。

听说施工队要铲坟，老张家呼呼啦啦冲来了几十号人，拿着棍棒砖头将推土机围了起来。老三从人群里冲出来，蹦着高一铁锹拍在推土机前挡风玻璃上。众人一哄而上，先是将司机拉下来痛打了一顿，然后浇上汽油一把火竟将推土机点了。

司机痛苦地倒在地上，一群人又追着来打长巨。长巨紧跑两步，抢过一辆电动车一溜烟跑到镇政府躲了起来。饶是他跑得快，后背上也重重挨了一记砖头。

工地上打架的时候，镇长李锋并没在镇上。

这天上午，他接到县扶贫办通知到县里开会去了。众人一直追到镇政府门口，却没敢继续往里冲。老三虽然蛮横，也不敢跑到政府院里打架，他带着人堵在门口外面大骂。见长巨不敢出来众人又冲回工地，将刚刚砌好的围墙全部推倒，又将现场施工人员全赶离了工地。

工人们纷纷来到指挥部，党委书记刘长顺听见动静，一问才知道工地上出了乱子。见激起了群体事件，他忙打电话将李锋从县里叫了回来。

李锋一回到镇上，见刚砌好的围墙全推倒了，工人们全被赶出了工地，他忙带人安排受伤的工人住院，并向长巨问清了事情的经过。见老三敢聚众打人毁物，李锋带上派出所的人铐上了老三，另外还铐上了几个参与打架推倒围墙的人。

见派出所要把人带走，老张家的人全不干了。不知谁喊了一声，张家的男女老少全拥出来堵住了村口。双方又对峙起来。见老三被抓，老二庆山光着膀子，拿出保荣以前的剔骨刀挡在前面，扬言要杀几个人放放血。正说话间，不知谁手里的砖头抛过来，一名协勤被砸得满头流血，冲突眼见就要爆发。

听说老三带人砸了工地，保平一开始没敢露面。直到众人堵住村口，保平才不知从哪里跑了出来。他死命拦在众人面前，高喊着大家要冷静，一切听从镇上的安排。刘长顺听李锋抓人被扣，也坐上小车赶到了村里。隔着人群，他看到李锋等人已被手持农具的村民围在中间。任保平怎么喊叫，愤怒的人群就是不肯后退半步。

刘长顺没敢下车，当即向罗建华打电话求救。

双方又对峙了一个多小时，直到县里派来了防暴大队，以老三为首的几个闹事的人才被派出所带走。

经这么一闹，不但迁坟的事没有解决，还有人把这一事件发到了网上。一时间舆论铺天盖地，清一色全是骂人的口水，而且还把矛头指向了开发区非法占地和未批先建。指挥部接到县委办紧急通知，大运河开发区工程立即停工。

李锋不知如何是好，只好又向罗建华打电话请示。不想罗建华却不容商量地告诉他说，群众不理解工作可以慢慢去做，不管出现什么情况开发区建设一天都不能停，已经开始的工程更是不许停工。

县委和县政府的意见不一致，李锋暗暗叫苦。无奈之下，他只好到村里来找保平做工作。来到村里他才知道，那天保平因为护着他腰里也挨了一棍，已经跑到县里住院去了。李锋又急又气，便找刘长顺来问主意。刘长顺不阴不阳地说，县委和县政府这是明显出了分歧，我没在指挥部任职，这个事不好判断。如果保平不听指挥你可以随时找我，其他事你看着办吧。

李锋知道，刘长顺从一开始就不支持在清风驿建开发区，他只得安排派出所的人去现场维持秩序，先保证工地不停工再说。

05

李锋并不知道，就在他刚刚离开书记办公室，刘长顺就给罗建华打去了电话。

刘长顺给罗建华打电话并没有汇报冲突如何处理，而是建议说清风驿情况复杂，家族势力盘根错节，已经对村务产生重大的影响，问罗建华是不是给清风驿派一名第一书记。

听了刘长顺的建议，罗建华说这也是个办法，不过要看清风驿符合不符合条件。如果符合条件，我直接去找组织部。刘长顺说目前各方面都符合条件，只是不知道这是不是解决问题的办法。罗建华说那好，我让组织部跟你们联系。

因事出紧急，相关程序没两天就走完了，县司法局干部韩冰被紧急派到了清风驿。

见事情没有解决，老三几个人还在看守所关着，工地却又开工干活儿了，老张家几百口人扛着农具全堵到工地上来了。人群中不知谁喊了一声“拆了他狗日的”，新砌好的墙头又全被推倒了。愤怒的人群还冲到工地办公室，将窗户玻璃和办公用品砸了个稀烂。

李锋身边只有派出所几名民警，根本就靠不了近前。他拿着扩音喇叭刚喊了没两句，众人就一拥而上将他围住。不知谁夺走了他手里的喇叭，还高骂了几声粗话。李锋感觉眼前突然一黑，一头扎到地上什么都不知道了。

李锋醒来的时候，他发现自己正躺在县医院的病床上，床前坐着刘长顺。李锋摸摸头上裹着的纱布，一抬手胳膊就疼得要命。刘长顺安慰他说：“事情已经这样了，清风驿的事你先别挂着了，等安心养好伤再说吧。”

李锋问工地上情况到底怎么样了，刘长顺说墙都推倒了，办公室也砸了，打你那几个人抓住一个。另外两个跑了，公安局已经上网通缉。

刘长顺走后李锋犹豫了半天，这才拨通了杨青云的电话。

听说突然间出了这么大的乱子，杨青云怎能不急？一路上他不断地催小高加大油门。冷静下来以后，他想起了那天长明跟自己说的话，他又急又气，心里暗暗骂了一声。

风风火火下了高速，杨青云没有直接回清风驿。他让小高买了些补品先去医院看了看李锋。看到李锋狼狈的样子，他不由一阵阵恐惧心寒。

李锋拉着他的手说：“你回来就好了，罗县长说了工地不能停。我这里没什么事儿，都是外伤，过两天就好了。你赶紧回去处理处理工地上的事儿吧。”

杨青云拍拍李锋，告诉他安心养伤。李锋说这次事儿闹得不小，县里已经给村里派了第一书记，这两天就上任，接下来有什么事情你多跟她商量。

听说县里派了第一书记，杨青云忙问保平怎么办，李锋没有正面回答，他只是告诉杨青云说：“第一书记是县里的干部，有什么事情你多跟她商量吧。”

见是这样，杨青云没敢惊动罗建华，他要先回清风驿摸清情况再说。

杨青云赶到清风驿的时候，工地上早已一片狼藉。他压着心中的怒火，让小高一直将车停到了办公室前面的水泥地上。

“怎么了这是？”杨青云从车上下来，见庆山正光着膀子带着几个人坐在坟头吸烟，身前的地上扔着一堆酒菜，还有一把杀猪刀。都是一个村里的乡亲，见杨青云走来有人悄悄躲到后面。

庆山故意不看杨青云，杨青云却笑呵呵地站到他面前："老二，怎么了这是？"

庆山不说话，杨青云四下看了看，被烧坏的推土机在旁边停着，推倒的围墙成了一地散落的砖头，施工队人员闲闲散散地向这边观望着。老张家这些人虽然都叫不上名字，杨青云大概也都能认出谁是谁家的人。看着地上胡乱扔着几条拆开包的香烟，一只大茶壶几个破茶碗，一看就知道这几个人是有备而来的。

杨青云从这些人的目光中感觉到一股悄然蔓延过来的仇恨。金田不知道哪里去了，长巨也不知道哪里去了，王多余呢？清江呢？自己的人怎么一个也没有？

他定了定神蹲下身子，自己动手端起一碗茶水喝了一口，然后又拿起烟盒抽出一根烟点上。众人不知所措，他猛吸了两口烟转身向办公室走去。

坟前几个人看得发愣，不知杨青云葫芦里卖的什么药。不一会儿，杨青云手里拿着两条中华竟又返回来了。他身后跟着小高，小高手里提着两件矿泉水。将水放到地上杨青云让小高走了，他拆开香烟包装，每人手里硬塞了两包，并将剩下的香烟扔到地上。

众人又看呆了，大家明明都是来闹事的，不知杨青云这么做到底是什么意思。杨青云笑道："大伙儿先抽着喝着，日头这么足，可别中了暑。烟不够了水不够了随时跟我说，咱这里管够！"

说着，他友好地拍拍庆山肩膀又转身上车走了。

06

杨青云回到指挥部的时候，长巨正双手抱头躺在床上发愁。老二到处提着刀子找他拼命，这几天他一直没敢回村。见杨青云回来，他一骨碌从床上翻下来，不安地道了声："青云你回来了？"

杨青云看了他一眼没说话，长巨说："你回来就好办了，本来迁坟的事儿已经商量好了，老张家又临时变卦。我是想等你回来商量，李锋说县上不让停工，我就去找保平。保平说这事儿他管不了，我就去找保荣，可他一句正话都不说。老张家明摆着这是欺负咱们，我想咱有县里支持，这才跟老三打起来的。推土机让他们烧了，墙都推了，我背上还挨了一砖。”

说着，长巨撩起后背给杨青云看。杨青云看到他后背一大片瘀青嘴上嗯了一声。见杨青云没责备，长巨人马上精神了许多。

“金田呢？”杨青云问。

“金田早跑了，这本来是他管的事儿，平坟的时候他就没在场，后来打起来才过来的。听说他也挨了一砖头，不知跑哪里去了。”

“谁让停的工？”杨青云沉着脸问，“坟迁不了可以不迁，等我回来解决。墙头为什么不先砌着？停工算怎么回事儿？保平不在，村里的事儿是你管还是金田管？”

杨青云问到这里，长巨又是一肚子委屈：“不停工还有法儿干吗？老三被抓起来以后，老二带人天天拿着刀子在那儿坐着，老张家几十号人都跟着起哄。李锋带着警察过来，他们连警察也打。老张家的人说了，谁敢动一块砖头，就是跟他老张家玩儿命。施工的都是外地人，村委会他们也不放在眼里，他们这是跟咱摽上了。”

杨青云心里有气不知道该向谁发：“还有王法没有？你马上找到金田，你们一起去刘书记办公室找我。”

说着，杨青云不再理会长巨，转身去了刘长顺的书记办公室。

杨青云前脚刚在刘长顺办公室坐下，头上包着绷带的金田就慌慌张张地推门进来了。一进门他没敢坐，只是垂着手点头笑笑对刘长顺说：“刘书记。”

杨青云紧绷着的脸松弛下来：“伤没事儿吧？”说着，他上前看了看金田的伤势。

“事儿倒没事儿，”金田笑着说。说着，他一圈圈解开自己头上的绷带，“我是故意包起来的，吓唬吓唬他们。”

杨青云拍了拍金田：“你没事儿就好，长巨呢？刚才我让他找你去了。”

“长巨？我没见他啊，”说到这里金田眼珠转了转，像是有什么话要说，却又说不出来。刘长顺不耐烦地说：“有什么话你直说吧。”

似乎鼓了很大的勇气金田才说：“刘书记，青云哥，这话我一直在心里憋着，趁今天的工夫说出来吧。长巨这个人不行，别看他是你杨家的人，你在这儿的时候他假积极，你一走他什么事儿都不管，和稀泥老好人儿，他根本跟你就不是一条心。本来这事儿没多大矛盾，老张家明摆着是冲青云来的，我认为平坟的事儿应该等青云回来再说。我管着村里的事儿，又管着联系工地，我不知道咱们工期紧？他是两头讨好想立个大功，这才把事儿搞砸了。我还听说，他背地里还帮着保荣打听，要把保荣的名字刻到牌坊上去呢。一个杀猪的，他凭什么呀？”

看着金田一脸委屈，杨青云安慰了他两句：“这不是谁家和谁家的事儿，我见过长巨了，人家长巨可没说你坏话。”

“我这不是实话实说吗，青云哥。”金田解释道，“我这不是说他坏话，我是有什么说什么。青云哥你一定要擦亮眼睛，分清好人坏人。别看他是你们爷们儿，长巨是小诸葛亮，当面一套背后一套。”

杨青云递过一根烟，自己也点上，心里却在琢磨金田和长巨的话。事情闹到这个地步，到底是长巨火上浇油还是金田阳奉阴违，他一时也不好分辨。

正想着和刘长顺商量下一步怎么处理，长巨却推门进来了。

见金田也在屋里，长巨笑了一下找个凳子坐下。刘长顺让长巨和金田各自谈谈自己的看法，长巨的意思是这是个刑事案件，既然已经抓了人，抓谁家的人谁心急，指挥部坚决不能让步，否则张家人会得寸进尺。刘长顺看了看金田，金田却说打人的事该怎么处理怎么处理，但该让步的还是要让步。不如趁着这个机会把征地的事情全处理清楚，否则事情难以进展。

众人在刘长顺办公室商量了半天，最终也没能形成统一的意见。

07

虽然嘴上没说，杨青云很清楚老张家的人全都是冲自己来的。他想起了罗建华跟他说过的那句话，落后不止是经济上的落后，从本质上来说还是观念上的落后。别看最初征地的时候张家人答应得痛快，原来他们是在这里等他。

一时商量不出主意，刘长顺告诉杨青云说，县里已经给清风驿派了第一书记，是个女同志，名叫韩冰。她已经来镇上报到，现在回县上交接工作去了，这两天就正式上班。杨青云装作还不知道这件事情，忙对刘长顺说：“这太好了刘书记，我们村里一直都是各家管各家的事儿，什么事儿都是大辈说了算，这也省得保平为难了。”

想起保平还在医院住着，杨青云对刘长顺说：“我回来得匆忙，听说李镇长和保平都住院了，我这就过去看看他们。”

杨青云有意没说自己去看过李锋的事，刘长顺说：“那你赶紧去吧，别心急啊，事情既然已经这样了，你也劝劝罗县长让他别心急。”

杨青云已经打听清楚保平其实并没有受多大的伤，知道他住院是在耍滑头躲事儿，但又不能明说。这天晚上，杨青云让小高送他来到县医院。他怀里揣着一袋花生米，又从后备厢取了一瓶酒便上楼了。

杨青云的突然到来让保平有些意外，进屋后杨青云一句话也不说，只是默默地将门关上。保平躺在病床上一脸诧异地看着他，杨青云不紧不慢地将酒倒上，又将花生米打开笑着对保平说：“来吧，别再装了。”

保平只好不再演戏，挣扎着从床上爬起陪杨青云喝酒。两杯酒下去，保平开始诉苦。他承认自己是故意住院，但涉及祖坟的事他这个当支书的确实有心无力。“支书当不了一辈子，但我一辈子都得姓张。”保平一脸为难地告诉杨青云。

杨青云只字不提迁坟的事儿，只是一个劲儿地给保平敬酒。敬到最后，连保平自己也不知该如何是好了。

“保平哥，你也知道我今天为什么来找你。”直到一瓶酒喝完，见火候差不多了杨青云才跟保平说起正事。

保平看了杨青云一眼，故作怒状：“这长巨太不像话了，有他那么干的吗？明知道那些人为什么不迁坟，还这么硬干。还有金田，他一直都在躲事儿，这两个人都不成器。”

杨青云不清楚保平是不是知道第一书记马上就要来清风驿上任了，便说：“长巨有长巨的不是，金田也当不了大事，村里的事儿最终还得由你这个支书解决。保平哥，别人不清楚我心里可清楚得很，清风驿谁都离得了，就是离不了你。”

保平叹了口气说：“兄弟，你能来看我说明你看得起我，那我就跟你说两句真心话。这个事儿不是老张家不给你面子，也不是保荣故意跟你过不去，是咱们的事儿不该这么办。你回来投资办厂，支部一句话，哪个敢不支持？你是咱清风驿的人，不管什么事儿不能太依赖上边。你说你是不是脱离群众？”

见保平话里有话，杨青云忙问原因，保平说：“你自己说说，回来这么多天了，你到村里去过几次，又到支部去过几次？你把自己当成了大老板，当成了外人，村里老少爷们儿能对你没意见吗？大家都知道你跟罗县长关系好，可罗县长再好，他能在清川干一辈子？李锋心眼儿多，也不是什么好东西，他总想巴结罗县长往上爬。有事儿你找罗县长，罗县长就压镇上，罗县长压镇上镇上就压村里。咱清风驿老少爷们儿什么时候怕过这个？你又不是不知道，一个个都犟得跟驴似的，谁说啥都不好使。”

杨青云点点头：“这我知道。”

保平继续说：“你说怪你不怪你？青云，当哥的埋怨你一句，你就没把自己当成咱清风驿人。咱从小吃一条河里的水，你敬人一尺他们就会敬你一丈。再说说你用的那几个人吧，他们谁能真给你顶事儿？一出事儿都跑了吧？村里的事儿还得村里解决。”

杨青云点头称是：“保平哥，你这一说我才明白，这一点我做得是不够好，以后这方面还得多听听你的。不过天大的事儿也得解决，你说说下一步怎么办才好？”

“有原来的过节儿，保荣不同意迁坟这都情有可原。但归根结底还是大家心里都有底火儿。长巨和老三这么一闹，现在倒好，原来迁走的那些人家也想跟着闹，你长巨叔这是火上浇油，成事不足败事有余。”

见保平一直埋怨长巨，杨青云这才想起金田说过长巨一直想取代保平当支书。杨青云不想掺和这些杂七杂八的事儿，便将话题转开说：“保平哥，你给我指个道儿吧。”

保平板起脸来，说话却有些发直了：“难的时候想起我来了，青云你承认不承认，这是你的不对？”

杨青云点点头，保平继续说道：“我当然得帮你了，不过，”说到这里他先是一脸难色，然后又一脸推心置腹地说，“你不是不知道，村里这帮年轻人还行，那些上岁数的没人听我的，还是你四叔说了算。平坟只是个小事儿，根子是在地上。地的事儿到现在还没个明白话，这些人能不闹吗？”

“地是我跟县里的事儿，早就说清了。”杨青云说。

“村里怎么不知道？”保平说着站起身来。

“我不知道镇上怎么跟你说的，这事儿你可以去问李锋。”杨青云这才知道，虽然自己已经把征地费用交给了指挥部，指挥部至今仍没给村民补偿。为避免节外生枝，他没敢多说。

“这里面一定有猫腻，到现在为止村里都没拿到一分钱。”保平说。

杨青云还是不敢多说话：“保平哥你就说个痛快话吧，先解决坟的事儿，其他事儿不满意咱们慢慢商量。以后不管什么事儿，我会第一个征求你的意见。”

见杨青云这么说，保平才说：“迁坟的事儿说好办也好办，说难办也难办。事情是明摆着的，要想迁坟，一个字，钱。”

“不是说好了一个坟头三千吗？”

“三千？”张保平瞪大了眼睛掰着指头说道，“迁个坟得多少钱，青云你好好算算。买棺材，请帮忙的人吃饭，这就得三千多块钱，再怎么说也得给点儿精神补偿吧。要说大伙不该这么难为你，是你一开始把工作做错了。他们也是对事儿不对人，他们不光是冲你来的。村里对镇上有怨气。一开始，说好的每亩地五万块钱，五十年的租期，先付十年，到现在村里见着一分钱没有？还有青苗费，人家辛辛苦苦把苗种上了，你们说推就给推了。说好的钱到现在也见不着一分。”

杨青云心中一惊，他跟县里明明定好的是一亩地每年一千二，怎么到村里变成了一千？杨青云对保平说：“保平哥，这些钱我确实都已经交给县里了。”

“交到县里有啥用？县里到镇上，镇上到村里，不知到什么时候。你的钱，你得盯着一分不少地发到老少爷们儿手里。”保平说。

“谢谢你的提醒，这事儿我明天就盯着去办。”杨青云说。

保平点点头：“这边发着钱，你再去找罗县长，让派出所把老三放了，告诉他们一定让村支部去领人才肯放。在这个空里，你亲自去保荣家给他见个面。不管迁走没迁走的，一个坟头再加两千块，别心疼这点儿小钱，这么多年没在村里，你这是给自己买路呢。你要是觉得能行，平坟的事我自有办法，保你三天之内把坟全部迁走。”

杨青云想了半天，心中一块石头放了下来，他暗笑说来说去最终还是钱的事儿，只要钱能解决的问题就不是什么大事儿。想到这里他又突然感觉自己不能轻易让步，嘴上便说：“听说公安局已经立案了，放人的事儿怕是不好解决。我问句话你别不高兴，他们打伤工人的事儿呢？纵火的事儿呢？”

“当着这么大的老板，你还在乎这点儿小钱？人心得靠养，千万别因小失大。”保平说。说完他又加了一句：“如果能按我说的做，清风驿的老少爷们儿就能保你平安。”

“这事儿我再想想吧，保平哥，明天上午我给你个准话儿。”杨青云若有所思地说。

从医院出来已是后半夜了，尽管喝了半瓶白酒，杨青云却浑身冰凉。保平的一番话让他突然有了一股先是被人套路、后来又被人敲诈的被动，这一被动让他感到一股前所未有的屈辱。

08

精疲力尽地回到镇上，杨青云发现自己办公室门口站着一个人。仔细一看，竟是已经多日不见的许燕来。

见是许燕来，杨青云忙开门下车，走过去低低叫了一声：“许老师，是你？”

许燕来点点头却不说话，杨青云将她让进屋内。灯下的许燕来既羞怯又紧张，没说话脸先红了。杨青云一边忙着烧水，一边在偷眼打量着束手站立的许燕来。

“这么晚了，让您等了这么久，真是不好意思。”杨青云拉过凳子请许燕来坐下。许燕来不肯坐却说：“看您这么忙，真不好意思打扰。”

杨青云没想到许燕来会主动上门来找他，便问有什么事情。许燕来犹豫着，像是下了很大决心才说：“我是想问问您，为什么非让派出所抓人？”

“抓人？”杨青云一头雾水，他不知道许燕来说的是哪里的话。见杨青云不知自己说的哪件事忙解释说：“我一个学生家长被你们抓走了。”

杨青云说：“对不起许老师，我今天刚从省里回来，就是来处理这件事的。听说派出所抓走几个人，到底为什么我还没问清楚。这事儿跟你也有关系？”

许燕来先摇摇头，又说：“你能不能把他们放了？”

杨青云笑了说：“放不放人是派出所的事儿，这可不归我管。不过，既然许老师您找我来了，我一定当成一件大事，明天我就去盯着问问。”

“我知道你能放人。”见杨青云敷衍，许燕来加重语气说。她抬头看了看杨青云，长长的睫毛扑闪了一下。杨青云被她一看，全身如一股电流闪过。

“为什么放他们？许老师您能不能给我一个理由。”杨青云笑着掩饰着自己。

“你们这些大老板不能欺负老百姓。”见杨青云回答得不慌不忙，许燕来有些着急了。

“那他们能欺负我？”杨青云笑道。尽管这句话一说出来他就反悔了，但杨青云还是想为自己辩解一句。

“为富不仁！”说着，许燕来转身要走，杨青云忙拦住她说：“好了好了许老师。不跟您开玩笑了。您能来说明您信任我，非常感谢您对我的信任。咱们在一个院里住了这么久，您这是第一次到我这里做客。”

许燕来脸又红了，杨青云说：“你放心，我这次回来就是处理这件事的。大家都乡里乡亲，不管发生了什么事情打架是不对的。不过你得先让我了解一下，我答应你，只要我能说了算，我一定让派出所放人。”

见杨青云这么说，许燕来才知道杨青云方才是在跟自己调笑，她马上不再生气了，小声低头说了句谢谢。

说着许燕来要告辞，杨青云突然说：“什么时候能让我当面听听您这位不懂历史的许老师的历史课？”

说着，他指着自己书柜让许燕来看。许燕来抬头一看，惊讶地发现杨青云的书柜里满满的都是历史书籍。方才急着有事要说，来到杨青云房间许燕来都没顾上去看。

"您也读书？"许燕来问。

杨青云笑了，他将自己记下的几大本笔记拿给她看。许燕来接过来翻了翻，自己近期每堂课他竟都记得一丝不苟。

"你也喜欢历史？"许燕来好奇地问道。

杨青云点点头："我可是你的铁杆儿粉丝，有没有机会当面听听你的历史课？"

许燕来不知如何答对，她的直播课可从没有过现场观众。她红着脸本想拒绝，嘴上却说："只要放了人，随时欢迎您这个大老板给我指点。"说着，许燕来冲杨青云点头笑笑走了。

杨青云跟出门来，见许燕来快步向自己那排宿舍走去。没走几步，她发现杨青云还在门口看她，她回身冲他摆了摆手。

杨青云从没想过，在某年某月的某一天，一个人会以这样的方式再次冲撞他的心灵。许燕来走后，整个晚上他都像个年轻人般兴奋得睡不着觉。

杨青云并不知道，许燕来这天主动上门找他是另有隐情。

最近几天，细心的许燕来发现张小强情绪不太对，他像是跟谁有深仇大恨似的，一脸愁苦，目露凶光，而且似乎处处总是在躲着她。只要一听到放学铃声，他就急匆匆地打开图书室锁着的门，然后抱起书包就往学校外面跑。

她还发现张小强的书包格外沉重，里面似乎装着什么东西。趁课间的工夫，她偷偷翻了翻张小强的书包。不翻则已，一翻开张小强的书包许燕来大惊失色，她发现书本里夹着一把明晃晃的杀猪刀，另外还有半截砖头。

许燕来没敢惊动别人，她小心地把张小强的书包原样放好。中午放学时，许燕来在校门口拦住了张小强。张小强低头跟着许燕来来到办公室。许燕来关上房门，小声问道："告诉老师，带着刀子干什么？"

张小强低着头不说话，仇恨的目光火一样喷到地上。

"告诉老师。"许燕来摸摸张小强的头。

"他们把我爹抓走了，我要救他。"

"你知道是谁抓走的吗你就要救他？"

"杨青云，我爷爷跟我说了。"

听张小强这么说，许燕来的心立即紧张起来。

“你拿刀子干什么？”

“我要捅了他！”

“砖头是干什么的？”

“把他的车砸了。”

许燕来后背生出阵阵凉意，她暗暗埋怨张保荣怎么给孩子说这些呢？迁坟抓人的事她已经听说了，张老三被派出所抓走的事她也知道，张保荣怎么就这么愚昧，竟把仇恨的种子种到这么年幼的孩子心里？

“你爷爷到底怎么跟你说的？”

“我们张家和他们杨家有仇，我爷爷说了这是死仇。他不想让我们活了，要收走我家的地。我爹不答应，他就把我爹抓走了。”张小强恨恨地说。

“你爷爷没告诉你，人家不是来找你家报仇的，人家是来投资的？”

“他根本就不是来投资的，是来找我爷爷报仇的。”

“那你知不知道，你爹砸了人家的东西，还打伤了人家的人？”

见许燕来这么问，张小强不说话了。许燕来突然难受得想哭，她不知道这种扭曲的仇恨一旦在孩子的心底埋下种子，日后会结出什么样的果实。

“谁抓我爹我就捅谁。”许燕来伸手想要张小强的书包，张小强死死用胳膊护住说。

“这样就能给你爹报仇？你要杀人家，人家把你爹杀了吗？”许燕来没有强夺，尽量放轻了语气问道。

“来，把刀子交给老师，这件事儿老师帮你解决。”

“我自己能解决。”

许燕来笑了：“小屁孩儿！好了好了，你信老师不，把刀子给老师，我答应把你爹给救出来。”

张小强半信半疑，许燕来说：“老师还能骗你？你放心，老师说到做到。”

说着，许燕来分开张小强的双手，张小强极不情愿地将杀猪刀交到许燕来手里。许燕来用手帕将杀猪刀包好，放进自己背包。张小强还梗着脖子有些不放心，许燕来摸摸他的头说：“孩子，事情不是你爷爷说的那样，也不是这么解决的。听老师的，这不是你该管的事儿，赶紧去图书室写作业去吧！”

第十一章　冲突

01

早在来清风驿之前，许燕来就听说这里的人都暴躁易怒，常一言不合就动手打架。真正来到清风驿以后，她发现这里的人们根本就不是这个样子，他们忠厚、善良而且知书达理，虽然思想有些落后，但人人都很守规矩。

直到前几天的斗殴事件，许燕来才发现这里的人们确实不好惹。不管大人还是孩子，一旦让他们产生敌意或感觉到威胁，这里的人们骨子里那股原始的江湖气便会火苗一样熊熊燃烧起来。当她看到张小强的目光，那如刀子般锋利的仇恨让许燕来一想就心有余悸。

孩子们没有什么是非观，你伤害他的亲人就是他的仇人，他不会考虑根本也不懂人间的是非对错。为让张小强明白这些道理，许燕来认为最好的办法就是把张老三放出来，为此她才自作主张，主动上门去找杨青云。

清川有清川的江湖，清风驿有清风驿的规矩，突然间出了这档子事儿，潘六的事情只好暂时放一放。

下班以后，许燕来把那杀猪刀带回了宿舍，并像张小强一样拿一本书夹上藏到了床下。许燕来准备等事情解决以后，再把它亲手还给张小强。

杨青云不在清风驿的这些天，许燕来一直在焦急地等着他回来。她甚至担心地想过，他会不会知道有一个愤怒的少年正拿着杀猪刀等着他。许燕来越想越怕，她不知道清风驿还有多少像张小强一样的人。许燕来偷偷去指挥部墙上抄下了杨青云的电话号码，她试了好几次想提醒他，拿起电话却又不知该怎么说。

这天下班以后，她一直盯着全班同学都写完作业才离开学校。回到镇上，惊喜地看到杨青云屋里亮着灯光。许燕来又是欣喜又是担心，她鼓起勇气敲了敲杨青云的房门。屋里没人，既然屋里亮着灯，人一定没有走远，许燕来决定等着。

夜风已经有些凉了，她在杨青云门口徘徊着。一直等到后半夜，杨青云终于回来了，进屋以后，许燕来紧张得有点窒息，她不知道自己为什么这么慌乱。话说完之后，她还有些后悔，自己明明是求人来的，却把话说得那么硬，她不知道这个熟悉的陌生男人会不会听进自己的劝告。

看样子杨青云还不知道自己随时面临着危险，许燕来本想把事情说透，想想还是算了。与其让仇恨在人们心中燃烧，不如在刚刚萌芽的时候就将其浇灭。

许燕来走后，杨青云内心也久久不能平静。许燕来的突然出现，打乱了他事先设定好的节奏。

在清风驿，虽山南水北一起住着，但杨家和张家在老年间就不止一次结仇。两家人既不通婚也不串门，有什么大事都是本族的老人去码头上摆明了解决。张家虽然人多，但杨家人抱团，反倒处处都占着上风。特别是搬运工会成立以后，长明既当着工会主席，又当着大队长，村里码头上的事一直是他说了算，因此杨家人底气更硬了。后来改革开放，大运河断水工会解散，公社书记几次三番下令让他解决掉张杨两家的矛盾。为此长明主动来找保荣，并鼓励号召两家结亲通婚。尽管多次努力，却总是功亏一篑。虽然这些年两家没闹起过什么大冲突，后来长明还推荐保平当上了支书，但两家人依旧互不服气，面和心不和。

杨青云知道，如果这些疙瘩解不开，征地建厂的事情就无法彻底解决。听了保平的话，他本意是想先给张家人一个教训，把老三等人关上几天然后见好就收，再去找罗建华通知公安局把人放了。因此许燕来让他放人，他想都没想就立即答应了。

许燕来走后，杨青云思来想去，暗笑自己这是怎么了，怎么会如此轻易就相信一个陌生女人呢?

直到第二天上午，到底要不要听许燕来的主意，杨青云还是没有拿定主意。不想他在镇上刚一露脸，前来说情的人就一直没停。杨青云有些心烦意乱，索性便躲了出去，他决定趁着这个时间去给罗建华汇报一下当前的整体进度。来到县里才知道罗建华又去市里开会去了，他找了家茶馆坐了一会儿，吃过午饭才又回到镇上。

哪知道刚一回到指挥部，各路说情的人又来了。杨青云听着心乱，借接听电话的机会他又悄悄地从指挥部出来，直接将车开上了运河大堤。

远处的工地已见雏形，做起工程来李振中确实是一把好手，旅发大会项目杨青云一直没有太多过问，他只是偶尔看看宋光峰发来的报表，以确定一切都在有条不紊地进行着。旅发大会和开发区建设虽然都是自己做的，却是完全不同的两件事，二者不能混为一谈。

从车上下来，他一个人在河滩上走着，杨青云又想起了眼下的事儿。望着远处的河滩，他思前想后，还是觉得自己不能轻易答应放人，这毕竟是涉及两个家族的事情，他犹豫是不是要去找长明谈谈。

想到长明，他又想起了那些旧事，杨青云感觉清风驿的风气确实需要改变一下了。当年那桩荒唐的亲事，不但让自己付出了惨痛的代价，直到今天仍深深受着它的影响。人和人之间的关系不发生改变，不管谁来做事都会有人翻旧账，清风驿就永远没有未来。

对许燕来的承诺他一直挂在心上，这个腼腆文静的支教女老师给杨青云留下了深刻的印象，许多人与人之间的好感是与生俱来的，杨青云不知道自己为什么第一眼看见许燕来就产生了好感，而且在她面前紧张得像个少年。这让他突然想起了十几年前认识赵志杰的情形。想到这里，他的心突然灰暗起来。在人生与命运之间，为什么有些时候总是这么惊奇地相似?

从河滩里一步步上来，杨青云发现了不远处的许燕来。她正背着手在堤顶的林荫路上行走，身影轻盈得像个孩子。斑驳的阳光洒在她身上，他情不自禁地走了过去，恭恭敬敬地低头叫了一声:“许老师。”

许燕来一回头，见是杨青云脸先红了。

“杨老板，来检查工作呀？”

“不是，我随便走走。”

杨青云一脸抱歉地告诉许燕来：“对不起许老师，你跟我说的事我还没有想好。请你给我点儿时间，我那边一大堆人都在办公室堵着我呢，为的也是这件事。”

许燕来点点头，杨青云又说：“还有件事我想跟你说说，不知您方便不方便。”

许燕来有些意外地看着他，杨青云说，如果你愿意听，我想跟你讲讲我的故事。

许燕来没有反对，二人一边走着，杨青云一边讲起了自己和清风驿过去的故事。他从自己小时候讲到考上大学，初到城市的窘迫，后来怎么在城市打拼。然后又讲起了当年那门荒唐的亲事，讲自己怎么因为它被村里人骂忘恩负义，说他是陈世美，父母又怎么因为这件事全死了，以及自己连祖宅都被人夺走的经过。

夕阳的余光从绿树间洒下来，照到他们身上。堤顶的红泥路平滑得像一面镜子。杨青云口若悬河，诉说的欲望让他滔滔不绝地讲着讲着，直到天色向晚他还没有停下的意思。许燕来一边走着，一边静静听着他深情的讲述。她没想到，这个看上去高不可攀的男人身上竟然有着这么多辛酸的往事。这时她才发现，原来他也是一个被清风驿抛弃的孩子。

“如今我又遇到了这样的难题，我是当局者迷，你说我到底该怎么办呢？”杨青云问。

许燕来看看表：“对不起杨总，非常感谢您的分享，让我听到了这么精彩的故事。咱们回去吧，一会儿我还有事……”

许燕来说着，看了一眼杨青云。杨青云知道已耽误了她太多时间，直播课很快就要开了。杨青云说：“谢谢你能听我讲这么多，让您见笑。这些事情我从未对任何人讲过，走吧，我送你回去。”

许燕来本想拒绝，杨青云已经绅士般地扬了扬手中的车钥匙：“走吧，我开车来的，别耽误了你的直播。”

回镇政府的路上，许燕来自告奋勇地主动告诉杨青云说：“如果你能放了张老三，我就能想办法让张家迁坟。”

杨青云不相信，仍客气地说：“那简直是太好了许老师。如果你能出面，说不定一下子就能解决呢！”

说这话时杨青云自己都感觉有点儿违心，但他不知自己为什么不能拒绝许燕来的热情。

02

事后杨青云才知道，许燕来之所以自告奋勇，是受了韩冰的鼓励。

接到县里的任命，第一书记韩冰并没有贸然来清风驿上任。她先是向组织部请了三天假，回原单位交接了一下工作。交接工作她只用了不到半天，事先没跟任何人打招呼，她一个人悄悄来到了清风驿。

要想解决问题必须先了解问题，韩冰有着自己的工作思路。既然张杨两家已经发生了矛盾冲突，她不会轻易听信当事双方对事件的描述。为此，在正式插手解决村民与指挥部矛盾之前，她决定先去村子里搞一番实地调查。

韩冰发现，清风驿前后两次冲突产生的原因看似复杂，其实还是利益问题。张家人闹着不肯迁坟，表面上看是张杨家两家积攒多年矛盾的爆发，实际上还是村民们嫌迁坟的补贴太少。所以家族矛盾只是借口，不是原因。

这一观点明确以后，她已经有了解决问题的初步方向。早知道许燕来正在清风驿支教，了解事情的来龙去脉以后，她又去镇上找了一趟许燕来。

当韩冰告诉许燕来自己马上就要来清风驿工作了，许燕来喜出望外。二人是高中同学，虽然这些年来往并不多，许燕来仍热情地接待了韩冰。

韩冰向许燕来打听杨青云，许燕来说对他我也不了解，只是知道他原来也是这个村里的人，好像跟村里没什么来往，而且还互有成见。

“那他没有群众基础。”韩冰肯定地说。

“一个人没有群众基础，却要从村民们手中把地拿走，这确实不太容易。”

韩冰说。她告诉许燕来，如果是这种情况他只能依靠村干部做事，很多事情容易做出错误的判断。之所以这么说，此前她已经了解清楚，清风驿的村干部彼此间并不团结，三个主要人物保平、长巨和金田各怀心事，都有着自己的打算，而且都想通过建开发区捞取好处。

如今韩冰已经梳理出一条工作思路，她认为解决问题的关键在于建立群众基础。当听说被抓走的老三的孩子是许燕来班里的学生，韩冰眼前一亮："你帮姐个忙呗？"

许燕来不知韩冰要说什么，韩冰说："老三家的孩子跟着你上学，你看看能不能通过孩子做做家长的工作？"

许燕来面露难色，她不是不想帮韩冰，只是拆迁征地这么大的事情她怕搞砸。韩冰看出了许燕来的顾虑，便鼓励她说："那个杨老板回来投资不容易，这样有情怀的投资商我们一定要把他留下来。你就当帮帮我，去试一试。只要老张家的人不再闹事，其他事情我去想办法。"

许燕来还是不相信自己，韩冰就说："现在家家户户都拿孩子当宝，听说那个保荣特别疼孙子，只要他孙子跟他一闹，事情就解决一半了，不信你可以试试看。"

许燕来为难地说："我试试不是不可以，可人家杨总受了这么大损失，能同意让步吗？"

"一口一个杨总，刚才还跟我说跟他不熟悉呢。"韩冰笑道。

韩冰本来一句玩笑话，许燕来却闹了个大红脸。韩冰看出了许燕来的害羞，她拉着许燕来的手说："不闹了，你别有顾虑，这件事我一定处理好。哪天方便了，你带我去会会你这个杨总。"

许燕来脸更红了，同时头也垂得更低。

韩冰的话许燕来整整考虑了两天，就在她还没想好到底要不要答应韩冰的时候，她在张小强书包里发现了砖头和杀猪刀。许燕来没想到事情会闹到这个地步，在那一刻，她几乎想都没想就做出了决定。

当把自己的决定告诉韩冰时，许燕来仍不放心地问："如果我做通他的工作，你能不能让派出所放人？"

韩冰说："你放心，这件事包在我身上。"

工地办公室全砸了，砌好的围墙也推倒了，而且还打伤了人，韩冰张口就这么说许燕来还是感觉不放心，她反复叮嘱韩冰说，这件事你一定有把握再告诉我，我需要你一个明确的答复。韩冰说那好吧，你等我半天，天黑之前我给你明确答复。

不到天黑，许燕来就接到了韩冰的电话。韩冰告诉她说都搞定了，你放心去吧。只要你能说动张家人迁坟，派出所抓走的人全部放出来，而且工地上也不要一分钱赔偿。

见韩冰答复得这么轻松又这么肯定，许燕来半信半疑，只好按事先约好的去做。

韩冰这么答复并不是在忽悠许燕来。在给许燕来答复以前，她去县政府找了一趟罗建华。她知道，杨青云回清风驿是罗建华的邀请，因此罗建华最有话语权。再说自己马上就要正式到清风驿报到了，按说也应该去向罗建华告别辞行。

见韩冰来了，罗建华简单跟她说了一下杨青云的基本情况，然后告诉韩冰说："杨总是个很有格局的人，不管什么事你都放心去办，他不会因小失大去计较那些小事。清风驿的情况复杂，作为第一书记，你一定要处理好和当地村民的关系，好好发挥自己的作用。他马上就从省里回来了，他回来以后有什么事你们直接商量，如果有什么分歧，你可以直接来找我。借此机会，不如你好好做做文章，彻底把村里的事情都理顺。"

听了罗建华的话，韩冰心里更踏实了，她立即表态说："您放心，实在解决不了的事情再来麻烦你，只要我能解决的事情，绝不会给你添麻烦。"

罗建华点点头说："信我冰姐。"

罗建华和韩冰早就熟悉，当年二人一起上大学，而且都是学生干部，罗建华是学生会副主席，韩冰是班长，他们早已相处默契，无须太多交流。

从罗建华办公室出来，韩冰立即给许燕来打通了电话。有了罗建华这番话，清风驿的事情她已经有了思路。

03

杨青云赶到清风驿时，韩冰还没有正式报到。等她交接完工作再回到清风驿，已经是两天以后的事了。

小高开车拉着杨青云来到村支部。

从车上下来，杨青云整理整理衣服。昨天晚上他已经接到通知，新来的第一书记要跟他见面。不知道这个县里派来的女干部到底是个什么角色，在见面之前他特意加了一分谨慎。

能在这个时候被派到清风驿，杨青云相信这位第一书记一定能力非凡。眼下最上愁的事情还是自己到底要不要让步，保平住院以后张家人看似群龙无首，实际上真正能说了算的还是保荣。杨青云虽心中有数，保平迟迟不肯出院，他不知该如何去打开局面。如今他最怕的事情，就是这位第一书记的到来让事情变得更加复杂。

院里月季开得正艳，走近便是浓浓的花香。见会议室的门开着，杨青云咳嗽一声走了进去。

韩冰身材不高，高领白衬衫，一身西装，张扬率性并不对称的短发让她显得更加清爽干练。坐在党支部会议室里，杨青云和韩冰面对面沟通了清风驿征地迁坟工作的进展和目前企业落地所遇到的问题。韩冰不动声色地认真听着，不时拿笔做着记录。杨青云尽量用客观的语言陈述了迁坟冲突产生的原因和经过，最后才半是牢骚半是警告地对韩冰说：“韩书记，如果在别的地方，发生这类事情我有一百种办法解决。”

杨青云的话多少有点儿火药味儿，见杨青云这么说话，韩冰放下手中的笔，直言不讳地问杨青云：“为什么在这里不能？相信杨总你心里比我清楚。”

没想到一见面就被立了个下马威，杨青云只好苦笑。

韩冰却毫不客气，她对杨青云说：“因为这里是清风驿，不知道我说得对不对。”

杨青云只好点点头：“您说得没错，确实因为这里是我老家，很多事情反倒束手束脚。”

“正因为有所牵挂，你才有所顾忌，我说得对不对？”韩冰说话干脆利索，说起话来根本不像女干部般拖泥带水。

杨青云再次尴尬地笑了，韩冰继续说道：“不知杨总考虑过没有，为什么你的事情在清风驿接二连三地受阻？那是因为你对这里有感情！”

杨青云正要插话，韩冰连珠炮似的不容他插话：“类似拆坟的事情已经不是第一次了。建开发区这样的大好事儿，却接二连三发生了这么多不愉快的事情，我觉得原因一是在你，是你没有摆正自己的位置，根本没把自己当成清风驿的人；二是我们的干部严重脱离群众，没跟群众打成一片，你们根本就不知乡亲们心里都是怎么想的。”

韩冰话很硬很直，杨青云一时不知如何回答。

韩冰目光手术刀般瞄了杨青云一眼：“恕我直言，杨总你别不爱听，你的心肠是又硬又软。你既对这里有感情，又不肯放下架子！有感情就有顾忌，有顾忌就会束手束脚。不肯放下架子，是你总觉得自己是来帮助他们的，是来拯救他们的，你心里有一股救世主的傲慢，不知我说得对不对？”

杨青云没想到这个司法局派来的女干部竟是个如此厉害的角色，虽然一会儿捧一会儿骂，但她一开口就剖开了自己内心最柔弱的地方。见杨青云不说话，韩冰继续说道：“咱们今天坐在这里是为了解决问题，而不是为了证明谁更强大。如果我说得没错，现在你也好像只有一个办法去处理眼前的事情，对不对？”

杨青云还是不说话，韩冰说：“遇到这种情况，你只有多出钱，但你不想出，因为你感觉面子上过不去，而且自己在这件事上还有理，我有没有说错？”

杨青云被人说中了心事，嘴上却不肯承认，面对韩冰的咄咄逼人他不想争执。男人轻易不要跟女人吵架，赢了不光彩，输了更丢人。

“那你说我该怎么办呢？”见韩冰从一开口就在拷问自己，杨青云反问道。

“让步，放人，跟他们和解。”

“让步放人？”杨青云笑了。他摆出一副傲慢的姿态说：“韩书记，我来清风驿是做投资的，总不能让我的人挨了打，然后再让受害人去做让步吧？

我的人就在医院住着，伤情鉴定还没做出来。听说韩书记您就是搞司法的，如果正义向邪恶低头，那这个世界还有什么希望？”

韩冰愣了愣，她没想到自己的话以这样的方式被撑了回来。她看着杨青云，想了想说：“这根本就不是让步不让步的问题，这是你肯不肯主动去解决问题的问题！你告诉我，这件事继续僵持下去会是什么后果？即使你主动让一下步，这又能有什么？”

杨青云不语，韩冰继续说：“做人既不要意气用事，也不能得理不饶人，杨总。我相信镇上和指挥部有一百种办法去解决这件事，地要征，坟得迁，这件事谁都挡不住。但是，你要考虑影响，考虑父老乡亲们的感受。咱们说别的都没用，不如直接谈解决问题的办法。”

“好啊，”杨青云摊摊手说，“我洗耳恭听。”

“最好的办法只有一个，就是你主动让步，出谅解书把抓起来的人放了。如果你能做到放人，其他一切都包到我身上，老张家的工作我会想办法去做，我保证他们一定会答应迁坟。”

杨青云冷冷地看着面前这个身材不高的年轻女人，她身上那股强大的气场和自信让杨青云感觉到一股压力。他犹豫了，他不知道韩冰敢这么说到底有多大的底气，这件事牵涉张杨两家几百年的矛盾，绝不是打人毁物抓人放人这么简单。

空气静默着，杨青云低头思索。

他想了半天，突然间问了一句：“凭什么你一句话我就把人放了？”

韩冰可能也感觉自己说话过于强势了，她合上记事本，改了副语气劝杨青云说：“大丈夫能屈能伸，这些年杨总你什么大风大浪没经过？主动签个谅解书又不是多大的事儿，这件事不争对错，只看结果。你好好想想，我这么说有没有道理。”

杨青云知道自己不答应放人还是顾忌面子，同时又不愿意失去主动，但事情迫在眉睫，韩冰这番话让他无法反对。他暗暗佩服，这位新来的第一书记果然不简单，她一上来就能抓住问题的根本，而且没有一句废话。但是，自己答应签谅解书派出所就能放人吗？老张家那头的工作真有那么好做吗？杨青云心里仍有疑虑。

就这样，和韩冰第一次谈话时，杨青云并没有答应签署谅解书。当然，他也没有在韩冰面前婆婆妈妈优柔寡断，他痛快地答应韩冰说，只要迁坟的事老张家能坐下来谈，谅解书他不是不可以出。

见杨青云态度坚决，韩冰也没再坚持非要杨青云先出谅解书，她告诉杨青云自己会先去找张保荣谈谈，结果会及时通知他，杨青云礼貌地对韩冰表示感谢。

杨青云起身要走，韩冰问杨青云去哪里，杨青云说我回指挥部。韩冰说：“你捎我一段。”杨青云问：“韩书记你也去镇上？”

韩冰不耐烦地说：“你这人怎么这么多问题！”

04

二人一起上车，杨青云发现韩冰立即像变了一个人，她不但语气温和了许多，而且也不再那么咄咄逼人，杨青云暗想这人变化真快。

在路上，韩冰跟杨青云提起了许燕来，杨青云没想到她们二人居然还是同学。杨青云笑道：“这世界真小，真想不到你们也这么熟。”

“实话跟你说吧，我和燕来早就见过面了。她还跟我说起了你，她对你印象不错。”

“她怎么说的？”杨青云问。

“这可不能说了。”韩冰笑道。

回到镇上，许燕来屋里没人，杨青云知道她还没有下课，便请韩冰去自己屋坐了一会儿。进门看到杨青云一柜子历史书，韩冰背着手怪腔怪调地说：“没想到你还是个儒商呢。”杨青云笑了笑，说自己平时没什么爱好，就是看看书。看懂看不懂的，仅仅只是为了打发时间。

韩冰说：“我们许老师也讲历史，你们可以找到共同语言。”

说话间，杨青云透过窗户看到许燕来抱着课本进了政府大院，韩冰邀杨青云一起去许燕来宿舍见个面。杨青云摇摇头，说你们两个女人聊天，我一个大男人凑过去干什么。

虽然没跟韩冰一起去见许燕来，杨青云还是先到院里跟许燕来打了声招呼。不一会儿韩冰过来敲门，非要杨青云请她和许燕来一起吃午饭。杨青云叫上小高，四人一起开车来到县城。杨青云想坐到前排，不想许燕来却抢先一步开门坐了过去。韩冰调侃道：“许老师哪有你这样的，我才该去前排。”

许燕来腼腆，杨青云说女士们坐后排吧。韩冰说可不敢委屈了你这个大老板，你们俩是熟人，还是我坐前排吧。

商量去吃什么的时候，杨青云大方地说吃什么你们随便点，县城我不熟悉。韩冰就跟许燕来商量，许燕来说我随便，韩冰说那我做主了，说着坐在前排指挥着小高开车。

清川最豪华的餐厅是清川宾馆，韩冰不经商量，便先入为主地点了一大桌子菜，许燕来有些不好意思，悄悄拉了拉韩冰。韩冰却说：“今天啥好吃吃什么，杨总是大老板，你不花他的钱他才不开心呢。”

杨青云略显尴尬。落座以后，他打电话让小高拿来一瓶红酒，为了避嫌，吃饭时还特意把小高留到了房间。韩冰有些不屑地撇了撇嘴。看杨青云准备的是红酒，又摆摆手说自己不喝红酒，要喝就喝白酒。杨青云一阵苦笑，只好又让小高去车上拿来一瓶茅台。

清川宾馆是县委县政府定点接待地，清川虽不比省城，宴请招待的规格和档次却一点都不低。服务员也都是从大城市招聘来的有经验的员工，菜上得很快。不一会儿桌子上就摆满了。杨青云吩咐小高斟酒，许燕来不肯喝，韩冰大大方方地将杯子向前一推：“早听说杨总酒量好，今天让我见识见识！”

“哪敢哪敢。”杨青云谦虚道。见小高给韩冰倒酒韩冰一点儿也不客气，杨青云心中叫苦。敢喝酒的女人一般都不好惹，见韩冰要跟自己切磋酒量，杨青云客气道：“我可不敢跟您比，您的酒量我早就听说了，甘拜下风。我今天主要的任务是给您接风。”

韩冰道：“那可不行，喝酒看人品。罗县长可是跟我说了，让我好好配合你们的工作。你连个酒都不跟我喝，我怎么配合你的工作？”

杨青云不愿跟人打酒官司，只好主动端起杯子，先敬了韩冰三杯接风酒。

酒过三巡，杨青云才知道韩冰对迁坟的冲突过程早已了如指掌，而且许燕来动员自己出具谅解书也是韩冰的主意。杨青云有些夸张地自嘲道：“三个女人一台戏，我马上要被你们两个装进去了！”

许燕来不喝酒，也基本不插话。韩冰摆摆手对杨青云说：“你就幸福吧，你这是典型的得了便宜卖乖！有我们两个大美女帮你操心，别人求还求不来呢！来来来，你还得敬我一杯！”

说着韩冰端起酒杯，杨青云无法拒绝，只好又端杯敬了她一次。

杨青云敬完酒，韩冰又吵着让杨青云敬许燕来。杨青云没有推辞，主动也敬了许燕来一杯。韩冰小声笑着趴在许燕来耳边说着什么，杨青云赶紧吃了几口茶。结果没吃几口，韩冰又端起酒杯说：“来来来，杨总，我敬你一杯。既来之则安之，我代表清风驿敬你一杯。”

杨青云心中叫苦，只好按韩冰说的做了。敬完杨青云，韩冰又拉着杨青云一起敬许燕来。杨青云不知韩冰到底有多少由头，这才知道自己一开始小看了她。又是几杯酒喝下来，许燕来有些担心地看了看他。杨青云悄悄笑了笑，表示自己没事儿。

哪知刚喘息过来，韩冰突然想起什么似的笑道：“忘了忘了，还有个大事儿忘了。”

杨青云和许燕来不明所以，韩冰说：“罗县长让我代他敬杨总两杯酒，我刚想起来，该罚该罚。来来来杨总，我代罗县长敬你两杯。”

说着，韩冰端着酒杯站起来，一直走到杨青云身边。杨青云本来想说自己不能喝酒这么快，当着许燕来的面又不好意思认输，只好端起面前的酒杯一饮而尽。

见杨青云喝完，韩冰忙给他满上：“好事成双，来两杯。”说着，她不等商量已一口喝干。杨青云只好又一脸苦相地喝了一杯。

韩冰代表罗建华敬完酒后，出于礼貌杨青云也回敬了韩冰两杯，并专门说明这两杯酒是回敬罗建华的，请韩冰一定把话带到。

许燕来见他们这么走马灯似的喝起来不停，小声劝韩冰说：“你们别喝这么快，多吃点儿菜吧，再这么喝一会儿就喝多了。”

杨青云也感觉有些招架不住，喝起酒来他才发现，韩冰天生就是一个领袖式的人物，她不但说话有魄力，喝起酒来豪爽奔放，而且始终左右着所有人的节奏。

05

见二人谈笑风生，许燕来虽然开心，心中却稍稍有些落寞。后来，当韩冰和杨青云说起平坟和出谅解书的事，许燕来说她下午没课，可以去做张小强爷爷的工作。

杨青云这才注意到自己只顾和韩冰拼酒，忽略了许燕来的情绪。韩冰则笑着问杨青云说："你快点儿说说是怎么忽悠我们许老师的？她可从没主动给人帮过什么忙。"

杨青云苦笑，暗中向韩冰使了个眼色，示意她当着小高的面不要乱讲。许燕来头却垂得更低。小高只顾低头吃饭，装作什么都没听见，被两个女人夹在中间的滋味儿并不好受，杨青云只好一杯接一杯地给韩冰敬酒。

散席时，杨青云示意小高去搀扶韩冰，他和许燕来落在后面说了几句话。许燕来告诉杨青云，自己平时和韩冰来往不多，如今韩冰来了，又是第一书记，迁坟的事自己就不管了。杨青云忙说："可别可别，你可是答应过我的，放张老三我是看你的面子，跟别人可没任何关系。"

听杨青云这么说，许燕来点点头。杨青云向许燕来保证说："只要我说过的话都没有有效期，答应你的事情我一定做到，请许老师放心。"

说话间，杨青云一个趔趄，许燕来忙把他扶住。见杨青云一副喝多的样子，许燕来只好搀着他走出房间。

小高搀着韩冰走在前面，杨青云本想走直梯，韩冰却偏要走扶梯下楼。两部电梯在不同的方向，结果没走两步，正遇见一群人也正在散场。杨青云不以为意，许燕来突然松开他跑过去，对着一个珠光宝气的女人低头叫了一声："姐"。

女人正和一群人有说有笑地散场告别，一开始没注意到许燕来。听有人叫她，停住脚步抬头一看惊讶道："是燕来？你怎么也在这里？"

许燕来正想说什么，韩冰赶回来插话道："屏姐，我到清风驿挂职去了，今天和燕来也在这里吃饭。"

别看韩冰在杨青云面前神气自信，满口官腔像个干部，在这个女人面前却拘谨得像个孩子。杨青云见她们遇到了熟人，走也不是，留也不是。正不知如何是好，韩冰拉过他介绍道：“姐我给您介绍一下，这位是杨青云杨总，大运河开发区的投资商。”

女人主动伸手，杨青云礼貌地同其握手。见女人身后几个人面熟，却叫不上名字。

女人的手很软，她轻轻跟杨青云握了握手说：“原来您就是鼎鼎大名的杨总，来清川投资的财神爷，失敬失敬。”

“惭愧！”杨青云笑道。

“我是国税局许燕屏，你们的人到局里找过我。”许燕屏自我介绍道。

“许局长，久仰大名。”逢场作戏杨青云一直轻车熟路。

许燕屏和妹妹的眉眼很像，只是更加富态成熟，同时身上自带强大的气场。杨青云注意到，见许燕屏在这边跟人说话，和她同行的人们竟都远远地站在一边，既不敢离去，也不敢靠近。

许燕屏笑露半齿，不卑不亢地说：“海涛书记和建华县长一直在说，要多给你们提供方便，我一直想去你们那边看看，可惜到现在没有机会。回头有时间，我请你喝茶。”

“不敢劳许局长破费，欢迎您有时间到清风驿指导工作。”杨青云说。

许燕屏走近一步，小声说：“燕来在你们那儿支教，托杨总好好照顾。”

许燕屏这话杨青云不知如何去接，许燕来忙叫了一声姐。许燕屏大笑，韩冰又插话道：“姐，现在我也去清风驿了，你刚才说的话我们可都记着呢，从今天起我们分分钟地盼你过去看看。”

燕屏此时才顾上跟韩冰说话，她热情地拉着韩冰的手：“小冰啊，听说安排你过去当第一书记了，怎么没提前跟姐说一声？”

韩冰赶忙道歉，又调皮地笑道：“单位里一直解决不了实职，这不下去锻炼锻炼。”

“我知道你下去了，在那边管什么？”

“村里啥事都管，暂时管协调征地。”

“这个差事好，在那边好好干，争取早点儿回来。组织部说了没有，什么时候能回来？是不是回来就给你解决实职？”

“姐你可得多帮帮我。”韩冰说。

“罗县长不是你大学同学吗？趁他在咱这里好好干，你有这个能力，现在又是这么好的机会，现在女干部越来越重要，姐盼着你早点儿回来！”

杨青云心里暗笑，清川的江湖果然复杂，韩冰刚一到任竟开始考虑回来的事了。许燕屏谈笑间对所有人几乎都了如指掌，真不知道这个女人到底有什么背景。

这时，一直跟在许燕屏身后的潘六低头哈腰地走上来要跟杨青云握手，杨青云迟疑着，许燕屏将潘六伸出的胖手打回去：“拿开你的脏手！”

说着许燕屏客气地说：“杨总，如果遇到什么涉税的事，你随时到局里找我。燕来，你把我的电话告诉杨总。”说着，她又同时拉住杨青云和韩冰，“你们好好合作。”

杨青云注意到，潘六走上来的时候，韩冰皱了皱眉头，看他的表情一脸不屑。

分头下楼时，韩冰小声骂道：“有两个臭钱有什么了不起？”

杨青云问：“您这是骂谁呢？”

韩冰说：“杨总我让您长长见识，您见过欺男霸女无恶不作的黑社会没有？”

杨青云不知韩冰说的哪里的话，正疑惑时许燕来拉拉韩冰：“你跟人家杨总说这个干什么？”

“他怎么总跟在咱姐屁股后面？”韩冰反问许燕来。

“我怎么知道？”许燕来小声说。

“你跟咱姐说，少跟这种人来往，这种丧尽天良的人，早晚要抓起来的！”韩冰愤愤地说。

听韩冰说出这些话，许燕来头垂得更低。潘六要在开发区征地的事，许燕来一直不知道该怎么跟杨青云说。

四人来到停车场，远远看见潘六并没有上车，正探着头向这边观望。韩冰冲他喊了一声：“看什么看！”

许燕来忙拉着韩冰上车。

回到指挥部，杨青云告诉小高把许燕来和韩冰送回村里。许燕来却不肯坐车进村，说自己还有点事情，一会儿自己直接走过去即可。见是这样，小高只好把韩冰一个人先送回了村支部。

06

又经过几天摸排，韩冰已经基本了解清楚了清风驿两次冲突的始末。如今保平因伤住院，老三又在派出所关着，老张家一群人又在工地日夜不停地耗着，双方谁也不肯让步，她这个第一书记的第一要务就是抓紧想办法打破僵局，让工程顺利开工。

韩冰打电话叫来长巨和金田，想问问两个人迁坟的事该怎么处理。长巨心眼儿多，摸不清韩冰的来路和用意，一直捂着腮帮子说牙疼，韩冰就让金田先说。见长巨要滑头，金田也说我也没什么好主意，这事儿是不是等等保平。韩冰马上有些不高兴了，她瞟了二人一眼冷冷地说："他要是死了，是不是这事儿就不办了？"

长巨坐在韩冰正对面，忙低下头去。一个年轻的驻村女干部，竟突然扔出这样一句狠话，长巨和金田都愣住了。韩冰也似乎意识到了自己出言不当，忙解释说："当然，我的意思不是盼着保平支书死，我这么说的意思是这件事不能耽误，你们千万不要误会。"

韩冰话锋利如刀，长巨背后直冒汗，年轻的金田明显有了情绪。金田告诉韩冰说："韩书记，您初来乍到，这话可真够雷的。"

韩冰笑了："我不是着急处理事儿吗，再这么耗下去，咱开发区的营商环境会受到影响，人家投资商谁还愿意来？"

见韩冰话软下来，长巨和金田也终于不再抱有敌意。韩冰问二人如何才能摆脱现在的局面，金田说："这件事有点儿复杂，盐咸醋酸都是有原因的，它不是迁走几个坟头那么简单。"

韩冰忙问原因在哪里，金田简单跟韩冰讲了讲杨青云和保荣矛盾的来龙去脉，韩冰说："没想到事情还这么复杂，不过，再复杂的事儿也得一点点解决。当下最重要的事情就是去做张保荣的工作，这件事交给二位，你们看怎么样？”

长巨和金田面面相觑，金田说：“韩书记你有所不知，事儿不能这么办。”

“不能这么办？为什么？现在保平支书住院，我又是初来乍到，跟谁都不熟悉。群众工作重要的是沟通，作为支委你们得担起这个责任。为什么不能这么办？”

“你说得没错，但在咱清风驿，情况有些特殊。”金田解释说。

“有什么特殊？”韩冰问。

“虽然有支部在，这些年各家的事儿基本都是各家说了算。保平管张家，长巨管杨家，我管李家。不管村里有什么事儿，各人管各家，商量好就办了。”

“这是你们自己分的工？”

“不是，这是清风驿的传统。”

“按你的意思，支部只是个摆设？”听金田这么说韩冰问。

“不不不，”金田赶忙摇摇手说，“我可没这么说，我只是说这是咱们这里几百年的风俗，大部分事情都是这么办的，谁也不插手别人家族的事儿。”

“这些年你们就是这么干工作的？”韩冰手指敲着桌子，“现在打击的就是你们这些宗族势力！”

气氛有些尴尬，长巨和金田都低下头不说话了。过了一会儿，长巨说：“韩书记你别生气，这么多年了，清风驿的情况一直是这样，这不能怪我们。我们要商量的是怎么去解决问题，而不是哪个事儿到底谁说了算，你说对不对？如果让我们两个去做老张家的工作，只能越搞越乱。”

韩冰虽满口火药味儿，见长巨这么说想想也有道理。她问长巨说：“那你跟我说说这个事儿到底怎么打开局面，到底该找谁，他们张家到底谁说了算？”

金田张口想说保荣，长巨暗暗冲他使了个眼色，金田忙改口说：“要说张家的事，当然还是保平说了算。”

韩冰发现，说了半天问题又绕回到保平身上来了。她感觉自己有些被人牵着鼻子走，心中有些生气便说：“那好，他不是在医院吗，你们现在就跟着我一起去医院找他！”

说着韩冰起身要走，长巨和金田看得发愣。尽管二人心里一百个不情愿，也只好拖着脚步跟韩冰出来。

走出去没两步，长巨又捂着脸龇牙咧嘴地说牙疼，知道他是要滑，韩冰冷冷地看了他一眼："行了行了，我知道你们都不想去。要不你们都别去了，你们两个去工地上看看，看在那儿拉着架子闹事的都有谁，把他们的名字都给我记下来！"

长巨和金田如遇大赦，韩冰又说："一会儿县里有个车过来，我给县里要了点儿米面油，车到了以后你们清点一下数目，找几个人帮忙卸卸车。东西先放到支部，等我回来再分。记着，一定要把数目点清楚。"

韩冰说完开车走了，长巨和金田呆呆地愣在原地。长巨问金田："怪不得说话这么气粗，人家是带着福利来的。你说她到底有多大本事？"

金田说："我看她有点真事儿。"

长巨又问："你看她像谁？"

金田不知长巨说的哪里话，长巨说："你看她说话办事儿，是不是有点儿像你们家老姑奶奶？"

金田若有所思地点点头："是有点儿像。"

长巨说的老姑奶奶，是当年在大运河上闹革命的女八路，至今在清风驿还流传着许多关于她的传说。

07

和韩冰分手以后，许燕来回到宿舍。她从床下小心拿出那把藏好的杀猪刀，取一块毛巾包上，然后将它装进随身的背包。抬头看看外面，午后阳光依然亮得让人睁不开眼。见天色还早，她将窗帘拉上，关起门来又整理了半天直播资料。

一直忙了一个多小时，知了仍在树上叫起来没完。见天色近晚，许燕来背起背包快步向村里走去。

清风驿人都有午睡的习惯，虽好多人家都安上了空调，但上了年纪的老人还是习惯摇着蒲扇在门外的树荫下乘凉。许燕来有些拘谨地低头从村子里穿过，她一直来到最东头张小强家的红砖小院。见大门开着，正担心院里有没有狗，院里传来一阵老人的咳嗽。许燕来忙问了一声："张大爷在家吗？"

保荣正光着膀子手提喷壶给屋前的凤仙花浇水，他耳朵有些背，并没听到许燕来的声音。许燕来小心地站在门洞向院子里望了望，然后慢慢走近咳嗽了一声。保荣回身一看，忙放下手中的喷壶说："许老师！"

"您这花开得真好！"许燕来赞道。

她没想到，这个看上去粗犷邋遢的老头竟也这么爱花。保荣忙回屋披上一件汗衫，认真扣上扣子才出来说："城里的大孙女吵着要染指甲，春天里就缠着让我种几棵指甲条。花种好了，人却不来了。"

许燕来第一次听人管凤仙花叫指甲条，想必这是清风驿人独特的称呼。院子虽小，花却种了不少，一进院许燕来就闻到一股浓浓的香味儿。

"您这柳叶桃也长得真好，种了多少年了？"许燕来指着屋门口两侧大大的花盆里一人多高的夹竹桃问。

保荣得意地笑了："我这花有四十多年了，年轻那会儿种的，我保证你没见过能长这么大的柳叶桃。"

"那可是呢，张大爷。您也这么爱花？"

"杀了一辈子猪，邪气重，这不也遭了报应，小强他奶奶没得好死。种上点花，养养人气。"

保荣请许燕来到屋里坐，许燕来说屋里更热，她接过保荣递过来的小马扎坐下，然后问起了张小强。张保荣说，这孩子一会儿就不见人影，八成是趁我睡着去河里玩了。

"河上正在施工，工地上危险，大爷你还得多看着他点儿。"

见许燕来不肯进屋，张保荣回屋给她倒了一碗白开水，许燕来接过喝了一口，告诉张保荣说自己今天是做家访来了，二人便说起了张小强的教育问题。张保荣木然听着，两眼浑浊着并不插话。许燕来说小强人聪明，又懂事儿，就是有点儿调皮。他不能总跟你这个当爷爷的一起住，你也不能总这么惯着他。

保荣一开始还以为张小强闯了什么祸，见许燕来说的是这个话题，他沉默了半天才说："这孩子从小就没娘了，让他跟着我是怕他受屈。"许燕来说："我知道你是心疼孩子，但孩子应该有孩子的生活。您每天都忙着说媒，顾不上管他，一闹就给他钱，咱这么教育孩子是不对的。"

"这熊孩子是不是又惹什么事儿了？"保荣不放心地问。

许燕来忙说没有，您千万别多想，我今天做家访就是跟你沟通沟通小强的教育。他每天总跟着那些大人瞎跑，这样下去可不行。

说着，许燕来才从包里拿出那把杀猪刀。

"你看看，那天我看着他书包里拿着把刀，多危险啊。"许燕来说。

保荣不明白是怎么回事儿，许燕来将自己收缴张小强杀猪刀的经过告诉了保荣。张保荣面如猪肝，紫得不像个样子。

许燕来说："咱今天不说他爹的事儿，就说这把刀吧。张大爷，上代人的矛盾就别再加到孩子头上了。不管谁对谁错，这些都不是孩子们该接触的。孩子下手没轻重，万一出点儿事儿，这多危险？"

"不知他在哪儿摸到的，看他回来我不打他！"说着，保荣将刀子接过扔到树下。

"你就别再说孩子了，张大爷。我今天找你不是来告状的，孩子们不知道轻重，还是把他看严点儿好。"

保荣点头称是，许燕来见杀猪刀的事情已经说清，便试着给他提起了迁坟的事儿。张保荣慢慢起身，回屋里端来一盘糖块，还递给她一把不知用了多少年的鸡毛扇子。看着这些有年代感的东西，许燕来心里一阵感动。然而，当说起平坟迁坟，张保荣并不正面接她的话："许老师，这可真不是我教的。我一个当爷爷的，再浑也不会教孩子这些。等他回来我一定好好教育教育。"

不管许燕来怎么引，关于迁坟的话张保荣只字不接。一时间许燕来毫无办法，她没想到方才一脸和气的他竟这么不好对付。见是这样许燕来只好直截了当地说："张大爷，小强拿刀就是因为这事儿，这个事儿不解决你能安心？我已经跟小强说了，我去找镇上求他们把人放了。迁坟的事儿您也让让步，别再跟他们置气了。"

不想张保荣却说："跟你说句明白话吧许老师，这挖人祖坟的事儿你管不了。如果你是为小强来的，我感谢你。如果是他们让你来的，这个面子我不给。孩子没教育好，让你费心了。”

那天一直说到天黑，任凭许燕来怎么努力张保荣就是不肯吐口。许燕来见状只好起身告辞，临走时，她又反复叮嘱张保荣不要打骂张小强。尽管迁坟的事没答应许燕来，张保荣却坚持一直把她送到了村口。

回到镇上，许燕来感觉有些失落。她想在第一时间把这一结果告诉韩冰，结果到处寻找都不见韩冰的影子。打通电话才知道，原来韩冰是到县医院去看保平去了。

第二天，听许燕来说张保荣就是不同意迁坟，韩冰让她先别急，还有一个办法，保证保荣招架不住，只是这个办法不能轻易用。

许燕来忙问是什么办法，韩冰一脸神秘地笑道：“这个办法有点儿损，不一定用得着，现在不适合说。”

许燕来还是纳闷，韩冰说到时候我一定会告诉你，不到万不得已这个办法不能用。

许燕来说：“那好吧，不就是迁个坟吗？真没想到这里的人这么在意。”

韩冰说：“这里的民风确实跟咱们那边不太一样，咱们看重的事儿他们不一定重视，咱们不看重的事儿，他们反倒特别重视。”

许燕来说：“这就是运河文化，几百年的传统，几百年的习惯。你在这里驻村，真应该好好了解了解，这样才好开展工作。落后归落后，我觉得这里的人都挺好的。杨总他们在建旅发大会，我觉得你应该跟他说说，多打文化牌，多保留一些运河元素。”

“你自己去说呀，又不是不熟！”韩冰意味深长地看着许燕来说。

被韩冰这么一说，许燕来又脸红了。韩冰扯着许燕来问：“唉，这个杨总到底是什么情况，你跟我说说。”

许燕来头垂得更低，韩冰追问道：“你也单身好几年了，我发现他看你的眼神不一样。”

“都当上第一书记了，怎么还这么八卦！”许燕来有些害羞地说。

明知韩冰说的是玩笑话，许燕来还是忍不住害羞。虽然同学之间开玩笑没有底线，但许燕来不想韩冰在自己面前提杨青云。对清风驿来说杨青云是个谜，对她自己来说他何尝又不是一个谜呢？她也想知道关于他的一切，也愿意当面听着他说话，可每当面对他的时候自己就紧张得说不出话来。

见许燕来一脸惆怅，韩冰心中暗笑却不再调侃。

“你说的事也不是不行，穷则思变，传承了几百年，不能说这里的风俗一无是处。等开发区一建成，也许很多东西就不存在了，趁旅发大会的机会，倒可以恢复重建不少东西。只是怕县里的规划早就定了，预算不够。”韩冰说。

“那你跟他说说吧，听说码头的工程都是他建的，看能不能考虑考虑复建一下清风书院？”说着，许燕来跟韩冰讲起了清风书院的历史。听说旅发大会忽略了这么重要的一项内容，韩冰立即给许燕来保证，她一定想法办恢复这个书院。

“如果钱不够，我带货攒了有不到三十万。”许燕来说。

“你还是自己跟他去说吧，”韩冰嘿嘿笑着，“我这个第一书记管人管事儿，可不管你们文化大事！”

韩冰嘴上虽说不管，和许燕来分手后她立即将重建清风书院的想法告诉了杨青云。因迁坟的事杨青云正在心烦，便说：“我的韩书记，你就别在这个时候添乱了。等迁坟的事儿处理完咱再说这个事儿好不好？”

杨青云的态度让韩冰很不高兴，她提醒杨青云说：“杨大老板我可提醒你，这不是我的意思，我只是受人之托，你大可不必用这副语气跟我说话。”

“好好好，我的大书记，求求你先饶了我，这个事儿咱回头再说成吗？”杨青云说。

杨青云这么说话是有原因的，他满以为许燕来出面讲情，张保荣一定会有所退让，哪知道事情非但没有进展，反而搅得更乱了。接下来该怎么办，杨青云一筹莫展。见韩冰不说正事，杨青云当然没有耐心。

韩冰说：“行了行了，你就别烦恼了。迁坟的事儿我马上就去解决，你放心好了。从今天起你等我的好消息，刚我给你说的事儿好好想想。”

说完这些，韩冰又告诉杨青云：“你真应该帮帮许老师，她这些年很不容易。”

“不容易？”杨青云一愣。

韩冰说：“从今天起我不再跟你们开玩笑了。燕来她挺不幸的，头两年孩子白血病死了，孩子刚死不久，老公也跳楼死了，这些事情估计你还不知道。”

听到韩冰这话，杨青云感觉自己内心深处某个看不见的地方突然强烈地抖了一下。

08

许燕来在保荣那里碰了一鼻子灰，韩冰到医院去看望保平的结果也不理想。

韩冰手提两箱牛奶，打问着找到了保平的病房。保平正下了病床吃水果，见一个素不相识的女人来看自己，起初他怀疑韩冰走错了房间。当韩冰亮明自己的身份，保平立即很官场地一边对韩冰表示欢迎，一边对她的到来表示感谢，又龇牙咧嘴地躺回到病床上。

见保平伤势并无大碍，韩冰先过场式简单问了几句病情，然后跟保平聊起了迁坟的事儿。保平滑头，只要韩冰一提迁坟，他不但一句正话都不接，而且还东扯西扯地转移话题。韩冰并不知道，坟该怎么迁保平早已跟杨青云谈过了，但是他不想把这些事情告诉这个突然空降的第一书记。

明知保平是在装病，韩冰却是个急脾气，见碰上了软钉子，气得她好几次都想发脾气。一想到保平还是个病号，她尽量压着怒火，耐心地劝保平赶紧去做做张家人的工作。结果她催得越紧，保平越不着急。保平满口答应说，等自己病好了马上就回去做群众工作，见韩冰催得紧，非要他住院期间就打电话，他一脸难色地说：“韩书记你有所不知，名义上当着这个支书，院里的事儿我可真不敢做主。我这个支书干不了一辈子，村里的老少爷们儿可是要处一辈子的。你是第一书记，这个事儿你出面最合适，你不牵涉什么利益关系，同时也体谅一下我的处境和难处。”

保平心中有着自己的小九九，他对韩冰的到来有着明显的抵触情绪，只是又不方便发泄出来。之所以这么说，他是故意要让韩冰去碰钉子，以让她知道自己这个支部书记的重要性。

保平的话在情在理，韩冰一点儿脾气都没有。那天晚上，韩冰似乎也已经感觉到保平这是对自己的身份有意见，如何去给杨青云答复，正考验着这个清风驿新上任的第一书记。

韩冰清楚，如果得不到自己的肯定答复，杨青云肯定不会出谅解书。杨青云不同意出谅解书，对方肯定不答应迁坟。这两件事搅在一起，谁也不肯主动让步。到底如何给杨青云答复呢？没把握的话可不能乱说。

从医院里出来，她生气地拨通了刘长顺的电话，一听是清风驿迁坟的事，刘长顺告诉韩冰说这事儿你得找李锋。听刘长顺这么说韩冰不得不又拨通了李锋的电话。

“清风驿的支书怎么是个这样的人，你们怎么选的？”电话刚一接通，韩冰便冲李锋发起了牢骚。

“所以我们才把你请过来呀，这正是考验你的时候。”李锋嘿嘿笑着。

“穷山恶水出刁民！”韩冰愤愤地说。她不知道李锋是有意说笑，还是在故意气她。发牢骚归发牢骚，韩冰不是一个轻易认输的人。既然保平故意给自己出难题，韩冰决定单枪匹马去会会张保荣。

第二天上午，她没跟任何人商量，先在大队部将车停好，然后一路打听着直接来到村东头。到了保荣家门口，她发现大门锁着。韩冰不想别人看自己的笑话，一声不吭地回村支部去了。

不一会儿长巨和金田也来了，韩冰安排他们两个人把昨天送来的米面油分了。长巨直夸韩冰本事大，一下子给村里带来这么多物资。韩冰心中得意，嘴上却不肯说，她让长巨和金田把建档立卡贫困户的档案拿给她看，心里盘算着这些物资怎么分。

按长巨的意思，以前帮扶组每次到村里来，帮扶对象每户一袋米、一袋面加一桶油。韩冰统计了一下名单，告诉长巨说：“这次每户分两份，咱们挨家挨户去发。”

见韩冰说得肯定，长巨和金田只得照做。天热得让人透不过气来，长巨和金田不愿意自己扛着米面前去慰问，便问韩冰说要不要通知让各家到支部来领。

韩冰本来心中有气，她白了长巨一眼："你们就是这样深入群众的？"

长巨有些下不来台，忙解释说："韩书记，这么热的天，再说这么多东西咱们一趟趟跑真不现实。"

韩冰想想也是，便让他去村里找一辆电动三轮车，装了慰问品去挨家挨户拜访。长巨又面露难色，韩冰说："有什么话你说出来。"

长巨说："不管让谁来，又是出工又是出力的，咱得给人家个说法吧。"

一听长巨这么说韩冰心中不耐烦，便说："一天一百块钱，有没有人来？"

"这钱谁出？"长巨又问。

"我自己出。"韩冰没好气儿地说。

金田见韩冰脸色难看，忙接话说："我家有三轮车，我去开过来，不用雇人。"

金田和长巨在韩冰的指挥下开始挨家走访。刚走完两家，知道韩冰已到医院去过，长巨小声探问韩冰保平的伤情怎么样，韩冰白了他一眼："闷得慌你自己去看看呀！"

长巨自嘲道："韩书记呀韩书记，都说你厉害，你这官威也太大了吧？我们好歹也是个支委，你不能总拿我俩当小孩儿训吧。"

韩冰依旧毫不客气："批评你是为了让你进步，事做对了自然就不说你们了！"

长巨闷着头，整整一个上午没敢再跟韩冰说话。

中午韩冰又到村东头走了一趟，见保荣家院门还是锁着，她悄悄问金田保荣家怎么总是锁着门，金田说他整天忙着说媒，白天几乎都不在家。

整整忙了一天，各建档立卡贫困户的物资终于分发完了，三个人回到支部办公室喝水。天黑下来，韩冰单独留下金田，说一会儿还有点儿事儿，长巨只好悻悻地走了。韩冰告诉金田带一份慰问品装到车上，一会儿跟着她再去送一份。

不知韩冰要去谁家，金田不似长巨话多，便一路跟着来到保荣家门外。院门开着，金田一见要去保荣家，他叫住韩冰犹豫了半天才说："书记，东西我帮你送到，我就不跟你进门了。"

韩冰问金田原因，金田说我是李家的人，张家和杨家的事李家不敢掺和，怕引起误会，别越搞越乱。

村庄有村庄的规矩，民间有民间的风俗。见金田如此忌讳，韩冰心里先骂了句拈轻怕重，仔细想想这样也好，便从口袋里取了五百块钱递给金田，指着车上的米面油说："这些东西算是从帮扶物资里借的，三百块钱够了，回头你想办法去买了补上，另外两百是你的辛苦费。"

"这不是你要来的物资？"金田见韩冰自己掏腰包不解地问。

"这不是一码事儿，把东西放下你走吧，想着回头一定给补上。"韩冰告诉金田说。

金田点点头，轻手轻脚帮韩冰把米面油卸到保荣家的大门洞里，便偷东西似的开着电动三轮车一溜烟跑了。

第十二章　女干部

01

韩冰没有想到金田竟连保荣的面都不敢照，金田走后她拐进门洞，未进门先喊了一声："谁在家里？"

听见有人进门，屋里跑出来一个光着上身的孩子，见是陌生人来了，又转身飞一样跑回屋里去了。韩冰知道这是许燕来的学生张小强，正等待间，只听见咳嗽两声，从屋里走出一个肩宽背厚敞着怀的老人。知道此人就是张保荣，韩冰忙上前一步自我介绍说："您好，我是驻咱村的第一书记韩冰，我能进来吗？"

保荣不知韩冰的来意，忙请她进屋去坐。韩冰指了指堆在门洞下的米面油，保荣客气地说你给我带这些干啥，我啥都不缺。一边说着，他提起油桶将韩冰请进屋内，一边招呼跑回屋内的张小强把剩下的东西搬进屋去。

说话间保荣已经将扣子扣好，坐下唠了几句家常，距离瞬间近了许多。韩冰没绕圈子，直接告诉保荣自己是为迁坟的事来的。保荣不知第一书记是干什么的，问韩冰说："你这一来是不是不让保平干了？"韩冰笑道："我来咱村是帮保平书记的，怎么会不让他干呢？"

"帮他？"保荣皱皱眉头，又认真打量了一眼韩冰，"帮能叫第一书记？我看是他工作没做好，你是来领导他的。"

韩冰不好意思地笑了，她隐约感到这个杀了一辈子猪的老汉虽是个粗人，实际上并不好对付。她转开话题说：“您老还知不知道，按说我得管你叫声二舅呢。”

保荣不明所以，韩冰解释说：“检察院的马向东是不是你外甥？”

保荣点点头，韩冰说：“这就对了，我孩子他爸跟马检是表兄弟，所以我得跟着马检叫二舅。还有法院的王院长，他跟我们家也是老亲。我孩子他爸叫崔立鹏，是政法委的，你想起来没有？”

保荣想了半天：“哦，你是政法委立鹏的媳妇，你公公是瑞普？”

“是啊，二舅。”韩冰甜甜地叫着。

“我跟你公公熟。你公公身体还好？他退了十多年了吧？”

攀上亲戚，距离一下子拉近了好多，保荣也就不再那么冷冰冰地去看韩冰。但是，当她说起迁坟的事儿，保荣却还是不肯松口。他一脸为难地告诉韩冰：“闺女，你来我不能不给你面子，但这真不是我一个人的事儿。张家杨家斗了这么多年，如今他杨家占着上风头，还抓了人，这个事没那么简单。”

说着，保荣又劝韩冰说：“二舅劝你一句，要是能回去你就回去吧，别蹚这个浑水，这些事你们这些当官的管不了。”

韩冰笑了：“二舅，咋能说管不了呢？县里派我来就是处理这些事的，组织部正式下了文件，怎么能刚来就说走呢？不看这个看那个，你得带头支持我的工作。孩子他爷爷跟我说了，来清风驿有什么事找你，他还让我问你好呢！”

保荣迟疑了很长时间没有说话，感觉他已经有了松动，韩冰忙说：“二舅，咱说句关起门来的话，建开发区这个事儿咱挡不住。”

保荣说：“你可别误会我的意思，我可不是跟县里跟镇上为难。”

“你们那几个坟不迁走，这不就是让县里让镇上为难吗？”

“这个事儿没你说得那么简单，”保荣说，“闺女你不知道，清风驿这么多地，占哪块地不行？他杨青云一回来就想动我们老张家的祖坟，他这是故意的。”

说这话时，韩冰看出保荣此时又有些激动。

“祖坟是大家的，不是咱一家的，现在老三在里面关着受罪，你心里就好受？你这思想已经过时了，二舅。开发区不管谁建，都得建。要是换了旁人你还会这么说？你说我说得对不对？”韩冰问道。见保荣不说话，韩冰又说，“我知道你跟杨青云有过节，君子不记旧恨，再说你不是夺了人家的祖宅？人家建开发区可真不是故意要迁你家的祖坟。”

“他就是冲我来的，凭什么他一来就改清风驿的规矩？”保荣愤愤地说。

“你不能这么想，咱现在是犯到人家手底下了。低低头让让步，只要你同意迁坟，剩下的事儿包在我身上，抓起来的人马上就放，你看这样行不？”

张小强也好奇地在一旁听着，见爷爷热出了满头大汗，他拿起一只鸡毛扇站在背后为他扇风。保荣想了半天说：“闺女，这个事儿也就你说，换谁我都给他撅回去。他现在有钱有势，咱县上也不是没人，他们爱怎么弄怎么弄，我就是要跟他斗到底，老张家不能被他一个人压下去。蹲监狱就蹲监狱，判刑就判刑，我到底要看他姓杨的能尿多高。我不稀罕他那几个钱，老三关着就关着，我这把老骨头还能挣几个钱，也能养活这一家人。”

韩冰本来以为保荣会说出让步的话，一见他这么说韩冰又急了。

“二舅啊，这都什么年代了，你怎么总是斗争思维？人家根本就不是冲你来的，咱村里这些老规矩都得改改。如果不是走老路，咱清风驿能这么穷？人家给咱修河建景再建开发区，图啥？人家图来受你的气？再说了，人家钱多得花不完，那是人家自己挣的。你不能总说人家是冲你来的。”

见韩冰这么说，保荣态度终于有些缓和，他向韩冰提出一个条件，如果派出所能先放人，迁坟的事就可以商量。但他有一个前提，就是必须先把人放了，否则一切免谈。见是这样，韩冰知道再说下去也没什么用了，只好见好就收起身告辞。

保荣一直送出门来，月明如昼，清风驿安详地在一片月光下静静地沉默着。临告别时，保荣不好意思地拉拉韩冰的手说：“你放心闺女，有啥事你来找我。除了这个事儿别的都好说，在清风驿没人给咱气受。”

回到镇上，见杨青云屋里还亮着灯，韩冰决定去找杨青云谈谈。

看着韩冰垂头丧气的样子，杨青云就知道保荣的工作没有做通。于是，当韩冰向他说出先出具谅解书主动放人时，杨青云几乎连想都没想就拒绝了：“韩书记啊韩书记，天下哪有这样的道理？我也不是故意跟他们过不去，咱总得讲个道理吧？总不能让我挨了打、受了气再去主动跟他低头吧？我没别的要求，就四个字，迁坟放人。只要一迁坟我这边马上放人。也就体谅体谅我，这么做我已经够委屈了。”

韩冰自觉无话可说，她只好告诉杨青云说：“你再给我两天时间，我一定有办法让他们先把坟给迁了。”

02

保荣不同意先迁坟，杨青云也不同意先放人，这到底该如何是好？韩冰思来想去，于是又心生一计。

其实这个主意早已经在她心里装着了，只是她不愿意这么去做。眼下唯一的办法就是让保荣服软，想到这里她又去跟许燕来商量了一下。

听到韩冰的想法，许燕来既是惊讶又担心：“这倒是个办法，可这么做好吗？事情已经这么乱了，你别越闹越乱。”

“不下点猛药真不行了。”韩冰说。

原来，韩冰的办法是去找老三媳妇，动员她去跟保荣闹着要人。眼见自己对付不了保荣，她只好想办法去找保荣对付不了的人。谁家的人谁心急，老三在看守所关着，最心急的一定是老三媳妇。如果她能去跟保荣吵闹要人，韩冰相信效果一定比谁出面都好。

拿定主意以后，韩冰悄悄提了礼品来到肉铺。

因老三被抓，张家生肉铺已经关门好几天了。老三媳妇是二婚，结婚后一直跟保荣不太和睦。当听韩冰说派出所一连好几天都不肯放人就是因为公公不肯迁坟时，老三媳妇果然急了。

“你看，我不是来挑气的，我是实在替你着急。我知道老三实在，是个炮筒子，别人一喊就上。咱拆了人家的墙，砸了人家的机器，承担的是法律责任。我代表村里已经给人家开发商说好了，打人毁物的事都不提了，只要同意迁坟派出所就把人放出来，可你公公就是不同意。坟是大家的坟，事是大家的事，凭什么咱在监狱住着？你说说你公公办的这叫什么事儿呀！”韩冰口才好，三两句话就切中了要害。

老三媳妇春玲一开始不相信：“不是那姓杨的不饶我们吗？”

韩冰笑了：“人家杨老板的工作我早就做通了，只要同意迁坟他马上就出谅解书，是你公公死活不同意。”

春玲一听急了：“他怎么说的？”

“那天我去找他，你公公说蹲就蹲着吧，反正也不着急，我也能挣几个钱，养活得了这一家人。你说说他说的这叫什么话？”韩冰夸张地说。

“他凭什么？我就知道他不待见老三。我嫁到他们张家以后，他就没把我当成过自家人，一分钱也没给过，还说什么都要留给他那个孙子。我这就去找他！”说着春玲抱起孩子就要去找保荣，韩冰忙拦住劝她说，“你现在别去，你这一去可把我给坑了。我给你说这话都是好意，你冷静冷静，好好考虑考虑该怎么办。”

春玲停下，又不放心地问：“这事儿是真的吧？”

见她已被说动，韩冰不动声色地说：“我一个党员干部，又是第一书记，我会骗你？你好好想想，不就是迁个坟头吗？监狱里关的可是咱家的人。耽误挣多少钱不说，在监狱里关着得受多少罪？你公公糊涂，大家的事儿，为什么让老三一个人受罪？闹来闹去，不就为多要个钱吗？凭什么咱家男人住着监狱，让全村的人看笑话？这事儿你好好想想再说。”

春玲点点头：“谢谢你，姐姐。如果你不说，老三怎么死的我都不知道。”

见目的已经达到，韩冰又拉过春玲说：“这事儿千万可别说是我跟你说的。”

老三媳妇说：“你放心，我分得清谁好谁坏。”

临走前，韩冰一本正经地拉着春玲反复叮嘱道：“记着我的话，你千万别急，更别闹，好好去跟你公公说。他人老了，糊涂了，你一定要有耐心，有些道理老人想不明白也正常，记着千万别着急啊……”

从生肉铺出来，韩冰一脸春风地回指挥部来见杨青云。杨青云问她干什么去了，韩冰只笑不说。再三询问韩冰才说：“你等着吧，张家的坟马上就迁。”

杨青云不信，韩冰说：“那你等着看，等事情办成了记着要好好请客。”

“是不是我可以坐等着请客了？”杨青云问。

“请拭目以待！”韩冰比画了一个胜利的手势，背手迈着方步回村去了。

事实证明，韩冰这一招还真管用。

当春玲抱着孩子上门一哭一闹，保荣果然招架不住了。不过，保荣最先想到的并不是来找韩冰协商解决方案，头天晚上老三媳妇来到他屋里大哭大闹，第二天天还没亮，保荣就提着那只油光腻亮的人造革皮包坐公交车去了县城。外甥在检察院当副检察长，女婿又在法院当着副院长，宁折不弯的他要自己想办法把儿子救出来。

电话很快就打到了公安局，一听是大运河开发区拆迁抓人的事儿，公安局的人在电话中说，这件事是县长亲自抓办的案件，县长已经专门给他们局长打电话过问，说此案性质恶劣，涉嫌破坏营商环境，必须顶格处理，不见县长的话谁也不敢轻易放人。即使放人，按照程序也必须由受害人出具谅解书，否则违反办案程序。

保荣一听也慌了，问有没有其他办法。外甥不敢说话，女婿劝他说：“这不比以前了，如今不合程序的事儿谁都不敢办。不管找谁办事，都别让人家担责任，涉及担责任的事谁都不敢管。”

听到这里，保荣才知道被人拿住了七寸，如今杨青云这一关是绕不过去了。十年河东十年河西，风水轮流转，要想放人自己必须要先低头了。

纵是这样，他还是没有轻易认输。从县城回来，保荣到镇上来见韩冰，不想刚一下公交车正遇到刚刚放学的许燕来。许燕来带着保荣去见韩冰，保荣低着头说，坟可以迁，赔偿也可以不追加，但老杨家破坏老张家石碑必须登门道歉。只要杨青云肯上门道歉，老张家那几个坟头马上迁走。

杨青云一听这条件立即恼了：“三十年前的账我还没给他算呢，要置气就置到底，看看锅到底是不是铁打的！”

韩冰白了杨青云一眼：“他不就想要个面子吗？得饶人处且饶人，你到底闹到哪个地步才肯罢休？”

“商人的面子也是面子。”杨青云回答得理直气壮，“韩书记既然你说出来了，我就再让一步。谅解书可以先出，人可以先放，钱也可以多赔，但道歉的事想都不要想，这是原则问题！”

一时间事情又僵住了。

03

许燕来和韩冰忙前忙后地帮着他解决迁坟问题的时候，杨青云自己也没闲着。

有了那次和保平在医院的沟通，虽不知道许燕来和韩冰能否做通保荣的工作，杨青云认为这件事最终还得由长明出面。盐咸醋酸他比谁都清楚，张杨两家的矛盾不是一天两天了，真正解决这个问题还得需要各家的老人出面。

这天天黑以后，杨青云独自提着礼物走进长明家小院。

自上次主动登门，后来又让青江到工地上班，杨青云和长明之间的恩怨已烟消云散，乍好之欢的惬意让双方都小心翼翼地处理着彼此间的关系。当杨青云提出自己并不是非要抓张家的人，而且迁坟补偿也可以让步的时候，长明大喜过望，立即态度鲜明地表示赞同并支持他的想法。

长明说，两家人斗了这么多年，是该解开的时候了。长明还告诉他说，当年刚成立工会，本来两家已经和解了，你爹、我和保荣天天都在一起干活。如果当初没你那桩事儿，今天这些事情都不会发生。本想的是蜜里调油，四叔我当初把事做错了。能在这个时候放过老三，如果保荣还不同意我就去找他。大丈夫能屈能伸，不管当多大的老板，你都是咱杨家的人，咱杨家不能在这件事上丢了面子。

一席话说得杨青云心里暖暖的，他将韩冰带回的话说给长明听，长明一听重重地拍了一下桌子，拄着枣木棍子就要出门：“还反了他了！明明是他的错，还想让咱杨家道歉，这些年咱杨家向谁低过头？我这就去找他。”

杨青云拉住长明：“四叔你别生气，犯不上，他这是山穷水尽了。”

长明说：“我去问问他，他老张家到底还要不要脸！”

好不容易把长明拉住，见他重重地咳着，一脸刀刻般的核桃纹愈显分明。杨青云忙帮他捶了捶后背，过了好大一会儿长明才止住咳声，早就憋得酱紫的脸色也慢慢恢复了正常。

小火炉内的药汤又沸了，长明起身要动，椅子晃了几晃却站不起来。杨青云找块破布将药锅端下来，正要放到桌子上，长明忙咳着拦住他："别放别放，热锅子不能往木头上放。"

杨青云不好意思地笑道："四叔你不说我还真忘了，这一放真就裂了是不是？"

"这谁知道？"长明说。他一边说着，一边起身给老伴沥药。一股浓烈的中药味扑面而来，杨青云压低声音说："让青江带四婶去省上看看吧，事我安排，钱我出，不用你管。"

不知被热气眯了眼睛，还是被杨青云的话感动，长明放下药锅擦了擦眼睛，无奈地叹口气说："她这病，好不了啦。"

长明去里屋给老伴喂药，杨青云仔细打量着长明这间小屋。

三十年前的记忆完全没变，一样的方桌条几，一样做工粗糙已经磨得发亮的圈椅，一样的旧砖地面，墙上满贴着带着烟熏味道的报纸和年画。窗子狭小，光线几乎都挤不进来。满屋都堆满了杂物，人们经常活动的地方油光麻亮，其他都布满了尘灰。几件老旧家具松垮随意，连房梁上都黏了一层厚厚的油烟。四婶子生病以前，家里可不是这个样子。杨青云越想心里越难受，这时院里一阵响动，回来的正是青江。

青江人老实，大热天还穿着长袖衫，系严了领口的扣子。一进门看到杨青云就热情地打着招呼，听到娘的咳嗽又忙着去给喂药。折腾了大半天，长明窸窸窣窣地从里屋出来，杨青云问："孙子今年多大了？"

"二十六了。"长明喘着坐下，拉过眼前的笸箩开始卷烟。

"怎么还没成个家？"杨青云小声问。

长明埋头将卷好的烟在指间搓来搓去，却是一脸难为情地叹道："咱家里这个情况，你婶子又有病。青江也挣不来大钱。出不起彩礼，在县城也买不下楼，寻不上。"

杨青云从口袋里掏出自己的烟推过去，靠近一点说："有什么困难你别不跟我说，四叔。如果缺钱不是问题，赶紧给孩子成个家。"

长明无奈地叹道："眼看就三十了，现在各村的闺女都少，也不是他一个人，现在小年轻的都娶不上。你去看看，哪个村里没几十个光棍？就咱家这情况，找个二婚带孩的也不容易。前段时间，我托人给说，媒人钱花了两千多，在河东给找了个刚离婚的。媒人不敢说你婶子是这样，结果人家上门一来，看你婶子在床上躺着，二话不说就走了。”

“真是这样？”杨青云惊讶地问。他没想到年轻人的婚恋这么功利，这段日子他没少在村里出入，经常会看到年轻的后生们三三两两无所事事地在街头游荡，只是不清楚这些人到底在干什么，原来这些都是成不上家的人。

“你不知道，如今不比以前。女孩子少，娶个亲就得家里有车，城里有楼，彩礼还高得没谱。借下债不说，年轻人还不管按揭，”长明语气很慢，像是在说着一件极其痛苦的事情，“打光棍的年轻人越来越多，这些孩子没事就在村里瞎逛，光咱村里少说也得大几十个。”

“就没人去上学打工？”杨青云不解地问。

“那些上学打工的，混不了几年又都回来了。女孩子在城里好留，男孩子成个家也得有车有房，在城里买房子更难，城里哪容得下他们。村里女孩子越来越少，想成个家越来越难。”

杨青云心里堵得难受，想了半天却只说了一句话：“咱以后不能再这样了，四叔。”

第二天，杨青云让小高去银行支了二十万现金送到了长明手上。他让小高转告长明，用这二十万去县城交首付买一套房子。其他都是小事，先给孙子娶下媳妇再说。

04

见长明收下了小高送去的钱，杨青云心里长出了一口气。被人接纳的快感，如同久渴的赶路人饮到一口泉水，清凉甘洌。整整三十年了，他一直都不似今天这般开心。

杨青云万万没有想到，小高头天刚刚把钱放下，第二天一早青江就骑着一辆破旧电动三轮车拉着长明来到了指挥部。青江一手搀着一瘸一拐的长明，一手提着一个重重的袋子。杨青云刚热起来的心立即又凉了半截。

原来长明父子是来退钱的。

关上房门，长明将袋子放到杨青云桌上。他摸摸口袋想去掏烟，杨青云忙叫了声四叔，递了一支烟过去。长明摆摆手说，我吸不了烟卷儿，杨青云只好低头笑笑，伸手扶长明坐下。青江手足无措地站在父亲身后，长明低头看着桌上的钱袋子说："你的好意我心领了，青云。四叔虽然穷，但我不能拿你这个钱。"

"为什么？"杨青云不解地问。

长明说："我知道你是一番好意，一拿这个钱，事情就复杂了。"

"这有什么复杂的？"

"村里老少爷们儿都看着呢，我日子虽难，但还过得去。四叔不是见钱眼开的人，不拿这个钱，有些事我能帮你。如果拿了这个钱，我得被吐沫星子淹死。"

"这你就不对了，四叔。咱们是一家人，不管我是不是在村里做事，你有困难我都会帮的。现在我不差这个钱，青江，赶紧替你爹收起来，回头去县上看看房子。"

说着，杨青云提着袋子又塞回青江手里。

长明拄着桌子慢慢站起来，他喉头动了动伸手挡在杨青云面前："你听四叔的，这个钱你不能给，四叔也不能要。"

虽佩服长明做事光明磊落，但杨青云实在不理解他为什么不肯收钱。他忙扶长明坐下，转头让青江去饮水机接水。杨青云说："四叔，你这是把我当外人了。这个钱跟迁坟没任何关系，不管老张家的坟迁不迁，我都不会让你为难。看四婶在床上躺着，孙子到现在连个媳妇都娶不下，咱杨家人不能总这么穷，我心里难受。"

"四叔知道，你是个有良心的人。"长明眼里含着泪，他手哆嗦着，一边说话一边咳嗽。

杨青云说："多少年了，咱杨家在清风驿一直穷，我小时候就盼着有一天咱不穷了，也能在清风驿扬眉吐气。我虽然算不上大富大贵，但看着你家里这样，我心里还是难受得要命。这点钱不算什么，等孩子娶下媳妇，让他慢慢还我。”

“你是个有志气的人。”长明一边说着一边抹抹眼睛，“四叔一辈子没见过这么多钱，也没想到有一天能得你的济。割不断的才是一家人，想想那会儿……”

说着说着，长明竟哽咽着说不下去了。杨青云知道，长明又要提那些陈年旧事了。他忙转移话题说：“咱不是一家人吗？四叔，过去那些事不提了。不管有什么事，咱自己人不管谁管？我不管咱自己人管谁？”

“现在人人都是顾着自己，谁还在意这个？青云，你这个情四叔一定还。”说着长明告诉杨青云，“昨天晚上我到你爹坟上坐了半天，跟他说了半夜话。我告诉你爹说，咱青云出息了，咱杨家人也出息了，他要是能活到现在多好啊。你不知道，每年我都让青江带着我去给你爹上坟，怕遇着你，总是早早地去。你该恨四叔，以前是四叔对不起你。”

不知不觉间杨青云眼睛也湿润了，他拍拍长明的手，递上几张纸巾：“四叔，咱不说这些了。钱你收起来，房子得买，孩子得娶媳妇，四婶的病也得治，咱以后的日子好着呢。”

说着，杨青云提着钱袋子搀起长明送到屋外。一边走杨青云一边说：“四叔，你让人看看，咱村里还有哪些人家有实际困难，能帮他们的咱也帮帮他们。我这次回来就不走了，少不了跟老少爷们儿打交道。”

长明站住，用纸巾擦擦眼睛，揉成一团又抓在手里。

“你钱来得也不容易，不用管那么多事儿。咱村里的人你还不知道，你不管他们，他们敬你。要是管，他们一个个都是白眼狼。”

杨青云苦笑了一下：“四叔，我早就不在乎这个了。当年保收、志刚、拴成他们去找我打工，我那么照顾他们，回村里还说我的坏话。现在我回来了，他们到现在都不敢来见我。我不怪他们，他们自己也知道错了。”

说话间三人已到了屋外，杨青云搀着长明坐上三轮车，长明拉着杨青云的手说：“这个事你再好好想想，四叔不是不让你帮他们，救急不救穷，人心不足，别把好事做成坏事，如果那样还不如不做。”

“谢谢你提醒我，四叔。”杨青云说，“救急不救穷，这个道理我也知道，我这人心软，看到老少爷们尤其是咱杨家的人这么受罪，我看不了。”

“如果你想好了，迁坟的事儿你多跟保平还有那个韩书记商量，考虑好具体该怎么办，别脑子一热想怎么办就怎么办。”长明不放心地叮嘱说。

“我自己出钱，需要跟他们商量？”杨青云问。

“村里不比城里，低头不见抬头见，人和人之间有人情呢。”说着他又小声告诉杨青云，“既然已经派了第一书记，保平心里一定不舒服，你得考虑好怎么跟他们处好关系。如果有这个心，你也就不用太费力了，有些事不如放手交给他们去做。”

“那个韩书记我看是做事的人，能干。保平看上去老实，但心眼太多，你拿不住他，村里的事你要多靠韩书记。”

杨青云心中一亮：“是呢四叔。”

长明笑道：“人敬的是用处，村里人都实在，只要你真心对他们，他们都会真心对你。”

“是啊，人敬的是用处。”杨青云自言自语道。目送着长明父子出门，回清风驿这么久了，他发现自己竟刚刚找到正确的方向。

事情找对了方法，杨青云一身轻松，他感觉自己的内心突然间打开了。

这天晚上，杨青云敲开许燕来房门，问她愿意不愿意一起到外面走走。许燕来犹豫了一下，还是点点头答应了。

乡村的夜晚无边宁静，天空就像一个巨大的盖子，将一切笼罩在无边的夜色之中。庄稼在夜幕下静静地呼吸，四下不时传来阵阵虫鸣，反倒将夜晚衬托得更加宁静。他们一起沿着小路走了一会儿，已经有半人高的玉米在夜风中沙沙作响。星垂平野，月照长空，在这美好的夜晚，他们一路都没有说话，彼此却真实倾听着对方的心跳和呼吸。

05

没过几天，青江在城里给儿子买楼的消息就传遍了清风驿。

人人都知道，青江在县城买楼是杨青云出的钱，众人既羡慕又嫉妒，都恨自己没有杨青云这样一位财大气粗又慷慨大方的亲戚。收下杨青云的钱后，长明就黑着脸拄着那根油亮的枣木棍子一瘸一拐来到村东头保荣家里。谁也不知道两个人到底说了些什么，长明从保荣家里出来时，保荣一直将长明送回了家。从长明家里出来，保荣竟眉开眼笑地哼起了小曲。

刚走了没几步，保荣听见身后有人叫他。回头一看，王多余正一晃一晃骑着破自行车来到面前。

“有啥好事儿呀，二舅？”

“你小子又唱戏去了？十里八乡的，现在谁还听戏？”保荣不回答王多余，看到他自行车篓里的戏服，反倒在他头上轻扇了一下。

“二舅，这头可不敢扇，你再扇我躺地上讹你信不信？”王多余一吐舌头，推着自行车一晃一晃地跟保荣向前走。习惯了王多余的没大没小，保荣并没跟他计较。没走几步王多余问：“二舅，老三回来没有？”

保荣白了他一眼，说：“回没回来你不知道？你去哪里呀？”

王多余说他已经搬回村里的老房子住了。保荣问王多余拆超市给了他多少钱，王多余说这我不知道。保荣说你真不知道？王多余说我真不知道。保荣摇头叹了口气没再问他。

老三是二婚，王多余也是二婚，老三的二婚老婆春玲是王多余老婆小惠的姨妹，自己当着媒人，儿子的亲事却是王多余和小惠介绍成的。头两天老三媳妇闹得厉害，身为老公公的保荣实在不想跟她见面，到这里他便对王多余说道：“你去生肉铺看看，去说一下，明天派出所就放人。”

“是吗二舅？这太好了，那我得赶紧去告诉春玲！”

王多余摇摇晃晃地向前街奔去。

肉铺屋门锁着，拍了半天都不见动静。王多余怀疑店里没人，闲来无事他喜欢十里八乡地跟着吹唱班去演出，扮的是旦角。这天他整整唱了一台戏，还分了一百块钱，他实在是累坏了。在生肉铺门口蹲了好大一会儿，他才推上自行车准备去给保荣说店里没人。哪知他刚拐过墙角，就见自家门口人影一晃。仔细一看，原来是长巨正低头快步沿着墙根走。

“嗨，你去我家干什么？”

长巨刚拐上大街，听到有人叫他突然一愣。抬头一看，原来是王多余手拿一块板砖正堵在面前。

长巨刚想解释，王多余抡起板砖已经拍了下来。长巨血流满面，正待还手，王多余低声掐住他的脖子喝道：“你敢！”

长巨愣了愣，王多余道：“赶紧滚，再不滚我就叫人了！”

长巨抹把脸，吃了亏也没敢出声。他在地上抓一把土捂在头上，瞪了一眼王多余，愤愤地捂着拐进另一条胡同。

第二天村里村外不见长巨人影，韩冰问金田长巨到哪里去了。金田说我也不知道，韩冰就给长巨打电话。长巨一开始说着凉发烧，后来又说半夜从炕上掉下来磕破了头。长巨的话虽破绽百出，韩冰也没有多想。

近几天，张杨两家要和好的消息成了清风驿最大的新闻，保荣年轻时是清风驿有名的浑人，手里一把杀猪刀赶集卖肉，十里八乡谁都不怕，能压住他的人只有长明。经长明出面，不但保荣同意了迁坟，而且还化解掉了张杨两家延续了几百年的旧仇，这确实是一件值得大书特书的事情。

仇恨就像一根绳子绾成的疙瘩，用力越大反倒结得越牢。当找到拆开的办法，想解开它却毫不费力。没过几天，小高开车拉着杨青云来到长明家门外。杨青云搀着长明上车，汽车一路向村东头驶去。来到保荣家门外，三人远远地下车，依旧是杨青云搀着长明，当小高从后备厢里提出一大堆礼品时，保荣早已经笑着迎了出来。

杨青云主动叫了一声“二哥”，保荣又是拘谨又是害羞，他脸上挤出一副要多难看有多难看的笑容，却还是主动说了一句：“来啦？”

一边说着，他一边去接小高手中的礼品。杨青云笑了笑，三人挽着手一起进屋。

屋里的环境陌生而又熟悉，三人坐在一起，尽管所有一切事先都已经安排妥当，但真正坐到一起后，杨青云仍感觉这气氛不太适应。一个人一生需要走很多的路，仇恨和原谅都是路上的风景。当你恨了太久，突然要和那个发誓不会原谅的人一起坐下来和解，你会发现此前很多事情都是毫无意义的坚持。也是因此，你毫无理由地沮丧起来，并感觉内心像泄了气的皮球一般空虚。

“都是为了一口气，你家那个宅子，我还给你。”保荣一边说着，一边拿出一张发黄的旧纸。长明一愣，这个环节并不在事先规划之内。见保荣突然要归还杨家的宅基证，他瞬间激动得不知如何是好。

长明诧异地问道："你这是？"

"我早就想好了，该是谁的就是谁的。当初跟长生大叔置气，夺人田产这是死仇，我也是仗势欺人。青云有志气，是咱俩把事做错了。"保荣对长明说。说话间，他已将那张发黄的旧纸递到杨青云面前。

事情太突然，长明又没有事先交代，杨青云一时不知如何是好。他看了看长明，并没有伸手去接那张泛黄的纸。

杨青云犹豫了半天说道："事儿已经过去这么多年了，我也有我的错。过去那些事咱不提了，二哥。"

一句"二哥"叫得真切，保荣看着长明，长明又看看杨青云。长明说："收下吧，这是你二哥一番心意。"

杨青云只好将保荣递过来的宅基证接下，认真看了看却又顺手放在一旁。那张发黄的旧纸上，手写的字迹已经看不清楚。在接过它的一瞬间，杨青云热泪盈眶。就是因为它，父母死后自己三十年负气不归。为了掩饰内心的激动，杨青云强笑道："你不知道二哥，这个证我还真是第一次见呢。"

保荣脸红尴尬，长明立即打圆场说："我和你二哥那会儿就是想逼你一下，想的是这样一逼你能同意那门亲事。不想斗起气来，后来就顾不了那么多了。你还记得我们去省里找过你几次不？"

杨青云不想再提这些旧事，便说："算了四叔，那时候年轻气盛，都过去这么多年了，不说了。"

保荣主动说："谁也没想到会闹成这样，青云你大人大量，二哥记着这个情。不管让我做啥，你说句话。"

长明插话道："都是那个时代的错，本来一桩好事，你二哥当年也不是故意要把你一家逼上死路。这些年心里有愧，我俩心里也不好受。当时那么恨你昧良心，忘恩负义，结果你爹死了，你娘也死了。你不知道，我跟你二哥这些年没说过话，见了就躲着走，你那房子他也没住过一天。"

杨青云叹了口气："算了吧，四叔，这个宅子我也没什么用了，还是让保荣二哥留着吧，他有这个心就够了。都是当初大家沟通不够，定亲的事一开始我真不知道，上大学的钱我也不知道是我爹拿房子抵押的。法院把它划给二哥了，它就是二哥的。老辈人的事，不再提了。”

“这些你爹都没跟你说？”长明惊讶地问。

杨青云痛苦地说道：“没有。”

杨青云说出这话时，长明和保荣你看看我我看看你，都愣住了。又沉默了好大一会儿，长明笑道：“怪不得呢，原来你爹一直都瞒着你。是我们错怪你了，青云。”

“都是那时候的错，大家沟通不够，你没忘了我爹出殡的时候，你不让老少爷们抬棺。换了今天不会再出这样的事了。”

尽管一想起这件事杨青云就心如刀割，他脸上却赔着笑说。

话说到这里，气氛又有些凝滞。为打破尴尬，杨青云及时转移开了话题：“四叔，二哥，我这次回来，是咱县里邀请来的。回咱清风驿，就是想带着大伙儿都富起来，多挣点儿钱，咱可不能再穷下去了。今天当着二位的面我说句话，从今天开始，过去那些事咱都不再提了好不好？”

说着，他主动向保荣伸出手，保荣忙在身上抹了两把，紧紧握住杨青云。他的大手粗实有力，杨青云竟一下没能握过来。

06

你敬我一尺，我敬你一丈。回到镇上，杨青云告诉韩冰说，不管迁走的还是没迁走的，每个坟头我额外再追加两千块钱。

不知是谁传出去的消息，说杨青云要在码头上摆下宴席，请张杨两家的男人一起喝一场和好酒。这在清风驿历史上可是从没发生过的事情。张杨两家斗了这么多年，消息一经传出，不但是清风驿，一夜之间全镇上下就已经人尽皆知。

镇党委书记刘长顺也听到了这一消息，他打电话将韩冰叫到办公室，问这件事到底是不是真的。韩冰告诉刘长顺，张杨两家和好眼下已初步达成一致，只是还没想好怎么去纪念庆祝。

刘长顺当即对韩冰的工作做出肯定，并告诉她说借机可以好好去做做文章。韩冰问摆宴席喝和好酒的形式合不合适，刘长顺说虽然有些江湖气，但也没什么不合适的，正好也可以趁着这机会将村里那些旧风俗、旧习惯都改一改。韩冰点点头，想进一步征求一下刘长顺的具体意见。刘长顺说这件事你看着办吧，这些年清风驿宗族势力的影响太大，村里人动不动就抱团闹事，这个风气必须改改。

韩冰理解了刘长顺的意思，她立即去指挥部见到了杨青云，并将镇上的意思原原本本进行了传达。听说镇上也支持摆和好宴，杨青云喜出望外，嘴上却说："这我哪应付得来！"

人和人之间的原谅与接纳就这么简单、原始、朴素而且直接。城市有城市的规则，村庄有村庄的秩序。祖祖辈辈一起生活了几百年，村庄最尽头是人情，人情的尽头是尊严和面子，只要尊严和面子有了，其他一切都不再是什么问题。当杨青云终于释怀，他发现自己一直为之纠结的那些事情，在别人的世界里或许根本就不值一提。其实人在世间，没有什么事情不能原谅，也没有什么人不可饶恕，只是有些人困得太久不愿走出来罢了。

这又是清风驿一次百年不遇的大事，那天从保荣家里出来，杨青云立即让被打的工人签署了谅解书。他把谅解书交给韩冰，镇派出所当天就去县拘留所把老三几个人带了回来。见人已经放了，保荣也不含糊，他亲自带着张家的人到地里指挥迁坟。保荣一声令下，仅用了半天工夫，十几个旧坟都已顺利地迁走，工地上终于又开工了。

罗建华也听说了这件事，他兴奋地问杨青云事情到底是怎么想通的。杨青云故意高深莫测地说："还不是你的功劳？如果不是你过问，派出所早就把人放了。不但坟迁不成，这个仇也会越结越大。"

知道杨青云是在故意奉承，罗建华笑道："你就别往我脸上贴金了，我的好哥哥。现在是法治社会，事情先这么往下走吧。清风驿要想真正脱贫，就得移风易俗。有个问题我只是好奇，不知当问不当问？"

"说吧。"杨青云说。

"你是为了迁坟才这么做，还是真正原谅接纳了他们？"

这个问题确实把杨青云难住了，他摇摇头说："如果我说我也不知道，你信不信？”说实话，这次能主动跟张家和好，杨青云并没有认真考虑过是为什么，他只是觉得自己应该这么去做。

罗建华说：“早晚有一天，你会真正接纳原谅他们的。”

听到罗建华的话杨青云没有表态，罗建华问韩冰工作怎么样，杨青云说能干是能干，真没想到你们培养出了这么一名优秀的女干部。不过，不管什么事都是她说了算，人有点儿霸道。罗建华笑道，我可是把清川最能干的女干部派给你们了。杨青云听了，心里也不知应感激还是幸运。

有了县里和镇上的重视，这场和好酒到底该怎么操办立即被提上了议事日程。同时不出杨青云和韩冰所料，当听说迁坟的冲突已经尘埃落定，一直在县里住院的保平也伤愈出院了。

回到村里，保平一开始看上去有些落寞，但保平心眼儿活，他很快就适应了村里有第一书记的模式。他处处自称是韩冰的跟班，谈笑风生地跟在她后面跑前跑后。没过几天，议程已经商定，和好大会先在党支部召开，不但张杨两家全部参加，村里每家每户都要派一个人前来开会。大会结束以后，众人一起去码头上喝酒吃饭。事情由村里的红白理事会安排，所有费用由杨青云负责落实。

韩冰带着保平来找杨青云商量，杨青云对此当然没有意见，很快日子就安排定了。

这天，村支部张灯结彩，码头上也早早摆满了招待客人专用的桌椅。天还没亮，红白理事会就紧张地忙碌起来。会议条幅上虽然写的是“动员大会”，但大家都很清楚实际这是清风驿张杨两家的和好大会。和好大会由第一书记韩冰主持，刘长顺、李锋、杨青云、长明、保荣和许燕来都被请上了主席台，县司法局的领导也来到了现场。为报道这一盛事，县报社、电视台也专程派人前来采访。杨青云暗笑了一下，一个小小的会议如此重视，清川县的宣传工作真可谓不遗余力。

在动员大会上，长明和保荣代表两家人将手紧紧地握在一起，记者们忙着拍照，趁人不注意，杨青云微笑着冲许燕来竖了竖大拇指。

码头上，一群人正在热火朝天地忙着。

清风驿的油汤豆腐老年间就是大运河上有名的小吃，也是清风驿红白喜事重大场合最重要的一道吃食。离开清风驿后，杨青云经常会梦到它的味道。这些年他寻遍了省城，甚至找了许多大厨，可惜明厨亮灶却一直做不出记忆中的味道。有些事情，越是简单越是重要，最初当杨青云跟长明说和好宴想吃流水席的时候，长明觉得这个主意好，立即便答应下来。

清风驿做油汤豆腐有很多讲究，其中最关键的第一步是炝汤，而炝汤最关键的一步则是炸酱。老年间清风驿人讲究，家家户户每到夏天都自制面酱，做面酱的主要材料是馒头。夏至以后是大运河畔一年最热的季节，先将馒头淋湿，然后放瓷盆里焐着。等它们发酵出长长的白毛，再将它们一点点揉碎，放到太阳底下暴晒。待全部晒干晾透，终于没有了一点水分，再放入干净没有水分的瓷盆里备用。取过花椒、茴香等香料放进清水煮上半小时，留汤水放凉备用。凉好的花椒水倒进瓷盆，水要漫过馒头碎末，依次放入酱油和盐。一斤馍三四两盐，搅拌均匀然后用纱布蒙上瓷盆箍紧，再次放到太阳底下暴晒。

晒上一个月左右，等闻到酱香味后面酱就晒好了。做油汤豆腐必须用这样的面酱炝汤才有味道。炸酱炝汤时需要大火加油，炸至焦煳将其捞出。接着用葱花、姜块、八角炝锅，加入炸酱、开水入锅成汤。

很快，锅开了，将肥白水嫩的卤水豆腐切成小方块，继续大火猛烧。随着豆腐不断加入，锅里泛着白沫，灶台上空飘着腾腾的热气，空气里也全是焦煳炸酱的香味儿。

条件好的人家，做油汤豆腐也可以加肉。如果加肉，一定要加肥瘦相间的五花肉。而且一定要事先将大肉切方，事先炖好切片，等豆腐炖好出锅前再加进去。

油汤豆腐出锅装碗，碗里淋上一勺黑棉油，再撒一把切好的香菜段扔进去。肥瘦相间的大肉片，雪白的豆腐块，漂在表面的棉油衬着绿绿的香菜段，满带着人间烟火的香味儿早让人垂涎欲滴。

清风驿的油汤豆腐食材挑剔，做工讲究，杨青云百吃不厌，也只有木柴大火才能熬出这样的味道。散会以后，众人浩浩荡荡地拥向了码头。

07

杨青云远远闻到了码头上油汤豆腐的香味儿。

第一桌席位安排的是村里各家族的代表。按照规矩，流水席每桌坐八人，这一桌本来安排的是杨青云、刘长顺、李锋、韩冰、长明、保荣、保平和小学校长保祥，保祥临时有事没能到场，韩冰硬拉着许燕来坐了过来。

众人落座，桌子上已经整整齐齐地摆放了八道主菜，外配四道凉菜。当年自大运河开通后，南来北往商贾九流，形成了很多不同别处的习惯。清风驿的人讲究，正式的场合都要开大席。大席讲究席面，八道下酒菜分别用碗装盛，又称八大碗。八大碗共十五道主菜，全部是古式做法，而且清一色全是蒸碗。蒸碗有两道工序，所有菜都要提前加工好，等开席前再加入调好的高汤放进笼屉用大火蒸熟。上席前，碗里撒上一捏香菜，香喷喷的味道便立即漾了出来。

清风驿蒸碗共有十五道菜，细分又可分为五硬菜、五软菜和五细菜。五硬菜全是荤菜，即鸡、鱼、猪肉、牛肉、羊肉。五软菜是素菜，分别是假菜、木耳、鸡蛋、海带丝、面筋，软菜装碗时，下衬白菜做配菜。假菜是清风驿独有的特色，是用上好的红薯粉条用水焯软，加入葱花、姜末、茴香、花椒上笼屉蒸熟。蒸好的粉条黏结在一起，晾凉后切片，此菜名为假菜，每逢开席必不可少。五细菜则是需要手工加工提前预制的藕夹、豆腐夹、鹅脖、红烧丸子、水氽丸子，根据宴席等级不同，各菜之间可随意搭配，一般以八道为上。

八大碗油大，四道清口凉菜分别是水煮花生、炝拌土豆丝、凉拌白菜心和凉拌藕片。主菜装碗，凉菜装盘。碗是蓝边粗海碗，盘是平底白盘，碗盘搭配有着严格的讲究和次序。

众人落座以后，保平先讲了两句话，然后杨青云也跟着讲了两句，杨青云端起酒杯，众人一起先喝了三杯酒，然后由韩冰宣布开席。

首席就座的人当然是重点，杨青云谈笑风生地挨个敬酒，然后是保平带着他挨桌敬酒。一开始他喝的是白酒，后来负责斟酒的王多余偷偷把白酒换成了水。只要能叫上名字的人，他都刻意跟对方说了几句话。一圈酒敬下来，众人早已喝得东倒西歪了。

王多余小声地问他："你没事吧，小舅？"

杨青云笑笑说还好，等回席入座时，也早已喝得头昏脑涨。酒过三巡，众人喝得尽兴，杨青云不时看看许燕来，村里不时有人来给她敬酒，许燕来不喝酒，酒杯里装的是矿泉水，有人来敬她只是碰碰嘴唇。韩冰却来者不拒，大口大口地跟村里人碰杯喝着。

众人吃菜如风卷残云，刘长顺和李锋走后，杨青云特意把王多余也叫到了首席。两口小酒下肚，王多余满嘴流油，一碗白花花的猪肉片子瞬间被他吃得精光。阳光明亮地照下来，杨青云突然有种恍若隔世的感觉。当年码头兴盛的时候，大运河桅杆如林，码头上人流如织，人们的生活可能就是这样吧？

杨青云随便吃了几口菜，流水席开席快，结束也快。不一会儿，就有人提着竹编提篮来上主食。一人一碗油汤豆腐，两只高脚签子馒头。杨青云记得，原来在清风驿做高脚馒头的只有一家人，这家人姓鲁，就住在码头西面。高脚馒头做起来复杂，和面要用碱面，而且全过程手工。揉好上屉前需要插进竹签撑着，才能保证馒头蒸出来高而不歪。为保证成色，每屉都要放上一小盅硫黄，这样蒸出来的馒头才能既好吃又好看，而且好闻。揉好的面团有一拃高，面团蒸熟前是软的，有了竹签的支撑，便挺立着。做馒头的笼屉也是特制的。自从有了和面机以后，老鲁改行不蒸馒头了，码头开大席当然少不了老鲁的高脚馒头，杨青云专程托保平把老鲁请了回来，并答应他说，以后让他去工地食堂上班，专门蒸高脚馒头。

杨青云吸吸鼻子，果然闻出了三十年前记忆中的味道。他掰开一块馒头放进嘴里嚼了嚼，低头小声跟身边的韩冰说着什么，一旁的许燕来只吃了半块馒头，便看着漂着油花的豆腐汤皱着眉头。

杨青云笑道："许老师，这可全都是清风驿的名菜，换个地方你都吃不着。尝尝吧，我保证它一点儿都不腻。"

韩冰挑战似的捧碗喝了一口汤，虽然嘴里直喊烫，但神情之间满是赞许。

许燕来掰开一块馒头，轻轻在碗里蘸了一下，味道果然与众不同。

“没吃过咱的油汤豆腐和高脚馒头，你就不能说自己来过清风驿。”保平说着，端起碗呼噜呼噜喝了个精光。

天下没有不散的宴席，酒足饭饱后，见人们已经渐渐散去，杨青云礼貌地和大家一一告别。王多余小心地跑过来拉住他说：“小舅，有件事我想跟你说说。”

杨青云酒已经喝多了，送走李锋，他本已和许燕来韩冰约好去河堤上走一会儿。他对王多余说你等着我吧，一会儿我找你。王多余点点头，杨青云便带着许燕来和韩冰沿着河堤向北走去。

三人望着脚下的河滩，一地庄稼正绿。远处旅发大会工地上工人和机械正在忙碌，再有一个多月旅发大会就要交工了，经过几个月的忙碌，工程已到收尾阶段。唯一遗憾的是大运河里水少得可怜，如果河里能来水就好了，杨青云想。一边走着，他一边跟许燕来韩冰讲着小时候大运河里繁华的景象，还不时绘声绘色指点着当年他曾在哪里游泳，又在哪里摸鱼。韩冰可能是喝多了酒，一脸平静，许燕来听后则问了他许多有关码头历史方面的问题。

不知不觉间，杨青云感觉有些累了，韩冰也说喝了酒犯困。三人反身回来，宴会现场已经收拾得差不多了。小高搀着他正要上车，王多余不知从哪里跑过来。知道他跑前跑后忙得辛苦，杨青云从车上拿下一条烟扔过去。

王多余点头哈腰地接下，杨青云问：“啥事嘛，忙得这一头汗。”

王多余看看许燕来和韩冰，韩冰白了他一眼，拉着许燕来到一旁去了。王多余小声说：“小舅你不知道，有个事想跟你说，可又张不开嘴。”

杨青云笑了：“说嘛，咱老同学，谁跟谁？”

王多余还在犹豫，杨青云递给他一支烟，王多余忙接过，先给杨青云点上，自己也吸了一口才说：“我那个大小子前年去外面打工，一年到头啥都剩不下，连回家的路费都是我出的。小惠光因为这个跟我生气，超市都说不干了。你看这……”

杨青云心里正高兴，便说：“让孩子回来吧，清风驿还能没他的饭吃？等咱们厂子开业了，咱村里的孩子们都能有个工作。”

王多余嘴上连忙说是，却磨蹭着仍不肯走。杨青云急着回指挥部休息，便问他说：“还有事？”

“这话不敢说，小舅。怎么说呢？”王多余搓着双手，又出了一头汗。

“说吧。”杨青云说。

“我是看能不能从你这儿借点儿钱，也给孩子在城里买套房子。”王多余一边擦汗，一边紧张地说。

杨青云沉默了。他又点上一支烟，不想刚吸上就呛了一口。他咳嗽着拍拍王多余肩膀：“今天喝酒了，先不说这个事了，明天你来指挥部找我吧。”

杨青云沉着脸招呼许燕来和韩冰上车。韩冰发现杨青云情绪不对，忙问他到底怎么了，杨青云不说话，韩冰看看许燕来，许燕来也一脸担心地看着他，杨青云愤愤地说了一句“可怜之人必有可恨之处”，便闭上眼睛装作睡着了。

第二天一大早，不想王多余还真到指挥部来了。

杨青云把昨天说过的话全忘光了，结果王多余一提想借钱的事，杨青云心中更恼：“你告诉我，这到底是谁的主意？”

王多余凑近了小声说：“小舅，你看咱孩子也这么大了……”

“我问你谁的主意！”见王多余不正面回答，杨青云又强调了一遍。

因为心虚，而且有求于人，王多余一脸愧色，只好承认说是小惠让他来的。

“拆小卖部你们就拿了十五万，还没拿够？”杨青云厌恶地说。

“你大人大量，小舅。我知道你心软，看在多年老同学的份儿上，我和孩子都来给你打工，也跟四姥爷一样保着你。”

王多余不提长明还好，一提长明杨青云火儿更大了。他明摆着这是想坐捎车，心里虽恨王多余不争气，杨青云嘴上却笑着说道：“你们这是吃大户来了是不是？我的钱是大风刮来的？”

王多余只是赔笑：“你有的是钱，又不差这一点儿。拔根汗毛我们一辈子都花不清。你不能看着咱孩子娶不上媳妇不是？”

杨青云越听越烦，他摆摆手说：“这个事儿我知道了，你好好干活儿，等我的消息吧。”

王多余走后，杨青云心里不是滋味儿，此前他担心的事情果然一件件全部来了，只是他没想到第一个来找他的人是王多余。思来想去，他决定去找韩冰谈谈。

“村里到底有多少人还没娶上媳妇？”一见面，杨青云就劈头盖脸地问道。

韩冰一愣，她不知杨青云问这话是什么意思。杨青云苦笑着把王多余借钱的事告诉了韩冰，韩冰笑他升米恩斗米仇，又说这纯粹是个人人情，你也不必过于纠结。村里人都这样，遇到好吃的撂不下筷子。

虽然恨其不争，但听韩冰这么说王多余，而且还捎上了所有人，杨青云仍多少有些不开心。他对韩冰说，韩书记咱能不能统计一下，等厂子建成开发区也建好了，把这些人都招回来。年轻人打光棍娶不上媳妇，再这样下去清风驿就绝后了。

韩冰竖了竖大拇指，连称这是个好主意，难得你有这个担当。韩冰答应下一步就安排人做入户统计。

见识过韩冰的雷厉风行，杨青云反复叮嘱她此事先不宜声张。韩冰明白杨青云这么说的用意，她告诉杨青云说你放心吧，没裤子先伸腿的事咱绝对不做。

第十三章　取舍

01

这段时间发生的事情太多，杨青云几乎没有什么时间去认真思考。等真正静下心来，他决定再把这些事情好好理理。

坐在指挥部里，他点上一根烟陷入了沉思。直到这时他才发现，事情转来转去，好像自己总是吃亏的一方。虽然张杨两家和好是件大好事，如果不是每个坟头多出了两千块钱，如果不是自己主动登门示好，一切会像今天这么顺利吗？

想到这里，他刚刚变好的心情立即又变坏了。

黄昏时分，杨青云仍心里堵得难受，出门看看许燕来还在，杨青云敲门进来，鬼使神差地将一肚子苦水全在她面前倒了出来。许燕来认真听着他的讲述，并没有插话。

这是这个男人第二次在她面前讲自己的故事了。上一次，听他讲的是他和清风驿的旧怨。虽不清楚杨青云跟自己倾诉这些的目的，但许燕来能明显感觉到他渴望得到理解的主动。这个看似功成名就的男人，内心竟然有着这么细腻而复杂的纠结，这是她事先不曾想到的。听人倾诉是一种信任，同样也是一种幸福，许燕来默默地听着，她越来越能理解杨青云在清风驿时的复杂与纠结，同时也能感受到他内心患得患失的犹豫和矛盾。

把心里话讲出来以后，杨青云情绪好了许多。许燕来没去劝他，而是直言不讳地说，成大事者不拘小节，你读了这么多书，怎么还不明白这个道理？

杨青云一脸失落，他忧伤地告诉许燕来人人都是当局者迷，事情没在自己身上，当然很容易就能想明白。一旦牵涉自己的利益，谁都会患得患失。

“这正是我们读历史的原因呀。”许燕来说。她认可杨青云的说法，但并不认为他的纠结有道理。

杨青云苦笑道：“我不反对你的说法。可是也有人说过，人们在历史中得到的教训是，人们从没有在历史中得到过教训。回来之前我就一直担心，我是怕再跟他们继续纠缠。这些年来，不管什么事情我都不愿意跟人起争执。结果呢，他们得寸进尺，我还是不可避免地跟他们纠缠到一起了。”

许燕来能体谅杨青云内心的痛苦，她倒上一杯茶递到他手上：“别想那么多了，我就问你一句，你到清风驿是来斗气的，还是来做事的？人家可是把地都交给你了，给你提点儿要求并不过分。好好睡上一觉，睡醒以后就不再纠结了。”

许燕来话虽说得透，杨青云也不是不能理解，但这段时间发生的事情他还是感觉不好消化。杨青云最大的特长就是不会长期困扰在毫无意义的纠结中，他苦笑了一下，接过许燕来递过的茶杯。在这一刹那，两个人的手轻轻碰了一下，他感觉一股电流通遍了全身。

这天晚上杨青云没吃晚饭，躺在床上，他还在反复想着。许燕来的话不是没有道理，为什么自己总是困在这些事情上出不来呢？到底是庸人自扰，是自己不够豁达，还是自己过于软弱，即便是原则问题也不敢据理力争？

不知不觉间，他的心情竟越来越坏了。

而比圈地和迁坟更让杨青云闹心的，是清风驿复杂的人际关系。比如保平，在这两件事上，保平从始至终表现都很微妙。他看似用心努力，实际上两件事都是他搞砸的。保平是当过兵的人，能在清风驿当支书说明他绝不鲁莽，但有些麻烦明明都是人为故意，杨青云提醒自己以后一定要对他多加注意。好在如今有了韩冰，韩冰说话虽冲，但她明辨是非，在涉及原则的事情上从不马虎，这让杨青云多少又有些欣慰。

想到韩冰来清风驿当第一书记是刘长顺的提议，杨青云对刘长顺多少也改变了一些看法，尽管刘长顺一开始对建开发区并不支持。

除了保平，杨青云还感觉李锋在这两件事上的表现有些吊诡。

表面看上去，李锋积极卖力，跑前跑后，话也说得漂亮，实际上他一直都是在袖手旁观，并没做多少有用功。作为主持新区建设指挥部工作的一把手，在很多时候他的表现也让人一头雾水。在紧急关头，他的表现甚至还不如刘长顺。这类没有担当的人杨青云见多了，也知道怎么跟他们打交道。但不知为什么，只要一回到老家，只要事情一涉及到清风驿，自己的心却怎么都硬不起来。到底是什么让自己轻易间就放弃了底线和原则？到底是心软了，还是自己也在一步步堕落？下次再遇到这样的事情该怎么处理，杨青云一时又没了主意。

由保平想到韩冰想到李锋，又由李锋和韩冰想到了保荣、长明和王多余，杨青云辗转反侧，整整一个晚上都没能睡着。

平原上天亮得早，窗外泛起鱼肚白时，看看表还不到五点。杨青云翻身起床，披衣来到院里。清风驿的早晨空气清新，一股熟悉的水汽从东面直扑而来。近些年大运河虽几近干涸，但河里的水汽却从未消失。他轻抽几下鼻子，依旧是那股熟悉的味道，杨青云决定去河边走走。

穿好衣服从镇政府出来，他沿着杨树小路一直向村里走去。天色太早，街上不见行人，从熟悉而陌生的村子里一步步穿过，老街两旁露水打湿草丛的清新的味道让人迷醉。沿着斜坡上堤，尖尖的狗牙根上露珠清晰可见。站在堤顶向东望去，整个河滩笼罩着轻雾，朦胧间大片大片的玉米地若隐若现，腥腥潮潮的雾气涌动着，像一团团滚动的云。

天边已有一抹霞光，却在水汽的掩隔下模糊不清。大口大口地呼吸着新鲜的空气，他慢走走上古粮台，寸草不生的地面光滑明亮，高大挺拔的青砖砌体上青苔绿着。沿着台阶一步步走下去，旧日的码头遗址残败破落，却生动真实。如果有一天，它能恢复往日的繁华就好了，杨青云想。

不远处的工地上，高架矗立，上空飘着红旗。经过几个月的努力，长廊栈道已经初见雏形，亭台也已经做好主体，只等完成最后的彩绘。圈好的荷塘满积着圆圆绿绿的叶子，这些荷花是旅发大会刚开工时种下的，预计旅发大会开幕时将全部开放。他信步走着，就像得意地看着一幅自己的作品。

这时，他发现虽然旅发大会新建工程进展顺利，但旧码头的保护工作还没有真正开展，尤其是老戏台和老旧店铺的恢复。古建恢复确实是个难题，既要原汁原味，又要牢固坚实。他早就叮嘱项目部一定要在民间收集旧料，尽量少用现代建材，否则难以体现建筑的年代感。成堆的老榆木、拴马桩、旧砖旧瓦堆在地上，基础虽然已经打好，施工进度明显已经滞后。

杨青云本想催催李振中，想到陈小西马上就要来清川上任了，他决定还是等她来了再说。

02

等陈小西带着她的助手团队来到清风驿的时候，迁坟风波早已烟消云散。保荣有了面子，保平也脸上有光，第一书记韩冰的工作能力也得到了大家的一致认可。

杨青云本来以为保平会对韩冰的到来有抵触情绪，没想到保平不但没有反对，似乎还很听韩冰的话，这让杨青云多少有些意外。长巨私下告诉他说："韩冰婆家和张家本是老亲，按婆家的辈分她得管保荣和保平都叫一声舅舅，所以张家的人才这么听她的话。是亲三分向，咱清风驿最看重老辈人的交情。"杨青云听了，这复杂的人际关系真是让人头疼。

陈小西来到清风驿以后，杨青云派小高带着她先熟悉了一下开发区和旅发大会的基本情况，并负责带陈小西与新区指挥部和旅发大会指挥部，以及其他清川县各政府部门对接。他自己却气呼呼地到罗建华办公室发了一通牢骚。

杨青云发牢骚的原因是旅发大会项目总是遭人刁难。

县里工期催得紧，大家都在全力地加班加点。环保、质监、安监、劳动监察大队却轮番到工地上检查，不管有没有实际问题，这些执法部门总能挑出毛病，而且一挑毛病就下令停工。更让杨青云气恼的是，大运河河务段的人居然也以检查工作为名，三天两头地到工地上来骚扰。

自旅发大会开工起，项目部就不断向杨青云抱怨，形形色色的各路人马都来到了项目部。这些人先礼后兵，不是想做分包工程，就是想给项目供卖材料。项目部有自己的采购计划，不可能受这些人左右，见营销不成，有人便开始威胁捣乱，甚至恶语相加。在各地做惯了项目，又加上是在老家做事，杨青云告诉项目部对这帮人不予理会。

哪知道项目竟接二连三遭到检查，明知道这些检查都与利益相关，而且杨青云还表了态，一开始项目部也认为自己能够处理，便不敢跟杨青云说。结果麻烦越积越多，如果不是杨青云突然问起工期，直到现在一切都还硬撑着呢。

耐心地看着杨青云发火，罗建华轻轻关上房门。等杨青云终于不说话了，罗建华才不紧不慢地说："就这点事儿，至于到我这里发这么大脾气？"

杨青云虽有些不好意思，却仍愤愤说了一句："天下乌鸦一般黑。"

"都知道这项目是块肥肉，以往这类情况你们是怎么处理的？"罗建华问。

"怎么处理？被逼不过了，谁有权力停工就拿一部分工程给他们去做，工程质量就是被这帮人做坏的。"杨青云没好气儿地说。

"哦？你说说看。"罗建华似乎并不知道工程圈的生态。

杨青云说："他们分包的工序，根本就不规范施工，供的材料质量没保障，数量也短缺。"

"你的管理人员呢？"

"这些人都是本地人，一上来就胡搅蛮缠，而且还有执法权，我的管理人员根本就管不了他们。"

"你就没办法了？"

"水至清则无鱼，我是有苦说不出，只能睁只眼闭只眼，没什么大问题只好迁就让步。"

"这样下来验收能通过？"

杨青云笑了："他们都跟行政主管部门勾结着，你说验收能不能过？"

罗建华脸色突然间很难看："真想不到你们行业是这个生态，这事你别管了，我一定处理好。"

杨青云点点头说：“那就拜托你了。”

说完了正事，罗建华又问起了迁坟的经过。杨青云故意一脸不甘地说：“可别提迁坟了，我算是把我们老杨家的脸全丢光了。”

罗建华笑了，他知道杨青云这是在故意诉苦，于是便说：“这事儿你不能这么想。你得想想，清风驿几百年没解决的问题在你这里解决了，这才是这件事最大的意义。这么大的企业家了，咱不能总想着个人恩怨吧？你要站在高纬度去看问题。”

杨青云说：“你是不知道，我们清风驿历来把面子看得比什么都重。我曾经发过誓，自己再也不回来了，再也不跟这些人纠缠了。结果呢？看看现在，真是世事难料！”

“好了好了，别再纠结了，这个事儿该给你庆功。”罗建华安慰他说。

“不用，”杨青云说，“庆功倒不用，话说到这里，咱们得说点儿正事儿，我发现你们政府办事儿确实有问题。”

“还有什么问题？”罗建华见杨青云又发牢骚，马上也认真起来。

杨青云说：“你要是不介意我可说了。如果不是指挥部和镇上一直扣着补偿款不发，我做事也不会这么被动。”

“补偿款还没发？我早就给他们签完字了。”罗建华惊讶地说。说到这里，他又想起什么似的说道，“不过，一开始李锋告诉我补偿款不要轻易发。他说不发钱老百姓听话，一发钱就没人听话了。他在乡镇工作多年，我觉得说得有道理，让他去灵活掌握，没想到这笔钱到现在还没发。”

“有人的地方就有江湖，你不知道的事儿多着呢。”杨青云没好气儿地说。

罗建华站起来在屋里走了两圈，站到窗前望着楼下的清川广场。自从来到清川，特别是当上县长以后，他对这里的人、这里的事有了一层更深刻的认识。

“现在，你清楚当初我为什么不愿意回来了吧？”看出了罗建华的无奈，杨青云也感慨道。

罗建华在窗前站了一会儿，回身从抽屉里找出一条烟扔给杨青云：“既来之则安之吧，一切都会好起来的。我们不去改变他们，他们就会改变我们。对了，快跟我说说你是怎么跟那个张保荣和解的吧。让我看看，你这成名的英雄好汉是怎么栽到一个说媒的小老头儿手里的。”

杨青云笑了：“这个事说来话长，我是软硬兼施。在清风驿，能制住他的人只有一个，就是老支书长明。我动员长明去做他的工作，长明一出面果然好使。还有，他不是想在牌坊上留名吗？我答应他了。”

“什么牌坊？什么留名？”罗建华好奇地问。

“对了，这个事儿我还没跟你说。”说着，杨青云给罗建华讲起了旅发大会在清风驿码头复建老牌坊，张保荣到处打听，想捐点儿钱把自己名字刻上去的事儿。“旅发大会那边，我建议县里也搞个捐款活动，再立上个功德碑。”杨青云对罗建华说。

“这主意不错，一个杀猪说媒的能有这个想法，这代表着很多人都有这个想法。下边我安排一下。对了，开发区已经顺利开工，下一步你怎么安排？”罗建华问。

“商服中心按计划这个月底开工，我已经安排一套人马，专门负责和李锋他们对接。如果没别的事儿，我准备去考察一下市场，详细做一下前期论证，争取咱新区第一个项目尽快开工营利。”杨青云告诉罗建华说。

“好，有安排就好，这些事就按你安排的去做。还有什么其他困难没有？”

03

杨青云摇摇头说暂时没有其他困难，罗建华说：“你们两个家族和解这事儿值得宣传，这叫转变观念，新时代发展下的观念转变。这件事可以深度挖掘一下，我让宣传部门再好好写个材料，重点报道报道。”

杨青云告诉罗建华说报道可以，但他不会接受采访，希望报道中也不要出现他的名字。罗建华点头答应，临走之前杨青云又说：“有个话我得提醒你一下，一是李锋，二是刘长顺，这两个人都不简单。你别光坐在办公室里听汇报，清川的干部盘根错节，这些人当面一套背后一套，很多事根本不是你想的那样。”

罗建华执意让杨青云把话说清楚再走，杨青云本来不想说透，见罗建华非要问个明白，才将这次迁坟冲突的前前后后给罗建华说了个一清二楚。

听完杨青云的话，罗建华说："他们确实都在我这儿说得挺好，心里却打着自己的小算盘，这一点我多少也有点儿数。李锋确实是个官迷，而且掺和的事情不少。刘书记是个老油条，心眼儿多是心眼儿多，不作为不担责任。你也帮我多注意着点儿。尤其在招商方面，有什么情况你随时给我说。"

杨青云一哂："我不是你的兵，我可没这个义务。我只是提醒你一下，清风驿的人不好斗，清川官面儿上的人更不好斗，你还是考虑怎么管好他们吧。在征地和招商上，你绝不能给他们太大权力。"

杨青云之所以来跟罗建华说这些话，背后还有另外一个原因。

前不久，就在罗建华刚刚告诉他想把清川县公路物流中心落地在大运河开发区，李锋就带着一个五短身材、光头、脖子里挂着大金链子流里流气的人来找他。杨青云感觉此人面熟，却想不起在哪里见过。

因不愿跟这些社会人打交道，当李锋介绍说这位是龙飞物流的潘老板，杨青云突然想起上次和许燕来韩冰一起吃饭时见过此人。因知道潘六是什么人，虽有些讨厌，但他仍保持着礼貌和尊重。二人热情地握手，走过场般坐下聊了半天。

潘六虽一脸横肉人倒也客气，一见面就让司机从车上搬下来两件茅台。杨青云把他让进办公室，潘六说他本来想在开发区买块地，不想这里只租不卖，只好暂时放弃。他同时表达了想和杨青云合作做物流中心的想法。对建设物流中心的事情杨青云早有安排，因不知潘六的来路，他当时并没有作正面答复。

潘六走后不久，李锋就来到杨青云办公室。他脸色有些不大好看，问杨青云关于物流中心到底是怎么想的。杨青云话没多说，只是说此事还没有上议事日程，不想李锋却逼问他说："罗县长不是已经内定给你了？"

杨青云依旧笑而不答，李锋说："你不知道，这个物流中心人家潘老板前前后后可运作好几年了，当初不是建在咱们这里，听说他找了省里的领导。你刚一来就截和，他肯定不会善罢甘休。现在全清川的公路物流都在他那里，你跟他合作其实挺不错的，不愁客户。"

“李镇长您这话什么意思？”杨青云笑着问道，“你的意思是不跟他合作就没客户了？”

杨青云话说得直，李锋忙摆摆手解释道：“我可不是这意思，我只是随便说说。罗县长既然已经交给你了，跟不跟人合作、跟谁合作都是你说了算。”

事后，杨青云总感觉李锋那天跟他说话时的神情都不太自然。在清风驿做事受地方因素影响太多，又加上罗建华此前也跟他提过潘六，他决定不提潘六的事，自己先在罗建华这里打个预防针再说。

杨青云并不知道，随着开发区建设的开工，已经有很多双眼睛在背后盯上了他。

迁坟的事情解决以后，特别是旅发大会项目不再有人骚扰，很长一段时间杨青云心情都是愉快的。

随着土地边界正式划定，指挥部和工地上都热火朝天地忙碌起来，大运河开发区的建设工作终于走上了快车道。出乎所有人意料的是，杨青云并没有长期把自己困在繁杂的基建事务里面。自从陈小西带人来到清风驿，杨青云很少在工地上露面了，他开始着手研究布置棉业公司的具体生产运营。如今，他已经和韩冰一起跟县里多个部门一起开会讨论，并委托相关专业团队做出了一套可行性方案。

在清风驿做棉花加工厂杨青云认为是一件一举多得的事情。一是可以直接解决村民的就业问题，人们可以直接到工厂上班，不愿来工厂上班的也可以去外地做收购；二是这个项目可以充分利用村里的土地资源；三是如果发展得好，可以陆续形成一个产业链，以让更多的人找到出路。征迁工作完成以后，他紧锣密鼓地开始为这件事情做准备。

可研是可研，做事情不是纸上谈兵。天气慢慢凉了下来，一早一晚的雾气越来越重。罗建华说话果然好使，不知他用了什么手段，相关部门果然不再上门找麻烦，旅发大会的工程进度立即快了许多。

这天，杨青云和保平刚从指挥部出来，就发现工地门口正围着一群人，这些人正堵着一辆水泥罐车吵着什么，外圈几个妇女打毛衣，有的怀里还抱着孩子。施工队的人挡在前面高声喊叫，长巨却抱着肩膀站在一旁看热闹。

见杨青云下车，长巨忙跑上来。一问才知道，原来这些人是要卸车费的。“这是施工队的事儿，钱他们出，跟咱们没关系。”长巨说。

做了二十多年的工程，长巨一说卸车费杨青云就知道怎么回事儿了，强装强卸欺行霸市是城中村才有的事儿，他没想到清风驿竟然也有。杨青云不耐烦地问：“混凝土也要钱？”

长巨点点头，杨青云问：“一车多少钱？”

“人来就有份儿，一车是五十块钱，一个人也就分两块。”长巨笑嘻嘻地说。

“咱清风驿人真他娘的不值钱！”杨青云骂了句粗话。

他从车上冲下来，长巨想拉时已经拉不住了。他三下两下拨开人群，来到众人面前。一见杨青云来了，村民们好像都有些不好意思。杨青云压压心中的火气，笑呵呵地冲着面前一位老太太问道：“二嫂，你这是干什么呢？”

“卸车。”二嫂面无表情地说。

“这么大年岁了，你能给人家卸车啊？再说这混凝土也不用人卸啊。”

“不卸也得给钱。”

杨青云拉拉她的胳膊：“回去吧，二嫂。是我在这儿盖房子呢，不是外人。你这么大岁数了，不怕人家笑话？咱清风驿的人没见过钱？”

二嫂不说话，也不动，众人也都不动。

杨青云摆摆手对着站在前面的几个人说：“散了散了，都回去吧。”

“卸车要钱，天经地义。地都没有了，我们还不能要个卸车费？”有人喊道。

“又不给你要钱，管的什么闲事儿？”又有人起哄。

听到这话，杨青云血一下攻上了脑门。上次迁坟的事儿他就窝了一肚子火儿，但他还是忍了忍，依旧笑呵呵地说：“你们哪里是来要钱，这是打我杨青云的脸呢。再说，这么多人，要这三十五十的能当了饭吃？来来来二嫂，咱不卸这车，也不讹这钱，咱别让人家笑话。”

说着杨青云一边搀着二嫂的胳膊向外走，一边对罐车司机一挥手：“还不赶紧开进去！”

04

二嫂挣了两下，杨青云放开手。回头看时，刚刚发动的汽车却被人群围得更紧了。

杨青云再也忍不住了。他刚想冲上去，保平却已先他一步挡在人群前面，扯着嗓子大吼："你们还要不要脸了？丢人不丢人？你们就这么不值钱？咱清风驿的老少爷们儿的脸都被你们丢光了！你们没见过钱？没这几块钱能穷死？"

保平话虽然骂得狠，但却像黄昏时分一块小石子落进了深不见底的河面，没有泛起任何波澜便悄无声息地沉到了水底。

人们依旧默不作声地堵在车前，水泥车还是一步也移动不了。

杨青云本来以为保平一骂，这些人会惊醒，同时会唤醒他们内心的羞耻感，会让他们羞得无地自容自发离去，但杨青云错了。围堵水泥车的老弱病残们用沉默无声地击碎了杨青云的想象。

沉默是最有效的力量，同时也是最无情的蔑视。杨青云突然浑身发冷，他感觉一股可怕的力量正冲自己包围而来。

"你们还要不要脸？"保平继续吼着。

人群里不知谁推了保平一下，接着是众人全推，保平倒在地上，脸上也被挠出了几道血印。杨青云想去救保平，却被二嫂死死扯住。二嫂说："青云，你也是吃咱运河水长大的，你钱多得花不完，我们也得有口饭吃。知道不需要我们卸车，我们要的是这份儿钱。不占着村里的地，俺们谁也不会来丢这个人。"

"二嫂，"杨青云摊摊手，"可咱得干活儿啊，哪有不干活儿要钱的？这不是不劳而获吗？咱清风驿可不兴这个。"

"大伙儿又不是冲你来的，也没跟你要这个钱。人家有钱人回来，都是给父老乡亲带个好儿，没见过你这么为富不仁的。"见杨青云扯着她不放，二嫂也急了。

一句“为富不仁”又把杨青云骂恼了，他瞪着血红的眼睛：“二嫂，今天当着大家的面把话说明白，我怎么为富不仁了？这是我的地，早就给你们交了钱，你们怎么做我管不着，就是不能在这儿欺行霸市！”

“你的地？清风驿哪块儿地是你的？”又有人喊道。

“这是村里的地！是国家的地！”

“又没跟你要钱，管的什么闲事儿？”

“你是大老板，看不上这几块钱，我们穷人家能吃一天菜！”

“要什么理？穷就是理！”

……

杨青云突然间泄气了，他没想到自己的面子在清风驿竟连几十块钱都不值，更没想到自己竟因几十块钱跟人起了争执。他还想说什么，保平从口袋里摸出一百块钱塞到二嫂手里，硬推着她离开了工地。

刚出门就惹了一肚子气，杨青云灰溜溜地回到指挥部办公室，越想心里越不是滋味儿。他最怕落个为富不仁的名声，今天这句话还是让人说出来了，他感觉又是窝囊又是后悔。保平说他回村里处理一下这件事，杨青云便躺在床上一根接一根地抽闷烟。

不一会儿，长巨推门进来。看杨青云心情低落埋怨他道：“青云，这本来是没事儿的事儿。有了上次的教训，我没敢硬来。再说这个钱也不是咱们出，有施工队呢。”

“要过多少次了？”

“这不是第一次了，被你赶上了，县城那边都这样。”

“县城是县城，咱清风驿就不能开这个头儿！”杨青云不耐烦地说。

不一会儿金田也来了，杨青云从床上起来，问金田有什么好主意。金田说：“按说不卸车不能要钱，你看这样行不行，你不是早就想让工会入股吗？以后开发区到处都是工地，不如组织一些人专门来工地上卸车，这样别人就不好意思来要钱了。”

“这倒是个法子，”杨青云点点头说，“这个事儿你跟保平商量商量，这些闹过事儿的人，装卸队一律不要！”

在保平和金田的安排下，清风驿重新组织起了一支装卸队，起名为大运河劳务公司。

保平找到长明，要出了当年码头搬运工会的花名册。根据这份花名册，村委会定出了一份加入劳务公司的人员名单。

当年码头解散，正赶上村里分地，很多人纷纷退出工会回村种地，由吃商品粮变回了农民。长明饿着肚子带着剩下的人成立了一支搬运队，勒紧裤腰带去给棉站扛棉包。后来供销体制改革，棉站也撤销了，搬运队不得不彻底解散。因为没分到地，这些人只好自谋职业。装卸队解散快二十年了，花名册和账目却一直在长明手里留着。

经开会讨论，新成员以在棉站扛过棉包的人家为班底。加入劳务公司采用自愿的形式，只吸收二十岁到四十五岁的成员。年纪大的人可以让儿女接班，名额也可以转让，但必须签订正式转让手续。为了照顾最初那批加入工会的元老，如果能拿出工会成立时的入会手续，也同样有资格加入，但已经改成农业户口的人不在照顾行列。

办法一出，清风驿轰动不小，意见最大的是那些在困难时候没跟长明去扛棉包的聪明人。因为是自愿退出工会，这些人尽管在村委会赖着不走，保平只好请来了长明。长明拄着枣木棍子黑脸一沉，这些人才灰溜溜地走了。

对劳务公司成立的真正目的，杨青云告诉保平和金田一定要保密，他计划工厂营业以后，将这些人吸纳为正式员工。在正式吸纳他们以前，这些人先在建设工地上打工，他需要进一步考察他们的表现。

让人烦恼的是，整个夏天都干旱无雨，刚一入秋，却接连下了几场秋雨。旅发大会的主会场建设正如火如荼，为了赶进度，杨青云告诉陈小西下小雨工地不许停工。项目部的人一脸担心地告诉他说，看天气情况这个秋天雨水会很大。杨青云一开始没明白这话的意思，一问才知道观光工程大部分都建在河滩上，人们是在担心运河里会不会发大水。如果大水一来，这些观光工程都会被淹没。

杨青云一拍脑袋，做方案设计时他不是没考虑过这一问题，当时怀着侥幸心理，把设计前提做成了五十年一遇。眼见秋雨下个不停，如果大水一来，所有新建工程都将化作泡影。这一点当初怎么就没想到呢?

杨青云越想越怕，忙给罗建华打电话提醒。听到杨青云的担忧，罗建华并不以为意，运河里多年没发过大水了，他一面笑杨青云杞人忧天，一面安慰他说:“放心吧，咱们的运气不会这么差，大运河干了这么多年了，根本就不会发大水。”

“我当然不希望发大水，咱需要考虑的是，万一大水来了怎么办?”杨青云焦急地问。

“你凭什么认定会有秋汛?”罗建华问。

杨青云说:“我已经找人问过上游的岳城水库，水库的水位已接近临界值。下几场雨倒是不怕，万一水库放水，咱这里可就撑不住了。”

“真出现这种情况，就不是你我能够左右的了。”罗建华无奈地说，“我觉得咱们的运气不能这么差吧?”

罗建华自嘲，杨青云也跟着自嘲，见惯了各种意外情况的他请罗建华马上安排审计部门对已完成的工程量进行审计，罗建华笑了:“不至于吧?”

“万一出现最坏的情况，你我都好有个交代。”杨青云说。

“好吧，就依你。不过我还是相信大水一定不会来的。”罗建华认可杨青云的远见和虑事周详，便答应说道。

05

人们越怕什么总是越来什么，就在杨青云跟罗建华刚说过没几天，突然又下起了一大场秋雨。

这场秋雨一连下了六天，而且中间没有一刻停歇。据清风驿的老人们讲，他们从来都没见过立秋后下过这么大的雨。大雨下到第四天，清风驿里里外外都已经沟满渠平，连村里的大街上都存满了积水。家家户户院里的水都已经不能排到户外，甚至有好几家都倒流进了屋内。天空就像被捅漏了一般，黑压压地低沉着，一点儿都看不到打开的样子。

听保平说，靠河堤的新昌家、玉田家和书文家土木结构的老房子都漏雨了。韩冰男人一样穿着雨衣，深一脚浅一脚地带着保平和长巨、金田挨家挨户走访，皱着眉头一一记录着各家遇到的困难和需要解决的问题。

有好事的人说，如果再这么下下去，马上就赶上1963年的大水了。那年的大雨是在夏天，岳城水库泄洪，大水一瞬间将整个村子全淹没了，人们只能到河堤上逃生。如今河滩庄稼地里的积水已深可及腰，万一岳城水库泄洪，顷刻间河滩上所有一切都会被大水吞没。刘长顺和李锋紧急向县里汇报，镇上所有人也都来到了河上。

杨青云忧心忡忡地跟在李锋后面，雨伞、雨衣都已经不起作用。他脱掉雨靴，挽起裤腿，水凉得刺骨。咬着牙爬上河堤，河滩上早已经一片汪洋。

河里的水越来越大，整天被雨淋着，大运河河面始终笼罩着一团团雾气。工程早在大雨到来之前就已经停工，工人们全部搬到了高处。看着不断上涨的水位，杨青云潮湿得全身难受。气象局每天都在推送橙色预警，县里已经接到河务局的通知，岳城水库水位已经达到历史最高水位，请沿岸各县随时做好泄洪的准备。

这是杨青云最担心的事情。

县里的防汛部门忙碌起来，最先驻到河堤上的是河务段的工作人员，几乎是一声令下，防汛、应急、电信、电力以及其他各县城部门以及各乡镇都如临大敌般派来了抢险救援小组。县委书记王海涛也亲自来到堤上，冒雨带人检查沿线河堤的防护情况。杨青云知道，只要上游开闸放水，自己那些接近尾声的工程瞬间就会被大水吞没。在大水面前，一切人力都是那么的渺小和苍白。如果这些工程被大水淹掉，即将召开的旅发大会怎么办呢？他看了一眼人群中的罗建华。

罗建华的心思并没有放在这上面，保证人民群众生命财产的安全才是他这个县长最先考虑的问题。如今他唯一期盼的，就是上游水库万万不要泄洪。

在大雨到来之前，旅发大会建设项目本来顺利地进行着。

自陈小西团队进驻清风驿以后，杨青云已经把自己解放出来。经过大家几个月的努力，不但工厂建设已初见规模，管委会商服中心也进展顺利，开发区的招商工作也在有条不紊地进行着。作为大运河开发区分管常务工作的副主任，李锋察言观色左右逢源的表现既让杨青云鄙视厌恶，又让他无法发泄自己的不满。李锋似乎也觉察到了杨青云对自己的态度，他很清楚，这个从省城荣归故里的大老板看似忠厚儒雅，实际上并不是一个好伺候的角色。

按照规划，旅发大会最先需要完成的是老码头的重建和清风驿老街的改造工作。作为大运河文化的一个重要展示窗口，老年间方圆百里无人不知的清风驿大集的恢复却遇到了不小的难题。如今农村集市越来越少，从集市到超市，从超市到团购直购，终端零售模式的不断升级一次次刷新着人们的消费习惯，同时也考验着各行各界的从业者们。清风驿运河大集是清川历史最悠久，同时也是内容最丰富、物品最齐全的一个集市。作为清风驿一个独特的文化符号，李锋曾尝试过为其申报市级非物质文化遗产，日渐式微的人流和商户却无法支撑一些基本资料的收集，为此他放弃了。借这次承办旅发大会的机会，李锋又旧事重提，想在清风驿恢复重建已基本废弃的集市。

李锋的想法一提出来，便得到了杨青云和韩冰的大力支持。

传统文化的意义并不在事件本身，韩冰说，咱一定想办法把大集再成立起来。保平却一脸担心地说，立大集就得有赶集，现在谁还赶集卖货？保平提出的问题很现实，李锋看看杨青云，杨青云说大集应该恢复，我们不妨改一下形式。国内好多景区都建有步行街，旅游购物一体，咱街本来就有好多老字号，以这些老字号为基础，重新整合一下资源，对现有老街进行改造，我们不妨参考一下步行街的模式。

众人达成了一致，决定由李锋带韩冰、保平去考察步行街。韩冰办事效率就是高，回清风驿的路上，她就已经拿出了初步方案。经指挥部开会讨论，决定结合承办旅发大会的机会，进一步对清风驿的老街进行改造，将清风驿打造成一个名符其实的旅游购物景区。

如今，遵循着这一规划，旅发大会建设工作分作了两部分，一部分是河滩旧码头的运河风情观光园，一部分是清风驿老镇老街购物观光景点。按照原来的规划，清风驿大集只是整体就地恢复，全部按照明清时代的风格进行装修改造。开工之前，李锋和韩冰却找杨青云商量，说几百年来清风大集几经变迁，最初是在码头，后来迁到了街里，再后来又自发迁到了村外，尤其是近几年，大集越来越萧条，先是败给了超市，这两年又被直播和电商取代，实际上当年远近闻名的清风驿大集早已经名存实亡。与其走形式在码头复建大集，不如趁着这个机会打造一个真正意义上的商业街区。

按李锋的意思，是把码头大集项目改落到开发区，这样一来，不但这些新建店铺可以利用起来，而且还可以带动开发区的建设。杨青云也觉得这是个好主意，只是码头的景观内容少了许多。见韩冰也同意这么做，杨青云就去找罗建华。

罗建华听了杨青云的话说："现在人人都在搞电商，旅发大会不能只走形式，你不如利用这个机会在新区成立个电商直播基地，县里可以出台政策，引导商户们全都搬过去。"

听了罗建华的建议，杨青云点头称是，不想罗建华又一脸难色地说："原来的方案人大已经批过了，改方案至少得上县长办公会，这件事你怎么事先没考虑？"

杨青云笑了："那些专家们都是纸上谈兵，形式主义，他们虽知道一些清风驿大集的历史，定方案的原则却不一定是考虑实用性。"

罗建华说："这方案可都是你找人做的。"

杨青云自知打脸，只好笑道："再说这些没什么意思啦，您还是想想怎么上会吧，这不管对清风驿还是开发区都是件好事儿。"

很快，县长办公会确定了旅发大会的修改方案。考虑到清风驿大集是旅发大会重要的组成部分，新方案采用了一个折中的办法，老码头商铺按原设计方案不动，新区建设一家电商运营中心，鼓励县内各自媒体、网红和直播带货的商家入驻。由于是新定的方案，该项目时间紧，任务重，需要马上开工建设。

虽然对这一结果不太满意，他原来是想着不再投资那些毫无意义的老店铺，杨青云想想罗建华的难处也只好答应下来。

06

眼见旅发大会开幕越来越近，各项工作也接近尾声，这场连绵的秋雨彻底打乱了所有人的节奏。眼见河道景区随时有可能被大水淹没，罗建华召集各有关部门商量应急方案。在会议上，罗建华没承认自己的决策失误，只是强调当下形势的严峻。如果洪水一来，眼下只有将河道景区舍弃。见他这么说，一时间议论纷纷。

“河景也是景嘛，老码头也不是不能看。买几只船放上，栈道没有了，河塘没有了，河堤也是一道风景嘛，再说古粮台这一片也可以做做文章。”

见罗建华这么说，众人不再说话。眼下讨论一切都是纸上谈兵，只有大雨停了才能动手。然而，大雨却一直没有停歇的意思。这时有人说，雨总会停的，但河里的水退下去却没那么容易。如果水退下去还好，如果水退不下去，即使雨停了河道里的景点也用不上，我们不如早做准备。罗建华赞赏地点点头，告诉杨青云尽快拿出一个旅发大会的备选方案。

大雨已经连续下了五天，第六天头上县里接到急电，说岳城水库要泄洪了。杨青云跟罗建华一行冒雨来到河堤上，不想大水已经到了。等他们赶到堤上，汹涌的大水已经将河滩上的庄稼全部淹没。河堤上一字长龙搭满了帐篷，见情况紧急，村里经历过大水的老人们都被请上了河堤。老长明尽管一身是病，却也拄着枣木棍子上了河堤。

长明一来，众人都盼着救星似的看着他。长明经历过 1963 年大运河的决口，也经历过 1996 年的大水，那两次都是他带队守护着清风驿的河堤。

有长明在，众人不再乱吵。听说岳城水库要放水，长明告诉大家不用担心，只需要把河堤守好就行了。在长明指挥下，清风驿水性好的人们自发组成了一支巡河队，杨青云将项目上所有的工人全部编进了后援队，施工机械也随时整装待发。

看着大水一点点漫上河滩，升高并淹没庄稼，看着刚刚修好还没验收的工程被大水吞没，杨青云心如刀绞一般难受。县里几支民间救援队也都穿着清一色的迷彩衣，拖着冲锋舟上了河堤，河务局的巡逻车亮着警报一圈一圈地巡逻，但这并不能真正消除人们对大水的阴影和恐惧。

清风驿的老人们对大水有着更为深刻的认识，见雨一直不停，长明说别的都不怕，怕的是雨不停。大雨不停，水库就会一直放水。只要雨一停，水库的水位稳住，清风驿就没事了。

不管县里派来的抢险队、自发组织的救援队还是巡河人员，这些人大都没有亲历大水的经验。长明被王海涛和罗建华请进了总指挥部担任抢险指挥，大家都在密切关注着河里的水位，同时跟上游水库保持着联络。

水位越来越高了，眼见已经逼近堤顶。这时王多余跑进指挥部，说有人发现河东的人正在往河堤上垒石头。运河两岸一直有一个不成文的说法，河东大堤比河西低一尺，一旦水大不能控制，水会先淹河东再淹河西。还有人说国家有令，一旦水情无法控制，为了保京城会炸掉河东的大堤。王海涛问长明有没有这个说法，长明说："老年间人们都这么说，谁也没见过文件。"

眼见水位还在一点点上涨，整个河槽马上就要满溢了。大水离堤顶只剩下不到一米，俯身下腰甚至都可以够到水面了，所有人都沉不住气了。长明沉着地请罗建华联系一下河务局，看泄洪的流量和时间到底是怎么安排的。如果情况危急，全村人马上安排转移。

清风驿是上下游离主河道最近的村子，整个村子就靠一道河堤保护着。万一大运河决口，整个村子分分钟就会被大水淹没。听到这一消息，人群开始骚动。保平担心地问长明："四叔，咱们要不要把河堤也加高一尺？"

长明摆摆手说："河东人历来都小心眼儿，咱不管他们。"

紧张的空气凝滞着，人人都心提到了嗓子眼。经与河务局、岳城水库沟通，如果大雨一停，水库可以立即停止泄洪。长明抬头看了看阴沉的天空，大雨什么时候停止不好预测。罗建华叫过气象局长，气象局长紧急跟省气象台联系。虽没有得到准确的答复，省气象台说预计明天下午大雨可停。

水库到底能不能经受住这个压力，人们的心再次紧张起来。

清风驿通往堤顶所有的道路都已经拉上警戒线，所有闲杂人等一律不准靠近堤防。小学已经停课，大水咆哮着如强盗般掠过，惊心动魄的声音让人恐怖。一天过去了，两天过去了，第二天天黑时分，大雨终于停了。

人们提着的心终于放下来，指挥部也已经接到通知，说上游水库水位暂时平稳，而且已经停止泄洪。即便这样，王海涛先是撤掉了日夜值守的县直各单位人员，将清风驿抢险队、民间抢险队和杨青云的后援机械队留在原地待命。

水来一瞬，水去无期。大水过后，很长一段时间河滩上仍旧一片汪洋。望着满河明晃晃的水面，杨青云一脸愁容。他既心疼已经建好的工程，更心疼河滩上几千亩庄稼。早在旅发大会开工之初，他就向刘五经讨要了一些种子，在河滩上试种了四十亩大豆。如果试种成功，他准备正式引进刘五经研发的品种。

上游不再泄水，大水在一天天消退。等水面上露出玉米叶尖，杨青云在防汛人员的陪同下乘着橡皮艇到河滩上看了看。自己那块豆田仍在水面之下，本来长势喜人的大豆苗已经腐烂。杨青云心疼的不是自己的付出，而是破灭的希望与来之不易的种子。

随着大水一天天退去，修在河里的亭廊也慢慢露了出来。罗建华召开紧急会议，原定于十月中旬召开的旅发大会时间不变，主会场抢修工作只要具备条件，必须在第一时间立即安排，这是全县重之又重的政治任务。抢修方案已经制定完毕，杨青云叫来项目人员，仔细询问了损坏程度和施工难度，决心一定要抢在大会召开之前一一修复。

天凉了下来，大水还在消退，河滩高处的陆地慢慢露出了水面。项目部人员乘着冲锋舟去河滩上排水。千亩荷塘还好，只需要补栽一下就行了，栈道和亭台大部分都被冲得东倒西歪，重新加固以后，又做了一部分水下基础，然后粉刷修整。施工队日夜不停，加班加点，终于在大会开幕前一天晚上才把所有的工作做完。

旅发大会开幕时，所有人都已折腾得筋疲力尽。无论对杨青云还是对清风驿来说，这次旅发大会只是一个过客，一切繁华过后即是冷清。在市县两级政府的共同关注下，清风驿旅发大会终于隆重召开。大会过后，精心打造的主会场却成了直播网红和美术学院师生们的打卡地。杨青云找李锋商量，看如何把这些流量带到大运河开发区来。

李锋组织指挥部全体成员开会讨论，决定先期引进几家百年老店，张家牛肉、河西丸子、运河烧鸡和运河八大碗，这些当年都是大运河方圆百里有名的传统美食，而且都有传承。会议决定，由招商人员上门做工作，邀请这些人等商服中心建成后在这里做直播带货。保平又建议说，村里范木匠纯手工制作的家具也是块不小的招牌。李锋听了没有反对。

范木匠是保平的表弟，祖传手艺，所有家具都是手工制作，用河滩上的节节草一点点打磨，很多南方老板都不远千里拉着名贵的红木请他加工。只是他为人木讷，不喜欢营销宣传。

结合这些情况，指挥部与县委宣传部共同发起，在县职教中心成立了一个免费网红培训班。杨青云觉得这么做还不够，因为这些人并不是做直播带货的材料。为了让他们尽快走上快车道，由指挥部出资为他们培养了直播员。县商务局进一步规范直播市场，鼓励有流量的网络大咖入驻商务中心，不但免费提供办公室，提供各种技术和渠道支持，还定下了前三年免税的政策。

在公路物流中心项目上，他拒绝了主动来找他的潘六，彼此都心知肚明。李锋黑着脸什么都没说，金田却担心地告诉他说，潘六在清川没有办不成的事儿，你可得小心着他点儿。

杨青云听完只是一笑，并没有把这件事放在心上。

物流地块征地完成以后，清川县政府出台了规范全县物流工作的通知书。要求清川县城所有的大小物流网点都统一搬到新区。有人说潘六在政府门口堵住了罗建华的车，也有人说他到省委告了罗建华一状，还有人说他提着一千万现金送给了罗建华，被罗建华直接交给了纪委，一时之间各类谣言满天飞。

对这些事情杨青云不感兴趣，他唯一知道的是，潘六的物流中心因非法占地被县政府取缔了。

07

白露过后，平原上才有了真正的秋意。早晚之间温差越来越大，树叶庄稼慢慢变黄，人们也穿上了长袖夹衣，北方的秋天到了。

平原上的秋天辽远明亮，晴空万里，白天和黑夜鲜明的温差催熟了一地的庄稼。但清风驿的人们心情并不美丽。有人发现，虽然那场秋雨已经过去了一个多月，村里村外的沟壑里还都满积着雨水。村西都被征作了开发区，村南村北的田地里，早该成熟的玉米棒子上半截明明已经变黄干硬，下半截仍被水泡着，谷子地、豆子地里的水同样也都很深。长期被雨水这么泡着，有些庄稼已经开始发霉。

那场秋雨太大了，丰富的地下水已经饱和，到处都是水，不但田间积水无处排放无地可渗，本该成熟的庄稼也拉长了生长周期。除了河滩地，清风驿周围全是红黏土，地里田里无法下脚，进出村子的大路还好，田间小路泥泞不堪，一脚踩下去便陷了半截。望着庄稼地里的一地水洼，保平一脸愁苦地问韩冰说："韩书记，这可怎么办呀？"

韩冰从小生活在县城，她既没有经验也没有主意。韩冰敷衍安慰地对保平说："天不是晴了吗？不出几天，水慢慢就会下去的。"

一天、两天、三天、五天过去了，地里的水还是丝毫不见下降。后来，见已经熟透的玉米棒子从棵子上倒垂下来，再不收就要发霉烂到地里了，头脑活泛的长巨想出了一个好办法。清风驿家家户户几乎都有冲凉洗澡用的塑料浴盆，长巨扛着自家的浴盆来到地里，他将浴盆当作小船，人坐进去，划着钻进了玉米地。见人在船上无法劳动，长巨不顾冰凉跳进水里，掰满了一浴缸棒子在水中将浴盆拖回到地头。

见长巨这个办法不错，人们纷纷效仿。虽然效率低，但毕竟可以收割了。

玉米属于广种作物，面积太大，根本没办法进行大面积排水。花生、谷子、大豆、红薯等小块作物就好处理多了。最好的办法是引流，韩冰主动带保平去城管局借来了三十台泥浆泵，先安排人围着小作物地块搭好堰，然后用泥浆泵将积水排到相邻的地块。清风驿一千多户，为了收成只好在村干部带领下一户一户帮着排水。大家集体出动，你帮着我刨红薯，我帮着你割谷子，村里的男人们一起上阵，时隔几十年，全村人一起集体劳动的场面又热火朝天地再现了。

遇到这样的年景，尽管人们没有抱怨，长明却叹了口气说："1963 年大水，老少爷们儿也是在水里收庄稼，现在又转回来了！"

有人便问 1963 年的大水到底是怎么回事儿，长明说："那一年也是雨大，运河开了口子，把咱们村和地全都淹了，人们只能到堤上逃生。那场水半年多才下去，秋后种不上麦子，第二年春天挨饿，人们就吃高粱米、吃树根树皮。"

又有人问道："那年的水大，还是今年的水大？"

长明说:“那年的雨大，水也大。”

有人说:“头几年明明是缺水么，缺水缺得大运河都干了。年年补充地下水，补充来补充去，谁会想到咱会划着船收棒子啊！”

长明说:“大概六十年一个轮回，每六十年就会受一轮天灾，谁也逃不了这个规律，还是赶紧想办法收庄稼吧，明年春天别吃不上麦子。”

这话传到韩冰耳边，她感觉不是滋味儿，埋怨保平说:“当过支书的人怎么这么说话。”保平把韩冰的话告诉了长明，长明恼了:“那是旧时代，这是新时代，旧时代连饭都吃不饱，我这是夸咱新时代好呢！”

见长明发火，保平没敢把长明的话转告给韩冰。一村人几乎是连滚带爬地把秋庄稼收回家里，更大的困难还在等着他们。收秋以后马上就是播种，白露早、寒露迟，秋分麦子正当时。清风驿播种冬小麦的时间一般是在秋分前后，地里积水太多，而且全是稀泥，土地根本就无法翻耕，麦子怎么种又让人们全愁住了。

秋雨过后，蓝天马上就打开了。天晴得虽好，这么多积水哪天才能渗完？说话间秋分已经过了十天，马上就到寒露了。按老年间的说法，如果还不能播种，新长出来的麦苗将无法越冬。

众人心急，韩冰也急得满嘴是泡，她火急火燎地跑过好几次农业局，农业局的专家们说今年哪里都一样，到处都是水，机器根本无法下地，他们也在想对策，排水是最好的办法。

“还有没有什么办法排水？”韩冰急切地问。

专家一脸无奈地告诉她说:“看样子地里的水一时半会是渗不下去的，你们不如先把地里倒伏的秋庄稼割掉，清好表，先让土地好好在太阳底下晾晒晾晒，这办法虽然解决不了根本问题，却也是没办法的办法。”

回到村里，却看一群人正围着长明在村口闲扯。听长明说:“现在好了，过去如果受了这么大的天灾，人们都是要饿肚子的。现在条件好了，不管怎么说都不会饿肚子吧？所以不管谁都不要抱怨，现在生活是越来越好了，你们要知足。”

这话又被韩冰听在心里，长明忆苦思甜的说法非但没获得韩冰的认同，反倒认为他是在嘲笑新时代。韩冰生气地对保平说:“身为老同志，他怎么能带头这样说？”

保平不敢接话，也不敢去给长明传话，忙跟着韩冰一起动员大家去地里收割清表。好多户人家根本不愿意再踩着泥泞去地里劳动，都想着一年麦子不种也没有多大损失。韩冰和保平就反复地劝，说你一家不种麦子没事，如果家家户户都不种，明年咱可真没粮食吃了。等好不容易一家家做通工作并将地里的作物收割完，时令已经到了霜降。

气温越来越低，水分也越来越难以蒸发。人们纷纷穿上了厚衣，一到这个季节，整个平原都会被笼罩在湿重的雾气里。这年秋天的雾气特别大，阳光也不再那么明亮，经常时至中午它才露出影子，没多长时间又沉到西边去了。旅发大会已经胜利召开，开发区招商和建设工作有条不紊，杨青云最近倒是没什么事情，他只是心疼河滩上那几十亩试验田。因为大水，河滩地颗粒无收，虽然这暂时对人们的生活不会造成多大的影响，但他总感觉有些可惜。

土地流转的事情他已有规划，他的初步计划是等种下这季麦子，明年春天就开始流转土地。为谨慎起见，他嘱咐韩冰这一消息不要轻易透露，更不能事先告诉保平。

韩冰问他说：“如果地里种不上麦子，可不可以先做一部分土地流转，这样既可以提前落实一部分土地，也可以避免不少潜在的麻烦。”杨青云当然知道韩冰为什么这么说，并不为之所动。“你不是要种棉花吗，这些被大水泡过的地晾上一冬，墒情要好得多。春茬棉花可比麦茬强多了，等明年一开春你就直接种棉花。这会儿他们正愁着种不下麦子，事情好谈，你两头合适。”

杨青云笑了：“韩书记，您当我是三岁孩子？咱可不带这么忽悠人的。一是我不会乘人之危，二是我也不会为这场雨买单。”

韩冰却反复劝他说：“此时正是搞土地流转的最好时机，地里有苗没苗谈流转是不一样的。你又不差这几个钱。”杨青云坚持说自己的规划还没做好，不可能打无准备之仗，再说自己做事有自己的原则。见杨青云执意不肯提前流转土地，韩冰只好不再勉为其难。

韩冰想让许燕来帮着自己去做做杨青云的工作，结果她的想法刚说出来，便遭到了许燕来的反对：“哪有这样的？人家的钱也不是大风刮来的。”

韩冰一撇嘴："你怎么跟他一样没远见？"

"就你有远见！"许燕来说，"人家杨总做了这么多年生意了，啥事看不透？"

没答应韩冰归没答应韩冰，有天中午在大院里遇见杨青云，许燕来还是把这件事跟他说了。杨青云问许燕来你也是这么想的？许燕来不知如何回答，杨青云说："这话你说出来了。你告诉韩冰，她要是真想这么做，让她直接来找我。"

杨青云的决定让许燕来一头雾水，同时对杨青云的认识又加深了一层。

第十四章　立威

01

秋后的田野是明亮的，连续多天的日照，湿重泥泞的土地表皮终于开始泛白板结，并能禁得住人体的重量，终于能够下地干活了，人们三三两两地来到地里。往年根本没遇到过这类情况，地该怎么弄，墒该怎么养，大家又都没有主意。受众人请邀，长明拄着棍子带上几个老人来到田里。

他先用力踩了踩脚下，并用那根油亮的枣木棍子将土地表皮剥开。见松散的土层刚有一指多的深度，他小声跟身边几个老人商量了几句。长明用力咳嗽了一下挥挥手说，二指以下还汪着水，这地不能耕。如果每天都是晴天，要耕至少还要晾上三到五天。

众人等得心急，有人已经将旋耕机开到地里。结果刚旋了几下，翻上来的全是湿湿的泥块。大泥块都如冬瓜般大小，而且还向外汪着水。长明冷眼看着哼了一声："这时候耕地，翻上来都是泥块。一干就结成死疙瘩，敲都敲不碎，这茬地就没法种了！"

众人佩服长明的丰富经验和先见之明，只好按老人们说的去做。大家耐心等着，还有五天就要立冬了，长明发现墒情才刚刚合适，人们才手忙脚乱地开始到地里施肥、翻耕、平整、播种、压实，终于在立冬到来之前把麦子播进地里。播下种子就等于播下了希望，有人担心这么晚播种，新长出来的麦苗到底能不能越冬。

长明说："今年水大，地温可能要好一些。老年间都说立冬不倒股，麦子土里捂。现在冬天一年比一年暖和，事事不能只看老黄历了。"

秋收已经完成，种子播进田里，平原大地已是一片苍茫。每天早晨路边的草叶上都挂着一层白霜，村口几棵老柿子树红了，叶子和柿子一样的红。太阳出来以后，虽然天空晴朗，阳光明亮，当几场寒风卷过，榆树、柳树、槐树、杨树全落光了叶子，老柿子树上也只剩下柿子，红灯笼一般挂着。柿子引来鸟雀啄食，乌鸦、喜鹊是最常见的。也有熟透的柿子落到地下，迸了红红黏黏的一地汁水。

霜锁深秋，天地间一股肃杀之气。每到夜晚，村庄里就静得可怕，人们的脚步声伴着一两声犬吠，星空却亮得出奇。银河在天际一点点转动，斗转星移间，天空辽远无边的幽深让人看不到尽头。

天越来越凉，一场小雪毫无征兆地不约而至，寒冬也很快就覆盖了整个平原。

自从村里成立了劳务队，再也没人敢因为卸车的事到工地上纠缠。杨青云对保平和金田的表现挺满意。尽管满意，杨青云却听说长巨私下打着自己的旗号找过长明好几次，想从他手里要走关于搬运工会的全部档案，长明却坚决不肯把这些资料交给他。

长明早就对长巨有所警惕，不知他又打的什么主意，便让清江用电动三轮车拉着他来找杨青云商量。重归于好以后，特别是给孙子在县城买了楼房，长明对杨青云的热情似蜜里调油，处处都替他着想，一时间杨青云竟有些不太适应。

杨青云也不知道长巨到底打的什么主意。工会早已名存实亡，却在清风棉业成立时占着股份。长巨本来就不是工会的人，他千方百计要走这些档案干什么？

经再三分析，虽搞不清长巨的真正目的，长明却坚决认为长巨没安好心。"这些东西早就没什么用了，如果不是我保管着，怕是早就丢了。我老了，再说你爹也是工会的老人，让工会入股的事也是你提的，这些东西我都交给你吧。”说着，长明让清江从电动三轮车上搬下一只大大的纸箱，直接放到了杨青云办公室。

杨青云本来想找保平商量商量这些资料如何处理，想想又感觉不合适。厂子建好以后，工会的股份和权利到底由谁当代表人，这件事早晚会提上议事日程。于是他便问起了李锋。李锋想了想说：“工会隶属交通局，跟镇上也没什么关系。如果想妥善处理，这事需要去跟交通局商量。”

李锋带着杨青云来到交通局，问来问去竟没一个人知道单位名下还有着这样一个工会。好不容易在档案室找到了当年的移交手续，又询问了几位老职工，交通局最终才理清搬运工会的来龙去脉。不知二人的来意，作为主管部门，交通局表示说当初搬运工会划归交通局属于历史遗留问题，彼此间并没有发生过什么权利义务关系。当初的工会成员虽然吃的都是商品粮，但并不是局里的正式职工，也没有在局里领过工资，而且所有资产都已经处置变卖，当时每位成员还分了一笔钱。

见交通局不肯接手，李锋才将搬运工会将要入股的事情说出来。这时交通局又改口说，工会解散并没有履行正式手续，因此不能算正式解散，作为主管部门他们要对此负责。杨青云听了心中暗笑，拉着李锋去县政府找罗建华去了。

最终经县政府表态，鉴于搬运工会已解散多年，成员又全部是清风驿村民，工会重组的事情由镇党委政府监管原工会成员自行解决，出资人也由交通局改成了财政局。

搬运工会重组以后，又以出资人的身份成为劳务公司的股东。杨青云本来想让金田担任劳务公司的法定代表人，不想保平却不高兴了。他的意思是劳务公司法定代表人应该让工会的人当，或者由杨青云当，实在不行他自己也可以兼职，哪知他这三条建议杨青云一条都不同意。特别是保平当法人，杨青云说：“村里的事是村里的事，工会是工会，二者绝不能搅在一起。这个法人我也不当，咱当初让工会入股，不就是为了给这些人一口饭吃吗？”

保平不说话了，后来几经商量，最终杨青云提议长巨的儿子清超来当法人，金田当总经理事情最终才算说定。保平说：“金田不是村委？”杨青云说金田是村委，以后劳务队让他挑头，要带人去干活儿的，保平这才不说话了。

长巨一脸黑线地在指挥部进进出出，三天两头说风凉话。见儿子当上了劳务公司法人，他的脸色才终于好看起来。

知道长巨和保平有意见，杨青云不愿意因为这类小事起争执，心里却有了一定的警惕。谁也没想到，事情刚商定没几天，杨青云突然在指挥部跟众人拍起了桌子。

这是一次例行的工作会议，大家本来有说有笑，看杨青云沉着脸进来，大家都没感觉有什么不对。会议开始以后，长巨认真地汇报着工程进度，谁也没想到他话还没说完，杨青云就鼻子不是鼻子脸不是脸地敲着桌子问道："按计划现在该干到哪一步了？"

长巨正要解释，杨青云打断他说："你这个协调员到底怎么当的？还能不能干？要是干得了，半个月之内把进度赶上去，干不了我马上换人！"

谁也不知道杨青云为什么会突然翻脸，长巨忙站起来："能……能干。"

"能干就好，给你半个月的时间，拿进度说话！"

杨青云背着手站起来，扫了一眼大家："你们自己说说，你们都把工地儿给我弄成了什么样子？"他掰着手指不看众人，口中不紧不慢地说道，"什么卸车的要钱的，什么监守自盗的，还有什么消极误工的，长脸的事儿怎么一个都没有？真不知道你们满脑子都怎么想的！还有你……"说着，他又指指陈小西，"你来了多少天了，地方关系还对接不好？如果事事都要我去做，我要你们干什么？"

02

在场的人除了陈小西，大家都是第一次领教杨青云的喜怒无常，众人都低着头大气不敢出。杨青云还在不依不饶地说着："是，我过来是来投资的，可我也是清风驿人，像欺负外人似的欺负我，进度还赶不上去，你们是吃大锅饭的吗？我的钱是大风刮来的吗？"

保平脸上有些挂不住了："行了行了，杨总，事儿不都定下来了吗？卸车的事儿村里是有责任，我做检讨。这个事儿过去就算了，值得发这么大火儿吗？”

李锋早已看出杨青云这是借题发挥，也黑着脸打圆场说：“既然事儿解决了，我看就这样吧。老杨，大家也都不容易，咱们还是赶紧碰头定定下一步的事儿吧。”

杨青云没理会李锋，却打着官腔问保平道：“保平支书，今天我是对事儿不对人。你也别怪我说话难听。不是我发火，你们看看现在这事儿办的，工地不像工地，进度不是进度，还隔三岔五地给我闹一回事儿！我杨青云做事从来都没这么干过！事归事，根儿在人上。如果不是我，这样的投资环境，一百个投资商也都跑了。”

杨青云的话越说越不是味儿了，保平却不怒不恼，只是坐在李锋身边笑着听，金田和长巨也低眉顺眼地垂着头。这时金田突然说：“坟也平了，卸车的事儿也处理完了，没什么别的事儿咱继续开会吧……”

杨青云一拍桌子站起来：“没什么别的事儿？哪个事儿是你给我处理的？”

“哪件事离得开在座的这些人？”见杨青云越来越不讲理，金田随口顶了一句。杨青云抄起面前的茶杯，冲着金田就砸了过去。

金田当过兵，眼疾手快，却万万没想到杨青云会拿茶杯砸他。他下意识地躲了一下，却还是没有完全避开，茶杯一角扫过他的额头，飞到墙上碎了，茶叶茶水混着血水从他头上流了下来。

众人全蒙了。金田要往上冲，长巨双手将他牢牢抱住，陈小西也忙挡在杨青云身前。李锋顿时变了脸色：“怎么了杨总你这是？说翻脸就翻脸？谁惹着你了？有什么话不能好好说？”

保平冷眼睨着杨青云：“青云，至于吗？多大点儿事儿？不怕丢了你的身份？”

金田捂着头一句话也没说，流下来的血水将衬衫染了一大片血红。杨青云指着金田的鼻子吼：“你被开除了，你走，现在就走！”

众人忙劝，金田挣开长巨往外走，走到门口却又站住说：“杨老板，我承认事儿一开始没给你办好，我向你认个错。不过，今天这一茶杯你得给我个说法儿。”

杨青云脸色难看得让人不寒而栗：“金田，今天我也一句话撂这儿，你回去好好想想。从一开始我对你怎么样？就这点儿小事儿，你们三番五次给我出乱子，开会还顶撞我。你去打听打听，我公司一千名员工有一个敢的吗！我回清风驿，不是给你们当孙子来的！”

“行了行了，先散了吧。”李锋忙打圆场，安排保平长巨带金田去医务室包扎。

“慢着！”杨青云喝道，“谁都不能走！金田你今天给我听好了，想在我这儿干以后给我机灵点儿。今天这个规矩就得立下，我说的话，理解的要执行，不理解的也要执行！不能顶嘴，不能拖沓。以后不管是谁，觉得能挣得了这份钱就挣，干不了我另请高明。我不管你原来是谁，只要跟着我干，是龙给我盘着，是虎给我卧着！哪个要是背后给我玩弯弯绕要小心眼儿，看看谁玩儿得过谁！”

杨青云一席话指桑骂槐，把李锋也捎进去了，参会所有人都黑着脸离开了指挥部。长巨将地上的碎片收拾干净，杨青云告诉他去叫来王多余。不一会儿，王多余笑嘻嘻地进来，拉个凳子刚想坐下，杨青云厉声喝道：“给我站好了！在我面前没你坐的份儿！”

王多余心里一紧，战战兢兢地垂手站在杨青云面前。

“你家开着小卖部，又在劳务公司挣着钱，我怎么看闹事卸车的也有小惠儿？你忘了你是怎么来上班的吗？”

王多余一脸委屈地说：“小舅，那不是小惠。”

“不是小惠？”

“小惠没在清风驿。”

“没在？”

“她去北京看孩子去了。”

杨青云一听改口道：“哦，那是我看错了。”

众人都不知道的是，当天晚上，杨青云提着一箱牛奶来到金田家。金田伤口已经包上，大热天开着空调脸冲里蒙着被子睡觉。明知道青云来了，金田心里赌着气，一连叫了好几声他都不肯回头。

杨青云坐在床边笑道：“我下手狠了些，金田。当时正在气头上，就算我天大的不对，你也不能当着那么多人顶我吧？说实话金田，我一直拿你当亲兄弟，有什么事儿你私下说，我这不是看你来了吗？记着，以后别当着别人面顶我。”

金田还是不说话，杨青云说：“村里的事儿我都清楚，老张家、老杨家和老李家到什么时候也拧不成一股绳。什么事儿我心里都有数，事儿难办这我也知道，盐在哪儿咸醋在哪儿酸我也都知道。不这么做我镇不住这些人，今天就当你陪着我演了一出戏，以后不管什么事儿，你要多动动脑子。别想那么多了，前两天公司给我配了个新手机，我也用不着，你先拿着用吧。在家好好养两天，赶紧回去上班，工地那边离不了你。”

说着，他拍拍金田身上的被子，将一部新手机放下转身走了。

所有人都不知道杨青云为什么突然发这么大的火儿，唯一看透他的人则是第一书记韩冰。

指挥部里，韩冰抱着膀子意味深长地看着杨青云，阴阳怪气地说：“杨总，咱可不带这么借题发挥的啊。”

“瞒谁也瞒不了你！”杨青云故意没好气儿地说道。说着他又自嘲道：“我就这点儿三脚猫伎俩，在你手里过不了一个回合。”

“办法虽好，可不能多使。小心使过了头，搬石头砸到自己的脚。”韩冰提醒他说。

杨青云心痒，本想逗韩冰几句，远远看见许燕来抱着一摞课本回到了镇上，便止住了话题。韩冰说得没错，如今大事已定，他决定趁着这个机会立立自己的威信。此前不管什么事情他都是以弱示人，再这么下去，怕是以后的工作会越来越被动。

03

没过几天机会又来了。

这天晚上又下起了小雪。因为抢工期，棉业公司工地上一直黑白加班。临吃晚饭时，雪越下越大，杨青云在指挥部留下长巨和金田，说晚上要一起开会。吃过晚饭，三人开始在杨青云的办公室研究工程的进度方案，并进一步探讨棉花开市后的一些具体经营思路。半夜时分见刮起了大北风，杨青云有些不放心，他叫金田和长巨说:“走，咱们去工地上转转。”

金田和长巨打着手电，跟着杨青云出了镇政府大门。

夜里十二点是值班人员交接时间，杨青云让二人关掉手电，远远地，他看见有道亮光一晃，从大门里走出来一群下班的人，有两个人磨磨蹭蹭故意落在了后面。他们跟着众人向村子的方向走了几步，等前面人走远，掉头却向工地背后的围墙走去。

杨青云示意长巨和金田不要声张，三人加紧脚步追了过去。

工地后面的围墙靠地面处松动了几块砖头，墙缝里探出几根长长的方管。两条黑影熟练地将钢管抽出来，然后将砖头堵上。他们扛起钢管刚想要走，杨青云、金田和长巨三个人已经打亮手电堵在面前。

二人大惊，扔掉钢管转身就跑。

“别让他们跑了！”杨青云大喊。说着，他冲过去挡住了二人的去路。二人转身向另一个方向跑去，金田和长巨又堵住了去路。二人又掉头回来，杨青云身边是一个没用完的砖垛，对方慌不择路地推了一把杨青云。因脚下湿滑，杨青云躲闪不及被撞倒在砖垛上。砖块哗地倒了，杨青云摔倒在雪地里。

金田和长巨已经顾不上追贼，回来照看杨青云时，才发现他已经站不起来了。金田忙掏出手机拨打 120，长巨也给镇派出所打了电话。

第二天一早，杨青云追贼受伤的事儿传遍了整个村子。卸车那么点儿的小事儿他都不依不饶，村里人到工地上偷东西，又伤了他，这个娄子可捅大了。众人纷纷猜测，杨青云到底会如何处置这两个人。至于两个人是谁，工地门口有监控，班组也有名单，查都不用查就已经水落石出。

出事当天晚上，派出所便将保荣的二儿子庆山堵在了家里，只是金田的哥哥保田没敢进家，早已不知躲到哪里去了。

李锋带着韩冰和保平到县医院来看杨青云，话没说几句罗建华也来到了医院。罗建华安慰道:“老杨，我向你道歉，出了这样的事儿，县里没保护好你。要说你也真是的，抓贼这事儿用得着你亲自上手？”

“什么保护不保护？”杨青云一笑，“事情虽小，我不出面，谁管得了清风驿这帮爷？”

“你呀，你也真是太不小心了，下着个雪抓什么贼？你要是有个什么闪失，我可没法交代！”罗建华说着又对保平说，“人都抓住了？”

“这两个王八蛋，真是丢清风驿的人。下着雪还敢偷东西，抓住一个，跑了一个！”保平骂道。

“跑得了和尚跑不了庙，他早晚不回来？你们要对村民加强教育。”罗建华对韩冰说。

保平忙点头称是，杨青云笑了笑，他从床上下来，满不在乎地点上一根烟：“这点儿伤倒是没啥，我就是后悔没亲手抓住那两个小子！这两个小子腿脚挺快。唉，这两年真是跑不动了。”

“听说咱村里原来就你跑得快。”保平插话道。

杨青云脚虽然扭伤了，却依旧谈笑风生，看着胡子拉碴的杨青云，罗建华有些歉意地拍了拍他的肩膀。杨青云说：“我啥事也没有，你们大老远地跑什么？赶紧回去吧，工地不能停。我已经让长巨回去了，下午我就出院。”

尽管医生再三劝阻，当天下午杨青云就出院了。这几天小高一直给陈小西开车，走出医院，杨青云三下两下扯绷带：“这玩意儿箍得难受！”然后问金田会不会开车，金田说不会。杨青云叹道：“唉，我这个老板还得给你当司机。有时间到财务上支钱，去考个驾照。”

一席话说得金田心里暖暖的。

哪知第二天杨青云回到工地，早有一大帮人在指挥部等他了。

杨青云哈哈大笑：“这点儿伤还算点儿事儿？该干什么都干什么去，别在这儿围着我，天塌不了！”

正说着，看到保荣拘束地站在人群外面，想进来却又犹豫着。杨青云笑道：“二哥，在那儿站着做啥？快过来快过来，过来坐啊。”

杨青云示意众人退去，保荣红着脸来到杨青云面前：“青云……这事儿怎么说……”

“行了行了，这还是个事儿呀，低头不见抬头见的，我还真没看出来，老二这小子明明比我大，腿脚比我还快！”

保荣走近一步说：“饶了老二吧，不管对错，咱们是老辈子的邻居……今天二哥求你一句。”

“我什么时候说不饶他了？”杨青云笑道。

保荣不敢看他：“人在派出所，说明天要送到局里去。”

“胡闹！”杨青云道，“这么屁大点儿小事儿就往局里送？二哥你放心，我这就给韩所长打电话。”

说着杨青云就给派出所打电话，韩所长犹豫着说已经立案了，上一次打架的案底还没销，人不能放。

“我不管立案不立案，这根本就不是什么案子，民不告官不究，要不要我给李镇长打个电话？”

韩所长忙说：“不用不用，你让村里来接吧。”

“接个屁。”杨青云说，“你韩所长亲自给我送回来，晚上炒几个菜我好好请请你！”

杨青云说笑间把事情办了，保荣激动得两手没处放：“青云，我……”

“行了行了，二哥，你那句话说得对，咱们老辈子是邻居。不管老二对错，我能让他进局子？你回家好好等着，他们所长亲自把人给咱送回来。让老二好好在家养几天，回来接着上班！”

保荣拉着杨青云：“青云，你大仁大义，我杀了一辈子猪，这都是报应。老张家再有一件对不起你的事儿，你把你二哥的眼挖了！”

“行了行了，快回去吧。”说着，杨青云让小高送走了保荣。

前脚刚将保荣送走，金田娘踉踉跄跄地走进屋里。她虽一头白发，颤巍巍地边走边哭。杨青云忙搀着她坐下：“婶子。”

金田娘没说话泪先流了下来：“青云……”

知道金田娘是来给保田求情的，杨青云笑了：“看婶子你这话说的，你让保田回来吧，别在外面躲着了。躲什么躲？我能吃了他？在你眼里我就那么不通人情？你让他回来，还到我这儿上班，老二派出所也马上就放回来了。”

“你不抓他了？”金田娘似乎不信。

“要真抓他他跑得了？”杨青云笑道，“什么事儿都有第一次，我以后还指着他好好给你挣钱呢。婶子，家里要是缺钱你让金田告诉我一声，别再干这种事儿，多丢人啊。你看，金田跟着我不是干得好好的？”

杨青云一席话说得金田娘不知该说什么好了。很快，庆山和保田不但没受到惩罚，又都回工地上班了。见马上要过中秋节了，棉站的事情进展顺利，杨青云一高兴派陈小西定做了两吨月饼，给全村每户人家都发了一份。

过节之前，罗建华和韩冰特地请杨青云吃了一顿饭。罗建华说：“你这两次借题发挥都发挥得不错。一张一弛，恩威并用，威信就树起来了，这火候你可是练到家了。”

杨青云叹了口气说：“直到今天我才发现，在这个世界上钱办不到的事儿太多了。我们清风驿这些人啊，他们要是认可你，什么事儿都不是问题。他们要是不买你的账，有多少钱都是白搭，不跟他们斗智斗勇，还真不行。”

听到这里罗建华就笑：“怎么样，这跟在省城感觉不一样吧？还后悔吗？”

杨青云没有回答。

自庆山和保田重新回到工地上班，工地上再也没丢过东西。只是清风驿的人们都不清楚，为什么卸车那样的小事儿他气急败坏拍桌子骂娘，面对与他有着深仇大恨、偷了他的东西，又把他打伤的老二杨青云不但没有不依不饶，反倒主动去派出所把他保了出来。

04

趁着冬歇的工夫，杨青云开始筹划着为明年的土地流转做准备。韩冰的意思是由村支部挨家挨户先去做动员，等有了群众基础一切自然好谈。杨青云虽对此没什么意见。只是每亩土地流转费到底定多少合适，前前后后开了几次会都定不下来。

经杨青云了解，此前村里也有几户人家流转着土地，但都规模不大，而且都是私下进行，流出方大都是顾不上种地的人家。顾及乡情，都是以很便宜的价格将土地租给别人，每亩地价格也就四五百元。杨青云知道，每亩四五百元有些低，流入流出间不属于商业行为，大都是赠予帮忙情分。如果自己搞土地流转，情况是不一样的。

如果按照年收成核算，每亩地每年的纯收入在一千元左右，他认为土地价格定到每年八百元比较合适。

“八百？你疯了？那都是县里为鼓励土地流转喊的，他们根本不了解行情，咱清风驿可没这个价！”长明一听杨青云要以每亩八百流转土地，马上就急了。

杨青云笑着问长明：“你觉得多少合适啊，四叔？”

“他们都是三四百，你给他们五六百就不少！”长明说。

杨青云说：“咱跟他们不一样，四叔。他们是小家小户流转，咱是商业活动，咱一开口，价格肯定低不了。”

“不一样你也是咱清风驿人，哪能像外人一样！你别光听那个韩书记的，城里的人，没吃过几颗粮食，她懂个啥？真想流转土地，你得站在老少爷们儿中间。”长明愤愤地说。

杨青云知道长明这么说是为自己好，可轮到自己做选择时，他又不知怎么判断。到底是韩冰不了解情况脱离群众，还是长明把事情想得过于简单，杨青云一时无法定论。

长明认为八百高了，可把这一价格跟韩冰一说，韩冰马上就急了。她不但不认为八百高，而且还认为八百太少，这一价格根本就不可能成交。

韩冰对杨青云说：“企业家要有企业家的担当，你要做长远打算，不能只看眼前这一点利益。”杨青云问：“韩书记你这话是什么意思？我怎么感觉你又给我扣上一顶帽子？”

韩冰动不动就上纲上线，拿大帽子压人，杨青云对此虽多少有些反感，想到这并不是什么原则性的大问题，便没有计较。韩冰说：“粮有粮价，地有地价，走哪里都得随行就市。我希望你一分钱不花就把地流转出来，你觉得这现实吗？”

杨青云笑道：“你这是慷他人之慨，你这说法我可不接受啊。”

韩冰说：“我没想到你这么短见，因为这些蝇头小利跟农民们计较，最后吃亏的还是你自己。不信就走着看，你信不信？”

杨青云撑了她一句：“韩书记，麻烦你冷静一下，本来这句话我不想说。我们做事是考虑成本的，不像你们，你做事不需要考虑成本，崽卖爷田不心疼。站在你的角度，当然是怎么简单怎么来。我不可能按你的方式去做事，如果这样，有多少企业都赔光了。”

“你说谁是爷，谁是崽？”明知杨青云说得有道理，韩冰却故意胡搅蛮缠。她一边笑骂杨青云占她的便宜，一边执意要杨青云打赌，看清风驿土地流转到底多少钱能够成交。

明知韩冰是故意激他，相处了这段时间，大家彼此已经熟了，杨青云有时故意逗她两句。杨青云故意挑逗，说着说着二人又斗嘴争执起来。

阳历年过后的一天，县上突然来了两个纪委干部，指名道姓要查村支部的扶贫台账。韩冰、保平不敢怠慢，忙让长巨拿来账本。来人将账本贴上封条，又到仓库清点物资。韩冰不知道出了什么事儿，便让保平应付着来人，自己偷偷给刘长顺打了个电话。

接到电话刘长顺也很诧异，说这件事镇上不知道，你先配合他们履行手续吧。韩冰有些慌，刘长顺说：“遇事莫急，我先问问到底怎么回事，然后再告诉你。”

事后才知道，纪委这次是来查韩冰的。有人实名举报，说她私下挪用扶贫物资。听到这里韩冰一脸诧异，她不记得自己什么时候经手过扶贫物资。经长巨提醒，她才记得自己刚来清风驿时，曾带着一批扶贫物资。那批物资不是计划内的扶贫物资，都是她靠着个人的关系募捐来的。而且这批物资自己根本就没有经手，直接就入了账，而且是带着长巨和金田两个人一起发放的，怎么会出问题呢？

韩冰实在找不到哪个环节出了问题，经刘长顺提醒，她突然记起，保荣不是贫困户，那天去动员保荣迁坟，自己确实带了一袋大米、一袋面粉，还有一桶食用油。可自己已经掏腰包把钱补上，而且也有证明人呀。

韩冰自觉没有什么过错，刘长顺告诉她：“你再好好想想。”

查来查去，韩冰才知道事情就出在一开始她送给张保荣的粮油米面上。台账和物资对不上号。韩冰去找金田，金田挠挠头说：“我没想到……那钱我……”

“我不管你怎么做的，这件事你必须给我做证明。”

没过两天，纪委通知韩冰谈话。事情真相已经调查清楚，调查员一直埋怨韩冰做事粗线条，不该这么大意。因为是实名举报，必须要给举报人答复。至于最终怎么处理，需要看领导的意见。

事情虽已水落石出，但到底是谁下了黑手，韩冰一时心里堵得难受。近几天她看谁的眼光都带着敌意。韩冰很清楚，知道这件事来龙去脉的只有两个人，长巨和金田。一开始她怀疑实名举报自己的是长巨，后来试探了几次，发现好像并不是长巨。难道是保平？想到这里韩冰什么都明白了。

杨青云并不知道韩冰接受调查的事儿，一连好几天不见韩冰，杨青云就问许燕来韩冰到哪里去了。许燕来张张嘴，犹豫着要不要把韩冰接受调查的事说出来。杨青云敏感地发现许燕来模棱两可，忙问韩冰到底出了什么事儿。许燕来这才把事情的经过说出来。

杨青云听说以后，当即跟罗建华打通了电话。韩冰要强，像这类事根本不可能去求人。杨青云几乎没经任何思考就已经决定伸出援手。罗建华听说以后，没说什么话，只是说了一句“我知道了”就把电话挂了。

没过几天，韩冰顺利回清风驿上班，杨青云没有嘘寒问暖，故意幸灾乐祸地嘲笑她虑事不密。韩冰豁达，涉及公事寸步不让，涉及私事全不在意，而且开得起玩笑。知道杨青云这是调侃，就让杨青云请她喝酒。杨青云笑着答应，嘴上说：“我是该给你庆祝呢，还是为我庆祝呢？”

许燕来和韩冰同时看着杨青云，杨青云嘿嘿笑着说：“为你庆祝是你大难不死，为我庆祝是你恶有恶报，谁让你总冲我来，我好解恨。走吧，喝酒去！”

杨青云话一出来，大家都笑了。许燕来忙告诉韩冰说：“你别生气，杨总故意不跟你说正话。他跟你总不正话正说，不是杨总给罗县长打电话，这次你就受处分了。”

韩冰重重捶在杨青云肩头一拳：“够哥们儿，走，说好你请客的啊，这不能变！”

不想那天在酒桌上，杨青云和韩冰趁着喝酒把土地流转费定了下来。韩冰嘴上说着对杨青云不领情，却一杯接一杯地给他敬酒，让许燕来看得害怕，私下一直拿脚踢她。

05

过去的整整一个冬天，韩冰带着支部的几个人都在忙着为杨青云流转土地造势。当杨青云真的要流转土地的消息传出来，人们再次议论纷纷。谁也不知道他这么大张旗鼓地弄这么多地到底有什么目的，有人说这是资本家又回来了，也有人说老杨家要继续在清风驿主事了，随着这些不同的声音不断出现，人们对流转土地的态度也各不相同。

对杨青云来说，承办旅发大会、建开发区和投资建厂只是他计划的一部分，他和罗建华真正想做的事情并不仅仅只是这些。清风驿不但要富起来，而且还要为农民和土地找到出路，这才是他们的真正目的。

村里本来就有好多地荒着不种，一听说杨青云要搞流转承包，土地突然间成了清风驿炙手可热的抢手货。整体来看，虽然支持土地流转的人占大多数，但持反对态度的也大有人在。韩冰和保平、长巨、金田苦口婆心，仍有人还是不愿意把自家耕地的承包权流转出来。

“我明明一番好意，也确实是为他们好。他们却不肯接受。这让我有点儿怀疑人生。”杨青云冲韩冰发牢骚道。

“我承认我工作做得还是不到位，老百姓们跟咱们不一样，有些事他们暂时还理解不了。不是咱觉得好就是好，是他们觉得好才是好。杨总你看，我觉得是不是想办法先让他们看到好处。”韩冰说。

见没把困难都归结为客观因素，杨青云没有冲她发牢骚，而是鼓励她说：“饭慢慢吃，事慢慢做。农民不是不能没有土地，如何动员大家转变观念，这才是解决问题的根本。”

时间飞快，小满已经过去好几天了，天气也越来越热。芒种收麦，按照杨青云的计划，流转土地必须在麦收以前完成，否则便会影响所有事件的安排。

韩冰和保平拿了事先打印好的协议书，挨家挨户动员签字。遇到犹豫不决的人家，韩冰就动员说：“你不要看人家做什么事，挣多少钱，你考虑自己合适不合适就好。”

“流转出去比自己种合适多了，还能打工挣个钱，这样的好事儿哪里去找？”保平也积极动员说。

杨青云跟韩冰一起给大家算了笔账。清风驿平均每人二亩地，土地产值一年大概每亩三千五百元，扣除种子、化肥、农药和电费，每亩地纯收入只有不到两千。按四口之家，最多年收入也不会超过万元。如果有一个人去工厂上班，每人每月收入三千五到四千元，年收入远远超过了一家人种地的收入。棉业公司已经贴出公告，只要肯在土地流转协议书上签字，棉业公司开业以后就可以直接去车间当工人。公司不但跟所有人都签订正式劳动合同，而且还给每个人都缴纳社保。如果不愿意当车间工人，人们也可以去农业公司上班，在农业公司的工作是继续种地，每月的工资也比自己种地强多了。

条件一出，众人积极拥护，最终只剩下十几户人家执意不愿意流转。这些人家的土地东一块西一块地夹在中间，大片的土地无法成方连片，这个问题又把大家愁住了。

无法成方连片代表着不能搞大规模地集中管理，韩冰一脸愁苦地来找杨青云，问他有没有好的解决办法。杨青云说："我暂时也没有什么好主意，给我几天时间，我好好想想再说吧。”

心里想着这些烦恼，杨青云给刘五经打了一个电话。

土地集中起来如何利用，对杨青云来说确实是一个比较大的问题。他的初步方向是种一部分棉花，然后再搞一部分高效农业。想到高效农业，他几乎不用考虑就想到了刘五经。打通电话以后，刘五经表示支持杨青云的想法，他告诉杨青云说："我们国家农业落后的根本是生产方式和生产工具的落后，生产效率太低。如果你能这么大张旗鼓地搞起来，既解决了农民就业问题，又解决了土地出路问题，一定会创造一个平原地区规模农业的全新样板。”

杨青云笑着说："目前这还只是一张蓝图，我需要的是你的支持，而不是你的夸奖。有些事情具体该怎么做你最有发言权，你一定得给我好好指导指导。”

刘五经说："我一定知无不言，只要你需要。不过我这里是山区，跟你的情况不太一样。”杨青云忙表示感谢，便把自己流转土地遇到的困难说了出来。

“工作得一点点做，要有耐心。农民们看问题最直接，而且最实际。你让他们直接看到好处，他们就想通了。”刘五经说。

杨青云感觉刘五经的话像什么都说明白了，又像是什么都没说。这些工作他都已经做了，明明自己已经把土地流转的好处说得很清楚了，可有些人就是故意不肯配合，他认为这些人是在故意跟自己作对，他们的目的是想提高价码。

作为一个过来人，刘五经能理解杨青云面临的苦恼。他告诉杨青云做事不必急于求成。天下最好打交道的是老百姓，天下最难打交道的也是老百姓。有些人不同意流转，不是他们故意跟你作对，而是没有了土地他们就没有安全感。拿出你的诚意，包容他们的短视，你大事必成。

听到刘五经的鼓励，杨青云感觉心中敞亮了许多，但眼下的困难仍需一点点解决。知道这些具体问题刘五经也给不了答案，他向刘五经问起了搞规模农业的要点。刘五经没有直接回答他，而是问道：“你们村目前有多少地？有多少人口？”

“一万多亩吧，大概五千人口。”

“在那些发达国家，这些地最多就几十个人种。所以他们人均产值高，农民收入也高。他们靠高科技和先进的生产工具，几十个人干咱们几千人干的活儿，这才叫规模农业。只有这么做农业才能产生高效益。咱们国家鼓励土地流转也是这个目的，利用先进的生产工具，提高生产效率，解放大部分人去从事其他行业，这才是今后农业和农民的出路。”

杨青云似懂非懂。这么大张旗鼓地去搞土地流转他不是没有胆量，只是如何才能有效地利用好清风驿现有的土地资源，并选对正确的方向，他必须有一个更加清晰的思路。

回到清风驿，见韩冰磨破了嘴皮子还没将几个钉子户的工作做通，杨青云知道她已够尽力了。杨青云说：“流转来的土地我们必须集中管理，这一点没商量。如果实在没办法，咱们就拿边角地跟他们换。一亩不行就一亩半换一亩，或者二亩。”

韩冰说这倒是个主意，能让他们眼前就得到实惠。可如果这么做，那些已经签了协议的人反悔怎么办?

杨青云也愁住了。

二人一时又束手无策，便商量着一起去县政府见了一趟罗建华。

罗建华听了二人的想法立即表示赞同，并鼓励他们把清风驿搞成农业转型的标杆。有了罗建华的肯定，杨青云和韩冰又有了信心。关于钉子户的问题，罗建华说:“我也没有什么好办法，可能他们一时还是不能理解。我可以让镇上帮你们去做工作，一切都要服从大局。你们放心，只要有信心，就没有办不成的事儿。”

杨青云苦笑道:“明摆着他们是在敲我的竹杠嘛。”罗建华笑道:“可能也有这方面的原因吧，相信好事多磨，你们村民风淳朴，我相信只要耐心解释清楚，他们一定会让步的。你那个以地换地的想法就很好。另外再提醒你一点，在土地流转过程中，你们一定要尊重农民本人的意见，注意工作方法，千万不能硬来。”

杨青云和韩冰点点头，罗建华还兴奋地告诉杨青云一个好消息:“听说国家近期针对大运河要有所动作，据说相关部门已经在制订规划，说不定清风驿码头以后可以真正恢复。”听到这里，杨青云心中高兴，嘴上却还是说了一句:“消息是好消息，可这得到什么时候啊？”

06

头年雨大，来年年景必好。转过年来，阳光普照，春和景明。立春过后天气立即回暖，河面上刮来的风不再是那么彻骨的冷。一到雨水土地解冻，几场春雨下过，没出正月年轻人就脱下了厚厚的冬装。

在过去的那个冬天，人们担心的事情终于没有发生。漫长的冬天过去了，立冬前种下的麦苗很快也返青了。春前有雨花开早，村里的人们争相活动起来，时间突然一下子仿佛快了许多。

七九河开，八九燕来。这是杨青云离开清风驿后在乡下度过的第一个春天。他发现春天最早是从河边开始的。当冰雪消融，几乎一场东风之后，离河岸最近的地面远远有了些草色。这草色先是鹅黄般浅嫩，走近时却什么都看不到了。慢慢地，河畔的草色从浅黄到抹绿，再到正绿，河堤上和田野里的野草才开始有了微微的颜色。等河滩四下春色正浓，堤岸上柳丝吐绿，向阳花开，清风驿的春天便真正来了。

惊蛰一到，田野里有了鲜活的生命，空中也多少有了飞虫。春分的阳光已分外明媚，年轻人纷纷换上五颜六色的衣服。几阵东风，满树的榆钱一大串一大串挂满了枝头。清风驿人吃得讲究，一串串肥嫩的榆钱捋下来洗净，和进玉米面做成饼子。大锅烧水，等锅开了贴上，黄绿相间煞是好看，吃到嘴里满是春天的味道。

可以入口的东西，比榆钱更早的却是茅草根。茅草多长在河边，在榆钱能吃以前，河边近水的地方早有尖尖嫩嫩的芽头冒出来。茅草一冒尖，便喜坏了村里的孩子们。他们三五成群地争相到地里寻着，孩子们心明眼亮，早有眼尖的拨开草丛，一根根将它们薅在手里。放进嘴里嚼上几下，甜滋滋的已是满口汁水。这时，整个村子整个春天都是甜的。

飞虫一多，老鸹虫出现了。孩子们又成群结队地拿着小铲子和玻璃瓶子去河滩地捉老鸹虫。老鸹虫藏在沙土下面一动不动，通体黑透，却是家养母鸡最喜爱的吃食。吃了老鸹虫的母鸡不但下蛋大，而且蛋黄金黄透亮。孩子们打闹着，比赛着谁的收获更多，整个河滩都充满了欢快的笑声。

地温进一步上升，人们扛着农具来到河滩，开始深耕去年被大水淹没的土地。乍暖还寒，春庄稼播种前一定要深耕。眼见被大水耽误了一季的庄稼，他们不能再错过接下来的好机会。

燕子飞来的时候，麦子又高了一大截。清明前后，百花盛开。村里的老院子几乎家家户户都种着梨树。一场小雨过后，一树雪白，梨花的清香夹着新鲜泥土的气息，清新、鲜活而且生动。河岸上一堤烟柳，大河明亮地映着天空和云朵。气温一天比一天暖，人们也起得越来越早。村庄被花香包围着，河面上的早霞，清晨的炊烟也已经将整个村子都罩在人间烟火的味道里。

谷雨到了，春播已经可以开始，田地里也可以种瓜种豆了。人们在院子里、房前屋后或者村里的空地种下了豇豆、南瓜、黄瓜、丝瓜和瓠瓜，瓜豆类植物需要提前用水泡上几天，待冒出芽尖后再去播种，而茄子、辣椒、西红柿则需要提前育苗，然后移栽才能成活。杨青云也学着别人的样子，托保平给人要了一些种子秧苗，也在工厂院子的角落里种了一些瓜豆，几乎每隔一两天就去浇水松土。

村子里最多的是榆树和槐树。槐树把门，骡马成群，从老年间起家家户户门口就种着槐树。槐树开花晚，需要谷雨过后一段才吐绿开花。槐树开花时，一树一树黄白色缀满枝头，整个村子全笼罩在浓浓的花香中。

春天是美好的，杨青云喜欢在这样的早晨醒来，听着鸟啼，呼吸着新鲜的空气，他喜欢这蓬勃的生命力以及这蓬勃生命力给自己带来的感染。摘一片叶子在手里，放到鼻前细嗅的清新，他感觉自己就像触摸到了整个春天。

开发区全面开始招商以后，工作进展还算比较顺利。潘六前后几次来指挥部找过李锋，也找了几次杨青云，几乎每次都是无功而返。杨青云让陈小西全面负责着和指挥部的对接工作。立夏之后不久，清风棉业的厂区也快建好了，他便和李锋、保平和金田组成了一支考察队，开始对国内几家棉花加工市场进行考察。

杨青云本来也想带长巨一起去，但工地这边的事情太多，只好将他留下来。本来杨青云还想叫上韩冰，又考虑女同志一起出差不方便，只好托她多留心新区招商征地的事情。

运河两岸全是一望无际的大平原，高程落差小，地下水位低，土层深厚，土壤疏松，而且全是沙质土，多年以来一直有着种植棉花的传统。近些年，城镇化和工业化对农业的影响不小，种地一年下来的收入甚至不如打工一个月挣下的钱，很多年轻人纷纷离开农村去城市打工，没本事的人才肯在家里种地。棉花虽是经济作物，但种棉花耗时、费事，种棉花远不如种玉米划算。玉米种到地里无须经管，农闲时还可以打个零工。因此，即便在家种地的人也都不愿意再种棉花。纵使这样，大运河一带每年仍有着不小的产量。

在决定投资做棉纺以前，杨青云已经亲自将这些情况摸清。他还发现，大运河以西每年至少有上百万吨棉花都通过小商小贩流向了河东。清风驿是河西通往河东的必经之路，而且中间只隔着一条大运河。河东棉纺业做得风生水起，河东能做的事，河西为什么不能做？

河东棉花市场和清风驿只有一河之隔，从清风驿向东，只需跨过大运河便到了山东地界。虽是一河之隔，这里却是一个完全不同的世界。整齐的绿化和植被，小河流水，绿树成荫，公路、街道、村落规划得整整齐齐，杨青云感慨地问李锋说："领导，什么时候咱清风驿也能变成这样？"

李锋自信地说："咱开发区建好以后，一定比这里还好。"

说笑之间众人已经来到棉花交易市场。这里是一个四通八达的小镇，一个多月以前杨青云曾自己到这里来过一次。小镇虽然不大，却是全国最大的棉花集散地。李锋事先已经安排人联系好考察对象，他们径直奔向了当地最大的企业：鲁西棉业有限公司。

因为不是收购季节，工厂大门关着，上前敲了半天，才有一个中年汉子手捏一副扑克牌慢吞吞地出来。见一行人到来他略有诧异，金田忙递过一根烟主动介绍说："我们是清风驿来的，这是我们李书记。"

李锋走上前来，手捏扑克牌的中年汉子略带警惕地看了一眼，挡掉金田递过来的烟，硬生生地说："河西的？"

金田忙点点头，中年汉子说："有事找老板。"说着，指了指墙上"闲人莫入"和"禁止烟火"八个红色大字。

"老乡，我们只是随便看看，已经跟老板联系过了，"李锋笑呵呵地走上去，"原来我来过，你不记得我了？你们老板姓叶……"

中年汉子冷冷看了看李锋，却并不买他的账："不行！我这里是闲人莫入，有事你们找老板，让老板给我打电话。"

说着，咣的一声铁门已经关上。

李锋有些尴尬，给老板打电话却一直无人接听，李锋更是尴尬。杨青云见状说："要不，咱们先到市场上转转？"

07

接连去过几个厂子，几乎遭到的是同样的待遇，偶尔能进去一两家，也都是荒芜冷清。看李锋有些泄气，杨青云笑着："现在是淡季，厂子里基本没人。要想好好考察，咱们是不是先找找当地政府……”

李锋一拍脑袋：这倒是个好主意！

几人驱车来到当地豪华气派的镇政府。所幸书记镇长都在，当他们表明来意，立即受到了对方的热情款待。时间已经是中午，书记镇长请他们一行吃了午饭，说笑间就安排好了考察事宜。

第二天上午，几个棉老板被陆续请到了镇党委会议室。一群人乱哄哄有说有笑地坐下，书记在人群里睃了一眼问：“永恒呢？永恒怎么没来？”

这时有人说：“陕西去了。”

“又看狗去了？”书记大咧咧地问。

又有人回答道：“陕西老宋从国外搞了几只灵缇，说是意大利纯种。老宋一来电话，叶老板半夜里提起裤子就走了。”

“都养了几十条了还嫌不够？我看多少都不够他玩的，玩物丧志！”不知是夸是骂，书记戏谑般说了一句。

“书记你还不知道他？天天跟狗吃跟狗睡，看狗比看老婆都亲！”有人嬉笑道。

说着说着，众人又议论了半天赛狗。

“你那个长毛怎么样？”

“刚来那几天不吃不喝，一口口地嚼着喂，后来才知道是水土不服，我给它装了空调，现在能多少吃点儿了。”

“唉，你见过刘大户新买那条狗没有？咬得怎么样？”

“他舍得跑呀！从买回来就没牵出来过……”

本来是个洽谈会，几个人竟旁若无人地聊起了狗，杨青云很有些受人轻慢的感觉。鲁西人喜欢斗狗撵兔，前些年穷，便荒废了，这两年才又流行起来。杨青云有些不耐烦，看看李锋，李锋却不以为意地坐在书记身边有说有笑地小声说着什么。一屋子人全在吸烟，杨青云憋得难受，便叫了保平出来到院子里抽烟。

来到院里一看，两个人都愣了。虽然对河东棉老板们的豪富早有耳闻，但他还是感觉自己受到了一股强烈的震撼。镇政府大院里横七竖八停满了高档越野车。宽大的轮胎，明亮的玻璃，虎视眈眈的车灯，没有一辆不是百万级别的豪华车。这些车一色全都是666、888、999一类的牌照，如果不是亲眼所见，哪能相信这些全是屋里那些“泥腿子”的坐驾？

杨青云递过一支烟小声对保平说：“保平哥，看到没有？这些车，哪个都一百多万，这些人看上去不起眼，他们是真有钱。”

保平自己掏火点上，却问：“能比你那车好？”

杨青云一泄气，突然什么都不想说了。

二人回到会议室时，书记已经开始讲话：“行了行了，都别提狗的事儿了。我把你们叫过来，是河西的李书记和杨老板来考察棉花，大家欢迎。”

稀稀拉拉的掌声响过，书记说：“这也是河东河西两个乡镇间的友好合作。咱们双方利用自己的资源优势，合作空间还是很大的。河西那边已经建厂了，河西的棉花可以给咱们送货上门，解决一下咱们这边收购难的问题，咱们这边呢，给个好价，一是省下了不少麻烦，二是质量也有了保障。这是一个双赢的合作。今天我牵个头儿，你们说说看，都发表个意见。下面，咱们欢迎李书记讲两句。”

李锋跟着鼓掌，然后清清嗓子说：“各位老板，今天我过来，是怀着精诚合作的目的和良好的祝愿来的。咱们河南水北，中间只隔着一条运河。大家都是喝大运河的水长大的，老年间都是乡亲。这些年不在一个省，来往少了，但河东河西一直是打断骨头连着筋的关系。刚才，我们来的意思王书记都说了。河西要建开发区，老杨在河西建了一个厂，算是河西的重点招商项目。我们今天过来，一是看望看望大家，二是寻求合作，把河西变成咱们的中转站，咱们互利互惠、缩短运距、降低成本……”

李锋话讲完，人群又七嘴八舌地议论起来。

杨青云没有说话，他认真观察着到场的这些老板。这些人无一例外都是一副农民模样，一边听着领导讲话一边抠鼻子挖耳朵，甚至有几个脱了鞋，蹲在椅子上。杨青云越看心里越感到失望。李锋看出了这一点，小声对他说：“你可别小看这几个人，听王书记说他们个个都是亿万富翁，开的都是奔驰宝马，在省里、在北京都有房子。”

杨青云嘴角翘了翘有些不以为然地说：“我知道。”说着，他又认真看了看这几个棉老板。普通得再也不能普通的衣服，甚至有人还穿着布鞋，嘴里说出来满口脏话，指甲缝里还带着黑泥。放到人群里，他们跟那些整日在田间劳作的农民毫无两样，但腕上的金表、嘴里的香烟以及大院里泊着的豪车却证明着他们的另一个身份。杨青云突然感到一股前所未有的东西正冲撞着他的心灵。是不是有一天自己也会变成这样呢？自己费尽千辛万苦，为的就是跟这些人合作吗？

想着想着，他的心情突然糟透了。

整个会议杨青云都没有说话，保平见他脸色难看，暗中扯了扯他小声问道："你没事儿吧？"

杨青云说没事，可能是身体不太舒服。看李锋和保平陪这些人东一句西一句地胡扯吹牛，这帮山东汉子也是豪言壮语：

"李书记你放心，多了不敢说，有个几十万吨百八十万吨的，尽管拉过来就是，河东给你们包圆儿……"

"开店的不怕大肚子汉，就怕你们那边儿收不起来……"

"你们能建厂这太好了，就放开地收吧，有多少要多少！"

……

众人七嘴八舌，会议开得热火朝天气氛融洽，尽管这样，最终却没有形成什么真正意义上的共识。因为棉花交易离开市还早，价格、数量都没法确定，大家初步商定随行就市，等秋后一开市，他们会按照市场价格，优先收购清风驿的棉花。李锋也不虚此行，他以镇政府的名义跟河西签订了一份友好合作帮扶协议。

第十五章　商道

01

接下来的几天，应对方领导邀请，一行人住下来，然后逐个到河东各家工厂参观。这才是杨青云这次考察的主要目的：认真参观并学习他们的规模、布局和收购流程。

山东人好客，众人受到了当地老板们的热情招待，家家户户炫富似的轮流做东请客。杨青云惊讶的是，当地竟能吃到最新鲜的海鲜，一打听才知道，这些海鲜是专门从海边运过来的。

杨青云再次受到了震撼。河东河西仅隔一条河，虽然这些人的工厂都简陋得不能再简陋，也没有什么技术含量，但这些人都住着四五百平的别墅，亭台楼榭无所不具，装修豪华得让人不敢正视，家家都有保姆佣人，家家都有豪车名犬，单是这一项已经奢侈得让人瞠目结舌。

杨青云找了个机会对李锋说："你看看能不能安排一下，我想见见叶永恒。"

杨青云想见叶永恒的原因很简单，这些小老板并不是他想要的合作对象。虽然这些人富贵逼人气干云天，但杨青云心里有着更大的野心，叶永恒是河东最大的老板，也是当地首富。李锋将杨青云的意思跟王书记说过，王书记便给叶永恒打电话，告诉他河北来了几个客户要在市场考察，现在正在镇里等他。

看样子叶永恒还在外地，电话那头不知说了什么，挂掉电话书记方说：“老叶在关中赛狗呢，一时半会儿回不来。咱先到他厂子里看看吧，等他回来随时欢迎各位过来指导，我也可以让他去河西拜访。”

一行人再次来到鲁西棉业集团，一进厂区，果然是耳目一新的感觉。杨青云让金田认真记下厂房规模大小、机器工作流程、人员布置安排等。一周的时间说快也快，按计划他们在河东考察一周，然后再去南方几家大纺织厂考察。

临行这天晚上，一个看上去有些羞涩的年轻人急匆匆过来，找到李锋自我介绍说，他姓苏，叫苏万春，有一家小棉厂，专做国储棉，今年有一千吨的收购合同，看能不能先签订个合作意向书。说着，从怀里掏出几页纸递给李锋。

李锋看了看杨青云，用目光征求着他的意见。

“没问题！”杨青云高兴地说，心想这帮棉老板也不全是粗线条，其中也有肯动脑子的，有了这个意向书，不管能不能达成合作，总算是不虚此行。

“杨老板真是精明啊，”苏万春一进门就笑呵呵地说，“你卡住了棉花从河西运往山东的唯一通道，这生意能做大。”

杨青云被人说中了心事，忙客气地转移开话题。开会的时候他不记得有苏万春这个人，便好奇地问：“开会的时候怎么没见你？”

苏万春不好意思地说：“我跟他们不是一回事儿，我是个外来户，跟他们玩儿不到一块儿，没人叫我。”

杨青云来了兴趣，忙倒上一杯茶水，请苏万春坐下聊聊。聊了半天杨青云才知道，苏万春虽是本地人，却一直在济南做地产，去年才回老家投资做皮棉。一开始他想做期货，后来发现搞实体比期货更好。从他身上，杨青云分明感觉到一股与众不同。

“我们这些人都没什么文化，小富即安，重小利而好声色，终归不能做大。一看就知道你是干大事儿的人。虽然没文化，他们却都赶上了好时代，一样能做得成功。这些人左右着皮棉的价格，我是刚起步，进不了他们的圈子，也不敢跟他们争。”

苏万春的话句句说到了杨青云心上，杨青云热情地邀请苏万春到河西指导考察。

虽然没有什么实质性的进展，但此次河东之行杨青云比较满意。尽管没能见到叶永恒让杨青云心里多少有些遗憾，但对那些财大气粗目中无人的棉老板们，杨青云总觉得自己以后不能跟他们一样。他并不是瞧不起他们，但他实在无法让自己在心里真正尊重他们，他真正想要的合作伙伴不是这样的。苏万春的出现倒是让他多少有些安慰。

李锋看出了杨青云的闷闷不乐，李锋说："杨总你不要失望，这些人虽然都是一些农民企业家、大老粗，但他们都是能左右棉花市场的风云人物。咱们现在刚起步，得依靠他们。"

"人不可貌相，"杨青云客气地说，"咱们还是多走走看看吧。"

李锋说："等咱公司做大了，也在河西建一个市场，河南水北，河西肯定不比河东差。咱们先顺着市场做，等我们做大了，市场就会顺着我们。"

高大的越野疾驰在清川通往省城的高速公路上，考察回来以后，杨青云看上去有说有笑，不为人知的是他正面临着一个巨大的难题。

他一脸严肃地坐在后排。这次匆匆赶回省城，他就是为解决这个难题来的。一路上他不停盘算，大概再有一个月的时间棉业公司的工程就可以完工，过了中秋节大批棉花就上市了。营业归营业，开秤收购前他还有很多事情都没有落实。

本来，他想着是在中秋节前到大运河两岸的产棉区都去转一圈。原来各乡镇基层都有自己的棉花收购站，现在都已经关门多年了。他想借着这个机会先熟悉一下市场行情，再让李锋跟各棉区政府部门联络一下，为接下来的籽棉收购工作铺好路。

中秋节就在眼前，省城有些关系必须走动，他只好暂时把这项工作推到了节后。

除了节日走访，杨青云这次回省城的目的还有两个，一是离开这么长时间了，他要去看看省城的公司管理得怎么样，二是他需要筹备一大笔流动资金。

旅发大会虽完工半年多了，目前只有一小部分回款，开发区建设一直在持续投入。厂房建设刚过半的时候，陈小西就告诉他说，施工队已经催要过好几次工程款了，随着各车间设备的陆续到位，轧花机、打包机的厂家也开始催款，这都是眼下必须要花的钱。接下来，棉业公司还要收货、雇人，哪件事情不需要钱？杨青云初步算了一下，眼下他至少需要准备三千万资金，这才是他这次回省城最需要解决的问题。

杨青云没有直接回公司，他让小高先把他送回了家里。

进门后却发现家里没人，他简单洗了个澡，卸掉了一身的疲惫。看着镜子里面的自己，人黑了许多，胡茬老长，头发也是乱糟糟的，从里到外带着一副不修边幅的沧桑。在乡下待了这么长时间，虽然劳心操神，但他感觉自己每一天过得都坦然充实，从没因为什么事儿睡不着觉，也从来没有因为迎来送往虚假客套而烦恼。想到这里他笑了，伸伸胳膊攥攥拳头，他发现上臂和背部的肌肉还算满意。尽管马上就五十岁了，杨青云感觉自己干劲儿正足。

回到城市，回到高楼林立和车水马龙中间，他发现自己竟有些不太适应。想想在清风驿的日子，自己虽然同时做着那么多事，却没有一天不是朝气蓬勃，没有一天不是充满刺激和挑战。从骨子里你还是个农民！他轻叹着嘲笑了一下，然后找到剃须刀刮刮胡子，躺到床上美美地睡了一觉。

02

一觉醒来已经是午后，君梅回家开门的声音吵醒了杨青云。见卫生间门口扔着一堆脏衣服，君梅像看着陌生人似的看了他半天，才一脸委屈地跑上来抱住他。

“你那边到底怎么样？这么长时间了，什么事儿都不跟我说。”君梅抱怨道。

“跟你说有什么用？”杨青云笑着轻轻将妻子拥在怀里。

君梅挣开，起身将他换下来的衣服扔进洗衣机。她一边忙着，一边跟杨青云聊起了孩子。杨青云说：“这些事儿晚上再说，我先出去办点事儿。对了，你手里有多少钱？”

君梅看了看他：“没了。”

“不行这两天你把股票先卖一部分，我这边急着用钱。”杨青云说。

“不行！”君梅说，说着她戒备地看了杨青云一眼，“那边的事儿到底有准儿吗？已经投了这么多，还要投？”

“怎么会没准儿呢？”杨青云已经一只脚踏到了门外。

“清风驿的事你爱怎么干怎么干，反正不能再从家里拿钱了。”

君梅还想说什么，杨青云早已经关门下楼。多年的工作习惯和对清风驿深厚的感情，已使他不自觉地开始抵触任何人的不同意见。

出门以后，他先给刘五经打了个电话。短时间内这么一大笔资金不好筹集，既然君梅不肯拿钱，他只好去想别的办法。杨青云不是没想过从工程公司周转，但每年三季度都是公司财务最紧张的时候，他不用问也知道，工程公司账上一定没有多余的资金，再说旅发大会近一个亿的投资都是从工程公司拆借的，开发区也一直是垫资代建。虽然向刘五经借钱违背了交友原则，但人在难处，不找朋友借又有什么办法呢？

电话一接通，刘五经问土地问题解决没有，杨青云说正在解决，县里出面成立了专门的土地流转工作协调小组，不管想什么办法一定要把这些地连成一片。刘五经说有县里站台支持这太好了，盼着你早日大功告成。

“你说话方便吗？”杨青云没心思继续说土地流转，咳嗽了一下问刘五经说。

“有事儿？”刘五经听杨青云这么问话，就知道他一定有话要说。

“是有点儿事，如果你下午没什么事儿，我想去你那里走一趟。”要借钱的事在电话里实在张不开口，杨青云决定见面再说。刘五经听说杨青云要来，立即热情地表示欢迎：“要是下午过来晚上就别走了，正好咱俩好好聊聊。我马上安排人杀两只鸡炖上。”

见到杨青云刘五经吓了一跳，笑问他最近是不是去非洲旅游了。杨青云笑道：“哪有什么心情旅游，这段时间我差点儿忙死。看我晒黑了是不是，前一阵儿一直在外面考察市场。”

“对了，你手头紧不紧，我现在急着用点儿钱，估计得用一千万。”杨青云开门见山说出了自己的来意。见刘五经不说话，他忙补充说："你的钱我也不白用，给你一分二的利息。你什么时候用提前打招呼，我一定准备好。"

刘五经看着杨青云，嘴上没说行与不行，却反问道："我怎么看你跟以前不一样了？"

"哪儿不一样？"杨青云吸了口烟。

刘五经说："也说不上来，不管说话还是做事儿，反正我感觉你不一样了。"

就在这时，杨青云的电话突然响了，他拿过一看是陈小西来的电话。杨青云站起来，抱歉地示意自己先出去接个电话。

"老大，你在哪儿？"电话刚一接通，陈小西旁若无人的声音立即传来。

来到门外，杨青云小声对陈小西说："我出门儿了，怎么了？"

"出门了？那等你回来说吧。"陈小西说。

挂了电话回来，刘五经眨眨眼睛冲他会心一笑，他知道刘五经又误会了，害得他又手忙脚乱地解释了半天。

刘五经告诉杨青云，幸亏你今天来，过两天我就走了。杨青云问你往哪儿走，刘五经说："大豆种子培育已经取得重大进展，经试种非常成功。为了扩大种植面积，我在黑龙江谈了一万亩地，计划在东北地区试种。"

杨青云心头一沉，他不知道刘五经说这话是什么意思。他是不是在委婉地告诉自己不能借钱呢？正踌躇着，刘五经回里屋拿出一张银行卡："看你那副着急的样子，我就知道你是为钱来的。紧归紧，我手里钱也不多。这张卡上有八百，先急着你用吧。在县里做事悠着点儿，别玩儿大了！"

杨青云忙点头致谢，又要给刘五经打欠条。刘五经笑了："咱们之间还用这个？说不定哪天我会找你呢。你赶紧走吧，我也不留你了，该忙啥快去忙啥。"

回到省城，杨青云立即约了工程公司开户行的客户经理前去拜访。经理很客气，礼貌地请他进贵宾室，并主动倒上了茶水。当杨青云问起当下的贷款政策，经理没问贷款数目便面有难色地说，现在行里政策收紧，做贷款必须有抵押。工程公司近几年一直没贷过款，经理没问杨青云贷款做什么用，只是问他有没有抵押物，杨青云笑了一下说："我还没想好贷不贷呢，如果确定贷我再找你吧。”

从银行出来，杨青云又一筹莫展地锁起了眉头。思来想去，他决定去找师父看看有没有什么好办法。

没有什么大事儿杨青云是轻易不会找师父的，三千万只落实了八百万，资金缺口太大了，眼下除了找师父他已经没有其他办法。

听到杨青云的话，赵志安叹了口气说：“这些年我跟你嫂子没多少积蓄，都给你也顶不了什么大事儿。如果实在急用，小杰留下的那几套房子你拿去卖了吧。”

杨青云心里一阵难过，说我还是想想别的办法吧。

回省城转了一圈，没想到别人都比他难。钱没借到，反倒又搭进去不少人情，杨青云心情很糟，他发现自己最近做事越来越没耐心。目前开发区还没有办理正式的用地手续，清风驿的项目都没法贷款，万般无奈之下，他突然想起了李锋此前说过的那句话。

电话打过去，李锋很热情，听说杨青云已回省城，李锋没问他有什么事。当杨青云说自己想周转两千万资金的时候，李锋立即告诉他过半个小时回信，并问了他具体用钱的时间。不到半小时李锋的电话就打过来了，李锋说钱也不是我的，我帮你问了问，对方说借钱可以，如果我做担保也不需要抵押，不过利息要高一些。

杨青云忙问利息多少，李锋说一分五。杨青云知道，李锋说的一分五指的是年利率百分之十八，什么样的生意有这么高的利润？虽感觉有些荒唐，只是眼下好像没有别的路可走了。杨青云感激地向李锋致谢，给君梅发了条信息便赶回清风驿了。

回到清风驿，杨青云约李锋一起吃了个晚饭。进一步沟通了借款的手续，杨青云在李锋拿出的借据上签了字。出借人一栏空着，杨青云虽心中奇怪，却没问出借人是谁，同样也没问为什么可以不需要抵押。他了解小额贷款的规矩，也听说过清川的领导干部们都在暗中做着这门生意。不该问的事不问，不该说的话不说，这是杨青云一贯的做事原则。

钱的问题解决了，其他一切都不再是问题。

03

新建成的棉业公司在清风驿成了一道亮丽的风景。远远看去，一色的红墙掩映之下，蓝色的彩钢顶棚干净、整齐而且大方。墙头上拉着细密的电网，进院便是一个宽阔的大广场，广场后面是两排装配式办公楼，前排是办公，后排是住宿、食堂以及车库。

办公区后面，是更为独立的生产区。位于生产区最前方的是质检办公区，用来给收购入库的棉花定级划价。出了质检科是一排巨大的电子地秤，定级划价以后，入库的籽棉需要先过秤称重，然后进入库房。籽棉进入库房以后，按照生产调度的要求，先后进行除杂、去籽、烘干、检验，然后进入打包车间再次包装入库。这时，经包装入库的棉花称皮棉，皮棉根据颜色和棉绒的长短进行分类存放，它虽是半成品，但已经可以上市交易了。

厂子四角都设有警卫室，警卫室房顶上分别装着特大号的探照灯。为了保证生产安全，杨青云一开始计划籽棉库也设计成彩钢车间，经多方征求意见，他还是放弃了这个计划。一是籽棉量大，对空间的要求太高；二是车间虽然安全，一旦发生火灾，却更不利于消防救急。

后院的空地里，是四座一百米长、二十米宽的平台，二尺多高的垛底儿，下面空心砌砖，上面铺了楼板，这里专门用来存放入库的籽棉。每个垛底儿头上都有一间小房子，里面放的是雨布、苫布和一应救火设备。唯一的变压器架在了墙外，显然是为了防火。

望着刚刚落成的院子杨青云笑了，他和李锋一起站在蔚蓝的天空下，让秋风轻轻拂过他的胸膛。此时秋高气爽，天空蓝得像一面镜子，绵延到天尽头的庄稼一派金黄，空气中氤氲着成熟与收获的气息。

在这秋高气爽的天气里，面对蓝天白云，望着刚刚建好的厂子，就像一位老农望着一地将要丰收的庄稼，他突然间有了一股踌躇满志的感觉。这感觉就像当年他第一次带班，从赵志安手里领到七万块钱工资，这感觉就像第一次将君梅这样一个城里姑娘搂在怀里，这感觉就像医院里护士告诉他君梅为他生了一对双胞胎，这感觉就像第一次竞争性谈判，他战战兢兢地等候开标结果，评委们一脸严肃地宣布中标结果……尽管他不是一个肯轻易流露感情的人，但努力了几个月终于有了收获，他感觉自己正全身充满了力量站在一个崭新的起跑线上，是啊，他已经很多年没有这种意气风发的感觉了。

李锋也看出了他内心的激动，他笑而不语，只是觑着杨青云看。韩冰、保平、金田、长巨和镇上其他几名干部随在后面，一行人从厂房到库房，一一认真地检查着这里的每一个角落，他们正在对棉站工程做最后的验收。

杨青云脸色很快沉了下来，金田和长巨不约而同地偷眼看着承包商，他们知道杨青云一定是发现了什么问题。经过这段时间的磨合，所有人都发现杨青云表面随便，虽然很多时候都在微笑，好像什么事情都不在乎，实际上他却是一个非常挑剔刻薄求全责备的人。如果他不满意，即使做得再圆满，他也能鸡蛋里挑出骨头，并训得你体无完肤一无是处。为此，金田和长巨在参加验收时都加了特别的小心。

果然，杨青云挥挥手叫过施工队老板："老孙，你过来！这是你铺的地吗？如果这是你家客厅，地能这么铺吗？活儿是这么干的吗？地面全部检查一遍，不合格的地方，马上返工！"

老孙还没说话，杨青云又连珠炮似的问："通道那边基础都夯实没有？过重车行不行？要是轧塌了，我告诉你老孙，吃不了你给我兜着走！办公区那边儿我看着还行，这边的活儿马虎多了！到时候我拿水平来验工！……我早就跟你说过，给我干活不能马虎，你就是不听！"

老孙见杨青云横挑鼻子竖挑眼，一直点头赔笑，却不敢解释。

近段日子，随着厂房建起劳务队成立，杨青云的威信也在清风驿一天天疯长。人们从最初对他的怀疑、敌视，慢慢地走向信服、奉承，眼见新厂建成，已经有不少村民私下找过他，盼望着开工后能到棉站来上班工作。

此时的杨青云，跟刚从省城回来时已经判若两人。他说话走路不再像以前一样四平八稳。他一天到晚风风火火，一双眼睛瞪得老大，像是随时准备跟人干架，说起话来词语铿锵，动不动还会骂两句娘，更有时候，他还会敲这个的脑袋一下，或杵那个一拳……乡下人就吃这一套。你跟他客客气气文文明明，他觉得你是在拿他当外人，大大咧咧连说带骂反倒并不见怪。

回到办公区，杨青云又带人转了一圈儿。他指指点点对长巨说："这儿要种上花，边上那块空地平整平整，可以种菜……四个角上探照灯的电接通没有？电线不行，要用电缆，电缆也要买好的，不差这个钱。这么大的院子，排水做得怎么样？阴沟和阳沟都加没加箅子？外墙都刷上白漆，这样才显得干净。墙里墙外要写上标语，严禁烟火、防火防盗……从今天开始，除了食堂，厂子里一点儿火星都不能见。别让我看着火儿，让我看着火儿就是纵火罪……"

长巨细心，手里拿着小本子将杨青云的话一一记下。

"看门儿的找好没有？"说着杨青云又转头问金田，金田忙说安排的是庆山和保田。"庆山和保田？好，让他们接着看门收条，没有条子一个车也不能进，一个车也不能出！金田，我给公安局说好了，过几天你到警犬基地弄几条狼狗，就说我让去的。记着别要大的，要小的，狗要从小养，要不喂不熟。长巨你叫人焊几个大笼子，一个角上一个。"

金田忙点头说好，杨青云又问长巨："我听说长新不是玩儿狗？他要乐意，让他过来给我喂狗，管吃管住，工资按看门算！"

看着杨青云指手画脚地在这儿指点江山，李锋只是抿着嘴笑。他没想到杨青云进入角色竟这么快。正想着什么，杨青云掉过头来问他说："领导，是不是协调公安局在我这儿设个点儿？大门口的警卫室不是有两间吗，一间我给他们。你得让派出所给我派几个协勤，工资厂子里出。"

"好，这不是问题。"李锋说。

杨青云又对长巨说："警卫室外面重新刷一下，你去镇上看看派出所怎么弄的，量好尺寸，咱们一定要跟他们一样，以后咱这就是一个警务亭！"

一边说着，一行人来到会议室。说是会议室，其实只是几个人共同办公的大房间。大家坐下来，杨青云又开了一个小会。

04

“先说安全方面，副厂长轮流值班，晚上每两小时定时巡逻。人员不够再补充。长巨你是副厂长，厂子这边的事儿先抓起来。长巨管内，金田管外。现在外面没什么事儿，金田盯着把二期工程弄好。厂建好了要招人，长巨金田你们合计合计，都用什么人，用多少，计划赶紧报上来，不能总这么空着。会计、出纳、验级的、装卸工、看门的、食堂、内购、外销、电工、司机等等，都得要，要找干过的，有经验的，把单子列清了，记下没有？”杨青云有条不紊地说着。

长巨和金田点点头，杨青云喝了口水，从口袋里掏出烟，刚要点，突然意识到什么，将烟放下：“这烟火的事儿我就不再强调了，发现一次，罚款两千，定纵火罪。举报人奖励两千。我重罚重赏！好了，人员的事定了咱们再商量设备的事。打包机、回潮仪都已经有了吧？运输工具呢？内部运输，还有外部运输。另外还有消防设备、安保设备，这些都要到位。这些事儿金田你抓起来。要买什么，用多少钱，你给我个数。要定制度。人员制度、管理制度，还有伙食标准。在厂子里上班，一天三顿我管饭，每天要有肉，骨头不能扔了……”说着说着，又问长巨：“你订的牌子做好没有？”

“还得三天。”

“嗯，别忘了九月初八开业，到时候省市里县里的领导都要来，电视台也要来。还有，派几个人去撒撒广告，别说酒香不怕巷子深，要让人家知道咱们这儿有棉站，这事儿金田你管。咱们县，周边几个县，棉区挨村都贴上，这样人家才能知道咱们嘛。”

一席话事无巨细，安排得滴水不漏。

会后，杨青云请李锋和韩冰到自己办公室坐了一会儿。这间办公室是按照杨青云在省城的办公室样式装修的，简洁大方，只是两排书架还空着。棉业公司办公室启用以后，他把自己原来镇上两间指挥部办公室让给了陈小西。搬离镇政府大院那天，杨青云特意去给许燕来道了个别，遗憾地说：“再来听你现场讲历史课恐怕就没那么方便了。”许燕来见杨青云要搬走一副不舍的样子，杨青云心里也很难过，嘴上却笑着说：“我一定会常来的。”

杨青云和李锋坐下来，开始详细商量计划开业的安排。

“开业的事儿县里有什么安排没有？”杨青云问。

李锋笑道：“别忘了你才是主角，我、韩书记和罗县长都只是个搭台的，戏还得你唱。”

杨青云叹了口气说：“钱呗。按照预算，开业以后敞开收购，每个月至少得五百万流水。算下来总投资额度至少三千万以上。旅发大会的支付周期到了，我最近钱上紧，二位得帮着我看县里能不能帮着解决一部分。”

送走二人，杨青云给罗建华打了个电话，顺便提了一下旅发大会资金支付的事儿。罗建华说没问题，杨青云说：“要干就干大的，棉业公司的流动资金我已经筹措了一部分，如果你能帮我解决一千万最好。”罗建华说：“听说山东皮棉市场比较成熟，都是农发行的贷款，有合同就行，也不要什么抵押。咱们这边不行，我问过信用社，超过九十万就得市里批，还必须得有抵押物，我看能不能再想想别的办法。”

知道罗建华所说的一千万一时半会儿落实不了，有了刘五经的八百万，再加上通过李锋借到了两千万，短时间的周转不会有大问题，因此杨青云也没紧逼着罗建华催钱。

几天过后，清风棉业有限公司开业典礼正式举办。省市领导、县长书记以及县里的各路人马都赶来祝贺，河东棉花市场也来了不少老板。杨青云单独派人给苏万春下了请帖，不想他正出差在外，说一定会想办法赶回来。

省电视台的记者们对着白底黑字的“清风棉业有限公司”牌子咔咔拍个不停。工作人员全部穿上了整齐的工装，长巨带着老三、青江、王多余等人在门口点鞭炮，放鸽子，全村每家每户也都收到一份礼物。

开业这天下午，所有人员上岗工作，还象征性地收了几车籽棉。

一车棉花从进门领条试轧，到定级、过秤、入库、回皮、出门，凭一张进门单子流水线一样下来只需十几分钟的时间，凭入库单就可以到财务领钱了。送走领导，杨青云亲自带着长巨和金田对第一车棉花进行了全程跟踪，直到入库。记者们也进行了全程录像。在最关键的定级环节，高价从山东请来的师傅用牙咬棉籽，将棉花在手里撕了撕，竟与机器轧出来的出棉率和含水率完全一样。杨青云私下对长巨说："一定要把这个学到手！"

由于事先宣传工作做得好，主管销售的金田又在第一时间掌握着山东市场的收购价格，根据买方价格，杨青云定出了自己的收购价。他定价的原则是跟随市场变化波动，在保证利润的情况下，始终比走街串巷的贩子高五分钱，鼓励棉农自己到棉站交售。根据当时的行情核算下来，加工好的每斤皮棉至少有两毛多钱的差价，如果购销工作能流畅地进行，这部挣钱机器会马不停蹄地运转起来了。

清风棉业的收购价格很快吸引了一批棉农，四里八乡的农户开着农用车将棉花一车车送了过来，看着络绎不绝的售棉车队，杨青云的心才终于踏实下来。

开业过后没几天，苏万春才匆匆赶到。苏万春对清风棉业的专业化程度表示赞赏，到车间看了看棉花质量，问杨青云什么时候签正式合同。杨青云请苏万春多做指导，并提供详细数据，第一笔合同便正式签订了。

下一步，杨青云需要做的事情是抓住机会大量收货，并根据订单加工皮棉。

然而，生意做起来却没有这么简单。很快棉业公司就遇到了一个大问题，没过几天，突然间没人到棉站来卖棉花了。一调查才知道，虽然提高了收购价，那些沿街串巷的山东贩子也提高了收购价。

"这帮人跟咱们打起了价格战！"杨青云告诉长巨，"咱们也提价。"

提价之后，让杨青云沮丧的是还是没人来河西交货。杨青云这才知道，那些棉贩子又跟着提了价，而且他们的价始终压着清风棉业走，杨青云火儿了："再提！"

半个多月过去了，双方道高一尺魔高一丈地涨价，最终利润只剩下五分钱。再涨价就可能赔钱了。杨青云杀红了眼咬咬牙："涨！再涨三分，不挣钱我也收，拼不败他们咱们就别干了。"

如果贩子再涨价，加上人工运费就赔钱了。棉贩子都是精明的小生意人，肯定不会这么干。杨青云暗笑，这下自己可以稳坐钓鱼台了。只要把这些贩子们的气焰打下去，市场就是自己说了算了。

哪知道，一连四五天过去，不但没人来卖棉花，那些棉贩子收棉花的车像是故意气他似的，穿梭似的一辆辆从公司门前开过。杨青云感觉情况不妙，派人下去打听一下才知道，自己涨了三分，河东市场的收购价涨了五分，河东河西隔着大运河打起了擂台。

价格是自己争上去的，自己酿下的苦酒得自己喝。杨青云决定调整战略，他派长巨带人去各棉区设点收购，当场过秤付款。哪知道刚去了一天，长巨就垂头丧气地回来了。长巨告诉他说，在棉区贩子们的收购价格比市场价还高。杨青云感觉里面一定有猫腻，告诉长巨去查个清楚。

05

很快事情就调查清了，原来是那些贩子在棉花里做了手脚。这些贩子不但收优质棉，也收劣质的红棉和黑棉。棉花收好以后，他们并不直接销售，而是先拉回家进行加工。

“他们是怎么加工的？好棉和次棉看不出来？”杨青云问。

“兑重滑石粉，有时候也兑重石粉，再过一遍脱粒机，不但颜色看不出来，绒长绒短也看不出来了，这么一加工都是一等棉，而且还能加秤。”长巨说。

杨青云冷冷一笑：“这不是黑心棉吗？”

杨青云话一出口，众人都不再说话了。

根据这一情况，杨青云也制定出了相应的策略。他决定改变收购方式，不再收购贩子交来的棉花，改为直接去田间地头或农户家里收购。随着这一策略的调整，在杨青云的协调下，杨青云托罗建华帮他协调了河西其他几个县市商务局，开始在源头上把控河西棉花的收购工作。与此同时，清风驿省界检查站进驻了一个联合执法小组，开始严厉查处各种贩棉车辆。棉花贩子多是本地趁冬闲想挣几个钱的农民，过省界经过几次查扣，不但不敢再掺杂作假以次充好，他们的收购价格很快也降了下来。

一番举措下来，杨青云成功稳住了河西的棉花收购市场。长巨再带人直接去各棉区收购，工作就顺利多了。收好的棉花一卡车一卡车地运回公司，算下来每天竟能多达上百吨。

杨青云终于长出了一口气，世间诸事，说难也难说易也易，关键是看你能不能找到解决问题的方法。

天慢慢冷了下来。

虽然已过立冬，棉业公司的场面却一天比一天红火。除了苏万春的单子，杨青云按照国储的标准加工出了不少皮棉。这天，苏万春突然打电话，说要跟杨青云见个面。杨青云问有什么事，他却不肯在电话里说。

见面之后，苏万春告诉他，河东市场所有的棉老板都找他兴师问罪去了。原来，杨青云卡住了河西通往河东唯一的通道，导致河东市场资源短缺，这些老板联合起来，决定抵制清风棉业。听说杨青云的棉花都销给了苏万春，这些人找上门来，让苏万春毁掉合同，否则苏万春在河东市场一天也混不下去。

看苏万春忧心忡忡的样子，杨青云笑了："市场不是哪个人说了算的。"

苏万春面有难色地说："生意得做，圈子里的关系我也得处，现在他们都指责我是叛徒。"杨青云想想也是，便问苏万春怎么办。苏万春说："棉花圈里的水很深，但订单是订单，我绝对不会向那些人妥协。不如这样，我表面上答应他们，你这边负责直接打包，我派几个人过来协助，打好包以后直接发厂家。他们没什么证据，也不好找我的麻烦。咱们把这一千吨皮棉的合同完成再说。"

苏万春走后，杨青云犹豫着是不是暂停一下籽棉收购，他的库存已经将近四千吨，加工成皮棉刚够苏万春用。开弓没有回头箭，离开河东市场就得等死？想到这里，他决定派金田去全国的市场转转。

皮棉没有销路，几员大将在家里坐困愁城，村里开始有人议论，有看热闹的，有说风凉话的比比皆是，甚至有几个原本在棉站干得好好的村民提出要退出棉站。

杨青云也愁坏了。直到这时他才有些后悔自己第一步迈得太大。但事已至此，后悔已经没什么用了，当务之急是如何想办法把手里的库存销出去。如何消除河东棉商的敌意，在他们的联合抵制下破局，这才是他应该做的事情。

杨青云硬头皮再次开车来到河东，这一次，他将自己的希望寄托在鲁西棉业身上。

这次来之前他把要说的话都想好了，一定要见到叶永恒本人。一方面力陈合作的种种好处，另一方面要坦诚相待，只要能达成合作，实在不行价格低一点也卖。只要和鲁西棉业达成合作，就绝不再受那些棉老板的气。在这之前，他早已经打听清楚，叶永恒是一个很注重游戏规则的人。

没想到来到鲁西棉业，杨青云只见到一个副总，就是原来将他们拒之门外的那个人："见我们老板？老板没时间见你。"

对方话仍说得很硬。

"叶老板不会又不在吧？"杨青云耐心地赔着笑。

"没空，"对方一边忙着，正眼也不看他一下说，"玩狗去了。"

"那我跟您说说？你看，我那边大批量地送过来，质量、数量可以保证，而且比贩子们价格低，你们省了多少事……"

"我做不了这个主，你别在这儿费劲了。"

"这样吧，我再给你压二分钱，我现在有几千吨库存，随调随到……"杨青云又让了一步。

"河西不都是让你霸住了吗？你收啊，接着收，今年你别想在河东卖一两棉花。"对方拿腔拿调地说。

"那我见老板总可以吧？"杨青云仍是不急，说着又递上一根烟，对方看也不看："没说吗？不在！你这个人听不懂是不是？"说着竟硬生生地将杨青云推出门来。

杨青云哪经历过这种难堪，却又不敢发作，只好小心地从办公室退出来，将门带上。走出鲁西棉业大门，杨青云强忍着没让眼泪流下来。难道真是这些山东人联合起来跟自己打擂台了？应该不会呀，他早已断定这些棉老板都是目光短浅唯利是图的人，难道他们真会联合起来向自己发难？不会，肯定不会。

生意场上从来没有永远的朋友，也没有永远的敌人，只有永远的利益。

望着慢慢沉下的夕阳，杨青云在冷风中打了个哆嗦，同时一个主意在心里拿定：自己必须得想办法见见叶永恒本人。

06

众人从鲁西棉业出来，时间已是中午。杨青云没有马上回到河西，而是留在棉站旁边的小饭店简单吃了个午饭。

棉站里三三两两的人出来吃饭，杨青云旁边的桌子上，一个四十多岁的中年人和一个六十岁左右的老头正在喝酒，只听见中年人叹了口气说：

“二哥，河西的棉花过不来，今年的合同怕是完不成。”

老头也叹了口气：“是啊，咱们这边没有那么多棉花，有一半多是从河西过来的。”

中年人说：“老板也着急了，合同完不成要罚款，说过两天要去河南调……”

听到这里杨青云已经放心了大半，他静了静气，笑呵呵地凑过去问：“我是河西那边的，怎么我们那边儿没人去收了？”

“你们那边被人霸住了，有人想吃独食儿。这边几个厂都说好了压他的价。”中年人回答说。

“哦，原来是这样。我说呢，我以为咱们这边都不收了呢，还是咱们这边收的价高。”杨青云说，说着又问，“河西的棉花过不来，你们的合同怎么办？”

“合同？没等我们撑不住，那边儿就撑不住了。”中年人得意地笑了一下。

“那边的棉花过不来，也够着急的，老板们都到河南陕西调棉花去了。”老头说。

“河南价低？”杨青云问。

“听说那边的价低，可运过来也是钱啊，那天算了算，算下来比这边还高六分钱呢。唉，这么耗下去对谁也没好处啊。”老头有些担心地说，却又警觉地问，“你是河西的？”

杨青云点点头，老头又问：“家里有棉花？你放心，过几天他们就撑不住了，早晚得卖给我们，我们这边还得有人去收。”

杨青云冷冷一笑：小聪明！听到这里他心里已经有了主意：看谁先撑不住！打不败你们，我枉做这么多年生意了！

回到河西，杨青云开始了新的计划：虽然没有销路，他决定赌一把大的。收购不但不能停，而且还要加大力度。他让金田、洪强等几个跑外的人都回来帮着长巨接着收棉花，公司不但要占住清川的市场，而且连相邻几个县的棉区也要牢牢占住。这么大的收购力度没有大量的资金支持肯定是不行的，资金他事先已经解决好，他以个人名义从建瑞公司借用了三千万工程回款，又托李镇长周转了一千万资金，同时又通过罗建华找到县信用社马主任，通过马主任跟各地农村信用社联系，由清川县信用社担保，棉区几个县直接向售棉户发放信用社的定期存折。

又疯狂地收购了一个多月，转眼就要到元旦了，经过这一个多月疯狂收购，河西棉业公司的库存已经达到一万多吨，十来个棉垛堆得跟小山似的，每天晚上几个大探照灯将厂子里照得亮如白昼。杨青云还是只收不卖，也不见他有什么销售计划，金田和长巨有些沉不住气了，好几次张了张嘴都想问问，却也没敢问。李锋也坐不住了，他到棉站来过多次，一开始还能见到杨青云，到后来竟然连他的影子也见不到了，打他的电话竟然也打不通。

见状李锋也慌了。

其实杨青云哪里也没去，他是又到河东为自己的库存找销路来了。

杨青云心里比谁都清楚，再这么无休止地耗下去大家都是两败俱伤。要想把自己的库存盘活，还是离不开河东这个大市场，自己跟河东这些棉老板的擂台虽是打定了，但怎么让他们心甘情愿地把自己的棉花高价买走，这才是自己要完成的任务。

杨青云一身休闲装束，戴着棒球帽，牵着两只格力出现在一个熙熙攘攘的赛狗场里。杨青云早就打听清楚，这个狗场是酷爱养狗的鲁西棉业老板叶永恒个人兴建的训练场，这两只纯种格力犬是他一个月前托朋友专程从陕西的黑市买回来的。

说是狗场，其实跟常见的运动场差不多。红色的橡胶跑道，中间是空地，唯一不同的是空地中间有一个类似钟摆的装置。这是专门用来驯狗的电兔子。按动按钮，电兔子就会围着跑道奔跑，群狗疯狂地追逐，用以训练奔跑能力。由于有钱人养细犬成风，叶永恒雇了几名驯狗师进行专业训练，其他人缴纳一定的费用，也可以让自己的爱犬在这里训练追逐。因此，这里成了那些棉老板的私人俱乐部，也成了他们夸贵耀富的地方。不管谁得了好狗，自然先要带到这里炫耀一番。

杨青云牵着一黑一白两只纯种格力一出场，果然吸引了所有棉老板惊羡的目光。懂行的人一眼就能看出这是两只纯种的澳洲格力。它身体宽大，背部结实。细看头部，细长的头骨，深深凹入且健壮的颚。双耳如削，小而薄，稍稍下折，头盖平兀，眉头显得并不十分明显。再看四肢，长且强而有力，大腿部肌肉发达健壮。足指尖长，结实地紧靠在一起，关节隆起类似兔子脚，肉趾强韧。这都是澳洲格力典型的征状。这两条狗的身材略比普通细狗稍大一些，被毛细致密实，透着油亮的光泽，一看就知道是主人精心喂养照料周全。两条狗椭圆形的小眼睛发着幽幽的暗光，刚从车上下来就狺狺地吐着长长的舌头，显得很不安稳。这些玩狗的老手呼啦啦围上来，啧啧称赞。

杨青云故意压了压帽檐儿，用力收着手里的皮套，谦虚地笑着向人介绍着这两只爱犬的来历。人群里有几个曾经见过面的，他不愿意让他们认出自己来。

尽管一开始有些不适应，但两条格力很快就适应了这里的气氛。杨青云有一搭没一搭地回答着人们的问话，却只是谦虚地说：“我不怎么懂，就是爱玩。听说这里有个场子，过来见识见识，也算是以犬会友吧。”

正说笑着，一个粗壮的声音在人群外面喊道：“在哪里，让我看看！”杨青云一抬头，就见人群呼呼啦啦闪开一条缝隙，一个精壮的中年汉子挤进来。

“好狗！”未及跟旁人说话，他先喊了一声。这时，有热心人介绍，说这就是场子主人叶老板。

杨青云心里动了一下，却不动声色地看了看这个自己费了半天劲都没能见到的人，微微点了点头。

07

叶永恒中等身材，平头，黑皮肤，声音稍有些沙哑，穿着随便却很是讲究。手里正牵着几只体形稍小的猎狗。杨青云仔细看了一下，不由也吃了一惊，这几只身材稍小的细狗全都是纯种灵缇。

叶永恒将手里的皮绳交给旁人，蹲下来拍了拍杨青云这两条格力的头，又用手拃着比量着身高和体长。一黑一白两条格力不安地动了几下，叶永恒笑着对杨青云说："兄弟，这可是真正的澳洲格力啊，撵兔的一把好手！要论血统，除了我从意大利带回来的那条灵缇，谁也比不上它！"

杨青云笑了笑："你这几条灵缇也不错。"

"可惜不是纯种的，"只见叶永恒拍拍手站起来叹道，"这是他们刚从土耳其弄回来的，说到底还是串子。要说纯种，还得是意大利的。"

说着他又蹲下身来，像抚着孩子一样，爱惜地抚摸着杨青云的两条格力，一副爱惜的神情溢于言表。"如今这样的好格力真是少见。看，一根杂毛也没有，我在关中也没见过这么好的犬。"见众人有些不明所以，他也不解释什么，又掰开一条格力的嘴巴看了看。那狗只是呕呕地叫了两下，并不咬人。

叶永恒撇撇嘴摇摇头说："可惜呀，可惜。"

众人就问怎么了。叶永恒说："兄弟你一定玩狗时间不长，这么好的狗没跑出来，真是可惜了。不过，我看着牙口还行，再不练可就跑不出来了！"

"我不懂狗。"杨青云还是谦虚地一笑，"今天过叶老板这里来，就是长长见识学学门道。要说真正的好细狗，还得是咱们这儿的长毛。能跑能咬，那才是真正的好狗。这些外国货比起来，终还是差着一截儿。"

"还说不懂狗！"叶永恒眼前一亮，"兄弟，你是个真懂狗的人啊！"说话间已经拉住杨青云的手，"别看我这儿这么多爱狗的，都是叶公好龙，怕是知道长毛短毛是好狗的也不多！他们都知道灵缇格力好，要说真正的好细狗，还是咱本地的长毛短毛，就连关中细狗也比不上！唉，这洋狗一进来，咱们这土狗啊，唉，说了他们也不知道，真正玩狗的都知道，一条好长毛，顶三四条纯种灵缇！”

叶永恒一席话说得众人有些不好意思。见一提起狗叶永恒就像入了迷，倒天真得像个孩子，完全不像一个叱咤风云的大老板。杨青云暗暗一笑，知道自己第一步算是走对了。正想着，叶永恒亲切地拉着杨青云："来来，兄弟，你能到我这儿来就是缘分，进门就是一家，今天咱哥俩儿算是认识了。别在这儿跟他们泡着，没什么意思，走走走，到我那边坐坐。"

说话间叶永恒也不理旁人，拉着杨青云上了他的大越野。这是一辆经过改装的丰田越野车，后座全部拆掉，只留了驾驶和副驾驶。显然，这是主人放狗撵兔的专用车。他将杨青云直接拉进一个大四合院里。院子有三四亩地大，迎门是一座假山，水池里的水结了冰，两排高大的法国梧桐叶子已经全部落光。假山后面是一栋四层别墅。他们没有进别墅，而是直接来到别墅后面一栋二层小楼。

还没进门，就已听见群狗狂吠。两个人从车上跳下来，叶永恒拉开房门，杨青云不禁呆了：这简直是一个狗的世界。装修豪华的二层小楼里住的全是狗！

"我这也有两条格力，跟你那个自然是没法比。对了兄弟，你把它放这儿，我保管驯上一星期，就能出去撵兔了。一般这么好的狗都舍不得撵兔。万一受个伤什么的，心疼啊。"

叶永恒说起狗来滔滔不绝，又指着进门房间里卧着的一条黑白相间的狗说："这只灵缇是我十九万买的，兔子没抓了一个，头一次放出去就把腿栽断了。"

二人一进屋，群狗都伸着长长的舌头不安地狺着，突然一只身材高大的黑细犬猛地向他们扑过来，叶永恒一个不及防，脚下一滑竟被一下子扑倒在地上，连人带狗摔作一团。杨青云赶忙去扶他。一把没拉住，叶永恒嘴角像是磕在了什么地方，他从地上爬起来，顾不上看自己，先是不安地看看摔在地上的狗，见没事方像个孩子似的笑了，骂道："老黑，你小子就不知道老老实实！扑扑扑，有本事我带你出去遛遛，你给我多咬几个……"说着，接连吐了几口带血的吐沫。

叶永恒好狗是人所共知的事儿，但杨青云没想到竟是如此的痴迷。见叶永恒嘴里仍是血流不止，杨青云递过一张纸巾。叶永恒也不接，他跑到水管处喝了一口凉水，哗哗地在嘴里漱了漱，然后吐掉，笑嘻嘻地对杨青云说：“妈的，这老黑见了我就扑，扑倒我好几次了。”

尽管话是责备，但言语之间难掩流露出来的骄傲。他拍拍这个，又跟那个说两句话。然后上到二楼，指着一条血红色的长毛猎狗得意地说：“看见没兄弟，这只长毛是我从小养大的。我敢说它是全山东最好的长毛，跑起来那真是……从没失过手。我带着它赛那些关中细狗，一场下来赢了他们六十万……有个关中老客给到了我一百四十万，我都没舍得给他……”

杨青云仔细地看着，心想这大概就是他那条名震江湖的长毛吧，便多看了两眼。这间狗舍与众不同，地毯，单独的空调，桌子上放着只奖杯，墙上挂满了人和狗的照片。墙角挂小音箱，正放着音乐。门后有一张折叠床，指着那张小床叶永恒不好意思地笑道：“那是我睡觉的地方。”

逐一向杨青云介绍完自己的爱犬，叶永恒才带着杨青云出来。杨青云不禁暗自佩服起来，心想养狗能痴迷到这个程度，此人定有他与众不同的一套。来到院子里，叶永恒指着几辆改装过后的老式北京吉普说：“看见没兄弟，真正放狗，还是吉普好用！”

“哪天跟着老兄你出去放放狗？”杨青云笑道。

“好啊！这真是太好了，过半个月我这里就有个活动……兄弟你能住下不，在这儿待几天，到时候你这狗也驯出来了……你舍得不？”叶永恒兴奋地说。

杨青云忙说：“看老兄你这话说的，我这人没什么别的事儿，就是爱玩。抽时间还得向老兄你多讨教讨教呢！”

“那你就多住几天，咱们兄弟好好聊聊！”叶永恒拉着杨青云进屋，“你随便点儿就行，那些关中老客，天南海北的，他们都到我这儿来！我这人就是好客！”

杨青云脸上一笑，心里却叹了一下：你哪里知道，我找了你多少次，竟然连个面儿都见不到。

接着杨青云果然就在叶永恒这儿住了下来，两个人竟是越聊越投机。他们每天不是在狗场驯狗，就是开着越野去地里纵狗撵兔拉练，也不见叶永恒过问生意上的事。叶永恒对他的身份也没有过多追问。中间长巨打过来几次电话，杨青云都是悄悄接的。长巨说山东有几个棉老板过来了，说要分一些库存，给的价格也可以，问要不要卖给他们。

“不卖！”杨青云几乎想都不想地说，“这不是我求着卖给他们的时候了，烂到库里也不卖给他们！”

刚挂了长巨的电话，金田又打电话过来，劝他说：“做生意不是置气，能卖就卖吧。老板你在哪里？”

杨青云就有些不高兴，对他的指令长巨向来都是言听计从，金田却总要问个为什么。杨青云说：“别管我在哪里，没我的话，该怎么收怎么收，一两棉花都不能卖！”

望着厂里堆积如山的棉花垛，金田和长巨只是苦笑。收了也不卖，眼见库存越来越多，谁知道老板唱的这是哪出戏？

第十六章　快车道

01

杨青云近一个月没在棉站露面，眼看就要过年了，这可把大家全都急坏了。

信用社马主任几乎天天坐在他办公室里找金田和长巨要人，找不到人又到镇政府去找李锋。一开始李锋还有耐心，后来他也烦了，摊摊手说：“马主任你别老缠着我好不好？你找他到棉站去找啊，他是我们拉来的投资商，你又没把他交给我。”

马主任脸色煞白地说：“李镇长，你还不知道吧，我已经给他开了四千多万担保了。”

“这是怎么回事儿？”李镇长一听也慌了，忙问。

马主任想了半天，才将信用社为杨青云做担保的事告诉了李锋。

听马主任说完，李锋叹了一声：“我说呢，他这么收，哪来的那么多钱？真是越玩儿越大了！走，我带你去棉站看看。”

听到马主任的话李锋也慌了。杨青云不跟他商量就敢这么干，如果万一出点儿什么差错……他没敢再往下想，如果这个生意做砸了，这四千多万意味着什么他心里都清楚，更何况杨青云还通过他周转了三千万。

问了问看门的清华，才知道如今坐镇棉站的是金田，长巨又带人下去收货去了。看着厂子里几大垛堆得小山一样的库存，仍有一车车棉花源源不断地运进来，李锋和马主任的冷汗都流了下来。

见到金田，只见他头也不梳，正带着一帮人在验级。李锋悄悄叫过金田，问起杨青云的去向。暗中他却向金田使个眼色。金田会意，忙说："老板出差了。"

"去哪里了？"李锋问。

"不知道，老板的事儿我们都不敢问。"金田不卑不亢地说。

李锋心里称赞金田的机灵，嘴上却说："这个老杨，把这一大摊子扔下出的什么差啊！金田啊，这是信用社的马主任，过来找你们老板有点儿事，要不你先忙，我们随便转转。"

"别，领导来了，我陪你们，马主任我们早就认识了。"金田说。

说着，他交代几句工作，陪着两个人在厂子里转了一圈。

"有多少库存了？现在价格怎么样？阳历年前后可得抓紧啊，现在都急着走合同。"李锋装模作样地问金田。

马主任不知底细，待了没一小会儿接到电话走了。等他走后，李锋才一脸急切地问："金田，守着马主任我没问你，杨老板电话也不接，这到底怎么回事儿？"

金田说："我也不清楚。老板走的时候这么交代的，有时候我们联系他也联系不上。前几天倒是打了个电话，说不让卖，还得照收。"

李锋真急了："收收收，都存了多少了还收？我就不知道他葫芦里卖的什么药！马主任那边快撑不住了！我给他打电话也打不通，你联系上他让他马上给我打电话！"

说着，一甩手气呼呼地转身走了。金田回到办公室，忙一遍遍拨打杨青云的手机，却发现呼叫都转移到了秘书台。他焦急地转来转去。就在他不知如何是好的时候，杨青云的电话打回来了。电话里也是一副急匆匆的语气："我现在在山东，你跟谁也别说。现在库存有多少了？"

金田说："马上就一万五了。"

"这些不够，还得再收。厂子没停吧？"杨青云问。

金田告诉杨青云厂子一直没停，长巨正带人在下面收，杨青云说声好，这时金田才将李锋带马主任来的事儿告诉了杨青云。

杨青云给李锋回了个电话。

接到杨青云的电话李锋急了："杨总，你这是玩失踪啊？只进不出，这是唱的哪出戏？可把人都急死了！你在哪儿？马上给我回来！"

杨青云笑而不答，过了半天才说："领导你先别急。过不了几天，我能把所有的库存都清完。"

"我怎么听说人家上门来买你都不卖给人家？"李锋责问道。

杨青云哈哈一笑："他买我卖，这生意做得还有什么意思？他们忘了当初我送上门都不收的时候了。"

"杨总，我可得提醒你一句，做生意可不是置气！这事儿你可别给我玩大了，到时候都兜不起。马主任几乎天天缠着我要找你，我还替你瞒着呢。"

"你们就放一万个心吧兄弟，我这里马上就有大动作了，现在还不是时候。如果有办法，你再帮我解决一千万。"杨青云呵呵笑着挂了电话。

通完电话，李锋心里踏实了许多。虽对杨青云的话将信将疑，看到清风棉业满垛的库存，他还是硬着头皮又帮杨青云周转了一千万流动资金。

直到大年三十这天，杨青云才顶着巨大的压力，两手空空地回到清风驿。

之所以直到大年三十才肯回来，是因为杨青云这些天一直没有什么实质性的收获。尽管在李锋面前吹下了大话，眼见过年一天天临近，最心急的人是杨青云。虽然找到了方向，他也知道下一步该怎么做，但他始终感觉机会还不成熟。

杨青云知道，自己需要做的事情是等。

回到清风驿的这天早晨，天冷得出奇，杨青云来到棉业公司门外，喇叭按了半天，才听见里面有所动静。

"谁呀谁呀，大过年的也不消停消停。"说着，早被招来当门卫的清华将铁门打开一道小缝。自李校长去世以后，杨青云特意给清华安排了一份工作。

见是杨青云站在门外，清华愣了："老板……是你？"

杨青云哈着白气呵呵地大声笑了："怎么了清华哥，我不能回来？"说着，他回身从车上拿下两条烟扔给清华。

“这大过年的，该走的都走了，谁不回家守着老婆孩子？”清华一边自言自语说着，一边慢吞吞地从腰上拿下一串钥匙，费力地打开临时加上的链条锁，回屋再将电动门缓缓打开，“你这是从哪里来呀，老板？长巨他们刚走。”

杨青云将车开进院内，落下玻璃喊：“清华哥，今年这个年我陪你过！”

清华一脸诧异，却不敢多问，回屋将推拉门缓缓关上，又将链条锁套上去锁牢。

“我车上有酒，有猪头，还有烧鸡，你都搬下来。”说着，杨青云将车靠边停下，打开后备厢给清华指了指。第二天一早，杨青云带着清华到县城买了一些日用品。杨青云有意无意地告诉清华说：“这一年到头忙得我啊，哪儿也不如咱厂子里清静。”

“你们是做大事儿的人，都愿图个清静。我们这些人就不行，我们都好热闹。尤其是上了岁数，哪里热闹爱往哪里钻。”

回到厂里已经快中午了，清华将杨青云带来的熟食切盘，将茅台酒倒进一只已经看不出颜色的锡酒壶，炖在炉火上，二人坐下来围着小火炉开始喝酒。

清华刚才那句话触动了杨青云，他心里一酸，人生在世，谁不愿意热闹呢？他心里不舒服，嘴上却不说。“来来来，清华哥，咱爷俩儿干一杯。这可是正儿八经的茅台，没喝过吧？”说着杨青云一饮而尽。

酒热得烫心。

“老板，跟着你吃香的喝辣的，这是享福啊。虽然按街坊辈我得管你叫叔，打你小时候起就跟着我爹上学，天天长在我家里。我爹总夸你，说你是咱村最聪明的学生。”清华一喝酒就话多了。

清华提到了李校长，杨青云心情突然坏了。他默默地站起来，走出屋子。

02

雪花不知在什么时候纷纷扬扬地飘了起来，一片片冰凉地落在他头上、脸上。也许是刚喝了酒，杨青云感觉胸膛里烧得难受。深吸一口冷气，杨青云将胸前的扣子解开。一阵透骨的凉风钻进来，刺得他打了个冷战，心底却是一股前所未有的通透。

见杨青云不说话突然出去，清华以为他去方便。见他半天不肯回来，出来一看，才发现他正在雪地里站着。他忙将杨青云拉回来说："怎么在这雪里站着？"

"别拉我，清华哥，你让我站一会儿。"

"你呀，就是性格太强，从小就这样，不管你对你错，都不肯认错。还记着小时候你爹说你，你不服气，把你红屁股蛋子都打肿了都不改嘴……"说着，清华连扯带拽将杨青云拉回屋内。

热气扑面，杨青云才发现自己失态了。他擦擦眼睛说："不喝了，不喝了。听说你棋下得好？咱们杀一盘？"

"杀一盘，杀一盘。"清华忙从床下取出棋盘。

一盘棋还没分出胜负，杨青云已经睁不开眼了，他不好意思地说："清华哥，我醉了，你扶着我上楼睡会儿吧。"

清华一边扶着杨青云上楼，一边自言自语道："唉，咱们这人啊，一辈子有什么意思呢？"

杨青云其实没醉，他清醒得很，只是心里难受。清华笨手笨脚地将他扶到床上，打开空调，拉上窗帘并关灯离去，黑暗中杨青云抹了一把脸，才发现自己已经泪流满面。

接下来这几天，他和清华喝酒吃肉，下棋抽烟，短短几天时间也就过完了。

年前年后这段时间，许燕来和韩冰都给他打了无数次电话，杨青云一个也没接。他只是告诉金田和长巨说，公司要想尽一切办法挺到年后。

杨青云说让公司想办法挺到年后是有原因的，他已经成功地跟叶永恒交上了朋友，而且还跟他一起出门赛了几次狗。通过这段时间的接触，他已经摸清河东市场的虚实，也了解到每年开春是皮棉交易的黄金季节，既然自己砸进去那么多资金，他等的就是这一天。在最困难的时候咬咬牙挺过去，他一定要把握最合适的机会。

刚过完年，杨青云没跟任何人打招呼又立即赶赴了河东，他已经和叶永恒约好，两个人一起开车去参加一年一度的元宵赛狗会。

那是一个笼罩着薄雾的早晨，杨青云一大早就被叶永恒叫醒，胡乱吃了几口饭，将自己的两条格力牵到叶永恒的越野车上，只见老黑等六条细犬早已经候在车上了。

来到集合地点一看，早已经有几十号人等在那里，手里都牵了一到两条细犬。叶永恒到场，一声令下大家分乘几十辆越野车，浩浩荡荡地出发了。

眼前是薄雾笼罩下的广袤的鲁西平原，清冷的空气里透着浓浓的地腥，麦苗已有二寸多高，太阳出来薄雾散去，视野一片开阔，正是放狗撵兔的好时节。

第一次参加这样的活动，杨青云心里有些兴奋，看着身后几条细犬狺狺地伸着舌头，车前车后人喊狗嘶，杨青云有了一股金戈铁马沙场点兵的感觉。尤其是自己那两条格力，竟极为不安地撞了好几次车窗，倒是叶永恒那几条狗像是见惯了这种场面，显得稍稍有些安静。来到捕猎地点，叶永恒递给杨青云一根竹竿，车门刚一打开，它们就迫不及待地跳下车，硬扯着向野地跑去。

此时，藏在草丛中的兔子早就被吓得魂不附体，众人手持木棍，向草丛挥去。眼看再不能藏身，野兔猛地蹿出来，向远处逃奔。霎时，所有主人都放了缰绳，细狗们像脱弦之箭，直飞野兔而去。

高旷的台地，平坦的原野，广袤的河滩，百十只矫健如飞的细狗，几百名形态各异的鲁西汉子，汇集一处，围截追捕，山呼海叫，杨青云紧紧跟在叶永恒后面，那场景，那氛围，激动人心，蔚为壮观，他甚至都忘记了此行的目的。

野兔是智商较高的兽类动物，它的生存绝技是繁殖快、跑得快。在细狗的追捕下，拼死一跑是它的唯一生路。这是拼命的逃亡，它忽而高，忽而低，忽而左，忽而右，快似闪电，欢畅淋漓。以它为焦点，数十、上百条细狗，一线儿拉开，疾如闪电般在田野上追逐、奔腾、跳跃，伴着人群的大呼小叫，不知不觉已是中午。

大家聚在一起吃饭。午餐是早就准备好的凉水馒头，查点下来，老黑不愧是鼎鼎大名的渭北细狗，一个上午竟捕了六只兔子，在上百条狗里夺了头牌。叶永恒的一只小长毛虽然刚训练不久，也捕了两只，另外四条灵缇也各有收获。比起其他人来说是战果辉煌。杨青云的格力虽然是名犬，但由于经验缺乏，每条只捕到两三只，但这已经足够他开心的了。

“下午还有一番厮杀。”叶永恒大口大口地嚼着嘴里的馒头，“怎么样老杨？过瘾吧？”

杨青云笑着说：“我从没这么开心过。”

这时，有人过来向叶永恒要药。“怎么，伤着哪儿了？”叶永恒一个骨碌从地上起来，忙回车上拿了药，然后跟着那人走了。不一会儿回来，说：“腿上蹭了点儿，无大碍的。”这时杨青云才知道，受伤的是狗。

叶永恒坐在杨青云身边，不无担心地说：“跑这一次，总有一些狗受伤，这是最难过的事儿。下午你尽量收着点儿。碰破头摔断腿是常有的事儿。”

杨青云点点头。下午他有意收着格力的缰绳。然而最让人担心的事儿还是发生了。天色将黑的时候，老黑一不留神栽到井沿上，栽折了两条前腿。杨青云见叶永恒的脸色马上变了，他扔下手里的东西跑过去，一把将老黑搂在怀里，眼里满是绝望地又将老黑轻轻放在地上。

见他如此伤心，杨青云忙递过一根烟，叶永恒却是不接，只是低低地说：“怕是要废了。”老黑呜呜地哀嚎着看着自己的主人，挣扎了几下却又摔在地上。杨青云看叶永恒眼里都有了泪花，忙上前劝他。只见他抹了抹眼睛苦笑一下：“没事儿，这是常有的事儿。没想到第一次就栽了。如果不伤，它至少还能咬两三只。”

“接不上吗？”杨青云问。

“接上也废了，不能再跑了。”叶永恒说。

看着他黯然神伤的样子，杨青云心里也一阵难过。两个人从车上拿来担架，将老黑抬回车上。杨青云想了想说：“我有个朋友是骨科医生，看看能不能想办法接上。不管怎么说，先接上再说吧。”

“接有什么用！”叶永恒火儿了，又觉得自己发火儿有些不对，苦笑了一下说，“兄弟你不知道，我最怕这个……”

回到家里，禁不住杨青云的苦苦相劝，两个人连夜开车拉着老黑去了省城。杨青云的这个朋友是国内有名的骨科专家，但给狗接骨还是第一次。杨青云将事情跟他说了，他说："接骨不是关键，主要是恢复神经，咱试试吧。"

说着，他摸了摸老黑的受伤部位，用几根水浸过的湿柳条固定住。然后又亲手做了一个类似假肢的东西套在老黑两条前腿外面，才对二人说："这样能够保证两条前腿始终受力，一直保持它神经的运动状态。记着，千万别让它停下来，这样运动神经应该没什么大问题。能不能成功地恢复，就看运气了。"

03

谢过专家，两个人回到山东。叶永恒派专人帮助老黑活动断腿，又在家里专门准备了一桌酒席感谢杨青云。他感激地拉着杨青云的手："兄弟，你这个朋友我算是交下了。老黑是我五十万买回来的关中细。不管治不治得好，你都尽了心了，我谢谢你。"

杨青云微微一笑："老兄，你这么客气就见外了。"

这天，杨青云到狗舍找到叶永恒："老兄，实在不好意思，我向你告个别。我那边有事儿得回去了。"

"不行不行，怎么说走就走？再住几天！"说着，拉住杨青云的手竟是不肯放开。

"我真得走了，"杨青云无奈地说，"咱们相识一场，这两条格力你挑一条，送给你了。"

见杨青云执意要走，叶永恒没再阻拦："好吧。咱们是以狗会友，兄弟你看得起我，格力我收下。那条长毛叫盖山东，现在整个山东的长毛没有一条比它好的，我送给你。"

杨青云不好意思地说："这么好的狗给我都糟蹋了，先在你这儿养着吧。"

这时，叶永恒才说："兄弟，我看你是个热爱狗的人，咱们两个特别投缘。我冒昧问一句，你是干什么的？"

杨青云笑了，他感觉机会已经成熟了，这才将自己的身份说出来。

听完杨青云的话叶永恒上来在杨青云肩膀上打了一拳："我操！兄弟你怎么不早说！你不用回去了，我这儿正犯愁合同呢，这边收不起来，那边催催催，他娘的，我心想河西什么时候出了个愣小子，把市场都霸住了，敢情是你啊兄弟！行了行了，你别忙着回去了，也别等着年底卖高价了，挣多少是多啊？先支援我一千吨，现款！"

杨青云心里一喜，嘴上却说："这样……也行。"

此时他心里已是百感交集。为了跟叶永恒攀上交情，自己吃了多少闭门羹、碰了多少软钉子！而今孤注一掷地陪着他在这儿斗鸡走狗，家里那边天马上就要塌了。但转念又想，不管怎么说终于等来了这句话，苦苦撑了三个多月终于有了回报，自己应该高兴才是。他长长地出了一口气，心里却在自嘲：如果再等不来合同，自己恐怕真要崩溃了。

杨青云第一时间给金田和长巨打了电话：马上调拨一千吨皮棉到鲁西棉业。此时，在家里坐困愁城的金田和长巨如遇大赦，一颗始终悬着的心才终于踏实下来。怪不得这么长时间不露面，原来老板是跑合同去了。

又过了几天，见杨青云执意要回去，叶永恒咧着大嘴笑道："回个毬！做点儿事儿还用这么费心思，咱们兄弟吃着玩着就把钱挣了，要是整天费那心思挣钱，有个毬用！你就在我这儿好生待着，不就那么点儿库存吗，你放心，哥哥我包圆儿了！"

又在山东玩了几天，杨青云再也住不下去了，见是这样叶永恒一直将他送了很远才分手。回到清风驿，见棉站正在装车。见有一个棉垛已经清空了。听说他回来李锋气喘吁吁地赶过来，杨青云笑着问："你是不是怕我跑了？"

李锋不好意思地笑："做这么大事儿你也不跟我说一声，看不到你的人，我心里没底啊。"

"现在你放心了吧？"

李锋还是一脸担心："剩下的库存怎么办？"

杨青云并不回答。他想起了叶永恒曾说过要把他的库存都吃掉的话，但心里还是有些不安。

人要是顺了什么事儿都能赶上，正在考虑要不要给他打电话的时候，叶永恒的电话已经打过来了："兄弟，你那儿还有多少库存？"

杨青云如实相告："籽棉还有不到两万吨。"

"这两万吨你谁都别卖，都给我了。"叶永恒轻描淡写地说，两万吨棉花在他那儿就像买块糖那么简单。

杨青云不禁担心地问："老兄，你吃得了那么多？"

叶永恒哈哈大笑："钱不能一个人挣嘛！那几个小厂咱们也不能让他们黄了，匀给他们一点儿吧，价咱说了算。市场价再加上一毛，你六我四怎么样？咱们就这个价给他们，这边儿的事儿你不用管，他们收也得收，不收也得收。"

每斤多赚六分钱，两万吨就是四百万，杨青云哪有不答应的道理！过后他想：每斤籽棉多赚四分钱，叶永恒什么事都不费就净赚了一百六十万，虽然自己也多赚了二百四十万，但他这钱来得也太容易了。可是转念一想，如果没有他的帮助，别说这额外多出来的二百多万，就是那些库存压都能把自己压死。想到这里他才感慨般地自言自语了一句："这步险棋还真是走对了。"

只要路走对了，事情做起来也就顺了。一事成则百事顺，打好基础不需要太多努力，一切都会水到渠成，这就是生意。

人生最难是煎熬。有时候你越感觉痛苦，时间仿佛过得越慢。其实时间本身没有快慢，一切都取决于人们自己的感觉。一旦把最困难的时光挺过去，过后便是开河决堤般的一泻而下，时间也立即像是变得快多了。

清风棉业的库存在一个多月的时间内全部清空，又赶上涨价，核算下来每斤籽棉比原计划多挣了近两毛钱。别小瞧这两毛钱，两万吨下来就是将近一千万！保平、金田、长巨、青江、老三，甚至是罗建华、李锋、韩冰和信用社马主任都无一不对杨青云佩服得五体投地，似乎直到这时，人们才领略到杨青云在生意场上与众不同的天赋和好得不能再好的运气。只有陈小西熟知杨青云做事的习惯，面对所有一切始终能够泰然处之。

而在杨青云心中，这笔生意虽然做得惊心动魄，但一切对他来说都是牛刀小试。一是因为在这一行业他只是一个新人，二是这些年在省城类似的事情经历得太多，只不过很多事情没有这次惊险罢了。

库存清空的那天晚上，杨青云让人在厂子里摆了几桌酒席，将所有的有功之臣一一请到棉站喝酒。

长巨端起酒杯来到杨青云身边敬酒：“我怎么感觉跟做梦似的？要是这么做下去，挣钱不跟刮大风似的，天上呼啦啦地往下掉钱！跟咱们老板做事儿真是过瘾啊！火车跑得快，全靠车头带！咱们大家敬老板一杯，明年咱们再接再厉，争取百尺竿头，更进一步！”

说着，众人纷纷端起酒杯。

长巨的话算是一个总结，杨青云没再说什么，他带着金田和长巨挨桌敬酒，一圈酒打下来他已经喝得快站不起来了，杨青云却依旧高声骂娘，拍拍这个打打那个，一片欢声笑语中，所有人都喝得酩酊大醉。

这段时间所有人承受的压力都太大了，也确实需要好好庆祝一下。杨青云内心还有一个小小的遗憾，本来他已经给罗建华许下豪言壮语，要在投产的第一年实现盈利。虽然没能在年前顺利实现目标，但他毕竟终于笑到了最后。

韩冰佩服杨青云面临危机时的沉着冷静，杨青云笑道：“我这根本什么都算不上，有机会我带你见见真正的高人。”

韩冰忙问高人是谁，赶紧让她见见。杨青云心里想的是刘五经，知道韩冰不认识他便说：“等有机会吧，我所有一切都是跟他学的，他才是真正的高人，我给他提鞋都不配。”

见杨青云这么说，韩冰兴趣更大。

04

自杨青云答应韩冰以后，韩冰就三天两头地缠着他去见识见识这位高人。终于经不住韩冰的软磨硬泡，杨青云和韩冰、许燕来去了一趟刘五经的农场。

经过这几年的发展，刘五经的农场已经成为省里的龙头企业，不但各种现代化机械设施一应俱全，分拣、加工、消杀、包装车间也应有尽有。农场出产的有机粮有了自己的品牌，精品瓜果蔬菜已专供北京等几个大城市，大豆和小麦种子的培育工作也取得了重大进展。

见锦旗奖杯放满了房间，韩冰兴奋惊讶，杨青云小声告诉她说："这下你知道了吧，我抄的都是人家的作业。"

韩冰兴奋地说："对，以后咱也得这么干。人家在大山里都能搞这么好，咱们大运河边，哪一点比他们差？"

杨青云听了只是笑了笑，没有说话。人和人是不能比的，自己和刘五经相差的不止是一个现代化农场的距离。

慢慢摸清了皮棉行业的行情和规律以后，对于下一年的生产经营，杨青云已经有了新的安排。将棉业公司的事情安排妥当以后，他准备回一趟省城。

第二天，杨青云正准备动身，李锋突然打电话说要见个面。一开始，杨青云原以为李锋是要催他还款，所以一见面忙表示感谢，并说借款一周左右可以准备齐，前后共三千万，本息一次性还清。

不想李锋笑了："杨大老板，我不是催你还钱，这个钱你不用还了。"

杨青云一愣，他不知李锋说这话是什么意思，忙问："不用还了？"

李锋从兜里掏出一包烟慢慢打开，抽出一支递过来。他一边为杨青云点上火儿，一边说："是，借你钱的人说了，这钱暂时不用还。他们想用这个钱入股，你看怎么样？"

"谁？"杨青云见李锋话里有话忙问道。

"现在我不能说，"李锋挤挤眼睛神秘地说，"如果能入股，他们就是股东了，到时候你自然知道他们是谁。"说着他又补充了一句，"别的不敢说，在咱青川地盘上，只要不是杀人放火，不管什么事儿他们都是能说了算的。"

杨青云心中一惊，笑道："镇长，这事儿我可真做不了主，我觉得还是先把钱还上再说吧。"

说着杨青云要走，李锋拉住他说："我说的事儿你好好考虑考虑，杨总。实话跟你说，这事儿跟我一点儿关系都没有，我只是个代言人，你懂的。"

从李锋办公室出来，杨青云心里乱糟糟的。事情刚起步时没人关注，顶着多大的压力没人关心，如今事情刚刚有了起色就有人盯上了，这些人为了钱真是手眼通天、无孔不入，他一定尽快跟这些人撇清关系，以免落入他们的圈套。

不答应就等于拒绝，后来，李锋又装作有意无意地问过杨青云多次，还看似无心地问他是怎么把这一万多吨籽棉卖出去的。杨青云知道这些想入股的人没安好心，嘴上不说，只是一味地对李锋进行敷衍。见一提入股的事杨青云就转移话题，李锋既没有恼，也没再多问。

许燕来接到通知，为期三年的支教活动已经结束。她同时面临着两个选择，一是回到自己的原单位清川中学，二是继续留在清风驿工作。

许燕来很纠结，甚至有好几次，她都想找杨青云谈谈。看他忙碌的样子，许燕来又张不开口。考虑再三，她决定还是先回清川再说。

在清风驿支教的那段日子，成了她最难忘的一段人生经历。尤其是杨青云的出现，这个看似很难接近的商人，却用他儒雅的谈吐和独立的思想深深打动了她。她曾经无数次地想过，她甚至可以永远留在清风驿，但她知道这一切都是不可能的。

明知杨青云有家庭，她不想破坏杨青云的家庭，同时也不想拥有太多。如果留在清风驿，只要每天能跟他待上一会儿，聊聊历史，聊聊人生，自己就满足啦。当心底生出这个念头时，许燕来突然感觉有一些罪恶感，她不知道是不是会有一天，自己将变成一个人人憎恶的第三者，但她无法控制自己的情绪。她发现只有在这个男人面前，她才会感觉到女人的幸福，才会那么渴望关怀却又感觉那么踏实。尽管她是多么地不舍得离开，而且这里还有她没完成的理想，但许燕来知道自己必须得走。

许燕来离开清风驿的时候并没有跟杨青云说，那时她已经一连一个多月都没有见到杨青云了。打电话不接，发信息也不回，她不知道杨青云是出了什么事，还是在故意躲着她。回到县城以后，心神不宁地待了好长一段时间，她的心才慢慢静下来。她嘲笑自己多情，却仍鬼使神差地隔三岔五给杨青云发送一条微信。

这天，许燕来刚下课，她发现手机有好多未接来电。电话是姐姐燕屏打来的，打开微信一看，才知道姐姐已经在学校门口等她。许燕来感觉有些意外，忙急匆匆地把姐姐接到家里。

燕屏今天穿得很正式，人前人后她永远都是那么地光彩照人。燕屏笑着问她，为什么回来这么长时间了也不跟自己说一声？许燕来没作解释，她知道姐姐上门一定有事。

果然，说了没几句话，燕屏就递给她一个名牌挎包，说送给你的，这是正牌的意大利货，然后燕屏便问起了杨青云。不知道姐姐为什么会提杨青云，许燕来有些害羞，姐姐则大方地告诉她说，前一阵子清风棉业通过自己周转了不少钱，如果没这些钱，杨青云的生意绝对不会像现在这么好。

许燕来不知道姐姐跟自己说这话是什么意思，她不但在清川官场名声在外，听人说还做着不少生意，对这些事情许燕来不感兴趣。燕屏两眼放光，拉着她的手说："你去跟他说说，我们在他那里入个股。"

许燕来忙解释说："我和他认识是认识，只是普通朋友，想入股你自己去找人家说嘛。"

燕屏笑了，她拉着许燕来的手："我知道你们熟悉，现在钱越来越难挣了，这个杨老板的生意行。姐从没求过你吧？今天就求你这一件事儿，你去跟他说说吧。"

姐姐的话让许燕来很被动，她说我真的跟他不熟，既然是入股，你们自己去说不就完了？

燕屏没有隐瞒，将李锋已经找过杨青云多次，却都被他拒绝的事情讲了出来。许燕来知道姐姐手眼通天，没想到背后还放着高利贷。对杨青云生意上的事许燕来从没问过，没想到他竟通过李锋周转过三千万，这笔钱不但姐姐有份儿，而且还和李锋是一伙儿的。

许燕来担心地问燕屏："你们这不是放高利贷吗？"

燕屏说："你放心，在清川放高利贷的不是我一个人。我们有好多人，而且都是当官的，他们的官都比我大，你放心，不会出事儿。"

许燕来还是不肯答应，燕屏着急地说："如果真不让我入股，那你告诉他，让他把账做仔细点儿，我还没见过稽查局查不出问题的账呢！"

见姐姐生气了，许燕来拉住她孩子似的撒娇道："恼啦？"

见这一招儿好使，燕屏没好气儿地继续说道："不光是国税，你去问问他，他的征地手续合法不合法？环保达不达标？旅发大会项目是怎么拿的？全清川人都知道。别看有罗县长撑腰，你问问他他经得起查吗？"

许燕来靠在姐姐身上，燕屏换了一副语气说："一天天教书都教傻了，你得分得清谁远谁近。你告诉他，生意不是一个人做的，与人方便与己方便，离开这些人他一件事儿都玩儿不转。如果让我入股，我保证他在清川不会有任何事儿。”

“好了好了，我答应跟他说说好不好？如果人家不答应呢？”许燕来担心地问。

“如果不答应，就是县委书记保着，他在清川也一天都干不下去，不信就试试。”许燕屏说。

05

许燕来打电话约他见面的时候，杨青云正在省城，他的工程公司最近又摊上了一场不小的麻烦。

在过去一年多的时间里，为了保证清风驿项目的顺利运行，杨青云每遇到困难就从工程公司抽借资金。自完成转型以后，他的公司已经变身为轻资产轻负债的劳务分包公司，虽然公司产值没减少多少，但公司的利润率已大不如以前。再加上分包款大部分都是劳务费，杨青云这么一次次大手笔地周转资金，已经导致工程公司数次出现入不敷出的经营困境。

宋光峰不敢多言，杨青云也自知一切都是自己造成的，看到公司的困境，他有些埋怨自己不该一意孤行地在清风驿投入这么多，也不该长期对工程公司撒手不管。他没有怪宋光峰，也理解他的难处，但巧妇难为无米之炊，事已至此，自己造成的烂摊子只有自己收拾。

眼下就有一个让人头疼的问题摆在面前。

早在这年春夏，有三名工人从安居园项目的四楼脚手架上掉下来，光住院费就花了二百多万，最终二人死亡，一人成了植物人。为了不给总包公司添麻烦，住院费都是宋光峰安排垫付的。事后死者家属却狮子大张口，每人分别向公司索赔二百万，否则就向有关部门举报。

杨青云一听见这件事就头疼。本来公司跟每个包工队都签有安全生产协议，劳动安全归各施工队自己负责。工程公司手下几十支劳务队，如果大家都这么闹事情就没法儿办了。见公司不肯出钱，包工头躲起来不露面，暗中却怂恿死亡者家属直接到政府门口静坐。他们备齐了事故过程和人员死亡的一手资料，将这份资料给了宋光峰一份，并扬言说，如果一周之内得不到满意的答复，就将事故真相在网上曝光。

按照相关规定，发生三人及以上死亡事故政府主要领导免职，区领导一见也慌了。项目归属地的区政府开始联合各行政主管部门联合给宋光峰施压。因有协议在先，宋光峰认为死者家属是故意讹诈，于是便拿着死者家属送来的资料到公安局报了警。公安部门以敲诈勒索为名，抓走了上访的民工家属。

事情越闹越大，已经超出了宋光峰可控制的范围。死者家属被抓以后，此事迅速在自媒体曝光并发酵，后来又有人带着其他家属找到了市长热线。市长听说后，责令主管建设的副市长过问，并明确了态度：一定要保护弱势群体的利益。

市长一发话，更多相关部门开始给公司施压。冤有头债有主，找来找去最后又找到了公司头上。在仲裁部门的调解下，最后由总包公司先行赔付对方六百万，工程结算时在建瑞公司工程款扣除。

本来这件事情已经告一段落，宋光峰也有苦说不出。但想到施工队还有几百万人工费没有结清，他便没将此事向杨青云汇报。最终结算时，见总包公司扣下了事先垫付的六百万，宋光峰决定扣掉劳务队二百万的承包费。

事故赔偿明明已经处理完，见宋光峰又要扣承包费，包工头不干了。大家都是受害者，包工头认为这个钱不应该从自己身上扣，虽然事先签订了协议，但这种协议不受法律保护，见宋光峰要扣除他的承包款，二十几个民工跑到汽车站大楼扬言要集体跳楼，还有十几个民工在楼下打着“黑公司还我工资”的条幅助阵。为引起更多的舆论关注，他们一连给二十多家报社、自媒体以及公检法、省长热线、市长热线打了电话，而且还在现场开起了直播。

事情再次闹大了。省建设厅派了一名处长，并以处长为组长专门成立了一个工作专班。

公司已经前期赔付六百万，一开始宋光峰没把这件事当回事儿，他正在运作安居园工程参评省级文明工地的事。一见工作组进驻公司，宋光峰慌了，他忙叫过几名副总商量对策。几名副总的意见是遇到这种事没别的办法，只有出钱。无奈之下，宋光峰只好打电话向杨青云请示。

接到宋光峰电话时，杨青云正在跟叶永恒一起喝酒，他是专程来感谢清风棉业这位大贵人的。除了感谢，他还想催一下销售的尾款。叶永恒豪爽，喜欢大口喝酒，杨青云酒量远不如他，没喝几杯杨青云就感觉晕了。接到宋光峰的电话他的酒一瞬间全醒了："事情怎么搞成这样了？别的你别管，钱先给他们，剩下的事儿我回去再说。"

磨蹭了半天，宋光峰才告诉他说，公司账上没钱了。

没钱了？杨青云一惊。

宋光峰说："这段时间大行业萧条，各项目进展和回款都不顺利，业主的工程款也总到不了位，总包单位没钱，因为这些事又不能跟他们翻脸，旅发大会那一个亿只回了三千万，你这一年多又借走近一个亿，公司去年的年终奖到现在还压着没发呢。"

杨青云一听急了："都什么时候了还考虑钱！钱的事我想办法，你抓紧协调稳住他们，尤其是对专班的人，一定态度要好，公司资信千万别受影响。"

放下电话，杨青云敬了叶永恒一杯酒，又紧急给陈小西打电话，让她马上从棉业公司开出一千万的转账支票，并告诉小高马上回清风驿拿，拿到支票以后马上回来接他。

告别叶永恒以后，杨青云没回清风驿，他让小高直接开车回到了省城。

来到公司一看，他发现公司眼下的情况比他想象中的还要糟糕。

楼道里坐满了农民工，工作专班还征用了公司会议室，正在让农民们排队登记信息。看到这一场面，杨青云头轰的一下大了。他没有说话，直接将带来的转账支票交给宋光峰，并让他将带头闹事的民工头目华子叫到自己办公室。

华子一进屋，杨青云先瞪了他一眼。华子有些心虚地低下头，杨青云却没事儿似的笑了："你真有办法啊，华子！"

华子嘿嘿一笑，语气虽软，话却硬得根本就不像个寄人篱下的民工头儿："都是你杨老板逼的。"

杨青云没心情跟华子打嘴仗，不耐烦地招招手请华子坐下："华子你怎么成了这样？刚开始跟着我干活儿的时候不这样啊？是不是跟谁学坏了？你就不能跟我正话正说？”

杨青云这么一说，立即拉近了距离。

华子的态度很明确，要求只单独跟杨青云聊，见状杨青云只好让宋光峰暂时离开。宋光峰一走，杨青云给华子递一根烟过去：“兄弟，按咱们的关系，这事儿不应该这样啊？怎么会到了这个地步？二百万在你那儿叫钱，还是在我这儿叫钱？什么事儿你不能等我回来再说？你这不是往死里玩儿我吗？”

华子只是低头不语。

杨青云耐心地告诉华子说，前段时间公司确实遇到了难处，但这些困难都不是困难。如果念及旧情，如果能相信他杨青云，马上把弟兄们都劝走，二百万一分钱不扣，明天上午十点准时到公司来拿钱。

华子犹豫了半天才抱怨说：“都知道老板你是做大生意去了，这边的事情顾不上管了。如果有你在，会出这样的事儿？你不该把公司交给这样的人。”说着华子头也不回地起身走了。

杨青云感觉华子话里有话，只见楼道里的农民工们吵吵嚷嚷地走了，这才放下心来。杨青云忙叫来宋光峰，让他联系安排请专班的人到饭店吃饭。

根本问题已经解决，其他问题解决起来自然就容易多了。善后所有的事情虽然在谈笑间解决了，但这件事情给公司带来的影响还没消除。没过几天，宋光峰告诉他，公司已经被加入了建筑市场黑名单，杨青云急了。

按说建设厅不会这么小题大做，事情安排得好好的，又是哪里出了差错？

06

杨青云忙安排宋光峰亲自去申请行政复议，厅里的人却告诉他说，该案件由省里的领导签字过问，已被定为典型案件，复议已经没有任何意义。

杨青云从没遇到过这种情况，正一筹莫展的时候，李锋却出人意料地给他打来一个电话，先是问他怎么突然走了，后来又含蓄地问他是不是遇到了什么麻烦。

杨青云没有多想，简单说出了自己正在协调建设厅处理事情。李锋迟疑了半天才告诉杨青云说：“我这边有人跟建设厅的郝厅长熟，跟省里的领导也很熟，看能不能帮上你的忙？”

杨青云大喜过望，忙向李锋表示感谢，不想李锋却说：“入股的事儿，你是不是再考虑考虑？”

杨青云刚刚生起的希望突然如雪山一般崩塌，他这才如梦方醒，之所以有人如此小题大做地揪着这件事情不放，看来这是又遭人暗算了。

杨青云心中纳闷，李锋背后的人究竟是谁呢？他们怎么竟对自己所有的事情都了如指掌，而且三天两头地暗算自己？李锋明明已经是正科级实职干部，在县里也算是有身份的人了，他为什么会这么心甘情愿地给这些人当手套？杨青云越想心里越怕。

接下来的几天，他跑东跑西地忙着去运作关系。在工程圈混了这么多年，而且名声不差，杨青云在建设圈有着深厚的人际基础。哪知道刚说了这件事，朋友便告诉他说：“这事儿你谁也别找了，处罚通知书已经生效，死人的事没追究法律责任，公司没吊销营业执照已经是照顾了。”

提醒他的朋友反复告诉他说：“下一步你们公司会是行业核查的重点关注对象，三年内一定不要接新项目。”

杨青云当然清楚加入黑名单意味着什么，见事已至此，他颓丧地坐在办公室里闷着头一根接一根地吸烟。更蹊跷的是，这几天宋光峰一直没在公司露面，倒是罗建华前后打了好几个电话，看意思好像有什么事儿，却又不方便在电话里说。

杨青云虽焦头烂额，但他有足够的能力驾驭自己的情绪以保持表面的镇定。尽管明知自己分身乏术，他还是主动问了罗建华一句：“是不是需要我回去？”

“你回来再说吧。”罗建华说。

见罗建华这么说，杨青云知道自己不回去不行了，他叫过宋光峰，告诉他说黑名单的事情不好解决，公司现在遇到了困难，人心不稳，一定要稳住当前的局面，资信的事儿从长计议，过段时间再想想办法。

宋光峰张张口，见杨青云急着回清川只是默默地点了点头。

回到清川以后，杨青云才知道罗建华让他回来是为了召开脱贫庆功大会。

“脱贫庆功大会？”杨青云有点儿不明白，自己到清风驿一年多以来，清风驿确实发生了许多变化，作为一名商人，说到底自己做的还是生意。因此他对罗建华这一决定并不是有多认可。他尽量压着自己的心烦意乱：“这有什么可庆祝的？”

“经济工作是经济工作，宣传工作是宣传工作。”罗建华向杨青云解释说，“咱们在清风驿搞这么大动作，怎么也得搞点儿仪式感吧。在新时代里，咱们不能只会做事，也得做好宣传。清风驿是我的帮扶点儿，相关事宜县里都已经安排好了。这个大会你可是主角，少了谁都行，就是不能缺你！”

“你这是政治家的角度。”杨青云说，“不怕你笑话，我们这些人都目光短浅，只是考虑做点事儿，通过做事儿实现自己的价值。说句不好听的话，我来清川就是保着你干的，你让我干啥我就干啥。我没想过挣多少钱，也没想过谋多少利。”

罗建华没有反驳杨青云：“短短两年就盈利了，这说明咱做的这个事对。不管你挣了多少钱，清风棉业是一个好的宣传素材。它既是咱开发区入驻的第一家企业，又是脱贫攻坚的典型，而且你还是咱开发区的开发运营商，这个文章必须得好好做做。”

杨青云苦笑了一下，他知道罗建华并不清楚自己正承受着多少的压力，更不知道自己正面临着多大的困难，杨青云说：“你说的这些我都配合好，不过我有一个要求？”

“什么要求？”

“我真的没那么高尚，如果确实需要宣传，我配合你，但我不出面。”

“你不出面谁出面？”

“我这边有一个负责人，她叫陈小西，抛头露面的事让她去做。”

这时，罗建华问了杨青云一句意味深长的话：“不图名，不图利，那你到底图什么？”

“我说我什么都不图，你信吗？”这句话说出口时，杨青云发现已经很长时间没跟罗建华这么说过话了。

“也许这些小名小利打动不了你。”罗建华说，“做企业没有容易的，虽然我没问，但我知道你有多难。今年县里推荐你当市人大代表怎么样？”

“我是省人大代表。”杨青云说，“你真的别想那么多，我回来做事真没有什么目的。一是你这个人可交，二是这里是我老家。”

当罗建华提出要开脱贫庆功大会的时候，杨青云突然想自己是不是要给棉业公司的职工们发一部分福利。从县政府出来，杨青云决定给棉业公司所有人员发放一笔奖金，棉站职工每人五千元，金田和长巨这两个有功之臣每人六万，保平、村里其他几个干部虽不在棉站上班，也给每人发五千。

回清风驿以前，杨青云还特意支开小高，自己单独去和许燕来见了一面。

没见面时，杨青云感觉心中有许多话要说。一见许燕来，他竟不知道该说什么才好。他没有解释前段时间自己一直没有接听电话的原因，两个人已经太久没有见面。灯光摇曳下，杨青云面带愧意和羞怯地说：“没想到你这么快就回来了，不知还能不能当面听你的历史课？”

“就看你喜欢听不喜欢听了，喜欢听随时可以过来。”许燕来大方地说，说着，她拿出手机指给杨青云看：“这个人是你吧？”

杨青云不好意思地笑了，那是他另外注册的一个账号，他用这个账号在许燕来的公众号发表了不少评论。

“对不起，前段时间我太忙了。没想到就此已经分别，人生需要努力，我一刻都不敢停歇。”杨青云说。

许燕来主动端起酒杯：“咱们不是朋友吗？我希望你能一直坦诚相待。”

这次难得的会面，许燕来将姐姐燕屏要入股的事情告诉了杨青云。她还一脸担心地提醒杨青云一切都要小心，特别是税务和环保方面，千万不能出任何问题。

杨青云笑了笑，说身正不怕影子歪，这些年自己做事光明磊落，不怕查。见杨青云没把这件事放在心上，许燕来说：“他们很了解你，你还是小心点儿好。”

杨青云点头感谢，并告诉许燕来他已经跟韩冰商量好了，重建清风书院的事已经提上日程。

杨青云前脚刚回到清风驿，宋光峰马上又打来电话，问杨青云什么时候有时间，一起商量一下公司下一步的事情。宋光峰一副话里有话的样子，杨青云只好告诉他说自己暂时回不了省城。另外他还告诉宋光峰，虽然加入了黑名单，工程公司只是不能参与新项目投标，不会影响现有合同的履行。公司所有事务从大处着眼，不要被眼前的困难吓倒，一定鼓励好员工情绪，大不了三年后从头再来。在这期间他一定会想办法尽快解除黑名单。

宋光峰还要说什么，杨青云不耐烦了："我知道公司现在有困难，你就不能帮我多挑点担子？不就是钱的事儿吗？你告诉我钱能不能解决？"

宋光峰说能解决，杨青云说那好，只要钱能解决的事儿都不是大事儿，我马上就给你解决。

见杨青云不能回来详谈，宋光峰说了半截的话又咽了回去。

为了保障工程公司正常运转，杨青云让陈小西跟城投公司沟通，看政府能不能支付一部分旅发大会的工程款。陈小西去了一趟县城，回来告诉他说，她已经跟城投公司沟通过，财政局的领导说，虽然按照合同约定不应该付款，只要县长签字同意，也答应可以先支付一部分。

杨青云立即去找罗建华，罗建华当着杨青云的面给财政局长打通了电话。事情沟通好以后，杨青云让陈小西以承包商的名义给城投公司写请示，城投公司再给财政局写请示，财政局给县长写请示。所有的请示批完以后，陈小西安排人开好了发票，又从头到尾找各领导签字。

本来以为签完字就万事大吉了，哪知道拨款手续交到支付中心以后，一连三四天都没有动静。陈小西去支付中心询问，才知道手续一直在国库股压着，国库股长请病假休息了。

杨青云清楚这些小伎俩，让陈小西想办法走动走动，陈小西回来以后摊摊手告诉他说，对方油盐不进，她还告诉杨青云，她见到李锋正在国库股股长家里喝酒。

所有迹象表明，清川也有人在故意给他设置障碍。杨青云气急败坏地去找罗建华，罗建华很痛快，他立即当着杨青云的面又给财政局长打通了电话。电话打完以后，罗建华摊摊手说："我已经专门打了好几次电话，他没说不办，只是国库那个股长住院了，等他一回来就能办理。"

“明摆这是有人想拖死我。”杨青云愤愤地说。

“你别着急，如果有别的办法，你先自己周转一下吧。财政局一直只听王书记一个人的，这件事从长计议，我慢慢解决。再说现在都是刚性预算，你多理解一下。”罗建华安慰他说。

杨青云有种被人耍了的感觉。为缓解燃眉之急，他只好又让陈小西从清风棉业抽借了两千万，全部打回了工程公司账上。

接下来要筹备脱贫庆功大会了，杨青云和韩冰一起叫上保平忙着遵照县里的安排布置会场。工程公司的困难只是暂时的，自己在工程圈经营了这么多年，只要收住人心，杨青云认为所有一切都不是问题。

杨青云故意没去见李锋。许燕来的话已经引起了杨青云的警觉，联想到此前李锋的种种表现，杨青云知道工程公司出事不是孤立的，他一定要倍加小心。只是这些人怎么会找到许燕来，他并不清楚。杨青云感觉些这人真是神通广大，又想到欠他们的三千万借款已经还清，自己目前已经不欠他们什么钱，所以没必要再继续跟这些人来往。

匹夫无罪，怀璧其罪，杨青云反复叮嘱陈小西，旅游发大会和清风棉业的账目一定要做规范，平时也一定多到各政府部门走动走动。

第十七章　斗争

01

直到脱贫庆功会这天，杨青云的心情才慢慢好了起来。

清风驿脱贫庆功大会在新建成的大运河开发区广场召开，会场主办方是县镇两级政府，会场两侧是堆成小山的猪头、牛肉、鞭炮、对联等货物，为了突出喜庆气氛，长巨还特地定做了几百只印着黄字的红灯笼，挂满了村里的大街小巷。会议结束以后，省、市县领导要到清风驿参观，本来已经发了工资发了红包，现在又发礼品，在棉业公司上班成了清风驿的骄傲。

人们一大早就来到会场，在韩冰和保平的组织下排好队。会议虽然规格不低，过程却很简单，先是开了个表彰会，给清风驿评选出来的十名先进代表戴上大红花，当场由李锋、韩冰和杨青云为他们发了红包。接下来李锋上台讲话，然后是杨青云讲话，讲了几句就宣布了一个激动人心的重大消息，下一步镇上准备拆旧建新，让村民们都搬进楼房。

这一消息立即又在清风驿引起了轰动。

仪式结束后，杨青云微笑着背着手站在主席台上，看着员工们满意地领走属于自己那份礼。他大声地跟他们打着招呼，不时地笑骂两句。在这种场合杨青云一向讲话不多，尤其是在乡亲们面前。人都是实实在在的人，好话不在多，有用的有一两句就够了。只要让他们得到实惠，让他们感觉你这个人行，比你一千句一万句话都管用。

陪领导们参观完开发区参观旅发大会，然后参观棉业公司，忙完这些事情已经是傍晚。韩冰忙前忙后成了主角，临告别时，罗建华拉过杨青云小声说："以后有事要多注意跟村里商量，别老是自己做主。我们韩书记可不是跟我说过一次了，你这个人太强势。"

没想到韩冰会到罗建华这里告状，活动结束后，杨青云故意堵着韩冰不让她走，韩冰捶了杨青云一拳说，你是要吃人吗？杨青云就问韩冰，你为什么在罗县长那里告我的黑状？韩冰不明所以，杨青云将罗建华的话说了出来，韩冰一哂：我那就是句玩笑话！你可真是，还当真了。

本来这件事杨青云就没有在意，看着韩冰白里透红的脸，杨青云有心惩罚她一下，便伸手在她脸上摸了一下。

韩冰脸更红了："你……你个流氓！"

杨青云哈哈笑着走了，其实他心里并没有恼恨韩冰。

没过几天，杨青云又去见了一趟罗建华，一见面罗建华没提分红的事儿，他兴致勃勃地问杨青云："这跟你原来的生意不一样吧？"

杨青云一脸愁容，嘴角勉强扬了扬。罗建华便问你是不是遇到了什么事儿，杨青云说没有。

杨青云说："我有好几个想法，本来准备过一段时间再跟你说。一是厂子要扩建，二是要上新生产线。这个棉业公司咱们不仅把它当成一个生意，而且要把它当成一项事业来做。我的目标是咱们这里要成规模，要上档次，要形成一个基地。你说说，哪一项不要钱？你说安民也不是没有道理，本来我想过了年再做，把村里的小学修修，还有路，都修一下。另外在库房那边建个敬老院，把村里的孤寡老人都接过来，能活动的给厂子里扫扫院子干干活……你也知道，我这个人做事不愿意张扬，没做成的事我不愿意说出来。"

"你这几个想法倒不错，但小恩小惠也不能忘，这花不了你几个钱。敲鼓得打到点儿上。"罗建华提醒他说。

杨青云想了一会儿："这样也好，发钱不如发东西。以后形成固定的习惯，按五百块钱的标准，让韩冰安排给村里发福利，孤寡老人每人两袋面，十斤猪肉，再发五百块钱。小学里各年级考前五名的学生，每人五百块钱奖励，你看这怎么样？”

罗建华沉吟着想了一会儿说：“支部呢，支部那边你可不能忘了。还有韩冰，你在这儿总得跟他们打交道，前几天韩冰找我，说你对村里的事儿插手太多，村委的人都在你那儿打工，不但影响很不好，而且快把她这个第一书记架空了，这个问题你得考虑一下怎么处理。还有，按照国家部署，脱贫以后是乡村振兴，你得想想怎么做文章。”

杨青云点点头说：“好吧，一切听你安排。对乡村振兴我不是太理解，我先好好学学吧。”

“多跟韩冰学学，抓好党建，你可不能只满足投资一个棉业公司哦。”罗建华说。

其实刚一过年清风棉业的扩建工程就已经悄然开始了，彩钢库房施工队已经进场，杨青云让金田和长巨主要负责起来。韩冰主要负责新民居工作，园区招商工作也进展顺利，已经有十几家企业和管委会签订协议，保平前前后后忙得不可开交。

众人忙这些事情的同时，杨青云又去河东住了几天，陪着叶永恒到田野里放了几次狗，清风棉业和叶永恒的鲁西棉业已经形成了固定的合作关系。

杨青云本想去看看苏万春，一打听才知道苏万春受不了当地人的挤对，已经不做棉花生意了。杨青云专程到济南见了见苏万春，并托他介绍了上游的国储，并答应国储每收一吨皮棉给苏万春五十万提成。回到河西以后，金田向杨青云提出了一个新计划。他告诉杨青云说，要想牢牢占住市场必须在自身做文章。

“你有什么好主意？”杨青云心中一喜，这件事他已经考虑很久了，只是没有好的办法。金田将自己的计划告诉杨青云，杨青云拍案叫绝：“好，就这么办。”

没过几天，他带着金田、长巨，又约上罗建华到去年的收棉区一一回访，并让人将每个棉区的情况认真记下。几天之后，清风棉业与当地政府签约，出台了一套惠农政策：由清风棉业提供种子、薄膜和一定数额的贷款，棉农只要签订收购合同，同意将种植棉花全部卖给清风棉业，这些物资都可以在政府免费领取。

这是一件让棉农们大快人心的事儿，而对于自己来说等于提前预订了今年的收成。这么一来今年的合同就高枕无忧了，这可等于解决了一个大问题。金田这主意真不错，自己没看走眼，这小子还真行！

项目开工以后，他带人下梁山、赴聊城、济宁，又远赴关中蒲城、大荔、泾阳，不惜重金寻找血脉纯正的细狗后代……

罗建华好些日子见不到他，终于才好不容易联系上杨青云，在电话里笑着骂他斗鸡走狗不务正业，杨青云一本正经地说:“什么斗鸡走狗？这是一门生意。”

回清风驿以后，杨青云去拜访了罗建华，然后从怀里掏出厚厚的一沓材料，拍到罗建华办公桌上。罗建华翻开一看，这是一份关于成立棉纺厂的计划和征地要求。罗建华笑了:“看来你没把正事儿给忘了。”

杨青云一哂:“这都是斗鸡走狗时想出来的。要想做大，光玩儿皮棉，做半成品当贩子不行，我们得做点儿有技术含量的事情。叶永恒那边的合作做好，这是基础，棉纺厂今年必须要上。批地吧，领导？我再给你解决五百人的就业问题。”

“有了钱就是财大气粗啊，我就知道你不是个小富即安的人。”罗建华笑道，“不过，这是不是有些操之过急了？”

“操之过急？”杨青云瞪着眼故作生气状，“挣钱的事儿还怕快怕多？你尽快把项目给我批下来，否则开发区的好地块全被别人抢走了。”

“这是给我下命令呢？”罗建华板起脸问。

02

杨青云这时才发现自己的语气过于急切，拍拍脑袋忙不好意思地说：“习惯了，习惯了。这段时间我可没只顾着玩儿，对，土地流转的事儿下半年也得提上日程了。到那时清风驿剩下的地我全收了，我要把村里的农民都变成工人。”

“你老是用地，一用地我就批，县里可是有意见了。”罗建华提醒杨青云说。

“县里有啥意见？王书记不是马上去市人大当副主任吗？”杨青云看似无心轻描淡写地问。

罗建华笑了，见杨青云什么都已经知道便不再隐瞒，罗建华说：“我会接书记，但你以后做事也一定要注意影响。”

“有你在，我可不管那么多，”杨青云故意调侃说，“以前有王书记，我事事考虑你的难处。王书记一走，我可不考虑那么多了。”

“行了行了，你赶紧忙你的去吧。”说着，罗建华板着脸给杨青云下起了逐客令。

杨青云笑嘻嘻地拍拍屁股走了，临走前却小声说：“你放心好了，我绝不做一件没分寸的事儿。”

二人见面没过多少日子，县委书记王海涛果然调走了。

罗建华当上县委书记以后，不只在清风驿，在整个清川杨青云都已经成了大名人，又加上他待人谦虚出手大方，全县上下不管熟悉不熟悉的人，只要一提起杨青云都会给他一个面子。即使到了县里的政府部门，他都是推门就进，拔脚就走，别人碰破脑袋办不了的事，他称兄道弟谈笑之间就把事情办了。从局长到下面的办事人员，没有一个人敢不买他的账。不管见到谁，杨青云都也彬彬有礼，丝毫不摆财大气粗朝中有人的架子。尽管这样，随着事情越做越大，他发现和保平之间不可避免地出现了一丝裂痕。

杨青云在紧锣密鼓地布置棉站改建工程。北院四个露天库房全部拆掉，建成七米高、跨度六十米的彩钢库房。库房东边留个口，以便跟未来的纺织车间对接。纺织厂已经势在必行，生产线、生产流程他早就考察好了，地批下来只是时间早晚的事儿，到时候两个厂子连成一片，也就初具规模了。图纸、人员、设备、施工队伍他都已经谈好了，前呼后拥地站在公路边上，望着这片空地，想象着以后的样子，杨青云心里阵阵得意。

每年棉花集中收购加工的时间只有几个月，资源利用率太低。这么做下去不是长久之计。他必须找到一个可持续的事情。轧花厂会退下来数量可观的棉籽，棉籽可是榨油的好材料，想到这里，一个想法涌上心头：建一家食用油厂。

随着罗建华担任县委书记，清川县一系列重大人事变动也接踵而来，在清风驿，先是镇党委书记刘长顺调到县政协，然后李锋顺利当上了镇党委书记，新区建设指挥部和开发区合并，身兼两职对他来说似乎不是什么难事儿。

按照惯例，乡镇干部换届以后，各村委会也到了改选的日子。罗建华问杨青云想不想在清风驿当党支部书记，一连在工地上盯了几天，杨青云眼睛熬得血红，头发乱蓬蓬的，他摊了摊手苦笑道："罗书记，你还嫌我不够忙啊？"

"多给你点儿担子嘛。"

"你还真想把我拴在这儿啊？还是让保平继续干吧。"说到这里，他心里竟有一丝凄凉，只有他自己知道，这几年为清风驿做出了多少牺牲。

"落地生根嘛，再说，这里本来就是你的根！"罗建华兴奋地说，"我看你还是放不开手脚，当初我让你回来，可不光是让你挣钱啊！别忘了，你也是有理想的人！"罗建华挤挤眼睛笑道，"不管怎么说，这两年做得不错，你已经是省人大代表了，今年县里再给你争取一下全省乡村振兴先进个人。"

"行了行了，罗书记，您还是抓紧安排安排用地的事儿吧。"杨青云说。

杨青云早就听说，他在清风驿一次次征地让很多人都红眼了。虽然主管部门的手续都已经办齐，但仍有人旗帜鲜明地反对开发区大规模征地。罗建华这话一说，杨青云不禁也有些心动了。

罗建华看出了杨青云心思的变化："我说得没错吧，你还得再帮我出一把力！把清风驿这个摊子接过来，党和人民还有我罗建华，忘不了你！"

话说到这个份上，杨青云也不知道该怎么推辞了。想起自己当初回清风驿，一步一步走得何等艰难。如今自己要想当这个党支部书记，恐怕只是一句话就能水到渠成的事，但自己真会这么去做吗？

杨青云没有答应，也没有推辞，他说："这不是个小事儿，罗书记你让我再想想吧，我现在的身份怕是真不合适，我现在倒有个事儿马上要办。"

接着，杨青云说出了自己还要建纺织厂的事儿。

"还要用地？你老兄也悠着点儿，现在我可是无能为力了。"

"怎么？这不是个好事儿？我这个人就是这样，想做的事儿我一定得做成，否则觉也睡不着。"

“事儿是好事，我建议过一段时间吧，现在村里乱着，这个支书不管当与不当，现在机会不成熟。你当了支书，这算你的政绩，即使你不当这个支书，有这个项目，也要跟新班子沟通好关系。我已经跟李锋和韩冰都沟通过了。”

“你……”

“行了行了，当不当是你的事儿。”说着罗建华就把电话挂了。

杨青云以为事情就这么结束了，哪知道第二天韩冰竟主动动员杨青云来当清风驿的村党支部书记。

杨青云问：“这是罗县长的意思，还是你的意思？”

韩冰不说，杨青云说：“还是保平当吧。一是我当支书不合适，二我根本没这个心思。”

韩冰却说：“说到底，你还是不愿意把根扎到这里。”

杨青云苦笑了一下：“真没想到你会这么说。为了清风驿，我已经把全部身家都投进去了，你居然说我没有诚意。”

“既然全部身家都投进去了，为什么降不下身段呢？”韩冰反问道。

杨青云无语。在韩冰面前，一旦产生争执杨青云都甘拜下风。说起这个话题，杨青云便想，自己怎么越来越退步了，从省城到农村，自己反倒越来越不知道该怎么做事了。想到这里他就倍感颓丧。

没过几天，杨青云要在清风驿当支书的事儿很快就在村里传得沸沸扬扬。有人说好，有人说坏。说好的人大部分都认为这是顺理成章的事儿，但认为他别有用心的也大有人在。本来开棉业公司已经呼风唤雨了，如果再当上村支书，那不一手遮天了？

03

天下没有不透风的墙，这天晚上吃过晚饭，杨青云正在跟清华闲聊，保平突然到厂子里来找他。两个人已经很久没坐在一起说话了。虽然明和暗不和，但对张保平杨青云表面上还是很尊重的。他拿出茅台酒，让厨子炒了几个菜，两个人边喝边聊。

“听说你要当支书？你就别蹚这路浑水了。”保平说。

杨青云诚恳地说：“保平哥，上边是有人找过我，我可没这个意思。”

保平说：“你从小就在咱清风驿，上大学走了，后来又回来了。咱这里的人还不清楚？你帮他一百件事他不记得，你一次不帮他他就记恨你。你最好别蹚这个浑水，你现在的身份正好，是咱清风驿的救世主，掺和太深了，弄不好就身败名裂。”

杨青云一笑：“理儿是这个理儿，保平哥，咱们推开天窗说亮话，我是真没想过当这个支书。”

保平开门见山：“那你到底当还是不当？”

杨青云本想告诉他自己不当，保平这么一问杨青云恼了：“这我说了不算。”

“好，你说了不算。”保平将酒倒满了杯子，咚地一口喝光，瞪着眼睛说，“你一回来，别把别人的路都堵死！”

说着，保平头也不回地走了。

保平前脚刚走，青江便骑着电动三轮车载着长明来到棉站。杨青云忙上去扶住他：“四叔，有什么事儿你让青江叫我一声不就行了？”

长明说：“听说你要当支书？”

长明擦了擦眼睛，这两年他添了个迎风流泪的毛病。

“你不能当。”长明拉着他的手说，“你做的是买卖，挣的是钱。别掺和这么多是非。村里乱成什么样都跟你没关系。如果当了支书，你的身份就不一样了，厂子是你的是村里的？这都说不清了，再说，你不敢跟村里的干部走得太近。”

杨青云没想到一个村官竟然这么复杂，这个支书到底能不能当呢？

时间过得飞快，转眼又到了下半年。随着新小学建成，两条水泥路面修好，提起杨青云和他的清风棉业，人人无不津津乐道，杨青云在清风驿的威望也与日俱增。

新上马的轧花厂都已经开始工作，轧花厂金田经营得有声有色，长巨这个大管家也将公司管理得头头是道，只是有时候他通过招工、采购等占一些小便宜，杨青云看在眼里，并不作声。

尽管杨青云没有竞争清风驿支书，棉站、轧花厂两个厂子却已经安排了多人就业。在韩冰的帮助下，杨青云在棉业公司成立了一个企业党支部。轧花厂由村民自愿入股，除了工资每人都可以分红。一年下来，单是轧花厂的棉籽就累计卖了四百多万，细算之下，平均每个厂子竟然又有近百万的纯收益。村民们一一分到了自己应得的那份红利，自然是乐不可支。就连那些当初对杨青云持有怀疑态度的村民也开始走后门托门子，要求入股。

这时，金田又有一个新提议，与其把轧花厂的棉籽卖给别人，不如自己建一个油厂。杨青云一拍手："我也有此打算，你快写个计划让我看看。"

没过几天金田的计划就写好了，杨青云马上拍板，食用油厂年后开建。看着眼前的大好局面杨青云长出了一口气，现在他终于可以不用整天奔忙，像叶永恒一样，轻轻松松地把钱赚了。

如今，除了资金别的事情他都不用再愁。新区开发前前后后投入了几个亿的资金，回笼的速度却一直不怎么理想。尽管一切顺利，却又有两件不愉快的事情接踵而来。

第一件事儿是有人告诉杨青云，说长巨在安排人给皮棉倒库。

一开始杨青云有些听不明白，什么是倒库？听过解释才知道，倒库就是把这个库房的棉花移到那个库房。杨青云知道，公司在棉区收来的棉花进库房是不用核对的，只有出库装车的时候才过秤。听了这话一开始杨青云没在意，心想不过是腾地方罢了。细想之下才发现有大问题。长巨为什么要这么倒一下呢？

这肯定有原因。想来想去杨青云冷笑一声，他已经知道是怎么回事儿了。一定是在下边收货的人虚开了数量，入库的棉花先这么转一下，再从别的库里出来，数目即使对不上就很难说清是谁的责任了。再说，几百上千吨的棉花差个一点儿半点儿谁也看不出来，更何况本身也有正常损耗，这么一倒就等于是把自己洗清过了。每天神不知鬼不觉地虚开一二百斤，二百三百块钱就白白到手了。别人绝没有胆量干这事儿，这一定是长巨干的，即使不是他干的他也肯定清楚。

杨青云越想越气，如果长巨能把这份聪明都用在工作上，能多替自己办多少事儿！杨青云最容不得别人背着他搞小动作，尤其是这种二鬼偷油自作聪明的把戏。心里有气，却正赶上公司分红大快人心的时候，想想他们也不敢弄太多，他就没有发作。只是暗中点了长巨一句，然后将负责库房的人都换掉了。

第二件事比第一件事麻烦得多。因为被加入黑名单，工程公司已经彻底陷入困境。这一年公司的经营状况每况愈下，年初就有好几名骨干辞职。甚至很多他本来计划好的事情都泡了汤。杨青云知道这都怪自己。做建筑就是做人，他在的时候可以呼朋唤友左右逢源，一旦自己离开，人在人情在，人走茶凉，宋光峰玩不转是很正常的事情。可这又有什么办法呢？杨青云苦笑了一下，生意越做越大，自己手里反倒越来越没钱了。建筑公司和棉业公司就像是自己的两个孩子，他哪个都舍不得。如果非要他舍弃一个的话……但愿别走到那一步才好。

这天，宋光峰又打电话向他要钱，杨青云当时正在气头上，便说没钱。宋光峰委婉地表达了自己要辞职的想法，杨青云这才意识到事态的严重性。

挂断电话后，杨青云点上一根烟陷入了沉思。公司那边要接工程就得垫资，不接工程就等于是解散了。到底还投不投呢？没想到生意越做越大，钱越来越捉襟见肘，自己做的这是什么生意啊！

回来一看，才知道整个公司人心都散了。办公室里有的座位空着，有打牌的还有织毛衣的，一个个都懒懒散散的样子，宋光峰人也不在。

回到家里，君梅也挖苦他说，人家别人都是农民进城，你却是上山下乡，成功地把自己从食物链顶端干到了底端。即使这些年什么都不干，专心当投资人工程公司不至于到面临破产的地步。说着说着，君梅又挖苦嘲笑杨青云现在就像一个赌徒，杨青云不耐烦地怒道：我就是一个赌徒！

面对君梅，杨青云不知如何解释，他知道工程公司之所以会面临这一局面，都是自己造成的。旅发大会还不到协议约定的回款时间，新区又投了几个亿，籽棉收购旺季马上到来，这次回省城除了解决工程公司面临的一系列问题，他还有一个目的，筹钱。

当杨青云跟君梅说出自己还需要两千万的时候，君梅恼了。她没好气儿地告诉杨青云，清川项目就是个无底洞，这边的公司也快干黄了。咱家不是你的银行，我也不是你的提款机！

后经再三请求，君梅答应卖掉一部分股票，但同时也给杨青云提出了一个条件：离婚。

“好了伤疤忘了疼，我就不知道清风驿到底有多好，你不惜一切代价往里砸钱。我不管你怎么样，你的钱你随便扔，我们娘仨都还得活！”

君梅话虽刺耳，却不是没有道理。杨青云没有辩解，第二天他就默默地跟君梅去办理了离婚手续。

04

哪知道没熬过多长时间，工程公司就到了山穷水尽的地步，欠款要不上来，新工程接不了，银行一纸一纸的通知书追着催还款，棉业公司还要继续加大投入，杨青云开始面临着他有生以来最严峻的考验。他点上一根烟，在浓浓的夜色里拉开窗子。一股新凉的风吹进来，他不由自主地抖了一下。直到这时他才明白，当初刘五经转做农业时，为什么会那么干脆利索地把药业公司全部卖掉。虽然每个人面临的情况不一样，但今天的局面自己早就应该预料到了。看来自己态度还是不够坚决，做事还是不够果断。

灯火下的棉业公司仍在繁忙地工作着，人员进进出出，有人大声指挥着，打包机工作的声音，汽车轰鸣的声音……

他猛吸了两口烟，然后关上窗户。宋光峰显然已貌合神离，公司上上下下怨声载道。工程公司到底要不要继续经营，这一选择竟是如此的艰难。

没过几天，又一件让杨青云担心的事情来了。

宋光峰已经正式提出辞职，金钱与利益维系的果然是纸片一样的忠诚，经受不住任何的磨难与考验。辞职以后，宋光峰挖走不少骨干，然后照着杨青云的样子复制了一家劳务公司。怪不得工程公司一年多都接不到新项目，原来是被宋光峰抄了后路。

杨青云谁也不怪，早知道宋光峰不是一个久居人下的人，只怪自己当初对宋光峰设防不够。

杨青云心中郁闷，面临艰难的选择，一肚子纠结不知向谁诉说。所有一切他都没敢告诉君梅，无奈之下，他只好一个人开车来到万安园赵志杰的墓地。他手捧一束花，默默地在赵志杰墓前坐了整整一天。

开车回城的时候，杨青云突然想起师父和师母如今都已退休。如果这个世界上只剩下一个人还能帮助自己，这个人一定是师父。想到这里他眼前一亮，加大油门向赵志安家奔去。

杨青云决定返聘赵志安，他诚恳地将工程公司目前的困境说了出来，并对师父说道："我是你的孩子，工程公司也是我的孩子。如今清川那边的事情刚刚走上正轨，希望您能在这个时候帮我一把。"

退休后的师父明显老了许多，看着对面胡子拉碴一脸憔悴的杨青云，他竟不忍拒绝。赵志安想了半天才说："我知道你的难，也不是不能帮你。但国家有制度，公职人员三年之内不许到私企返聘。"

"城投不是企业吗？"杨青云急切地说。

"虽是企业，人事方面还是参公管理。"赵志安说。

杨青云说："这也简单，您可以当顾问，只掌舵不任职，也不参与经营，这样没问题吧？"

赵志安叹了口气说："你跟你嫂子商量吧，她同意我就去。"

杨青云发现师父真的老了，眼中已经完全没有了往日的神采。既然他肯这么说，事情便不是没有希望。听师父说师母退休以后每天都去老年大学讲课，杨青云迫不及待地开车来到老年大学门口等着师母下课。

黄昏时分，严秀终于在一群老年人的簇拥下走出校门，杨青云忙迎上去。见是杨青云，师母一脸惊奇："你怎么来了？"

师母上车以后，杨青云说出了自己想返聘师父的想法。严秀沉默了半天，说这事儿一定先向组织部报备，如果组织上批准，她同意赵志安去杨青云公司担任顾问。杨青云原以为严秀的工作很难做，没想到她这么痛快就答应了，师母的深明大义一时让他感动得不知如何是好。

送师母回家，杨青云留下吃了一顿晚饭。师父师母长辈般关怀备至，只有这个时候，杨青云才感觉自己也幸福得像个孩子。

组织部的手续很快就办好了，和师父一起在公司开完大会，杨青云立即返回了清风驿。他交代行政部专门给赵志安装修了一间书画室，赵志安平时不坐班，也不参与公司实际管理，但遇有大事公司各副总必须向他汇报。

上高速公路之前，小高停车加油，杨青云远远发现检查站停着两辆警车。一开始，他以为是例行检查，所以没有在意。哪知道刚走进检查站，五六名警察便围了上来。警察们亮出手续，直接把他们扣下了。

小高直接被锁了背铐，杨青云不明所以，这时一名警察问他说："您是杨青云？"

杨青云点点头，警察说："我们是金县公安局的，你涉嫌违法犯罪，需要配合我们调查。"

说着，又有两名警察围上来。杨青云出奇地冷静，他挥手制止了一下说："你们别急，我不会跑。金县公安局？"

领头的警察向他出示了一份材料，示意围住杨青云的二人不要动手："我们盯你这辆车已经盯了很长时间，几点几分开到哪儿都一清二楚。"

杨青云点点头："我好像没跟金县打过交道，你们是不是抓错人了？"

对方没理会杨青云的解释，而是一脸正色地告诉他说："你是省人大代表，我们不能拘捕你。在这期间你不要乱跑，随时接受我们传唤。"

杨青云点点头，警察问他会不会开车，杨青云又点点头，警察又问他还能不能开，杨青云继续点头，警察说："你先自己把车开走吧，记着随时接受传唤。"

说着，众警察将小高扭送到警车上。目送警察离去，杨青云大脑一片空白。他机械地开车上了高速，没走多远棉业公司就打来了电话：保平、长巨、金田、王多余和公司会计全都被金县公安带走了。

事后杨青云才知道，有人趁罗建华去中央党校学习的机会，向省扫黑除恶领导小组实名举报清风棉业涉黑，省公安厅异地用警，这才将举报名单所涉及的人带走了。

杨青云最不愿意做的事就是与人斗气，不想事情到了这一地步。他记着，罗建华在去学习之前曾提醒过他，物流中心断了别人的财路，一定小心地方势力的打击报复。自己行事光明磊落，而且没得罪过什么人，一开始杨青云并没将这件事放在心上。哪知道这些人竟会以这种方式下手，真是防不胜防。

回到清风驿，早有一大堆人在棉业公司等他。

杨青云劝大家要冷静，有自己在一切都不怕。将众人劝走以后，杨青云忙换了部手机给罗建华打电话，罗建华竟还不知道这回事儿。罗建华告诉他说，早在旅发大会以前，清川县公安局就接到了清风棉业的涉黑举报材料。当时担任县扫黑除恶领导小组组长的政法委书记将案件向他作了汇报，罗建华发现对方举报的内容不实，不是无中生有，就是硬扣帽子，便将案子压下了。不料，公安局局长范建军却坚持涉黑必查，为此罗建华还严厉批评了他。

这时杨青云才知道，自己得罪的都是不该得罪的人，对方的能量之大远超自己的想象。杨青云不知如何是好，罗建华说："清者自清，浊者自浊。对方直接抓人，肯定外围已经做了不少调查。你不要急，该组织证据的组织证据，事情等我回去再说。罢免人大代表需要走程序，清川这边的公安你躲着点儿。省人大程序走完以前你去投案，别的先不要管，到那时我就回去了。"

05

到底要不要去见李锋，杨青云一直拿不定主意。最后他决定不见，尽管杨青云一开始没去见李锋，但他却把事情的来龙去脉分别告诉了韩冰和陈小西。他担心自己万一出什么事儿，棉业公司和新区开发的工作会受到影响。

为了缓解资金压力，杨青云又试着问罗建华，县里能不能去借地方债先偿还一部分旅发大会的建设资金。罗建华听后沉默了半天问他说："撑不住了？"

杨青云说："如果不是撑不下去了，我绝不会向你开口。"

罗建华说我试试吧，借地方债需要人大过会。

没过几天，罗建华电话便打了回来。他遗憾地告诉杨青云说，借地方债的事县人大没有通过，部分委员反对县里拉这么大的亏空。杨青云只有苦笑，他问罗建华说，现在各地政府都在向省财政借钱，借债的事情到底是谁不同意，罗建华没有回答，却说当初让你承办旅发大会县里就有不少人有意见，咱们是动了别人的蛋糕。

杨青云听后心情更加糟糕，罗建华安慰他说：“你再为难忍忍吧，困难只是一时。旅发大会工程款我会尽快给你想办法。”

见是这样，杨青云只好点点头。

罗建华在中央党校学习了两个月，杨青云也在艰难中熬了两个月。

在这期间，他深居简出，几乎断绝了跟外界的任何来往。后经多方打听，才知道对方举报了自己多项罪名，其中有侵占公款，非法占地、行贿，当然最狠最重的罪名还是涉黑涉恶。

棉业公司涉黑被查的同时，各种可怕的流言几乎在一夜之间就传遍了清风驿。先是有人说杨青云建棉业公司是非法占地，只占地不交费，中间行贿了政府官员，后来又有人说，他曾前后两次从棉业公司拿走上千万的巨款，棉业公司不是他个人的企业，这一行为属于严重侵占集体财产的行为。当初棉业公司征地迁坟发生冲突，棉业公司涉嫌寻衅滋事和故意伤害，哪一条都够得上判刑。

如今保平、金田和长巨都被抓走了，因为有着省人大代表的身份，虽然专案组没带走杨青云，但他被抓走也是早晚的事。

比各种流言更可怕的，是针对他的各种故意抹黑。平日里他动不动就打骂职工，根本拿职工不当人看，甚至简直连旧社会的资本家都不如。谣言传来传去，杨青云成了清风驿为富不仁的黑心资本家，两眼都盯在钱上。仗着有县委书记的关系，如今的好事儿全让他占了。他回清风驿建厂的目的，不但想让全清风驿的人都给他卖命，而且还要成为大运河两岸最大的地主。如果再让这样的黑心资本家当上村支书，清风驿等于又回到了旧社会。

清风驿人念旧，也穷怕了，而且喜欢看热闹，尤其是保平、长巨和金田同时被公安抓走，杨青云却平安无事地进进出出，人们更是说杨青云是故意让这些人给他顶罪，而且还见死不救，种种谣言更让杨青云心烦意乱。

谣言越传越疯，保平、金田和长巨的家属们一开始都相信杨青云，时间一长，见金县公安迟迟不放人，这些人开始轮流到棉站办公室找杨青云要说法。碍于面子，一开始她们只是坐着不说话，看杨青云既不表态也不说什么时候公安能够放人，她们便开始哭闹，众口一词地指责杨青云不但坑人害人，而且见死不救，只顾自己不顾别人的死活。

杨青云知道她们是救人心切，本有心托人询问一下案情的进展，见这些人隔三岔五总这么无理取闹，又加上罗建华对他说过，一切等他回来以后再去处理，他只好告诉她们说，你们耐心等等，大家都在努力想办法，人很快就会放回来的，他们有罪没罪你们比我清楚。

结果，这些人每天上班似的准时到他办公室赖着不走，因不愿意和她们直接纠缠，碍于乡情又不能不接待，却又没什么可以信任的人来帮自己周旋，杨青云只好请王多余来帮自己应付。这办法一开始还行，见杨青云不露面了，这些人吵着要当面讨说法，后来干脆住到了他办公室吃住不走。

情况越来越糟糕。见棉业公司出了这么大的乱子，李锋专程赶过来慰问。杨青云知道李锋是猫哭耗子假慈悲，冷冷地跟李锋打了个招呼，沉默地一个劲儿地只是低头抽烟不说话。李锋问了半天见杨青云什么都不说，生气地摊摊手说：“杨总，到底出了什么事儿，你好歹跟我说说，大不了咱一起想办法呀。”

杨青云在烟雾缭绕中低头坐着，冷不丁问了一句：“你们到底要折腾到什么时候？”

杨青云一句话把李锋问呆了，他随即明白了杨青云为什么问他这句话。李锋脸色一沉，问杨青云说这话到底是什么意思。杨青云自知失言，却难掩心中的愤懑，他一再提醒自己要理智，因此李锋咄咄逼人地让他把话说明白时，杨青云又埋头不说话了。

李锋一脸无辜地问杨青云：“你是不是认为是我告的？”

“不管是不是你，你自己知道。”杨青云的回答仍面无表情。

李锋恼了：“杨总你这是拿着好心当驴肝肺，你别不知好歹好不好？咱今天得把话说清楚。当初帮你找贷款我是看着你难，找你入股那是人家出资人的意思，我只是捎个话儿。前前后后没我什么事儿。这事儿我没勉强你吧？”

杨青云摇摇头说：“没有。”

“什么担保都没让你拿，我帮你借了三千万，我还有罪了？”李锋又气呼呼地说。见杨清云还是不说话，他接着说：“是，潘六让我找你说过物流中心合股的事儿。那潘六是什么人，我惹得起他吗？他坐在我办公室不走，逼着我带着他去找你，我认为这个事不管对你还是对他都是好事儿。说实话，他要是掺和进来我也不同意，这事儿我勉强过你一句没有？”

杨青云继续摇摇头：“没有。”

“那你凭什么诬陷我？”李锋一脸冤枉，“从认识你开始，咱们关系一直处得不错，我真没想到你这么看我，杨总。你说说我哪一点对不起你？是，咱们之前没什么交情，大家都知道你跟罗书记的关系。你回来投资，我保着你，不管什么事情都给你做好服务，你知道这是为什么吗？”

杨青云沉默不语，李锋敲着桌子愤愤地说：“保着罗书记把你这个项目做好，这事儿跟你没一毛钱关系，我只是回报罗书记一番栽培。杨总啊杨总，我真没想到你会这么问我，这么冤枉人是要出大事儿的！”

说着，从不抽烟的李锋摸过杨青云的烟，笨拙地点上猛吸一口，立即呛得咳嗽了半天都停不下来。

杨青云不想跟李锋多说一个字，看着李锋一脸无辜与诚恳，他还是忍不住说：“举报我的那些事外人不可能知道。”

“那你就冤枉我？我是党员，我是干部，不是下三滥！”李锋愤愤地说，说着他又猛吸了两口烟：“我不认为你在征地和建厂中有什么违法犯罪行为，不但是你，保平、长巨和金田他们都是冤枉的。”

“冤枉不冤枉，到底是不是黑社会，早晚会有个说法。”杨青云淡定地说。

“专案组怎么说？罗书记怎么说？你就这么坐着干等？没去找找人？”见杨青云开口说话，李锋一脸关切地问。

杨青云讳莫如深地摇摇头，看似真诚又像是没好气儿地说：“我是涉黑涉恶，在这个时候找谁，谁就是我的保护伞。”

06

李锋走后，当天晚上杨青云就给罗建华打通了电话。在电话中，他简单说了一下李锋来找他的意思，并将自己曾经通过李锋周转过三千万现金、李锋曾经带着潘六找自己谈过物流中心的事情说了出来。

奇怪的是罗建华对此并不惊讶，他告诉杨青云：“这些人都是一伙儿的，你一定要小心保护好自己。在这期间谁也不要见，好好想想，你自己那边是不是出了内鬼，否则很多事情不会知道得这么一清二楚。如果真有什么要紧的事儿，你当面告诉韩冰，让韩冰转告我。”

杨青云不知道罗建华说的“这些人”都有谁，他隐约觉得，罗建华虽然没有明说，好像所有的事情都已经在他掌握之中似的。想想自己找李锋周转资金也不是什么大事儿，物流中心的事情也早就跟罗建华汇报过了，杨青云还是觉得自己没做错什么。

和罗建华通完电话以后，杨青云心中轻松多了，至于那个举报他的内鬼是谁，他已经懒得去想。很多事情想也没用，他相信总有真相大白的一天。

见流言蜚语满天飞，陈小西也不放心地问了杨青云好几次，对案件的事情杨青云只字不提，陈小西从杨青云眼中看出了坚定，每天下班以后，陈小西便来办公室陪他。突然有天晚上，陈小西犹豫了大半天竟一脸认真地对杨青云说：“老大，你养着我吧。”

杨青云愣住了，陈小西一脸真诚地扑闪着眼睛：“我保证什么麻烦都不给你出，我也不要你的钱。”

“真心的？”杨青云故作轻松地笑着问道。

“当然是真心的了，我知道你离婚了，我也都这个年龄了，对婚姻也不抱什么奢望了。你这么难，咱们不如抱团取暖，我绝不会打扰你，我只想要个孩子。”陈小西说。

“傻孩子，好好工作。”杨青云长辈般亲昵地拍拍陈小西的头，转身从屋里出去了。夜黑如漆，辽远的天幕上闪烁着明亮的星辰。杨青云把陈小西一个人晾在办公室，一个人沿着小路穿过村子，走上河堤。远处有隐隐的灯火，那是七彩运河亭廊里的灯光。杨青云靠着堤顶一棵小树坐下来，很快就与夜色沉为一体。

不一会儿手机一响，发现是陈小西的信息，信息内容只有简单的两个字：懦夫。

沉着是一把利剑，既让人们摸不透他底细，也让那些相信谣言的人开始改变对杨青云的看法。闹事的家属不知又听了谁的主意，又开始轮番找他卖惨说好话，求他赶紧想办法解救被公安抓走的人。家属们态度突然大变，杨青云却依旧还是原来那副姿态，既不急，也不气，只是从容对答着他们的请求，好像整个事件都与他无关似的。

杨青云牢记着罗建华的嘱托，不管是谁，有关案情的话一句也不肯多说。每天他只是足不出户地安排着公司的各项事务，偶有时间，便会叫上陈小西，两个人一起在黄昏时分到大运河的栈道上散散步。

在杨青云眼里，陈小西就是个孩子。大水过后，因为干旱缺水，整条河道又开始瘦成了细细的一线。为将美好的景色留住，旅发大会在建设千亩荷塘时，在河道里打下了一道长长的堤堰。有一方水，就有一方的景色，如今荷叶已经长出水面，圆圆绿绿地浮在水上，夕阳映着晚霞远远地投过来，在水面上落下古铜色斑斓的影子。

和陈小西一起走在长长的栈道上，杨青云享受着一种独特的宁静。对杨青云的闪避，陈小西一开始很有不甘，却又在他高姿态的迁就下不得不主动放弃。两个人一前一后，都不说话，只是顺着栈道走到尽头，又原路返回。手扶栏杆望着远处，杨青云就想，什么时候能够通航，那才是大运河真正的黄金时代啊。

见杨青云一直没被抓走，人们的心慢慢稳定下来。这天早晨，清华提着喷壶到杨青云屋里浇花，花浇好了却迟疑着不肯走。见他有话要说的样子，杨青云问道："清华哥，有事儿？"

"听说保平他们要放回来了？"清华问。

"是吗，我怎么不知道？"尽管杨青云事先并不知道这一消息，却若无其事地笑着问道。在清风驿什么消息都传得飞快，当事人往往是最后一个知道消息的人。

正说话间，长巨女人已经推门进来，手里拿着一份金县公安局的通知书。一进门，扑咚一声在杨青云面前跪下："青云，你叔能回来多亏了你啊！"

杨青云示意清华过去搀人，接过通知书一看，原来是金县公安给犯罪嫌疑人家属下达的取保候审通知书，每人保证金二十万。杨青云倒吸了一口冷气，他当然知道长巨女人给自己跪下是什么意思，见她赖在地上不肯起来，杨青云问其他几家都收到通知没有，这时保平家属、金田家属也都到了。杨青云说，人能回来就好，我让财务马上准备钱，先把人接回来再说。

见杨青云肯出钱保人，长巨女人才哭啼啼从地上起来。众人走后，杨青云不知是喜是忧，见清华还提着喷壶在办公室没走，杨青云无奈地叹了口气："清华哥你说说，我在咱清风驿做点事儿怎么就这么难呢？"

"你是触动了别人的利益。"清华不紧不慢地说，"青云，我说句话你别不爱听，哪儿你都对，但你做了一件错事儿。"

"哪件事儿？"杨青云问。

"乡下人短见，错在你不该回来。你这一回来，清风驿确实富了，这些年村里的平衡却没了。不光是咱清风驿，你有没有想过你断了多少人的财路？在省城高高在上地当你的大老板，哪会有这么多烦恼？"

说着，清华提着喷壶头也不回地关门走了。

看着清华的背影，杨青云哈哈大笑："我杨青云就没做过后悔的事儿！"

交上保证金的当天晚上，保平、长巨和金田便被接回了清风驿。杨青云没有自己出面去接人，从看守所出来，保平、长巨和金田商量好似的都没有直接回家，而是直接来到了棉业公司找杨青云。仅一个多月的时间，杨青云发现三个人都瘦了一大圈儿，眼睛都掉进了眼窝。杨青云已提前告诉所有人不要声张，却让人准备好酒菜在办公室为三人压惊。长巨和保平的情绪倒是没问题，只是金田垂头丧气一句话也不肯说。本来，杨青云担心保平会埋怨自己，没想到保平不但一句埋怨的话都没说，反倒劝杨青云面临栽赃陷害一定安心。

杨青云告诉长巨和金田，你们先回家休息一周，一周后该干啥干啥，你们不在的这段时间，厂里耽误的事情不少。

酒喝完后，保平仍不肯走。他想跟杨青云说说公安都问了他什么话，杨青云说这些并不重要，重要的是咱心里没鬼。杨青云这句话不软不硬，既像在敲打保平，又像是在给自己自信。

见杨青云不让他说话，保平很沮丧，他看了一眼杨青云说，兄弟，我问句不该问的话，你是不是对我有看法？

保平这句话问得杨青云一头雾水，正犹豫着如何回答时，保平又说："人和人不一样，我听说问材料的时候，有人又举报了你。话我只说到这儿，谁是好人谁是坏人，早晚你会清楚。”

保平这句话怪怪的，却让杨青云肯定了有“内鬼”的想法。在杨青云心里，一开始保平的嫌疑最大，但听保平这话好像这个人并不是他。如果不是他，那个人只能是金田或长巨，他们为什么这么做呢？保平是怎么知道的，他又为什么跟自己说这句话呢？

杨青云越想越不明白。

07

整整一个晚上，杨青云都翻来覆去睡不着。

表面上不急，三人取保以后，他分别给君梅、赵志安、陈小西和韩冰作了交代。省人大会议很快就要开了，他知道只要人大一开，自己的代表资格就会暂停。万一出现最坏的情况，也好让他们有个准备。

随着案件的进一步深入，各方面的压力随即而来。杨青云涉黑不但在清风驿已经人尽皆知，在整个清川，人们都开始以异样的眼光看他。金县的公安数次到清川来调查材料，棉业公司账户所有的资金已被全部划走。每发生一件事情，事后总有人貌似关心地给杨青云报信，越是这样他越不愿意出门见人。眼见省里的人大会一天天临近，只要自己人大代表的资格被暂停，意味着自己马上就得去投案自首。

罗建华到底是怎么安排的？那个一直想置自己于死地的人究竟是谁呢？

杨青云好几次拿起电话又放下，还是忍住没再给罗建华打电话。只要公安一天不把自己带走，杨青云就得撑着。作为全市唯一一个公私合营的新型开发区，大运河开发区从一成立起便吸引着众多投资商的目光。不但一些当地企业纷纷入驻，同时还吸引了不少外地的客商。

因为淘汰落后产能，经县商务局协调介绍，李锋和北京十几家小印刷厂的老板们正在协商相关政策。新区的税收政策是一大优势，对环保的要求更是最大的竞争力。李锋为此跟他开过好几次碰头会，杨青云心不在焉地提出了自己的顾虑。

李锋兴奋地告诉他说，如果这些印刷厂都能搬到新区，每年能带来几十亿的产值。杨青云担心的还是环保问题，李锋说他已经请示过主持工作的梁县长，如果这些企业答应入驻，县里可以考虑配套建设一家省内最先进的污水处理厂。

“国家现在对环保要求得这么紧，手续能批下来？”杨青云担心地问。

“做别人不敢做的事，这才是咱们的竞争力。”李锋说，“省厅我已经咨询过了，省里的意思并不是对印刷企业一刀切，只要合理排放，省里是不反对的。”

杨青云点点头，仍不放心地说：“这个事我不敢表态，如果能成当然更好。”

李锋话里有话地说：“这件事罗书记知道。”

杨青云本来想问这件事罗书记怎么看，话说出来却成了“那就等罗书记回来再说吧”，杨青云这句话多少让李锋有些失望。李锋知道杨青云对自己有误会，他主动找过杨青云多次，除了工作，杨青云根本就不跟他见面。

省里的人大会已经开过，罗建华仍迟迟不能回来，杨青云在新闻上看到了暂停自己省人大代表的通告。他考虑再三，决定要去主动投案。临行之前，君梅特意从省城过来看他，为他准备了衣物、食品，杨青云告诉她这些事情都没有用，他安排陈小西和君梅见面，对公司的事情再次进行了交代，并特意嘱托君梅和陈小西，如果有什么事情拿不定主意，可以去找赵志安商量。

将一切事情安排就绪之后，杨青云又将棉站所有的事情委托给韩冰和保平。尽管此时他仍不能确定，举报自己的事情到底是不是保平干的。

在众人关注的目光下，杨青云一脸平静地走进清川公安局。

投案以后，所有人都在密切地关注着杨青云的命运。临投案前的那天晚上，他一个人独自到大运河边静静地坐到半夜。灯火隐现，如往事沉浮。码头如故，河湾深处那一线细水无声地见证着世间所发生的一切。

国土局给清风棉业下达了违法占地整改通知书，国税局也查封了清风棉业的账户，他不知道自己投案以后自己在清风驿投资的这两项目会走到哪个地步。有人告诉他说，扫黑除恶小组计划把这个案子办成铁案，自己就这么任人摆布吗？杨青云不知如何是好，在他最沉不住气的时候，韩冰曾主动到北京去找过罗建华。他感谢韩冰，如果没有她的帮助，自己在清风驿的工作绝不会这么顺利，这也是杨青云把公司托付给韩冰管理的原因。尽管已经感觉到暗算自己的都是些什么人，杨青云还是相信党，相信政府。

这年年底，为期三年的全国扫黑除恶工作接近尾声。罗建华已经从中央党校回来一个多月了，杨青云的案件仍不见进展。眼见清风棉业就要垮掉，谁也没有想到案件的性质会出现戏剧性的翻转。

最终经公安部门一一查清，杨青云虽前后数次从棉业公司拆借过几千万现金，但这一行为不算侵占。一是因为杨青云本身就是股东，二是因为棉业公司和建瑞公司之间多有拆借，只是手续不太规范，此行为不构成违法。棉业公司征地时和村民发生冲突的事件也已经调查清楚，冲突时杨青云既不在场，也没有在幕后指使。虽然在征地过程中有些手续并不合法，但清川县政府和新区管委会都给他出具了相关证明，并一一作出了解释。因此，金县人民检察出具了不予以逮捕的裁定书。

在这期间，杨青云一直被监视居住，清风棉业保持着正常的运行，几百亩试验田也终于试种成功。清风集团涉黑案件，杨青云成功完成反杀惊呆了众人。

宣布无罪释放以后，是罗建华亲自将杨青云从金县接回来的。

“你受委屈了。”罗建华没说多余的话。

事后，罗建华告诉他说，背后诬陷他的是一个团伙。这个团伙对外以潘六为首，背后却是一个庞大的利益集团。这些人都是本地人，而且都在政府要害部门工作，他们长期盘踞在当地，形成了一个利益链条，在清川呼风唤雨，为所欲为。这些人既有公检法干部，也有政府人员，李锋在里面只是一个小角色。

杨青云听得心惊，罗建华还告诉他说，这个团伙以潘六为核心，国土局局长、环保局局长、建行行长、公安局副局长等，国税局副局长许燕屏也是其中的重要成员。而在他们幕后的大老虎，则是在清川深耕多年的县人大主任李国军。

见杨青云一脸惊讶，罗建华说，案件的突破口，是不久前省委秘书长落马被查。在他收受的贿赂中，有一个箱子，箱子里全是成捆的现金，里面写着送礼人的名字。直接给省委秘书长行贿的人是潘六。这也证实了潘六“上面有人”的传言。多年以来，潘六的社会关系深得可怕，此案涉及清川将近一半的科级以上政府干部，凡是与他有过交往的人全被调查问话，其中公安和法院人员最多。

罗建华说，之所以一开始不让你声张，也没告诉你结果，是要把清川这股黑恶势力和保护伞一网打尽。他们从一开始就盯上了开发区，想趁这个机会大捞一把。借这次办案的机会，金县公安顺藤摸瓜，找出了潘六许多官商勾结、违法犯罪的线索，这个团伙手里还有命案。

“高大志就是他们谋害的。”罗建华又说。

“高大志是谁？”杨青云不解地问。

“你记不记得，在清风驿支教的许老师？高大志是许老师的丈夫。”

杨青云本来已经不想许燕来了，听到这里他心头蓦地疼了一下。他没想到在自己背后竟藏着这么大的阴谋，更没想到许燕来遭遇过这么大的不幸。

罗建华还告诉他说，在你解除监视居住之前，这些人已经全部被专案组带走。谁也没想到，县打黑除恶领导小组副组长、公安局副局长于志军竟也是这股黑恶势力的保护伞，这些人相互勾结，才是清川最大的黑社会。于志军被专案组从办公室带走，以潘六为首的犯罪集团才正式宣告覆灭。

第十八章　坚守

01

杨青云听后，他实在不敢想象，这几年竟有这么一个可怕的对手一直在背后盯着自己。另外，罗建华还带给杨青云一个好消息，旅发大会的二期资金已经有着落，就在前几天，县人大已经通过表决，同意向省财政申请地方债以偿还旅发大会的建设资金。

杨青云深知，这一议案得以通过，与人大主任李国军落马不无关系。

几乎是在一夜之间，全清川人才知道自己身边竟隐藏着这么大一股黑恶势力。有人说，潘六被抓之后，那些遭他暗算的人纷纷到公安局举报，还有人去政府门前放起了鞭炮。杨青云如释重负，自己这几个月的煎熬总算没有白费。

过程的艰难只有经历过的人才会知道，杨青云好奇李锋在这一事件里的角色，同时也想知道到底是谁举报的自己。罗建华告诉他说，李锋涉案，但跟这些人交往不深。当初帮杨青云周转那笔资金，他只是从中拿取了三十万的介绍费。

“他不该脚踏两只船，既想当一把手，又想捞钱。”罗建华笑道，“抓潘六的时候，他就主动向纪委投案并说明了自己的问题，也把赃款交了出来。”

“他会不会判刑？”杨青云问。

“这就不好说了，最终看检察院和法院吧，毕竟是投案自首。”罗建华说。

“盘踞清川这么多年的黑恶势力终于被你打掉了。”杨青云说。

罗建华说：“这也得感谢你，不过哪里都一样，这是早晚的事儿，既想当官又想挣钱的时代已经过去了。”

杨青云还想问问到底是谁举报的自己，罗建华却不肯回答，他只是笑着说事情已经明摆着，一是我不能说，二是我不相信你自己还看不明白。

杨青云想想也对，很多事情没必要非得问个明白，只是他想证实一下自己的猜测到底有没有错。唯一让他感到不舒服的是，这个黑恶团伙中竟有许燕来的姐姐许燕屏。杨青云不相信许燕来也参与了对自己的陷害，但她毕竟找自己当面说过入股的事儿。事情越想越乱，杨青云干脆不去再想。他感慨地对罗建华说：“没有你，我今天真不知道在哪里。”

“谁也一样，企业家离不开政府，政府同样也离不开企业家。如果不把这些人除掉，清川就永远得不到真正的发展。清川的天下是人民的天下，不是官员的天下，更不是贪官们的天下。作为掌舵人，我有责任和义务给你们这些合法的企业家保驾护航。”

罗建华的话越来越有政治高度，杨青云发现他自从当上县委书记之后，尤其是经历了中央党校的学习，说话做事跟原来的风格有了明显的不同。

罗建华拍拍杨青云的手：“回去以后加油干，全清风驿、全清川人都看着你呢。这段时间棉业公司和开发区的事儿耽误了不少，你得抓紧把课程补回来。棉业公司做得不错，下一步一定要把土地流转做好，把它做成一个全产业链。你回清风驿创业的事省里已经知道了，宣传部的领导很关心你，今年县里推荐你参评全省道德模范，关键的时候可不能掉链子。”

杨青云点点头，又问罗建华说：“听说全国百优县委书记有你的名字？你在清川待不长了吧？”

“现在只是推荐提名，我当一把手时间太短。别关心这些事情，赶紧把自己的事情干好。”

“你不会调走吧？”杨青云仍不放心。

这一次，他的话罗建华没有回答。

回清风驿以后，大难不死的杨青云立即投入了工作。

因为李锋被抓，经县委批准，韩冰开始代理开发区管委会常务副主任。李锋在任时的工作要继续搞下去，杨青云认为印刷厂虽然不直接向大运河排放污水，但最终会污染大运河。这一点他与韩冰产生了严重的分歧，此事还惊动了罗建华。面对杨青云的反对，罗建华没作解释，只是让他有时间多去参观参观。“你的想法不能只停留在固有的认识上，国家不可能没有印刷业，一刀切的关停是你对绿水青山这一概念的理解不够。”

见罗建华这么说，杨青云只好半信半疑地点头答应。

开发区的几个招商项目签字以后，他又马不停蹄地南下浙江、广东，北上新疆、内蒙古，风尘仆仆又踌躇满志地拉投资、引项目，新区发展迎来了一日千里的大好局面。

六月，他和南方一家大型服装公司达成棉纱销售合同，承接了每年为对方生产一百二十万锭棉纱的任务。他一面安排人马在村里征地建厂上生产线，一面同新疆客商谈好了引进棉花购销合同。事情定下来以后，他又生新意，决定在开发区投资兴建一家热电厂。电力和热力供应几个厂子之外，还可以供应清风驿、镇政府和周围几个村子。当然，从此以后，清风驿百姓用气、用电全部免费。

县、市、省三级审批很快就拿了下来，热电厂开工之后，他又组织六十名青年到南方电子厂务工。下一步，他要筹建一家电子厂，这种劳动密集型企业虽然利润有限，但可以最大程度安排村民就业。

杨青云的目光不仅仅关注在开发区的工业化上，转过年来的春天，杨青云再次征地五百亩，在大运河畔修建了一座高档次的农业生态园。他安排人打井修渠，计划在生态园里种植绿色蔬菜、饲养土鸡、养鱼，并开展生态采摘旅游。

土地问题仍是杨青云心中最重要的问题。在这年的夏秋之际，经与镇上协商，杨青云将大运河西岸所有的土地成功流转，全镇十几个村子的村民纷纷以地、资金入股，入股后很快就被杨青云安排了工作，原来天天面朝黄土背朝天的村民都变成了名符其实的职工。

02

市场决定着一切，尽管杨青云的想法是美好的，但清风驿大面积土地流转却一直不太顺利。

他最初的想法是先拿下所有的河滩地，再将清风驿所有剩余的耕地都流转过来种植棉花。如果一切顺利，明年继续流转周围几个村子，依托大运河实现真正的农业规模化。土地流转虽然大体顺利，却有个别“不合作者”不愿将自己的土地交出来，对此杨青云并没有在意。自己种地能挣几个钱？如果同意流转土地，每亩每年可以收到一千元的流转费，农业补贴归农户，本人还可以到工厂打工，每个人每年的收入已经跟在外打工持平，而且到年底还可以分红，杨青云不相信清风驿的人算不清这个账。

这天，负责联系征地工作的金田急匆匆地跑过来，告诉杨青云说村里还有几户人不愿意交地，带头的人竟是王多余。杨青云一听就火儿了：“怎么会是他？他怎么说的？”

金田支支吾吾说不明白，杨青云命人将王多余叫到办公室。

自从杨青云回到清风驿，王多余一直跑前跑后地在后面跟着。杨青云虽然没给他实际职务，清风驿的人都认为他是杨青云的跟班儿。即便清风驿的人都反对土地流转，杨青云相信王多余也会是最后一个。

王多余进屋，杨青云沉着脸只顾抽烟没去理他。王多余心虚，摩挲着双手讪笑着想套近乎，杨青云却还是沉着脸不说话，最终王多余实在憋不住了：“小舅，我知道你是为了地的事，这，这不是我的主意。”

“我真是瞎了眼！你家的地，你说不是你的主意？”杨青云没好气儿地说。因为是同学关系，杨青云跟王多余从没客气过。

王多余脸涨得通红，他不敢靠杨青云太近低着头说：“小舅你不知道，因为先前超市的事儿，小惠还一直跟我闹，一直不让我回家睡。这个败家娘们儿……”

王多余一边说着，一边做出一副无辜的表情。

“哪一条没满足你们？”杨青云反问道，“谁对你好你不知道？在这时候带这个头儿，故意打我的脸是吧？她到底要干什么？”

杨青云知道王多余是个直性人，在小惠面前是个窝囊废，虽然分得清好坏，却做不了女人的主。杨青云发了两句牢骚，说你把小惠叫过来吧，我问问她。

当初建棉站拆了小惠的超市，虽然明着没说，棉业公司私下是给了小惠十五万块钱。王多余的地就在村口，如果他那块地拿不下来，那十几户人家的地都拿不下来，整个地块会被割得支离破碎。杨青云认为小惠之所以不答应，就是因为想多要钱。

这个毛病坚决不能惯着。

见到小惠，尽管此前已经领教过她的泼辣，但杨青云这才真正发现这个将王多余玩得团团转的女人比自己想象中难对付得多。小惠只字不提自己不同意流转土地的原因，只是说那块地要自己种。

“我虽然不说，你自己心里清楚，不就是想多要点儿钱吗？”杨青云知道不谈钱事情肯定谈不下来，聊了半天，主动跟小惠谈起了条件。

小惠说：“杨总，这不是钱的事儿，我就是想种地。”

杨青云注意到她对自己的称呼从“小舅”改成了“杨总”，这一称呼的改变意味着可能很多关系发生了本质的变化。小惠为什么会改口呢？

“故意跟你小舅过不去是吧？”杨青云笑呵呵地说，“是不是听别人说了什么？小惠你可不是没主意的人。我对你们怎么样，你比谁都清楚。”

“我跟村里说说，给你换块儿地行不行？一亩换一亩半。”杨青云想出一个折中的主意。

“我就种我那块地，杨总。”小惠不看杨青云，也不喝他递过来的水。

“那你这就是成心跟我过不去了？”杨青云心中虽然着急，但他仍不愿意因这件事伤了和气。

“凭什么你一来，我们连农民都当不成了？”小惠突然说出一句吓人的话。这句话立即让杨青云联想到了第一次在清风驿征地时人们说过的“为富不仁”。

杨青云只是歪着头吸烟。又过了好半天，杨青云才咳嗽了一下说：“小惠，凭我跟多余这么多年的关系，我对你们怎么样你自己很清楚。这块地我用也得用，不用也得用。就当帮你小舅一个忙，条件你随便提。”

小惠却说：“土地流转是不是自愿？”

“是自愿。”

“是自愿就好，没什么别的事儿我走了。”

说着，小惠不等杨青云回答便扬长而去。

王多余不同意土地流转，并不代表清风驿所有的人都不同意流转。更多人都自愿加入了土地流转行列。后来，杨青云不愿再跟小惠说话，又把这一难题交给了韩冰。其他村都同意了杨青云制订的土地流转方案，周围几个村子的支书甚至主动找上门来，要求同时流转他们的土地。

随着这一大手笔的一步步展开，到清风驿来攀亲、入赘的人越来越多，以前村里许多在外打工的人员也纷纷回到了村里，只有死活不肯让步的小惠仍是扎在杨青云心头的一根刺。

03

这天，杨青云来到狗场，那条格力见了杨青云，仍不顾一切地扑上来。杨青云哈哈一笑：“你这狗东西，好几个月没来看你，还没忘了我！”

搂着格力亲了一阵子，杨青云在长新的带领下一一看望着这些娇生惯养的细狗。一边拍拍这个拍拍那个，一边若无其事地看一下表。昨天韩冰告诉他镇上的新党委书记今天上任，心想人也应该到了吧，果然就听到门外有汽车的声音。

杨青云正犹豫着要不要迎接一下的时候，格力又跑过来在他腿上蹭来蹭去。杨青云拍拍格力的脑袋让它躺在地上，低头翻开它的背毛，一寸一寸地检查着看它身上有没有跳蚤。见杨青云蹲下，长新也忙蹲下来翻，一边翻一边说：“有件事儿我还没说呢。派出所让咱们办狗证，说咱们狗场属于非法饲养。你是不是抽空跟他们说说……”

“什么？”杨青云一听腾地站起来，大手一挥厉声训斥着长新，“证证证？办什么证？他们再来你给我顶回去，就说我说的，城里办证，乡下也办证？你问问他们，他们知道狗证长什么样儿吗？”

“是杨总吧？这是发什么火儿呢？”杨青云正黑着脸发火儿，一个略带软气的男中音问。

杨青云回过头，一个四十多岁的戴眼镜的中年人走进来，身后跟着镇上的秘书小吴。他笑呵呵地望着杨青云，小吴忙解释道：“杨总，这是新来的岳书记。”

岳书记忙做自我介绍：“我叫岳国胜。”

杨青云忙笑了：“哦，岳书记。来来来，快到屋里坐，你看我这一忙就把你来的事儿给忘了……”

岳国胜站着没动：“谁不知道你杨总日理万机，比咱罗书记还忙？你是有空看狗，没空接待我这个人啊。”岳国胜怪腔怪调地加了一句。

杨青云装作没听懂他的话：“失敬失敬，我这一大摊子事也不容易嘛！罗书记毕县长他们来了，也是走到哪儿看到哪儿，都习惯了，我老杨是个粗人，没那么多规矩。”

听杨青云提罗书记，岳国胜不温不火：“杨总日理万机，我们都是小辈人，按年龄说我该叫你声叔。”

“看看看，这是怎么话说的？以后叫我老杨就行。你是领导。后生可畏嘛，现在的领导越来越年轻了。罗书记够年轻了，他喜欢年轻干部，我看你比他有前途！”也不知道什么时候，杨青云动不动就跟人提罗建华，只是他自己不觉察罢了。

“哪里哪里，杨总家大业大，到了您这一亩三分地儿，什么事儿还不是您说了算？按规矩，我过来不得先拜拜您这个佛？对了，我跟你们村长巨是同学……”

“哦？”杨青云若有所思，也只是愣了一愣热情地拉了新书记回办公室喝茶。

杨青云边走边问：“派出所让办狗证？这事儿你知道不知道？”

“我刚过来没几天，还不清楚，好像是有这么个文件。”岳国胜说。

“什么狗证不狗证的，人家大城市里规范养狗，咱乡下还用办证？”

“这是为了你好嘛。”岳国胜一嘴官腔。

“是这样啊，既然上边有令，那我不让你为难了，”杨青云说，“防疫站还是刘平均吧？”说着，杨青云抄起电话就打。岳国胜一脸意外地看着他在电话里大呼小叫又笑又骂，便皱了皱眉头。过了好大一会儿杨青云才挂了电话：“是上边的命令，我让他们抓紧办。”

岳国胜诧异地看着杨青云，他当然知道杨青云小题大做是什么意思。岳国胜说：“那就麻烦你了。”

杨青云摆摆手：“这没什么麻烦的，只要他们不来找我麻烦，我谁的麻烦都不会找。”

杨青云的话很硬，顶得岳国胜有些难堪。本来，岳国胜刚调到镇上工作，他想调解一下杨青云和长巨的关系，现在看来已经没用了。

两个人在办公室喝了一通茶，又闲聊了几句，岳国胜便起身走了。

杨青云对岳国胜的印象并不好，他不喜欢这种开口闭口就打官腔的人。见他又和长巨是同学，这个人不能不防。

天有不测风云，正当杨青云琢磨如何与镇上来的新书记处理关系时，棉站又出事儿了。这天下午，县武装部的陈部长给杨青云打来电话，说他接到一个电话，说棉业公司给部队供应的一批皮棉里发现了重石粉。这两年公司一直做着军用棉，见是武装部打来的电话，杨青云心里发慌，却不知哪个环节出了问题。还没等他反应过来，几个穿军装的人已经开车找上门来了。来人态度强硬，一进门就亮证件，二话不说直接要把金田押走。

杨青云慌了。

军需物资非同小可，难道是收购的时候把关不严？这几年为了增加皮棉重量，小贩们经常会往籽棉里掺石粉。他一再叮嘱收购把关要严，这到底是怎么回事儿呢？杨青云立即将生产和库管的人叫过来一问，得到的回答却是一两重石粉也没有掺过。这就奇怪了。杨青云忙给陈部长打电话，托陈部长求求情，有什么事大家可以坐下来说。经陈部长再三沟通，对方才答应可以先不带人，晚上让公司老板去清川宾馆见面。

送对方出门，杨青云却发现他们开了两部没有牌照的车辆，忙让金田给被服厂打电话，对方却说不知道有这回事。联想到事出蹊跷，杨青云知道这是被人敲诈了。

万一对方身份是真，自己责任担不起。思来想去，杨青云还是给罗建华打了个电话。罗建华一听就笑了："你赶紧给公安局张局长打电话，一个人都不能放跑。"

虚惊一场。

事后，杨青云总觉得事出蹊跷，骗子怎么这么了解棉业公司的情况，而且还专门骗到自己头上呢？联想起扫黑除恶的事情，杨青云感觉此事不能不重视。他知道，虽然李锋那伙人被打掉了，背后一定还有一双眼睛在盯着自己。

04

没过几天，杨青云收到镇司法所的通知，小惠把他告到了镇上。她手里拿着确权登记书，说农场不能堵住她家下地的路。

司法所先是调解，后来新来的岳国胜书记也出面调解，但他却一味地只是敷衍：这种事镇上管不了，要找你找县里吧。结果小惠又把他告到了县司法局。县里推回村里，见告不倒杨青云，不知谁出了主意，小惠又背着水壶告到了省里。杨青云听罢，有些后悔当初不该跟岳国胜那么不客气，否则他不会只挑事儿不压事儿。但现在无论怎么后悔都于事无补了。

冬天的一个下午，杨青云意外接到了罗建华的电话。罗建华说，你征地的事儿上面都知道了，事儿已经压下了。信访办让县里去领人，你马上过来一趟。

放下电话杨青云就火儿了，他在办公室蹦着高骂了半天娘，才瞪着血红的眼睛对保平吼道："让姓岳的把那个狗娘养的给我领回来！"

第二天下午，人领回来了。杨青云站在村委会大院里看着小惠，恨不得冲上去扇她几记耳光。人刚一下车，县公安局的警车便开了进来。一进院，几名警察二话不说，立即将小惠扭起来关进车内，临走前却对保平说，越级上访属于非法上访。

事情都是杨青云安排的，见公安将小惠带走，杨青云没说什么，保平愣在当场，长巨脸上却红一阵白一阵，他并不清楚公安为什么会把小惠带走，他诧异地看着杨青云：“为这事儿生这么大的气，值吗？”

杨青云冷冷地看了长巨一眼，没有说话。

公安局将人带走以后，杨青云又开了简短的会议：

“她不是愿意当农民吗？我就让她好好当这个农民！她那块儿地我还真不要了。长巨，把她那一亩三分地儿退给他们，米、面、油、电、分红都给我免了，先把今年的医保停了，看看他们那一家子亲戚兄弟，凡是一个门子里的，统统开除，一个不留，什么时候把事儿想明白，什么时候再回来上班。”

小惠因非法上访被行政拘留十天。偏偏是冤家路窄，小惠被释放回村的时候，正赶上省乡村振兴局带着记者来清风驿参观采访。一行人刚刚参观了驻开发区的几家企业，正准备到村里参观村小学、敬老院，哪知刚进村口就被小惠带人拦住了。小惠跪在人群前面，手里高举着厚厚的材料，一句话也不说。

杨青云皮笑肉不笑地问：“这不是小惠吗，在这儿干什么呢？”

小惠冷冷看了他一眼，并不理会。

“哦，这是告我的状呢？好啊，这都是省里来的记者，有什么冤情你跟他们说吧，看看是你们有理还是我有理？我给村里搞发展还错了？”

见杨青云脸色不好，长巨忙挡在前面，拉着几个记者想绕过去。几个记者面面相觑，像是第一次遇到这样的情况。

小惠一行人还是不说话，只是低头跪着。场面僵持着，长巨压低了声音：“地不都退给你们了？有什么事回头说，今天谁也不能在这儿跟我闹事儿……”

见众人不理他，长巨又跑到记者面前打圆场。

记者终于说话了：“要告状你们去法院。”

“记者同志，我们不要求别的，我们只要求你看一眼我们的材料。”

记者愣着不知该不该接。

“让记者们看看也好，我杨青云行得正坐得直，不怕你们告！”

记者将材料接过来，几个人才肯离去。

好不容易将告状的人打发走，原本热烈的气氛被打破了，一时间都不知道该说什么。尽管出了这个小插曲，明知道小惠是在故意给自己抹黑，按县委宣传部的安排，杨青云仍谈笑自如地在集团总部接受了采访。没过几天，省电视台就专题报道了杨青云的事迹。这篇专题迅速在全省上下引起了轰动，长巨组织集团职工收看电视节目。电视上的杨青云纵横捭阖，意气风发。正看着电视，杨青云突然觉得胸口一阵发闷。

杨青云突然想回一趟省城，掐指算了算，自己已经很长时间没离开清风驿了。他最近总感觉喘不上气来，于是让小高提前约好了省医院的体检。哪知道刚准备要回去，长巨就匆匆跑进来说："青云，你四叔死了。"

杨青云一屁股坐在椅子上，他知道自己已经走不了了。

长明是老支书，又是族长，还是自己本家四叔，杨青云绝不能在这个时候离开。他开始出面为长明安排后事。这是清风驿有史以来规格最高的葬礼：所有费用由棉业公司承担，杨青云特意为长明买了一副花岗石棺材，还破例为长明申请了土葬。

长明出殡那天，村里人几乎全来了。天空飘着小雪，将一应事务安排好后，天已经快黑了。杨青云捂着胸口匆匆赶回棉站，因急着要赶回省城，临走他给陈小西又交代几件工作上的事情。事情交代完以后，雪还没停，小高开车送他出大门的时候，清华揣着手拦住他，问杨青云下着雪到哪里去，杨青云来不及细说，只是让小高按按喇叭便开车走了。

雪越下越大……高速已经封路了，小高问杨青云走是不走，杨青云决定改走国道。好在路上车并不是很多，不知不觉间速度就快了起来。雪越下越大，前方灰蒙蒙的一片，突然，他听到一阵刺耳的刹车声，当他意识到危险时，一切都已经晚了。

醒来时杨青云发现自己手脚都被固定住，费力地睁开眼才知道自己正躺在病床上，他不知道此时已经是两天以后了。他先是被送到清川县医院，后来又从县医院转到了省医院。原来，车祸造成的外伤并不严重，最严重的是医生发现他肺部有一个巨大的肿瘤。

杨青云住院的消息又过了几天才传到清风驿。

听说他在路上出了车祸，长巨带领职工代表到医院来看他。长巨向医生询问病情，这才知道杨青云得了肺癌。消息传到清风驿，陈小西和韩冰一脸惊慌地来到医院，见杨青云并无大碍才放下心来。

杨青云让陈小西问清了自己的病情，决定去北京的大医院进一步检查。肿瘤到底是良性还是恶性一时难下定论，当务之急是防止扩散抓紧时间切除，为此他用上了最好的医生、最好的设备、最好的病房，杨青云的肺最终还是被切掉了五分之二。

手术过后第二天，杨青云才缓缓醒过来。因牵挂清风驿的事情，他决定继续让韩冰代他处理所有的工作。接下来是为期三个月的化疗，君梅听说以后也到医院来照顾，杨青云告诉她说，咱们已经没什么法律关系了，医院有小高，你不用耗在这里。

君梅两眼含泪，走也不是留也不是。杨青云安慰她说：“即便我垮了，咱们的家不能垮。你替我管好两个孩子。”

听到这里，君梅只好点点头。这两年她确实一直在跟杨青云赌气，眼见他病成了这个样子，她既是生气，又是心疼，最终却又不得不听从杨青云的安排。君梅并不看好他回老家投资的前景，见杨青云在清风驿越陷越深，为保住家产，她这才不得不与丈夫离婚。她想的是万一投资失败，也好给丈夫一个退路，哪知杨青云突然间竟得了绝症。

明知自己在医院也无济于事，君梅还是坚持陪了杨青云两天。知道丈夫的性格，她不敢跟杨青云照面，只是默默地在远处看着他。如果事情再来一次，她绝对不会再拿婚姻当作和丈夫赌气谈判的砝码了。

05

杨青云并不知道，就在他回城的那天下午，一个国家派来的工作组来到了清川。此前他们接到了多封实名举报，他们这次前来就是要调查清川县大运河开发区非法占地的问题。杨青云涉黑涉恶的罪名虽然已经洗清，但非法征地的问题却远远没有结束。

罗建华亲自接待了工作组，拿出发改委批复的文件，又让韩冰过来说明了开发区占地的实际情况。工作组见开发区有省里的批文，却说为了履行手续，必须到现场实地调查一下。

工作组来到支部的时候，保平正在端着大玻璃杯子喝水，一见韩冰带着陌生人进来愣住了。韩冰告诉保平说：“这是国土部的同志，来调查开发区非法占地的。”

保平要陪工作组的人一起调查，却被拒绝了。他们只是命保平将开发区各公司占地的原始手续拿到会议室，将这些手续拍照存档，又随机在清风驿调查了几家农户，然后就走了。保平问韩冰会不会出事，韩冰摇摇头说我也不知道。

根据医院安排，手术一周之后杨青云就出院了，医生却不让他远离。又在北京家中住了一个半月，他再次返回医院检查才算正式出院。

这天，杨青云正躺在阳台晒太阳，不想清华千里迢迢地坐车赶到了北京。清华能来看他杨青云很意外，不想他却给杨青云带来了两个不好的消息，一是园区非法占地被查，二是村里一部分人要分股，杨青云一听这消息又急了。

清华说：“怕你不知道这些事情，所以我才过来的。这群白眼儿狼，吃饱了就咬人。你当初不给他们股份就好了。”

杨青云感激地拍拍清华肩膀，眼中满是泪花。他摇摇头告诉清华说：“世上的事哪能后悔啊，既然已经这样了，那就随他们去吧。”

嘴上虽然这么说，杨青云还是不甘心。没等到第一次回院复检，他就让小高开车拉着他回了清风驿。

村里人酝酿要分股的事情韩冰并不知情，当杨青云突然出现在清风驿，保平和长巨很意外。杨青云问起分家的事，保平和长巨都闪烁其词，既不肯说也不敢说。后来问起了韩冰，韩冰也是一头雾水。后来经韩冰了解，杨青云才知道见棉业公司接连出事，有一部分村民想撤走自己的股份。见杨青云平安回来，一时间又没人再说分股的事了。

杨青云知道，这件事一定有人在幕后主使，这类落井下石釜底抽薪的事情一般人做不出来，而且也做不了，他最大的嫌疑人就是保平。

韩冰一脸着急，杨青云却一点儿都不急。又过了几天，杨青云的气色好了许多。脱光的头发、眼眉也慢慢向外长，人也勉强可以下地活动了。一连几天杨青云不见长巨的身影，便问清华："怎么这几天没见长巨？"

"我也一直没见他。"清华说。

这天天气不错，清华用轮椅推着杨青云出去散步。走着走着，就到了码头河边。如今的清风驿早已今非昔比。规划整齐的二层小楼，宽阔的马路。看着自己的杰作，杨青云心里阵阵惬意。人们见了他都远远地打招呼，询问病情，清华替他答着，虽然身体病着，但今天他的心情似乎超乎寻常地好。

转来转去，就转到了村东头。杨青云看到胡同口似乎有人影一闪，他问清华说："清华哥，我看着像是长巨，他到谁家去了？"

清华告诉杨青云说那是王多余家，杨青云让清华推自己过去。

两个人来到街后，后窗拉着窗帘，若有若无的一条小缝。清华踮着脚往里看了一眼，慌乱地推着杨青云要走，杨青云心里一冷，扶着轮椅挣扎着站起来。

杨青云双手扶墙，觑着眼睛向屋里望去。小惠白花花的两条腿在床上架着，长巨正跪在她两腿之间……

杨青云眼前发黑，瘫在地上。

醒来以后，一股气涌在心头，他挣扎了几下，哇地喷出一口鲜血。亲眼见到长巨和小惠的奸情以后杨青云才知道，这几年之所以接连出事，包括韩冰被人诬陷，举报暗算的那只黑手竟是长巨。

杨青云再次被送进医院。

经过几轮化疗，杨青云又虚弱得无法下地走动。等终于可以挣扎着下地走动时，却仍痰里带血，嘴上还是不能说话。望着屋里屋外堆积如山的营养品，杨青云眼睛瞪得老大，喉咙里咕噜咕噜直响，急得发出嗷嗷的声音，却一个字也发不出来。几番连比带画，小高才终于明白他的意思，并让人将屋里的输液器、药品、营养品等全部拿走。

前几天接连下了几天春雨，空气湿漉漉的。虽然已是暮春，但小风刮过，还是让人身上感到阵阵阴冷。最近几天，韩冰不时来个电话。尽管在电话里她没有明说，杨青云知道自己第二次病倒以后，村里人一定又在闹着分股。想着自己前前后后做了那么多，一旦病倒后人们却如此无情无义，杨青云伤心透了。

这天罗建华专程到医院来看他，罗建华埋怨杨青云有病不该瞒着，杨青云只有苦笑。两人一起坐了半天，杨青云有气无力地对他说：“生病以后，我思考了一些关于生命和命运的问题。我总是在怀疑，我这几年所做的事是不是本身就是一个错误。”

罗建华一脸愧意，他已经听说了村民要分股的事，当初杨青云回清风驿因他而起，如今遇上了这类事情，他也不知道该如何安慰。此前关于开发区非法占地，他已经跟相关部门解释多次。事情虽然棘手，一切都还在调查之中。为了安慰他，罗建华只好把这一消息提前告诉了杨青云。

罗建华说：“还是人最重要，别想那么多了，安心把病养好才是当务之急。”

“看来，我做的这些还是解决不了根本问题。”杨青云笑了笑，他有些失落有些责备地看着罗建华。

罗建华拍拍他的手说：“你已经做得够好了，青云兄。我需要感谢你，清风驿和全清川人民都需要感谢你。”

杨青云神情落寞，他挣扎着要坐起来，罗建华忙上来扶住。杨青云黯然神伤地说：“也许我做的这些确实解决不了问题，但我尽我力，能做到的我都做到了，对清风驿也算问心无愧了。”

“这世界需要你，也需要我。虽然咱们角色不同，但都是推动社会进步的力量。有的人推动社会进步，有的人跟着进步。不要怪大家无情无义，你得容许他们有理解和成长的过程。船到桥头自然直，你不必耿耿于怀，先把这些人和这些事放下吧，最重要的还是身体。”

“您说得对。”杨青云两眼空洞地说，“众擎易举，独木难支。我唯一想不透的是，为什么会有人反对我。也许我错就错在太用情，反倒看不透了。”

他气息微弱地自嘲着，低头看了看手背上的青筋。世上所有的打击他都能接受，唯独不能接受自己人的怀疑和背叛。

06

等杨青云能下地走动以后，棉业公司召开了第一次全体股东大会。股东大会这天，突然间暖阳高照，气温一子下升了上来。一大早清华就推上轮椅，将一脸病容的杨青云带到了会议现场。

因这段时间住院治病，杨青云已经很久没在清风驿公开露面了，甚至有些人都怀疑他的病是不是只是谣传。见清华用轮椅推着杨青云出来，人们这才发现他已经确实病得不轻。大家纷纷上来问候，嘘寒问暖间，众人有一搭没一搭地跟他开着玩笑。杨青云说话还不是太利索，只是笑笑、点头或者摇头，基本不同任何人深谈。

人越聚越多，说笑的、打闹的、叫骂的、交头接耳煞有介事商量事儿的……嗡嗡嘤嘤此起彼伏。太阳一出来，杨青云感觉身上舒服了许多。黑压压的人群里都是他熟悉的面孔，看着这些熟悉而又朴实的面孔，杨青云心中一热。这股热流让他突然生出一股想站起来的冲动。他笑了一下，这些都是多好的人啊，想想这几年自己给他们带来了什么，又让他们失去了什么，自己到底哪里做错了，竟让他们不顾一切地闹着要跟自己分家。

想到这里，杨青云突然又心寒了。

他一边强笑着冲他们点头致意，一边在人群里寻找着什么。就在这时，他在更远处看到了长巨，还看到了一边嗑瓜子儿一边围着几个男人说笑的小惠……

保平慢腾腾地从支部走来，身后跟着第一书记韩冰。主持大会的是韩冰，照例由她宣布大会程序，然后是董事长讲话。杨青云的发言是由保平代他念的，见他连发言的力气都没有了，纷纷投来惊讶的目光，并小声议论着什么。

股东大会分成了三派，保平代表村民，金田代表劳务公司，陈小西代表杨青云。这次商量的主题是撤股。村民代表有 30% 的表决权，工会有 30% 的表决权，陈小西代表杨青云有 40% 的表决权。让杨青云没想到的是，保平居然站到了他一方，否定了众人提出的分股方案。

保平的表现出乎了杨青云的意料，原本他以为保平是棉业公司分家的幕后指使者。尽管如此，经韩冰提请股东大会，最终还是同意了那些自愿退出股份的人的想法，只是具体方案需要商量后再做决定。

杨青云心头一阵哽咽：“清华哥，你扶我回去。”

清华将杨青云扶在轮椅上，慢慢推着他往回走。走着走着，杨青云的眼泪就下来了，他悄悄擦了擦：“清华哥你知道吗，我没想到保平会站在我这一边。”

清华宽慰他说：“保平当过兵，分得清是非对错。你说你吧，身体成这样，还跟他们置什么气？要我说啊这也未必不是好事儿。这么大的家业心还不够你操的？”

“清华哥，你实话告诉我，保平为什么要瞒着我？”杨青云问。

清华说：“你要怪就怪我吧，是长巨一直带头闹着要退股，你和长巨不出五服，保平怕他说了你不信。那次到北京看你，就是保平让我去的……”

杨青云木然地听着，他脑子里一片空白……后来清华都说了些什么他一句话也没听进去。

一个多月以后，第三方机构将审计结果公布于众，根据章程规定，以长巨为首的退股股东从账上分走两个多亿的资产。又经过几个月清算，由村委会重新发起股东大会，讨论并研究各厂厂长的人选，轧花厂、油料厂、宾馆等固定资产全部划给了对方。

棉业公司分家的时候，杨青云又回北京住院了，所有一切工作都是韩冰主持完成的。陈小西作为杨青云的代表，也全过程参加了这次资产重组。重组过后，清风棉业老厂仍归杨青云所有，村里大部分人也都留了下来。杨青云对分家结果表示满意，只是自己以后还能不能继续工作，他心里实在没有把握。

这天上午，杨青云接到了罗建华的电话。罗建华告诉他说，关于大运河开发区占地的问题，县政府已经担下所有，而且已经通过省厅向部委就相关情况作出了解释，最终县长或主管县长可能会受一个处分，这件事的具体责任不会牵涉到杨青云头上。罗建华还嘱咐他说，所有一切不必担心，当下最重要的是赶紧把身体养好。

听到这里，本已倍感孤独的杨青云心里既感动又委屈。罗建华果然履行了自己的承诺，在他最艰难的时候没有弃之不顾。他莫名生出一股倾诉的欲望，他知道，因涉及太多的曲折，此时此刻自己已经无人可以倾诉。

最近这段时间，每天静静地在病床上躺着，每当反思并回想往事的时候，他甚至有些恼恨罗建华。假如没有罗建华，也许自己还在省城，过着轻裘肥马风光无限的生活。哪怕是事业再艰难，至少所有一切绝不会是今天的样子。罗建华既是一切的缘起，也是一切的结束。他不知道如果当初没遇见罗建华，今天的自己会不会沦落到这步境地。

想到这里，他又有些恍惚，尽管他也知道自己不该怪罪罗建华。自从生病以后，他发现自己比以前更加脆弱更加暴躁，因为需要他去做的事情太多了。有心无力地在病床上躺着的时候，他多盼着能找个人分享一下，将自己心里的话找一个人说一说。可是一接到罗建华的电话，杨青云竟沮丧地发现自己又不知道该说什么好了。他只是哽咽着说了一句“谢谢你，当初没想到结果会是这样”，就什么都说不出来了。

听到杨青云的感谢，罗建华也沉默着。他安慰杨青云说：“老兄你不要灰心，眼前这点小困难根本就不算什么。对你来说当下最重要的是保重身体，全清风驿都在盼着你尽快好起来，等着你去做的事多着呢。”

“我算不算众叛亲离？”尽管不想说，杨青云还是自嘲了一句。

“可不许你这么说！”罗建华制止他说，“这几年清风驿发生了多大变化？相信乡亲们比你我都清楚。这些都是你的功劳，那些急着分家的人是目光短浅，该走的就让他们走吧，等你出院后再大干一场，清风驿的未来一定比今天更好。”

杨青云苍白地摇了摇头，只有他自己知道，这次分股给自己内心带来的伤害，要远比三十年前那场伤害更深。

后来，杨青云又吐了几次血。分家的事情他不是不能接受，只是他不愿接受这事与愿违的结果，更不能接受父老乡亲对自己的怀疑和不信任。接连几次化疗过后，他头发、眉毛胡子又全掉光了。他急得两眼冒火，喉咙里咕噜咕噜乱叫，并一次次将床板捶得山响。他感觉自己明明有的是斗志，却连下床走路的勇气和力气都没有了。

又过了一段时间，他的身体状况终于稳定下来，头发眉毛慢慢长了出来，也终于能由小高搀着下地走动了。但每迈出一步，他都感觉虚空得就像踩在棉花包里。杨青云让小高放开自己，小高却像教孩子走路一般不敢松手。

阳光晴好的日子，小高会用轮椅推着他去楼下转上几圈。在生与死之间转了几遭，杨青云发现虽然自己的腰杆已经挺不直了，却还是难改那副心急的秉性。他知道自己不能输，刚能下地，他就像个孩子似的聚起全身的力气开始练习走路。

又过了一个多月，他终于能够自如地活动了，头发眉毛也冒出了新楂。他惊讶地发现，自己新长出来的毛发竟雪一样白。他无奈地笑了一下，这些年的是是非非再次涌上心头，心底又是阵阵莫名其妙的惆怅与感伤。

07

从医院回到清风驿这天，天空飘着小雨，韩冰、陈小西、保平和金田一起抱着鲜花到高速路口接他。杨青云并不知道，韩冰的车里还坐着许燕来，只是她没有下车。对许燕来来说，她不想打扰杨青云，只要能远远地看上他一眼就够了。

众人来到清风驿，杨青云想看看自己不在的这段时间公司都变成了什么样子。让他没想到的是，棉业公司看上去竟丝毫没受到分家的影响，院里还打上了大大的欢迎条幅，杨青云看了一眼韩冰，开心地笑了。

清华小心地扶着他下车，双脚刚一踩上大地，杨青云就发现自己全身立即充满了力量。踩在清风驿的大地上，他心里是踏实的。地面有些湿滑，清华想过来继续扶他，杨青云挥手制止。他冲韩冰点点头，在众人的陪同下在厂区转了一圈。

在繁忙的车间，他看到了井然有序的生产线，也看到了库房里码放整齐的皮棉垛，杨青云赞赏地冲韩冰竖了竖大拇指。走到院里，他故意指着远处无人的空地里长起老高的杂草，一脸严肃地批评韩冰说："那些草该除除了。"

经历了这场大病，他的心情和处境都已经不一样了。能伤害你的都是自己人，在回来之前他真的累了，累得精疲力尽，累得遍体鳞伤。可刚一踏上这块土地，刚一见到这些熟悉的面孔，他发现自己仍是这里的主人。他没有输，还有许多事情在等他去做。不管以前发生过什么，他和这方土地一直相互宽容并相互接纳着。他和他所有的一切都在这里，他愉快地跟每一个遇到的人打着招呼，并熟悉地叫出了每个人的名字。

当天下午，韩冰就和杨青云完成了交接。"这是你的公司，我的使命完成了，我都还给你。"韩冰说。

"别呀，我看这里离不开你，你比我干得好！"杨青云说。说着，他又故意伸手去摸韩冰的脸，却被韩冰伸手挡开。韩冰还笑着爆了句粗口："老娘的脸是你随便摸的？"

两个人你看着我，我看着你，都哈哈大笑起来。

当韩冰告诉他许燕来也去了高速路口接他的时候，杨青云愣了一下，忙问她人在哪里。韩冰告诉他说，燕来说了，她能看你一眼就够了，她不愿打扰你。杨青云有些黯然神伤，他答应过许燕来要在清风驿复建书院，可惜这件事到现在还顾不上安排。这时韩冰又一本正经地问了他一个问题："在你眼里，到底怎么看燕来？"

"要听真话？"每当跟韩冰说话，杨青云总是一副不正经的样子。

韩冰说当然要听真话，杨青云说："许老师是我的好朋友，但我觉得我最应该感谢的人是你。"

听到这话韩冰脸红了。杨青云说："在我最困难的时候，如果没你我真不知道一切会是什么样子。晚上罗书记会来看我。留下来吧。我跟他说，咱一起把棉业公司做成行业巨头。"

韩冰又爽朗地笑了，她饱满的双唇用力抿了抿，伸出白嫩的手在杨青云脸上拍了拍："那是你自己的事儿。"

一边说着，韩冰一边转身走了。

当天晚上，罗建华也如约来到了清风驿。

他给杨青云带来一大堆绿色农产品，还有两包上好的茶叶。遵照医嘱，杨青云还不能劳累太久，他们二人只是一起喝了一会儿茶。

跟罗建华坐到一起，杨青云只字没提自己的病情，罗建华也同样没问。杨青云主动说起了韩冰工作调动的事，他问罗建华韩冰能不能继续留下。

“这段时间多亏了她，我病了一场，公司反倒更好了。”杨青云真诚地说。

罗建华说：“又想拉拢腐蚀我们女干部是不是？”

杨青云笑了。

“该走的留不住，不走的不用留。”罗建华说，“如果你愿意把她留下，我就安排她继续留在开发区，只是这几年太委屈你了。”

说着，罗建华感激地拍拍杨青云的手，杨青云无声地笑了笑。这时罗建华突然又问道：“这几年发生了这么多事，你后悔吗？”

“我不后悔。”杨青云想了想说，“这些事一开始我就预料到了，我在清风驿土生土长，比你更了解这里。就像你说的，不管怎么说清风驿现在富了，开发区也建起来了，我有什么后悔的！”

“如果没有你，这个开发区根本就建不起来，清风驿也不知是什么样子。棉业公司，上万亩的农场，我等着你继续大干一场。对了，”说到这里，罗建华想起什么似的兴奋地对杨青云说，“再告诉你一个好消息，就在不久前，我接到了省里的通知，国家已正式将大运河定为国家主题公园了，咱省里也成立了运河办，这些你都还不知道吧？”

杨青云摇了摇头，却难掩心中的欣喜。罗建华说：“现在大运河已经全线通水了，下一步很快就会有更大的动作。”

“是吗？”杨青云笑了一下。他想起了自己答应许燕来却一直没顾得上重建的清风书院。也许趁着这个机会，自己能实现这个已经许下很久的承诺。

罗建华说：“你为全县乡村振兴工作做出了杰出的贡献，有什么困难随时可以告诉我，我一定会全力帮你。同时，欢迎你继续参与大运河国家主题公园的建设。我能有今天，也是你一手帮出来的，我得好好谢谢你。”

“运河没水，清风驿不富。如今有水了，清风驿的明天会更好，我们又可以一起大干一场了！”一听这句话，杨青云马上来了精神。

罗建华笑了：“看来，你最忘不了的还是这条大河。”

是啊，杨青云点点头默默想着。他也不知道，一个人和一条河之间为什么会有着如此深刻的感情。这些年来他从没想过，在经历了一切、拥有了一切又失去了一切之后，自己对这条大河的依恋仍是那样的至深至切。

他抬头望了望窗外，夜色正一点点在清风驿上空蔓延。

透过大大的玻璃窗，可以看到远处璀璨的灯火，那里是早已初具规模的开发区，还有不久前才建成并投入使用的新式民居。今天的清风驿已非昨日，万家灯火在夜空下交织辉映，在穿透无边黑夜的同时，又在玻璃上幻化出一道道绚丽的影像。

杨青云感觉自己就像身处虚幻与现实之间。

恍惚间，他仿佛看到一条壮阔的大河宛然如画，正波涛汹涌地向他扑面而来。他知道，不管何时何地，自己的心灵将永远属于这片土地，同时他也知道，不管过去现在还是将来，清风驿和大运河永远都在继续，也永远都会装在自己心里。

2023 年 11 月 26 日，于河北石家庄

图书在版编目（CIP）数据

清风驿的变迁 / 滕非著 . -- 北京：作家出版社，2024.8. --（“新时代山乡巨变创作计划”潜力文丛）.
ISBN 978-7-5212-2997-4

Ⅰ. ① I247.5

中国国家版本馆 CIP 数据核字第 202438V82J 号

清风驿的变迁

作　　者： 滕　非
责任编辑： 佳　丽
封面设计： 周思陶
出版发行： 作家出版社有限公司
社　　址： 北京农展馆南里 10 号　　**邮　　编：** 100125
电话传真： 86-10-65067186（发行中心及邮购部）
86-10-65004079（总编室）
E-mail:zuojia @ zuojia.net.cn
http://www.zuojiachubanshe.com
印　　刷： 河北京平诚乾印刷有限公司
成品尺寸： 165 × 240
字　　数： 410 千
印　　张： 27.25
版　　次： 2024 年 8 月第 1 版
印　　次： 2024 年 8 月第 1 次印刷
ISBN 978-7-5212-2997-4
定　　价： 65.00 元
